D1384079

LA MOSAÏQUE PARSIFAL

Paru dans Le Livre de Poche :

LE CERCLE BLEU DES MATARÈSE
LE COMPLOT DES MATARÈSE
LA DIRECTIVE JANSON
L'HÉRITAGE SCARLATTI
LA MÉMOIRE DANS LA PEAU
LA MORT DANS LA PEAU
LE PACTE HOLCROFT
LA PROGRESSION AQUITAINE
LE PROTOCOLE SIGMA
LA TRAHISON PROMÉTHÉE
UNE INVITATION POUR MATLOCK

En collaboration avec Gayle Lynds :
OBJECTIF PARIS
OPÉRATION HADÈS

ROBERT LUDLUM

La Mosaïque Parsifal

ROMAN TRADUIT DE L'ANGLAIS (ÉTATS-UNIS)
PAR BENJAMIN LEGRAND

LAFFONT

Titre original :
THE PARSIFAL MOSAÏC

ISBN : 978-2-253-07630-8 - 1re publication - LGF

Pour Dolores et Charles Ryducha,
deux des meilleures personnes que j'aie jamais connues.
De la part d'un frère reconnaissant.
Na Zdrowie !

LIVRE PREMIER

1

Les rayons de la lune tombaient, froids et effilés, du haut du ciel noir, éclatant en vapeurs mortes, blanches, suspendues là où les vagues isolées s'écrasaient sur les rochers du rivage. La Costa Brava... étendue de plage déserte, surplombée d'amoncellements de rocs déchiquetés, était le lieu d'exécution. Il le fallait. Dieu maudisse cette foutue planète ! *Il le fallait.*

Il pouvait la voir maintenant. Et l'entendre, malgré le fracas des lames sur la plage. Elle courait, éperdue, hurlant comme une hystérique.

« *Pro Boha Zivetto ! Proc ! Co to Dělăs ! Prestan ! Proc ! Proc !* »

Ses cheveux blonds étaient pris dans la lumière de la lune. Une puissante lampe torche s'alluma à trente mètres derrière elle, donnant subitement corps à sa silhouette. Elle tomba. Le vide se referma et le staccato d'une rafale brisa soudain la dissonance de la nuit, avec insolence. Des balles explosèrent dans le sable et les herbes folles tout autour d'elle. Elle allait mourir. C'était une question de secondes.

Son amour serait mort.

Ils étaient tous deux en haut de la colline surplombant la Moldau, les bateaux sillonnaient la rivière d'est en ouest, traînant leurs écumes blanches. La fumée des usines montait de la vallée et obscurcissait le ciel lumineux de cet après-midi, masquant les montagnes au loin. Michael regardait, se demandait si les vents au-dessus de Prague allaient se décider à balayer cette fumée pour qu'on puisse revoir les montagnes.

Il avait posé sa tête sur les genoux de Jenna, ses longues jambes allongées touchant le panier où elle avait emporté sandwiches et vin glacé. Assise dans l'herbe, le dos appuyé contre la tendre écorce d'un bouleau, elle lui caressait les cheveux. Ses doigts firent le tour de son visage, redessinant doucement ses lèvres et la ligne de son menton.

« Mikhaïl, mon amour, je pensais... Ces vestes de velours et ces pantalons sombres que tu portes, et cet anglais si parfait qui doit venir de l'université n'enlèveront jamais le Havlicek du Havelock.

— Je ne crois pas qu'ils servent à ça. Chacun porte un uniforme quelconque ; quant à la langue, on l'apprend presque comme un moyen de défense. » Il sourit, toucha sa main. « De plus, l'université, c'était il y a longtemps.

— Tant de choses datent d'il y a longtemps... Comme Prague, là, en bas...

— Ça a eu lieu.

— Et tu étais là, mon pauvre amour.

— C'est l'Histoire. J'ai survécu.

— Beaucoup y sont restés.

— C'est l'Histoire. »

La fille blonde se redressa, roula dans le sable, s'accrochant aux herbes, puis plongea à droite, évitant pendant quelques secondes le faisceau de la lampe. Elle se dirigeait vers le chemin de terre qui dominait la plage, restant dans l'obscurité, rampant, utilisant le couvert de la nuit et l'abri des hautes herbes pour cacher son corps.

Cela ne lui servira à rien, pensa le grand type en veste noire du haut de son poste d'observation entre deux arbres au-dessus de la route, dominant la violence terrifiante qui avait lieu en bas et cette femme blonde qui allait mourir dans un instant. Peu de temps auparavant il l'avait observée ainsi. Elle n'était pas folle de terreur alors : elle était magnifique.

Il écarta le rideau lentement, soigneusement, dans le bureau obscur, son dos appuyé contre le mur, son visage penché vers la fenêtre. Il la voyait en contrebas, traversant la cour sous les projecteurs, le clic-clac de ses hauts talons résonnant comme un écho martial entre les bâtiments. Les sentinelles étaient réduites à des ombres, marionnettes rigides engoncées dans leurs uniformes calqués sur le modèle russe. Des têtes se tournèrent, lancèrent des regards appréciateurs, toisèrent cette femme qui avançait avec une confiance provocante vers la porte de fer plantée au milieu des grilles qui entouraient l'ensemble de ces bâtisses, le cœur de la police secrète de Prague. Les pensées derrière ces regards étaient claires : cette femme n'était pas une simple secrétaire faisant des heures supplémentaires, c'était une Kurva *privilégiée qui venait de se faire dicter une conversation intime et nocturne sur le divan d'un commissaire.* Natsztrzency chlopak !

Mais d'autres observaient aussi, depuis d'autres fenêtres obscures. Un arrêt dans sa marche confiante, une seconde d'hésitation et un téléphone serait décroché, des ordres transmis à la porte. Bien sûr il fallait éviter les embarras quand il s'agissait des commissaires, mais pas si un vague soupçon prenait soudain corps. Tout n'était qu'apparence.

Il n'y eut pas d'arrêt, pas d'hésitation. Elle s'en sortait... Ils avaient réussi ! Soudain il sentit une douleur sourde dans sa poitrine. Il savait d'où elle venait. La peur. Pure, crue, maladive... Il se souvenait... Des souvenirs dans d'autres souvenirs... Il la regardait toujours et son esprit s'envolait vers le passé, dans une ville en émoi, dans le terrible bruit des exécutions en masse. Lidice... Et un enfant... Un parmi tant d'autres... Galopant dans des amoncellements de débris gris et fumants, chargé de messages, les poches pleines d'explosifs. Un arrêt, une seconde d'hésitation et... l'Histoire.

Elle atteignit la porte de fer. Un garde obséquieux se permit un regard entendu.

Elle était magnifique. Dieu, qu'il l'aimait alors !

Elle avait atteint le bord du chemin, ses bras et ses

jambes s'agitaient furieusement, creusant dans le sable et la poussière, griffant pour survivre. Elle ne survivrait pas. Elle allait devoir se dresser au-dessus du sable et de la poussière, les hautes herbes ne la cacheraient plus. Elle serait visible et le rayon de la lampe la frapperait, prélude à la mort qui viendrait très vite.

Il regardait et retenait son émotion, effaçait sa douleur, tournesol humain acceptant ses impressions sans commentaire, sans implication essentielle de son être. Il le fallait... professionnellement. Il avait appris la vérité sur elle. Cette bande de sable sur la Costa Brava confirmait sa culpabilité comme une preuve de ses crimes. Cette femme folle de terreur, là, juste en bas, était un tueur, un agent de l'effroyable *Voennaya Kontra Rozvedka*, branche sauvage du K.G.B. soviétique qui partout faisait éclore le terrorisme. C'était la vérité... Irrévocable. Il avait tout vu, il avait parlé avec Washington depuis Madrid. Indéniable. Le rendez-vous de cette nuit avait été programmé de Moscou. Mission de l'officier V.K.R. Jenna Karras : remettre un plan d'assassinats multiples à un groupe lié à la Fraction Armée Rouge Baader-Meinhof... sur cette plage isolée appelée Montebello, au nord de la ville de Blanes. C'était la vérité.

Mais cela ne le délivrait pas. Au contraire, cela l'attachait à une autre vérité, une obligation, dans son métier. Ceux qui trahissaient la vie et vendaient la mort devaient mourir. Peu importe qui, peu importe... Michael Havelock avait pris sa décision et elle aussi était irrévocable. Il avait installé la dernière phase du piège lui-même, consciemment... Sachant qu'il entraînait la mort de la femme qui lui avait donné plus de bonheur que n'importe qui sur cette terre. Son amour était un tueur ; lui permettre de vivre signifierait la mort de centaines, voire de milliers de gens. Irrévocable...

Mais ce que Moscou ignorait c'était que Langley avait décrypté les codes du V.K.R. Et Michael avait envoyé lui-même la dernière transmission au bateau anonyme qui mouillait un kilomètre au large de la Costa Brava. *Confirmation K.G.B. Officier-contact compromis par renseignements U.S. Plans falsifiés. Éliminez.* Ces codes étaient parmi les plus indéchiffrables ; ils garantiraient l'élimination.

Maintenant elle se relevait ! Son corps élancé apparut au-dessus du talus de sable et de poussière. L'événement allait se produire... *Inexorablement.* La mort de la femme qui était *son* amour. Cela aussi était irrévocable ! Souvenirs ancrés quelque part dans les recoins de leurs esprits. Ils s'étaient enlacés tendrement et avaient parlé d'une vie ensemble, d'enfants à venir, de paix et du splendide et simple bonheur d'être un... ensemble. Michael avait cru à tout cela, mais cela ne serait pas.

La vérité était irrévocable.

Ils étaient au lit. Elle avait posé sa tête sur sa poitrine, ses doux cheveux blonds cachaient son visage. Il les écarta doucement, et rit.

« Tu te caches, dit-il.

— On dirait qu'on se cache toujours, répliqua-t-elle avec un sourire triste. Sauf quand on souhaite être vu par les gens qui doivent nous voir. On ne fait rien uniquement parce qu'on le veut. Tout est calculé, Mikhaïl. Régimenté. On vit dans une prison mobile.

— Cela n'a pas été si long et ça ne durera pas toujours.

— Oui, je suppose. Un jour ils s'apercevront qu'ils n'ont plus besoin de nous. Tu crois qu'ils nous laisseront partir ? Où pourrons-nous aller pour disparaître ?

— Washington n'est pas Prague ni Moscou. On sortira de notre prison mobile, moi avec une montre en or, toi avec une décoration quelconque et des papiers tout neufs.

— Tu en es sûr ? On en sait beaucoup, toi et moi, beaucoup trop peut-être.

— Notre protection repose justement sur ce que nous savons. Sur ce que je sais. Ils se demanderont toujours : l'a-t-il écrit quelque part ? Et ils diront :

faites attention, surveillez-les, soyez gentils avec lui... C'est plus fréquent qu'on ne croit. Vraiment. Nous nous en sortirons.

— Toujours prévoir une protection, hein ? dit-elle en lui dessinant les sourcils du bout de l'index. Tu n'oublies jamais, n'est-ce pas ?... Les jours passés, les jours terribles.

— Ils appartiennent à l'Histoire. J'ai oublié.

— Que ferons-nous ?

— Nous vivrons, c'est tout. Je t'aime.

— Tu crois qu'on aura des enfants ? Qu'on les regardera partir à l'école, qu'on les grondera, qu'ils iront jouer au hockey sur glace ?

— Au football ou au base-ball, pas au hockey ! oui, je l'espère. Je ne vis que pour cela.

— Et toi, Mikhaïl, qu'est-ce que tu feras ?

— J'enseignerai, je pense. Dans une université quelconque. J'ai quelques diplômes poussiéreux qui certifient que je suis qualifié. Nous serons heureux, ça je le sais.

— Et qu'est-ce que tu enseigneras ? »

Il la regarda, caressant son visage, puis ses yeux dérivèrent sur le plafond minable de leur chambre d'hôtel à moitié en ruine. « L'Histoire », dit-il. Il l'attira à lui et la serra dans ses bras.

N'était-ce pas cela la vérité ? Tout cela était-il du domaine du mensonge ?

Le rayon de la lampe traversa l'obscurité en arc de cercle ! Elle était prise, oiseau de feu essayant d'atteindre le ciel, piégé par la lumière qui serait son ombre dernière. Les coups de feu suivirent... Coups de feu de terroristes pour une terroriste. Les premières balles pénétrant la base de sa colonne vertébrale, elle s'arqua en arrière, ses cheveux blonds en cascade derrière elle. Trois coups vinrent alors séparément, avec précision, l'œil d'un tireur d'élite réalisant un score de tireur d'élite ; les balles atteignirent l'arrière de son cou et son crâne. Propulsée au-dessus du talus de sable et de poussière, ses doigts griffèrent la terre, son visage maculé de sang, clos à jamais. Un spasme final et tout mouvement cessa.

Son amour était mort. L'amour était une partie de ce qu'ils étaient, quoi que cela fût... Et qu'étaient-ils vraiment ? Chacun avait fait ce qu'il avait à faire, et tous les deux avaient raison... et tort. Terriblement et ultimement tort. Il ferma les yeux, sentant cette moiteur qu'il ne souhaitait pas sentir.

Pourquoi fallait-il qu'il en fût ainsi ? Nous sommes fous. Pire, nous sommes stupides. Nous ne parlons pas ; nous mourons. Alors des hommes à la parole facile et à l'esprit fluide peuvent nous dire ce qui est bien ou mal... Géopolitiquement, vous comprenez... Ce qui signifie que n'importe laquelle de leurs paroles est au-delà de notre puérile compréhension.

« Qu'est-ce que tu feras, Mikhaïl ?

— J'enseignerai, je pense. Dans une université quelconque.

— Et qu'est-ce que tu enseigneras ?

— L'Histoire... »

Tout était du domaine de l'Histoire, maintenant. Souvenirs de choses trop douloureuses. Que l'Histoire, la froide Histoire ait lieu, comme jadis, dans ces jours d'Histoire passés. Ils ne font plus partie de moi, plus jamais. Elle non plus ne pourra plus être une part de moi, si tant est qu'elle l'ait jamais été, même dans son mensonge. Pourtant je tiendrai ma promesse, non plus envers elle, mais envers moi. Je suis fini. Je vais disparaître dans une autre vie, une vie toute neuve. J'irai quelque part, j'enseignerai n'importe où. Pour mettre en lumière les leçons de la futilité.

L'Histoire.

Il entendit des voix et rouvrit les yeux. En bas, les tueurs de la Fraction Armée Rouge avaient atteint la femme condamnée, recroquevillée dans la mort, accrochée au sol qui était son lieu d'exécution... Programmé géopolitiquement. Avait-elle été une menteuse tellement éblouissante ? Oui, sans conteste, car il avait vu la vérité. Même dans ces yeux-là, il avait vu la vérité.

Les deux exécuteurs s'étaient penchés et empoignaient le cadavre pour le traîner au loin. Ce corps jadis généreux, désormais consigné en une mort anonyme, bientôt incinéré ou noyé une chaîne au pied. Michael n'interviendrait pas. Il lui fallait maintenant ressentir l'évidence, la toucher, la réverbérer sur le miroir du piège révélé. Une autre leçon... Futilité... Exigences géopolitiques...

Une bourrasque fouetta soudain l'étendue de la plage. Les tueurs se courbèrent, glissant sur le sable. L'homme à gauche fit une tentative ratée pour saisir sa casquette ; elle s'envola, roula vers la dune qui faisait une épaule à la route. Il lâcha le cadavre et courut après. Il se rapprocha d'Havelock qui put l'observer avec attention. Il y avait quelque chose... Le visage ? Non, c'étaient ses cheveux sous les rayons de la lune. Ils étaient plats, bruns, mais pas complètement ; des mèches blanches partaient du sommet de son crâne, intrusions soudaines qu'on ne pouvait pas ne pas remarquer. Il avait déjà vu cette tête. Mais où ?... Souvenirs innombrables... Fiches analysées, photos étudiées... Contacts, sources, ennemis. D'où sortait cet homme ? K.G.B. ? L'effrayante Voennaya ? Une faction isolée, un groupe payé par Moscou quand il ne récoltait pas des paiements extraits des faux frais divers d'un chef de station de la C.I.A. à Lisbonne ? D'où venait-il ?

Mais cela n'avait pas d'importance. C'était fini. Tout était consommé. Les marionnettes de mort et les pions vulnérables ne concernaient plus Michael Havelock... Ni Mikhaïl Havlicek. Dans quelques heures il ferait câbler un message à Washington par l'ambassade de Madrid. Il était liquidé : il n'avait plus rien à donner. Il était prêt à accepter toutes les mesures que ses supérieurs prendraient lors du *debriefing* [1]. Même aller en clinique. Il s'en foutait,

1. Rapport aux supérieurs, séance de décompression et d'analyse au retour d'une mission accomplie. *(N.d.T.)*

tout simplement. Mais ils n'auraient plus rien de sa vie.

C'était de l'Histoire. Et l'Histoire s'était achevée à Montebello, une petite plage isolée sur la Costa Brava.

2

Le temps était le seul vrai médicament contre la douleur. Sa douleur disparaîtrait d'elle-même, ou bien il lui faudrait apprendre à vivre avec. Havelock le comprenait, sachant qu'à ce stade de son existence — à ce moment précis de sa vie — un peu des deux possibilités était applicable. La douleur n'avait pas disparu, mais elle était réduite. Il n'avait pas atteint l'acceptation totale, mais il existait certains moments où ses souvenirs s'émoussaient. Les blessures du passé lointain, et les tissus à peine cicatrisés n'étaient sensibles que lorsqu'ils étaient aiguillonnés. Dans les circonstances présentes, il prenait garde de ne pas trop les stimuler. Voyager lui occuperait l'esprit. Il avait oublié ce que c'était que d'entrer dans les complexités fébriles auxquelles faisait face un banal touriste. Réservations perdues, bagages échoués par hasard dans le mauvais avion, le train ou l'appareil dont l'horaire était retardé, changé ou annulé, coinçant le voyageur dans d'étranges villes, de terribles restaurants et des bars inconnus.

« Si vous regardez bien, monsieur, c'est imprimé ici sur votre ticket. "La compagnie se réserve le droit de..."

— Où ça ?

— Ici.

— Je n'arrive pas à lire.

— Moi, si.

— Vous l'avez appris par cœur !

— Non monsieur, c'est l'habitude... »

Et les files d'attente... Suivies des inspections des douanes. L'intolérable précédé de l'impossible. Des hommes et des femmes luttant contre l'ennui en triturant des étiquettes ou en maltraitant sauvagement des fermetures Éclair sans défense que les fabricants n'avaient pas prévues pour une telle sollicitation.

Il n'y avait pas à dire, on le gâtait. Précédemment, sa vie avait eu ses difficultés et ses risques, mais on lui avait épargné ces épouvantables dangers qui attendent le touriste à chaque pas. Ou à chaque guichet. Avant, quand il devait se rendre quelque part à une heure spécifique, il y allait. Personne ne gaspillait de mortelles minutes les yeux mi-clos à tourner les pages de son passeport comme si c'était le Kamasoutra ; et personne ne fouillait dans ses valises avec la hargne d'un chien cherchant un os dans une poubelle. Non, il n'avait jamais eu affaire à ça. Mais d'un autre côté, dans son ancienne vie, quand il se rendait à destination, il y trouvait sa... prison mobile. Non, pas *prison mobile.* Ce n'étaient que des rendez-vous, des sources à contacter, des informateurs à payer. Trop souvent de nuit, dans l'ombre, pour éviter d'être vu.

Terminé, tout ça. C'était fini depuis près de huit semaines. Il marchait en plein jour, exactement comme en cet instant précis le long du Damrak à Amsterdam, en direction des bureaux de l'American Express. Il se demandait si le télégramme serait là. S'il était arrivé cela signifierait le début de quelque chose. Un départ concret. Un job...

L'emploi. Étrange comme l'inattendu était si souvent lié à la routine. Trois mois s'étaient écoulés depuis cette nuit sur la Costa Brava, deux mois et cinq jours depuis la fin de son *debriefing* et sa séparation officielle d'avec le gouvernement. Dès sa sortie de la clinique de Virginie où il avait passé douze jours en thérapie, il s'était rendu à Washington. (Quoi qu'ils aient espéré trouver, ça n'avait rien à voir avec lui ; il aurait pu le leur dire. Il s'en foutait complètement maintenant ! Ils ne comprenaient donc pas ?) Il avait quitté le Département d'État à quatre heures de l'après-midi : c'était maintenant un homme libre... mais sans emploi, sans pension, avec à peine de quoi constituer une petite rente. Et cela l'avait frappé à cet instant ; quelque part dans le futur il devrait trouver un travail, un job où il pourrait utiliser les leçons... Les leçons des leçons... Mais pas dans l'immédiat. Pour l'instant il s'en tiendrait au minimum requis par un être humain en état de marche.

Il voyagerait, il revisiterait ces endroits, tous ces endroits qu'il n'avait jamais réellement visités... Et en plein jour. Il lirait... Il relirait, en fait... Pas des codes, ni des plans ni des dossiers, mais tous ces livres qu'il n'avait pas lus depuis l'université. S'il devait enseigner quelque chose, il fallait qu'il réemmagasine autant qu'il avait oublié.

S'il avait une chose en tête cet après-midi à quatre heures à Washington, c'était un bon dîner. Après douze jours de thérapie, avec les diverses pilules et le régime strict imposé, il rêvait d'un excellent repas. Il avait failli retourner à son hôtel pour prendre une douche et se changer quand un taxi était justement venu s'arrêter devant lui dans C Street. Les reflets du soleil masquaient ses occupants et Michael lui avait fait signe à tout hasard. Un passager portant un attaché-case en était sorti rapidement ; il était visiblement en retard à un rendez-vous, fouillant hâtivement dans ses poches pour régler sa course. Tout d'abord, ni Havelock, ni le passager ne s'étaient reconnus. Michael pensait à son restaurant et le client au tarif du taxi.

« Havelock ? avait demandé le passager en ajustant ses lunettes d'un air étonné. C'est bien toi, n'est-ce pas, Michael ?

— Harry ! Harry Lewis...

— Tu y es. Comment ça va, M.H. ? »

Ils se voyaient peu, mais Lewis était une des rares personnes qu'il ait connues qui l'appelait par ses initiales, souvenir de l'université. Lewis et lui avaient usé les tables ensemble à Princeton, Michael ayant bifurqué pour entrer au service du gouvernement, Lewis se consacrant à l'enseignement. Le Dr Harry Lewis était Doyen du département des Sciences Politiques dans une petite université prestigieuse de Nouvelle-Angleterre, et il descendait à Washington de temps en temps pour des consultations de routine. Ils s'étaient rencontrés plusieurs fois dans la capitale.

« Très bien. Toujours en *per-diem*, Harry ?

— Moins souvent qu'avant. Quelqu'un a appris à tes collègues du gouvernement à éplucher nos rapports d'évaluation, malgré notre code universitaire ésotérique.

— Bon sang, je viens d'être remplacé par un barbu en blue-jeans qui fume de drôles de cigarettes. »

Le professeur à lunettes avait l'air stupéfait.

« Tu plaisantes. Tu es *out* ? Je croyais que tu y passerais ta vie !

— Au contraire, Harry. Ma vie a commencé il y a cinq minutes quand j'ai signé ma feuille de démobilisation ! Et dans quelques heures je vais avoir à payer la première addition de restaurant que je ne pourrai pas faire passer en frais de mission. »

Lewis se retourna un instant vers le taxi, ramassant sa monnaie, puis dit très vite : « Écoute, je suis en retard, mais je reste en ville ce soir. Puisque je suis défrayé laisse-moi t'inviter à dîner. Où es-tu descendu ? J'aurai peut-être une idée en ce qui te concerne. »

Aucun gouvernement civilisé n'aurait accepté la note du dîner de ce soir-là, mais Harry Lewis avait effectivement une idée en ce qui concernait l'avenir de Michael. Ils avaient été amis jadis ; ils le redevinrent et Havelock avait trouvé plus aisé de parler avec une personne qui était au moins vaguement au courant du genre de travail qu'il avait effectué pour le gouvernement. C'était toujours très difficile d'expliquer qu'on ne pouvait rien expliquer. Lewis comprenait. Une chose en avait amené une autre, ce qui les avait finalement conduits à l'idée de Harry.

« Tu n'as jamais pensé revenir sur un campus ? »

Michael sourit. « Constamment !

— Je sais, je sais, coupa Lewis, écartant le sarcasme. Vous les spectres, les multinationales vous font toute sorte de propositions en forme de ponts d'or, je le sais bien. Mais toi, M.H., tu étais un des meilleurs. Ta thèse a été rééditée par une dizaine d'universités. Ton passé universitaire couplé à tes années au service de l'État — dont je sais que tu ne peux parler que très superficiellement — pourrait te rendre intéressant pour l'administration d'une université. Tu disais toujours *trouvons un homme de terrain, pas seulement un théoricien.* Bon sang, Michael, je pense que ce serait idéal. C'est *toi* l'homme qui a été sur place. Maintenant je sais que l'argent ne...

— Harry, tu m'as mal compris. Quand je disais constamment ce n'était pas du cynisme. C'était vrai. »

Ce fut au tour d'Harry de sourire. « Alors voici mon idée... »

Une semaine plus tard, Havelock s'était envolé pour Boston, et de là, avait roulé jusqu'au campus tout de brique et de lierre, aux alentours de Concord, New Hampshire. Il y avait passé quatre jours avec Harry et sa femme, quatre jours de promenades, assistant à diverses lectures et conférences. Il avait rencontré tous ceux, universitaires et administrateurs, que Harry estimait propices à son engagement. Ses opinions avaient été mises à l'épreuve devant des cafés, des verres et des repas. Des hommes et des femmes l'avaient regardé avec circonspection, se demandant si...

Mais Lewis avait bien fait son boulot de missionnaire. A la fin de ces quatre jours, Harry avait annoncé au déjeuner :

« Ils t'aiment bien !

— Et pourquoi pas ? avait coupé la femme de Lewis, il est formidable.

— Ils sont très excités, en fait. C'est bien ce que je disais l'autre jour, M.H. *Toi tu y étais*. Seize ans avec le Département d'État font de toi quelqu'un d'un peu spécial.

— Et ?

— Et la conférence annuelle du Conseil d'Administration a lieu dans huit semaines. C'est à ce moment-là qu'on examine les demandes et les vacations. C'est du tout cuit. Je crois qu'on va t'offrir un job. Où puis-je te joindre ?

— Je vais voyager. Je t'appellerai. »

Il avait appelé Harry de Londres deux jours auparavant. La conférence du Conseil d'Administration n'était pas terminée ; Lewis pensait toutefois pouvoir lui donner leur réponse incessamment.

« Télégraphie-moi à l'American Express d'Amsterdam, avait dit Michael, et merci, Harry... »

La porte vitrée du bureau de l'American Express s'ouvrit juste devant lui. Un couple en sortit. L'homme balançait bizarrement les courroies de deux appareils photo en comptant des billets. Havelock s'arrêta, hésita un instant, se demandant s'il voulait vraiment entrer. Si le télégramme était arrivé, il contiendrait un rejet ou une offre. En cas de refus, il continuerait à errer... Tout simplement... Il en ressentait un certain confort. La passivité flottante de ne pas avoir à planifier son temps lui était devenue agréable. D'un autre côté le télégramme pouvait être une offre de travail.

Et alors ? Était-il prêt à prendre une décision ? Pas une décision sur son ancien terrain où instinct et rapidité étaient liés pour la survie et l'exigence de l'immédiat, mais plutôt une décision qui l'engageait dans une nouvelle vie. En était-il capable ? Où étaient ses engagements d'hier ?

Ils avaient disparu. Pourtant il n'était pas encore un légume. Il prit une profonde inspiration, plaçant consciemment un pied devant l'autre et s'approcha des portes vitrées.

POSSIBILITÉ DE POSTE DE PROFESSEUR SCIENCE DU GOUVERNEMENT PENDANT DEUX ANS. STATUT D'ASSOCIÉ SUIVANT ACCEPTATION FIN DE CETTE PÉRIODE. SALAIRE INITIAL 160 000 F PAR AN. BESOIN RÉPONSE D'ICI DIX JOURS. NE ME FAIS PAS LANGUIR. À TOI TOUJOURS. HARRY.

Michael plia le télégramme et le mit dans la poche de sa veste. Il ne se dirigea pas vers le comptoir pour expédier sa réponse à Harry Lewis, Concord, New Hampshire, U.S.A. Cela viendrait plus tard. Pour l'instant il lui suffisait de se savoir désiré, de savoir qu'il y avait un commencement. Il lui faudrait plusieurs jours pour absorber sa propre légitimité, plusieurs autres jours peut-être pour prendre les choses à bras-le-corps. Car dans cette légitimité reposait son nouvel engagement, il n'y avait pas de vrai début sans cela.

Il sortit puis longea le Damrak. Il respirait l'air froid d'Amsterdam, sentant la gerçure qui flottait au-dessus du canal. Le soleil se dégageait. Il fut caché un instant par un nuage bas puis réapparut, globe orange lançant ses rayons à travers l'écran des nuées. Cela rappela à Havelock l'aube sur la côte espagnole, sur la Costa Brava. Il était resté là toute la nuit... Toute cette nuit-là... Jusqu'à ce que le soleil se soulève au-dessus de l'horizon, enflammant les brumes au-dessus de l'eau. Il était alors descendu jusqu'au talus au bord de la route, vers le sable et la poussière...

Arrête ! Cette vie est terminée. Tu en vis une nouvelle...

Deux mois et cinq jours auparavant, grâce aux mathématiques du hasard pur, Harry Lewis était descendu d'un taxi et avait commencé à changer le monde pour un ami d'antan. Maintenant, ce changement était réalisé, prêt à être vécu. Michael le ferait. Il le savait. Mais il manquait quelque chose. Ce changement aurait dû être partagé et il n'avait plus personne avec qui le partager, plus personne pour dire... *Qu'enseigneras-tu ?*

Le maître d'hôtel en smoking du *Dikker en Thijs* plongea délicatement le bord du verre à cognac dans le réceptacle d'argent qui contenait le sucre. Les autres ingrédients allaient suivre, pour confectionner son *café Jamique.* C'était un caprice ridicule auquel il cédait et il gâchait sans doute un très bon cognac. Mais lors de leur rencontre à Washington, Harry Lewis avait insisté pour qu'ils en prennent un. Michael dirait à Harry qu'il avait répété ce rituel à Amsterdam bien qu'il s'en fût sans doute abstenu s'il avait pu prévoir que les flammes attireraient tous les regards vers sa table.

« Merci Harry », dit-il silencieusement quand le maître d'hôtel fut parti, et il leva son verre à la santé de son compagnon invisible. Après tout, c'était mieux de n'être pas complètement seul.

Il sentit la présence de l'homme et eut conscience à temps du grossissement d'une ombre dans l'angle mort de son champ de vision. Un type vêtu d'un costume très formel se frayait un passage entre les tables et les chandeliers, vers son box. Havelock pencha son verre et leva les yeux vers l'homme. Son nom était George. Chef d'antenne de la C.I.A. d'Amsterdam. Ils avaient travaillé ensemble jadis, pas toujours plaisamment, mais professionnellement.

« En voilà une façon d'annoncer ton arrivée ici », dit l'officier de renseignements, jetant un coup d'œil rapide sur le bol en argent et les ingrédients servant à la préparation de son *café Jamique.* Puis-je m'asseoir ?

— Avec plaisir. Comment ça va, George ?

— Ça pourrait aller mieux, dit l'homme de la C.I.A. en se glissant sur le siège en face de Michael.

— Désolé pour toi, tu boiras bien quelque chose ?

— Ça dépend...

— De quoi ?

— De si je reste longtemps ou pas.

— Nous sommes les princes de l'hermétisme, dit Havelock pour lui-même. Mais tu es peut-être encore au travail ?

— Je ne savais pas que nos heures de travail étaient si nettement définies.

— Non, je ne pense pas qu'elles le soient. Suis-je la raison de tes heures supplémentaires, George ?

— Peut-être, dit l'homme de la C.I.A. Je suis surpris de te voir ici. J'avais entendu dire que tu t'étais retiré.

— Exact.

— Alors pourquoi es-tu là ?

— Pourquoi pas ? Je voyage. J'aime Amsterdam. Disons que je dépense une accumulation de primes de licenciement à visiter tous ces endroits que j'ai rarement pu voir en plein jour.

— Difficile à croire...

— C'est la vérité, George.

— Pas d'écran, pas de mensonge ? demanda l'officier de renseignements, ses yeux inquisiteurs au niveau de ceux de Michael. Je peux vérifier facilement, tu sais...

— Je suis *out,* fini, temporairement sans emploi. Si tu vérifies c'est ce qu'on te dira, mais je ne crois pas que tu aies besoin de gaspiller un temps d'antenne avec Langley pour ça. Je suis certain que les codes *centrex* ont été modifiés en ce qui me concerne, que tous les informateurs et tous les contacts d'Amsterdam ont été alertés quant à mon nouveau statut. J'ai passé la frontière, George. Toute personne en rapport avec moi récoltera un chèque de licenciement et peut-être même un enterrement obscur.

— C'est la partie visible de l'iceberg, fit l'homme de la C.I.A.

— Mais cet iceberg n'a pas de partie cachée. Ne te fatigue pas à chercher autre chose. Tu ne trouveras pas.

— Très bien. Admettons que je te croie. Tu voyages, tu dépenses ta prime. » L'agent s'arrêta, se pencha en avant. « Ça ne durera pas.

— Quoi ?

— L'argent de ta prime.

— Inévitablement. J'espère alors trouver un emploi bien payé. D'ailleurs, cet après-midi...

— Pourquoi attendre ? coupa l'officier. Je peux peut-être t'aider.

— Non, tu ne le peux pas, George. Je n'ai rien à vendre.

— Bien sûr que si ! Ton expérience. Un salaire de spécialiste pris directement sur les faux frais. Pas de nom, pas de fiche, pas de traces...

— Si c'est un test que tu me fais passer, tu t'y prends mal.

— Ce n'est pas un test. Je suis prêt à payer. Je ne le dirais pas s'il s'agissait d'un test.

— Tu pourrais, mais tu serais cinglé. C'est un piège de troisième zone. Ta proposition est tellement étrange qu'elle est peut-être sincère. Mais personne n'a envie de voir ses notes de frais examinées avec trop de soin, non ?

— Michael, je ne suis peut-être pas de ta catégorie, mais je ne suis pas non plus un officer de troisième zone. J'ai besoin d'aide.

— C'est déjà mieux. Tu en appelles à mon ego...

— Allons, Havelock. La Haye est truffée de types du K.G.B. On ne sait ni qui ils ont acheté, ni jusqu'à quel niveau ils sont infiltrés. L'O.T.A.N. est compromis.

— Nous sommes tous compromis, George, et je ne *peux pas* t'aider. Parce que je crois que cela ne fait aucune différence. On atteint la case cinq, les faisant reculer jusqu'à la case quatre, alors ils sautent jusqu'à la sept. Et puis nous achetons la case huit, ils nous bloquent sur la neuf et personne n'atteint la case dix. Tout le monde hoche la tête pensivement et on retourne à la case départ. Pendant ce temps nous nous plaignons de nos pertes et nous couvrons les disparus d'éloges sans jamais admettre que cela ne fait strictement aucune différence.

— Arrête cette merde ! Nous n'allons pas nous laisser enterrer par qui que ce soit !

— Oh si, George. Tous. Par des enfants à naître. A moins qu'ils ne soient plus intelligents que nous, ce qui pourrait très bien être le cas. Si tu savais comme je l'espère !

— Mais de quoi parles-tu ?

— Le testament atomique pourpre d'une guerre sanglante.

— *Quoi ?*

— L'*Histoire*, George, l'Histoire... Bois un verre.
— Non, merci. » Le chef d'antenne de la C.I.A. se glissa hors de son siège. « Et je crois que tu as assez bu, ajouta-t-il une fois debout.
— Pas encore.
— Va te faire foutre, Havelock. » L'officier se détourna pour partir.
« George...
— Quoi encore ?
— Tu as perdu. J'allais t'expliquer ce qui m'est arrivé cet après-midi, mais tu ne m'as pas laissé finir.
— Et alors ?
— Et alors ça veut dire que tu savais ce que j'allais te raconter, non ? Quand as-tu intercepté le télégramme ? Vers midi ?
— Va te faire foutre ! »
Michael regarda l'homme de la C.I.A. retourner à sa table. Il avait dîné seul, mais Havelock savait qu'il n'était pas seul. En trois minutes son estimation fut confirmée. George signa son addition — ça faisait très mauvais effet — et marcha rapidement jusqu'au hall d'entrée. Quarante-cinq secondes plus tard un jeune homme assis à une table à droite dans la salle se leva pour partir, entraînant à son bras une fille étonnée. Une minute s'écoula et deux types qui avaient dîné dans un box sur la gauche se levèrent comme un seul homme et se dirigèrent vers la sortie. A la lumière des chandeliers, Michael contempla leurs assiettes. Elles étaient encore pleines. Très mauvais effet.
Ils l'avaient suivi, observé, employant des intermédiaires. Pourquoi ? Pourquoi ne lui foutaient-ils pas la paix ?
C'en était fini d'Amsterdam.

Le soleil de midi sur Paris était d'un jaune diffus et aveuglant ; ses rayons s'éparpillaient sur la Seine en oscillations frémissantes. Havelock s'engagea sur le Pont-Royal, à quelques pâtés de maisons de son petit hôtel rue du Bac. Il avait suivi le chemin le plus logique pour revenir du Louvre.

Il savait qu'il était important de ne pas dévier pour ne pas laisser ceux qui le suivaient penser qu'il soupçonnait leur présence, ou sa présence, au masculin ou au féminin selon le cas. Il avait repéré le taxi. Celui-ci avait fait deux crochets dans les embouteillages pour ne pas le perdre de vue. La personne qui dirigeait le chauffeur était habile. Le taxi s'était arrêté moins de trois secondes à un coin de rue puis avait filé dans la direction opposée. Ce qui signifiait que celui qui le suivait était maintenant à pied, sur le pont, dans la foule. Si l'objectif était d'entrer en contact, les foules étaient favorables et les ponts encore plus. Les gens s'arrêtent sur les ponts au-dessus de la Seine, simplement pour regarder l'eau d'un air absent. Ils le font depuis des siècles. On pouvait y discuter discrètement. Si l'objectif était d'entrer en contact et pas seulement la surveillance.

Michael s'arrêta, s'accouda au muret de pierre qui servait de parapet et alluma une cigarette, les yeux fixés sur un bateau-mouche qui s'approchait du pont. Si qui que ce soit l'observait, il aurait l'air de regarder le bateau plein de touristes, allant même jusqu'à leur faire signe de la main. Mais il ne les regardait pas. Il utilisait le soleil, masquant ses yeux de sa main droite et se concentrant sur la silhouette svelte qui s'approchait à droite, justement.

Il analysa très vite le feutre gris, le pardessus à col de velours et les chaussures de cuir noir maniaquement entretenues. C'était assez. Cet homme bien habillé représentait l'essence de la richesse et de l'élégance parisiennes, voyageant à travers toute l'Europe et les pays méditerranéens, de salon mondain en salon mondain, présence convoitée. Il était considéré comme le plus brillant critique d'art classique de Paris, ce qui voulait dire du continent et seuls quelques initiés savaient qu'il vendait bien autre chose que ses connaissances en matière d'art. Son nom était Gravet ; il s'arrêta près du parapet à deux mètres sur la droite de Havelock. Il réajusta son col de velours et commença à parler, juste assez fort pour être entendu.

« J'étais certain que c'était vous. Je vous suis depuis la rue Bernard.

— Je sais. Que voulez-vous ?

— La question est : que voulez-vous, *vous* ? Pourquoi êtes-vous à Paris ? On nous a fait comprendre que vous n'étiez plus en activité. Tout à fait franchement, nous devons vous éviter.

— Et faire un rapport immédiat si j'entre en contact, non ?

— Naturellement.

— Mais vous inversez le processus. Vous m'approchez. C'est un peu insensé, non ?

— Un risque mineur qui vaut la peine d'être pris, dit Gravet, immobile mais les yeux perpétuellement en alerte. Cela nous ramène loin en arrière, Michael. Je ne crois pas une seule seconde que vous soyez à Paris pour enrichir votre culture.

— Moi non plus. Qui a dit que j'étais là pour ça ?

— Vous êtes resté au Louvre vingt-sept minutes exactement. Un peu court pour absorber quoi que ce soit et un peu long pour se soulager. Mais c'est un *timing* très plausible pour rencontrer quelqu'un dans un coin tranquille et sombre, disons tout au bout de la galerie du troisième étage. »

Havelock se mit à rire. « Écoutez, Gravet...

— Ne me regardez pas, s'il vous plaît ! Gardez vos yeux fixés sur l'eau.

— Je voulais voir l'exposition romaine. C'était plein de touristes belges alors je suis parti.

— Vous avez toujours été rapide, je vous admirais pour ça... Et maintenant je reçois cet avertissement de mauvais augure : "Il n'est plus en activité. Évitez tout contact..."

— Il se trouve que c'est vrai.

— Quelle que soit votre nouvelle couverture, poursuivit Gravet rapidement, brossant délicatement les coudes de son manteau, qu'elle soit si parfaite ne peut signifier qu'une chose : vous fréquentez des gens trop haut placés. Je suis aussi un marchand, avec un très large champ d'information. Plus mes clients sont distingués, plus j'apprécie.

— Désolé, je ne suis pas acheteur. Évitez-moi.

— Ne soyez pas stupide. Vous ignorez ce que j'ai à offrir. Des choses incroyables se produisent partout en ce moment. Les alliés deviennent ennemis et vice versa. Le golfe Persique est en flammes et toute l'Afrique bouge selon des mouvements contradictoires. Le Pacte de Varsovie a des déchirures que vous ne soupçonnez pas et Washington poursuit une bonne douzaine de stratégies contre-productives que seule la stupidité incroyable des Soviétiques arrive à égaler. Je pourrais vous donner des chapitres entiers sur leurs folies les plus récentes. Ne me renvoyez pas, Michael. Payez-moi. Vous grimperez encore plus haut.

— Pourquoi diable voudrais-je grimper plus haut, alors que je viens juste d'abandonner la montée ?

— Décidément stupide. Vous êtes relativement jeune. Ils ne vous laisseraient pas partir...

— Ils peuvent me surveiller, mais ils ne peuvent pas me tenir. Tout ce que j'avais à faire, c'était abandonner ma pension...

— Trop simpliste. Vous avez tous des comptes bancaires dans des endroits cachés mais accessibles, tout le monde sait cela. Des fonds détournés, des paiements couverts faits à des sources inexistantes, des défraiements exorbitants pour des départs immédiats ou des papiers dont vous avez soudain besoin. Vous aviez votre retraite assurée dès vos trente-cinq ans.

— Vous exagérez à la fois mes talents et mon sens de la sécurité matérielle, dit Havelock en souriant.

— Peut-être préféreriez-vous un document plus prolixe, poursuivit le Français comme si Michael ne l'avait pas interrompu. Détaillant certaines procédures secrètes... des solutions, pourrait-on dire... Qui doivent par force décrire des gens et des événements spécifiques. Placés hors d'atteinte des gens les plus concernés. »

Havelock cessa de sourire. Le silence qui suivit

permit à Gravet d'enchaîner rapidement. « Naturellement, ça n'assurerait pas votre sécurité matérielle, mais cela ajouterait un sens certain au bien-être, n'est-ce pas ?

— Vous perdez votre temps. Je ne suis plus dans la course. Si vous avez quelque chose de valeur, vous obtiendrez votre prix. Vous savez à qui vous adresser.

— Ce ne sont que des seconds rôles inquiets. Aucun d'eux n'a vos entrées directes vers les... centres de détermination, disons...

— Je ne les ai plus.

— Je ne vous crois pas. Vous êtes le seul homme ici en Europe qui parle directement avec Anthony Matthias.

— Laissez-le en dehors de tout ça. Et pour votre gouverne, sachez que je ne lui ai pas parlé depuis des mois. » Brusquement Havelock se redressa et se tourna carrément vers le Français. « Prenons un taxi et allons à l'ambassade. Je connais des gens là-bas. Je vous présenterai à un attaché qui est au premier niveau et je lui dirai que vous êtes vendeur mais que je n'ai ni les ressources ni l'intérêt nécessaires pour m'impliquer. Okay ?

— Vous savez que je ne peux pas faire ça ! et, *s'il vous plaît...* »

Gravet n'eut pas à achever sa requête angoissée. Michael se retourna vers le parapet et le fleuve.

« Alors donnez-moi un numéro ou un endroit où je puisse vous contacter. Je vous appellerai et il pourra écouter.

— Pourquoi faites-vous ça ? Pourquoi cette charade ?

— Parce que ce n'est pas une charade. Comme vous le disiez au début, cela nous ramène loin en arrière. Si je vous fais cette faveur vous serez peut-être convaincu et vous pourrez peut-être alors en convaincre d'autres s'ils vous posent des questions et même s'ils n'en posent pas. Alors ? »

Le Français tourna la tête en se penchant au-dessus du mur de pierre et regarda Havelock. « Non merci, Michael. Je ne tiens pas à choisir entre Satan et ses démons. Mieux vaut un second rôle avec qui j'ai déjà traité qu'un attaché que je ne connais pas, fût-il du premier niveau. En ce qui me concerne, admettons que je vous crois. Vous ne révéleriez pas une source comme moi. Je suis trop profondément implanté et trop respectable. Oui, je vous crois.

— Rendez-moi la vie plus facile, alors. Divulguez cette information, fit Havelock avec un petit sourire désabusé.

— Et vos opposants du K.G.B. ? Seront-ils convaincus ?

— J'en suis certain. Leurs taupes ont probablement déjà passé le mot place Dzerzhinsky. Avant même que je signe mes papiers de démobilisation.

— Ils suspecteront un mensonge, dit Gravet d'un ton dubitatif.

— Raison de plus pour me laisser tranquille. Pourquoi mordre dans un appât si on le pense empoisonné ?

— Ils ont des moyens cliniques, comme vous.

— Tout ce que je pourrais leur dire, ils le savent déjà et ce que je sais a déjà été modifié. C'est précisément là que c'est drôle : mes ennemis n'ont rien à craindre de moi. Les quelques noms qu'ils pourraient apprendre n'en valent pas la chandelle. Il y aurait des représailles.

— Vous avez infligé pas mal de blessures graves quand vous étiez en service. La fierté existe, la vengeance aussi. C'est la condition humaine.

— Inexact. Nous sommes à égalité dans ces eaux troubles et, encore une fois, je ne vaux pas le coup d'être éliminé parce qu'il n'y aurait pas de conséquences pratiques. Personne ne tue à moins qu'il n'y ait une raison. Personne ne tient à être responsable de l'apocalypse. C'est délirant, non ? Presque victorien. Quand nous avons fini, nous sommes *out*. Peut-être nous réunirons-nous tous un jour, en enfer, dans une grande salle d'opérations stratégiques pour siroter quelques verres, mais tant que nous sommes sur cette terre nous sommes *out*. Là est l'ironie,

Gravet, la futilité. Quand on est *out* on s'en fout, on n'a plus de raison de haïr ni de tuer.

— Joliment tourné, votre petit discours, mon ami. Apparemment vous avez beaucoup réfléchi à ces choses.

— J'ai eu beaucoup de temps libre récemment.

— Mais il reste ceux qui sont extrêmement intéressés par vos observations récentes, vos conclusions... Votre rôle dans l'existence, pour ainsi dire. Il fallait s'y attendre. Ils sont tellement maniaco-dépressifs. Tantôt moroses, tantôt exaltés. Emportés et violents pendant un temps, tristes et bucoliques une minute après. Et souvent complètement paranoïaques. Ils reflètent les aspects les plus sombres du classicisme, je pense. Les diagonales cinglantes d'un Delacroix dans une psyché nationale multiraciale de grande envergure et si contradictoire. Ils sont si soupçonneux... si soviétiques. »

Havelock cessa de respirer. Lentement il tourna son regard vers Gravet.

« Pourquoi avez-vous fait ça ?

— Il n'y avait rien à craindre. Si je l'avais appris autrement, qui sait ce que j'aurais pu leur dire ? Mais puisque je vous *crois*, je tenais à vous expliquer pourquoi je devais vous tester.

— Moscou pense que je suis encore dans la course ?

— Je leur dirai que vous n'y êtes plus. Qu'ils l'acceptent ou pas, c'est un autre problème.

— Pourquoi ne l'accepteraient-ils pas ? demanda Havelock, le souffle court, les yeux fixés sur la surface mouvante de la Seine.

— Je n'en ai pas la moindre idée... Vous allez me manquer, Michael. Vous avez toujours été très civilisé. Vous n'êtes pas né Américain, n'est-ce pas ? Vous êtes Européen en réalité.

— Je suis Américain, trancha Havelock calmement. Vraiment.

— Vous avez bien servi votre pays d'adoption, dirais-je. Si jamais vous changez d'avis — ou si on vous en fait changer — contactez-moi. Nous pourrons toujours faire affaire.

— Ça m'étonnerait, mais merci encore.
— Ce n'est pas un refus catégorique, alors ?
— Je veux rester poli.
— Civilisé. *Au revoir,* Mikhaïl. Je préfère le nom qui vous fut donné à votre naissance. »

Havelock regarda l'élégant Gravet marcher avec une grâce étudiée vers l'extrémité du Pont-Royal. Le dandy français avait accepté une mission aveugle ordonnée par des gens qu'il trouvait repoussants. Il devait avoir été payé royalement. Mais pourquoi ?

La C.I.A. était à Amsterdam et la C.I.A. ne le croyait pas. Le K.G.B. était à Paris et le K.G.B. ne le croyait pas non plus. *Pourquoi ?*

C'en était fini de Paris. Jusqu'où iraient-ils pour le maintenir sous le microscope ?

L'Arethusa Delphi était un de ces petits hôtels près de la place Syntagma qui ne laissaient jamais le voyageur oublier qu'il était en Grèce. Les chambres étaient blanc sur blanc et d'un blanc pour le moins éclatant. Murs, meubles, rideaux de perles immaculés n'étaient égayés que par quelques tableaux de mauvais goût, bleu et albâtre, décrivant des scènes antiques. Temples, forums et oracles enjolivés par des peintres spécialisés dans la carte postale. Le tout encadré de plastique. Chaque chambre avait deux portes étroites ouvrant sur un balcon miniature, juste assez large pour deux petites chaises et une table lilliputienne. Les hôtes pouvaient y prendre leur café le matin, aveuglés dehors comme dedans par cette blancheur hellénique. En plus de cette somme de rappels peu subtils, la direction n'avait pas négligé les stimuli auditifs. A travers les halls, les ascenseurs et les corridors, on n'échappait jamais au battement rythmique de la musique folklorique grecque, cordes et cymbales *prestissimo.*

Havelock ouvrit les portes de l'ascenseur et conduisit la femme au teint mat dans le couloir. Tandis que les portes se refermaient, ils se regardèrent, moment d'anticipation amusée. La musique était repartie avec l'ascenseur.

« Zorba fait une pause, dit Michael en désignant sa chambre.

— Le reste du monde doit penser que nous sommes atteints nerveusement », dit la femme en riant, soulevant ses cheveux noirs et lissant la longue robe blanche qui fonçait encore plus sa peau et accentuait les lignes de son corps et de sa poitrine. Elle parlait anglais avec cet accent cultivé dans ces îles qui étaient les résidences des riches Méditerranéens. C'était une courtisane de haut vol dont les faveurs étaient très recherchées par les princes du commerce et de l'héritage. Une putain magnifique plutôt futée et aimant rire. Apparemment elle en tirait le maximum. « Vous m'avez sauvée, continua-t-elle, serrant le bras d'Havelock.

— Je vous ai kidnappée, dit-il.

— Termes souvent interchangeables », répliqua-t-elle en riant encore.

En fait c'était un mélange des deux. Sur le Marathonos, Michael avait rencontré un type avec qui il avait travaillé dans le secteur du Thermaikos cinq ans auparavant. Un dîner devait avoir lieu le soir dans un café place Syntagma. Havelock avait accepté l'invitation car ce n'était pas loin de son hôtel. Et la femme était là, escorte d'un businessman revêche, insultant et considérablement plus âgé. L'ouzo et les bouzoukis avaient fait des dégâts. Havelock et la femme étaient assis côte à côte, leurs mains et leurs jambes s'étaient frôlées, des regards s'étaient échangés. Le businessman ne faisait pas le poids. Michael et la courtisane des îles s'étaient éclipsés.

« Je crois que je vais avoir à faire face à un Athénien en colère, demain, dit Havelock, ouvrant la porte de sa chambre.

— Ne soyez pas sot, protesta-t-elle. Ce n'est pas un gentleman. Il vient d'Épidaure et il n'y a pas de gentlemen à Épidaure. C'est une espèce de paysan, un bœuf qui a fait du fric avec les colonels. Une des conséquences du régime les plus écœurantes.

— Quand vous êtes à Athènes, écartez-vous des

Épidauriens », dit Michael en prenant une bouteille de bon scotch et des verres. Il les remplit.

« Vous êtes venu à Athènes souvent ?

— Quelques fois.

— Qu'est-ce que vous faites ? Quel genre de travail ?

— J'achète des choses, je les revends... »

Havelock traversa la pièce, les verres à la main. Ce qu'il avait sous les yeux correspondait à ce qu'il voulait voir, bien qu'il ne se soit pas attendu à le trouver si vite. La femme avait enlevé sa fine cape de soie et l'avait posée sur une chaise. Elle déboutonna sa robe par le haut, ses seins palpitants, provocants, comme une invite.

« Vous ne m'avez pas achetée, dit-elle, prenant son verre. Je suis venue de ma propre volonté. *Efharistan,* Michael Havelock. Je le prononce bien ?

— Très bien. »

Elle trinqua avec lui, puis s'approcha. Elle lui toucha les lèvres, puis le menton, glissa sa main dans son cou et attira son visage vers le sien. Ils s'embrassèrent. Elle entrouvrit ses lèvres, la chair douce et l'humidité de sa bouche excitaient Michael. Elle pressa son corps contre le sien, lui prit la main gauche et la conduisit vers ses seins sous sa robe ouverte.

Elle recula, respirant profondément.

« Où est ta salle de bains ? Je vais me mettre... moins...

— Par ici.

— Et toi ? Mets-toi... moins... Tu vois ce que je veux dire. On se retrouve au lit. Je suis vraiment très impatiente. Tu es très, *très* attirant, et je suis... très impatiente. »

D'un geste étudié, elle ramassa sa cape sur la chaise et marcha doucement, sensuellement vers la porte de la salle de bains. Elle entra, lui jetant un regard par-dessus son épaule ; ses yeux disaient des choses qui n'étaient probablement pas vraies mais tout de même excitantes.

Quelles que soient ses raisons, cette putain expérimentée allait accomplir son show, sa performance et il voulait, il avait besoin de cette performance, de ce soulagement.

Michael ôta ses vêtements, gardant son slip, posa son verre près du lit et écarta le dessus de lit et la couverture. Il s'installa sous le drap et prit une cigarette, tournant le dos à la porte de la salle de bains.

« *Dbriy vyehchyecr priyatel.* »

Au son de cette voix grave, Havelock sauta sur le lit, ses mains crispées comme des serres, mais il n'avait pas d'arme à saisir. Debout dans l'encadrement de la porte de la salle de bains se tenait un type chauve dont Michael reconnut le visage d'après des douzaines de photos examinées dans le passé. Il était de Moscou. Un des hommes les plus puissants du K.G.B. Dans sa main, un automatique, un énorme Graz-Burya. Il y eut un clic. Percuteur relevé, l'arme était en position de tir.

3

« Vous pouvez partir maintenant », dit le Russe à la femme cachée derrière lui. Elle se faufila dans la chambre, regarda brièvement Havelock puis se précipita vers la porte et disparut.

« Vous êtes Rostov. Piotr Rostov. Directeur des stratégies extérieures, K.G.B., Moscou.

— Votre visage et votre nom me sont également connus, ainsi que votre dossier.

— Vous vous êtes compliqué la tâche, *priyatel* », dit Michael en utilisant le mot russe pour *ami*, au sens néanmoins dénié par un ton glacial. Il clignait des yeux, cherchait à retrouver ses capacités, non sans difficulté. Il secoua la tête, essayant d'effacer les effets écœurants de l'ouzo et du whisky.

« Vous auriez pu m'accoster dans la rue et m'inviter à prendre un verre. Vous n'auriez rien appris de plus d'ailleurs, rien qui ait une quelconque valeur. A moins que vous ne soyez ici pour un *koza Gariah.*

— Pas d'exécution, Havlicek.

— Havelock.

— Fils de Havlicek.

— Vous feriez bien de ne pas me rappeler mon passé.

— C'est moi qui tiens le revolver. » Rostov relâcha le percuteur de son automatique, mais garda l'arme au niveau de la tête de Michael. « Votre passé lointain n'a pas de rapport avec moi. Vos activités récentes, par contre, me concernent au premier chef. Nous concernent, si vous préférez.

— Alors vos taupes ne méritent pas leur salaire.

— Ne serait-ce que pour le justifier, ils rédigent leurs rapports avec une fréquence irritante. Mais sont-ils exacts ?

— S'ils vous ont dit que j'avais arrêté, ils sont exacts. C'est terminé pour moi.

— Terminé ?... Voilà un mot empreint de trop de finalité, sujet à l'interprétation, non ? Terminé quoi ? Fini une phase et en route pour une autre ?

— Fini avec tout ce qui pourrait vous concerner.

— Hors de toute atteinte ? » demanda l'officier du K.G.B. en passant l'encadrement de la porte pour venir s'adosser au mur, son Graz-Burya prêt, pointé maintenant vers la gorge d'Havelock.

« Vous n'êtes plus employé par votre gouvernement en aucune manière officielle ? Difficile à accepter. Cela a dû causer un choc à votre cher ami Anthony Matthias. »

Michael étudia le visage du Russe, baissant les yeux vers l'énorme automatique pointé sur lui. « Un Français a également mentionné Matthias l'autre jour. Je vais vous répéter ce que je lui ai dit, bien que je ne sache pas pourquoi je le devrais. Vous l'aviez payé pour amener le nom de Matthias dans notre conversation.

— Gravet ? Il nous méprise. Il n'est civilisé envers nous que lorsqu'il traverse les galeries du Kremlin ou de l'Ermitage à Leningrad. Il pourrait nous dire n'importe quoi.

— Pourquoi l'avoir utilisé alors ?

— Parce qu'il vous aime bien. Et il est beaucoup plus facile de repérer un mensonge quand le menteur parle de quelqu'un qu'il aime bien.

— Ainsi vous l'avez cru ?

— Ou bien vous l'avez convaincu et nous n'avions pas d'autre choix. Dites-moi *à moi.* Comment ce secrétaire d'État américain si brillant et si charismatique a-t-il réagi à la démission de son *Krajan ?*

— Je n'en ai pas la moindre idée, mais je présume qu'il a compris. C'est exactement ce que j'ai dit à Gravet. Je n'ai pas vu Matthias et je ne lui ai pas parlé non plus, et ce depuis des mois. Il a assez de problèmes comme ça. Aucune raison d'y ajouter ceux d'un de ses anciens étudiants.

— Mais vous étiez plus qu'un étudiant. Sa famille connaissait la vôtre à Prague. Vous êtes devenu ce que vous êtes...

— Ce que j'étais, coupa Havelock.

— A cause d'*Anton* Matthias, acheva le Russe.

— C'était il y a longtemps. »

Rostov se tut. Il baissa légèrement son arme puis se remit à parler.

« Très bien. C'était il y a longtemps... Mais maintenant ? Personne n'est irremplaçable, mais vous étiez un homme de valeur. Bien informé, intelligent, productif...

— La valeur et la productivité sont généralement liées au degré d'investissement. Je ne me sens plus impliqué. J'ai perdu mon sens de l'engagement.

— Dois-je en déduire que vous pourriez être tenté ? — L'homme du K.G.B. abaissa encore un peu son arme — Par un autre engagement ?

— Allons, ne faites pas l'innocent. Mis à part des révulsions personnelles qui datent de plusieurs décennies, nous avons une taupe ou deux place Dzerzhinsky. Je n'ai aucune envie d'être étiqueté “au-delà de toute récupération”.

— C'est un terme très hypocrite. Cela semble impliquer de la compassion de la part de vos exécuteurs.

— Cela l'exprime, en effet.
— Assez mal. »
Rostov redressa son automatique, l'avançant lentement. « Nous n'avons pas de tels problèmes avec les expressions verbales. Chez nous un traître est un traître... Je pourrais vous emmener avec moi, vous savez...
— Pas facilement. »
Michael se tenait immobile, les yeux rivés à ceux du Russe. « Il y a des couloirs, des ascenseurs, des halls et des rues à traverser. C'est risqué. Vous pourriez perdre. Tout. Parce que moi je n'ai rien d'autre à perdre qu'une cellule à la Lubyanka.
— Une chambre, pas une cellule. Nous ne sommes pas des barbares.
— Va pour la chambre. Le même genre de chambre que celles que nous réservons aux gens comme vous en Virginie... et nous gaspillons également notre argent. Quand des gens comme vous ou moi s'en sortent la tête encore sur les épaules, tout est modifié. Les hypnogènes et autres penthatols sont des invitations au piège.
— Il reste toujours les taupes.
— Je ne sais pas qui elles sont, de même que vous l'ignoriez quand vous étiez sur le terrain. Pour les mêmes raisons, à cause de ces fameuses chambres. Nous ne connaissons que les codes courants, des mots qui nous emmènent où nous devons aller. Les codes que je connaissais ne vous seraient plus d'aucune utilité maintenant.
— Très sincèrement, essayez-vous de me convaincre qu'un homme qui a votre expérience n'a aucune valeur pour nous ?
— Je n'ai pas dit ça, coupa Havelock, je vous suggère simplement de soupeser les risques. Un de vos petits succès d'il y a deux ans... Nous avions pris un homme à vous qui était foutu, bon pour une ferme à Grasnov. Nous l'avions fait passer en Finlande et collé dans un avion, direct pour Fairfax, Virginie. On lui a tout injecté, de la scopolamine au triple amytol et on a beaucoup appris. Des stratégies

avortèrent, des réseaux entiers furent restructurés, dans une confusion totale. Puis nous avons appris autre chose. Tout ce qu'il nous avait dit était faux. Sa tête était programmée comme un disque d'ordinateur. Des hommes de valeur devinrent inutiles, on perdit un temps énorme. Disons que vous m'emmeniez à la Lubyanka — ce que je ne crois pas que vous puissiez faire, soit dit en passant — comment saurez-vous que je ne suis pas la réponse à cet homme ?

— Parce que vous n'auriez pas exposé cette possibilité, dit Rostov en reculant un peu son arme, mais sans la baisser.

— Vraiment ? Au contraire, cela me paraît la meilleure des couvertures. Vous ne pourriez jamais savoir, non ? Et puis, nous avons développé un sérum — dont je ne sais rien sauf qu'on l'injecte à la base du crâne — qui annule la programmation. Cela a à voir avec la neutralisation des lobes occipitaux, et ne me demandez pas où diable ils se trouvent. A partir de ça, on peut déterminer ce qu'on veut.

— Une telle révélation me stupéfie.

— Pourquoi ? Je suis peut-être en train d'éviter à nos directeurs respectifs un tas d'aggravations. Cela pourrait être mon objectif. Ou bien peut-être que rien de tout cela n'est vrai. Ni le sérum, ni la protection et que j'invente tout au fur et à mesure. C'est une possibilité, dit Michael en souriant.

Le Russe lui rendit son sourire. « *Khvatit !* Vous êtes *out !* Vous nous amusez tous les deux avec une logique qui pourrait vous servir. Vous êtes en route pour cette ferme de Virginie.

— C'est ce que j'essayais de vous dire. Est-ce que je vaux le risque.

— Voyons ça. »

Soudain, le Russe secoua son automatique, le frappa sur la paume de sa main gauche et le lança vers Havelock.

Michael l'attrapa au vol.

« Qu'est-ce que je suis censé en faire ?

— Qu'est-ce que vous voulez en faire ?

— Rien. Je présume que les trois premières balles

sont des capsules de caoutchouc remplies d'hémoglobine, je ne ferais donc que salir votre chemise. »

Havelock libéra le magasin. Il tomba sur le lit.

« Ce n'est pas un très bon test, de toute façon. En imaginant qu'il fonctionne vraiment et que ce truc fasse un peu de bruit, vingt *khruscheik* défonceraient la porte et me feraient sauter la caboche.

— Il est chargé et il n'y a personne dans le couloir. L'Arethusa Delphi est plutôt aux mains de Washington.

— Qu'est-ce que vous essayez de prouver ? »

Le Russe sourit à nouveau et haussa les épaules. « Je ne sais pas exactement. Cela a trait à quelque chose de bref qui est passé dans vos yeux. Quand un homme est face à une arme hostile et que soudain il se retrouve en possession de cette arme, il a un désir compulsif et instantané d'éliminer la menace... l'hostilité rebondit. Ça se passe dans le regard. Aucun self-control ne peut le masquer... Si l'inimitié, la haine, sont actives.

— Et qu'y avait-il dans mes yeux ?

— Un désintérêt absolu. De la lassitude, si vous préférez, de l'ennui.

— Je ne suis pas certain que vous ayez raison, mais j'admire votre courage. Vous en avez plus que moi... Il est chargé ?

— Oui.

— Pas de capsules d'hémoglobine ? »

Le Russe secoua la tête. Son expression reflétait son amusement.

« Pas de balles. C'est-à-dire pas de poudre dans les douilles. »

Puis Rostov leva sa main gauche et de la droite, il souleva la manche de son avant-bras. Remontant jusqu'au coude, un tube fin, dont le mécanisme était apparemment déclenché en pliant le bras. « *Snotvornaye,* dit-il en touchant les fils tendus comme des ressorts. Ce sont ce que vous appelez des fléchettes narcotiques. Vous auriez dormi paisiblement jusqu'à demain soir pendant qu'un docteur aurait insisté pour que votre étrange fièvre soit étudiée dans sa clinique. Nous vous aurions sorti, mis dans un avion pour Salonique jusqu'à Sébastopol après avoir franchi les Dardanelles. »

Le Russe détacha un fil autour de son poignet et ôta son arme.

Havelock étudiait l'homme du K.G.B., très perplexe. « Vous auriez réellement pu me prendre.

— Tant que la tentative n'est pas faite on ne peut pas savoir. J'aurais pu rater le premier coup et vous êtes plus jeune, plus fort que moi. Vous auriez pu attaquer, me rompre le cou. Mais les chances étaient de mon côté.

— Complètement. Pourquoi ne pas l'avoir fait ?

— Parce que vous avez raison. *Nous ne vous voulons pas.* Les risques sont trop grands — pas ceux dont vous parliez, mais d'autres. Je devais simplement savoir la vérité et maintenant je suis convaincu. Vous n'êtes plus au service de votre gouvernement.

— Quels risques ?

— Ils nous sont inconnus, mais ils sont là. Tout ce qu'on ne peut pas comprendre dans ce métier constitue un risque. Mais je ne vous apprends rien.

— Dites-moi une chose... Je viens d'obtenir une grâce. J'aimerais savoir pourquoi.

— Très bien. »

L'officier russe hésita. Il marcha sans but apparent vers les doubles portes qui ouvraient sur le balcon miniature et en entrebâilla une. Puis il la referma et se tourna vers Havelock.

« Je dois d'abord vous dire que je ne suis pas ici sur ordre de la place Dzerzhinsky, ni même avec sa bénédiction. Pour être franc, mes vénérés supérieurs du K.G.B. croient que je suis à Athènes pour tout autre chose. Vous pouvez croire ou non ce que je dis, bien sûr.

— Donnez-moi une bonne raison. Quelqu'un doit bien savoir. Vous, les *Jednatele* vous ne faites jamais rien en solo.

— Deux autres personnes savent. Un associé proche à Moscou et un homme dévoué — une taupe, pour être précis — qui est à Washington.

— Vous voulez dire à Langley ? »

Le Russe secoua le chef, puis répliqua doucement.

« A la Maison-Blanche.

— Vous m'impressionnez. Ainsi, deux *Kontrolyora* de haut rang au K.G.B. et une taupe russe à deux pas du bureau ovale décident qu'ils veulent me parler... mais ils ne veulent pas me prendre. Ils pourraient me coller dans un avion pour Sébastopol et de là dans une chambre à la Lubyanka où nos conversations seraient plus "productives" selon votre point de vue, mais ils ne le font pas. Au lieu de cela, leur porte-parole — un homme que je ne connais que de réputation et par quelques photos — me dit qu'il existe des risques liés à moi qu'il ne peut pas définir, mais dont il connaît l'existence et qu'à cause d'eux on me donne la possibilité de parler ou pas — à propos de quoi ? Je n'en ai pas la moindre idée. Ça va, comme ça ?

— Vous avez cette propension slave à aller directement au cœur du sujet.

— Je ne vois aucune raison ancestrale. C'est du simple bon sens. Vous parliez, j'écoutais. C'est ce que vous avez dit — ou ce que vous alliez dire. Logique de base. »

Rostov s'éloigna des portes du balcon. Il avait l'air pensif, pris par le doute. « J'ai bien peur que ce soit le facteur manquant. La logique.

— Maintenant, vous parlez d'autre chose.

— Oui.

— De quoi ?

— Vous... La Costa Brava. »

Havelock se figea. La colère brouilla ses yeux, mais il la contrôla.

« Continuez, dit-il d'une voix plate.

— Cette femme... C'est à cause d'elle que vous avez démissionné, non ?

— Cette conversation est terminée, dit abruptement Havelock. Sortez d'ici !

— S'il vous plaît. » Le Russe leva les deux mains dans un geste de paix, de prière, peut-être. « Je crois que vous devriez m'écouter.

— Je ne le crois pas. Il n'y a plus rien que vous puissiez dire qui arriverait à m'intéresser, même de loin. Il faut féliciter la *Voennaya.* C'était du beau boulot. Ils ont gagné... Elle aussi. Puis elle a perdu. C'est terminé et il n'y a plus rien à dire.

— Si.

— Pas pour moi.

— Ceux de la V.K.R. sont des fous furieux, dit le Russe très vite. Je n'ai pas besoin de vous l'apprendre. Nous sommes ennemis, vous et moi, personne ne prétend le contraire, mais nous reconnaissons certaines règles entre nous. Nous ne sommes pas des chiens enragés, nous sommes des professionnels. Il existe un respect fondamental de l'un pour l'autre, peut-être fondé sur la peur, mais pas nécessairement. Accordez-moi ça, *priyatel.* »

Leurs yeux étaient à niveau, pénétrants.

Havelock acquiesça. « Je vous connais d'après vos fiches... Comme vous me connaissez. Vous ne faisiez pas partie de ce crime.

— La mort, même inutile, même gaspillée, reste la mort. Toujours un gâchis. La mort qui n'est pas une nécessité mais une provocation est un gâchis encore plus dangereux. Elle peut frapper son instigateur dix fois plus fort, par contrecoup.

— Allez dire ça à la *Voennaya.* Pour eux ça n'avait pas l'air d'être du gâchis. Plutôt seulement une nécessité.

— Des bouchers ! cracha Rostov, de sa voix grave. Qui peut leur dire quoi que ce soit ? Ce sont les descendants des abattoirs de l'ancienne Guépéou, les héritiers de Yagoda, cet assassin cinglé. Ils sont pleins jusqu'à la gueule de fantasmes paranoïaques vieux d'un demi-siècle à l'époque où Yagoda a abattu tous les autres, les calmes, les raisonnables, parce qu'il haïssait leur manque de fanatisme qu'il rendait équivalent à une trahison de la révolution. Vous *connaissez* la V.K.R. ?

— Juste assez pour m'en tenir le plus loin possible et espérer que vous arriviez à les contrôler.

— J'aimerais pouvoir vous rassurer sur ce point.

C'est un peu comme si une bande de vos hurleurs fanatiques d'extrême droite avait reçu un statut officiel et une partie de l'appareil de la C.I.A.

— Nous avons des vérifications et des bilans... Si cela arrivait — et c'est parfaitement possible — une telle subdivision de la C.I.A. serait constamment surveillée, critiquée. Ses mouvements d'argent seraient étudiés avec attention, ses méthodes seraient réprouvées et en fin de compte un tel groupe serait éliminé.

— Vous avez commis des erreurs, tout de même. Vos différents Comités des activités anti-américaines, vous avez eu vos McCarthy, vos Houston, vos purges dans la presse irresponsable. Des carrières détruites, des vies anéanties... Oui, vous avez eu votre part d'erreurs.

— Cela n'a jamais duré longtemps. Nous n'avons pas de goulags, pas de programmes de réhabilitation à la Lubyanka. Et notre presse "irresponsable" a les moyens de devenir responsable de temps à autre. Elle a balancé un régime de petits malins agressifs. Les plus sauvages des vôtres restent en place.

— Nous commettons aussi des fautes. Mais nous existons depuis peu. La jeunesse a droit à l'erreur.

— Et il n'existe rien de comparable à l'opération *paminyatchik* de la V.K.R. Cela ne serait ni toléré ni alimenté en argent par le pire Congrès ou la pire de nos administrations.

— Encore un autre fantasme paranoïaque ! s'écria l'homme du K.G.B., ajoutant, avec dérision, les voyageurs *paminyatchik !* Une stratégie tombée en désuétude depuis vingt ans ! Vous ne pouvez tout de même pas penser qu'elle fleurit encore ?

— Peut-être moins que la *Voennaya,* mais sûrement plus que vous ne le croyez — si vous ne mentez pas.

— Allons, Havelock ! Des enfants russes envoyés aux États-Unis, élevés par des marxistes séniles et pathétiques pour devenir des agents infiltrés. C'est insensé ! Soyez raisonnable. C'est psychologiquement malsain, voire désastreux — pour ne pas parler de certaines comparaisons inévitables. Nous en perdrions la majorité face aux blue-jeans, au rock'n roll et aux voitures de sport. Nous serions idiots...

— Là, vous mentez. Ils existent, vous le savez et nous le savons. »

Rostov haussa les épaules. « C'est une question de nombre, alors. Et de valeur, devrais-je ajouter. Combien peut-il en rester ? Cinquante, cent, deux cents au maximum ? Des créatures tristes, conspirant comme des amateurs, errant dans vos villes, se rencontrant dans des caves pour échanger des non-sens, doutant de leur propre valeur, du but de leur existence même et des raisons de leur mise en place. On leur accorde très peu de créance, à ces soi-disant voyageurs, je vous en donne ma parole.

— Mais vous ne les avez pas rappelés.

— Où les mettrions-nous ? Très peu d'entre eux parlent le russe. Ils seraient une source d'embarras. L'usure, *Priyatel,* voici la solution. Et les remercier de paroles sincères, comme vous diriez, vous, les Américains.

— La *Voennaya* ne les renvoie pas.

— Je vous l'ai déjà dit, les hommes de la V.K.R. poursuivent des fantasmes en porte-à-faux.

— Je me demande si vous croyez à ce que vous dites, dit Michael en étudiant l'officier des renseignements soviétiques. Toutes ces familles n'étaient pas pathétiques et séniles, et tous ces voyageurs ne sont pas des amateurs.

— S'il y a eu dans un passé récent le moindre mouvement important de la part des *paminyatchiki,* répliqua Rostov fermement, nous ne sommes pas au courant.

— Et s'il y en a et que vous n'êtes pas au courant, ce serait important, non ? »

Le Russe se figea. Lorsqu'il se remit à parler sa voix était grave et pensive.

« La V.K.R. est incroyablement secrète. Ce serait important, effectivement.

— Eh bien, je vous ai trouvé un sujet de réflexion. Appelons ça le cadeau d'adieu d'un ennemi démissionnaire.

— Je ne cherche pas de tels cadeaux, dit Rostov froidement. Ils sont aussi gratuits que votre présence ici à Athènes.

— Puisque vous n'approuvez pas, retournez à Moscou et livrez vos propres batailles. Votre infrastructure ne me concerne plus. Et à moins que vous n'ayez une autre arme de bande dessinée sous votre manche, je vous suggère de partir.

— C'est tout à fait ça, *pyehshkah,* oui, *pyehshkah.* Un pion. Comme vous dites. Des sections séparées, vraiment ; mais une seule entité. Il y a d'abord le K.G.B. Tout le reste suit. Un homme ou une femme peut graviter jusqu'à la V.K.R., peut même exceller dans ses opérations les plus secrètes, mais il — ou elle — doit d'abord être sorti des rangs du K.G.B. Au minimum il *doit* y avoir un dossier *quelque part.* Avec les recrues étrangères, c'est, comme vous le diriez, un double impératif. Protection interne, bien évidemment. »

Havelock s'assit sur le lit. La confusion se mêlait à la colère dans son regard. « Dites ce que vous essayez de dire, mais dites-le vite. Vous dégagez une drôle d'odeur, *priyatel.*

— Je crois que c'est notre cas à tous, Mikhaïl Havlicek. Nos narines ne s'y feront jamais vraiment, n'est-ce pas ? On dirait même qu'elles deviennent de plus en plus sensibles... aux variations de cette odeur malsaine, comme les animaux...

— Dites...

— Il n'y a aucune trace d'une Jenna Karasova ou Karras au K.G.B. »

Havelock fixa le Russe, puis, soudain, sans avertissement, il sauta du lit, attrapa le drap et le lança en l'air, aveuglant le Soviétique. Il plongea en avant, cognant Rostov contre le mur, le fit pivoter contre lui en lui tordant le poignet, puis le balança, la tête la première dans le mur, dans le cadre en plastique d'un des tableaux bon marché. Il lui serra le cou d'une clef imparable de son bras droit.

« Je pourrais vous tuer pour ce que vous venez de dire, murmura-t-il en soufflant, les muscles de sa mâchoire serrée contre le crâne chauve de Rostov. Vous disiez que je pourrais vous tordre le cou... Je pourrais le faire, *maintenant* !

— Vous pourriez, répliqua le Soviétique en toussant. Et vous seriez mis en pièces dans cette chambre ou dans la rue.

— Je croyais que vous n'aviez personne dans cet hôtel ?

— Je mentais. Il y a trois hommes à moi. Deux sont habillés en garçons d'étage près des ascenseurs, un dans l'escalier... Il n'existe aucune protection pour vous à Athènes. Mes hommes sont dehors, dans la rue, chaque sortie est surveillée. Mes instructions sont claires : je dois sortir à un endroit précis et à une heure précise. Toute altération géographique ou temporelle engendrera votre mort. Ils se précipiteront dans la chambre et vous ne pourrez pas sortir de l'hôtel. Je ne suis pas fou.

— Sans doute, mais vous n'êtes qu'un animal, comme vous disiez, s'écria Michael en relâchant son étreinte avant de balancer le Russe à travers la chambre. Retournez à Moscou et dites-leur que l'appât était trop gros. Ça pue la *charogne.* Je ne marche pas, *priyatel.* Foutez le camp d'ici.

— Il n'y a pas d'appât, protesta le Russe en reprenant sa respiration, les deux mains sur la gorge. C'est votre propre argument. Que pourriez-vous réellement nous dire qui vaudrait le risque encouru, ou des représailles même peut-être ? Vous êtes fini. Même sans être téléguidé vous pourriez nous attirer dans une centaine de pièges — théorie qui nous a traversé l'esprit, entre autres. Vous parlez librement et nous agissons selon vos dires, mais ce que vous nous apprenez n'est plus opérationnel. A travers vous nous construisons des stratégies — pas de simples codes et chiffres, mais des stratégies vitales à long terme — que Washington a abandonnées sans *vous* le dire. Et en faisant cela nous découvrons nos agents. Vous en êtes sûrement conscient. Vous parliez de *logique* ? Ce sont vos propres mots ! »

Havelock fixait l'officier russe, sa respiration

audible, la colère et l'étonnement se mêlant à sa tension émotionnelle. L'ombre d'une possibilité qu'une erreur ait pu être commise sur la Costa Brava était plus qu'il ne pouvait supporter. *Mais il n'y avait pas d'erreur.* Un déserteur du groupe Baader-Meinhof avait déclenché une suite d'événements révélateurs. La preuve avait été rapportée à Madrid et il s'était penché sur le problème, plaçant chaque fragment, le déplaçant, à la recherche d'une contradiction dans le puzzle. Il n'y en avait pas. C'était tout. Même Anthony Matthias — Anton Matthias, ami, mentor, père spirituel — avait exigé une vérification en profondeur. Le rapport était revenu : *Positif.*

« Non, la preuve était là ! *Elle* était là ! Je l'ai vue moi-même. J'avais demandé à assister à l'exécution et ils ont accepté.

— Ils ? Qui ils ?

— Vous le savez aussi bien que moi ! Des hommes comme vous ! les... *stratèges* en chambre ! Vous n'avez pas assez regardé, pas assez fouillé, vous vous trompez ! »

Le Russe remuait doucement la tête, en cercle, massait sa gorge de sa main gauche. Il parla doucement. « Je ne nierai pas l'existence d'une telle possibilité — comme je le disais, la V.K.R. est maladivement secrète, spécialement à Moscou — mais cette possibilité est lointaine... Nous étions stupéfaits. Un agent infiltré d'une efficacité redoutable est lâché dans un piège par ses propres chefs... qui tiennent ensuite le K.G.B. pour responsable de sa mort en clamant qu'elle était de notre bord. Le résultat de cette manipulation est la neutralisation du compagnon de cette femme, de son amant, un agent très secret, polyglotte et aux talents exceptionnels. Avouez qu'il y avait de quoi être étonné ? Nous cherchons les dossiers dans les coffres, y compris les plus enfouis. Jenna Karras n'apparaît nulle part. Elle n'a *jamais* été des nôtres. » Rostov marqua une pause. Ses yeux reflétaient son attention. Michael Havelock était comme une panthère dangereusement provoquée. Il était prêt à bondir, à frapper, à tuer. Le

Russe poursuivit d'une voix neutre. « Nous vous sommes très reconnaissants. Nous profitons de votre élimination, mais nous nous demandons pourquoi ? Pourquoi ont-ils fait ça ? Est-ce un piège ? Et si cela était, dans quel but ? Qui y gagne ? En surface, c'est nous, mais encore une fois, pourquoi ? *Comment ?*

— Demandez à la V.K.R. ! s'écria Michael rageusement. Ils ne l'avaient pas prévu, mais c'est pourtant ce qui s'est produit. Et je suis la prime, le *bonus*, demandez-leur !

— Nous l'avons fait, dit le Soviétique. Un directeur de section moins fou que les autres, qui, à cause de son équilibre relatif, a peur de ses collègues. Il nous a affirmé qu'il n'était pas au courant du cas Jenna Karras, ni du dossier Costa Brava, mais puisque les agents sur le terrain n'avaient pas soulevé le problème, il avait cru comprendre que le problème ne *devait pas* être soulevé. Comme il le faisait remarquer, les résultats étaient avantageux. Deux condors abattus, tous deux très talentueux, un exceptionnel. La *Voennaya* était ravie de s'adjuger ces victimes.

— Il y avait de quoi, non ? J'étais liquidé et elle n'existait plus. Un sacrifice inutile. Cela servait leur but. Il vous l'a dit. Il l'a reconnu.

— Il ne l'a pas reconnu. Ce qu'il disait est tout à fait différent. Je viens de vous le dire. C'est un homme terrorisé. Seul mon rang a pu le persuader d'aller aussi loin dans ses investigations.

— Vous ne m'étonnez pas.

— Je l'ai écouté, comme vous m'avez écouté il y a quelques instants. Il me disait qu'il n'avait pas la moindre idée de ce qui s'est passé, ni pourquoi.

— Il ne savait pas personnellement, contredit Havelock en colère. Les agents sur le terrain, eux, savaient. *Elle* savait !

— Vous tirez des conclusions trop hâtives. Son bureau est responsable de toutes les activités du secteur Sud-Ouest de la Méditerranée. Cette zone inclut la Costa Brava. Un rendez-vous en situation d'alerte — spécialement quand il implique ostensiblement le groupe Baader-Meinhof — aurait dû sans nul doute lui passer entre les mains, à un niveau ou un autre... Dans des circonstances normales.

— Des conclusions trop hâtives ? répéta Michael.

— Je ne m'accorde que la plus petite marge d'erreur. Cette possibilité qui est cachée à l'extrême...

— C'est celle-là que j'accepte, s'écria à nouveau Michael, qui parut troublé de ce soudain éclat.

— Vous voulez l'accepter. Peut-être devez-vous l'accepter.

— La plupart du temps la V.K.R. reçoit ses ordres directement du Kremlin. Ce n'est pas un secret. Si vous ne mentez pas, c'est que tout cela s'est passë au-dessus de vos têtes.

— Il faudrait que je sache la vérité. Et cette idée m'effraie bien plus que vous ne le croyez. Mais puisqu'aussi bien je suis obligé de reconnaître vos réussites professionnelles, *priyatel,* je dois vous dire que je ne crois pas que les politiques du Kremlin soient concernés par les désirs de gens comme vous et moi. Ils traitent des problèmes plus pesants, dans une vision globale des choses. Et ils n'ont pas de connaissances techniques en ce qui nous concerne.

— Ils en ont bien en ce qui concerne Baader-Meinhof, *et* l'O.L.P., *et* les Brigades Rouges, *et* une demi-douzaine d'autres armées rouges qui foutent cette planète à feu et à sang. *Ça,* c'est de la politique !

— Seulement pour les fous.

— Et c'est précisément d'eux que nous parlons ! Des *cinglés* ! »

Michael s'arrêta, comme frappé par l'évidence. « Nous avons déchiffré les codes de la V.K.R. Ils étaient authentiques. J'ai vu trop de choses pour ne pas savoir. C'est *moi* qui ai établi le contact. *Elle a répondu.* J'ai envoyé la transmission finale aux hommes du bateau. Ils ont répondu ! Expliquez-moi ça !

— Je ne peux pas.

— Alors foutez-moi le camp ! »

L'officier du K.G.B. regarda sa montre. « De toute façon, il faut que je parte.

— Oui.

— Nous sommes dans une impasse, dit le Russe.

— Pas moi.

— Peut-être et cela ajoute au risque que vous représentez. Vous savez ce que vous savez et idem pour moi. C'est une impasse, que vous le vouliez ou non.

— Il est l'heure.

— Absolument. Je n'ai pas envie d'être pris dans un feu croisé. Je vais partir. »

Rostov se dirigea vers la porte et tourna la poignée. « Il y a quelques minutes vous disiez que l'appât était trop gros, trop évident et que cela puait la charogne. Dites ça à Washington, *priyatel.* Nous n'en voulons pas non plus.

— Sortez ! »

La porte se referma et Havelock resta immobile pendant une minute, se remémorant les yeux du Russe. Son regard exprimait trop de vérités. Depuis des années, Michael avait appris à discerner la vérité, spécialement chez ses ennemis. Rostov n'avait pas menti : il avait dit ce qu'il pensait être la vérité. Ce qui signifiait que ce puissant stratège du K.G.B. était manipulé par ses propres chefs à Moscou. Pyotr Rostov était une sonde aveugle — un officier influent et intelligent expédié nanti d'informations dont il était convaincu que ses supérieurs ne les possédaient pas, pour entrer en contact avec l'ennemi et retourner un agent américain, le recruter pour Moscou. Plus l'officier serait haut placé, plus il serait crédible — aussi longtemps qu'il dirait ce qu'il croyait être la vérité.

Michael s'approcha de la table de nuit où il avait laissé son verre de whisky une demi-heure plus tôt. Il le vida d'un trait, contempla le lit. Il sourit en constatant comment la soirée s'était transformée en si peu de temps. La call-girl avait bien fait son numéro, mais pas du tout comme il l'avait imaginé.

La courtisane sensuelle, tout droit sortie des hautes sphères de la société, n'était qu'un pion dans un plan préparé de longue date. Quand les plans s'arrêteraient-ils ? Amsterdam... Paris... Athènes...

Peut-être rien ne s'arrêterait-il tant que lui ne s'arrêterait pas ? Aussi longtemps qu'il bougeait, les mâchoires du piège le suivaient à la trace, le surveillaient, attendaient qu'il commette les crimes imaginaires qu'on s'attendait à le voir perpétrer. C'était dans le mouvement lui-même qu'ils trouvaient matière à suspicion. Personne n'errait sans but après avoir bougé sur ordre pendant des années. S'il continuait, cela signifiait forcément qu'il suivait des directives, une tactique nouvelle, un plan préparé. Sinon il serait resté tranquille. Quelque part.

Peut-être était-ce le moment de s'arrêter ? Peut-être l'odyssée de ses souvenirs était-elle à bout de course. Il avait un télégramme à envoyer, un engagement à tenir. Un re-départ. Un ami presque oublié qui était redevenu un ami et cet homme lui avait offert une nouvelle vie. Il pourrait enterrer l'ancienne. Il devait planter de nouvelles racines, cultiver des nouvelles relations, créer des choses... enseigner.

Qu'enseigneras-tu, Mikhatl ?

Assez ! tu n'es pas une part de moi-même !

Tu ne l'as jamais été !

Demain matin il enverrait le télégramme à Harry Lewis, puis il louerait une voiture et roulerait vers le nord-ouest pour attraper un ferry-boat à Kerkira. De l'Adriatique il prendrait le bateau jusqu'à Brindisi en Italie. Il l'avait déjà fait, sous Dieu sait quelle identité, et avec Dieu sait quel objectif. Maintenant il le ferait en tant que Michael Havelock, professeur de Sciences Politiques. De Brindisi il prendrait un train pour Rome, une ville qu'il adorait. Il y passerait une semaine ou deux. Ce serait la dernière étape de son odyssée, l'endroit où il pourrait mettre au repos toutes les pensées d'une vie qui était terminée. Mais il ne pourrait pas rester trop longtemps à Rome.

Il avait des choses à *faire*... à Concord, New Hampshire, U.S.A. Il assumerait sa charge de professeur dans un peu moins de trois mois. Entre-temps il avait des problèmes pratiques à régler. Préparer ses cours à l'aide d'autres professeurs. Un programme à étudier, à évaluer en déterminant les domaines où sa contribution serait la mieux répartie. Une courte visite à Matthias, peut-être, qui aurait sûrement quelques précisions à lui apporter, des concepts spécifiques qu'il pourrait développer pour enrichir ses cours. Même surchargé, Matthias lui accorderait un peu de temps, car Anton Matthias, plus que n'importe qui serait heureux pour lui. Son ancien étudiant revenait au campus. Là où tout avait commencé.

Tant de choses à faire. Un endroit où vivre. Une maison. Des meubles. Des plantes, des casseroles, des livres. Un fauteuil, un lit où dormir. Des choix. Il n'avait pas pensé à tout ça... jamais. Il y pensait maintenant et sentait croître son excitation.

Il s'approcha de la table, ouvrit la bouteille de scotch et se versa un autre verre. « *Priyatel* », dit-il doucement, sans raison particulière, contemplant son visage dans le miroir. Soudain, il fixa ses propres yeux et, saisi d'une terreur subite, écrasa le verre sur la table, si fort qu'il éclata. Du sang se répandit doucement sur sa main. Ses yeux ne le laissaient pas partir ! Et il comprit. Ses yeux avaient-ils vu la vérité cette nuit-là sur la Costa Brava ?

Assez !

Il ne savait pas s'il avait crié ou pas.

C'est fini !

Le Dr Harry Lewis était assis derrière son bureau aux murs couverts de livres, le télégramme à la main. Il attendait le départ de sa femme.

« A plus tard, chéri », dit-elle, sa voix venant du hall à l'étage au-dessous. Il entendit la porte d'entrée s'ouvrir et se fermer. Elle était sortie.

Lewis prit le téléphone et composa le 202, l'indicatif de Washington D.C. Les sept chiffres qui suivirent n'existaient que dans sa mémoire, n'avaient jamais été écrits. Ils ne seraient jamais enregistrés non plus sur aucune facture, programmés électroniquement pour échapper aux ordinateurs.

« Oui ? fit une voix d'homme à l'autre bout du fil.

— Birchtree, dit Harry.

— Allez-y, Birchtree. Vous êtes enregistré.

— Il a accepté. Le télégramme vient d'Athènes.

— Aucun changement de date ?

— Non. Il sera là un mois avant le début du trimestre.

— A-t-il dit où il allait après Athènes ?

— Non.

— Nous surveillerons les aéroports. Merci, Birchtree. »

Rome... La ville éternelle ne ressemblait plus à cette capitale que Havelock aimait. Des grèves éclataient partout, renforcées par le caractère versatile des Italiens qui discutaient à tous les coins de rue, concerts de piquets de grève, meetings dans les jardins publics et autour des fontaines. Le courrier était jeté au caniveau, s'ajoutant aux ordures qui s'entassaient depuis des semaines. Impossible de trouver le moindre taxi, et la plupart des restaurants étaient fermés pour cause de non-approvisionnement. Les *Poliziotti,* après quelques abus, effectuaient une grève de zèle, ce qui n'arrangeait pas la folie complète de la circulation et, comme les téléphones faisaient partie du service national des postes, ils fonctionnaient largement en dessous de la normale, ce qui les rendait presque impraticables. La ville débordait d'une sorte d'hystérie négative à laquelle était venu s'ajouter un sévère décret pontifical — d'un étranger, un *Polacco* ! — qui allait à l'encontre de la démarche progressiste entamée avec Vatican II. *Giovanni Ventitre ! Dove sei ?*

C'était sa deuxième nuit à Rome et Michael avait quitté sa *pensione* sur la Via Due Macelli deux heures auparavant, avec l'espoir qu'un de ses restaurants favoris serait ouvert. Il ne l'était pas et aucun taxi ne se montrait pour le ramener à l'hôtel.

Il avait atteint l'extrémité nord de la Via Veneto et se dirigeait vers une rue adjacente pour s'extraire du carnaval invraisemblable que formait la foule sur la Via Veneto.

Une affiche attira son attention. Dans une vitrine illuminée une grande photo vantait les splendeurs de Venise, invitait le touriste à s'y plonger.

Pourquoi pas ? Et pourquoi pas ? La passivité flottante qui consistait à ne pas faire de plan impliquait des changements soudains. Il regarda sa montre. Il était presque huit heures et demie. Probablement trop tard pour faire une réservation à l'aéroport. Mais si sa mémoire était exacte — et elle l'était — les derniers trains quittaient Rome vers minuit. Pourquoi ne pas y aller, et en train ? A l'aller, le paresseux circuit omnibus Brindisi-Rome avait été étonnamment beau, traversant des paysages inchangés depuis des siècles. Un train... Il pouvait faire sa valise en une minute, atteindre la gare en un quart d'heure. L'argent qu'il était prêt à donner lui ouvrirait toutes les facilités. Sinon il pourrait toujours retourner Via Due Macelli. Il avait payé une semaine d'avance.

Quarante-cinq minutes plus tard, Havelock traversait les immenses portes de la gare d'Ostie, construite par Mussolini à l'époque des tambours et trompettes, des bruits de bottes et des trains à l'heure.

L'italien n'était pas le langage qu'il maîtrisait le mieux, mais il arrivait à le lire correctement. *Biglietto per Venezia. Prima classe.* Sa chance continuait. Il n'y avait presque pas de queue et son train, le célèbre *Venezia Ferrovia,* partait dans huit minutes, et si le *signore* voulait bien payer le maximum, il aurait droit à l'insigne faveur d'un compartiment pour lui tout seul.

C'était exactement ce qu'il voulait et en poinçonnant son billet, l'employé lui dit que le *Ferrovia* partait d'un quai situé à plusieurs terrains de football du guichet.

« *Fate presto, signore! Non perdite tempo! Fate infretta!* »

Michael marcha rapidement à travers la masse d'humanité en mouvement, se frayant aussi vite que possible un passage vers la voie 36. Comme toujours, c'était imprimé dans sa mémoire, le dôme géant était saturé du bruit de la foule et des trains. Un chaos.

Arrivées et départs se rejoignaient en un contrepoint de cris stridents et d'au-revoirs, mains, bras et voix en crescendo, perpétuellement. Des épithètes aiguës ponctuaient le grondement général parce que les porteurs, eux aussi, étaient visiblement en grève. Il lui fallut cinq minutes de transpiration intense avant de franchir l'arche immense et d'atteindre le quai qui était encore plus chaotique que le grand hall. Un train archibondé venait d'arriver du Nord au moment où le *Venezia Ferrovia* allait partir. Des chariots à bagages et des hordes de passagers hurlants s'évitaient, se rentraient dedans. Coffres, valises, cartons et enfants en pleurs étaient poussés, tirés, soulevés par des hommes en colère et des femmes frustrées par l'absence de porteurs. C'était une scène digne de l'Enfer de Dante, un pandemonium hurlant, un avant-goût du châtiment divin.

Soudain, au bout du quai, Michael aperçut une femme à travers la foule déchaînée. La nuque d'une femme dont le visage était dissimulé par un chapeau posé de travers sur sa tête. Elle descendait du train qui venait du Nord et s'était tournée pour parler à un contrôleur. Cela s'était déjà produit. La même couleur de cheveux ou la même coupe, la forme d'une nuque, vaguement comme la sienne. Un châle ou un chapeau, ou un imperméable semblables à ceux qu'elle avait portés. Cela lui était déjà arrivé, trop souvent. Illusions évoquées par des fragments de coïncidences.

Puis la femme se retourna et une douleur suraiguë traversa le crâne de Havelock, se précipita comme des poignards chauffés au rouge jusque dans sa poitrine. Ce visage sur le quai... masqué par moments par les mouvements de la foule n'était pas une illusion... C'était *elle* !

Leurs regards se rencontrèrent. Ses yeux à elle grands ouverts sur une peur pure, crue. Visage pétrifié de terreur. Puis elle secoua la tête et plongea dans le mur humain qui lui faisait face.

Michael écrasa ses paupières, puis les rouvrit, essayant de se débarrasser de la douleur, du choc et du tremblement incontrôlable qui l'avait saisi. Il lâcha sa valise. Il ne lui restait que sa vitesse. Il fallait qu'il courre, qu'il rattrape ce fantôme de la Costa Brava ! Elle était *vivante* ! Cette femme qu'il avait aimée, cette apparition qui avait trahi son amour et qui en était morte. Elle était *vivante* !

Il écarta les corps sur son passage comme un animal en furie, hurla son nom, lui ordonnant de s'arrêter, criant aux gens de la stopper. Il courut le long du quai et repassa l'arche de pierre, ignorant les hurlements des passagers furieux qu'il bousculait sur son passage, sans prêter attention aux claques et aux coups qu'on lui donnait, aux mains qui agrippaient ses vêtements.

Elle s'était perdue dans la foule.

Au nom du ciel que s'était-il passé ?

Jenna Karras était toujours en vie.

4

Comme sous l'impact terrifiant d'un éclair soudain, il était revenu dans le monde obscur qu'il avait voulu laisser derrière lui mais qui ne l'avait jamais lâché. *Vivante !* Sa propre galaxie mentale s'élançait en une spirale qu'il ne contrôlait plus. Il devait continuer à bouger. Il devait la trouver ! Il courut, aveugle dans la foule aveugle de bras, de jambes, de visages, d'épaules. D'abord une sortie, puis la suivante, et une troisième, une quatrième. Il arrêtait les rares policiers qu'il trouvait, cherchant ses mots dans le lexique italien enfoui dans sa mémoire. Il hurlait son signalement, finissait chaque phrase par *Aiuto* ! Pour toute réponse, il n'obtenait que des haussements d'épaules et des regards désapprobateurs.

Il continuait à courir. Un escalier ! une porte ! un ascenseur ! Deux mille lires à une femme qui entrait dans des toilettes. Cinq mille à un employé. Des supplications à trois contrôleurs qui quittaient la gare avec leurs sacoches, ce qui signifiait qu'ils rentraient chez eux.

Rien. Elle n'était nulle part. Elle avait disparu... Dans la nuit ; dans la ville. *Quelque part.*

Havelock se pencha sur une poubelle, la sueur coulait de sa tête dans son cou, sur ses vêtements déchirés. Ses mains étaient écorchées et saignaient. Pendant un moment il crut qu'il allait vomir là, dans cette poubelle. Il avait dépassé le cap de l'hystérie. Il devait revenir en arrière, se reprendre.

Et le seul moyen d'y parvenir était de continuer à bouger, de plus en plus lentement, mais de continuer. Laisser les battements affolés de son cœur ralentir, laisser leurs échos résonner jusqu'à ce qu'ils disparaissent, retrouver une partie de ses esprits pour pouvoir réfléchir. Il se souvint soudain de sa valise. Il y avait peu de chances qu'elle y soit encore. Mais cela lui donnait quelque chose à faire, un endroit où aller. Il retraversa la foule, le corps douloureux, ses perceptions floues, brinquebalé par les hordes gesticulantes comme s'il était dans un tunnel peuplé d'ombres effrénées et de vents tourbillonnants. Le temps était un continuum insaisissable : il n'avait aucune idée du temps qu'il lui fallut pour repasser sous l'arche de pierre et atteindre le quai maintenant presque désert. Le *Venezia Ferrovia* était parti, et des équipes de nettoyage envahissaient les wagons du train du Nord... Le train qui avait amené Jenna Karras.

Bizarrement sa valise était encore là, écrasée mais presque intacte, fermetures déchirées ouvertes sur ses affaires. Elle était coincée dans l'étroit espace compris entre le troisième wagon et le bord du quai. Il s'agenouilla et tenta de l'en sortir, dans un grand crissement de cuir abrasé, déchiré par la friction sur le ciment. Elle vint à lui tout d'un coup et il perdit l'équilibre, tomba sur le ciment, tenant encore la poignée à moitié arrachée. Un homme en bleu de travail s'approchait, poussant un large balai. Michael se releva doucement, maladroitement, conscient que l'employé s'était arrêté, les yeux reflétant une quantité égale d'amusement et de dégoût. Il devait penser qu'il était ivre mort.

La poignée céda. La valise prit un angle absurde. Havelock la souleva et la prit dans ses bras. Il fit demi-tour et retourna vers le hall, se rendant tout à fait compte que sa démarche ressemblait à celle d'un homme en transes. Il ne saurait jamais combien de temps il avait mis, ni quelle sortie il avait empruntée, mais il se retrouva soudain dans la rue, serrant sa valise contre sa poitrine, titubant devant une rangée de magasins illuminés. Il était conscient du fait que les gens le regardaient, étonnés par ses vêtements déchirés, et sa valise écrasée d'où dépassaient ses affaires. La foule se faisait plus clairsemée, dispersée par l'air frais de la nuit. Il devait absolument retrouver son équilibre mental. Se concentrer sur de petites choses. Commencer par la surface : se laver le visage, changer de vêtements, s'asseoir, fumer une cigarette... remplacer sa valise.

F. MARTINELLI, VALIGERIA.

Les lettres de néon rouge brillaient majestueusement au-dessus de la grande vitrine pleine d'accessoires de voyage. C'était un de ces magasins près de la gare d'Ostie qui attiraient le riche étranger ou l'Italien fortuné. Marchandise chère, objets ordinaires changés en objets de luxe à coups d'argent plaqué et de cuivre astiqué.

Havelock s'arrêta un moment, respira profondément, tenant sa valise comme une bouée de sauvetage. Une planche sur une mer démontée. Sans elle, il allait se noyer. Mais il était hors de question qu'il se noie. Il avait des choses à faire. D'autres choses maintenant, qui n'avaient plus rien à voir avec Concord, New Hampshire, U.S.A.

Il entra dans le magasin, bénissant l'heure tardive qui l'avait vidé de ses clients. Le gérant apparut derrière le comptoir central, l'air très inquiet. Il hésita, puis battit en retraite. Havelock parla rapidement, dans un italien passable.

« J'ai été pris dans une foule hystérique sur le quai. Il me faut deux ou trois choses... pas mal de choses en fait. On m'attend au Hassler. »

En entendant le nom du palace le plus réputé de Rome, le visage du gérant changea du tout au tout, se fit sympathique, presque fraternel.

« *Animali* ! s'exclama-t-il, levant les bras au ciel. Quel malheur, *signore* ! allons, laissez-moi vous aider.

— J'aurais besoin d'une valise neuve... du bon cuir bien souple si vous aviez...

— *Naturalmente.*

— Je me rends compte du dérangement, mais y aurait-il un endroit où je pourrais me laver ? Je ne voudrais pas que la Contessa me voie dans cet état.

— Par ici, *signore* ! mille excuses ! Et je parle au nom de tout Rome ! Par ici... »

En se lavant et en se changeant dans l'arrière-boutique, Michael essayait de faire le point. Ses pensées le ramenèrent aux brèves visites que Jenna et lui avaient faites à Rome. Ils étaient venus deux fois. La première, juste pour un séjour d'une nuit et l'autre, plus officiellement. Trois ou quatre jours, si ses souvenirs étaient bons. Ils avaient attendu des ordres de Washington, après avoir traversé les Balkans en se faisant passer pour un couple yougoslave, analysant l'expansion soudaine des défenses frontalières. Il se souvenait d'un homme, d'un officier de renseignements, difficile à oublier, qui leur avait transmis les ordres de Washington. Ce qui rendait cet homme mémorable, c'était sa couverture. Il était le seul attaché de l'ambassade qui fût noir.

Leur première entrevue n'avait pas été dénuée d'humour... d'humour noir. Michael et Jenna étaient supposés rencontrer l'attaché dans un petit restaurant à l'ouest du Palatin. Ils avaient attendu un moment au bar, espérant que leur contact choisirait une table, sans prêter attention au grand Noir qui commandait une vodka-martini juste à côté d'eux. Au bout de cinq minutes, le Noir leur avait adressé la parole, dans un anglais impeccable.

« Je suis votre porteur, Bawana Havelock. Vous ne croyez pas qu'on ferait mieux de s'asseoir ? »

Il s'appelait Lawrence Brown. Lieutenant-colonel Lawrence B. Brown. L'initiale B pour son vrai nom, qui était Baylor. Brown était un homme à qui il pourrait parler... Si Brown acceptait de *lui* parler. Ce serait n'importe où sauf près de l'ambassade des États-Unis. Le gouvernement américain avait plusieurs choses terribles à expliquer à un agent démissionnaire.

Il fallut vingt minutes à Michael pour obtenir le standard de l'ambassade pendant que le gérant remettait ses affaires dans une valise neuve hors de prix. L'attaché Brown assistait à une réception.

« Dites-lui que c'est urgent, dit Michael. Mon nom est... Baylor. »

L'officier de renseignements Lawrence Baylor-Brown se sentit obligé de prendre Havelock. Tout ce qu'un ancien agent avait à raconter, il vaudrait mieux l'entendre à l'ambassade. Pour pas mal de raisons.

« Supposez que je vous dise que j'annule ma démission. Je ne suis pas sur vos fiches de salaires, ni sur aucune autre, mais je reprends du service. Et je vous suggère de ne le mentionner à personne, colonel.

— Il y a un café sur la Via Pancrazio, la *Ruota del Pavone.* Vous connaissez ?

— Je trouverai.

— Dans quarante-cinq minutes.

— J'y serai. »

Havelock l'observait d'une table placée dans le recoin le plus sombre du café, tandis que l'officier commandait une carafe de vin au bar, puis traversait la salle mi-obscure. Le visage acajou du colonel Brown était fermé, dur. Il n'était pas à l'aise et quand il atteignit la table, aucune main ne se tendit. Il se posa en face de Michael, soupira doucement et esquissa un vague sourire.

« Content de vous voir, dit-il sans conviction.

— Merci.

— Et à moins que vous n'ayez vraiment quelque chose d'important à raconter, vous me mettez dans de sales draps, mon vieux. J'espère que vous vous en rendez compte.

— J'ai une nouvelle qui va vous faire sauter la tête », répondit Michael, sa voix se changeant involontairement en soupir. Son tremblement réapparaissait. Il se saisit le poignet pour le faire cesser. « Moi, ça m'a littéralement terrassé. »

Le colonel étudiait Michael, son regard tomba sur ses mains.

« Vous avez l'air secoué, effectivement. Qu'y a-t-il ?

— Elle est *vivante. Je l'ai vue !* »

Brown resta silencieux, immobile. Ses yeux scrutaient le visage de Michael. Il était évident qu'il contemplait les marques des écorchures récentes et des bleus sur sa peau. Il était également visible qu'il avait fait la relation.

« Vous faites référence à la Costa Brava ? demanda-t-il finalement.

— Bordel, vous le savez bien ! dit Havelock fou de rage. Ma démission subite et les circonstances qui l'ont motivée ont été transmises à toutes les putains de stations et d'antennes que nous avons. C'est pour ça que vous avancez avec précaution. “Attention au prodige foutu”, vous dit Washington. Il peut *faire* n'importe quoi, *dire* n'importe quoi, croire qu'il a des comptes à régler.

— C'est déjà arrivé, dit Brown.

— Pas moi. Je n'ai aucun compte à régler, parce que le jeu ne m'intéresse pas. Je suis rationnel. J'ai vu ce que j'ai vu. Et *elle* m'a vu ! Elle m'a reconnu ! Elle est partie en courant !

— Le stress émotionnel est le cousin germain de l'hystérie, dit posément le colonel. Dans un tel état, un homme peut arriver à voir un tas de choses qui n'existent pas. Et vous avez sacrément morflé.

— Vous parlez au passé composé, ce n'est pas le temps qui convient. J'étais fini. J'avais accepté le fait et les raisons...

— Allons, mon vieux, insista Brown, on ne balance pas seize ans d'engagement comme ça.

— Moi, *si* !

— Vous étiez venu à Rome avec elle. La mémoire se déclenche, se distorsionne. Ça arrive, vous savez.

— Négatif. Rien ne s'est déformé. Je l'ai vue !

— Vous m'avez appelé, coupa Brown sèchement. Nous avions passé deux ou trois soirées ensemble, avec elle. Quelques verres, quelques bons moments. Par association d'idées, vous m'appelez...

— Je n'avais personne d'autre à appeler. Vous étiez mon seul contact à Rome ! Maintenant je pourrais aller à l'ambassade, à l'époque je ne pouvais pas.

— Allons-y, alors, dit le colonel rapidement.

— Pas question ! C'est vous que je voulais voir. Vous m'aviez transmis les ordres il y a sept mois et maintenant vous allez envoyer un message aux mêmes personnes. Dites-leur ce que je viens de vous dire, ce que j'ai *vu*. Vous n'avez pas le choix.

— J'ai mon opinion, tout de même... Je retransmets ce qu'un ex-prodige me raconte dans un état d'excitation extrême.

— Très bien ! Alors écoutez ça, maintenant. Il y a cinq jours à Athènes j'ai presque étranglé un homme du K.G.B. que nous connaissons tous les deux d'après nos fichiers parce qu'il m'affirmait que la Costa Brava n'était pas l'œuvre des Soviétiques. Que Jenna Karras n'avait *jamais* appartenu au K.G.B. et encore moins à la V.K.R. Je ne l'ai pas tué. J'ai pensé que c'était un coup de *sonde,* un appât aveugle, parce que cet homme disait la *vérité* — telle qu'il la connaissait. J'ai fait parvenir un message à Moscou. L'appât était trop gros, trop évident, une odeur de charogne.

— Je suppose que vous considérez cela comme très charitable si on songe à votre passé.

— Oh non, c'est lui qui a été très charitable. Vous voyez, ils auraient pu me prendre. Je me serais retrouvé à Sébastopol en route vers la place Dzerzhinsky sans même savoir que j'avais quitté Athènes.

— Il a eu cette gentillesse ? demanda Brown, interloqué. Il était vraiment si bien renseigné ?

— Aussi renseigné que modeste. Mais il ne m'a pas embarqué. Je n'étais pas sur la liste des passagers pour Sébastopol.

— Et pourquoi ?

— Parce qu'il était convaincu que *j'étais* un appât. C'est assez ironique, non ? Je n'avais pas ma chambre réservée à la Lubyanka. On ne voulait pas de moi. A la place il m'a donné son propre message pour Washington. Ils ne veulent *pas* de moi. »

Havelock s'arrêta. Les yeux du colonel se firent pensifs. Il tournait son verre dans ses mains. « Je n'ai pas votre expérience, mais vous dites que vous avez réellement vu ce que vous avez vu.

— Je l'affirme. Acceptez-le.

— Je ne vous concède rien, mais disons que c'est possible. Cela pourrait quand même être un leurre. Ils vous tiennent sous leur loupe, ils connaissent vos plans, votre itinéraire. Leurs ordinateurs choisissent une femme ressemblant à Jenna Karras, et avec un peu de chirurgie esthétique, ils en font un double suffisant. "Attention au génie foutu", il a peut-être des comptes à régler. Surtout s'il a eu le temps de mijoter, si on le travaille un peu.

— J'ai vu son regard et ce qu'il contenait ! Mais même si vous ne l'admettez pas, il y a encore autre chose. Quelque chose qui oblitère toute stratégie et toute mise en scène possible. Deux heures avant j'ignorais que je me rendrais dans cette gare. Dix minutes avant de la voir je ne savais pas que je serais sur ce quai et personne ne pouvait le savoir. Je suis arrivé à Rome hier et j'avais pris une chambre pour une semaine, payée d'avance. A huit heures et demie ce soir j'ai vu une affiche dans une vitrine et j'ai eu envie d'aller à Venise. Je n'en ai parlé à personne. »

Michael fouilla dans sa poche et en sortit le ticket du *Venezia Ferrovia.* Il le posa devant Lawrence Brown.

« Ce train devait partir à neuf heures trente-cinq. L'heure d'achat est imprimée sur le billet. Lisez !

— Vingt et une heure vingt-sept, dit l'officier en lisant. Huit minutes avant le départ du train.

— Tout ceci est vérifiable. Maintenant regardez-moi bien en face et dites-moi que je suis un menteur. Et pendant que vous y êtes, expliquez-moi comment cette rencontre aurait pu être mise en scène étant donné l'écart des horaires et le fait qu'elle était dans un train entrant en gare !

— Je ne peux pas. Si elle était...

— Elle parlait avec un contrôleur, juste avant de disparaître dans la foule. Je suis certain que je peux le retrouver. »

Brown était de nouveau silencieux, perplexe. Il fixait Havelock puis il se remit à parler doucement. « Inutile. J'enverrai votre message à qui de droit... avec mon appréciation personnelle. Quoi que vous ayez vu, vous ne mentez pas. Où puis-je vous joindre ?

— Désolé, c'est moi qui vous appellerai.

— Ils vont vouloir vous parler très bientôt.

— Je resterai en contact avec vous, ne vous inquiétez pas.

— Pourquoi ces précautions, Havelock ?

— A cause d'une phrase prononcée par Rostov à Athènes.

— Rostov ? Piotr Rostov ? dit le colonel en écarquillant les yeux. On ne peut guère trouver plus haut placé.

— Il y a plus haut.

— Ça ira comme ça. Qu'est-ce qu'il vous a dit ?

— Que nos narines ne s'ajustent jamais vraiment, qu'elles développent plutôt une sorte de sensibilité... aux variations de l'odeur de pourriture qui se dégage de ce monde clandestin. Comme les animaux.

— J'espérais quelque chose de moins abstrait, dit Brown, ennuyé.

— Vraiment ? Pour moi, tout ceci est fichtrement concret. Le piège de la Costa Brava a été orchestré par Washington. Les preuves contre Jenna ont été composées par la cellule interne d'un de ces bureaux stériles des étages supérieurs de l'État.

— J'avais cru comprendre que vous dirigiez l'opération, interrompit Brown.

— La dernière phase. J'avais insisté sur ce point.

— Et alors vous...

— J'ai agi à partir d'éléments qu'on m'avait fournis, coupa Michael, et maintenant je veux savoir pourquoi on me les avait donnés, je veux savoir pourquoi cette mise en scène a eu lieu sur la Costa Brava, je veux savoir ce qui s'est passé ce soir.

— Si vous l'avez réellement vue.

— Elle est en vie. Je veux savoir pourquoi, et comment c'est possible !

— Je ne comprends toujours pas.

— La Costa Brava a été montée à mon insu, à mon intention ! Quelqu'un voulait me mettre hors circuit. Pas *mort,* mais *out.* Confortablement dégagé de ces tentations qui affectent les hommes comme moi.

— Des comptes à rendre ? demanda le colonel. Le syndrome d'Agréee, le complexe de Snepp ? Je ne savais pas que vous étiez contaminé.

— J'ai eu ma ration de chocs, ma part de questions. Quelqu'un voulait enterrer ces questions et *elle* a marché. *Pourquoi ?*

— Deux suppositions que je ne suis pas prêt à admettre sont des faits. Et si vous avez l'intention de supporter quelques chocs, pas dans l'intérêt national, j'imagine — et, évidemment, je parle dans l'hypothèse d'une solution extrême — il existe d'autres méthodes pour les... enterrer.

— Publier mon arrêt de mort ?

— Je n'ai pas dit que nous vous tuerions. Nous ne vivons pas dans ce genre de pays. Le colonel s'arrêta, puis ajouta : D'un autre côté, pourquoi pas ?

— Pour la même raison qui fait que certains autres n'ont pas eu d'accidents bizarres que des pathologistes pré-programmés pourraient appeler autrement. La protection personnelle fait partie intégrante de notre boulot, mon pote. C'est un syndrome de plus. On l'appelle le syndrome de Nuremberg. Les chocs, au lieu d'être enterrés, pourraient bien faire surface. Des dépositions scellées devant être ouvertes par des avocats inconnus dans le cas d'*et cœtera* problématiques.

— Bon Dieu ! Vous pensez vraiment ce que vous dites ?

— Non. Étrangement, je n'ai pas été jusque-là. Pas sérieusement. Je me suis simplement mis en colère. Le reste n'est que suppositions, dit Michael, pensivement.

— Dans quel genre de monde vivez-vous, vous et vos semblables ?

— Dans le même que vous, seulement on a traîné nos guêtres un peu plus loin, un peu plus profondément. Et c'est pour ça que je ne vous dirai pas où me joindre. Mes narines ont reniflé une sale odeur depuis le Potomac. » Havelock se pencha en avant, et d'une voix sèche, presque un murmure. « Je connais cette femme. Pour elle, faire ce qu'elle a fait signifie qu'on a dû lui faire quelque chose, que quelque chose est suspendu au-dessus de sa tête. Quelque chose d'obscène. Je veux savoir ce que c'est et pourquoi.

— En supposant, commença Brown lentement, en supposant que vous ayez raison, et pour l'instant je n'admets rien, qu'est-ce qui vous fait croire qu'ils vous expliqueront ce que vous cherchez à savoir ?

— Tout a été si soudain », dit Michael en se redressant, le corps rigide, sa voix flottant maintenant dans une sorte de rêverie douloureuse. « C'était un mardi et nous étions à Barcelone. Depuis une semaine. Il allait se passer quelque chose dans le secteur, c'est tout ce que Washington nous avait dit. Puis un message est arrivé de Madrid : une communication à quatre zéros apportée par un courrier, contenu interdit à l'ambassade, réservé à une seule personne. Moi. Personne ne pouvait relayer cette information. Alors il a fallu que j'aille à Madrid, que je signe pour avoir le droit d'ouvrir ce foutu container d'acier et que je l'examine dans une pièce gardée par trois Marines. Tout était là, tout ce qu'elle avait fait, toutes les informations qu'elle avait transmises — informations qu'elle n'avait pu obtenir que de moi. Le piège était là aussi, avec la possibilité que je contrôle moi-même si je le voulais... Et je le souhaitais. Ils savaient que ce serait la seule façon de me convaincre. Le vendredi j'étais de retour à Barcelone et le samedi tout était fini... Et j'étais convaincu. En cinq jours tous les murs s'étaient écroulés. Pas de trompettes, pas de drapeau, juste une lampe torche, des cris et des bruits horribles par-dessus le roulement des vagues. Cinq jours... Si vite, si affreusement vite, tout en crescendo. C'était la seule manière d'y arriver.

— Vous n'avez pas répondu à ma question, interrompit calmement l'officier. Si vous avez raison, qu'est-ce qui vous fait penser qu'ils vous expliqueront tout ? »

Havelock regarda Brown droit dans les yeux. « Parce qu'ils ont peur. On en arrive au "pourquoi". Les questions. Lequel était-ce ?

— Mais de quoi parlez-vous ?

— La décision de me relever de mes fonctions n'a pas été mûrie graduellement, colonel. Quelqu'un a appuyé sur la détente. Ils ne poussent pas un type comme moi dehors simplement pour des histoires d'accumulation de différences. Le talent coûte cher, et le talent prouvé sur le terrain est difficile à remplacer. On peut trouver des arrangements, offrir des explications, se mettre d'accord. On essaie d'abord tout ça avant de laisser partir un champion. Mais personne n'a essayé avec moi.

— Pourriez-vous être plus précis ? le pressa l'officier, très ennuyé.

— J'aimerais bien. C'est quelque chose que je sais, ou qu'ils croient que je sais. Quelque chose que j'aurais pu mettre sur le papier. Et c'est une bombe.

— Vous l'avez ? demanda Brown d'un ton professionnel. Vous possédez une telle information ?

— Je la trouverai, répliqua Havelock, reculant tout à coup sa chaise, prêt à partir. Dites-leur ça. Tout comme je la retrouverai elle, dites-le-leur bien. Ça ne sera pas facile parce qu'elle n'est plus avec eux. Elle est en roue libre, elle est comme une résistante, qui a pris le maquis. J'ai aussi vu ça dans ses yeux. Mais je la retrouverai.

— Peut-être... dit l'officier très vite, comme pour retenir Havelock. Peut-être que si tout ce que vous affirmez est vrai, ils voudront vous aider.

— Ils auraient intérêt, fit Michael, en se levant, regardant le soldat de haut. J'aurai besoin de toute l'aide possible. En attendant je veux que toute cette satanée histoire soit racontée... Absolument toute, vous m'entendez. Parce que si le message n'est pas transmis, je vais commencer à raconter mes petites histoires personnelles. Quand et où, personne ne le saura, mais les mots seront clairs et hauts. Et parmi eux se trouvera ma bombe.

— Ne faites rien de stupide.

— Ne vous méprenez pas, je n'en ai pas l'intention. Mais ce qu'on lui a fait à elle, ce qu'on m'a fait à moi,... à nous... Ce n'était pas régulier, colonel. Et je suis de retour en solo. Je vous appellerai. »

Havelock se détourna et sortit du café de la Via Pancrazio.

Il atteignit la Via Galvani en retournant vers la gare où il avait laissé sa nouvelle valise dans une consigne automatique. Soudain, l'ironie douloureuse de cette situation le frappa. A Barcelone, une valise dans la consigne d'un aéroport avait condamné Jenna Karras. Un traître de la Fraction Armée Rouge les y avait menés, en échange de l'annulation d'une sentence de mort prononcée par défaut. Le terroriste allemand avait dit à Madrid que *Fräulein Karras* gardait des documents secrets et récents à portée de sa main en permanence. C'était la coutume de la *Voennaya,* dictée par l'étrange relation que la branche clandestine et violente des renseignements soviétiques avait avec le reste du K.G.B. Certains membres actifs en mission lointaine avaient accès à leurs propres fichiers au cas où leurs supérieurs à Moscou ne seraient soudain plus joignables. Cette étrange coutume avait donné naissance à d'étranges formes de protection personnelle.

Personne n'avait posé de question. Personne. Pas même lui.

Quelqu'un entre en contact avec elle et lui remet une clef, un emplacement. Une chambre ou une consigne, parfois même une banque. Le matériel est là, nouveaux objectifs inclus au fur et à mesure des besoins.

Un homme l'avait arrêtée un après-midi dans la rue, deux jours avant que Michael parte pour Madrid. Dans un café sur le Paseo Isabel. Un ivrogne. Il lui avait pris la main et l'avait embrassée. Trois jours plus tard Michael avait trouvé une clef dans le sac de Jenna. Le lendemain elle était morte.

Il y avait bien eu une clef, à qui était-elle ? Il avait vu des photographies faites par Langley du contenu de cette valise. Mais à qui appartenait elle ? Si elle ne lui appartenait pas, comment trois jeux d'empreintes digitales confirmées comme étant les siennes avaient-elles pu atterrir à l'intérieur. Et si c'était bien ses empreintes, pourquoi les avait-elle laissées ?

Que lui avaient-ils fait ?... Qu'avaient-ils fait à une femme blonde sur la Costa Brava qui avait crié en tchèque et dont la colonne vertébrale et le crâne avaient été traversés de balles ? Quel genre de gens étaient-ils, ceux qui pouvaient mettre des marionnettes vivantes au bout d'un fil et les faire éclater a la demande comme des mannequins explosifs dans une danse macabre ? Cette femme était bien morte. Il avait vu trop de morts pour qu'on puisse l'abuser... Ce n'était pas une... charade, comme l'élégant Gravet l'avait dit.

Et pourtant tout cela était une charade. Ils étaient tous des marionnettes. Mais sur quelle scène et pour servir qui ? En courant et en mourant...

Il hâta le pas sur le Galvani. La Via Della Marmorata était en vue. Il n'était plus qu'à quelques pâtés de maisons de la gare. Il commencerait là. Au moins, il avait une idée. Qu'elle ait un sens ou pas, la demi-heure qui viendrait le lui apprendrait.

Il dépassa un kiosque illuminé où des titres hurlants semblaient faire la course avec des magazines miteux. De larges sourires éclatants et des seins gonflés essayaient de dominer des corps mutilés et des descriptions graphiques de viols et de meurtres. Et soudain il vit ce fameux visage, ce visage qui le regardait sur la couverture du *Time*. Les yeux clairs derrière les lunettes d'écaille brillaient comme ils l'avaient toujours fait, emplis d'intelligence — froids au premier abord, mais finalement plus chauds au fur et à mesure qu'on se laissait captiver par leur expression. Adoucis peut-être par une compréhension des choses que bien peu possédaient sur cette planète. Il était là, les pommettes saillantes et le nez aquilin, les lèvres généreuses d'où sortaient parfois des mots extraordinaires.

Un homme pour toutes les causes, pour tous les peuples.

Telle était la légende sous la photo. Pas de nom, pas de titres. Ils n'étaient pas nécessaires. Le monde entier connaissait le secrétaire d'État américain, entendait sa voix raisonnable et décidée, et comprenait. C'était bien un homme pour tous les hommes. Il transcendait les frontières, les langages et les insanités nationales. Il y avait ceux qui croyaient — et Michael était l'un d'entre eux — que le monde écouterait Anthony Matthias ou serait balayé en enfer dans une poubelle galactique.

Anton Matthias. Ami, mentor, père spirituel. En ce qui concernait la Costa Brava, lui aussi avait été une marionnette. Qui s'en souciait ?

En posant quelques lires sur la pile de journaux et en prenant son magazine, Havelock sentit revenir un souvenir vivace. La note manuscrite qu'il avait demandé que les stratèges de Washington incluent dans la fiche à quatre zéros envoyée à Madrid. De leurs quelques brèves conversations à Georgetown, Matthias avait saisi la profondeur de ses sentiments pour cette femme dont on avait fait sa partenaire pendant les huit derniers mois. L'homme d'État avait gentiment plaisanté sur cette situation. Quand un Tchèque de quarante ans, et avec le métier de Michael, se concentrait sur une seule femme, l'histoire slave et la fiction contemporaine souffraient de blessures irréparables.

Mais, dans la note manuscrite de Matthias, il n'y avait plus eu le moindre humour.

> *Moje Rozmily Syn*
> La note ci-jointe blesse mon cœur comme elle blessera le tien. Toi qui as si souvent souffert pendant et après la guerre, toi qui as si brillamment et si généreusement servi notre pays d'adoption ces dernières années, tu vas devoir encore connaître la douleur. J'ai exigé et reçu une vérification complète de ces présomptions. Si tu souhaites disparaître de la scène, tu peux le faire, bien sûr. Ne te sens pas lié par les recommandations ci-jointes. Il y a des limites à ce qu'une nation peut demander. Et tu t'en tires plus qu'honorablement. Maintenant, peut-être que les colères dont nous avons parlé il y a des années, les rages qui t'ont projeté dans cette horrible vie existent-elles encore et qu'elles te permettront de revenir dans un autre monde, monde qui a besoin des efforts de ton esprit. Je prie pour cela.
>
> Truj, pritel,
> Anton M.

Havelock s'efforça d'effacer la note de sa mémoire. Elle ne faisait qu'aggraver l'incompréhensible. Vérification : *Positive.* Il ouvrit le magazine et lut l'article sur Matthias. Rien de bien nouveau, plutôt une récapitulation de ses réussites les plus récentes dans le champ de la négociation pour le désarmement. Il s'achevait sur l'observation suivante : le secrétaire d'État était pour lors en vacances, vacances bien méritées, dans un lieu inconnu. Michael sourit. Il savait où il était. Un chalet dans la vallée de Shenandoah. Il était entièrement possible qu'avant peu, il dût utiliser une douzaine de codes pour atteindre ce chalet perdu. Mais pas avant d'avoir découvert ce qui s'était produit. Il ne chercherait pas à joindre Matthias tant qu'il n'aurait pas compris la raison de cette horrible danse macabre. Parce qu'Anton Matthias avait été touché, lui aussi, par cette histoire.

Dans le dôme géant de la gare, la foule s'était amenuisée. Les derniers trains quittant Rome étaient partis ou prêts à partir. Havelock sortit sa valise de la consigne automatique et chercha un signe autour de lui. Il devait y avoir une trace. Cela pourrait être une perte de temps, mais c'était au moins un début. Il avait dit à l'attaché militaire dans le café Via Pancrazio : « Elle parlait à un contrôleur quelques secondes avant de disparaître. Je suis certain de pouvoir le retrouver. »

Michael tenait le raisonnement suivant : une personne en fuite ne s'adressait pas à un contrôleur pour parler de la pluie et du beau temps. Cette personne en fuite avait trop de choses en tête, et dans chaque ville existent ces quartiers où hommes et femmes qui souhaitent disparaître peuvent le faire, où l'argent liquide est la clef de tout, où les bouches restent muettes et où les registres d'hôtels mentent sur les identités. Jenna Karras pouvait connaître le nom de certains quartiers, de certaines rues même, mais elle ne connaissait pas réellement Rome. Une ville en grève pouvait amener quelqu'un en fuite à demander son chemin à toute personne susceptible de l'aider.

Il y avait une pancarte sur le mur, une flèche pointée vers un ensemble de bureaux : *Amministratore della Stazione.*

Trente-cinq minutes plus tard, après avoir convaincu un bureaucrate de nuit que c'était un impératif et que dans son intérêt financier comme dans celui du contrôleur, il devait absolument le retrouver, il avait l'adresse du contrôleur des voitures *Tre, Quatro* et *Cinque* du train de la *Binario Trentasei* de huit heures trente ce soir-là.

Comme les chemins de fer étaient nationalisés, une photo était agrafée à la fiche du contrôleur. Havelock avait reconnu l'homme qui parlait à Jenna. Parmi ses qualifications, le contrôleur avait des connaissances en anglais. *Livello Primario.*

Il grimpa les marches de pierre usées de l'immeuble jusqu'au cinquième étage, trouva le nom Mascolo sur la porte et frappa. Le contrôleur, visage rougeaud, était vêtu d'un pantalon à moitié ouvert suspendu à des bretelles sur un tricot de corps. Son haleine empestait le vin bon marché et ses yeux n'étaient pas vraiment nets. Havelock sortit un billet de 10 000 lires de sa poche.

« Qui peut se souvenir d'une passagère parmi des *milliers* ? protesta l'homme assis derrière la table de sa cuisine.

— Je suis sûr que *vous* pouvez, dit Havelock en sortant un autre billet. *Réfléchissez.* C'est sans doute une des dernières personnes à qui vous avez parlé dans ce train. Une femme mince, pas très grande, avec un chapeau à larges bords... Vous étiez devant la porte.

— *Si ! naturalmente ! Una bella ragazza !* Je me souviens. »

Le contrôleur prit l'argent et se servit un verre de vin. Il fit claquer sa langue et poursuivit : « Elle m'a demandé si je savais où elle pourrait prendre un train pour Civitavecchia.

— Civitavecchia ? C'est une ville au nord de Rome, non ?

— Si. Un port sur la mer Tyrrhénienne.

— Et vous saviez ?

— Il y a très peu de trains entre Rome et Civitavecchia, *signore,* et aucun à cette heure-là. C'est plutôt une halte pour les marchandises qu'une gare de voyageurs.

— Qu'est-ce que vous lui avez dit ?

— Juste ça. Elle avait l'air habillée correctement, alors je lui ai suggéré de négocier le voyage avec un chauffeur de taxi. Si elle pouvait en trouver un. Rome est à *Manicomio* ! »

Havelock hocha la tête en signe de remerciement et posa un autre billet sur la table, se leva rapidement et marcha vers la porte. Il regarda sa montre. Il était une heure vingt du matin. Civitavecchia. Un port sur la mer Tyrrhénienne. Des bateaux en partance. Ils quittaient le port à l'aube. Invariablement.
Il avait à peine trois heures pour atteindre Civitavecchia, chercher sur les quais, trouver le bateau... Trouver une passagère clandestine.

5

Il sortit en courant du hall de marbre de son hôtel, se précipita dans les ruelles tortueuses jusqu'à la Via Veneto. Le réceptionniste de l'hôtel n'avait pas été capable de l'aider. Il avait bien essayé, louchant sur la liasse de lires posée sur le comptoir, et il avait eu beau hurler des numéros à la standardiste de nuit, ses contacts étaient désespérément limités. Il n'avait pas pu trouver une voiture à louer.
Havelock s'arrêta pour reprendre son souffle. Il étudia les lumières et la Via Veneto. Il était trop tard. La rue était presque déserte, mais il restait quelques cafés ouverts ainsi que l'hôtel Excelsior. Il fallait qu'il trouve quelqu'un pour l'aider ! Quelqu'un qui le conduise jusqu'à Civitavecchia ! Il devait la trouver ! Il ne pouvait pas la perdre à nouveau ! Plus jamais ! Il devait la retrouver, la prendre dans ses bras et lui dire les choses terribles qu'on leur avait faites... Lui dire, lui redire et lui redire encore jusqu'à ce qu'elle voie la vérité dans ses yeux et qu'elle entende cette vérité dans sa voix. Qu'elle entende et qu'elle sente cet amour qui le bouleversait si profondément et qu'elle comprenne la culpabilité qui ne l'avait jamais lâché, lui... Car il avait tué son amour. *Assassiné celle qu'il aimait.*
Il recommença à courir. Il entra dans l'hôtel

Excelsior, mais aucune somme ne parvint à intéresser un réceptionniste particulièrement arrogant.

« Vous devez m'aider !

— Vous n'êtes même pas client de cet hôtel, *signore* », dit l'homme en regardant sur sa gauche.

Lentement, Michael tourna la tête. A l'autre bout du hall, deux policiers regardaient la scène. Ils discutaient. Selon toute évidence le hall de l'hôtel Excelsior était officiellement surveillé. Les marchands de capsules, de pilules, de poudre blanche et de seringues travaillaient sur la Via Veneto, surtout la nuit. Un des policiers s'avança. Havelock fit demi-tour rapidement et traversa le hall désert pour retomber dans la rue déserte... Jusqu'à la prochaine source de lumière.

Quelqu'un ! Bon Dieu, que quelqu'un m'aide ! Par pitié ! Aucun d'entre vous ne comprend *? J'ai tué mon amour !* Il faut que je la retrouve et que je la ramène à moi, que je la ramène à la vie, à la vie que je lui ai ôtée ! Aucun d'entre vous n'a vu *ses yeux ! Moi, si !*

Le gérant du Café de Paris le traita de *capo zuccone.* Qui louerait une voiture à un étranger à cette heure ? Le patron américain d'une réplique de deuxième zone du Saloon de la 3e Avenue lui dit d'aller se faire foutre.

Et encore les ruelles tordues, la sueur sur son front, le long de ses joues. L'hôtel Hassler ! La Villa Médicis ! Il s'était servi de ce nom pour acheter ses bagages neufs dans la gare d'Ostie. L'instinct... Suis ton instinct !

Le concierge de nuit de la Villa Médicis avait l'habitude des facéties des plus riches clients de Rome. Michael finit par trouver un arrangement. Il loua à un prix exorbitant une Fiat appartenant à l'hôtel ; mais il y avait une carte de Rome et de ses environs, la route la plus directe pour Civitavecchia marquée de rouge.

Havelock atteignit le port à trois heures quinze du matin et vers trois heures quarante-cinq il avait arpenté suffisamment le port pour savoir où garer sa voiture, pour s'être fait une idée et commencer ses recherches. *Trouver Jenna Karras.*

C'était un quartier commun à presque toutes les villes portuaires. Les quais restaient éclairés toute la nuit et l'animation ne cessait jamais. Des groupes de dockers et de marins se déplaçaient lentement comme des automates, s'entrecroisant — hommes et machines, fenwicks et grues — chargeant et déchargeant les cargos, préparant au départ d'énormes moteurs quasi périmés qui entraîneraient bientôt les masses immobiles des navires vers le large. Des cafés s'alignaient dans des allées sombres ponctuées par la lumière diffuse des réverbères — lieux de refuge où on servait le whisky le plus infect et la nourriture la plus féculente.

Au nord et au sud se trouvaient les quais les plus petits, mats dressés contre le clair de lune. Marinas glauques pour les caboteurs et les petits bateaux de pêche qui s'aventuraient à peine à quarante kilomètres de là, vers ces eaux où l'expérience et la tradition disaient aux capitaines que la pêche serait bonne. Ces quais ne se vidaient qu'après les premières lueurs de l'aube, déchirements jaune et blanc repoussant le ciel de la nuit. Avant le jour aveuglant. Jenna Karras ne pouvait pas être là, elle devait être quelque part au milieu des quais, dans ce complexe où les cargos attendaient, avant de traverser la Méditerranée, d'atteindre d'autres ports, d'autres pays.

Il devait la trouver !

Elle était quelque part dans cette étendue de jetées où de vagues nappes d'écume blanchissaient sous le faisceau des lampes entrecroisées, quelque part dans le bruit des travailleurs de la nuit. Elle serait cachée, invisible à ceux qui ne devaient pas la voir : les autorités portuaires, payées par l'État et les compagnies maritimes pour surveiller la contrebande de matériel et de passagers. Quelqu'un la cacherait jusqu'au moment précis où elle pourrait embarquer. Après qu'un *capo-operaio* aurait inspecté une cargaison et signé les papiers qui autoriseraient un navire à partir, transgressant les lois terrestres et maritimes.

Alors elle pourrait se glisser hors de l'ombre, et monter à bord, *controllori* et *operaia* hors de vue, leur travail achevé.

Quel quai ? Quel bateau ? *Où es-tu, Jenna ?*

Il y avait trois cargos, de moyen tonnage, alignés les uns à côté des autres sur les trois principaux quais. Un peu plus loin deux navires plus petits dont on pouvait voir la cargaison entassée sur le pont. Elle monterait certainement dans un des trois cargos. La première chose à savoir était l'heure de départ de chacun d'eux.

Havelock gara sa Fiat dans une rue adjacente qui coupait la *viale* en face des docks. Il traversa cette large avenue, évitant quelques camions, jusqu'au premier quai à gauche, barré d'une porte gardée par un type en uniforme qui accomplissait son devoir avec une civilité douteuse. Il était désagréable et le mauvais italien de Michael augmentait son hostilité.

« Pourquoi voulez-vous le savoir ? demanda le garde, bouchant de son corps la porte de sa guérite. Qu'est-ce que ça peut vous faire ?

— J'essaie de retrouver quelqu'un qui a peut-être acheté un billet, dit Michael, en espérant que les mots qu'il utilisait étaient assez proches de ce qu'il voulait dire.

— *Passagio ? Biglietto ?* Qui achèterait un billet sur un cargo portugais ? »

Havelock entrevit une ouverture. Il s'approcha, jetant des regards circonspects en parlant.

« C'est le bon bateau alors. Excusez mon mauvais italien, *Signore Controllore.* C'est impardonnable. Mais j'appartiens à l'ambassade portugaise de Rome. A ma façon je suis... une sorte d'inspecteur... comme vous. On nous a dit qu'il y avait peut-être certaines irrégularités commises sur ce cargo. Toute coopération de votre part sera dûment relatée à vos supérieurs à Rome. »

Quand une occasion se présente, l'ego a tendance à oublier la conscience professionnelle, surtout si les salaires sont bas. Le garde hostile changea brutalement d'attitude, et se déplaça obséquieusement pour laisser entrer un tel *straniero importante.*

« *Scusatemi, signore !* Je n'avais pas compris. Nous qui surveillons ces lieux de corruption devons coopérer, n'est-ce pas ? Et en vérité, un mot à mes supérieurs... à Rome, bien sûr.

— Bien sûr, pas ici.

— Évidemment. Ce sont des brutes ici. Entrez, entrez. Il doit faire frais dehors. »

Le *Miguel Cristovao* devait quitter le port à cinq heures du matin. Son capitaine se nommait Aliandro et il avait tenu la barre du *Cristovao* pendant les douze dernières années, vieux loup de mer connaissant chaque île, chaque récif de l'ouest de la Méditerranée, à en croire le gardien.

Les deux autres cargos étaient italiens et les gardiens étaient très coopératifs, prêts à donner toute information à ce drôle d'étranger. Ce qu'il voulait savoir, il pouvait le lire dans n'importe quel journal local sous la rubrique *Navi Informazione Civitavecchia* dont les pages étaient en général affichées aux murs des différents cafés autour des docks. Ceci afin d'aider les marins qui buvaient trop et oubliaient leurs horaires.

L'Isola d'Elba partait à cinq heures et demie, la *Santa Teresa* vingt minutes plus tard.

Havelock s'éloigna du quai. Il regarda sa montre. Il était quatre heures huit. Il restait si peu de temps et tant à faire, tant à savoir.

Jenna ! où es-tu ?

Il entendit le tintement d'une cloche derrière lui. C'était un bruit soudain, abrasif, se répétant en vibrations qui résonnaient. Une cloche extérieure faite pour être entendue par-dessus les cris et le vacarme des grues et des machines. Cette intrusion l'alarma. Il se retourna. Le gardien était rentré dans la cabine de verre qui lui servait de guérite et répondait au téléphone. Le flot verbal de *Sì, Sì, Sì* signifiait clairement qu'il recevait des ordres impératifs.

Pendant un moment il ne sut pas s'il devait courir ou rester là. La réponse vint instantanément. Pas de décision à prendre. Le gardien raccrocha et passa la tête par la porte.

« Vous ! vous qui vous intéressez à ce cargo puant ! J'en ai une bonne à vous apprendre ! La *Teresa* reste à quai ! Elle ne partira pas avant que six connards de camions arrivent de Turin ce qui veut dire dans huit heures au moins. Les syndicats vont le leur faire payer à ces sagouins, croyez-moi ! Et après ça les marins seront mis à l'amende parce qu'ils seront bourrés ! C'est *tous* des enfoirés ! »

La *Teresa* était donc hors course, au moins pour un moment. Il n'avait à se concentrer que sur l'*Elba* et le *Cristovao.* Si on devait faire passer Jenna clandestinement sur la *Teresa,* il avait plusieurs heures devant lui, mais pas si elle montait sur l'un des deux autres cargos. Si tel était le cas, il ne lui restait que quelques minutes. Il devait les utiliser intelligemment et vite, perdre le moins de temps possible. Son approche devait être directe. Il n'avait pas une minute à perdre en manœuvres et contre-manœuvres subtiles, pas question de choisir ses cibles lentement et avec précaution en se méfiant de ceux qui pourraient l'observer. C'était le moment d'utiliser l'argent — s'il trouvait des preneurs —, et la force — si ces preneurs s'embarquaient dans des mensonges qui voudraient dire qu'ils connaissaient la vérité.

Havelock retourna rapidement à la deuxième porte, là où l'*Isola d'Elba* était amarré, modifiant légèrement son histoire pour le gardien fatigué. Il désirait parler à quelques-uns des hommes d'équipage, ceux qui devaient être encore à terre en attendant l'appel du départ. Si ce fonctionnaire coopératif voulait bien lui indiquer dans quels cafés il pourrait les trouver, demanda poliment Havelock en glissant une liasse dans sa main tendue.

« Ils restent ensemble, *signore...* Quand il y a des bagarres, les marins aiment bien avoir leurs copains avec eux, même ceux qu'ils détestent à bord. Essayez *Il Pinguino.* Ou peut-être *La Carozza Mare.* Le whisky est moins cher dans le premier mais la nourriture y est à vomir. C'est bien meilleur à *La Carozza.* »

Le gardien du quai du *Cristovao* avait effacé toute trace d'hostilité. Il était même plus que coopératif. Il se répandait en effusions, sur le ton de la confidence. La place, inaccessible jadis, de *Contrôleur* lui avait tourné la tête.

« Il y a un café sur la Via Maggio où il paraît que pas mal de choses passent de main en main.

— Est-ce que l'équipage du *Cristovao* pourrait y être ?

— Quelques-uns, sûrement. Les Portugais ne se mélangent pas tellement avec les Italiens... Personne ne leur fait confiance... Oh ! je ne parlais pas pour *vous, signore !* Je parlais de ces déchets, ces rebuts de la mer. C'est pareil *partout.* Pas *vous,* que Dieu me pardonne !

— Quel café, s'il vous plaît ?

— *Il Tritone.* »

Il lui fallut moins de douze minutes pour éliminer *Il Tritone.* Michael pénétra dans la salle en passant sous un bas-relief grossier représentant un homme nu moitié poisson et s'approcha du comptoir transpirant la graisse. La fumée était épaisse et l'odeur de mauvais whisky encore plus épaisse. Des hommes criaient d'une table à l'autre. D'autres étaient dans le vague et beaucoup avaient sombré, leurs têtes coincées dans leurs avant-bras, de petites flaques d'alcool étalées sur les tables autour de leurs barbes. Havelock choisit le plus vieux type derrière le bar et entama son approche.

« Y a-t-il des types du *Cristovao* ici ?

— *Portoghese ?*

— *Sì.*

— Quelques-uns... par là-bas, je crois. »

Michael regarda à travers la fumée. Ils étaient quatre à une table. « Et de *l'Isola d'Elba* ? demanda-t-il en se retournant vers le barman.

— *Porchi !* répliqua le vieil homme. Des porcs ! Ils viennent ici, et je les fous dehors ! Les salopards !

— Ça doit être quelque chose, dit Havelock en examinant la clientèle du *Tritone,* la gorge serrée à l'idée que Jenna était au milieu de types comme ça.

— Si vous voulez voir l'équipage de l'*Elba,* allez voir à *Il Pinguino*. Là-bas, ils s'en foutent. »

Michael sortit un billet de dix mille lires et le posa devant le barman. « Vous parlez portugais ? Assez pour vous faire comprendre ?

— Par ici, si on veut gagner sa vie il faut savoir se débrouiller dans une douzaine de langues. » L'homme glissa le billet dans la poche de son tablier et ajouta : « Ils parlent sûrement l'italien... Et probablement mieux que vous, *signore.* Alors parlons anglais. Que voulez-vous que je fasse ?

— Il y a une table libre là, dans le fond, dit Havelock, soulagé de changer de langue, en désignant le coin gauche du café. Je vais y aller et m'asseoir. Vous allez dire à ces hommes que je veux les voir, un par un. Si vous pensez qu'ils ne me comprendront pas, vous les accompagnerez et vous me servirez d'interprète.

— *Interprete* ?

— *Sì*.

— *Bene*. »

Un par un les quatre marins portugais vinrent à la table, très étonnés, deux parlant l'italien suffisamment, l'un arrivant à s'exprimer en anglais et le quatrième ayant besoin des services de l'*interprete.* A chacun Michael servit le même discours.

« Je cherche une femme. C'est une affaire sans importance, rien d'inquiétant. Disons une affaire de cœur. C'est une femme très impétueuse. Vous voyez ce que je veux dire ? Mais je crois qu'elle a été un peu loin. On m'a dit qu'elle a un ami sur le *Cristovao.* Vous l'avez peut-être vue sur les quais, posant des questions, cherchant à se faire embarquer. Elle est très séduisante, de taille moyenne, cheveux blonds, et elle porte probablement un imperméable et un chapeau. Vous ne l'auriez pas vue, par hasard ? Si vous savez quelque chose, vos poches pourraient être beaucoup plus pleines qu'elles ne le sont actuellement. »

Et à chaque homme il demanda de se renseigner auprès de ses compagnons, le tout pour trois mille lires.

Rien. Aucune femme n'avait été vue et personne n'avait rien entendu sur le *Cristovao*.

Havelock remercia le vieux barman et lui glissa un autre billet.

« Comment va-t-on au *Pinguino* ? demanda-t-il.

— Pour voir l'équipage de l'*Elba* ?

— C'est ça.

— Je vais avec vous, dit le barman en ôtant son tablier et en mettant son argent dans ses poches.

— Pourquoi ?

— Vous avez l'air honnête. Et stupide. Si vous entrez comme une fleur au *Pinguino* en posant des questions, vous allez y laisser votre argent. Tous les marins ont des couteaux.

— Je n'ai pas besoin d'ange gardien.

— Vous n'êtes pas seulement stupide, vous êtes *très* stupide. Je suis le propriétaire d'*Il Tritone*. Au *Pinguino* on me respecte. Vous serez plus en sécurité avec moi. Vous distribuez votre argent trop vite.

— Je suis très pressé.

— *Presto !* allons-y. C'est pas un bon jour. Ce n'est plus comme dans le temps quand les gens savaient se contenter de peu. Ça me prend à la gorge, vous savez. Ces trous du cul confondent le confort avec l'envie d'oublier le passé. *Vieni !* »

A cinq pâtés de maisons de là, le café ramena des souvenirs à Michael, souvenirs d'une vie qu'il avait crue terminée. Il avait été dans trop d'endroits comme celui-ci dans cette autre vie. C'était comme un égout soudé à l'oubli. Si *Il Tritone* avait abrité un ramassis des poubelles de l'humanité, *Il Pinguino* en prenait la lie et la transformait en clientèle de première classe. La fumée était plus épaisse, les cris plus bruyants. Les hommes ne somnolaient pas, ils mataient. Tout et tout le monde... On sentait la violence posséder leurs esprits. C'était un carnaval animal où seul le plus fort ou le plus bizarre, le plus sadique ou le plus soûl osait entrer. Ces hommes étaient descendus à ce niveau où l'amusement ne venait que de la soudaine mise à nu de la faiblesse d'un autre — ou du semblant de faiblesse — ce qui était considéré comme un manque de virilité, et donc immédiatement attaqué.

Ils n'avaient rien d'autre. Ils défiaient les ombres de leurs propres peurs secrètes.

Le propriétaire d'*Il Tritone* fut accueilli par son homologue d'*Il Pinguino* dès que Havelock et lui eurent franchi la porte. Le propriétaire était assorti à son établissement, édenté, une barrique à la place de la poitrine et des bras qui pendaient comme d'énormes fromages. Il n'était pas aussi costaud que le nouvel ami de Michael mais il émanait de lui une violence animale, comme celle d'un grotesque sanglier qu'on pouvait très vite mettre en colère.

L'accueil fut bref et peu cordial. Mais il y avait du respect, comme l'avait dit le propriétaire d'*Il Tritone.* Et les accords furent passés rapidement, avec un minimum d'explications.

« L'Américain cherche une femme. C'est un *malinteso,* et ça ne nous regarde pas, dit le propriétaire d'*Il Tritone.* Elle va peut-être s'embarquer sur l'*Elba* et un de ces voleurs l'a certainement vue. L'Américain est prêt à payer.

— Il ferait bien de se dépêcher, répliqua le sanglier d'*Il Pinguino.* Les chauffeurs sont partis il y a une heure. Ils doivent suer comme des bêtes à l'heure qu'il est. Le second maître va passer d'ici une minute ramasser les traînards.

— Combien en reste-t-il ?

— Huit ou dix... Qui sait ? Je compte les lires, pas les gueules.

— Demandez à l'un de vos garçons de faire le tour des tables, de se renseigner et de me dire qui ils sont. Trouvez-nous une table tranquille.

— Vous donnez des ordres comme si *Il Pinguino* était *Il Tritone !*

— Parce que je vous accorderais la même courtoisie, même si ma langue s'épaississait comme la vôtre maintenant. On ne sait jamais. Vous pourriez avoir besoin de mon aide un de ces jours... et il y a pour vous 10 000 lires par marin de l'*Elba.*

— *Bene.* » Le propriétaire d'*Il Pinguino* retourna à son bar.

« Ne donnez aucun prétexte à ces hommes pour vous parler, comme vous avez fait avec les Portugais, dit le compagnon de Michael. Ça ne marchera pas avec ceux-là. Vous n'avez plus le temps et vu leur état d'ébriété ils pourraient vous comprendre de travers. Les bouteilles se cassent facilement par ici.

— Alors que vais-je leur dire ? Il faut que je les sépare, que je donne à chacun une bonne raison pour un entretien en tête à tête. Je ne vais pas m'adresser à toute la salle. S'il y en a un qui sait quelque chose, il ne va pas me le dire devant témoins.

— Très juste. Alors dites à chaque type que vous n'avez confiance qu'en lui. Qu'on vous a dit que les autres étaient des crasses et que vous ne leur parlez que pour sauver les apparences parce que votre affaire concerne l'*Elba*. Rien de plus.

— Je suis étranger. Qui m'aurait dit une chose pareille ?

— Un qui connaît bien sa clientèle... celui que vous avez payé. Le propriétaire d'*Il Pinguino*. Et quand l'équipage de l'*Elba* reviendra, il sera bien emmerdé. Il aura besoin des carabiniers tous les soirs. »

Séparément, discrètement ; dans différents états de stupeur alcoolique, le reste de l'équipage de l'*Elba* vint s'asseoir et écouter l'histoire de Havelock, dans un italien qui s'améliorait à force de répéter les mêmes phrases. Et à chaque fois il étudiait le visage de chaque marin, ses yeux guettant une réaction, un éclair, une brève trahison, la trace d'un mensonge. Avec le sixième homme, il pensa avoir trouvé. C'était dans ses lèvres, une grimace fugitive déclenchée par un relâchement d'attention dû à la quantité de whisky que l'homme avait ingurgitée. Mais le regard brumeux se troubla davantage, par un désir instinctif de ne pas écouter. L'homme savait quelque chose. *Il savait quelque chose sur Jenna !*

« Vous l'avez vue, n'est-ce pas ? dit Michael, perdant son sang-froid, en anglais.

— *Ascolta,* coupa le propriétaire d'*Il Tritone. In italiano, signore.*

— Désolé. » Havelock réitéra sa question, qui était presque une accusation. *Bon Dieu !* Penser que Jenna était forcée de traiter avec des types comme ça !

Le marin répondit par un haussement d'épaules, pivota et commença à se lever. Michael l'attrapa rapidement par l'épaule. La réponse était claire. L'homme plissa ses yeux veinés de rouge, sa bouche prit l'aspect de celle d'un chien enragé, babines retroussées sur des dents jaunes. Dans une seconde il allait plonger. Il était ivre, bien sûr, mais l'attaque était imminente.

« *Lascialo,* ordonna le propriétaire d'*Il Tritone,* puis, il ajouta en anglais, sifflant entre ses dents :

— Montrez-lui de l'argent. Vite ! Ce porc va vous sauter à la gorge et ils vont tous vous tomber dessus et vous n'apprendrez rien. Vous avez raison. Il l'a vue ! »

Havelock lâcha le bras du marin, fouilla dans sa poche et en sortit un paquet de lires. Il prit deux billets, les plaça devant le marin. Un total de 40 000 lires, la paie d'une journée de travail à bord.

« Comme vous pouvez le voir, dit-il du mieux qu'il put en italien, il y en a encore plein. Vous ne pouvez pas me le prendre, mais je peux vous le donner. D'un autre côté, vous pouvez aussi partir et ne rien me dire. »

Michael s'arrêta, se recula sur sa chaise, fixant l'homme avec hostilité.

« Mais je peux vous attirer des ennuis. Et je le ferai.

— *In che modo ?* » Le marin était aussi énervé qu'étonné. Ses yeux allaient du visage de Havelock à l'argent sur la table, en passant par le propriétaire d'*Il Tritone,* qui restait impassible, son attitude rigide confirmant le fait qu'il sentait le danger de la tactique de Michael.

« Comment ? Havelock se pencha en avant, ses doigts ramenèrent les lires vers lui, comme deux cartes maîtresses dans un jeu de baccarat vital.

— Eh bien, je vais aller jusqu'à l'*Elba* voir votre

capitaine. Et ce que je vais lui dire sur vous, ça il ne l'aimera pas.

— *Che cosa ?* Que pouvez-vous lui dire ? »

L'emploi soudain d'une autre langue dans la bouche du marin était inattendu. Il se tourna vers le patron d'*Il Tritone.*

« Peut-être que ce porc va *te* sauter à la gorge, mon vieux. Je n'ai besoin de personne. Contre toi ou ce *Ricco Americano !* »

L'homme défit sa veste de grosse laine. Le manche d'un couteau dépassait d'une gaine attachée à sa ceinture. Les effets du whisky se dissipaient peu à peu. Une ligne imperceptible allait être franchie.

Brutalement, sans laisser supposer qu'il pourrait faire une chose pareille, Michael éclata de rire sans rancœur. C'était un rire authentique, dénué de toute hostilité ou de défi qui perturba complètement le marin.

« *Bene !* dit Michael, se penchant à nouveau en avant, et ajoutant deux billets de 5 000 lires aux 40 000 déjà posées sur la table.

« Je voulais savoir si vous aviez quelque chose dans le ventre. J'ai compris. Très bien ! Un type sans estomac ne sait pas ce qu'il voit. Il raconte des bobards parce qu'il a peur... Ou parce qu'il voit de l'argent. » Havelock saisit la main du marin et le força à l'ouvrir. C'était un geste dur, sinon amical, indiquant une force que le marin était obligé de reconnaître.

« Voilà ! Cinquante mille lires. L'orage est passé. Alors, où l'avez-vous vue ? »

Cet abrupt changement de ton était au-delà des facultés de compréhension du marin. Il renâclait à l'idée de renoncer au défi, mais l'addition de l'argent, de la poigne et du rire de Havelock le firent battre en retraite. Il hésita. « Vous irez... voir mon capitaine ? demanda-t-il en anglais.

— Pour quoi faire ? Il n'a rien à voir avec vous, c'est évident. Pourquoi ramener ce *farabutto* sur le tapis ? Qu'il gagne son fric lui-même. Alors, où l'avez-vous vue ?

— Dans la rue. *Bionda ragazza, largo cappello.*
— Blonde, séduisante, chapeau... C'est elle ! Où ? Avec qui était-elle ? Un marin, un officier, un fonctionnaire ?
— Pas de l'*Elba*. Du bateau suivant.
— Il n'y en a que deux. Le *Cristovao* et la *Teresa*. Lequel ? »
L'homme regarda autour de lui, ses yeux à moitié flous.
« Elle parlait avec deux types... Dont un *capitano*.
— *Lequel ?*
— A droite, chuchota le marin, passant le dos de sa main sur ses lèvres humides.
— Sur la droite ? demanda Michael. La *Santa Teresa* ? »
Le marin se frottait maintenant le menton et clignait des yeux. Il avait peur, tout d'un coup, ses yeux faisaient le point sur la gauche de la table. Il haussa les épaules, écrasa l'argent dans son poing droit et recula sa chaise.
« *Non conosco niente. Una prostituta di capitano !*
— Un cargo italien ? pressa Havelock. La *Santa Teresa* ? »
Le marin se leva, blême.
« *Sì... No ! Destra... sinistra !* » Les yeux de l'homme étaient rivés au fond de la pièce maintenant. Michael tourna la tête discrètement. Trois types assis à une table contre le mur regardaient le marin de l'*Elba*.
« *Il Capitano. Un marinaio superiore ! Il migliore !* cria brusquement le marin. Je ne sais rien d'autre, *signore !* » Il s'éloigna, se frayant un passage à travers les corps rassemblés entre le bar et la sortie.
« Vous jouez dangereusement, commenta le patron d'*Il Tritone*. Ça aurait pu très mal tourner.
— Avec une mule — ivre ou pas — rien n'a jamais remplacé la carotte et le bâton, dit Havelock, la tête toujours tournée discrètement vers les trois types à l'autre bout de la salle.
— Vous pourriez avoir le ventre ouvert et ne rien savoir.

— Mais j'ai appris quelque chose.

— Pas grand-chose. Un cargo sur la droite, sur la gauche. Lequel ?

— Il a d'abord dit sur la droite.

— En regardant le quai ou la mer ?

— Je pars de son point de vue premier. A droite. La *Santa Teresa.* C'est sur celui-là qu'elle va embarquer, ce qui veut dire que j'ai le temps de la trouver avant qu'on lui fasse signe de monter à bord. Elle doit être quelque part en vue du quai.

— Je n'en suis pas si sûr, dit le patron d'*Il Tritone* en secouant la tête. Notre mule a été précise. Le capitaine est *un marinaio superiore, il migliore.* Le meilleur, un bon marin. Et le capitaine de la *Teresa* est un épicier à la retraite. Il ne va jamais plus loin que Marseille.

— Qui sont ces trois types à cette table là-bas ? demanda Michael, d'une voix à peine audible dans le brouhaha. Ne vous retournez pas, jetez juste un coup d'œil. Qui est-ce ?

— Je ne connais pas leurs noms.

— Ce qui veut dire ?

— *Italiano,* dit le patron, d'une voix plate.

— De la *Santa Teresa,* enchaîna Havelock en extirpant plusieurs billets de sa liasse. Vous m'avez beaucoup aidé. Je dois six mille lires au propriétaire d'ici. Le reste est pour vous.

— *Grazie.*

— *Prego.*

— Je vous accompagne sur les docks. Je n'aime pas ça. Nous ne savons pas si ces hommes sont de la *Santa Teresa.* Il y a quelque chose qui ne va pas.

— Les pourcentages affirment le contraire. C'est la *Teresa,* allons-y. »

En sortant du café, la ruelle était très silencieuse. Des ampoules nues brillaient faiblement au-dessus des portes et les pavés polis depuis des siècles ne rendaient aucun bruit de pas. Au bout de la ruelle, la grande avenue qui jouxtait les docks était visible, éclat de réverbères au lointain de la ruelle d'ombre. Ils marchaient avec précaution, attentifs aux espaces de silence noir.

« *Ecco* ! chuchota l'Italien, en regardant en avant. Il y a quelqu'un dans cette porte, sur la gauche. Vous êtes armé ?

— Non. Je n'ai pas eu le temps...

— Alors, *vite* ! » Le patron d'*Il Tritone* fonça d'un coup, passa devant la porte au moment où une silhouette en émergeait, un type costaud, les bras tendus, les mains prêtes comme deux tentacules lancés pour l'intercepter. Mais il n'y avait pas de revolver dans ces mains, pas d'armes à part les mains ellesmêmes.

Havelock fit quelques pas très rapides vers l'agresseur, puis s'arrêta et pirouetta dans l'ombre de l'autre côté de la ruelle. L'homme avança. Michael pivota à nouveau, sa main gauche saisit le manteau de l'homme, son pied droit le frappant entre les jambes. Il pivota une troisième fois, soulevant maintenant l'homme de terre, le lançant contre le mur. Au moment où il tombait, Havelock lui sauta dessus, son genou gauche s'abîmant dans l'estomac de l'homme et sa main droite agrippant sa figure, prête à lui arracher les yeux.

« *Basta ! Por favor ! Se Deus quizer !* » toussa l'agresseur en se tenant le bas-ventre, crachant sa salive. Il parlait en portugais. C'était un des hommes du *Cristovao*. Michael le releva et le plaqua contre le mur, dans la lumière pâle d'une lampe. C'était un des marins qui avait bafouillé un semblant d'anglais à sa table au *Tritone*.

« Si tu veux me soulager de mes lires, tu t'y prends mal !

— *No, Senhor !* Je voulais juste vous parler, mais il ne faut pas qu'on me voie ! Payez-moi, je vous dirai des choses, mais pas où on peut me voir avec vous !

— Continue !

— Payez ! »

Havelock écrasa le cou du marin contre le mur, fouilla dans sa poche et sortit son argent. Coinçant le type de son genou et libérant sa main il prit deux billets.

« Vingt mille lires, dit-il. Parle !

— Ça vaut plus. Bien plus, *Senhor !* Vous verrez !

— Je pourrai toujours les reprendre... Trente mille, c'est tout. Vas-y !

— La femme doit monter à bord du *Cristovao... Sete,* sept minutes avant le départ. C'est arrangé. Elle sortira du hangar par la porte est. Elle est gardée maintenant. Vous ne pouvez pas l'atteindre. Mais elle devra marcher quarante mètres pour rejoindre la passerelle qui mène au cargo. »

Michael relâcha le marin, ajouta un autre billet aux trois précédents.

« Tire-toi d'ici, dit-il. Je ne t'ai jamais vu.

— Jurez-le, *Senhor,* implora le type en titubant.

— Juré. Maintenant, dégage. »

Soudain on entendit des voix au bout de la ruelle. Deux hommes arrivaient en courant.

« *Americano ! Americano !* » C'était le patron d'*Il Tritone.* Il était revenu avec du secours et comme le Portugais essayait de courir, ils l'attrapèrent.

— Laissez-le partir, cria Havelock. Tout va bien ! laissez-le ! »

Soixante secondes plus tard, Michael avait tout expliqué au patron d'*Il Tritone.*

« Ce n'est pas la *Teresa.* C'est le *Cristovao.*

— Voilà ce qui ne collait pas ! s'écria l'Italien. Le *capitano,* le grand marin. J'avais la solution sous le nez et je ne la voyais pas. Aliandro ! Juan Aliandro ! Le meilleur capitaine de toute la Méditerranée. Il peut faire passer son cargo à ras des côtes les plus dangereuses, débarquer n'importe quoi n'importe où, dans des endroits où les rivages sont déserts et inaccessibles. Vous avez trouvé votre homme, *signore.* »

Il s'accroupit à l'ombre d'une grue du quai, les espaces ouverts dans cette machinerie lui ouvrant des angles de vision dégagés. Le cargo avait été chargé, les équipes de *stevedores* étaient parties, petits groupes dans la large avenue, et avaient disparu dans les ruelles vers leurs bars favoris. A part quatre hommes, le quai était désert et eux-mêmes étaient à peine visibles, immobiles près d'énormes tas de caisses.

A cent mètres derrière lui se trouvait l'entrée, le gardien obséquieux dans sa cabine de verre, silhouette grise dans le brouillard de l'aube. En diagonale sur la gauche, à quelque quatre-vingts mètres, une passerelle pourrie par l'humidité enjambait l'eau noire et menait au pont avant du *Cristovao.* C'était le dernier contact physique du bateau avec la terre ferme et on la tirerait à bord avant que les câbles géants soient largués des amarres, libérant la masse du cargo.

Sur la droite, à moins de soixante mètres de la grue, la porte des bureaux des entrepôts. Elle était fermée, toutes lumières éteintes. Et derrière cette porte, Jenna Karras, cadavre vivant, fuyant sa trahison et celle des autres... Son amour, qui avait abandonné leur amour pour des raisons qu'elle seule pourrait lui expliquer. Dans quelques instants maintenant la porte s'ouvrirait et elle devrait marcher de cette porte jusqu'à la passerelle, sentier de bois mouvant qui la mènerait sur le pont. Une fois à bord, elle serait libre. On jetterait les câbles géants sur le quai, les sifflets transmettraient les ordres, la passerelle serait tractée jusque sur le pont, aspirée. Mais avant cet instant précis, Jenna n'était pas encore la propriété cachée du *Cristovao.* Elle n'était pas libre. Elle n'était qu'un produit de contrebande, un produit humain en transit traversant des territoires où personne n'oserait la protéger. A l'intérieur des entrepôts on pouvait la protéger. Un intrus serait abattu simplement pour être entré. Pas au grand jour. Personne ne prendrait ce risque. Il pourrait y avoir des cris, suffisamment de bruit pour alerter les *controllori.* Les peines de prison étaient lourdes pour ceux qui passaient de la chair humaine clandestinement. Quelques milliers de lires n'en valaient pas la peine.

Une centaine de mètres. Tel était l'espace qu'elle aurait à franchir pour disparaître une nouvelle fois. Pas dans la mort, mais en restant une énigme...

Michael regarda sa montre. Il était quatre heures cinquante-deux. La grande aiguille approchait de la minute. Sept minutes avant le départ prévu pour le *Cristovao* avant que la masse lourdement chargée traverse le port, suivie de sons aigus qui avertiraient les autres navires de sa sortie imminente. Là-haut, sur le pont et sur les superstructures, quelques hommes erraient sans but, petites lumières de cigarettes dans l'obscurité. Seuls ceux qui se préparaient à larguer les amarres et à remonter la passerelle étaient occupés. Les autres n'avaient rien à faire que boire une tasse de café et espérer que leur migraine s'effacerait assez vite. A l'intérieur de la masse noire, les turbines ronronnaient doucement. Des eaux noires et grasses tourbillonnaient autour de la poupe, lourdement. Tout était prélude au départ.

La porte des entrepôts s'ouvrit et Havelock sentit l'écrou de son émotion se serrer violemment à la vue de la silhouette blonde marchant dans la demi-obscurité des brumes du quai. Le cadavre vivant rescapé de la Costa Brava entrait dans le tunnel sans murs qui menait au *Cristovao,* qui la mènerait à une côte inconnue dans un pays inconnu. Elle s'échappait. Elle lui échappait. *Pourquoi ?*

Le martèlement dans sa poitrine devint intolérable, la douleur dans ses yeux terriblement aiguë. Il devait les accepter, les supporter pendant quelques secondes encore. Une fois que Jenna aurait atteint le milieu du quai, en vue de la porte, le gardien pourrait être alerté, l'alarme donnée. Il l'intercepterait. Pas une seconde avant.

Elle était là ! *Maintenant !*

Il bondit de derrière la grue, pivota, courut en avant, se fichant éperdument du bruit de ses pas, ne pensant qu'à l'atteindre, la toucher... Tenir l'amour qui l'avait trahi. La prendre.

Jenna ! Bon Dieu, *Jenna !*

Il la saisit par les épaules. La femme sursauta de terreur. Et Michael explosa, son souffle brûla sa gorge, son corps en feu.

Le visage qui était tourné vers lui était vieux,

hideux, la gueule ravagée d'une vieille pute des quais. Les yeux qui le fixaient étaient noirs, larges, bouffis, soulignés d'énormes traits de mascara bon marché. Les lèvres étaient rouge sang et craquelées, et les dents noires et ravagées.

« *Qui êtes-vous ?* » Son cri était un cri de folie.

Menteuse ! Menteuse ! Pourquoi ? Pourquoi vous êtes là ? Pourquoi n'êtes-vous pas là ? Menteuse !

Des brumes qui ne venaient pas de la mer envahirent son esprit, courants entrecroisés, insanité totale. Il était au-delà de la raison, sachant seulement que ses mains étaient devenues des griffes, des poings... arrachant, martelant...

Tue cette horreur ! Tue la menteuse ! Tue ! Tue !

D'autres cris, des appels, des ordres et des contrordres emplirent les cavernes sonores de l'infini de sa folie. Il n'y avait plus de début, plus de fin, seulement un flot rageur de folie furieuse. Le tourbillon l'aspirait vers le fond.

Puis il sentit des coups... Et ne les sentit pas... De la douleur infligée, non reconnue. Des hommes tout autour de lui, puis au-dessus de lui. Et des bottes qui le frappaient. A coups répétés. Partout.

Et le noir vint. La folie n'était plus. Il n'y avait plus que le noir. Et le silence.

Au-dessus du quai, au deuxième étage des bureaux du port, une figure était à la fenêtre et contemplait la scène de violence en bas. Elle inspira profondément, ses doigts serrèrent ses lèvres convulsivement, des larmes envahirent ses yeux brun clair. D'un air absent, Jenna Karras ôta sa main de sa bouche et l'appuya sur sa tempe, contre ses longs cheveux blonds qui dépassaient de sous son chapeau.

« Pourquoi as-tu fait ça, Mikhaïl ? chuchota-t-elle pour elle-même.

— Pourquoi veux-tu me tuer ? »

6

Il ouvrit les yeux, conscient de l'odeur écœurante de mauvais whisky qui raclait sa gorge et sa poitrine. Sa chemise, sa veste et son pantalon étaient trempés. En face de lui, différentes graduations d'obscurité, ombres de gris et de noir interrompues par de minuscules taches de lumière dansante, espacées, tourbillonnantes, disparaissaient dans le noir lointain. Il sentait une douleur sourde partout, centrée dans son estomac, montant par son cou jusqu'à son crâne qui semblait engourdi, chair insensible sillonnée de coups de lame de rasoir, éclairs de douleur qu'il pouvait percevoir. Il avait été sérieusement battu et traîné jusqu'au bout du quai, à l'extrémité droite si son sens de l'orientation était encore en état de fonctionner... Ou peut-être roulé dans un cercueil humide, selon ce que son état d'évanouissement lui dictait.

On ne l'avait pas abattu. Cela lui apprenait quelque chose. Lentement, il bougea sa main droite jusqu'à son poignet gauche. Sa montre était là. Il étendit ses jambes et fouilla dans sa poche. Son argent était là aussi, intact. On ne l'avait pas dépouillé. Cela lui apprenait autre chose.

Il avait parlé avec trop de types, et trop d'autres hommes l'avaient vu tenir ces étranges propos. Cela l'avait protégé. Un meurtre est un meurtre, et quoi qu'en dise le patron d'*Il Tritone,* un coup de couteau dans la nuit devient vite un sujet d'enquête, comme une agression et un vol sur la personne d'un riche étranger. Qui parmi eux pouvait bien savoir qui était la victime ? Personne n'avait envie que les flics viennent poser trop de questions sur les quais. Des têtes froides avaient ordonné qu'on le laisse tel qu'il était, ce qui signifiait qu'on les avait payées. Ce qui impliquait des ordres, des ordres supérieurs. Sinon, *quelque chose* aurait été volé. Sa montre, une dizaine de milliers de lires. On était sur les docks.

Rien. Un riche étranger posant trop de questions

était devenu cinglé, avait attaqué une putain blonde sur le port et des hommes avaient protégé un fragment tombé de la côte d'Adam. Pas d'enquête, tant que le *ricco Americano maledetto* avait encore ses biens, sinon sa santé.

Une mise en scène. Un piège tendu par des professionnels, et dont les instigateurs avaient disparu une fois la trappe refermée. Toute cette nuit, cette matinée n'avaient été qu'une mise en scène ! Il roula sur sa gauche. Au sud-est, la mer était une ligne de feu à l'horizon. L'aube était arrivée et le *Cristovao* était l'une des douze petites silhouettes sur l'eau, formes obscures rendues floues par leurs lumières clignotantes.

Lentement, Havelock se mit à genoux, s'appuyant sur les pavés humides, se levant péniblement, douloureusement en poussant sur ses mains. Une fois debout, il fit un tour sur lui-même très lentement, testa ses jambes, ses chevilles, ses épaules, tournant son cou, puis son dos, évaluant les possibilités de cet instrument qu'était son corps. Il n'y avait rien de cassé, mais la machine était salement abîmée. Elle ne répondrait pas à des ordres rapides et il espérait ne pas avoir à en donner.

Le gardien. Ce fonctionnaire pétri d'ambition avait-il fait partie de la mise en scène ? Lui avait-on ordonné de confondre l'Américain en ayant d'abord une attitude hostile puis en devenant obséquieux, traçant ainsi les lignes du piège ? C'était une stratégie efficace. Il aurait dû la percer à jour. Aucun des deux autres gardiens n'avait créé la moindre difficulté, tous deux répondant volontiers à ses questions. Celui du quai de la *Teresa* allant même jusqu'à l'informer du retard dans l'horaire du cargo.

Le patron d'*Il Tritone ?* Le marin du *Cristovao* dans la ruelle ? Eux aussi faisaient partie du complot ? La coïncidence d'une progression logique l'avait-elle conduit à ces hommes qui l'attendaient sur le quai ? Mais comment avaient-ils pu l'attendre ? Quatre heures auparavant Civitavecchia n'était qu'un nom sur une carte, un vague souvenir qui n'avait aucun sens pour lui. Il n'y avait pas de raison qu'il vienne à Civitavecchia, aucun moyen qu'un message inconnu soit télégraphié. Et pourtant cela s'était produit. Il devait l'accepter sans savoir comment ni pourquoi. Il y avait tellement de données au-delà de sa compréhension, mosaïque démente dont trop de pièces manquaient.

Tout ce que vous ne pouvez comprendre dans ce genre de business constitue un risque, mais je n'ai pas à vous apprendre ça, Rostov. Athènes.

Un appât — une putain du port, blonde — qu'on avait baladée dans le brouillard de l'heure du loup pour l'obliger à se découvrir et à agir. Mais *pourquoi* ? Qu'espéraient-ils qu'il fasse ? Il avait été clair sur ses intentions.

Alors qu'avaient-ils appris ? Est-ce qu'on avait clarifié quoi que ce soit ? Et quel était le but de tout ça ? Jenna essayait-elle de le tuer, *lui* ? Toute l'histoire de la Costa Brava se ramenait-elle à ça ?

Jenna, pourquoi fais-tu ça ? Que t'est-il arrivé ?

Que nous est-il arrivé ?

Il marcha avec difficulté, cherchant son équilibre sur ses jambes qui le portaient à peine. Il atteignit l'extrémité des hangars et se propulsa le long du mur, passant devant des fenêtres obscures et d'énormes portes jusqu'au coin du bâtiment. Au-delà, c'était le quai désert, entrelacs de lumières et de taches de brouillard. Il scruta à travers la barrière métallique, fit le point sur la cabine de verre, le poste de garde. Comme auparavant, la silhouette à l'intérieur était à peine visible, mais elle était bien là, trahie par la lueur de sa cigarette au centre de la vitre.

La lueur bougea vers la droite. Le gardien s'était levé et ouvrait la porte de sa guérite. On pouvait voir une deuxième silhouette marchant à travers les panaches de brume, venant de la large avenue qui jouxtait les docks. C'était un homme de taille moyenne en imperméable, avec un chapeau aux bords rabattus comme un flâneur sur la Via Veneto. Ses habits n'étaient pas ceux d'un docker. Il venait visiblement de la ville. L'homme s'approcha de la cabine vitrée, s'arrêta à la porte et parla avec le gardien. Tous deux regardèrent alors vers le bout du quai, vers les hangars. Le gardien fit un geste et Michael sut que ce geste était pour lui. L'homme acquiesça, se tourna et leva la main. En une seconde son geste fut obéi. Deux autres hommes apparurent, tous les deux larges d'épaules, portant des vêtements mieux assortis aux docks que celui qui les commandait.

Havelock appuya sa tête contre une poutrelle d'acier. Il prit une profonde inspiration. Un sentiment désespérant de futilité absolue se mêla à sa douleur, le submergeant. Il ne faisait pas le poids contre de tels types. Il pouvait à peine remuer ses bras et certainement pas assez vite. Quant à ses jambes... Et sans ses membres, et comme il n'avait pas d'autres armes, cela signifiait qu'il était totalement désarmé.

Où était Jenna Karras ? Était-elle montée à bord du *Cristovao* après que l'appât eut rempli ses fonctions ? C'était logique... non, ça ne l'était pas ! La bagarre avait trop concentré d'attention sur les abords du cargo, trop d'yeux hostiles ou officiels avaient contemplé la scène... Le navire lui-même avait été un appât, et la pute, un leurre... Jenna avait embarqué sur l'un des deux autres cargos !

Michael s'écarta du mur, titubant entre les planches humides vers le bord du quai. Il essuya ses yeux, scrutant le brouillard humide. Involontairement il soupira, ce qui augmenta la douleur de son estomac. L'*Elba* était parti. On l'avait attiré vers le mauvais quai, plongé dans une situation incontrôlable pendant que Jenna montait à bord. Le capitaine de l'*Elba* était-il aussi bon navigateur que celui du *Cristovao* ? Voudrait-il — pourrait-il — manœuvrer pour amener sa passagère assez près d'une côte non surveillée pour qu'une petite embarcation puisse transporter Jenna jusqu'à une plage ?

Un homme avait la réponse. Un homme en imperméable avec un chapeau aux bords rabattus, un homme qui se trouvait sur les docks alors qu'il n'avait rien à y faire. Quelqu'un qui n'attrapait pas les ballots avec un crochet et qui ne charriait pas de charges, mais qui achetait et vendait. Cet homme saurait. Il avait négocié le passage de Jenna.

Havelock retourna au coin du hangar. Il devait rejoindre cet homme. Il fallait qu'il évite les deux autres qui venaient visiblement vers lui. Si seulement il avait une arme, n'importe quelle arme. Il chercha autour de lui dans l'ombre qui s'effaçait peu à peu. Rien. Pas même un gros bout de bois.

L'eau. Le plongeon serait dur mais il pouvait y arriver. S'il pouvait atteindre l'extrémité du quai avant d'être vu, les autres présumeraient qu'il était tombé à l'eau dans un état de demi-conscience. Combien de temps avait-il ? Il regarda au-dessus du bord le flot des projecteurs, se préparant à courir.

Ce ne fut pas nécessaire. Les deux hommes ne marchaient plus vers lui. Ils s'étaient arrêtés et restaient immobiles dans l'encadrement de la barrière. Ils ne venaient pas le chercher. Pourquoi ? Pourquoi *pas* ? Qu'est-ce qui le rendait si intouchable ? Pourquoi le laissait-on là sans intervenir davantage ?

Soudain, venu de l'impénétrable brume, retentit un klaxon déchirant, douloureux à ses oreilles. Puis un autre, suivi d'un son dans les graves, un accord bas qui vibrait dans tout le port. C'était la *Santa Teresa* ! C'était la réponse qu'il attendait ! On n'avait pas appelé les deux hommes pour l'achever, mais seulement pour l'arrêter, pour l'empêcher d'atteindre le bon navire. La *Teresa* n'était pas retardée. Ça aussi faisait partie de la mise en scène. Le cargo partait à temps et Jenna Karras *était à bord*. Et tandis que le compte à rebours s'achevait, il ne restait plus au « négociateur » qu'une chose à faire : immobiliser le chasseur blessé.

Mais il ne pouvait pas rester là ! Il fallait qu'il atteigne le quai, qu'il empêche le cargo de partir. Car une fois les câbles géants enlevés des amarres, il ne pourrait plus rien faire, il ne pourrait plus l'atteindre. Elle disparaîtrait dans un pays quelconque, dans une ville entre mille... Il ne lui resterait plus rien. Sans elle, il n'avait pas envie de continuer !

Il se souvint, ou plus exactement il crut se souvenir, un souvenir flou tentait de remonter en surface. Les coups de sirène aigus étaient pour les navires au large et le son grave pour ceux qui étaient proches. Le code de la mer... Et pendant qu'on lui tapait dessus, dans sa folie il avait entendu les coups de semonce des sirènes basses, prélude au dernier appel.

Il devait lui rester six ou sept minutes, pas plus... Et la *Teresa* était amarrée à plusieurs centaines de mètres. Affaibli comme il l'était, il lui faudrait au moins trois minutes pour l'atteindre et cela n'était possible qu'en se débarrassant des deux hommes qui étaient là précisément pour l'en empêcher. Bon sang ! Comment faire ? Il regarda autour de lui, essayant de contrôler sa panique, conscient que chaque seconde réduisait ses chances.

Un objet noir se découpait entre deux piliers à dix mètres de lui. Il ne l'avait pas remarqué car il semblait faire partie des docks. Il le voyait maintenant, il l'étudiait. C'était un tonneau, un tonneau ordinaire qui servait probablement de poubelle ou de brasero. Il y en avait partout sur les quais. Il courut, l'attrapa et le fit basculer. Il le posa sur le côté et le roula jusqu'au mur. Temps écoulé : peut-être trente ou quarante secondes. Temps lui restant : entre deux et trois minutes. La tactique qui lui venait à l'esprit était complètement désespérée... Mais c'était la seule possible. Il ne pouvait pas passer à travers les deux types, à moins qu'ils ne viennent jusqu'à lui, à moins que le brouillard et l'obscurité ne travaillent pour lui. Contre eux. Il n'avait pas le temps de penser à l'homme à l'imperméable et au gardien.

Il s'accroupit dans l'ombre, contre le mur, les deux mains posées sur le tonneau. Il inspira profondément et se mit à crier, aussi fort qu'il pouvait, sachant que ses cris se répercuteraient le long du quai désert.

« *Soccorso ! Presto ! Sanguino ! Muoio !* »

Il s'arrêta, écouta. Il entendit des cris. C'étaient des questions puis des ordres. Il cria encore. « *Aiuto !* »

Silence.

Puis des pas qui s'approchaient en courant.

Maintenant ! Il poussa le tonneau de toute la force qu'il pouvait encore trouver en lui. Il roula, fracas métallique sur les pavés, à travers le brouillard, vers le bord du quai.

Les deux hommes tournèrent au coin du hangar. Le tonneau atteignit l'extrémité du quai, se heurtant à un poteau ! Bon Dieu ! Mais il tourna et passa par-dessus bord. Sa chute lui parut interminable. Puis cela arriva. Le bruit de l'éclaboussure était fort. Les deux hommes coururent jusqu'au bord.

Maintenant !

Havelock se redressa et courut hors de l'ombre, les mains tendues devant lui, les épaules et les bras raidis comme des béliers. Il força ses jambes maladroites à réagir, chaque pas de sa course calculé, douloureux, sûr. Il établit le contact. D'abord l'homme sur sa droite, qu'il poussa de ses deux mains, puis l'autre sur la gauche, écrasant son épaule dans ses omoplates.

Un grondement assourdissant venu des cheminées de la *Teresa* couvrit les cris des deux hommes quand ils s'écrasèrent dans l'eau en contrebas. Michael vira à gauche, titubant en retournant vers le coin du hangar. Il allait sortir sur les docks déserts et faire face au gardien qui avait joué les obséquieux et à l'homme en imperméable. Temps écoulé : une autre minute. Au mieux il lui restait trois minutes. Seule l'action la plus incroyable semblerait crédible... Il fallait jouer l'outrance.

Il courut au milieu des machines immobiles, traversa le brouillard translucide. Il se mit à crier en mauvais italien ; sa voix paniquée reflétait un vague reste de santé mentale dans un flot de mots désorientés, effrayés. « *Soccorso* ! Au secours ! It's *crazy !* Je suis blessé ! Deux hommes voulaient m'aider ! On leur a tiré dessus ! Trois coups de feu ! Ça venait du quai en face ! Des coups de feu ! Au secours ! Vite ! Vite ! Ils sont touchés ! Il y en a un qui est mort, je crois ! Oh, bon Dieu, dépêchez-vous ! »

Le dialogue entre les deux hommes était un véritable chaos verbal. Tandis que Havelock avançait péniblement vers la porte, il vit que le gardien avait sorti son automatique, mais ce n'était plus le même gardien. Il était plus petit, plus vieux, plus massif ; son visage reflétait sa colère. L'homme à l'imperméable était bronzé, la trentaine, très soigné et froid. Il ordonna au gardien d'aller voir. Le gardien refusa, criant qu'il ne quitterait pas son poste, même pas pour 20 000 lires ! que le *capo-regime* pouvait aller s'occuper de ses saloperies lui-même ! qu'il n'était pas un *bambino* des docks. Que le *capo* pouvait acheter quelques heures de son temps, son absence momentanée, mais c'est tout !

Une mise en scène. Depuis le départ... une charade.

« *Andate voi stesso !* » hurla le gardien.

L'homme à l'imperméable se mit à courir vers le hangar, jurant, puis ralentit brusquement et devint très prudent en approchant du bâtiment. Le gardien était maintenant devant sa cabine vitrée, son automatique braqué sur Michael.

« Vous ! avancez jusqu'au grillage, cria-t-il en italien. Levez les mains et plaquez-les sur le grillage le plus haut possible ! Ne vous retournez pas ou je tire ! »

L'homme était expérimenté. Ce n'était pas un *bambino* paniqué. Mais ne pas se retourner n'interdisait pas de s'évanouir... A peine deux minutes. Si ça marchait, ce serait maintenant.

« Oh, mon Dieu ! » cria Havelock en se tenant la poitrine. Et il tomba.

Le gardien se précipita en avant. Michael restait immobile, couché en chien de fusil, poids mort sur les pavés humides.

« Debout ! ordonna le gardien. Relevez-vous !

Silence. Poids mort.

Le garde se pencha, agrippa l'épaule de Havelock.

C'était précisément ce que Michael attendait. Il bondit, saisit l'arme au-dessus de sa tête, serrant le poignet vers son épaule, le tourna dans le sens des aiguilles d'une montre en se relevant et flanqua son genou dans la gorge du gardien qui perdit l'équilibre. Il arracha l'arme et en frappa l'Italien à la base du crâne. L'homme s'écroula. Havelock le traîna à l'ombre de la guérite, puis se remit à courir, fourrant l'arme au fond de sa poche.

Un long accord de sirène retentit, suivi par quatre coups aigus, hystériques. La *Teresa* allait quitter le quai ! Une impression de futilité écœurante envahit à nouveau Michael tandis qu'il courait à perdre haleine le long de la large avenue, ses jambes à peine capables de le porter, ses pieds se tordant sur les pavés humides dans des mouvements qu'il ne pouvait absolument pas maîtriser. Il atteignit la *Teresa,* et le gardien, le *même* gardien — était là, dans sa cabine vitrée, au téléphone — le *même satané téléphone* — secouant la tête, à l'écoute d'autres mensonges.

Il y avait une chaîne, maintenant, en travers du passage. Havelock saisit le crochet, arracha la chaîne, la balança hors de son réceptacle de ciment ; elle se tordit comme un serpent et claqua sur le sol.

« *Che cosa ? Fermati !* »

Michael courait toujours — ses jambes à l'agonie — le long du quai immense, dans des cercles de lumière, devant des machines immobiles, vers l'énorme cargo découpé sur un fond de brouillard. Sa jambe droite le lâcha, il tomba en avant ; ses mains amortirent la chute mais pas l'impact. Il se prit la jambe, se forçant à se relever, et se propulsa sur le pavé jusqu'à ce qu'il parvienne à courir de nouveau.

Il courait, ses poumons cherchaient l'air, ne le trouvaient pas. Il atteignit le bout du quai. Futilité complète.

Le cargo était à quinze mètres du bord, ses hélices géantes agitant l'eau grasse et noire, les câbles d'amarrage tirés par des hommes qui le regardaient d'au-dessus.

« *Jenna !* cria-t-il. *Jenna ! Jenna !* »

Il tomba sur le quai, bras et jambes tremblant convulsivement, sa poitrine secouée de spasmes, sa tête près d'éclater comme si on le frappait à coups de hache. Il avait perdu... Il l'avait perdue. Une barque pourrait la poser n'importe où, sur une côte déserte de la Méditerranée. Elle était partie. La seule personne sur terre qui comptait pour lui était partie pour toujours. Plus rien n'avait d'importance. Plus rien du tout. Et il n'était plus rien.

Il entendit les cris derrière lui, puis le martèlement d'une course. Et au moment où il entendait ces sons, ils lui rappelèrent d'autres sons, d'autres bruits de pas. Le départ du *Cristovao.*

Il y avait eu cet homme en imperméable qui avait ordonné à d'autres hommes de le coincer. Eux aussi avaient couru sur les docks déserts à travers le brouillard. S'il se dépêchait — du mieux qu'il pouvait — il retrouverait cet homme ! Et s'il le trouvait, il lui arracherait sa peau bronzée, il lui lacérerait le visage jusqu'à ce qu'il sache ce qu'il voulait savoir.

Il se remit sur ses pieds et boitilla le plus vite possible vers le gardien qui courait vers lui, son automatique braqué.

« *Fermati ! Alzate le vostre mani !*

— *Un errore !* » répliqua Havelock, moitié agressif, moitié s'excusant. Il devait se mettre le gardien dans la poche, surtout ne pas s'en faire un ennemi. Il sortit quelques billets et les tint devant lui en pleine lumière.

« Que vous dire ? poursuivit-il en italien. J'ai fait une erreur... qui va vous profiter. Nous avons parlé ensemble, vous vous souvenez ? » Il colla les billets dans la main du gardien, lui tapant dans le dos.

« Allons, baissez votre arme. Je suis votre ami, non ? Il ne s'est rien passé, sauf que je suis un peu moins riche et vous un peu moins pauvre, et que j'ai beaucoup trop bu.

— Je savais que c'était vous ! dit le garde en enfouissant l'argent dans sa poche. Vous êtes fou dans la tête ? Vous auriez pu vous faire tuer. Et pour *quoi* ?

— Vous m'aviez dit que la *Teresa* ne partait pas avant des heures !

— C'est ce qu'on m'avait dit à moi ! C'est tous des enfoirés ! Ils sont complètement cinglés. Ils ne savent pas ce qu'ils font !

— Si, ils savent exactement ce qu'ils font, dit Michael tranquillement. Il faut que je m'en aille. Merci de votre aide. »

Et, avant que le gardien puisse répliquer quoi que ce soit, Havelock avança rapidement, se tordant de douleur en essayant de contrôler ses jambes et le feu dans sa poitrine. *Dépêche-toi, bon Dieu !*

Il atteignit la barrière qui entourait le quai du *Cristovao,* une main dans sa poche serrant l'automatique. Le gardien, toujours inconscient, était allongé près de sa guérite. Il n'avait pas bougé et n'avait pas été déplacé, sa tête et ses mains étaient exactement dans la même position qu'avant... quelques minutes avant. Cinq, peut-être six, pas plus. L'homme en imperméable était-il encore sur le quai ? Les pourcentages étaient favorables à cette hypothèse. Selon toute logique il verrait le gardien ou le trouverait — simplement parce qu'il ne le verrait plus dans sa guérite — et la curiosité le forcerait à questionner l'homme inconscient. Ce faisant, il remuerait le corps tombé à terre. Or il ne l'avait pas été.

Pourquoi le *capo-regime* resterait-il aussi longtemps sur le quai ? Et cela faisait-il vraiment longtemps ? Ses deux gardes du corps étaient dans l'eau. Il fallait faire attention, en criant l'Américain avait parlé de coups de feu. Faire attention impliquait de prendre son temps, et quand la situation devenait aussi confuse, cela prenait encore plus de temps. Cinq minutes dans certaines circonstances pouvaient se transformer en vingt minutes.

La réponse vint à travers le brouillard, portée par le vent de la mer... des questions, suivies d'ordres et d'autres questions. Son instinct ne l'avait pas trompé. L'homme à l'imperméable était toujours sur le quai, ses gorilles criaient, pataugeant dans l'eau en contrebas. Michael serra les dents, força sa douleur à disparaître de son esprit et commanda à ses jambes d'avancer. *Bon Dieu, plus vite !*

Il se glissa le long de l'entrepôt, passa la porte d'où la fausse Jenna Karras avait émergé, jusqu'au coin du bâtiment. La lumière de l'aube brillait de plus en plus et l'absence du cargo permettait aux premiers rayons du soleil de s'étaler sur les docks.

Au lointain, un autre bateau avançait lentement vers le port, se dirigeant probablement vers l'emplacement précédemment occupé par le *Cristovao.* Si c'était le cas, il restait très peu de temps avant que les équipes de dockers arrivent. Il devait bouger vite, agir efficacement et il n'était pas certain de pouvoir faire l'un ou l'autre.

Une côte déserte. L'homme à l'imperméable savait-il laquelle ? Il devait le découvrir. Il devait en être capable.

Il fit le tour du coin du hangar, l'automatique à la main, plaqué contre sa veste. Il ne pouvait pas s'en servir, ça, il l'avait compris. Il serait inutile d'éliminer sa seule source d'information et d'attirer l'attention. Mais la menace devait avoir l'air réelle, sa colère devait sembler désespérée. Et ça, il en était capable.

Il scruta la brume. L'homme à l'imperméable était au bord du quai, aboyant des instructions en retenant sa voix, pour ne pas attirer l'attention, effrayé qu'il était, lui aussi, à l'idée de voir rappliquer les équipes de dockers qui commençaient certainement à arriver sur le quai d'à côté. L'effet était assez comique. D'après ce que Michael parvenait à comprendre, l'un des deux gorilles était agrippé à un poteau et refusait de le lâcher parce qu'il savait à peine nager. Le *capo-regime* pressait, cajolait, ordonnait au deuxième homme d'aider son compagnon et celui-ci avait l'air de refuser, inquiet à l'idée d'être entraîné au fond par le poids considérable de son collègue incompétent.

La comédie allait arriver au dernier acte. Rapidement et efficacement.

« Pas un mot ! » dit sèchement Havelock en italien. Ses mots, s'ils n'étaient pas précis, étaient clairs. Son ton, sans réplique.

Étonné, l'Italien se retourna d'un coup, sa main droite cherchant dans son imperméable.

« Si je vois un revolver, poursuivit Michael, tu seras mort et au fond du port avant même de pouvoir t'en servir... Ote-toi de là. Marche vers moi. Maintenant, sur ta gauche, vers le mur. Avance ! Ne t'arrête pas ! »

L'homme hésita. Il commença à avancer.

« J'aurais pu vous tuer, *signore.* Je ne l'ai pas fait. Vous pourriez m'être reconnaissant.

— Merci.

— Et on ne vous a rien pris, vous vous en êtes rendu compte. Mes ordres étaient clairs.

— Je m'en rends compte. Maintenant, explique-moi pourquoi ?

— Je ne suis ni un voleur, ni un tueur, *signore.*

— Ça ne me suffit pas. Les mains en l'air ! Appuie-les contre le mur et écarte les jambes ! »

L'Italien obéit. Ce n'était pas la première fois qu'on lui donnait de tels ordres. Havelock s'approcha derrière lui, lui donna un coup de pied dans le mollet tout en passant la main autour de la taille du *capo-regime,* lui arrachant son revolver. Il y jeta un coup d'œil, impressionné. C'était un automatique espagnol, un Llama calibre 38. Une arme de qualité, sans doute beaucoup moins chère sur les docks. Il le glissa dans sa ceinture.

« Parle-moi de la fille. *Vite !*

— On m'a payé. Qu'est-ce que je peux vous dire de plus ?

— Tu peux m'en dire beaucoup plus », répliqua Michael en saisissant la main gauche de l'homme. Le « négociateur » n'était pas un type violent, et le terme *capo-regime* utilisé par le gardien était impropre. Cet Italien ne faisait pas partie de la mafia, cela se sentait à ses mains. A l'âge qu'il avait, ils avaient déjà monté l'échelle hiérarchique par la violence et ils avaient en général des mains dures, faites pour cogner.

Une soudaine cacophonie de sirènes éclata dans le port. Ces hurlements stridents étaient accompagnés de cris, la voix du gorille qui pataugeait dans l'eau. Michael profita de ces bruits pour flanquer son automatique dans les reins de l'Italien. L'homme hurla. Havelock retira son arme, l'éleva et en écrasa la crosse sur le côté du cou de l'Italien. Le cri qui suivit se transforma en une série de supplications désespérées.

« *Signore ! Signore !* gémit l'homme en anglais. Vous êtes américain ! Parlons en américain ! Ne me faites pas ça ! Je vous ai sauvé la vie — Je vous le jure !

— Nous y viendrons. La *fille* ! Parle-moi de la fille ! Et vite !

— Je rends des services sur le port. Tout le monde le sait ! Elle avait besoin d'un service. Elle m'a payé !

— Pour sortir d'Italie ?

— Bien sûr !

— Elle a payé pour plus que ça ! Combien de types as-tu payé, toi, pour cette jolie mise en scène ?

— *Che si dice* ? Mise... en scène ?

— Cette ravissante comédie que vous avez montée. La pouffiasse qui est sortie par cette porte ! » Havelock saisit l'Italien par l'épaule et le retourna d'un seul coup, lui plaquant le dos au mur.

« Là, juste là au coin, ajouta-t-il. Qu'est-ce que ça voulait dire ? Je veux savoir ! Elle t'a payé pour ça aussi, non ? *Pourquoi* ?

— Comme vous dites, *signore.* Elle a payé. *Spiegazioni...* les explications... on en a pas eu besoin. »

Sans avertissement, Michael écrasa le canon de l'automatique en plein dans l'estomac de l'Italien.

« Ça ne me suffit pas. *Raconte !*

— Elle a dit qu'elle devait *savoir,* balbutia le “négociateur”.

— Savoir quoi ? » Havelock balaya le chapeau de l'Italien et le prit par les cheveux, lui tapa la tête dans le mur. « Savoir *quoi* ?

— Ce que vous feriez !

— Comment savait-elle que je la suivrais jusqu'ici ?

— Elle ne le savait pas !
— Alors pourquoi ?
— Elle a dit que vous viendriez peut-être ! Que vous étiez si... *ingegnoso*... un homme plein de ressources. Que vous aviez déjà chassé d'autres gibiers humains. Que vous aviez des moyens à votre disposition. Des contacts, des sources.
— Ce n'est pas assez précis ! *Comment ?* » Michael tordit les cheveux de l'Italien dans son poing, les arrachant à moitié.
« *Signore*... Elle a dit qu'elle avait parlé à trois taxis sur le quai de la gare avant d'en trouver un qui l'amène à Civitavecchia ! Elle avait peur ! »
Cela sonnait vrai, songea Havelock. Il n'avait pas pensé à poser des questions aux taxis à la gare d'Ostie. Il n'y en avait pas beaucoup à Rome en ce moment. En vérité, il n'avait tout simplement pas pensé. Il n'avait fait que bouger.
« *Per favore ! Aituo ! Dio mio !* » Les cris venaient de l'eau en contrebas, la lumière du jour brillait de plus en plus, les bateaux dans le port emplissaient l'air de vapeur et de coups de sifflet. Il restait si peu de temps. Bientôt les équipes viendraient, hommes et machines envahiraient les docks. Il fallait qu'il sache exactement ce que le « négociateur » avait vendu. De sa main gauche il serra la gorge de l'Italien.
« Elle est sur la *Teresa*, hein ?
— *Sì !* »
Havelock se souvint des mots du patron d'*Il Tritone :* la *Teresa* allait à Marseille. « Comment va-t-on la débarquer *?* » L'Italien ne répondit pas. Michael enfonça ses doigts dans la gorge du type, comprimant sa trachée. Il appuya encore.
« Comprends-moi bien. Si tu ne me le dis pas, je vais te tuer maintenant. Je m'en fous complètement... Et si tu mens et qu'elle m'échappe à Marseille, je reviendrai te tuer. Elle avait raison. Je suis plein de ressources et j'ai chassé plus d'un homme. Je te retrouverai. »
Le « négociateur » eut un spasme, ses yeux se

révulsèrent, sa bouche cherchait l'air, il secouait la tête, essayait de parler. Havelock réduisit sa pression. L'Italien toussa violemment, se prit la gorge.

« Après tout j'en ai rien à faire. Je vais tout vous dire. Je ne veux pas avoir de problèmes avec des gens comme vous, *signore.* J'aurais dû me méfier. J'aurais dû mieux écouter !

— Continue.

— Elle ne va pas à Marseille, mais à San Remo. La *Teresa* s'arrête à San Remo. Où et comment elle sera débarquée, ça je n'en sais rien. Je vous le *jure* ! Mais je vais vous dire ceci. Je n'ai pas envie que vous reveniez me chercher, ni elle ni vous ! Elle a payé pour être emmenée jusqu'à Paris. On doit lui faire passer la frontière au col des Moulinets. Quand, je n'en sais rien ! Je le jure ! Et de là, elle va à Paris. Je le jure sur le sang du Christ ! »

Le « négociateur » n'avait pas besoin de jurer, il disait la vérité, on pouvait la lire dans son regard terrifié. Il était honnête, submergé par une peur extraordinaire. Que lui avait dit Jenna Karras ? Pourquoi avait-il dit à ses gorilles de ne pas le tuer ? De ne rien lui voler ? Là, sur les quais. Michael relâcha sa prise et se mit à parler calmement.

« Tu as dit que tu aurais pu me tuer, mais tu ne l'as pas fait. Maintenant, dis-moi pourquoi ?

— Non, *signore,* je ne vous le dirai pas, chuchota l'homme en secouant la tête. Au nom de Dieu, vous ne me verrez plus jamais ! Je ne dis rien, je ne sais rien. »

Havelock leva lentement l'automatique, plaça le bout du canon sur l'œil gauche de l'homme. « Dis-moi...

— C'est elle qui m'a dit ! hurla le "négociateur". J'ai un petit business tranquille ici, *signore,* et je ne me suis jamais impliqué dans des histoires politiques ni dans rien qui s'y rattache de près ou de loin. Je le jure sur les larmes de la Madone ! Je croyais qu'elle mentait ! Je ne la croyais pas !

— Mais on ne m'a pas tué et on ne m'a rien pris. » Michael s'arrêta, puis cria en enfonçant le canon dans l'œil de l'Italien : « *Pourquoi ?* »

L'homme cria, cracha ses mots. « Elle a dit que vous étiez un Américain travaillant pour les *communistes,* pour les Soviets ! Je ne la croyais pas ! Je ne sais rien de ces choses, mais il fallait faire attention. A Civitavecchia nous sommes en dehors de ces guerres-là. Elles sont trop... *internazionale...* pour nous qui gagnons nos lires sur le port. Ces choses ne veulent rien dire pour nous... je le jure ! Nous ne voulons pas avoir d'ennuis avec aucun d'entre vous, *signore,* comprenez-moi. Vous avez attaqué une femme, une *prostituta,* à dire vrai, sur les quais. Des hommes vous ont arrêté, vous ont emmené un peu plus loin, mais quand j'ai vu ce qui se passait je les ai stoppés. Je leur ai dit de faire attention. Il fallait penser... »

L'homme terrifié continuait à balbutier, mais Havelock n'écoutait plus. Ce qu'il venait d'entendre l'étonnait au dernier degré. *Un Américain travaillant pour les communistes.* Jenna avait dit ça ? C'était insensé. Qu'est-ce qu'elle faisait ? Pourquoi ?

Avait-elle essayé d'en appeler à cet homme grâce à un mensonge, pour lui implanter une peur réelle dans l'esprit après l'exécution du piège ? L'Italien n'avait pas été équivoque. Poussé par une peur extrême, il avait répété mot pour mot ce que Jenna lui avait dit. Il n'avait pas menti.

Y croyait-elle ? Était-ce cela qu'il avait vu dans ses yeux sur le quai de la gare d'Ostie ? Croyait-elle vraiment cela ? Comme lui avait cru, sans aucun doute, qu'*elle* était un officier de la *Voennaya* infiltré ?

Oh, bon Dieu ! Chacun d'eux tournait autour de l'autre en manœuvrant de la même manière ! Y avait-il eu les mêmes preuves contre *lui* qu'il y avait eu contre elle ? C'était la seule explication. La peur... La douleur... Son amour s'était retourné contre lui, comme lui s'était retourné contre elle. Il n'y avait plus personne en qui elle pouvait avoir confiance, plus personne. Ni maintenant, ni plus tard, ni peut-être même jamais. Elle ne pouvait que bouger — comme lui l'avait fait. Courir, courir toujours... Dieu ! *Que leur avait-on fait ? Pourquoi ?*

Elle était en route vers Paris. Il la trouverait à Paris. Ou à San Remo, ou au col des Moulinets. Il l'intercepterait dans un de ces endroits. Il avait l'avantage de la vitesse. Elle était sur un vieux cargo. Il prendrait l'avion. Il avait le temps.

Il utiliserait cet avantage. Le temps. Il y avait un officier de renseignements à l'ambassade de Rome qui n'allait pas tarder à sentir sa présence, à connaître la profondeur de sa colère. Le lieutenant-colonel Baylor-Brown allait devoir apporter des réponses sinon tout ce qui avait été écrit sur les activités clandestines de Washington ressemblerait à un roman à l'eau de rose à côté de ce que Havelock révélerait. Les incompétences, les illégalités financières, les mauvais calculs et les erreurs tragiques qui avaient coûté la vie et la liberté à des milliers de gens, partout, depuis des années. Il détaillerait le tout avec précision, pour que le monde entier sache à quoi s'en tenir.

Il commencerait par un diplomate noir américain à Rome qui passait des ordres secrets à des agents américains dans tout l'ouest de la Méditerranée.

« *Capisce ?* Vous comprenez, *signore ?* » L'Italien suppliait, gagnait du temps, ses yeux obliquant discrètement sur la droite. Vers le deuxième quai où trois hommes s'avançaient. Deux coups de sifflets d'un bateau. Le cargo entrant au port allait être amarré sur le quai où se trouvait l'*Elba*. Dans quelques instants, des équipes arriveraient. « Nous faisons attention... *naturalmente,* mais nous ne savons *rien* de ces choses ; nous sommes des *creaturi* des docks, rien de plus.

— Je comprends, dit Michael en tapant l'épaule de l'homme pour lui faire signe de se tourner. Marche jusqu'au bord, ordonna-t-il calmement.

— *Signore, please.*

— Fais ce que je te dis. Maintenant.

— Je jure sur tous les saints patrons, sur le sang du Christ, sur les larmes de sa Très Sainte Mère ! » L'Italien pleurait, sa voix grimpait dans les aigus. Dans deux secondes il serait en pleine crise d'hystérie. « Je suis un pauvre marchand, *signore,* je ne sais rien ! Je ne dirai rien !

— Saute », dit Havelock quand ils atteignirent le bord du quai.

Il poussa le « négociateur » par-dessus bord.

« *Dio mio ! Aiuto !* » hurla le gorille qui pataugeait en voyant tomber son patron à côté de lui.

Michael fit demi-tour et retourna au coin du hangar. Les docks étaient encore déserts, mais le gardien commençait à reprendre conscience, secouant la tête, essayant de se relever en s'appuyant sur ses bras. Havelock ouvrit le magasin de l'automatique et fit tomber les balles sur les pavés. Il se dépêcha du mieux qu'il put, atteignit la porte. Le gardien retomba à terre, cherchant de l'air, se tenant la tête. Michael atteignit la cabine vitrée et y lança l'arme. Puis il courut le plus vite possible jusqu'à sa voiture.

Rome. Ils allaient devoir lui fournir des réponses. Sinon, les clandestins appartenant aux services des États-Unis allaient recevoir une série de chocs qui ébranleraient les fondations invisibles de ce monde d'ombre. Michael amorçait la bombe qu'il avait dans la tête.

7

Les quatre hommes autour de la table dans cette pièce blanche du cinquième étage du Département d'État étaient plutôt jeunes, selon les critères normaux de Washington. Leur âge allait de la trentaine à une bonne quarantaine, mais leurs rides, les lignes de leurs visages et les poches qu'ils avaient sous les yeux racontaient une histoire différente.

Ils paraissaient plus vieux que leur âge et ces dernières années avaient été lourdes à payer, psychologiquement, suite de nuits sans sommeil et de périodes d'anxiété prolongée, exacerbées par le fait suivant : ils ne pouvaient discuter des crises auxquelles ils devaient faire face avec personne d'extérieur à cette pièce. Ils étaient les stratèges des opérations secrètes, les contrôleurs aériens d'activités clandestines. Les meilleurs agents pouvaient être abattus à la moindre erreur de calcul de leur part. D'autres personnages, plus haut placés, pouvaient avoir requis des objectifs à long terme. D'autres, en dessous, pouvaient avoir conçu le détail d'une opération. Mais seuls ces quatre hommes étaient au courant de chaque variation possible, de chaque conséquence probable d'une opération donnée. Ils étaient la chambre de contrôle. Chacun d'eux était un spécialiste, une autorité dans sa branche. Et eux seuls pouvaient donner le signal final qui ferait s'envoler les condors.

Pourtant ils n'avaient pas de grilles radar ni d'antennes hyperperfectionnées pour les aider. Ils avaient les projections du comportement humain pour seuls guides. Actions et réactions — pas seulement celles de l'ennemi, mais aussi celles de leurs propres hommes sur le champ de bataille. L'évaluation était un combat sans fin, rarement résolu d'une façon satisfaisante pour quiconque. Les probabilités — dont la formule commençait en général par « et si... » — étaient imbriquées géométriquement à chaque nouvelle torsion des événements, à chaque réaction humaine aux circonstances brutalement transformées. C'était des analystes dans un labyrinthe infini, labyrinthe d'anormalité dont les pions étaient les produits de ce désordre. C'étaient des spécialistes dans un style de vie macabre où la vérité était en général un mensonge et les mensonges trop souvent le seul moyen de survivre. Le stress était un des facteurs qui les effrayait le plus car, sous un stress maximum prolongé, les agents ennemis comme les leurs finissaient par voir et faire des choses qu'ils n'auraient ni vues ni faites en temps normal. Le totalement imprévisible ajouté à l'anormal transformait le terrain en sables mouvants.

Telle était la conclusion à laquelle les quatre

hommes étaient arrivés face à la crise de cette nuit-là.

Le câble du lieutenant-colonel Lawrence Baylor-Brown avait été envoyé en chiffre prioritaire. Son contenu exigeait l'ouverture d'un dossier mort, que chaque stratège allait devoir étudier.

Ils étaient au-delà de tout désaccord. Les événements de cette plage isolée sur la Costa Brava avaient été vérifiés et confirmés de deux côtés ; par deux sources sur le terrain. L'officier en service Michael Havelock d'un côté, et de l'autre un homme inconnu de Havelock, Steven MacKenzie, un des agents opérationnels les plus efficaces travaillant en Europe pour la C.I.A. Il avait risqué sa vie pour rapporter une preuve. Des vêtements déchirés et tachés de sang. Tout avait été examiné au microscope et le résultat était positif : c'était bien *Jenna Karras*. Les raisons de cette deuxième vérification n'avaient pas été explicitées, mais ce n'était pas nécessaire. La relation entre Havelock et Jenna Karras était connue de ceux qui devaient la connaître. Un homme face à un stress maximum pouvait se briser en morceaux, être incapable d'achever ce qu'il avait à faire.

Washington devait savoir la vérité. L'agent MacKenzie avait été placé à deux cents pieds au nord de Havelock, point de vue panoramique sur la scène, confirmation absolue, preuve irréfutable. Jenna Karras avait été tuée cette nuit-là. Le fait que Steven MacKenzie soit mort d'une attaque cardiaque trois semaines après son retour de Barcelone, alors qu'il faisait de la voile dans Chesapeake Bay, n'altérait en rien sa contribution. Le docteur qui avait été appelé par les gardes-côtes était un médecin nommé Randolph, connu dans la région et au-dessus de tout soupçon. L'autopsie pratiquée était également irréfutable : MacKenzie était bien mort de mort naturelle.

Au-delà de la Costa Brava, les preuves contre Jenna Karras avaient été soumises aux examens les plus pointilleux. Le secrétaire d'État Anthony Matthias l'avait exigé et les stratèges savaient pourquoi. Il fallait en effet prendre en considération le rapport qui avait existé entre Matthias et Michael Havelock depuis vingt ans, depuis que l'étudiant avait rencontré le professeur à Princeton. Tous deux Tchèques de naissance, l'un s'était révélé comme l'esprit géopolitique le plus brillant du monde académique tandis que l'autre, jeune expatrié, cherchait désespérément sa propre identité. Les différences étaient considérables, mais l'amitié très profonde.

Anton Matthias était arrivé en Amérique quelque quarante ans auparavant, fils d'un éminent docteur de Prague qui avait expédié sa famille hors de Tchécoslovaquie quand l'ombre du nazisme s'était répandue sur l'Europe. L'immigration de Havelock, très différente, résultait d'une opération clandestine menée conjointement par les services secrets britanniques et américains et on avait obscurci ses origines, pour la propre sécurité de l'enfant. Et tandis que l'ascension météorique de Matthias dans les sphères gouvernementales suivait une succession de figures politiques influentes qui cherchaient visiblement son conseil et qui rendaient publiquement hommage à son esprit brillant, le jeune Tchèque Havlicek se démenait pour établir sa propre valeur à travers une série d'actions clandestines qui ne seraient jamais exposées à la lumière du jour. Et malgré les dissemblances, d'âge et de renom, d'intellect et de tempérament, il existait un lien entre eux, entretenu par le plus vieux et dont le plus jeune n'avait jamais cherché à tirer avantage.

Ceux qui avaient confirmé les preuves contre Jenna Karras avaient compris qu'ils n'avaient pas droit à l'erreur, comme les stratèges comprenaient maintenant que le câble venu de Rome devait être étudié avec attention, manipulé délicatement. Pardessus tout, à cet instant précis, on devrait le cacher à Anthony Matthias. Car malgré le fait que les médias avaient annoncé que le secrétaire d'État était parti pour des vacances bien méritées, la vérité était toute différente. Matthias était malade, certains disaient gravement, et bien qu'en contact permanent avec l'État — tous les jours, presque heure par heure — par l'intermédiaire de ses subordonnés, on ne l'avait pas vu à Washington depuis près de cinq semaines. Et même les journalistes les plus malins, hommes ou femmes, qui se doutaient bien de quelque chose, ne disaient rien, n'imprimaient rien d'autre que la version officielle. Personne ne voulait vraiment envisager cette maladie. Le monde ne pouvait pas se le permettre.

Et Rome pourrait devenir un souci supplémentaire pour Anthony Matthias. Il n'en était pas question.

« Il divague, bien sûr », dit l'homme presque chauve du nom de Miller, posant sa copie du télégramme de Rome devant lui sur la table.

Paul Miller, M.D., était psychiatre, et faisait autorité sur les comportements erratiques.

« Y a-t-il quoi que ce soit dans son dossier qui aurait pu nous avertir ? » demanda un homme corpulent, roux, vêtu d'un complet froissé, chemise ouverte et sans cravate. Ogilvie, anciennement agent sur le terrain.

« Rien que vous auriez pu lire », répliqua Daniel Stern, le stratège à gauche de Miller. Son titre exact était directeur des opérations consulaires, ce qui était un euphémisme si on considérait qu'il était responsable en chef des actions clandestines de l'État.

« Et pourquoi ça ? » demanda le quatrième stratège ; il était habillé de façon très classique et aurait pu servir de mannequin dans une publicité pour I.B.M. dans le *Wall Street Journal.* Il était assis à côté d'Ogilvie et la différence entre leurs apparences vestimentaires était plus que frappante. Il se nommait Dawson et c'était un avocat et un spécialiste des lois internationales. Il précisa sa question.

« Vous voulez dire qu'il y avait — qu'il y a — des omissions dans son dossier ?

— Oui. Un retrait pour raisons de sécurité qui date de Mathusalem. Personne ne s'est fatigué à le remettre à jour, donc le dossier est resté incomplet. Mais la réponse à la question d'Ogilvie est là. L'avertissement était là. Nous ne l'avons pas vu.

— Comment ça ? demanda Miller par-dessus ses lunettes.

— Il est au bout du rouleau. Il a passé le cap.

— Que voulez-vous dire ? Ogilvie pencha sa tête rousse en avant, avec une expression très désagréable.

— Toute évaluation dépend de données existantes, bordel !

— Je crois que personne n'avait jugé nécessaire de fouiller. Son dossier était impeccable et à part une ou deux petites crises, il a été extrêmement productif et souvent dans les conditions les plus dures.

— Seulement maintenant il voit des fantômes dans les gares, coupa Dawson. Pourquoi ?

— Vous connaissez Havelock ? demanda Stern.

— Seulement d'après un entretien, que j'ai eu avec lui, répondit l'avocat. Il y a huit ou neuf mois. Il était revenu pour ça. Il avait l'air en parfaite condition.

— Il l'était, acquiesça le directeur des opérations consulaires. Efficace, productif, raisonnable... très dur, très froid, très brillant. Mais il faut dire qu'il a été entraîné dans sa jeunesse et dans des circonstances dramatiques. C'est ça que nous aurions dû voir. » Stern marqua un temps d'arrêt, prit une large enveloppe et en sortit une fiche bordée de rouge, avec des gestes méticuleux.

« Voici le dossier complet du background d'Havelock. Ce que nous avions avant était trop succinct. Étudiant diplômé de Princeton, avec un diplôme de Sciences Politiques et un autre en langues slaves. Domicile : Greenwich, Connecticut. Orphelin de guerre ramené en Angleterre et élevé par un couple nommé Webster, tous deux au-dessus de tout soupçon. Ce que nous avons tous regardé, bien sûr, c'est la recommandation d'Anthony Matthias, c'est quelqu'un avec qui il faut compter. Et ce que les recruteurs avaient vu il y a seize ans ici, était plutôt évident. Un diplômé de Princeton prêt à perfectionner ses capacités à parler de multiples dialectes de l'Est pour disparaître dans la clandestinité. Or, il n'avait même pas besoin de se perfectionner. C'était sa langue maternelle. Et il parlait le tchèque mieux que nous ne le pensions. Et voici maintenant ce que j'ai ici : le reste de son histoire. Et là pourraient se trouver les raisons de la faille que nous contemplons à l'heure actuelle.

— Ça fait un sacré retour en arrière, dit Ogilvie. Vous pourriez nous en tirer les grandes lignes ? J'ai horreur des surprises. On n'a rien à faire de paranoïaques à la retraite.

— Apparemment c'est exactement ça, coupa Miller en ramassant le télégramme. Si le jugement émis par Brown-Baylor signifie quelque chose...

— Soyez tranquille, c'est très sensé. C'est un de nos meilleurs bonshommes en Europe.

— Pourtant, il appartient au Pentagone, ajouta Dawson. Et son jugement...

— Ça tient à sa personnalité, corrigea le directeur des affaires consulaires. Il est Noir et il fallait qu'il soit bon, qu'il s'affirme.

— J'allais ajouter que Brown inclut la recommandation suivante : prenez Havelock très au sérieux. Il a vu ce qu'il a vu, dit le psychiatre.

— Ce qui est impossible, dit Ogilvie. Ce qui signifie qu'on a un dingo sur les bras. Alors qu'est-ce qu'il y a sur cette fiche, Dan ?

— Une sale enfance, répondit Stern en soulevant la couverture du fichier. Nous savions qu'il était Tchèque, mais c'était tout. Il y avait plusieurs milliers de réfugiés tchèques en Angleterre pendant la guerre, ce qui expliquait sa présence là-bas. Mais ce n'était pas vrai. Il existait en fait deux histoires, une réelle et une servant de couverture. Il n'était pas en Angleterre pendant la guerre, ni ses parents. Il a passé toutes ces années à Prague et dans les environs. C'était un long cauchemar, très réel pour lui. Cela a commencé juste quand il était assez grand pour comprendre, pour voir ce qui se passait. Malheureusement nous ne pouvons pas entrer dans sa tête et cela pourrait être vital pour nous. » Le directeur se tourna vers Miller. « Il nous faut vos conseils, Paul. Il pourrait s'avérer extrêmement dangereux.

— Alors vous feriez mieux d'être un peu plus clair, dit le docteur. Jusqu'où remontons-nous en arrière et pourquoi ?

— Abordons immédiatement le “pourquoi”, dit Stern en extrayant quelques pages du dossier. Il a vécu avec le spectre de la trahison depuis son enfance. Il a eu une période pendant son adolescence et au début de son âge adulte — au collège et à l'université — où cette pression était absente, mais les souvenirs qu'il porte doivent être assez horribles. Et depuis ces seize dernières années il est retourné dans le même genre d'univers. Peut-être a-t-il vu trop de fantômes.

— Sois plus spécifique, Dan, demanda le psychiatre.

— Pour être plus précis, répliqua le directeur en parcourant la page qu'il avait sous les yeux, il faut revenir en juin 42, pendant la guerre, en Tchécoslovaquie. Vous savez, son nom n'était pas encore Havelock, mais Havlicek. Il est né à Prague au milieu des années 30, on ignore la date exacte. Tous les fichiers avaient été détruits par la Gestapo.

— La *Gestapo* ? » L'avocat, Dawson, se recula sur sa chaise. « Juin 42... les procès de Nuremberg.

— Ça tenait de la place sur l'agenda de Nuremberg, acquiesça Stern. Le 27 mai 1942, Rheinhard Heydrich, connu sous le surnom de *der Henker,* le bourreau de Prague, fut tué par des partisans tchèques. Ils étaient dirigés par un professeur viré de l'université de Karlova et qui travaillait avec l'Intelligence Service britannique. Il s'appelait Havlicek et il habitait dans un village à quelque dix kilomètres de Prague avec sa femme et son fils, et de là il organisait les cellules des partisans. Le village s'appelait Lidice.

— Oh, Bon Dieu, siffla Miller en lâchant le télégramme de Rome qui virevolta et atterrit lentement sur la table.

— Craignant d'avoir été aperçu sur les lieux de l'assassinat d'Heydrich, Havlicek quitta sa maison pendant deux semaines environ, pris en charge par les cellules de l'université. On ne l'avait pas vu lui, mais un autre habitant de Lidice l'avait été. Le prix pour l'assassinat d'Heydrich était fixé. Tous les mâles adultes seraient exécutés et quant aux femmes, elles finiraient dans des camps de travail, les plus présentables étant offertes aux officiers. Les enfants... disparaîtraient simplement. *Jugendmöglichkeiten.* Les adoptables seraient adoptés, les autres...

— Les fumiers, cracha Ogilvie.

— Les ordres de Berlin demeurèrent secrets jusqu'au matin du 10 juin, jour des exécutions de masse, poursuivit Stern. C'était également le jour choisi par Havlicek pour retourner à Lidice. Quand on apprit la nouvelle, les partisans l'empêchèrent de rentrer chez lui. Ils l'enfermèrent, le bourrèrent de somnifères. Ils savaient qu'il ne pouvait rien faire, et il avait trop de valeur. En fin de compte on lui raconta : sa femme avait été emmenée dans les camps de prostituées. Il apprit plus tard qu'elle se suicida la première nuit, emportant un officier de la Wehrmacht avec elle dans la mort, et son fils avait disparu.

— Mais, apparemment il n'avait pas été pris avec les autres, dit Dawson.

— Non, bien sûr. Il était parti chasser le lapin en forêt et il était revenu juste à temps pour voir les rassemblements, les exécutions, les cadavres balancés dans les fosses. Il était en état de choc ; il s'enfuit dans les bois et vécut pendant des semaines comme un animal. L'histoire commença à se répandre dans les campagnes. Un gamin qu'on avait vu courir dans la forêt, des empreintes de pas près des granges, qui retournaient vers les bois. Le père entendit parler de ça et il savait. Il avait dit à son fils que si les Allemands venaient un jour le chercher, il devait s'échapper dans les bois. Ça lui prit un mois, mais Havlicek retrouva l'enfant. Il s'était caché dans des grottes, dans des arbres, terrifié à l'idée qu'on le voie, mangeant ce qu'il pouvait voler et arracher à la forêt, avec en permanence ces visions d'horreur dans la tête.

— Une enfance idéale, dit le psychiatre en prenant des notes.

— Ce n'était que le commencement. Le directeur des opérations consulaires prit une autre feuille dans le dossier. Havlicek et son fils restèrent dans le secteur Prague-Boleslav et la résistance s'amplifia. Quelques mois plus tard le garçon devint une des plus jeunes recrues dans la Detskabrigada — la brigade des enfants. Ils servaient de messagers, portant plus souvent de la nitroglycérine et du plastic que des messages. Un faux pas, une fouille... et c'était fini.

— Son père le laissait faire ? demanda Miller, incrédule.

— Il ne pouvait pas l'arrêter. Le garçon avait appris ce qu'ils avaient fait à sa mère. Il vécut cette enfance-là pendant trois ans. C'était monstrueux, macabre. Pendant ces nuits où son père était là, il lui enseignait ses leçons comme à n'importe quel autre enfant. Mais, pendant la journée, dans les bois et dans les champs, d'autres lui apprenaient à courir, à se cacher, à mentir, à tuer.

— C'était cela l'entraînement dont vous parliez, non ? dit tranquillement Ogilvie.

— Oui. Il savait ce que c'était que prendre des vies, voir des amis mourir, avant d'avoir dix ans. Sinistre...

— Et indélébile, ajouta le psychiatre. Des explosifs implantés en lui il y a plus de trente ans.

— Est-ce que cette histoire sur la Costa Brava a pu agir comme un détonateur, trente ans après ? demanda l'avocat en regardant le psychiatre.

— Ça se pourrait. Cela fait pas mal d'images sanglantes dispersées dans son inconscient, des symboles plutôt macabres. Il faudrait que j'en sache beaucoup plus. » Miller se tourna vers Stern, le crayon levé au-dessus de son carnet. « Que lui est-il arrivé ensuite ? »

— Que *leur* est-il arrivé, corrigea Stern. La paix finit par arriver — je devrais dire que la guerre normale s'arrêta — mais ce ne fut pas la paix à Prague. Les Soviets avaient leurs plans et un autre genre de folie passa aux commandes. Le père Havlicek était visiblement très politisé, jaloux de la liberté que lui et les partisans avaient obtenue en combattant. Et il se trouva forcé d'entamer une autre guerre, aussi clandestine que la précédente et presque aussi brutale. Avec les Russes. » Le directeur tourna une autre page. « Pour le père, cela se termina le 10 mars 1948, avec l'assassinat de Jan Masaryk et l'effondrement de la social-démocratie.

— En quel sens ?

— Il disparut. Expédié dans un goulag en Sibérie ou dans une tombe moins lointaine. Ses amis furent rapides. Les Tchèques ont un proverbe en commun avec les Russes : "Le mignon petit chiot est le loup de demain." Ils cachèrent le jeune Havlicek et entrèrent en contact avec le M 16 britannique. Quelqu'un eut une quelconque prise de conscience sympathique. On fit passer les frontières au garçon et on l'expédia en Angleterre.

— Ce proverbe sur le chiot qui devient un loup s'est révélé très sensé, non ? intervint Ogilvie.

— D'une façon que les Russes n'auraient pas imaginée.

— Comment la famille Webster entre-t-elle dans ce tableau ? demanda Miller. C'étaient ses parrains ici, manifestement, mais le garçon était en Angleterre.

— Un coup de chance, en fait. Webster avait été colonel de réserve pendant la guerre, attaché au commandement suprême. En 1948, il était à Londres en voyage d'affaires avec sa femme et, un soir en dînant avec d'anciens amis, ils entendirent parler de ce jeune Tchèque ramené de Prague et qui vivait dans un orphelinat dans le Kent. Une chose amenant l'autre — les Webster étant sans enfants, et Dieu sait que l'histoire du gamin était incroyable — ils allèrent dans le Kent et interviewèrent l'enfant.

C'est le mot inscrit ici. "Interviewèrent." Plutôt froid, non ?

— Apparemment ils n'étaient pas si froids.

— Non. Ils étaient très chaleureux. Webster retourna à son travail. Des papiers furent remplis, des lois détournées et un enfant très perturbé s'envola pour l'Amérique avec une nouvelle identité. Havlicek avait de la chance. Il passa d'un orphelinat anglais à une maison confortable dans une ravissante banlieue américaine, avec de très bonnes écoles et Princeton pour finir.

— Et un nouveau nom », dit Dawson.

Daniel Stern sourit : « Puisqu'une couverture était nécessaire, notre colonel de réserve et sa femme durent avoir l'impression que l'anglicisation de son nom était nécessaire à Greenwich. Chacun ses lubies.

— Pourquoi ne pas avoir choisi leur propre nom ?

— Le garçon ne voulait pas aller aussi loin. Comme je l'ai dit précédemment, ses souvenirs étaient très présents. Indélébiles, comme disait Paul.

— Les Webster sont toujours en vie ?

— Non. Ils seraient centenaires. Ils sont morts tous les deux au début des années 60 quand Havelock était à Princeton.

— Et c'est là qu'il a rencontré Matthias, ajouta Ogilvie.

— Oui, dit le directeur des opérations consulaires. Cela adoucit le choc. Matthias s'intéressa à lui, pas seulement à cause de son travail, mais aussi, et c'est certainement beaucoup plus important, parce que sa famille avait connu les Havlicek à Prague. Ils faisaient tous partie de l'intelligentsia jusqu'à ce que les Allemands la décime et que les Russes — qui s'en sont fait une spécialité — enterrent les survivants.

— Est-ce que Matthias connaissait toute l'histoire ?

— Oui, toute, répliqua Stern.

— Cette lettre incluse dans le dossier Costa Brava prend plus de sens maintenant, dit l'avocat. Cette note que Matthias avait envoyée à Havelock.

— Matthias désirait qu'elle soit insérée dans le dossier, expliqua Stern, pour qu'il n'y ait aucune méprise de notre part. Si Havelock avait opté pour un retrait immédiat de sa personne dans cette affaire, nous devions l'autoriser à le faire.

— Je sais, poursuivit Dawson, mais il me semble que lorsque Matthias faisait référence aux souffrances endurées par Havelock... dans le passé, je croyais qu'il voulait simplement parler de la perte de ses parents pendant la guerre. Je n'imaginais pas qu'il pouvait faire allusion à *tout ça*.

— Maintenant vous savez. Nous savons. Stern se tourna à nouveau vers le psychiatre.

— Une idée, Paul ?

— Évidente, dit Miller. Ramenez-le. Promettez-lui *n'importe quoi* mais ramenez-le. Et on ne peut pas se permettre d'accident. Ramenez-le vivant.

— Je suis d'accord. Ce serait le mieux, interrompit Ogilvie secouant sa tignasse rouge. Mais il peut y avoir d'autres options.

— Pas question, dit le docteur. Vous l'avez dit vous-même. Il est complètement paranoïaque. Cinglé. La Costa Brava était un choc personnel très profond pour Havelock. Cela aurait très bien pu déclencher des explosifs implantés en lui il y a trente ans. Une partie de lui est encore là-bas ; il se protège et construit un réseau de défenses contre la persécution, contre toute attaque. Il court dans les bois après avoir assisté aux exécutions de Lidice. Il est avec la brigade des enfants, de la nitroglycérine attachée autour du ventre.

— C'est ce que dit Brown dans son télégramme. » Dawson le prit. « Voilà... “dépositions scellées... Histoires extraites du passé et livrées à la presse internationale...” Havelock pourrait faire tout ça.

— Il pourrait faire n'importe quoi, poursuivit le psychiatre. Il n'existe pas de règles de comportement. Une fois sujet à des hallucinations, il peut passer de la réalité au fantasme et retour, chaque phase servant un double objectif : Se convaincre lui-même qu'il est persécuté, et se débarrasser de cette persécution.

— Et cette histoire de Rostov à Athènes ? demanda Stern.

— Nous ne savons pas si Rostov était vraiment à Athènes. Cela pourrait faire partie du fantasme, un souvenir rétroactivé par quelqu'un dans la rue qui lui ressemblait, par exemple. Nous *savons* que Jenna Karras appartenait au K.G.B. Pourquoi un type comme Rostov apparaîtrait-il subitement pour nier ce fait ? »

Ogilvie se pencha en avant.

« Brown dit que Havelock avait appelé ça un appât aveugle. Rostov aurait pu s'emparer de lui, l'emmener en Russie.

— Alors pourquoi ne l'a-t-il pas fait ? demanda Miller. Allons, Red, vous avez vécu sur le terrain pendant dix ans. Appât aveugle ou pas appât aveugle, si vous étiez Rostov et que vous sachiez ce qu'il sait, n'auriez-vous pas pris Havelock dans des circonstances telles que celles décrites dans le câble ? »

Ogilvie marqua un temps d'arrêt, fixant le psychiatre.

« Si, finit-il par dire. Parce que j'aurais toujours pu le laisser partir — si je l'avais voulu — avant même que quiconque ait su qu'il avait été pris.

— Exactement. Ça ne tient pas debout. Était-ce Rostov à Athènes, ou ailleurs ? Ou bien est-ce que notre patient divague, construisant sa propre crise de persécution et les défenses qui s'ensuivent ?

— D'après ce que dit le colonel Brown, il avait l'air bougrement convaincant, intervint l'avocat.

— Un schizophrène en pleine crise d'hallucination — si c'est ce qu'il est — peut être extraordinairement convaincant, parce qu'il croit fermement et complètement à ce qu'il dit.

— Mais tu ne peux pas en être certain, Paul, insista Daniel Stern.

— Non, c'est évident. Mais nous sommes certains d'*une chose*... de deux choses, plus exactement. Jenna Karras appartenait au K.G.B. et elle a été tuée sur une plage de la Costa Brava. C'est irréfutable, et nous avons deux témoignages, deux confirmations visuelles de sa mort, dont une de Havelock lui-même. » Le psychiatre regarda les visages des trois hommes autour de lui. « C'est à peu près tout ce dont je dispose pour établir mon diagnostic. Ça, et ces nouvelles informations sur le passé de Havelock, Mikhaïl Havlicek. Je ne peux rien faire d'autre. Vous m'avez demandé mon idée, une ligne de conduite à tenir... Pas une décision absolue.

— Promettez-lui n'importe quoi... répéta Ogilvie.

— Mais ramenez-le, acheva Miller, et le plus vite possible. Collez-le en thérapie dans une clinique, mais trouvez ce qu'il a fait et où il a laissé ses mécanismes de défense, ses "dépositions scellées" et ses petites histoires à ne pas raconter.

— Je n'ai à rappeler à personne ici que Havelock connaît un maximum de choses qui pourraient causer des dégâts irréparables si elles étaient révélées, interrompit Dawson. Les conséquences seraient catastrophiques, et notamment pour notre crédibilité, ici et dans le monde, en dehors de ce que les Soviets pourraient apprendre. Chiffres, informateurs, sources, tout cela peut être changé, les réseaux avertis. Mais nous ne pouvons pas réécrire l'histoire de certains incidents où des traités ont été violés, où les lois d'un pays ami ont été transgressées par nos hommes.

— Sans parler des restrictions qu'on nous impose ici, ajouta Stern. Je sais que vous les incluiez, je voulais juste bien attirer l'attention dessus. Havelock les connaît. Il a négocié un certain nombre d'échanges qui en résultaient.

— Tout ce que nous avons fait était justifié, dit Ogilvie sèchement. Si quelqu'un désire une preuve, il y a quelques centaines de fiches qui montrent ce que nous avons accompli.

— Et quelques milliers d'autres qui montrent le contraire, objecta l'avocat. De plus, il y a la Constitution. Je me fais l'avocat du diable, bien sûr.

— Foutaises ! répliqua l'ancien agent. Le temps qu'on obtienne un mandat, un pauvre fils de pute là-bas se retrouve avec sa femme ou son père expédiés dans un de leurs goulags, pendant qu'un seul type comme Havelock aurait pu arranger l'affaire. Si seulement nous avions pu prévoir, savoir ce qui se tramait.

— C'est une zone floue, Red, dit Dawson avec sympathie. Quand l'homicide est-il *réellement* justifié ? Et d'un autre côté, il y a ceux qui diront que nos réussites ne justifient pas nos échecs.

— Un seul homme traversant le rideau de fer et passant de notre côté les justifie. » Les yeux d'Ogilvie étaient fixes, froids. « Une seule famille sortie d'un camp à Cracovie, Dannenwalde ou Liberec les justifie. Parce qu'ils sont ce qu'ils sont, et que cela ne devrait pas exister. Qui est *vraiment* choqué ? Quelques pacifistes bêlants, avec des clichés politiques plein la tête et des egos gonflés comme des outres. Ils ne valent pas qu'on s'y intéresse.

— La loi dit que si. La Constitution aussi.

— Alors je me fous de la loi et faisons quelques entorses à la Constitution. J'en ai plein le dos qu'elle soit utilisée par quelques trous du cul à grande gueule et cheveux longs qui s'emparent de n'importe quelle cause pour nous lier les mains et attirer l'attention sur eux-mêmes. Moi j'ai vu ces camps de *réhabilitation,* monsieur l'avocat. J'y étais !

— Ce qui fait ta valeur dans ce groupe, intercéda Stern rapidement pour étouffer l'incendie. Chacun d'entre nous a sa valeur propre, même quand il porte des jugements inopportuns. Je crois que le point que soulève Dawson est que ce n'est pas le moment de déclencher une enquête sénatoriale ni d'attirer l'attention d'un comité du Congrès. Ils nous ligoteraient d'une façon bien plus efficace qu'aucune tribu de radicaux à la mode ou qu'une foule de “mangez naturel, vivez écologique”.

— Ou bien, dit Dawson en regardant Ogilvie d'un air compréhensif, les représentants d'une douzaine de gouvernements se pointent devant nos ambassades et nous disent d'arrêter certaines opérations. Vous avez été sur le terrain, Red. Je ne crois pas que vous désireriez voir une chose pareille.

— Notre patient peut faire que cela se produise, intervint Miller. Et il le fera très probablement, à moins que nous ne l'atteignions à temps. Plus longtemps on lui permettra de divaguer sans soins médicaux, plus loin il s'enfoncera dans ses fantasmes, avec une accélération constante. Les persécutions se multiplieront jusqu'à ce qu'elles deviennent insupportables et qu'il pense devoir frapper pour survivre... nous attaquer. Avec ses moyens, ses mécanismes de défense.

— Quelles formes peuvent-ils prendre, Paul ? demanda le directeur des opérations consulaires.

— Plusieurs, répliqua le psychiatre, la plus extrême consistant à entrer en contact avec des hommes qu'il a connus ou dont il a entendu parler et appartenant à des services de renseignements étrangers, pour leur offrir de livrer des informations secrètes. La rencontre avec Rostov pourrait bien trouver sa racine là-dedans. Ou bien il pourrait écrire des lettres, nous en envoyer des copies, ou envoyer des câbles, qu'on intercepterait facilement, qui parleraient d'activités passées qu'on ne peut pas se permettre de voir étalées au grand jour ni passées au tamis. Quoi qu'il fasse, il agira avec énormément de précautions, secrètement, la réalité de sa propre expérience protégeant ses fantasmes de manipulation. Vous l'avez dit, Daniel. Il pourrait être dangereux. Il *est* dangereux.

— Offrir de livrer, dit l'avocat, répétant l'expression de Miller... Il ne les donnerait donc pas immédiatement ?

— Non, pas tout de suite. Il essaierait d'abord de nous forcer à lui dire ce qu'il veut entendre, de nous faire chanter. Que nous lui disions que Jenna Karras est vivante et qu'il existait bien une conspiration pour qu'il se retire.

— Ce que nous ne pouvons pas faire d'une manière convaincante car il n'existe absolument aucune preuve à lui donner, dit Ogilvie. Rien qu'il puisse accepter. C'est un homme "de terrain". Tout ce qu'on lui enverra il le filtrera, il le mâchonnera pour en extraire la saveur et il le crachera dans le fumier. Alors qu'est-ce qu'on peut lui dire ?

— Ne lui *dites* rien, répondit Miller. *Promettez-lui* de lui dire. Arrangez ça comme vous voulez. L'information est trop secrète pour être transmise par courrier, trop dangereuse pour sortir de cette pièce. Jouez son jeu, aspirez-le. Souvenez-vous qu'il veut — qu'il a besoin — que ses hallucinations soient confirmées, désespérément. Il a *vu* une femme morte. Il y croit. Il faut qu'il y croie. Et la confirmation est ici. Il ne pourra pas y résister.

— Désolé, doc, dit l'ancien agent en levant les deux paumes. Il ne marchera pas, pas comme ça... Sa... comment dites-vous... sa part de réalité le rejettera. Ce serait comme acheter un code secret en cadeau avec une boîte de lessive. Ça ne peut pas marcher. Il va vouloir quelque chose de plus solide, de beaucoup plus solide.

— Matthias ? demanda Dawson calmement.

— Absolument, acquiesça le psychiatre.

— Pas encore, dit Stern. Pas tant que nous avons d'autres possibilités. La vérité sur Matthias est qu'il connaît sa piètre condition physique et qu'il garde ses forces pour les accords S.A.L.T. On ne peut pas lui imposer de s'occuper de ça maintenant.

— On va peut-être y être obligés, insista Dawson.

— Peut-être et peut-être pas. » Le directeur se tourna vers Ogilvie. « Pourquoi lui faudrait-il quelque chose de concret, Red ?

— Pour qu'on puisse s'approcher de lui suffisamment pour l'attraper.

— Est-ce qu'on ne pourrait pas concevoir une sorte de "rébus", une opération en séquences, chaque information donnée et amenant une autre, chacune plus vitale que la précédente, pour l'attirer progressivement, l'aspirer, comme disait Paul ? Qu'il ne puisse obtenir la dernière qu'en se montrant ?

— Une chasse au trésor ? dit Ogilvie en riant.

— C'est exactement ce qu'il fait en ce moment, dit Miller tranquillement.

— La réponse est non. » Le rouquin se pencha en

avant, les coudes sur la table. « Une opération en séquences repose sur la crédibilité et meilleur est l'agent, moindre est sa crédulité. C'est également un exercice très délicat. Un type comme Havelock utilisera des intermédiaires. Il inversera le processus en programmant ses intermédiaires, en lui demandant d'obtenir des réponses immédiates à ses questions. C'est *lui* qui vous aspirera. Il n'attendra pas de réponses parfaites. Cela le rendrait bien trop soupçonneux, mais il voudra avoir ce que j'appellerai la "conscience de son estomac". C'est quelque chose qu'on ne peut pas mettre sur papier et analyser. C'est un sentiment, une conscience physique de la vérité. Et il n'y a pas beaucoup de types capables de blouser Havelock dans une séquence, une "suite" programmée. Un petit faux pas, et il ferme le livre et disparaît.

— Puis il met le feu à la baraque, dit Miller.

— Je vois », dit Stern.

Et c'était clair. Ces hommes *voyaient*. C'était un de ces moments où l'irascible, le tempétueux Ogilvie confirmait sa valeur, comme souvent. Il avait évolué dans ce labyrinthe appelé « le terrain » et ses affirmations étaient plutôt sagaces.

« Il y a pourtant un moyen, poursuivit-il. Et je crois bien que c'est le seul.

— Quel est-il ? demanda le directeur des opérations consulaires.

— Moi.

— C'est hors de question.

— Pensez-y, dit Ogilvie très vite. Moi, je suis crédible. Havelock me connaît — et, ce qui est plus important, il sait que je m'assois à cette table. Pour lui je suis l'un d'*eux*. Un stratège le cul entre deux chaises qui ne sait pas ce qu'il demande mais qui sait sacrément pourquoi il le demande. Et avec moi, il y a une différence. Moi j'ai été sur le terrain. Nos agents le savent. Aucun d'entre vous ne sait ce que c'est. En dehors de Matthias, s'il existe une personne qu'il écoutera, une personne qu'il acceptera de rencontrer, c'est moi.

— Je suis désolé, Red. Même si je suis d'accord avec toi, et je crois que c'est le cas, je ne peux pas l'autoriser. Tu connais la règle. Une fois que tu es entré dans cette pièce, tu ne retournes jamais sur le terrain.

— Mais c'est *ici* qu'on l'a faite, cette règle. Ce n'est pas le saint sacrement !

— Elle a été créée pour une bonne raison, dit l'avocat. La même raison qui fait que nos maisons sont surveillées vingt-quatre heures sur vingt-quatre, que nos voitures sont suivies, nos téléphones sur table d'écoute avec notre consentement. Si un seul d'entre nous était pris par un groupe intéressé, de Moscou, de Pékin ou du golfe Persique, les conséquences seraient épouvantables.

— Sans vouloir vous manquer de respect, monsieur le conseiller, ces protections ont été décidées pour des gens comme vous ou le docteur ici présent. Ou même Daniel. Je suis légèrement différent. Ils n'essaieraient pas de me prendre, parce qu'ils savent qu'ils n'obtiendraient rien.

— Personne ne doute de vos capacités, contra Dawson. Mais je...

— Cela n'a rien à voir avec la capacité, l'interrompit Ogilvie en retournant le col de sa veste de tweed usée. Regardez d'un peu plus près. Il y a une petite bosse à un centimètre du coin, là. »

Les yeux de Dawson se portèrent vers le tissu, son expression neutre.

« Cyanure ?

— Exact.

— Quelquefois, Red, je vous trouve incroyable.

— Ne vous méprenez pas, dit simplement Ogilvie. Je n'ai pas l'intention de me servir de ça, ni des autres que je porte un peu partout sur moi. Je n'essaie pas de vous impressionner. Je ne suis pas du genre à mettre mon bras dans le feu pour montrer comme je suis brave ni le genre à vouloir tuer ou à risquer la mort. Je porte ces pilules parce que je suis un lâche, monsieur l'avocat. Vous dites que vous êtes protégé vingt-quatre heures sur vingt-quatre. C'est splendide, mais je crois que vous exagérez face à une menace qui n'existe pas. Je ne crois pas qu'il y ait un dossier sur vous place Dzerzhinski. Ni sur vous, ni sur le docteur. Je suis certain que Stern en a un, mais l'attraper, c'est un peu comme le coup du code dans un paquet de lessive, ou comme si nous allions attraper un type comme Rostov. Ce sont des choses qui n'arrivent pas. Mais moi j'ai un bon dossier là-bas, vous pouvez parier votre cul, et je n'ai pas démissionné. Ce que je sais est encore tout à fait opérationnel ; et peut-être encore plus depuis que je suis entré dans cette pièce. C'est pour ça que je porte ces petites saloperies. Je sais comment j'entrerais et dans quel état je sortirais de chez eux, et ils savent que je sais. Tout à fait bizarrement, ces petites pilules sont ma protection. Ils savent que je les ai, et que je les utiliserai. Parce que je suis un lâche.

— Et tu viens de donner exactement les raisons qui font qu'on ne peut pas t'envoyer sur le terrain, dit le directeur des opérations consulaires.

— Vraiment ? Alors, ou bien vous n'avez pas écouté, ou bien on devrait vous virer pour incompétence. Pour ne pas prendre en compte ce que j'ai précisément passé sous silence. Qu'est-ce que vous voulez, prof ? Un certificat médical ? Qui m'interdise toute activité ? »

Les stratèges se regardèrent brièvement, en plein malaise.

« Allons, Red, arrête ça, tu veux, dit Stern. C'est pas ce qu'on demande.

— Oh que si, Dan. C'est exactement le genre de choses qu'il faut prendre en compte avant de décider quoi que ce soit. On le sait tous. On n'en parle pas, c'est tout, et je suppose que c'est par considération pour moi. Combien de temps me reste-t-il ? Trois mois, peut-être quatre ? C'est pour ça que je suis ici, et *ça*, c'était une décision intelligente.

— Ce n'est pas la seule raison, dit doucement Dawson.

— Si ça n'a pas agi en ma faveur, cela aurait dû, conseiller. Vous devriez toujours prendre quelqu'un sur le terrain dont la longévité est comptée. »

Ogilvie se tourna vers Miller. « Notre docteur sait, lui, n'est-ce pas, Paul ?

— Je ne suis pas *votre* docteur, dit le psychiatre calmement.

— Vous n'avez pas besoin de l'être. Vous avez lu les rapports. Dans cinq semaines à peu près, les douleurs vont commencer... puis aller en empirant. Je ne sentirai rien, bien sûr, parce qu'à ce moment-là on me collera à l'hôpital où des piqûres garderont tout ça sous contrôle et toutes ces charmantes voix de menteurs me diront que je vais beaucoup mieux. Jusqu'à ce que je ne puisse plus faire le point, ni les entendre, et alors ils n'auront plus besoin de rien dire. »

L'ancien agent s'appuya au dossier de sa chaise, regardant maintenant Stern. « Nous avons ici ce que notre avocat attitré pourrait appeler une concordance de circonstances bénéfiques. Nous avons des chances que les Soviétiques ne me touchent pas, mais s'ils essayaient, rien n'est perdu pour moi, ça vous pouvez en être sûr. Disons que je n'ai plus rien à perdre. Et je suis le seul type alentour qui peut amener Havelock à découvert, assez près pour qu'on l'attrape. »

Stern contemplait fixement cet homme roux qui allait mourir. « Vous êtes très persuasif, dit-il.

— Je ne suis pas persuasif, j'ai raison. »

Soudain, Ogilvie repoussa sa chaise et se leva. « J'ai tellement raison que je rentre chez moi faire ma valise et appeler un taxi. Trouvez-moi un transport militaire pour l'Italie. Inutile d'aviser les sbires du K.G.B. en volant sur une ligne régulière. Ils connaissent tous les passeports, toutes les couvertures que j'ai utilisés et on n'a pas le temps d'être inventifs. Et câblez à Baylor-Brown de m'attendre... Appelez-moi Apache.

— Apache ? demanda Dawson.

— De sacrés bons pisteurs.

— En admettant que Havelock veuille bien vous rencontrer, dit le psychiatre, que lui direz-vous ?

— Pas grand-chose. Une fois à portée de ma main, il est à moi.

— Il est expérimenté, Red, dit Stern en étudiant le visage d'Ogilvie. Il n'a peut-être plus toute sa tête, mais il est coriace.

— J'aurais tout l'équipement nécessaire, répliqua le mourant. Et je suis expérimenté aussi, c'est d'ailleurs ce qui fait de moi un lâche. Je ne m'approche jamais près de quoi que ce soit dont je ne peux pas m'éloigner rapidement. La plupart du temps. »

L'ancien agent ouvrit la porte et disparut sans un mot de plus. La sortie était propre, rapide, le bruit de la porte comme un point final.

« Nous ne le reverrons pas, dit Miller.

— Je sais, répondit Stern, et lui aussi le sait.

— Vous pensez qu'il trouvera Havelock ? demanda Dawson.

— J'en suis certain, répliqua le directeur des opérations consulaires. Il le prendra, le passera à Brown et à quelques médecins que nous avons à Rome, puis il disparaîtra. Il nous l'a dit. Il n'a pas envie d'aller finir dans une chambre d'hôpital entouré de voix mensongères. Il suivra sa propre route.

— Il y a droit, dit le psychiatre.

— Je le crois, dit l'avocat sans conviction, se tournant vers Stern. Comme dirait Red "sans vouloir manquer de respect", j'aimerais réellement pouvoir être certain de notre décision en ce qui concerne Havelock. Il faut absolument l'immobiliser. Sinon, ça va être un véritable incendie, de l'huile sur le feu des fanatiques. On va nous brûler nos ambassades, démanteler nos réseaux, perdre du temps, prendre des otages, et — ne vous illusionnez pas — beaucoup de gens vont mourir. Simplement parce qu'un homme a perdu son équilibre mental. On a déjà vu ce genre de choses se produire face à une provocation bien moindre que celle de Havelock.

— C'est pour cela que je suis absolument certain qu'Ogilvie le ramènera, dit Stern. Je ne suis pas aussi brillant analyste que Paul, mais je pense que je sais ce qui se passe dans la tête de Red. Il est offensé, très offensé. Il a vu trop d'amis mourir sur le terrain — d'Afrique en Turquie — incapable de faire quoi que ce soit à cause de sa couverture. Il a vu sa femme partir avec ses trois enfants à cause de son boulot. Et ça fait cinq ans qu'il n'a pas revu ses mômes. Maintenant il faut qu'il vive avec ce qu'il a... qu'il meure de ce qu'il a. Toutes choses considérées, s'il reste en piste, qu'est-ce qui donne à Havelock le droit, le privilège de sa folie ? Notre Apache part pour sa dernière chasse, pose son dernier piège. Il s'en sortira parce qu'il est en colère.

— Pour ça, oui et pour une autre raison, dit le psychiatre. Il ne lui reste plus rien. C'est la dernière justification de son existence.

— Pourquoi ? demanda l'avocat.

— Pour sa douleur, répondit Miller. Sa douleur et celle d'Havelock. Vous voyez, il fut un temps où il le respectait. Il ne peut pas oublier ça. »

8

L'avion sans marque distinctive plongea du haut du ciel à quarante miles de l'aéroport de Palombara. Il volait depuis Bruxelles en évitant tous les couloirs aériens militaires ou commerciaux, sautant au-dessus des Alpes à l'est du secteur Lepontin, à une si haute altitude et avec une telle vélocité que la probabilité d'un repérage était quasi inexistante. Son bip sur les écrans radar de défense avait été préarrangé : il apparaîtrait et disparaîtrait sans commentaire, sans enquête. Et quand il atterrirait à Palombara, il amènerait un homme qui avait été pris à bord secrètement à trois heures du matin, heure de Bruxelles. Un homme sans nom, connu sous le seul sobriquet d'Apache. Cet homme, comme beaucoup de ses semblables, ne pouvait pas prendre le risque de traverser les formalités douanières d'un aéroport quelconque ni d'une quelconque frontière. Les apparences pouvaient être modifiées et les noms changés, mais d'autres hommes surveillaient de tels endroits, sachant qui chercher, l'esprit entraîné à réagir comme des banques mémorielles et ils réussissaient trop souvent. Pour l'Apache — comme pour certains autres — la façon normale de voyager était cette manière anormale.

On coupa les moteurs, tandis que le pilote, entraîné sur un porte-avions, guidait son appareil au-dessus des forêts pour approcher la piste presque au ras des arbres. C'était une bande noire découpée dans les bois, avec des hangars et des installations de guidage : camouflés, à peine visibles dans le paysage.

L'avion toucha le sol et le jeune pilote se tourna sur son siège au moment où les réacteurs inversés résonnaient dans la petite cabine. Il éleva la voix pour être entendu, s'adressant à l'homme entre deux âges coiffé d'une tignasse rousse placé derrière lui.

« Nous y voilà, l'Indien. Vous pouvez prendre votre arc et vos flèches.

— Petit rigolo », répliqua Ogilvie en ôtant sa ceinture de sécurité. Il regarda sa montre.

« Quelle heure est-il ici ? Je suis encore à l'heure de Washington.

— Cinq heures cinquante-sept. Vous avez perdu six heures. Vous approchez de minuit mais ici c'est le matin. Si on vous attend au bureau, j'espère que vous pourrez dormir un peu.

— Le transport est arrangé ?

— Jusqu'à la tente du Grand Chef sur la Via Vittorio.

— Très drôle. C'est l'ambassade ?

— Exact. Vous êtes un colis spécial. Livraison garantie depuis Bruxelles.

— Erreur. L'ambassade n'est pas au courant.

— Nous avons nos ordres.

— Eh bien je vous en donne de nouveaux. »

Ogilvie entra dans le petit bureau prévu pour les hommes comme lui dans le bâtiment de ce terrain n'existant sur aucune carte. C'était une pièce dépourvue de fenêtres, avec juste quelques meubles indispensables et deux téléphones, reliés nuit et jour à des systèmes de brouillage électroniques perfectionnés. Le couloir qui menait à ce bureau était gardé par trois hommes bizarrement vêtus de survêtements. Pourtant, sous ses habits chacun portait une arme et toute personne non identifiée, ou bien l'apparition d'un appareil photo, provoquerait la sortie immédiate de ces armes, voire leur utilisation. Cette installation était le résultat de conférences extraordinaires entre des hommes inconnus des deux gouvernements dont les intérêts transcendaient les limites établies de la coopération secrète. Elle était tout simplement nécessaire. Partout les gouvernements étaient menacés de l'extérieur et de l'intérieur, par des fanatiques d'extrême gauche ou d'extrême droite dont le seul but était la destruction de la stabilité existante. Le fanatisme se nourrissait de lui-même, du sensationnel, de l'interruption spectaculaire des activités normales. Des accès clandestins devaient être donnés à ceux qui combattaient les extrémistes. On présumait que ceux qui passaient par Palombara étaient de tels combattants, et le passager en question savait sans aucun doute qu'il en faisait partie. A moins qu'il ne réussisse à ramener un agent égaré, un paranoïaque dangereux dont la mémoire renfermait les histoires secrètes d'un millier d'opérations de renseignements cachées depuis seize ans, cet homme pourrait détruire des alliances et des réseaux dans toute l'Europe. Des sources disparaîtraient, des sources potentielles s'évaporeraient. Il fallait trouver Michael Havelock et le ramener. Aucun terroriste n'aurait pu faire plus de dégâts.

Ogilvie marcha jusqu'au bureau, s'assit et prit le téléphone de gauche. Il était noir, ce qui signifiait « usage domestique ». Il forma le numéro qu'il avait appris par cœur et douze secondes plus tard, la voix ensommeillée du lieutenant-colonel Lawrence Brown résonna à l'autre bout de la ligne.

« Brown. Qu'est-ce qu'il y a ?

— Baylor-Brown ?

— Apache ?
— Oui. Je suis à Palombara. Vous savez quelque chose ?
— Rien. J'ai des pisteurs dans tout Rome. Aucune trace de lui.
— Vous avez *quoi ?*
— Des pisteurs. Chaque source qu'on peut payer ou qui nous doit une faveur...
— Rappelez-les ! Qu'est-ce que vous croyez que vous êtes en train de faire ?
— Eh, du calme, mon pote. Je ne crois pas qu'on va s'entendre tous les deux.
— Et je m'en tape complètement. On n'est pas en train de faire des mots croisés pour enfants. C'est un serpent, *mon pote.* Si vous lui laissez comprendre qu'on est après lui, il va penser que vous ne respectez pas les règles. Et il va vous *trouver ;* c'est dans ces moments-là qu'il mord. Bon Dieu, vous pensez que c'est la première fois qu'on le chasse ?
— Vous pensez que je ne connais pas mes hommes ? répliqua Brown, en colère, sur la défensive.
— Je pense qu'on ferait mieux de parler.
— Eh bien venez, alors, dit le colonel.
— Ça, c'est un autre problème, répliqua Ogilvie. L'ambassade est hors circuit.
— Pourquoi ?
— Entre autres raisons, il pourrait très bien être derrière une fenêtre de l'autre côté de la rue.
— Et alors ?
— Il sait que je ne me montrerai jamais sur notre territoire. Les caméras du K.G.B. fonctionnent nuit et jour, braquées sur chaque entrée.
— Il ne sait même pas que vous venez ! protesta Brown, ni même qui vous êtes.
— Il saura quand vous le lui direz.
— Un *nom,* s'il vous plaît, demanda l'officier loin de se calmer.
— Pour l'instant, Apache suffira.
— Ça signifiera quelque chose pour lui ?
— Oui.

— Pour moi ça ne veut rien dire.
— C'est fait pour.
— Décidément, on n'est pas fait pour s'entendre !
— Vous m'en voyez désolé.
— Puisque vous ne venez pas, où est-ce qu'on se retrouvera ?
— Villa Borghèse, dans les jardins. Je vous trouverai.
— Ça vous sera plus facile qu'à moi !
— Vous vous trompez, Baylor.
— A quel sujet ?
— Je crois que nous finirons par très bien nous entendre. » Ogilvie marqua un bref temps d'arrêt. « Disons dans deux heures. Notre cible peut essayer d'entrer en contact avec vous d'ici là.
— Deux heures.
— Hé, Baylor ?
— Quoi ?
— Remmenez vos foutus pisteurs ! »

Le mois de mars n'était pas tendre pour les jardins de la Villa Borghèse. La fraîcheur de l'hiver romain — aussi doux que pût être l'hiver — durait toujours, empêchant l'éclosion des fleurs et du chatoiement de couleurs qui formaient, au printemps et en été, des allées et des cercles éclatants. Les myriades de sentiers qui menaient au grand musée à travers les pins élevés semblaient un peu sales, le vert des pins paraissait fatigué, endormi. Même les bancs qui s'alignaient tout le long des sentiers étroits étaient couverts de poussière, appelaient l'eau, la pluie. Un film transparent était tombé sur le parc, sur la Villa Borghèse. Il disparaîtrait avec les pluies d'avril, mais pour l'instant l'aspect inerte de mars demeurait.

Ogilvie se tenait près d'un grand cèdre au bord des jardins derrière le musée. Il était trop tôt pour rencontrer autre chose que de rares étudiants et de plus rares touristes. Ils étaient pourtant quelques-uns à faire les cent pas en attendant que les gardiens ouvrent la porte des trésors des Borghèse. L'ancien agent — de retour sur le terrain — regarda sa montre. Une moue ennuyée se dessina sur son visage marqué. Il était presque neuf heures moins vingt et l'officier de renseignements avait plus d'une demi-heure de retard. Ogilvie s'en prenait autant à lui-même qu'à Baylor-Brown. Dans sa hâte à refuser d'aller à l'ambassade tout en affirmant qu'il était le seul aux commandes, il avait choisi un piètre lieu de rendez-vous et il le savait. Le colonel devait penser la même chose s'il y réfléchissait un peu. Cela expliquait sans doute son retard. En effet, à cette heure, la villa Borghèse était beaucoup trop tranquille, trop isolée, pleine de coins d'ombre d'où ceux qui risquaient de suivre l'un ou l'autre d'entre eux pourraient observer chaque mouvement, entendre chaque mot de leur conversation, de visu et électroniquement. Ogilvie s'injuria silencieusement ; comme affirmation de son autorité, c'était un mauvais départ. Baylor avait sans doute choisi de changer plusieurs fois de véhicule et de suivre un itinéraire destiné à semer d'éventuels suiveurs. Les caméras du K.G.B. surveillaient l'ambassade et le colonel avait été placé dans une situation difficile par un inconnu expédié par Washington, énigmatiquement appelé Apache.

L'énigme était réelle, mais derrière ce côté enfantin se cachait une histoire sérieuse. Sept ans plus tôt à Istanbul deux agents avaient failli mourir. Noms de code : Navajo et Apache. Mission : empêcher un assassinat programmé par le K.G.B. Ils avaient échoué, et Navajo s'était retrouvé coincé sur le pont Ataturk à quatre heures du matin, une équipe de tueurs à chaque bout. C'était une situation désespérée jusqu'à ce qu'Apache déboule sur le pont au volant d'une voiture volée et s'arrête juste devant son collègue en lui criant de grimper ou d'aller se faire flinguer. Ogilvie avait alors fait un slalom entre les balles qui venaient de tous les côtés, une lui effleurant la tempe et deux autres se fichant dans sa main droite, fonçant à travers leurs adversaires à cent trente à l'heure. L'homme appelé Navajo sept ans plus tôt n'oublierait certainement jamais Apache.

Sans lui, Michael Havelock serait mort à Istanbul. Ogilvie comptait sur ce souvenir.

Snap. Derrière lui. Il se retourna. Une main noire était tendue, le visage noir immobile, les yeux braqués sur lui. Baylor-Brown secoua doucement la tête deux fois en portant son index à ses lèvres. Puis, très lentement, il s'approcha et entraîna Ogilvie derrière le tronc du cèdre jusque vers un buisson. Là, il désigna le jardin, près de l'entrée du musée. A trente mètres d'eux un homme en costume sombre regardait en tous sens, indécis, faisant mine de partir dans une direction, puis hésitant, incapable de choisir un sentier. Au loin, on entendit trois coups de klaxon rapides et aigus, suivis par le bruit d'un démarrage express. L'homme se retourna puis se mit à courir dans la direction de ces bruits, et disparut derrière le mur est de la Villa Borghèse.

« C'est vraiment pas un endroit pour se donner rendez-vous, dit le colonel en regardant sa montre.

— Ce coup de klaxon, c'était vous ? demanda Ogilvie.

— Ils sont garés près de la porte Veneto. C'est assez près pour être entendu. C'est tout ce qui comptait.

— Désolé, dit l'ancien agent. Ça fait longtemps que j'ai quitté le terrain et d'habitude je ne fais pas d'erreurs comme ça. J'ai toujours connu la Villa Borghèse complètement pleine de gens.

— Pas grave. Et je ne suis pas si sûr que c'était une erreur.

— Sortez vos griffes. Pas besoin de mots gentils.

— Vous ne comprenez pas. Vos sentiments ne me concernent pas. Simplement je n'avais jamais été mis sous surveillance par le K.G.B., avant. Pourquoi le suis-je maintenant ? »

Ogilvie sourit. Après tout, c'était lui qui commandait.

« Vous avez viré vos pisteurs ? Je crois vous l'avoir demandé. »

L'officier noir resta silencieux. « Je suis grillé à Rome, finit-il par dire.

— Peut-être.

— Pas peut-être. Je suis grillé pour de bon. C'est pour ça que je suis en retard.

— Il est entré en contact avec vous, constata doucement l'ancien agent.

— Avec l'artillerie lourde et je serai le premier à morfler. Il a retrouvé la trace de Jenna Karras et l'a suivie jusqu'au port de Civitavecchia, où il l'a perdue. Il ne dit ni comment ni sur quel bateau elle est montée. C'était un piège. Il a réussi à s'en sortir et à retourner la situation, en cuisinant le responsable, un petit "négociateur" local. Il a appris — ou *croit* avoir appris — quelque chose qui l'a transformé en un paquet de nitroglycérine vivant.

— Et qu'est-ce que c'est ?

— Double programmation. La même tactique soi-disant employée avec lui. Elle aurait été montée contre lui par nous.

— Comment ?

— Quelqu'un l'aurait convaincue qu'il est passé aux Russes et qu'il cherche à la tuer.

— Qu'est-ce que c'est que cette merde ?

— Je ne fais que répéter ce qu'il m'a dit — ce qu'on lui a dit. Tout bien considéré c'est assez logique. Ça expliquerait pas mal de choses. Le K.G.B. renferme quelques très bons comédiens qui auraient pu mettre en scène une jolie séquence pour elle. C'est de la stratégie profonde. Il est dehors et elle court. Une équipe très efficace, complètement neutralisée.

— Je veux dire que toute cette histoire est de la pure merde, coupa Ogilvie. Il n'y a pas de Jenna Karras. Elle est morte sur la Costa Brava et elle *était* un agent du K.G.B. — un officier de la V.K.R. Aucune faute n'a été commise, mais ça n'a plus d'importance. Le principal, c'est qu'elle est morte.

— Il n'y croit pas. Et si vous lui parlez, vous n'y croirez plus non plus. En ce qui me concerne, j'en doute.

— Havelock croit ce qu'il désire croire, ce qu'il doit croire. J'ai entendu le diagnostic médical et, pour employer notre propre langage, il est devenu dingo. Il passe de ce qui existe à ce qui n'existe pas, mais fondamentalement, il est largué.

— Pourtant il est salement convaincant.

— Parce qu'il ne ment pas. Ça fait partie du truc. Il a vu ce qu'il a vu.

— C'est exactement ce qu'il m'a dit.

— Mais ce n'est pas possible. Ça fait aussi partie du truc. Sa vision est tordue. Quand il passe de l'autre côté, il ne voit plus avec ses yeux, mais avec sa tête, et c'est sa tête qui est endommagée.

— Je dois dire que vous aussi, vous êtes très convaincant.

— Parce que je ne mens pas et que ma tête va très bien. »

Ogilvie fouilla dans ses poches à la recherche de ses cigarettes, en sortit une et l'alluma avec un vieux Zippo patiné, acheté un quart de siècle auparavant. « Tels sont les faits, colonel. On peut remplir les espaces manquants, mais la ligne de fond est stable. Il faut nous emparer d'Havelock.

— Ça ne sera pas facile. Il a peut-être des petits vélos dans la tête, mais ce n'est pas un amateur. Il ne sait peut-être plus où il en est ni où il va, mais ça fait seize ans qu'il se démène sur le terrain. Il est malin et il est sur la défensive.

— Ça, on le sait. C'est le versant réel du problème. Il sait que je suis là, non ?

— Je lui ai dit qu'un type nommé Apache était arrivé, oui. »

L'officier s'arrêta.

« Alors ?

— Il n'a pas eu l'air d'apprécier. Pourquoi vous ?

— Pourquoi pas moi ?

— Je ne sais pas. Peut-être qu'il ne vous aime pas.

— Il a une dette envers moi.

— C'est peut-être une réponse, dit le colonel évasivement.

— Qu'est-ce que vous êtes, un psychologue ? Un avocat ?

— Un petit peu les deux, répondit le colonel. Pas vous ?

— Pour l'instant je suis juste un type très ennuyé. Je voudrais bien savoir où vous voulez en venir, bordel !

— La réaction de Havelock en entendant votre nom a été très rapide, très éloquente. "Alors ils ont envoyé le chasseur de prime." Voilà ce qu'il a dit. C'est votre second surnom ?

— C'est des trucs de gamins. Une mauvaise plaisanterie.

— Il n'avait pas l'air de rigoler. Il va appeler à midi et il aura des instructions pour vous.

— A l'ambassade ?

— Non. Je suis censé louer une chambre à l'Excelsior. Vous serez là avec moi. Vous répondrez au téléphone.

— L'enfant de salaud ! siffla Ogilvie.

— Il y a un problème ?

— Il sait où je suis mais je ne sais pas où il est. Il peut me surveiller, mais moi je ne peux pas.

— Quelle différence ça fait ? Apparemment il est d'accord pour vous rencontrer. Pour le prendre, il faut bien le rencontrer.

— Vous ressemblez au nouveau de la classe, colonel, sans vouloir vous vexer. Il me force la main.

— Comment ?

— Je vais avoir besoin de deux hommes — italiens de préférence — pour me suivre quand je quitterai l'hôtel.

— Pourquoi ?

— Parce qu'il pourrait me prendre *moi*, dit l'ancien agent d'un air songeur, par-derrière, dans la foule sur un trottoir au hasard. Il n'y a pas un truc qu'il ignore... un homme s'évanouit dans la rue, un ami l'aide à monter dans sa voiture garée là, justement. Ils sont tous les deux Américains, rien d'extraordinaire à ça...

— Cela veut dire que je ne serai pas avec vous. Pourtant je dois insister, c'est mon job...

— Décidément, vous n'avez pas l'air de piger. Il se tirerait au Caire. Et si vous essayiez de me suivre j'ai comme l'idée qu'il vous repérerait, sans vouloir...

— ... vous offenser, acheva Brown. Il y a un inconvénient. Bon, je vous trouverai vos deux couvertures. »

L'officier s'interrompit un instant, puis reprit.

« Mais pas deux hommes. Un couple fera mieux l'affaire.

— Vous avez quand même des idées, colonel.

— Et je dois ajouter que si on me demande quoi que ce soit, je ne serai au courant de rien. Quant à ce sobriquet de chasseur de prime...

— Alors, j'attends. Qu'est-ce qui vous tracasse ?

— Je suis responsable d'un vaste territoire sur ce théâtre des opérations. Le travail que je fais pour le Pentagone et pour l'État se mélange, c'est inévitable. J'ai besoin d'une faveur, ou quelqu'un a besoin qu'on lui rende un service, donc le cercle s'agrandit tranquillement, même si nous ne nous rencontrons jamais...

— J'ai horreur de me répéter, mais où diable voulez-vous en venir, colonel ?

— J'ai beaucoup d'amis par ici. Des hommes et des femmes qui ont confiance en moi. Si je dois partir, j'aimerais que le bureau reste intact, bien sûr, mais ça va plus loin que ça. Je ne veux pas que ces amis — connus ou inconnus — subissent le moindre mal, et Havelock peut les détruire. Il a travaillé en Italie, sur l'Adriatique, sur la côte méditerranéenne de Trieste à Gibraltar. Il pourrait provoquer des représailles en série. Je ne crois pas qu'un agent cinglé qui a démissionné en vaille la peine.

— Moi non plus.

— Alors emportez-le. Mais... dans la tombe !

— J'aurais pu dire la même chose.

— Alors, dites-le... »

L'homme de Washington resta silencieux un moment. Puis il dit :

« Non.

— Et pourquoi ?

— Parce que cette action apporterait justement les conséquences que vous craignez.

— Impossible. Il n'a pas eu le temps.

— Ça, vous n'en savez rien. Si ce foutoir enfle depuis la Costa Brava on n'a aucun moyen de savoir ce qu'il a fait, ni où. Il peut très bien avoir laissé des documents dans une demi-douzaine de pays avec des instructions précises. Pendant ces six dernières semaines il a été à Londres, Amsterdam, Paris, Athènes et Rome. Pourquoi ? Pourquoi ces endroits ? Avec le monde entier pour se promener et de l'argent plein les poches, il revient dans les villes où il a effectué des opérations secrètes pendant des années. C'est un signe.

— Ou une coïncidence. Il connaissait ces endroits. Il était *out*, il se sentait en sécurité.

— Pas certain...

— Je ne vous suis pas. S'il a laissé des instructions et des rendez-vous auxquels il doit se rendre, si vous le prenez, il n'ira pas à ces rendez-vous et ses contacts dévoileront ses documents.

— Il existe des moyens.

— Cliniques, je suppose ? Des laboratoires où on injecte des produits qui délient les langues...

— C'est exact.

— Et je crois que vous vous trompez, affirma le colonel. Je ne sais pas s'il a vu Jenna Karras ou pas, mais quoi qu'il ait vu, quoi qu'il se soit produit, c'est arrivé durant ces dernières vingt-quatre heures. Il n'a pas eu le temps de faire quoi que ce soit, bon Dieu ! Il peut vous dire qu'il l'a fait, mais c'est faux.

— C'est une opinion, ou bien vous êtes cartomancien ?

— Ni l'un ni l'autre. C'est un fait. J'ai entendu parler un homme en état de choc, un homme qui venait de vivre une expérience à vous faire sauter la tête. Et j'emploie ses propres termes. Ce n'était pas simplement le résultat d'une aberration mentale : *quelque chose* s'est produit, venait de se produire. Quand vous parlez de ce qu'il aurait pu faire, des documents qu'il aurait pu déposer, vous utilisez les mots que je vous ai transmis et c'étaient ses propres mots. Il spéculait sur ce qu'il *pourrait* faire, pas sur ce qu'il avait fait. Ça fait une sacrée différence, monsieur le stratège.

— Et c'est pour ça que vous voulez qu'il meure ?

— Je veux qu'un tas de gens vivent !

— Nous aussi. C'est d'ailleurs pour ça que je suis ici.

— Alors prenez-le vivant, dit Baylor-Brown d'un air sardonique, et gardez la prime !

— C'est ce que je vais faire.

— Et supposons que vous échouiez ? Supposons qu'il se tire ?

— Ça n'arrivera pas.

— C'est votre opinion ou vous êtes cartomancien ?

— C'est un fait.

— Ah, non ! C'est une conjecture, un facteur de probabilité sur lequel je refuse de compter.

— Vous n'avez pas le choix, *soldat*. Ça vient d'au-dessus.

— Alors, pour que ça soit clair dans votre tête, *civil*, ne me parlez pas d'"au-dessus". J'ai poussé mon cul de Noir dans cette armée de Blancs — les Noirs en bas, les Blancs en haut — jusqu'à devenir un maillon indispensable. Et maintenant vous débarquez avec votre numéro d'agent secret, et un nom de code tout droit sorti d'un...

— Paquet de lessive ? coupa Ogilvie.

— Exactement. D'une de ces mauvaises bandes dessinées imprimées derrière les paquets de lessive. Aucun nom dont je puisse me servir si ça tourne mal. Et si vous loupez Havelock et qu'il se taille, qui c'est qui va payer les pots cassés : face-de-café-au-lait. "Il a panné son réseau, sortez-le de la grande armée blanche." Merde !

— Espèce de salopard hypocrite, dit l'homme de Washington dégoûté. La seule chose qui vous intéresse c'est de sauver votre propre peau.

— Pour un tas de raisons trop bénignes pour que vous les compreniez. Il y en aura de plus en plus, des comme moi, pas de moins en moins... Alors, partout où vous irez dans cette ville, je serai derrière, pas loin. Vous l'embarquez comme vous voulez, c'est très bien, et moi je vous colle tous les deux dans un jet à Palombara avec une lettre de recommandation écrite en latin. Mais si vous ne réussissez pas et qu'il se taille, je m'en occuperai à ma façon.

— Tout ça ne sonne plus comme venant de quelqu'un qui croyait à son histoire, qui plaidait sa cause.

— Je n'ai pas plaidé sa cause, j'ai fait un rapport. Et que je le croie ou non ne fait strictement aucune différence. Ce type est une menace pour moi et ma fonction ici à Rome, et pour une bonne partie du réseau que j'ai établi selon les ordres de mes supérieurs et avec l'argent du contribuable américain. »

Le colonel s'arrêta. Il sourit.

« C'est tout ce que j'ai besoin de savoir pour appuyer sur une détente.

— Vous irez loin.

— C'est bien mon intention ; j'ai des échelons à gravir. »

Ogilvie s'éloigna de l'arbre. Il contempla le jardin endormi derrière les feuillages. Il se remit à parler, calmement, d'une voix neutre, sans émotion.

« Je pourrais vous perdre, vous savez. Vous tuer... s'il le fallait.

— Très bien, acquiesça l'officier. Alors j'oublie tout sur l'Excelsior. Vous prenez une chambre à mon nom et quand Havelock appelle, vous faites semblant d'être moi. Il s'attend à ce que j'y sois, à ce que je confirme votre présence. Il sait que je suis dans le coup. Et, j'allais oublier, quand vous vous ferez passer pour moi, n'ayez pas l'air trop "nègre". Je sors de Cambridge. Promotion 71. »

L'agent se retourna. « Vous êtes aussi autre chose. Un futur accusé en cour martiale. Désobéissance directe à un supérieur sur le terrain.

— Pour une conversation qui n'a jamais eu lieu ? Ou bien si elle a eu lieu, je dois dire que je suis très peu satisfait de mon contact. J'aurais voulu qu'on envoie un homme à Rome. Qu'est-ce que vous pensez de ça, "chasseur de prime" » ?

Ogilvie ne répondit pas pendant une demi-minute. Il jeta sa cigarette sur le sol et l'écrasa de la pointe de sa semelle. « Vous êtes très fort, colonel, dit-il finalement. J'ai besoin de vous.

— Vous voulez vraiment l'avoir, hein ?

— Oui.

— C'est bien ce que je pensais. C'était inscrit dans votre voix au téléphone. Mais je voulais cette confirmation, monsieur le stratège. Considérez-moi comme une police d'assurance que vous ne voulez pas porter sur vous mais que votre agent d'assurances vous oblige à avoir. Si je dois morfler, rien n'est perdu. Je peux justifier cette action mieux que personne dans n'importe quelle conférence à Washington. Je suis le seul à lui avoir parlé. Je sais ce qu'il a fait et ce qu'il n'a pas fait.

— Dans très peu de temps vous pourriez avoir tort.

— Je prends le risque.

— Inutile. Il ne vous arrivera rien parce que je ne le raterai pas, et qu'il ne se taillera pas.

— Je suis content de l'entendre. En dehors du couple qui vous suivra après l'hôtel, de quoi d'autre avez-vous besoin ?

— De rien. J'ai apporté mon équipement.

— Qu'est-ce que vous allez lui dire ?

— Tout ce qu'il voudra entendre.

— Qu'est-ce que vous allez utiliser ?

— L'expérience. Vous avez pris des dispositions pour la chambre d'hôtel ?

— Il y a quarante-cinq minutes, dit Brown. Seulement ce n'est pas une chambre, c'est une suite. Comme ça, il y a deux téléphones. Juste au cas où vous seriez tenté de me poser un lapin. J'écouterai tout ce qu'il dira.

— Je suis coincé, hein ?

— Un peu, oui. Regardez les choses à ma façon. Demain vous rentrerez à Washington avec ou sans Havelock, mais sans rien pour m'accrocher. Si vous le tenez, tant mieux. Sinon, c'est moi qui essuierai les plâtres. Au Pentagone, on respecte mon opinion. Et dans de telles circonstances la solution sera une solution prise en dernière extrémité, et acceptable.

— Vous connaissez le scénario par cœur, hein ?
— Jusque dans ses moindres contradictions. Retournez vers la belle vie, monsieur le stratège. Soyez heureux dans le circuit de Georgetown. Prononcez vos discours de loin et laissez-nous le terrain. Vous vivrez mieux comme ça. »

Ogilvie contrôla la torsion qui allait se lire sur son visage. Il sentait la douleur lui vriller la poitrine, résonner entre ses côtes et le prendre à la gorge. Elle s'étendait. Tous les jours elle allait un peu plus loin, blessait un petit peu plus. Signes de l'irréversible.

« Merci du conseil », dit-il.

9

Le Palatin. Une des sept collines de Rome, derrière l'Arc de Constantin. Des champs qui s'élèvent, parsemés des ruines blanches de l'Antiquité. Le lieu de rendez-vous. Cinq cents mètres au nord de la porte Gregorio se trouvait un ancien *arborium*, un buste de l'empereur Domitien sur un fin piédestal au bout d'un chemin de pierre bordé des deux côtés par les restes d'un mur de marbre, arches brisées. Des branches d'oliviers sauvages tombaient en cascade sur le roc ciselé, tandis que les veines des racines brunes se faufilaient dessous, emplissant les crevasses et déroulant une toile d'araignée de bois dans le marbre craquelé et sans âge. Au bout du chemin de pierre, derrière la statue érodée de Domitien, se trouvaient les restes d'une fontaine creusée dans la colline. Puis plus rien. Il n'y avait pas de sortie.

Ce décor calme évoquait des images. Des hommes en toge marchant de long en large, le soleil filtrant à travers les branches jadis taillées, méditaient sur les affaires de Rome, contemplaient les frontières grandissantes de l'empire, inquiets des abus croissants qui allaient de pair avec la puissance absolue et le pouvoir suprême. Ils se demandaient peut-être quand arriverait le commencement de la fin. Ce jardin, fragment d'un autre temps, était le lieu de contact. Compte à rebours : trente minutes. Entre trois heures et trois heures et demie, quand le soleil était juste au milieu vers l'ouest. Là, deux hommes allaient se rencontrer, chacun avec un objectif différent, chacun étant conscient que ces différences pourraient causer la mort de l'un ou de l'autre, et aucun des deux ne voulant en arriver là. Cet après-midi-là, la prudence était à l'ordre du jour.

Il restait vingt minutes avant l'heure H. Havelock s'était placé derrière un tas de buissons sur la colline surplombant l'*arborium,* plusieurs dizaines de mètres au-dessus du buste de Domitien. Il était inquiet, énervé et ses yeux parcouraient le chemin de pierre en contrebas et les champs en friche au-delà des arches brisées. Une demi-heure auparavant il avait vu ce qu'il avait eu peur de voir, assis à la terrasse d'un café en face de l'hôtel Excelsior. Quelques secondes après la sortie d'Ogilvie, celui-ci avait été discrètement contacté par un homme et une femme qui étaient apparus, sortant très naturellement, trop naturellement, d'une bijouterie voisine. Le magasin avait une vitrine comme un grand angle, qui offrait une bonne vue sur toute la rue.

Et Ogilvie avait fait un signe imperceptible, une hésitation, un vague mouvement de la main, n'importe quoi, mais Havelock avait *senti.* Il n'y aurait pas de capture. Et l'Apache l'ignorait avant même d'atteindre le Palatin. Ogilvie avait pensé qu'on pouvait tenter le coup. Il n'avait aucune envie de perdre le contrôle de la situation et il s'était donc protégé. Au téléphone, l'ancien agent, maintenant un stratège condamné, avait offert un compromis. Il avait une information secrète à livrer. Dans ce message, Michael trouverait toutes les réponses qu'il cherchait.

T'inquiète pas, Navajo. On parlera.

Or, si l'Apache avait des explications raisonnables à donner, il n'avait pas besoin de protection et pourquoi avait-il accepté immédiatement ce rendez-vous dans un lieu isolé ? Pourquoi ne pas avoir suggéré un café, ou un carrefour ? Un homme confiant dans les nouvelles qu'il porte n'a pas besoin d'établir de défense, et pourtant c'est ce que le stratège avait fait.

Au lieu d'une explication, Washington envoyait un autre message ?

Dispatch ? M'abattre ?

Je n'ai pas dit ça. On ne vit pas dans ce genre de pays, lieutenant-colonel Baylor-Brown. Rome.

Si Washington en était arrivé à cette conclusion, les planificateurs avaient envoyé un assassin qualifié. Havelock respectait le talent d'Ogilvie. Mais il n'admirait pas l'homme. Cet ancien agent était un de ces hommes violents qui justifiaient trop facilement leur violence, se gargarisant de bribes de philosophie qui impliquaient une révulsion personnelle pour les actes de violence nécessaires. Les associés sur le terrain savaient à quoi s'en tenir. Ogilvie était un tueur, mû par une compulsion interne, une soif de revanche contre ses démons personnels, masquant leur existence à tout le monde, sauf à ceux qui travaillaient très près de lui. Dans des circonstances de stress maximum, tout cela devenait visible. Et tous ceux qui en étaient arrivés là avec lui souhaitaient ne plus jamais travailler avec lui.

Après Istanbul, Michael avait fait une chose dont il ne se serait jamais cru capable. Il avait appelé Anthony Matthias et lui avait conseillé de retirer Ogilvie du terrain. L'homme était dangereux. Il s'était même porté volontaire pour un entretien particulier avec les stratèges, mais comme toujours, Matthias avait défini la meilleure méthode, moins décisive. Ogilvie *était* un expert. Peu d'hommes avaient son background d'agent secret. Le secrétaire d'État avait donc ordonné qu'il grimpe l'échelle, en avait fait un stratège.

Matthias n'était pas à Washington ces temps derniers. Ce qui n'était pas une pensée réconfortante. Souvent, des décisions avaient été prises sans responsabilité réelle simplement parce que les personnes vraiment concernées en profondeur n'étaient pas joignables. L'urgence d'une crise ouverte servait fréquemment de feu vert au mouvement.

Ça y est, songea Havelock en apercevant une silhouette au loin, dans le champ en pente au-delà du mur à droite. C'était l'homme qui avait accompagné la femme au sortir de la bijouterie voisine de l'Excelsior, celui qui avait reçu le signal d'Ogilvie. Michael se pencha sur sa gauche. La femme était là. Elle se tenait debout sur les marches d'un établissement de bains en ruine, un carnet de croquis à la main. Mais dans l'autre main, elle n'avait pas de crayon... sa main était enfouie sous sa gabardine. Havelock revint des yeux à l'homme sur la droite. Il était assis par terre, maintenant, les jambes pendant vers le bas, un livre sur les genoux, comme un Romain cherchant un moment de détente. Et, ce n'était pas une coïncidence, lui aussi avait sa main droite enfouie dans sa grosse veste de tweed. Ces deux-là étaient en communication et Michael connaissait leur langue. L'italien.

Des Italiens. Pas des subordonnés de l'ambassade, pas des marionnettes de la C.I.A., pas Baylor-Brown... Aucun Américain en vue. Quand Ogilvie arriverait, il serait le seul. Cela prenait un sens : ôtez tout personnel américain, toute trace possible. N'utilisez que des seconds-couteaux locaux, hommes ou femmes. Au-delà de toute récupération. Dispatch...

Pourquoi ? Pourquoi était-il l'âme d'une crise ? Qu'avait-il fait ou que savait-il qui faisait que les hommes de Washington voulaient sa mort ? D'abord, ils avaient voulu qu'il se retire, en se servant de la mort de Jenna. Maintenant ils voulaient l'éliminer. Bon Dieu, que se passait-il ?

En dehors du couple, y en avait-il d'autres ? Protégeant ses yeux du soleil, il étudia chaque morceau de terrain, le séparant en zones comme un puzzle bancal. Cet endroit n'était pas un site éminent du Palatin, plutôt un reste mineur d'Antiquité laissé à l'abandon, et le mois de mars réduisait encore le nombre des badauds éventuels. Au loin, sur une colline voisine un groupe d'enfants s'amusaient sous les regards distraits de deux adultes. Peut-être des instituteurs. Plus bas, vers le sud, un champ en friche avec des colonnes de marbre debout comme des corps exsangues de tailles différentes. Plusieurs touristes bardés d'appareils prenaient des photos, posant chacun leur tour devant les ruines oubliées. Mais en dehors du couple qui couvrait les deux côtés de l'entrée, il n'y avait personne dans le voisinage immédiat de l'*arborium* de Domitien. S'ils étaient compétents, une couverture supplémentaire n'était pas nécessaire. Il n'y avait qu'une entrée, et un homme qui aurait essayé d'escalader le mur aurait été une cible facile. C'était une nasse avec une seule sortie. Cela aussi allait dans le sens d'une menace mortelle. « Utilisez le moins possible d'auxiliaires locaux. Rappelez-vous qu'ils peuvent se transformer en maîtres chanteurs... »

L'ironie était totale ; Michael avait choisi le Palatin ce matin, préférant ce site à cause des avantages qui maintenant se retournaient contre lui. Il regarda sa montre. Trois heures moins quatorze minutes. Il allait devoir bouger vite, mais pas avant d'avoir vu Ogilvie. L'Apache était malin. Il savait qu'il augmentait ses chances en restant hors de vue aussi longtemps que possible, obligeant son adversaire à se concentrer sur l'attente de son apparition. Michael le comprenait, alors il se concentrait plutôt sur ses possibilités. Sur la femme avec son carnet de croquis, et sur l'homme assis dans l'herbe, plongé dans sa lecture.

Soudain, il le vit. Une minute avant trois heures, l'agent rouquin apparut. Il montait le sentier. Il dépassa l'homme assis sans faire le moindre signe de reconnaissance. Il y a quelque chose de bizarre, songea Havelock, quelque chose ayant trait à Ogilvie lui-même. C'était peut-être ses habits, froissés et déformés comme d'habitude... trop larges pour sa carrure ? Il avait l'air différent — pas son visage, il était trop loin pour qu'il puisse le voir clairement. C'était dans sa démarche, la façon dont il bougeait les épaules, comme si la pente assez douce qu'il escaladait avait été beaucoup plus raide. L'Apache avait changé depuis Istanbul. Le temps n'avait pas été généreux pour lui.

Il atteignit les restes des arches de marbre qui formaient l'entrée de l'*arborium.* Il resterait à l'intérieur. C'était l'heure.

Michael rampa pour quitter sa cachette derrière les buissons et descendit rapidement le champ d'herbes hautes, allongé, le corps à ras du sol, effectuant un grand arc de cercle vers le nord jusqu'à atteindre la base de la colline. Il jeta un coup d'œil à sa montre. Le tout lui avait pris près de deux minutes.

La femme était maintenant au-dessus de lui. Il ne pouvait pas la voir mais il savait qu'elle n'avait pas bougé. Elle avait soigneusement choisi ses angles de vision, une habitude de tueur. Il commença à escalader la pente, à quatre pattes, écartant doucement les herbes folles devant lui, attentif au moindre bruit, à la moindre voix. Silence total.

Il arriva sur la crête. La femme était juste devant, tout droit, à moins de vingt mètres, toujours debout sur la première volée de marches usées qui menaient à l'ancien therme. Elle tenait son carnet de croquis devant elle, mais ses yeux regardaient ailleurs. Ils fixaient l'entrée de l'*arborium,* concentration absolue, le corps prêt à se mettre en mouvement instantanément. Puis Havelock vit ce qu'il avait espéré voir. La main droite de la femme était sous sa gabardine, tenant sans aucun doute possible un automatique qu'elle pourrait sortir rapidement et utiliser au mieux sans être encombrée par une poche. Michael craignait cette arme, mais il craignait encore plus la radio. Dans un moment l'émetteur pourrait être son allié, mais maintenant c'était un ennemi, aussi mortel que n'importe quel revolver.

Il regarda encore sa montre, angoissé par la chute des secondes. Il fallait qu'il bouge vite. Il resta derrière la crête du champ, avançant en un mouvement tournant vers l'ancien canal qui alimentait les thermes en ruine. D'énormes feuillages en barraient l'entrée, couvraient le fossé comme une horrible pieuvre. Il écarta les branchages humides et puants et se mit à ramper dans cette sorte de couloir de marbre humide. Trente secondes plus tard sa tête émergea des feuillages dans les restes de l'ancien bassin qui, des siècles auparavant, avait contenu les corps huilés des empereurs et des courtisans. A deux mètres au-dessus de lui — huit marches brisées — se trouvait la femme dont la fonction était de le tuer si son employeur présent en était incapable. Elle lui tournait le dos, ses jambes épaisses plantées bien droites comme un sergent commandant un nid de mitrailleuses.

Il étudia les restes de l'escalier de marbre. Il y avait une petite barrière métallique dressée pour empêcher les visiteurs de s'aventurer plus bas. Le poids d'un corps sur n'importe quelle marche ferait craquer la pierre, un bruit qu'il ne pouvait pas se permettre. Mais si ce bruit était accompagné par un impact physique sévère, la désorientation qui en résulterait — aussi brève soit-elle — serait suffisante pour lui donner la demi-seconde qui lui manquait. Pensant au sablier du temps, il savait qu'il fallait se décider vite, bouger vite. Chaque minute qui passait alarmait davantage l'assassin installé dans l'*arborium* de Domitien.

Silencieusement il avança ses mains sous les feuillages entremêlés. Ses doigts rencontrèrent un objet dur, aux bords pointus. C'était un fragment de marbre, un morceau brisé du travail d'un artisan mort il y a deux mille ans. Il le saisit dans sa main droite et, de la gauche, sortit l'automatique Llama qu'il avait pris au pseudo mafioso à Civitavecchia. Longtemps auparavant il s'était entraîné à tirer aussi bien de la main gauche que de la droite. Protection de base. Et son adresse allait maintenant lui servir. Si sa tactique échouait, il tuerait cette femme engagée pour s'assurer qu'il mourrait ici, sur le Palatin.

Très lentement il s'accroupit, se prépara à sauter. Il ramena son bras droit en arrière, le coude au-dessus de sa tête, la main serrée sur le morceau de marbre pointu. Il bondit, la femme, grande et carrée à moins de deux mètres de lui, juste au-dessus. Il lança le lourd morceau de marbre vers le dos de la gabardine, entre les épaules, de toute la force de son bras. Le morceau de roc traversa l'air à une vitesse énorme.

Le son et l'instinct. La femme commença à se retourner, mais l'impact arriva. Le fragment pointu s'écrasa à la base de son cou, et du sang éclaboussa instantanément ses cheveux sombres. Havelock était déjà sur elle, saisissant sa gabardine à la taille, la tirant par-dessus la petite barrière métallique, jetant sa main gauche serrée sur son arme autour de son visage, bloquant sa bouche avec son avant-bras et étouffant son cri. Ils s'écrasèrent tous deux dans le puits de marbre en ruine, Michael tordant le corps lourd de la femme pendant la chute. Il enfonça son genou dans sa poitrine entre ses seins et colla le canon du Llama contre sa gorge.

« Écoute-moi bien ! chuchota-t-il sèchement, sachant pertinemment que ni l'ambassade ni Ogilvie n'emploierait des tueurs qui ne parlaient pas l'anglais couramment, histoire d'éviter les ordres mal interprétés. Prends ta radio et dis à ton copain de venir ici le plus vite possible ! Dis que c'est une urgence. Dis-lui de passer par les arbres sous les arcades. Que tu ne veux pas que l'Américain le voie !

— *Cosa dice ?*

— Tu m'as entendu et tu m'as très bien compris ! Fais ce que je dis ! Dis-lui que vous avez été trahis ! *Prudente ! Io parlo italiano ! Capisci !* ajouta Havelock en resserrant la pression de son genou et du canon de son arme. — *Presto !* »

La femme grimaça, cherchant sa respiration entre ses dents, son visage très masculin déformé comme une tête de cobra coincé dans une fourche. Haletante, lorsque Michael relâcha la pression de son genou, elle porta sa main droite sur le pan de sa gabardine, le retourna. Un micro-émetteur à transistor apparut. Il avait la forme d'un bouton épais. Au centre, un petit interrupteur plat. Elle appuya dessus. Il y eut un petit bruit, le signal traversa les cent mètres vers l'ouest du Palatin. Elle parla.

« *Trifoglio, trifoglio,* dit-elle rapidement pour s'identifier. *Ascolta ! è un emergenza... !* » Elle exécuta les ordres de Michael, sa voix angoissée reflétant la panique qu'elle ressentait au contact du Llama enfoncé dans sa gorge. La réponse vint. Une voix métallique, en italien.

« *Che avete ?*

— *In retta ! Sbrigatevi !*

— *Arrivo !* »

Havelock souleva la femme, la força à se mettre à genoux et déchira sa gabardine. Tenu par une large bandoulière au-dessus de sa taille, un holster rallongé contenait un gros magnum automatique. L'étui de cuir de forme inhabituelle permettait de porter un silencieux permanent vissé au bout du canon. Cette femme était vraiment une professionnelle. Michael lui ôta rapidement cette arme sophistiquée et effrayante et la fourra dans sa ceinture. Puis il remit la femme sur pied, la poussa violemment dans l'escalier pour qu'ils puissent tous deux regarder par-dessus le sommet des anciens thermes, entre les piquets de la petite barrière métallique. Il se tenait derrière elle, l'écrasant de son corps contre la pierre, le Llama contre sa tempe droite, son bras gauche autour de son cou épais et taché de sang. Au bout de trois secondes il vit la silhouette de son compagnon, bondissant à travers les feuillages sous les arbres. C'était tout ce qu'il voulait savoir. Sans prévenir, il serra soudain son bras gauche, coupant la respiration de la femme d'un coup sec tout en poussant sa tête en avant vers les racines entrelacées. Son corps devint mou. Elle resterait inconsciente jusqu'à ce que le soir tombe sur le Palatin. Il ne voulait pas la tuer. Il voulait qu'elle puisse raconter son histoire aux *patriotes* qui l'avaient engagée. Il la déplaça sur le côté. Elle glissa visqueusement sur les marches brisées et s'abîma dans le puits humide et puant. Il attendait.

L'homme émergea précautionneusement sur la pente, sa main sous sa veste de tweed, comme la femme avait eu la sienne sous sa gabardine quelques minutes auparavant. Trop de minutes. Le temps passait trop vite. Encore quelques instants et l'assassin envoyé par Washington allait s'inquiéter. S'il sortait de l'*arborium*, il verrait que ses gardiens n'étaient plus à leur place, qu'il avait perdu le contrôle de la situation. Il s'enfuirait. Il n'en était pas question ! Toutes les réponses étaient à trente mètres de lui dans les restes de l'*arborium*. Une fois la situation renversée — s'il y parvenait — pourrait-il connaître ces réponses ? *Allez, bouge, employé !* pensa Havelock en regardant l'Italien qui se rapprochait.

« *Trifoglio, trifoglio !* » chuchota Michael assez fort pour être entendu, ramassant des débris et les jetant en haut de l'escalier de marbre sur sa droite, à l'autre bout de cette espèce d'enclos circulaire.

L'homme se mit à courir vers le nom de code qu'il avait entendu. Havelock se déplaça sur sa gauche, s'accroupit sur la troisième marche, sa main sur un des piquets de la barrière métallique, ses pieds testant constamment la solidité de la pierre. Il *fallait* qu'elle *tienne.*

Elle tint bon. Il bondit par-dessus le mur juste sous le nez de l'Italien qui arrivait. Le tueur, complètement surpris, hoqueta, sa panique le paralysant une fraction de seconde. Michael utilisa ce minuscule instant. Il plongea, balança le Llama selon un arc de cercle qui atteignit l'Italien en pleine figure, écrasant chair et os, du sang jaillit d'entre ses dents brisées, éclaboussa sa chemise à raies et sa veste de tweed. L'homme s'évanouit. Michael se précipita en avant pour le retenir et l'amena au bord des bains où il le balança. L'Italien tomba comme un plomb, bras et jambes désarticulés semblant ne plus appartenir à son corps. En bas, il resta immobile, aplati sur le corps de sa partenaire, sa tête ensanglantée posée sur son estomac. Lui aussi allait avoir une histoire à raconter, pensa Michael. Il était important que les stratèges de Washington l'entendent, car si les réponses attendues n'arrivaient pas dans les minutes qui allaient suivre, le Palatin n'était qu'un début.

Havelock mit son Llama dans sa poche intérieure, gêné par la pression désagréable du gros magnum dans sa ceinture. Il garderait les deux armes. Le Llama était petit et facile à dissimuler, tandis que le magnum avec son silencieux incorporé pouvait être très avantageux. Au moment où cette pensée lui traversait l'esprit, un vent de dépression l'envahit, froid et cinglant. Vingt-quatre heures auparavant il ne pensait pas qu'il porterait à nouveau une arme, ni qu'il s'en servirait, pour le reste de ses jours — de sa nouvelle vie. En vérité il n'aimait pas les armes, il en avait peur, il les haïssait même, et pour cette raison il avait appris à les maîtriser... pour pouvoir continuer à vivre et d'une certaine façon pour faire taire d'autres armes — celles de son enfance. Les jours passés, jours terribles. Ces jours-là avaient été la raison profonde de sa vie, de cette vie qu'il croyait avoir quittée, mise en sommeil. Détruire les tueurs, permettre aux autres de vivre... détruire les tueurs de Lidice, sous toutes leurs formes. Il avait abandonné cette vie, mais *ILS* étaient encore là — sous une forme nouvelle. Et il était lui aussi de retour au combat. Il boutonna sa veste et avança vers l'entrée de l'*arborium,* vers l'homme qui était venu pour le tuer.

Tandis qu'il approchait des arches de marbre détruites, ses yeux étudiaient instinctivement le sol, ses pieds évitaient les branches sèches qui auraient pu craquer et annoncer sa présence. Il atteignit l'arche et se glissa sur le côté de l'entrée. Il poussa délicatement l'amoncellement de vignes folles devant lui et regarda à l'intérieur. Ogilvie était au bout du chemin de pierre, près du piédestal qui portait le buste de Domitien. Il fumait une cigarette, étudiait la colline au-dessus de l'*arborium* sur sa droite, exactement là où Michael s'était caché vingt minutes auparavant. L'Apache venait de faire ses propres déductions, et son analyse était bonne, mais tardive.

Havelock remarqua que la veste débraillée d'Ogilvie était boutonnée. Il y avait une petite brise fraîche, mais il ne faisait pas assez froid pour être obligé de fermer tout accès rapide à un revolver. Puis Michael regarda le visage du stratège. Le changement était étonnant. Il était beaucoup plus pâle que dans les souvenirs d'Havelock. Les lignes de son visage s'étaient creusées, les rides accusées, comme les traces d'abandon sur les ruines alentour. Pas besoin d'être docteur pour se rendre compte qu'Ogilvie était malade et que sa maladie était grave. S'il lui restait des forces, elles étaient aussi bien cachées que les armes qu'il portait.

Michael entra dans l'*arborium,* attentif à tout mouvement soudain de l'ancien agent.

« Hello, Red... » dit-il.

Ogilvie bougea seulement légèrement la tête. Il avait vu Havelock du coin de l'œil avant qu'il parle.

« Content de te voir, Navajo, dit le stratège.

— Laisse tomber le Navajo. On n'est pas à Istanbul.

— Effectivement, mais je t'ai sauvé la peau du cul, là-bas, non ?

— Tu m'as sauvé après avoir failli me faire tuer. Je t'avais dit que ce pont était un piège, mais toi, mon soi-disant supérieur, tu prétendais le contraire. Tu es revenu me chercher parce que je t'avais dit que c'était un piège devant notre attaché militaire d'Istanbul. Il ne t'aurait pas loupé dans son rapport.

— Peut-être mais je suis revenu », dit Ogilvie très vite, avec rage, quelque couleur revenant sur son visage livide. Puis il sourit vaguement et haussa les épaules. « Ça n'a aucune importance.

— Non, aucune importance. Je crois que tu risquerais ta vie et celle de tes mômes pour te justifier, mais comme tu disais, tu es revenu me chercher. Merci pour ça. C'était plus rapide que de sauter dans le Bosphore, sinon moins dangereux.

— Tu n'aurais jamais réussi à sauter !

— Ça, on n'en sait rien. »

Ogilvie jeta sa cigarette sur le col, l'écrasa, et avança.

« Je risquerais ma peau, Havelock, mais pas celle de mes mômes, jamais.

— Très bien, très bien, pas les mômes. »

Cette référence irréfléchie aux enfants embarrassa Michael. Il se souvint qu'on avait enlevé ses enfants à Ogilvie. Cet homme soudainement si vieux... était seul dans son monde obscur face à ses chimères personnelles.

« Parlons, dit l'homme de Washington en marchant vers un banc de marbre au bord du chemin de pierre, réplique de la Rome Antique, posé là pour l'agrément des touristes fatigués.

— Assieds-toi, Michael, ou bien est-ce Mike ? Je ne m'en souviens plus.

— Peu importe. Je reste debout.

— Je vais m'asseoir. Il faut que je te dise, je suis épuisé. C'est loin, Washington, un long trajet aérien. Je ne dors pas bien dans les avions.

— Tu as l'air crevé. »

A cette remarque, Ogilvie regarda Havelock. « Merci », dit-il. Puis il s'assit.

« Dis-moi, Michael, tu n'es pas fatigué, toi ?

— Si, dit Havelock. Fatigué de tout ce satané mensonge. Fatigué de tout ce qui est arrivé. A moi. A Jenna. A vous tous dans vos bureaux stériles, blancs comme vos esprits mal tournés — quand je pense que je faisais partie de cette saloperie. Qu'est-ce que vous avez fait ? *Pourquoi avez-vous fait ça ?*

— Ça fait une vaste question, Navajo.

— Je t'ai dit de laisser tomber ce putain de surnom.

— Ça fait bande dessinée, hein ?

— Pire. Pour ton éducation, sache que les Navajos étaient parents des Apaches mais contrairement aux Apaches cette tribu était essentiellement pacifique, défensive. Le nom ne m'allait déjà pas à Istanbul, et il me va encore moins ici.

— C'est intéressant. Je ne savais pas ça. Mais je suppose que c'est le genre de choses auxquelles s'intéresse quelqu'un qui n'est pas né aux États-Unis et qui y est venu après une enfance plutôt secouée...

Je veux dire qu'étudier ce genre d'histoire est une façon de dire "merci", non ?

— Je ne sais pas de quoi tu parles.

— Bien sûr que si, tu le sais. Un enfant qui passe ses premières années au milieu d'une boucherie, qui voit ses amis, ses voisins flingués à la mitrailleuse dans un camp et jetés dans une fosse, qui voit sa mère emmenée Dieu sait où et comprend qu'il ne la reverra jamais. Mais c'est pas n'importe quoi, ce gamin. Il se planque dans les bois avec rien à manger que ce qu'il peut attraper ou voler, il a peur de se montrer. Puis on le retrouve et il passe les années suivantes à courir dans les rues avec des explosifs scotchés sur son dos, l'ennemi est partout, partout des exécuteurs potentiels. Et tout ça avant qu'il ait dix ans, et quand il en a douze, son père est tué par les Soviétiques... Putain, un môme comme ça quand il atteint enfin un havre de paix, eh bien il va apprendre tout ce qu'il peut sur ce nouveau paradis. Y compris l'histoire des Navajos. Ce sera une façon de dire "merci de m'avoir laissé venir ici", tu n'es pas d'accord... *Havlicek* ? »

Ainsi l'inviolé n'était pas impénétrable pour les stratèges. Bien sûr, ils savaient, il aurait dû s'en rendre compte. Ses propres actions les y avaient conduits. On lui avait garanti que son vrai dossier ne serait montré qu'au personnel de très haut niveau, et seulement en cas d'urgence. Les autres avaient droit au dossier du M. 16 britannique. Un orphelin tchèque, parents tués lors d'un raid allemand sur Brighton, mis sur les listes d'adoption et d'immigration. C'était tout ce qu'ils devaient savoir, ce qu'ils auraient dû savoir. Avant. Pas maintenant.

« Cela n'a aucun rapport.

— Peut-être bien que si, dit l'ancien agent en se tournant sur le banc, sa main se rapprochant légèrement de la poche de sa veste.

— Ne fais pas ça.

— Quoi ?

— Ta main. Laisse-la où elle est.

— Oh, désolé... comme je le disais, tout ce passé

pourrait bien expliquer certaines choses. Un homme ne peut pas encaisser autant pendant toute sa vie. Cela s'accumule, tu vois ce que je veux dire ? Et puis un jour, un truc casse et sans qu'il s'en rende compte sa tête se met à lui jouer des tours. Il revient loin en arrière, vers l'époque où des choses terribles lui sont arrivées et les années et les motivations des gens qu'il a connus alors se mélangent complètement avec tout ce qu'il a vécu depuis. Il commence à accuser le présent pour toutes les saloperies qui se sont produites dans le passé. Cela arrive à beaucoup de gens qui mènent la vie que toi et moi nous avons menée. Ce n'est même pas inhabituel.

— Tu as *terminé* ? demanda sèchement Havelock. Parce que si...

— Reviens avec moi, Michael, coupa l'homme de Washington. Tu as besoin d'aide. Nous pouvons t'aider.

— Tu as traversé l'Atlantique uniquement pour me dire *ça* ? s'écria Havelock. C'est ça l'information ? ça, votre *explication* ?

— Du calme, du calme...

— Non, *toi,* calme-toi ! parce que tu vas avoir besoin de tout ton petit sang-froid ! toi et les autres ! Je commence ici, à Rome, et je fonce, en Suisse, en Allemagne... Prague, Cracovie, Varsovie... J'irai même à Moscou s'il le faut ! Et plus je parlerai, plus vous serez dans la merde, tous autant que vous êtes ! Pour qui vous vous prenez à venir me dire ce qu'il y a dans ma tête ? J'ai vu cette femme. Elle *est* vivante ! Je l'ai suivie à Civitavecchia et elle s'est échappée, mais j'ai découvert ce que vous lui aviez dit, ce que vous lui avez *fait* ! Je vais la retrouver, mais chaque journée que je vais perdre va vous coûter un maximum ! Je commence à la minute où je sortirai d'ici et vous ne pourrez pas m'arrêter. Écoute les informations, ce soir, et lis les journaux demain matin. Il y a un attaché militaire très respecté, ici, à Rome, il fait partie d'une « minorité raciale » — oh, la belle planque. Seulement il va perdre sa valeur et son réseau avant ce soir ! Bande de *salauds !* Vous vous prenez pour qui ?

— D'accord ! d'accord ! » plaida Ogilvie, les deux mains en l'air comme s'il poussait l'air devant lui. Il secoua la tête, gestes rapides de conciliation.

« Tu as raison, mais tu ne peux pas m'en vouloir d'avoir essayé. C'étaient les ordres. "Ramenez-le qu'on puisse lui parler." Voilà ce qu'ils m'ont dit. "Essayez n'importe quoi, mais ne lui dites rien, tant qu'il n'est pas aux États-Unis." Je leur ai dit que ça ne marcherait pas, pas avec toi. Il a fallu que je me batte pour avoir l'autorisation de t'expliquer.

— Alors *parle* !

— Okay, okay, tu vas y avoir droit. »

L'homme de Washington soupira, secouant doucement la tête d'avant en arrière.

« Bon Dieu, les choses s'embrouillent.

— Débrouille-les ! »

Ogilvie regarda Michael, leva sa main vers le coin gauche de sa veste usée. « Une cigarette, d'accord ?

— Ouvre ta veste doucement, du bout des doigts. »

Le stratège souleva délicatement son revers, révélant un paquet de cigarettes dans la poche de sa chemise. Havelock hocha la tête. Ogilvie sortit ses cigarettes et une pochette d'allumettes coincée dans la cellophane du paquet. Il secoua le paquet et prit une cigarette, puis il ouvrit la pochette d'allumettes. Elle était vide.

« Merde, murmura-t-il. Tu as du feu ? »

Michael chercha dans sa poche, en sortit des allumettes et les donna au stratège.

« Ce que tu as à dire, tu as intérêt à ce que ça tienne debout... »

Bon Dieu ! Était-ce le léger mouvement de la tête rousse devant lui ou bien la bizarre position de la main droite d'Ogilvie, ou bien un bref éclair reflété par la cellophane du paquet de cigarettes, il ne le saurait jamais, mais ce confluent de facteurs inattendus lui fit sentir que le piège se refermait, comme un ressort. Il lança son pied gauche, frappa le bras droit du stratège, expédiant Ogilvie de l'autre côté du banc tant il avait frappé fort. Soudain l'air fut empli d'un brouillard bleuté, comme un petit nuage arrondi. Il plongea sur sa droite, se tenant les narines, fermant les yeux. Il roula sur le sol jusqu'à ce qu'il bute dans les restes d'un mur en ruine, hors de portée du nuage de gaz.

La cartouche avait été cachée dans le paquet de cigarettes et l'odeur acide qui envahit *l'arborium* lui apprit de quoi il s'agissait. Un gaz innervant qui ôtait tout contrôle musculaire si la cible était prise dans le nuage. Les effets duraient au moins une heure, au plus trois. On s'en servait presque exclusivement pour les enlèvements, rarement comme prélude à un assassinat.

Havelock ouvrit les yeux et se mit à genoux, s'appuya sur le mur. Derrière le banc de marbre, l'homme de Washington se roulait dans l'herbe folle, toussait, le corps empreint de convulsions, essayant de se lever. Il avait été pris dans la périphérie du nuage, assez atteint pour perdre momentanément tout contrôle, mais cela ne durerait pas.

Michael se remit sur pied, regarda le nuage bleuté s'évaporer dans l'air au-dessus du Palatin, s'évanouir dans la brise. Il ouvrit sa veste, sentit la douleur causée par le magnum coincé dans sa ceinture, résultat de son plongeon et de ses violents mouvements sur le sol. Bleus et écorchures. Il sortit l'arme et son horrible silencieux perforé et marcha en titubant un peu vers Ogilvie. Le rouquin respirait difficilement, mais son regard était clair. Il cessa de remuer et regarda Michael au-dessus de lui, puis son arme.

« Vas-y, Navajo, dit-il dans un murmure. Tu m'épargneras bien des souffrances...

— C'est bien ce que je pensais, répliqua Havelock, regardant le visage d'une pâleur mortelle de l'ancien agent.

— Ne pense pas, tire.

— Pourquoi le ferais-je ? Tu n'étais pas venu pour me tuer, tu voulais m'emmener. Et tu n'as aucune réponse à m'apporter.

— Je t'ai tout expliqué.

— Quand ?

— Il y a quelques minutes... *Havlicek*. La guerre. La Tchécoslovaquie, Prague. Ton père et ta mère. Lidice. Toutes ces choses qui n'avaient aucun rapport, comme tu disais.

— Mais enfin de quoi tu parles ?

— Ta tête est endommagée, Navajo. Et ce n'est pas du baratin.

— *Quoi ?*

— Tu n'as pas vu Jenna Karras. Elle est morte.

— Elle est *vivante !* » hurla Michael. Il s'accroupit près d'Ogilvie, le secoua par les revers de sa veste. « Bon sang ! *Elle m'a vu !* Elle a essayé de m'échapper !

— Pas possible, dit le rouquin en secouant la tête. Tu n'étais pas tout seul sur la Costa Brava. Il y avait quelqu'un d'autre. Nous avons son témoignage. Il a ramené des preuves... des morceaux de vêtements, le sang était bien le sien. Elle est morte sur la Costa Brava.

— C'est faux ! Je suis resté là-bas toute la nuit ! Je suis descendu sur la route, sur la plage. Il n'y avait aucun morceau de vêtement. Elle avait couru et personne ne l'a touchée avant qu'elle meure, qu'elle reçoive les balles. Qui que soit cette fille, son corps a été emporté intact. Rien n'a été arraché, aucun morceau de vêtement taché de sang ne traînait sur la plage ! Comment cela se pourrait-il ? Et pourquoi y aurait-il eu des traces comme ça ? Ce témoignage est un mensonge ! »

Le stratège était immobile, ses yeux fouillant ceux de Havelock, sa respiration plus calme. Il était évident que ses pensées s'enchaînaient à toute vitesse, filtraient, cherchaient la vérité.

« Il faisait noir, dit-il d'une voix monocorde. Tu ne pouvais pas voir.

— Quand je suis descendu sur la plage, le soleil s'était levé. »

Ogilvie grimaça, la tête penchée vers son épaule gauche, la bouche tordue. Une douleur intense lui vrillait la poitrine, agitait son bras gauche de spasmes. « Le témoin en question est mort d'une attaque cardiaque trois semaines plus tard », dit-il d'une voix blanche. « Il est mort sur son putain de voilier dans Chesapeake Bay... Si tu as raison, il y a un gros problème, un problème à Washington, dont ni toi ni moi ne connaissons la profondeur. Aide-moi à me relever. Il faut qu'on aille à Palombara.

— Toi, tu vas à Palombara. Moi je ne pars pas sans réponses. Je te l'ai dit.

— Mais il le faut ! Parce que tu ne partiras pas vivant d'ici sans moi, et ça, c'est *écrit* !

— Tu as perdu la main, Apache. Ce magnum appartenait à la beauté que tu avais engagée. Elle et son copain sont aplatis au fond d'une piscine en marbre !

— Je ne parle pas d'eux ! Mais de *lui* ! »

L'homme de Washington eut soudain l'air paniqué. Il se souleva sur les coudes, ses yeux plissés sous le soleil, cherchant quelque chose sur la colline.

« Il attend, il nous surveille, chuchota-t-il. Baisse ton arme ! abandonne ton avantage ! vite !

— Qui ? Pourquoi ?

— Bon Dieu, fais ce que je te dis ! vite ! »

Michael secoua la tête et se releva.

« Tu connais tous les bons trucs, hein, Red. Mais tu es resté trop longtemps dans tes bureaux. Et tu dégages la même puanteur que j'ai sentie tout le long du Potomac...

— Non ! non ! » hurla l'ancien agent, les yeux écarquillés, braqués sur le sommet de la colline. Puis, avec un sursaut d'énergie incroyable il se souleva du sol, agrippa les vêtements de Havelock et le tira hors du chemin de pierre.

Michael leva le canon du magnum, prêt à l'écraser sur le crâne d'Ogilvie quand les bruits retentirent. Deux coups assourdis venus d'au-dessus. L'agent roux hoqueta, puis, avec un bruit terrible, comme un torrent, il vida ses poumons et s'effondra en arrière dans l'herbe. Il avait la gorge ouverte. Il avait arrêté la balle destinée à Michael.

Havelock plongea derrière le mur. Trois coups de feu. Du marbre et de la terre explosèrent autour de lui. Il courut jusqu'au bout du mur, tenant le magnum devant son visage. Ses yeux cherchèrent l'ennemi à travers une fente de la pierre.

Silence.

Un avant-bras. Une épaule. Derrière un bosquet. *Maintenant !* Il visa soigneusement et tira quatre coups rapprochés. Une main ensanglantée vira dans l'air, suivie d'une épaule se tordant. Puis la silhouette d'un homme blessé bondit hors des feuillages et se mit à courir derrière la crête de la colline. Mais les jambes ne pouvaient pas porter aussi bien cet homme blessé que des yeux entraînés pouvaient discerner à certains détails. Les cheveux du tireur étaient noirs et crépus, la peau de son cou et de sa main brièvement entraperçue était noire. L'assassin manqué était le directeur des activités clandestines du secteur Ouest de la Méditerranée. Avait-il appuyé sur la détente de rage ou par peur ou dans un mélange des deux, effrayé et furieux à l'idée que sa couverture et son réseau puissent être démasqués ? Ou bien avait-il suivi les ordres, froidement ? Une autre question, un autre fragment informe dans la mosaïque.

Havelock se retourna et s'appuya contre le mur, épuisé, effrayé, se sentant aussi vulnérable que... que jadis, pendant ces jours terribles. Il contempla le corps d'Ogilvie — John Philip Ogilvie, si sa mémoire était exacte. Quelques instants auparavant c'était un homme mourant. Maintenant c'était un homme mort. Tué en sauvant la vie d'un homme qu'il ne voulait pas voir mourir. L'Apache n'était pas venu éliminer le Navajo. Il était venu pour le sauver. Mais il ne fallait attendre aucun secours des stratèges de Washington. Ils avaient été programmés par des menteurs. Des menteurs étaient aux commandes.

Pourquoi ? Dans quel but ?

Pas le temps. Il devait quitter Rome, sortir d'Italie. A la frontière, au col des Moulinets. Et si cela échouait, aller à Paris.

Trouver Jenna Karras. Toujours Jenna, maintenant plus que jamais !

10

Les deux coups de téléphone lui prirent quarante minutes, depuis deux cabines différentes de l'aéroport Léonard de Vinci. Le premier était pour le bureau du *Direttore* de l'*Amministrazione di Sicurezza,* le chien de garde de l'Italie contre toutes les activités clandestines étrangères. Avec de brèves et succinctes références à d'authentiques opérations clandestines vieilles de quelques années, Havelock fut très vite mis directement en contact avec l'assistant du directeur administratif. Il resta en ligne moins d'une minute et raccrocha après avoir dit ce qu'il avait à dire. Le deuxième coup de fil, d'une cabine à l'autre bout du hall de l'aéroport, était pour le *redattore* d'*Il Progresso Giornale,* journal romain très politisé et très anti-américain. Étant donné le sujet, le rédacteur en chef fut beaucoup plus facile à joindre. Et quand il interrompit Michael pour lui demander qui il était, Havelock contra avec deux suggestions. La première était de vérifier auprès du *Direttore* de l'*Amministrazione di Sicurezza* et la deuxième de surveiller l'ambassade américaine pendant les soixante-douze prochaines heures, en prêtant une attention particulière à l'individu en question.

« *Mezzanis !* éclata le rédacteur en chef.

— *Addio* », dit Michael en raccrochant.

Le lieutenant-colonel Lawrence Brown, attaché militaire et excellent exemple de la reconnaissance de l'existence des minorités américaines venait de perdre son emploi. Sa couverture était détruite, son réseau inutilisable. Il faudrait des mois, voire des années pour reconstruire tout ça. Et, sans parler de la gravité de sa blessure, Brown allait se retrouver dans le premier avion pour Washington, histoire d'expliquer la mort d'Ogilvie sur le Palatin.

La première vanne venait de s'ouvrir. D'autres suivraient. *Chaque jour qui passe va vous coûter cher.* Il le pensait vraiment.

« Je suis content que vous soyez ici », dit Daniel Stern en fermant la porte du bureau blanc et aveugle au cinquième étage du Département d'État. Les deux hommes à qui il s'adressait étaient assis à la table de conférence. Le psychiatre chauve, Dr Paul Miller, le nez dans ses notes, et l'avocat Dawson, les yeux perdus dans le vague, les mains posées sur une grande enveloppe jaune devant lui.

« Je sors de chez Walter Reed — le briefing avec Brown. Tout est confirmé. Je l'ai entendu, interrogé. C'est un soldat en morceaux, physiquement et émotionnellement. Mais il tiendra le coup. C'est un type bien.

— Aucune déviation par rapport au premier compte rendu ? demanda l'avocat.

— Rien d'important. Il était aussi précis que la première fois. La capsule était cachée dans les cigarettes d'Ogilvie, un composé de cobalomine et de phosphore dans une capsule de CO relâchée par simple pression.

— C'est ça que Red voulait dire quand il nous disait qu'il pourrait ramener Havelock s'il l'avait à portée de la main, interrompit Miller calmement.

— Il a presque réussi », dit Stern en traversant la pièce.

Il y avait un téléphone rouge sur une petite table derrière sa chaise. Il abaissa un interrupteur sur le devant de l'appareil et s'assit.

« Entendre Brown de vive voix est beaucoup plus intéressant que lire un rapport », dit le directeur des opérations consulaires. Puis il se tut pendant un moment. Les deux autres attendirent. Il poursuivit doucement. « Il est calme, presque passif, mais en regardant son visage on voit ce qu'il ressent profondément. Sa responsabilité... »

Dawson se pencha en avant. « Alors, qu'est-ce qui a alerté Havelock ? Ce n'était pas dans le rapport.

— Ça n'y était pas parce qu'il n'en sait rien. Jusqu'à la dernière seconde, Havelock n'avait pas l'air de soupçonner quoi que ce soit. Comme il l'écrit dans son rapport, ils discutaient tous les deux. Ogilvie a sorti ses cigarettes et a demandé du feu. Havelock a fouillé dans sa poche, a tendu des allumettes à Red et c'est arrivé. Il lui a donné un coup de pied qui l'a envoyé à terre, et la capsule a éclaté. Quand le nuage s'est dispersé, Red était à terre et Havelock était à côté de lui avec un flingue dans la main.

— Pourquoi Brown n'a-t-il pas tiré à ce moment-là ? »

L'avocat était troublé. Cela se sentait dans sa voix.

« A cause de nous, répliqua Stern. Nos ordres étaient fermes. Havelock devait être ramené vivant. Il ne fallait intervenir définitivement qu'en dernière extrémité.

— Il aurait pu, dit Dawson rapidement, comme s'il se posait la question. J'ai lu les états de service de Baylor... Brown. C'est un expert en armes. Surtout en armes de poing. D'ailleurs il y a très peu de matières où il n'est pas qualifié expert. On dirait une publicité ambulante pour l'armée et les services secrets. Diplômé à l'université de Rhodes, Forces Spéciales, expert en guérilla tactique, etc. Nommez une branche quelconque, il la connaît par cœur.

— Mais il est Noir. Il fallait qu'il soit bon. Je l'ai déjà dit. Alors où veux-tu en venir ?

— Il aurait pu *blesser* Havelock. Aux jambes, à l'épaule, à l'aine. Avec l'aide d'Ogilvie, il *aurait pu* le ramener.

— Ça demande une sacrée précision, à cette distance.

— Vingt-cinq, trente mètres. Et Havelock était immobile. C'était une cible fixe, pas mobile... On lui a posé la question ?

— Franchement, ça ne m'est pas venu à l'esprit. Il a suffisamment de problèmes, dont une main éclatée qui pourrait l'éliminer de l'armée définitivement. A mon sens il a agi correctement dans une situation plutôt épineuse. Il a attendu de voir Havelock braquer son arme sur Ogilvie, d'être certain que Red n'avait plus une chance de s'en sortir. C'est là qu'il a tiré... Au moment précis où Ogilvie a bondi, recevant la balle destinée à Havelock. Ça correspond entièrement au rapport d'autopsie de Rome.

— Ce délai a coûté la vie à Red, dit Dawson, toujours pas satisfait.

— Ça a abrégé sa vie, corrigea le docteur. Et de peu...

— Cela aussi se trouve dans le rapport d'autopsie, ajouta Stern.

— Ce que je vais vous dire va vous paraître un peu indécent dans ces circonstances, dit l'avocat, mais nous l'avons surestimé.

— Non, répliqua le directeur des opérations consulaires. Nous avons sous-estimé Havelock. C'est tout. Il s'est passé trois jours depuis cette histoire et en trois jours il a détruit Brown, effrayé les autorités italiennes et démantelé notre réseau — plus personne ne peut travailler pour nous maintenant. Comme si cela ne suffisait pas il a expédié un télégramme en Suisse au président du Congressional Oversight, faisant allusion à l'incompétence et la corruption de la C.I.A. à Amsterdam. Et ce matin nous recevons un coup de téléphone du chef de la sécurité de la Maison-Blanche, qui ne sait pas s'il doit paniquer ou s'outrager. Lui aussi a reçu un télégramme, mais chiffré — code 1600 — cette fois, l'informant qu'une taupe soviétique se trouve dans l'entourage immédiat du Président.

— Ça vient de la prétendue confrontation de Havelock avec Rostov à Athènes, dit Dawson en regardant son enveloppe jaune. Brown le dit dans son rapport.

— Et Paul, ici présent, doute qu'elle ait jamais eu lieu, dit Stern en regardant Miller.

— Fantasme et réalité, intervint le psychiatre. Si toutes les informations que nous avons rassemblées sont exactes, il passe d'un côté à l'autre sans pouvoir les distinguer. *Si* notre information est valable. De toute façon, c'est vrai qu'il existe un certain degré d'incompétence et de corruption au moins mineure à Amsterdam. Pourtant, je pense qu'il est impossible qu'une taupe soviétique puisse arriver jusqu'à l'entourage direct du Président.

— Nous pouvons commettre des erreurs, et nous

en commettons *ici*, commença Stern, aussi bien qu'au Pentagone et à Langley. Mais à la Maison-Blanche ce type d'erreur est d'une infime probabilité. Je ne dis pas que cela ne peut arriver ou que cela ne s'est jamais produit, mais toute personne proche du bureau ovale voit sa vie passée au microscope. Chaque année, chaque mois, chaque jour de sa vie. Même les plus proches amis du Président. Les brillantes recrues sont analysées comme si elles étaient les héritières de Staline. C'est une procédure obligatoire depuis 1947. »

Le directeur des opérations consulaires s'arrêta, mais une fois encore il n'avait pas terminé. Ses yeux tombèrent sur les notes en vrac qui jonchaient la blancheur de la feuille devant le Dr Miller. Il se remit à parler, lentement, pensivement. « Havelock sait sur quels boutons appuyer, quels gens atteindre, les codes à utiliser. Même les vieux chiffres, les vieux codes gardent un certain impact. Il peut créer une panique parce qu'elle a un air d'authenticité...

— Jusqu'où ira-t-il, Paul ?

— Il n'y a pas de limites, pas d'absolu, Daniel, dit le psychiatre d'un air un peu inquiet. Quoi que je dise, ce n'est qu'une supposition...

— Supposition bien fondée, coupa l'avocat.

— Tu aimerais essayer de défendre un client sans examen du dossier ? demanda Miller.

— Tu as des dépositions, des statistiques, un rapport pris sur le vif, et un dossier détaillé. Ça devrait suffire.

— Très mauvaise analogie. Désolé d'avoir employé cette comparaison.

— Si on ne peut pas le trouver, jusqu'où ira-t-il ? redemanda le directeur des opérations consulaires.

— Combien de temps avons-nous avant qu'il commence à nous coûter des vies humaines ?

— C'est déjà fait, dit Dawson.

— Pas comme tu le penses », le contredit Miller. C'était une réaction directe à une violente attaque contre sa vie. « Ça fait une différence.

— Explique-moi cette différence, Paul.

— Ça crève les yeux, commença le psychiatre en compulsant ses notes et en réajustant ses lunettes. Et pour utiliser une des expressions favorites d'Ogilvie, je ne prétends pas que ça soit *écrit.* Mais il y a une ou deux choses qui apportent un peu de lumière, et, pour être honnête, qui me troublent profondément. La clef de tout ceci, bien sûr, se trouve dans la conversation entre Havelock et Ogilvie, mais puisqu'on ne peut pas savoir ce qu'ils se sont dit, nous ne pouvons nous fier qu'à la description détaillée de la scène que nous a donnée Brown, les mouvements physiques, le ton général. Je l'ai lue et relue et jusqu'à l'instant final — cette éruption de violence — j'ai été frappé par une note que je ne m'attendais pas à trouver. L'absence d'hostilité retenue.

— Hostilité retenue ? demanda Stern. Je ne sais pas ce que cela implique en termes de comportement, mais j'espère que cela ne veut pas dire qu'ils ne se sont pas engueulés, parce qu'ils l'ont fait. Brown a été très clair.

— Bien sûr, ils n'étaient pas d'accord. C'était une confrontation. Il y avait une sorte d'explosion prolongée de la part de Havelock, il a répété les menaces qu'il avait déjà proférées ; mais après, l'engueulade s'est arrêtée. C'était obligatoire. Ils ont atteint une sorte d'agrément. Cela n'est pas possible autrement, à la lumière de ce qui a suivi.

— A la lumière de ce qui a suivi ? répéta Stern d'un air stupéfait. Ce qui a suivi, c'est le piège d'Ogilvie, le gaz, l'explosion.

— Désolé, tu te trompes, Daniel. Il y a eu une retraite, avant l'explosion. Souviens-toi, à partir du moment où Havelock s'est montré, jusqu'à cet instant sur le banc quand il a frappé Ogilvie, il n'y a pas eu de signe de violence physique, pas d'étalage d'armes. Ils parlaient, c'était une *conversation.* Puis les cigarettes... les allumettes. C'est beaucoup trop simple.

— Que veux-tu dire ?

— Mets-toi à la place de Havelock. Ta rancœur est

énorme, ta colère au point culminant et un homme que tu considères comme ton ennemi te demande du feu. Qu'est-ce que tu fais ?

— Ce n'est qu'une allumette.

— Exactement. Rien qu'une allumette. Mais tu es brûlant à l'intérieur, la tête nouée d'anxiété, ton état d'esprit complètement vicié. L'homme en face de toi représente la trahison extrême, ressentie personnellement, profondément. Ce sont des choses qu'un schizophrène paranoïaque ressent dans des moments comme ça, avec un homme comme ça en face de lui. Et cet homme, cet ennemi — même s'il a promis de te dire tout ce que tu veux entendre — il te demande du feu. Comment réagirais-tu ?

— Je lui en donnerais.

— *Comment ?*

— Eh bien... je... » Le chef de section s'interrompit, les yeux fixés à ceux de Miller. Puis il finit sa phrase, calmement.

« Je lui jetterais les allumettes.

— Ou tu lui dirais de laisser tomber ou d'aller se faire voir, ou tu continuerais simplement à parler. Mais je ne crois pas que tu prendrais tes allumettes dans ta poche et que tu avancerais vers lui pour les lui donner, comme si c'était une pause au beau milieu d'une discussion alors que c'est une interruption dans un moment extrêmement chargé d'anxiété personnelle. Non, je ne crois pas que tu ferais ça. Aucun de nous ne le ferait.

— On ne sait pas ce qu'Ogilvie lui a dit, objecta Stern. Il aurait pu...

— Cela n'a pratiquement pas d'importance, coupa le psychiatre. C'est le modèle, le satané "mode de comportement".

— Déduit de son geste avec les allumettes ?

— Oui, parce que c'est symptomatique. Pendant toute leur confrontation, à l'exception d'une seule explosion, il y a eu une remarquable absence d'agressivité de la part de Havelock. Si Brown est dans le vrai — et je suppose qu'il l'est dans les circonstances présentes — Havelock a exercé un contrôle extraordinaire... un comportement rationnel.

— Et qu'est-ce que ça t'apprend ? demanda Dawson en regardant Miller avec attention.

— Je n'en suis pas certain, dit le docteur en lui rendant son regard. Mais je sais que cela ne cadre pas avec le portrait de l'homme à qui nous étions convaincus d'avoir affaire. Pour inverser une formule : "Il y a trop de raison là-dedans, pas assez de folie."

— Même avec ses passages de la réalité au fantasme ? poursuivit Dawson.

— Cela n'est plus pertinent. Sa réalité est le produit de son expérience entière, de sa vie de tous les jours. Pas ses convictions. Elles sont plutôt basées sur ses émotions. Dans les conditions de ce rendez-vous, elles auraient dû apparaître en surface beaucoup plus largement, en distordant sa réalité, en le forçant à une attitude moins attentive, plus agressive. Des attitudes... Il écoutait trop.

— Tu sais ce que tu dis, n'est-ce pas, Paul ? dit l'avocat.

— Je sais ce que *j'implique,* en me fondant sur l'information que nous avons tous acceptée comme étant complètement pertinente... depuis le départ.

— L'homme qui était sur le Palatin ne correspond pas au portrait que nous en avions fait ? suggéra Dawson.

— *Pourrait* ne pas y correspondre. Pas d'absolus, seulement un jeu de devinettes à haut niveau. Il y a trop de rationalité dans ce qu'on m'a décrit. Cela ne cadre pas avec son portrait.

— Qui a été tracé à partir d'informations que nous considérions comme infaillibles depuis le départ... c'est-à-dire depuis la Costa Brava.

— Exactement. Mais supposons que ces informations ne soient pas infaillibles ?

— Impossible, s'exclama le directeur des opérations consulaires. Il n'y avait pas de marge d'erreur. Cette information a été analysée cent fois. Jenna Karras *appartenait* au K.G.B. Elle est *morte* sur la Costa Brava.

— C'est ce que nous avons admis, dit le psychiatre. Et j'espère sacrément que c'est vrai et que mon jeu de devinettes est inutile parce que basé sur une scène mal décrite. Mais sinon, s'il y a la moindre possibilité pour que nous n'ayons pas affaire à un psychopathe mais à un homme qui dit la vérité parce que *c'est* la vérité, alors nous nous trouvons face à un problème que je n'ose même pas envisager. »

Les trois hommes restèrent soudain silencieux chacun envisageant l'énormité de ce que cela impliquait. Enfin Dawson parla.

« Nous devons y penser, dit-il.

— Ce n'est même pas la peine d'y songer, coupa Stern. Il y a eu la confirmation de MacKenzie. Les vêtements déchirés et tachés de sang. Ils lui *appartenaient*. Et le groupe sanguin, A négatif. C'était bien le sien. Son sang à *elle* !

— Et Steven MacKenzie est mort d'une attaque cardiaque trois semaines plus tard, reprit Miller. Il n'y a rien d'étrange là-dedans...

— Allons, Paul, objecta Stern. Le docteur qui l'a examiné est un des toubibs les plus éminents de la côte Est. Comment s'appelle-t-il déjà ?... Randolph. Matthew Randolph. Johns Hopkins, clinique Mayo, hôpital général du Massachusetts, hôpital du Mont Sinaï à New York, et une clinique à lui en plus. Il a été interrogé d'une manière approfondie.

— J'aimerais lui parler à nouveau.

— Et je te rappelle, pressa le directeur des opérations consulaires, que MacKenzie avait le meilleur dossier jamais sorti de la C.I.A. Ce que tu suggères est inconcevable.

— Le cheval de Troie l'était aussi », dit l'avocat. Il se tourna vers Miller qui avait ôté ses lunettes. « Un jeu de devinettes à haut niveau, Paul. Allons-y à fond, alors, il y a matière à ça. Que penses-tu qu'il va faire maintenant ?

— Je vais te dire ce qu'il ne fera pas... Il ne se rendra pas, et on ne peut l'avoir, avec aucun truc, aucune promesse, parce qu'il comprend — rationnellement — que quoi qu'il arrive, quoi qu'il se soit passé, nous sommes, soit un élément du tout, soit complètement ignorants de ce qui se passe en réalité, soit incapables de contrôler quoi que ce soit. Il vient de subir une attaque. Il va ériger toutes les défenses qu'il a acquises en seize ans. Et à partir de maintenant il sera sans pitié parce qu'il a *été trahi*. Par des hommes qu'il ne peut pas supporter de voir à des endroits où ils ne devraient pas être. » Le psychiatre regarda Stern. « Voilà ta réponse, Daniel... Il est vraiment de retour à jadis, au temps des mitrailleuses, de Lidice, des trahisons. Il court dans les rues en se demandant qui, dans la foule, sera son exécuteur. »

Un léger bourdonnement retentit, venu du téléphone rouge sur la petite table. Stern décrocha, regardant toujours Miller.

« Oui ? »

Trente secondes de silence suivirent, interrompues seulement par des hochements de tête de Stern qui absorbait les informations qu'on lui donnait en regardant les notes du psychiatre. « Restez en ligne », finit-il par dire. Puis il appuya sur le bouton du téléphone et regarda les deux stratèges.

« C'est Rome. Ils ont trouvé un homme à Civitavecchia. Le nom d'un bateau. C'est *peut-être* la fille. Ou une actrice soviétique, un sosie. C'est entièrement possible. C'était la théorie de Brown et il s'y accroche toujours... l'ordre premier est toujours valable. Prendre Havelock vivant. Pas de dispatch. Ne pas le considérer comme au-delà de toute récupération... Maintenant je dois vous poser une question — sachant que rien n'est absolu, bien sûr.

— C'est le seul absolu, dit le psychiatre.

— Nous avons agi en supposant que nous avions affaire à un déséquilibré, à quelqu'un dont la paranoïa peut l'amener à déposer des documents devant être ouverts par des tiers selon ses instructions. Exact ?

— En gros, oui. C'est une sorte de manipulation qu'un esprit schizophrène envisagerait, tirant satisfaction autant de sa vengeance que de la menace que cela représente. Souvenons-nous que les tierces personnes en question seraient sans doute des éléments indésirables. Des gens respectables refuseraient d'entrer dans son jeu, et il le sait. C'est un jeu compulsif et involontaire. Il ne peut pas vraiment gagner. Il ne peut que chercher à se venger, et c'est là qu'est le danger.

— Est-ce qu'un type ayant toute sa santé mentale jouerait un jeu pareil ? »

Le psychiatre s'arrêta, tapotant ses lunettes du bout des doigts. « Pas de cette façon.

— Comment cela ?

— Tu le ferais, toi ?

— *S'il te plaît,* Paul !

— Non, je suis très sérieux. La menace t'intéresserait plus que la vengeance. Tu veux quelque chose. La vengeance est peut-être au bout de la route, mais ce n'est pas ce que tu as tout d'abord à l'esprit. Tu veux des réponses. Les menaces peuvent te les apporter, mais révéler des informations secrètes détruit ton intention.

— Que ferait un homme sensé ?

— Il avertirait probablement ceux qu'il menace en leur annonçant le genre d'information qu'il va révéler. Puis il essaierait d'atteindre une tierce personne qualifiée — un éditeur, le rédacteur en chef d'un magazine, ou des hommes qui sont à la tête d'organisations qui résistent, en toute légitimité et au grand jour, au type de travail que nous faisons ici — et il s'arrangerait avec eux. Voilà ce que ferait un homme "sain d'esprit".

— Il n'y a aucune preuve que Havelock ait accompli aucune de ces démarches.

— Il s'est écoulé seulement trois jours depuis le Palatin. Il n'en a pas eu le temps. Ces choses prennent du temps.

— En admettant tes déductions à partir de la pochette d'allumettes. Son équilibre mental.

— Je pense, oui, et je m'en mords les doigts. C'est moi qui lui ai collé cette étiquette de cinglé — basée sur ce que nous savions — et maintenant je me demande s'il faut la lui ôter.

— Et si on l'enlève, nous acceptons la possibilité d'une attaque effectuée par un homme sain d'esprit. Comme tu le disais, il va être implacable, beaucoup plus dangereux que les manipulations d'un schizophrène.

— Oui, acquiesça le psychiatre. Un déséquilibré peut être désavoué, un maître chanteur contrecarré... Et, détail important, depuis la Costa Brava, personne n'a essayé de nous atteindre pour nous extorquer quoi que ce soit. Mais quelqu'un agissant selon son intérêt légitime, même mal dirigé, pourrait infliger des dégâts considérables.

— Nous coûter des réseaux, des informateurs, des sources, des années de travail — le directeur des opérations consulaires approcha la main du téléphone — et des vies humaines.

— Oui, *s'il* a toute sa tête, coupa Dawson vivement, brisant une fois de plus un silence pendant lequel il avait regardé ses associés. Si c'est bien la fille, ce qui présuppose un problème beaucoup plus profond, non ? Sa culpabilité, sa mort, tout est remis en question. Tout ce que des informations *infaillibles* qui ont été étudiées cent fois à tous les niveaux nous ont appris ressemble tout à coup à une erreur monumentale. Alors que nous ne devions pas nous tromper. Et c'est là, justement, que se trouvent les réponses que veut Havelock.

— Nous connaissons les questions, répliqua Stern, la main toujours posée sur l'interrupteur du téléphone, et nous ne pouvons pas lui donner les réponses. Nous ne pouvons que l'empêcher... d'infliger des dégâts considérables. »

Le directeur des opérations consulaires se tut un instant, les yeux sur le téléphone. « Quand chacun de nous est entré dans cette pièce, nous avons compris. La seule moralité ici est une moralité pragmatique, il n'existe aucune autre philosophie que notre propre sorte d'utilitarisme. Donner l'avantage au plus grand nombre... contre le moindre, contre l'individu.

— Si tu le mets au-delà de toute récupération, Daniel, dit l'avocat doucement, je ne peux pas te soutenir. Et pas d'un point de vue éthique, bien au contraire, d'un point de vue tout à fait pratique. »

Stern haussa les yeux. « Lequel ?

— Nous avons besoin de lui pour aborder l'autre problème, le problème le plus profond. S'il est sain d'esprit, il existe une approche que nous n'avons pas essayée, un moyen qu'il nous écoute peut-être. Comme tu le disais, nous avons agi comme s'il était déséquilibré, c'était la seule supposition raisonnable que nous pouvions faire. Mais s'il ne l'est pas, il peut sans doute écouter la vérité.

— Quelle vérité ?

— Que nous ne savons *rien.* Accordons-lui qu'il a effectivement vu Jenna Karras, qu'elle *est* vivante. Puis disons-lui que nous cherchons les réponses aussi intensément que lui. Peut-être même plus.

— En admettant que nous puissions lui faire passer ce message, supposons qu'il n'écoute *pas*, supposons qu'il exige seulement ces réponses que nous ne pouvons pas lui apporter et qu'il considère que tout le reste est un piège pour le prendre. Ou pour l'éliminer. Alors ? Nous avons les dossiers de la Costa Brava. Ils contiennent les noms de toutes les personnes impliquées. A quoi peut-il *réellement* nous servir ? D'un autre côté nous savons quels dégâts il peut causer, la panique qu'il peut créer, les vies que cela peut coûter.

— La victime devient le méchant, ironisa Miller. Bon Dieu !

— Prenons nos problèmes dans l'ordre d'arrivée et dans l'ordre de priorité, dit Stern. Et selon moi, il existe deux crises séparées. Reliées, mais séparées maintenant. Nous nous occupons de la première. Que pouvons-nous faire d'autre ?

— Nous pouvons admettre que nous sommes complètement ignorants, répondit Dawson en criant presque.

— Tous les efforts seront faits pour se conformer à l'ordre premier, c'est-à-dire de le prendre vivant. Mais il faut leur donner le choix.

— Leur donner le choix, c'est leur dire que c'est un traître. Ils s'en serviront à la plus infime provocation. Ils le tueront. Je le répète, je ne suis pas d'accord, je ne peux pas te soutenir. »

Le directeur regarda longuement l'avocat, son visage, la chair profondément creusée sous les yeux fatigués, les yeux eux-mêmes emplis de doute. « Si nous sommes si peu d'accord, alors il est temps, dit-il avec réticence.

— Temps de quoi ? demanda Miller.

— De passer le dossier au bureau de Matthias. Ils peuvent joindre le vieil homme ou pas, sachant que le temps nous est compté. Je vais aller les voir moi-même et leur résumer toute l'histoire. »

Stern appuya sur le bouton du téléphone. « Rome ? Désolé de vous faire attendre, mais je crois que ça va être encore plus long que ça. Gardez le bateau sous surveillance aérienne et envoyez vos hommes au col des Moulinets, leur fréquence radio en alerte pour instructions. S'ils n'ont pas reçu leurs ordres au moment où ils débarqueront, ils devront vous appeler toutes les quinze minutes. Vous restez sur cette ligne et vous la bloquez — vous seul pouvez vous en servir. Nous vous rappellerons dès que nous pourrons, moi ou quelqu'un d'en haut. Si ce n'est pas moi, le code sera... "Ambiguïté". Vous avez compris ? "Ambiguïté". C'est tout pour l'instant, Rome. » Le directeur des opérations consulaires reposa le téléphone, appuya sur le bouton et se leva. « Je déteste vraiment faire ce genre de chose... dans un moment pareil, dit-il. Nous sommes censés être le bouclier aux mille yeux, qui voit tout, qui sait tout. Les autres peuvent tirer des plans, d'autres les exécuter, mais nous, nous sommes ceux qui donnent le feu vert. Toutes ces saletés de décisions sont censées être prises ici, dans ce bureau, c'est notre *fonction*, merde !

— On a déjà eu besoin d'aide, lui rappela le psychiatre.

— Seulement sur des questions tactiques auxquelles Ogilvie ne pouvait pas répondre, jamais sur des questions d'évaluation. Jamais pour un truc comme ça !

— Dan, on a hérité cette affaire de la Costa Brava. On ne l'a pas causée, dit Dawson.

— Je sais, répondit Stern en allant vers la porte. Je suppose que c'est une consolation.

— Tu veux qu'on vienne avec toi ? demanda Miller.

— Non, je leur présenterai sans parti pris.

— J'en ai jamais douté, dit l'avocat.

— On court contre la montre, à Rome, poursuivit le directeur. Moins nous serons, moins ils poseront de questions. Cela se réduit à une seule question, de toute façon. Fou ou pas fou. "Au-delà de toute récupération", ou pas... »

Stern ouvrit la porte et partit. Les deux stratèges le regardaient ; un vague soulagement apparut sur leurs visages.

« Est-ce que tu te rends compte, dit Miller en tournant sur sa chaise, que pour la première fois en trois ans la phrase "je ne peux pas te soutenir" a été prononcée ? Pas "je ne pense pas que", ni "je ne suis pas d'accord", mais "je ne peux pas te soutenir".

— Je ne pouvais pas, dit Dawson. Daniel est un statisticien. Il voit des nombres, des fractions, des équations, des totaux. Dieu sait s'il est brillant. Il a sauvé des centaines de vie avec ces statistiques. Mais je suis avocat. Je vois les complications, les ramifications. Les groupes d'une première partie se tournant vers des groupes de la partie adverse. Des procureurs embourbés parce qu'un point de droit leur interdit de relier un morceau de preuve à un autre morceau de preuve alors que cela devrait être autorisé. Des criminels outrés par une légère modification d'un témoignage alors que la seule chose insupportable est leur crime. J'en ai vu de toutes les couleurs, Paul, et il y a des moments où les chiffres n'apportent rien, où on trouve sa chance dans des choses qu'on n'a pas perçues sur le moment.

— C'est étrange, n'est-ce pas ? Je veux dire les différences entre nous. Daniel voit des chiffres, tu vois des complications et je vois... des possibilités entières fondées sur un grain de poussière.

— Une pochette d'allumettes ?

— Oui. » Le psychiatre regarda l'avocat dans les yeux. « Je crois à cette histoire d'allumettes. Je crois à ce qu'elle implique.

— Moi également. Au moins à la possibilité qu'elle représente. C'est la complication que j'entrevois. S'il existe une possibilité que Havelock soit sain d'esprit alors tout ce qu'il dit est vrai. La fille — preuve falsifiée au plus profond de nos laboratoires — est vivante et en fuite. Rostov était bien à Athènes — et n'a pas pris Havelock pour des raisons inconnues —, et il y a une taupe soviétique au niveau du code 1600... Complications, docteur. Nous avons besoin de Michael Havelock pour nous sortir de cette mélasse. Si tout cela est vrai — c'est terrifiant. »

Dawson se leva brusquement. « Il faut que je retourne au bureau. Je laisserai un message à Stern. Il aura peut-être envie de venir discuter. Et toi ?

— Quoi ? Oh, non merci, répondit Miller, préoccupé. J'ai une séance à cinq heures et demie à Bethseda, un Marine de Téhéran. »

Le psychiatre resta silencieux, pensif, puis, en regardant Dawson, il dit d'une voix profonde : « C'est *vraiment* terrifiant, hein ?

— Oui, Paul, vraiment.

— Nous avons pris la bonne décision. Personne dans la section de Matthias ne mettra Havelock "audelà de toute récupération".

— Je sais. Je comptais là-dessus. »

Le directeur des opérations consulaires sortit du bureau du cinquième étage, section L, du Département d'État, ferma calmement la porte derrière lui, fermant ainsi la partie de son esprit consacrée au problème. Les responsabilités étaient partagées maintenant. L'homme avec qui il les avait partagées — l'homme qui joindrait Rome en utilisant le mot de code « Ambiguïté » et rendrait son jugement — avait été choisi avec soin. C'était l'un des proches d'Anthony Matthias, quelqu'un en qui le Secrétaire d'État avait toute confiance. Il envisagerait toutes les options avant de prendre sa décision... et sans aucun doute pas seul.

L'issue était aussi claire que possible, ce qui signifiait : au-delà de toute récupération possible. Si Havelock était sain d'esprit et disait la vérité, il était capable de causer des dommages irréparables parce qu'il avait été trahi. Et si c'était le cas, il y avait trahison ici, à Washington dans des endroits inconcevables — crises reliées mais séparées. Devait-on mettre Havelock au-delà de toute récupération immédiatement, sa mort l'empêchant de causer des dégâts considérables à tous les services de renseignements en Europe ? Ou bien devait-on retarder l'ordre de son exécution dans l'espoir que quelque chose se produirait qui réconcilierait un homme qui était une victime innocente avec ceux qui ne le trahissaient pas ?

Au col des Moulinets le seul moyen était de trouver la femme, et si c'était bien Jenna Karras, de l'amener à Havelock, tout le monde se retrouvant ensemble pour affronter la deuxième crise, potentiellement encore plus grave, ici, à Washington. Mais si ce n'était pas Jenna Karras, si c'était un agent soviétique, si elle n'existait que comme une poupée créée pour mener un homme à moitié fou à la trahison, alors, que faire ? Ou encore, si elle était vivante et qu'ils ne puissent pas l'attraper, est-ce que Havelock écouterait ? Est-ce que Mikhaïl Havlicek, victime, survivant de Lidice et de la Prague soviétique, écouterait ? Ou bien verrait-il une trahison là où il n'y en avait pas, et trahirait-il à son tour pour se défendre ? Le délai pouvait-il se justifier ? Dieu sait que rien ne justifiait les réseaux démantelés ni les agents se retrouvant prisonniers à la Lubyanka. Et si telle était l'issue, la probabilité, un homme devrait mourir parce qu'il avait raison.

La seule moralité est une réalité pragmatique, pas de

philosophie autre que notre propre type d'utilitarisme. L'avantage des plus nombreux... sur les moins nombreux, sur l'individu.

C'était la vraie réponse, les statistiques le prouvaient. Mais c'était le domaine intérieur d'Anthony Matthias, son territoire réservé. Verraient-ils les choses de cette façon ?... Selon toute probabilité, non, Stern venait de s'en rendre compte. La peur allait paralyser l'homme à qui il avait parlé pour joindre Matthias, et le révéré Secrétaire d'État retarderait les choses.

Et une partie de Daniel Stern — pas le professionnel, mais la personne à l'intérieur — approuvait. Un homme ne devrait pas mourir parce qu'il avait raison, parce qu'il n'était pas fou. Pourtant il avait fait de son mieux, professionnellement, pour rendre les options claires, pour justifier cette mort si on en arrivait là. Et il avait eu de la chance, dans un sens. Telles étaient les pensées de Stern en arrivant près du hall de réception. Il n'aurait pas pu soumettre leur problème à un type mieux. Arthur Pierce — comme beaucoup d'autres hommes entre deux âges mais jeunes dans le Département — était sous-secrétaire d'État, mais il était trois têtes au-dessus des autres. Il y avait encore une vingtaine de personnes au cinquième étage quand Stern atteignit la section L, mais le nom de Pierce lui vint immédiatement à l'esprit. Pour commencer, Pierce n'était pas à Washington tous les jours. Il était attaché aux Nations unies à New York, comme chef de liaison entre l'ambassadeur et le Département d'État, poste créé par Anthony Matthias qui savait ce qu'il faisait. Si on lui laissait le temps, Arthur Pierce deviendrait ambassadeur auprès des Nations unies et cet homme de valeur, cet homme intègre serait récompensé non seulement pour sa vive intelligence, mais aussi pour son intégrité.

Et Dieu sait qu'on avait besoin d'intégrité... Plus que jamais... Vraiment ? songea Stern, très étonné d'une telle question, la main posée sur le bouton de la porte du hall de réception. *Il n'y a de moralité que pragmatique...* Mais il y avait quelque chose d'intègre dans cette phrase si on considérait les centaines de victimes potentielles sur le terrain.

De toute façon le problème ne lui appartenait plus, considéra le directeur des opérations consulaires en ouvrant la porte. La détermination d'« Ambiguïté » reposait sur la conscience de Pierce, maintenant. Le brillant, le calme, le compréhensif Arthur Pierce, — la personne la plus proche de Matthias à part Mikhaïl Havlicek — pèserait tous les aspects de la question, puis en poserait de nouvelles. La décision serait prise en comité, si elle devait être prise. Ils étaient « Ambiguïté » maintenant.

« Monsieur Stern ? appela la réceptionniste au moment où il passait devant elle.

— Oui ?

— Message pour vous, monsieur. »

Daniel. Je serai à mon bureau pendant un moment. Si tu t'en sens l'envie, viens boire un verre. Après, je te reconduirai chez toi, trouillard.

Dawson n'avait pas signé, mais ce n'était pas nécessaire. Cet avocat alerte et souvent circonspect semblait toujours savoir quand le temps d'une discussion tranquille était venu. C'était son côté le plus chaleureux. Ces deux hommes froids et analytiques avaient souvent besoin du côté rarement entr'aperçu de la personnalité de l'autre. L'offre humoristique de le ramener chez lui faisait allusion au dégoût de Stern pour les embouteillages de Washington. Il prenait des taxis tout le temps, au grand dam du personnel chargé de sa sécurité. Eh bien, quelle que soit l'équipe qui le surveillait en ce moment, elle pourrait faire une pause et le rejoindre chez lui plus tard en Virginie. Les gardiens de Dawson leur serviraient à tous deux jusqu'à ce moment-là.

Ogilvie avait eu raison, toute cette histoire était démente, un relent des jours d'Angleton à Langley. Stern regarda sa montre. Il était sept heures vingt, mais il savait que l'avocat serait encore à son bureau, attendant leur conversation.

Ils parlèrent environ une heure avant de descendre prendre la voiture de Dawson, analysant et analysant encore les événements de la Costa Brava, se rendant compte qu'il n'existait aucune explication, aucune réponse à portée de la main. Ils avaient tous deux téléphoné à leurs femmes. Elles étaient toutes deux habituées aux horaires interminables exigés par l'État et prétendaient comprendre. Elles mentaient, bien sûr, et leurs deux maris comprenaient. Les régions clandestines du gouvernement brisaient trop de mariages, exerçaient trop de pression sur les couples. Mais tout cela s'arrêterait un jour. De l'autre côté du Potomac existait un monde beaucoup plus sain que celui que ces deux hommes avaient connu pendant trop d'années.

« Pierce va aller voir Matthias et Matthias refusera de l'envisager, tu le sais, n'est-ce pas ? » dit Dawson en quittant l'autoroute encombrée pour s'engager sur la petite route dans la campagne virginienne. Il passa devant des panneaux lumineux qui annonçaient *Travaux, Ralentir.*

« Il va exiger qu'on révise entièrement le dossier.

— Mon entretien avec Pierce était en tête à tête », répliqua Stern en regardant dans le rétroviseur extérieur, attendant de voir apparaître les phares de leurs gardiens. Les chiens de garde restaient en laisse. « Malgré mes hésitations, je suis resté ferme. Chacune des deux décisions a ses avantages et ses inconvénients. Quand il en parlera à son comité, il se peut qu'ils décident d'éviter d'en parler à Matthias pour des raisons de temps. Je l'ai souligné. Dans moins de trois heures nos hommes seront au col des Moulinets. Havelock également. Il faut qu'ils sachent comment procéder.

— Quoi qu'ils décident, ils essaieront d'abord de le prendre vivant.

— C'est primordial. Personne ici n'a l'intention d'agir autrement. » Stern regarda l'avocat à travers les ombres saccadées. « Mais je ne me fais pas d'illusions, tu avais raison. Si on en arrive à la procédure d'"au-delà de toute récupération", Havelock est un homme mort. C'est le droit de tuer quelqu'un qui peut vous tuer.

— Pas nécessairement. J'ai peut-être un peu exagéré ma réaction. Si l'ordre est clair — il se pourrait que je me trompe.

— Tu te trompes déjà, j'en ai peur. Tu crois sincèrement que Havelock va leur laisser le choix ? Il s'en est sorti, à Rome. Il va utiliser tous les trucs qu'il connaît, et Dieu sait s'il en connaît. Personne ne réussira à l'approcher d'assez près pour le prendre. Mais l'avoir à portée de fusil, ça c'est une autre histoire. C'est déjà plus facile à réaliser.

— Je ne suis pas vraiment d'accord.

— C'est mieux que de ne pas me soutenir.

— C'est plus facile, dit Dawson avec un bref sourire. Mais Havelock ne sait pas qu'on a retrouvé le type de Civitavecchia. Il ne sait pas que nos hommes l'attendent au col des Moulinets.

— Il doit s'en douter. Il a expliqué à Brown comment Jenna Karras s'en était sortie. Il doit s'attendre à ce qu'on suive. Concentrés sur elle, bien sûr. Si c'est bien Jenna Karras, alors elle est la réponse à toutes les questions. Et alors, *avec* Havelock nous pourrons nous occuper de tout ce bordel ici et j'espère de tout mon cœur que ça va se passer comme ça. Mais cela m'étonnerait.

— Et sinon, il ne nous reste plus que l'image d'un homme pris dans le collimateur d'un fusil à lunette, dit Dawson d'une voix légèrement plus aiguë, en accélérant sur la petite route. Si c'est bien Jenna Karras, il nous faut absolument la trouver.

— Peu importe qui c'est, ils vont faire le maximum », répondit Stern les yeux braqués sur le rétroviseur extérieur. Pas de phares. « C'est bizarre, les chiens de garde ne suivent pas, ou bien tu les as semés.

— Il y avait pas mal d'embouteillages sur l'autoroute. S'ils sont tombés dans la mauvaise file, ils doivent se ronger les sangs d'impatience. C'est vendredi, tout le monde part à la campagne. Il y a des soirs où je comprends pourquoi tu ne conduis pas.

— Quelle équipe de protection était-ce, d'ailleurs, ce soir ? »

La question n'eut jamais de réponse.

Un cri explosa dans la gorge de l'avocat quand l'impact assourdissant éclata le pare-brise en un millier de fragments acérés crevant la chair et les yeux, ouvrant veines et artères. Le métal hurla, froissé par du métal, tordu, cassé, déchiré, écrasé. Le côté gauche de la voiture se souleva, balançant les corps dans un puits de gravier rouge en contrebas.

L'énorme monstre d'acier jaune et noir, ses couleurs brillant dans la lumière de son unique phare, vibrait dans d'incessants grondements de tonnerre. Les dents géantes de ses chenilles roulaient sur ses roues monstrueuses, le poussaient en avant sans rémission. Cette énorme machine faite pour niveler des montagnes poussait la voiture en avant maintenant, l'écrasant et la sortant de la route en travaux... jusqu'au bord de la pente. Et la voiture dégringola, son réservoir explosa, calcinant les deux corps, au fond du ravin.

Puis la machine jaune et noir releva son énorme pelle mécanique comme en un geste de triomphe, recula en faisant grincer ses énormes roues en un cri aigu — celui d'un animal hurlant sa victoire. Et, mouvements sporadiques mais délibérés, elle battit en retraite de l'autre côté de la route, regagna sa cachette découpée dans le bois.

En haut, dans sa cabine obscure, le conducteur invisible coupa l'énorme moteur et sortit un walkie-talkie.

« "Ambiguïté" terminée, dit-il.

— Barre-toi de là », fut la réponse.

La longue limousine grise sortit de l'autoroute en rugissant et s'engagea dans la petite route de campagne. Comme ses plaques l'indiquaient, ce véhicule était enregistré dans l'État de Caroline du Nord, mais un inquisiteur soupçonneux aurait pu apprendre que l'habitant de Raleigh, qui en était le propriétaire, était en réalité un des vingt-quatre hommes en poste à Washington D.C. C'était une équipe, chaque membre étant nanti d'une expérience intense dans la police militaire et le contre-espionnage. Ils étaient assignés au Département d'État. La voiture elle-même, qui fonçait maintenant sur la petite route, faisait partie d'un groupe de douze. Elles étaient également assignées au Département d'État, Division des opérations consulaires.

« Fais-moi un rapport pour la compagnie d'assurances de Raleigh, dit l'homme assis à côté du chauffeur, parlant dans un micro attaché à la grosse console radio sous le tableau de bord. Un crétin nous a fait une queue de poisson et on est rentrés dans un type du New Jersey. Notre voiture n'a rien, bien sûr, mais le mec n'a plus de coffre. On voulait s'en tirer le plus vite possible, alors on lui a dit...

— *Graham !* hurla le chauffeur.

— Quoi ?

— Devant ! le feu !

— Bon Dieu ! *avance !* »

La grosse limousine grise fit un bond en avant, son puissant moteur résonnant dans la campagne déserte. Neuf secondes plus tard, elle atteignit le bord du ravin qui jouxtait la route, ses pneus crissèrent, elle s'arrêta. Les deux hommes sortirent en courant et se retrouvèrent au bord, les mains devant les yeux, exposés à la chaleur intense du feu en contrebas.

« Oh, mon Dieu ! cria le chauffeur. C'est la voiture de Dawson ! peut-être qu'on pourrait...

— *Non !* » cria Graham en empêchant son collègue de descendre le flanc du ravin.

Puis son regard tomba sur l'énorme bulldozer jaune et noir, immobile dans la trouée au bord de la route.

« Miller ! Où est *Miller* ?

— Bethesda Hospital, je crois...

— Faut le trouver ! ordonna Graham en courant pour regagner leur voiture.

— Appelle Bethesda ! qu'ils l'interceptent ! »

L'infirmière-chef au bureau de la réception du sixième étage de l'hôpital Bethesda ne voulait rien savoir. Et elle n'appréciait pas non plus le ton agressif de l'homme qui hurlait au téléphone. C'était un mauvais début et ses cris n'arrangeaient rien.

« Je vous répète que le Dr Miller est en séance et ne peut pas être dérangé.

— Vous me l'amenez au téléphone immédiatement ! Ceci est une urgence quatre zéro, Département d'État opérations consulaires. Ceci est un ordre direct passé et codé par le standard du Département d'État. Confirmez s'il vous plaît.

— Confirmé, dit une troisième voix, platement. Ici l'opérateur Un-sept — Département d'État, pour votre registre.

— Très bien, opérateur Un-sept, et soyez certain que nous allons vérifier. » L'infirmière écrasa du doigt le bouton d'attente, coupant court à toute conversation possible, et se leva. En passant devant son bureau elle songeait que c'étaient des types hystériques comme ça, ces soi-disant agents spéciaux des opérations consulaires, qui faisaient se remplir les secteurs psychiatriques. Elle traversa le corridor blanc vers la rangée de salles de thérapie. Ils hurlaient à l'urgence pour la moindre broutille essayant toujours d'impressionner tout le monde avec leur prétendue autorité. Ce serait bien fait pour eux si le docteur refusait de répondre. Mais il ne refuserait pas ; l'infirmière le savait. L'esprit brillant du Dr Miller n'avait jamais effacé sa gentillesse naturelle. S'il avait un défaut, c'était précisément cette générosité excessive. Il devait être au numéro vingt. Elle s'approcha, remarquant la lumière rouge qui indiquait « ne pas déranger ». Elle appuya sur le bouton de l'interphone.

« Docteur Miller, désolée de vous interrompre mais il y a quelqu'un du Département d'État au téléphone. Il dit que c'est urgent. »

Il n'y eut pas de réponse. Peut-être l'interphone était-il en panne. L'infirmière-chef appuya à nouveau sur le bouton, plus fort et haussant la voix.

« Docteur Miller ? Je sais que c'est très ennuyeux, mais il y a quelqu'un du Département d'État qui veut vous parler. Il insiste et le standard a confirmé l'authenticité de l'appel. »

Rien. Silence. Aucun mouvement du bouton de porte, aucun signe que sa voix ait été entendue. Selon toute évidence le docteur ne pouvait pas l'entendre. L'interphone ne fonctionnait pas. Elle frappa à la porte.

« Docteur Miller ? Docteur Miller ? Docteur *Miller* ? »

Pourtant il n'était pas sourd. Qu'est-ce qu'il *faisait* ? Son patient était un Marine, un des otages ramenés de Téhéran. Pas violent, plutôt trop passif en fait. Une sorte de régression... L'infirmière avança la main et tourna le bouton de porte, ouvrit et entra dans la chambre de thérapie numéro vingt.

Elle se mit à hurler sans pouvoir s'arrêter.

Accroupi, tassé dans un coin, tremblant, le jeune Marine dans sa robe de chambre fournie par l'hôpital. Il fixait la forme étalée sur une chaise de l'autre côté de la lampe posée sur le bureau. Les yeux du Dr Paul Miller étaient ouverts... Grands ouverts, ternes, morts. Au centre de son front, un trou, une unique balle. Et du sang s'écoulait, roulait sur son visage et dans le col de sa chemise blanche.

A Rome, l'homme regardait sa montre. Il était quatre heures quinze du matin, ses hommes étaient en place au col des Moulinets, et il n'avait toujours pas reçu de message de Washington. La seule autre personne dans la salle du chiffre était l'opérateur radio, anéanti par l'ennui, vérifiant ses cadrans d'un air absent, écoutant d'une oreille distraite quelques vagues appels de bateaux en Méditerranée. De temps à autre il feuilletait un magazine italien, lisant à voix basse les phrases de ce qui était devenu sa troisième langue, la radio étant la seconde.

La lumière du téléphone précéda son buzz. L'homme décrocha.

« Rome, dit-il.
— Rome, ici “Ambiguïté” — la voix était claire, assurée — ce nom me donne toute autorité en ce qui concerne tous les ordres à transmettre à votre unité au col des Moulinets. Je crois que le directeur des opérations consulaires a été clair ?
— Très clair, monsieur.
— Nous sommes totalement brouillés ?
— Totalement.
— Pas d'enregistrement, ni de rapport. Compris ?
— Compris. Quelles sont vos instructions ?
— “Au-delà de toute récupération”. Complètement.
— C'est tout ?
— Pas encore. Attendez.
— Quoi ?
— Éclaircissement. Vous n'êtes pas entré en contact avec le cargo, n'est-ce pas ?
— Bien sûr que non. Surveillance aérienne jusqu'à la nuit tombée, puis surveillance côtière.
— Bien. Elle sera débarquée quelque part près de San Remo, je crois.
— Nous sommes prêts.
— Le Corse est aux commandes là-bas ? demanda la voix de Washington.
— C'est celui qui est monté à bord il y a trois jours ?
— Oui.
— Bon, alors c'est ça. C'est lui qui a rassemblé l'équipe et je dois dire qu'on lui doit beaucoup. Les parasites ont disparu.
— Bien.
— Parlant d'éclaircissement, je pense que les ordres du colonel tiennent toujours. Nous ramenons la fille vivante ?
— Négatif. Qui qu'elle soit, ce n'est pas Jenna Karras. Elle a été tuée sur la Costa Brava, nous le savons.
— Alors qu'est-ce qu'on fait ?
— Que Moscou la récupère. C'est un poison soviétique, un leurre pour rendre notre cible cinglée et ça a marché. Il a déjà trop parlé. Il est...

— "Au-delà de la récupération", enchaîna Rome.
— Sortez-la simplement de là. Nous ne voulons pas qu'on puisse retrouver notre trace. Il ne doit pas y avoir de spéculations ni de questions supplémentaires sur cette histoire de Costa Brava. Le Corse saura quoi faire.
— Je dois vous dire que je ne suis pas certain de bien comprendre.
— Vous n'avez pas à comprendre. Nous voulons seulement des preuves de son dispatch, de sa mort.
— Vous les aurez. Notre homme est là-haut celui qui a "les yeux".
— Passez une bonne journée, Rome. Une journée sans erreurs.
— Sans erreurs, sans enregistrement, sans traces.
— Out », dit la voix connue seulement sous le nom d'« Ambiguïté ».

Derrière le bureau, la silhouette de l'homme se détachait contre la fenêtre dominant les pelouses du Département d'État. Seules les lumières diffuses de réverbères lointains pénétraient dans la pièce obscure. Il se tenait face à la fenêtre, le téléphone collé aux lèvres. Puis il pivota sur sa chaise, ses traits dans l'ombre, et replaça le téléphone sur le bureau. Il appuya sa tête sur les doigts de ses deux mains, coudes sur la table, les curieuses mèches blanches qui parsemaient ses cheveux pris dans la faible lumière.

Le sous-secrétaire d'État, Arthur Pierce, né Nicholas Petrovitch Malyekov dans le village de Ramenskoye, au sud-est de Moscou et élevé dans une ferme de l'État d'Iowa, inspira profondément, d'une manière calculée, pour imposer le calme à son corps comme il avait appris à le faire durant toutes ces années à chaque fois qu'une crise appelait des décisions rapides, dangereuses. Il connaissait parfaitement les conséquences de l'échec. Ceci bien sûr faisait leur force : ils n'avaient pas peur de l'échec. Ils comprenaient que les grands desseins de l'Histoire exigeaient de prendre les plus grands risques. L'Histoire elle-même était façonnée par la bravoure de l'individu et l'action collective. Ceux qui paniquaient à la pensée de l'échec possible, qui n'agissaient pas avec clarté et détermination quand les crises survenaient méritaient les limites dans lesquelles leur peur les tenait.

Il y avait eu une autre décision à prendre, une décision dont chaque partie était aussi dangereuse que celle qu'il avait transmise à Rome, mais il n'existait aucun moyen de l'éviter. Les stratèges des opérations consulaires avaient rouvert le dossier des événements de la Costa Brava. Ils avaient épluché une par une des couches de mensonge, de tromperie, de faux dont ils ne savaient *rien* ! Il fallait que tout ceci soit enterré... Il fallait qu'ils soient enterrés. A n'importe quel prix. La Costa Brava devait être enfouie à nouveau dans un océan de mensonges, rester une simple déception oubliée, obscure. Dans quelques heures un message viendrait du col des Moulinets : *L'ordre a été exécuté. Autorisation : Code « Ambiguïté » — établie et clarifiée par D.S. Stern, directeur des opérations consulaires.*

Mais seuls les stratèges savaient avec qui Stern était venu discuter de son dilemme... ambigu... En fait, Stern lui-même n'avait pas su qui il consulterait avant d'émerger au cinquième étage et d'étudier la brochette de personnel spécialisé qui encombrait l'étage. Il le lui avait dit clairement. Cela n'avait plus d'importance, songea Arthur Pierce en regardant à travers le bureau obscur la photographie encadrée d'Anthony Matthias sur le mur. Tout bien considéré, il aurait été impensable qu'il ne soit pas consulté sur cette crise. Il était simplement plus pratique pour lui d'avoir été dans son bureau quand Stern et les autres stratèges avaient pris la décision de porter ce problème insoluble au cinquième étage. S'il n'avait pas été à l'étage, on l'aurait joint, on aurait cherché son conseil. Mais le résultat aurait été identique : « au-delà de toute récupération. » Seule la méthode aurait été différente : un consensus accepté par un comité sans visage. Tout avait marché pour le mieux. Les deux heures qui venaient de passer avaient été orchestrées proprement. L'échec avait été envisagé, mais n'était pas entré en ligne de compte. Il était hors de question qu'il échoue. Les stratèges étaient morts, tous les liens menant au nom de code « Ambiguïté » oblitérés.

Il leur faudrait du temps ! des jours, des semaines, des mois ! Il faudrait qu'ils le trouvent ! qu'ils retrouvent l'homme qui avait accompli l'impossible... avec *leur aide !* Ils finiraient par le trouver, parce qu'il laissait un sillage de peur — non pas de peur, de *terreur* — et qu'ils suivraient sa trace. Mais quand ils le trouveraient ce ne seraient pas les petits enfants qui hériteraient de la terre. Ce serait la *Voennaya.*

Il restait si peu d'entre eux de ce côté-ci de la planète. Si peu, mais ils étaient si forts... et ils détenaient la *vérité.* Ils avaient tout vu, tout vécu. Les mensonges, la corruption, la pourriture au cœur du pouvoir. Ils en avaient fait partie pour une cause plus grande. Ils n'avaient pas oublié qui ils étaient ou ce qu'ils étaient. Ou *pourquoi* ils existaient. Ils étaient les voyageurs, et il n'y avait pas d'appellation plus noble, le concept étant basé sur la réalité, pas sur un quelconque romantisme. Ils étaient les hommes et les femmes du monde nouveau et l'ancien monde avait désespérément besoin d'eux. Ils n'étaient pas nombreux — moins d'une centaine, impliqués au-delà de la vie, *au-delà* — mais c'étaient des unités extrêmement bien entraînées, préparées à réagir instantanément à toute opportunité donnée, à toute situation d'urgence. Ils tenaient des positions clefs, ils avaient les papiers qu'il fallait, les véhicules appropriés. La *Voennaya* était généreuse, et eux, en retour, étaient loyaux au corps d'élite du K.G.B.

La mort des stratèges avait été cruciale. Le vide qui en résulterait paralyserait les architectes de la Costa Brava, les réduisant au silence. Ils ne diraient rien. Un silence total. Car l'homme derrière ce bureau plongé dans l'obscurité n'avait pas menti à

Rome : il ne pouvait y avoir de spéculation ni d'enquête rouverte sur la Costa Brava. Pour aucun des deux camps.

L'ombre obscurcissant ses mouvements, Arthur Pierce, le *paminyatchik* le plus puissant dans le Département d'État, se leva et marcha silencieusement vers le fauteuil placé contre le mur loin de la lumière de la fenêtre. Il s'assit et allongea les jambes. Il resterait là jusqu'au matin, jusqu'à ce que la foule du personnel supérieur et inférieur commence à remplir le cinquième étage. Là il se mêlerait aux autres, signerait un papier oublié la veille, car on l'attendait à New York. Après tout, il était le conseiller principal de l'ambassadeur américain auprès des Nations unies. En essence, il était la voix principale du Département d'État sur l'East River. Bientôt il serait l'ambassadeur. Tels étaient les desseins d'Anthony Matthias. Tout le monde le savait. Et cela serait une étape de plus, et de taille, dans son extraordinaire carrière.

Soudain Malyekov-Pierce sursauta, bondit de son fauteuil. Il restait un coup de fil à donner à Rome, un dernier coup de téléphone, une dernière voix à faire taire. Un homme dans une salle de transmission qui avait répondu à un téléphone maintenant inexistant et reçu un message qui n'avait pas été enregistré, un message oublié.

11

« Elle n'est pas à bord, je vous le jure ! » protesta le capitaine du cargo *Santa Teresa,* harassé. Il était assis devant sa table dans la petite cabine derrière la timonerie. « Fouillez si vous voulez, *signore.* Personne ne vous en empêchera. Nous l'avons débarquée il y a trois heures... Trois heures et demie. *Madre di Dio !* quelle folie !

— Comment ? où ? demanda Havelock, d'une voix qui faisait clairement comprendre qu'il n'avait pas besoin d'armes pour mener son interrogatoire.

— Comme pour vous. Un hors-bord est venu et nous a abordés à douze kilomètres au sud d'Arma di Taggia. Je vous le jure. Je ne savais *rien !* Je *tuerai* ce porc de Civitavecchia ! C'est juste une réfugiée politique des pays de l'Est, qu'il m'a dit... Une femme avec un peu d'argent et des amis en France. Il y en a tellement ces temps-ci. Où est la faute d'en aider une de plus ? »

Michael se pencha et ramassa sa carte périmée d'attaché consulaire au Département d'État américain et parla calmement, avec une touche de compréhension. Bien sûr qu'il n'y a pas de mal à ça.

— C'est vrai, *signore !* Pendant plus de trente ans j'ai traîné ma bosse dans ces eaux. Bientôt je vais quitter la mer avec un petit lopin de terre et un peu d'argent. Je ferai pousser mes vignes. Je n'ai jamais passé de *narcotici !* Jamais de *contrabbandi !* Mais des gens, oui, j'en ai passé. De temps en temps, et je n'en ai pas honte. Ceux qui fuient ces endroits et ces hommes dont vous et moi ne savons rien. Je vous le demande, où est la faute ?

— Dans le fait de commettre des erreurs.

— Je n'arrive pas à croire que cette femme soit une criminelle.

— Je n'ai rien dit de semblable, corrigea Havelock. J'ai dit qu'il fallait la retrouver. »

Le capitaine hocha la tête, résigné. « Assez méchamment pour faire un rapport sur moi. Je quitterai la mer pour la prison. *Grazie, grande signore americano !*

— Je n'ai pas dit ça non plus », dit Michael calmement.

Les yeux du capitaine s'agrandirent tandis qu'il regardait Michael, immobile. « *Che cosa ?*

— Je ne m'attendais pas à vous.

— *Che dice ?*

— Aucune importance. Il y a des moments où il faut savoir éviter les ennuis. Si vous coopérez, il se peut que je ne dise rien. *Si* vous coopérez.

— Je ferai tout ce que vous voudrez ! C'est un cadeau auquel je ne m'attendais pas !

— Dites-moi tout ce qu'elle vous a dit, et le plus rapidement possible.

— Elle a dit beaucoup de choses sans intérêt.

— Ce n'est pas ça que je veux entendre.

— Je comprends. Elle était calme, visiblement très intelligente, mais à l'intérieur on sentait une femme effrayée. Elle est restée tout le temps dans cette cabine.

— Oh ?

— Pas avec moi, je vous assure. J'ai des filles de son âge, *signore.* Nous avons pris trois repas ensemble. Il n'y avait pas d'autre endroit et mon équipage n'est pas exactement le genre d'hommes avec qui je voudrais que mes filles prennent leurs repas. Elle avait une grande quantité de lires sur elle. Il le fallait. Le transport qu'elle demandait n'est pas bon marché... Elle avait l'air de s'attendre à des ennuis. Ce soir.

— Que voulez-vous dire ?

— Elle m'a demandé si j'avais déjà été au village du col des Moulinets, dans les montagnes de Ligurie.

— Elle vous en a parlé ?

— Je crois qu'elle pensait que je connaissais, que j'étais un maillon de la chaîne et donc au courant du reste de son voyage. Or il se trouve que j'ai déjà été plusieurs fois au col des Moulinets. Les bateaux que je pilote sont souvent pourris et ont besoin de réparations...

— Je vous en prie, abrégez, coupa Havelock.

— Oui, oui... Nous avons été en cale sèche plusieurs fois ici, à San Remo, et je suis monté dans les montagnes, jusqu'au col des Moulinets. C'est sur la frontière française, à l'ouest de Monesi, un joli village plein de torrents et... comment dites-vous ? *Ruote a pale ?*

— Paddlewheels... des moulins, en français.

— Si. C'est un petit col dans les Alpes du Sud, qu'on n'utilise presque pas. Difficile à atteindre, pas pratique... Et les gardes-frontière sont les plus flemmards de toutes les Alpes. Ils prennent à peine le temps d'enlever leur gauloise de leur bouche pour regarder les passeports. J'ai essayé de rassurer ma réfugiée en lui affirmant qu'elle n'aurait pas d'ennuis.

— Vous pensez qu'ils passeront par le poste frontière ?

— Il n'y en a qu'un, un petit pont qui passe une rivière. Et pourquoi pas ? Je crois qu'il ne leur sera même pas nécessaire d'acheter un garde-frontière. Une femme seule au milieu d'un groupe d'hommes bien habillés, de nuit, et en voiture... En quoi cela les concernerait-il ?

— Ce sont des hommes comme moi qui l'accompagnent ? »

Le capitaine s'arrêta. Il semblait regarder cet officiel américain d'une manière différente.

« C'est une question à laquelle vous devrez répondre vous-même, *signore.* Qui peut le savoir ? »

Les deux hommes se regardèrent, personne ne parla. Puis le capitaine hocha la tête et poursuivit.

« Mais je vais vous dire ceci, s'ils n'utilisent pas le pont, il faudra qu'ils se fraient un passage à travers une forêt très dense, pleine de rochers, de ravins, sans oublier la rivière.

— Merci. Voilà le genre d'information dont j'ai besoin. Vous a-t-elle dit pourquoi elle avait choisi de passer de cette façon ?

— C'est toujours pareil. Les aéroports étaient surveillés, les gares aussi et toutes les routes principales menant en France...

— Surveillés par qui ?

— Des hommes comme vous, *signore.*

— C'est ce qu'elle a dit ?

— Elle n'a pas eu besoin d'en dire plus, et je n'ai pas posé de questions. C'est vrai.

— Je vous crois.

— Pourriez-vous répondre à une question, alors... Est-ce que d'autres personnes savent ?

— Je n'en suis pas certain, dit Michael. C'est vrai.

— Parce que si c'est le cas, je vais être arrêté. Je vais me retrouver en prison.

— Ça veut dire qu'il peut y avoir une enquête ?
— Très certainement.
— Alors je pense qu'il ne vous arrivera rien. Vous voyez, ce genre d'incident est la dernière chose que les hommes à qui j'ai affaire ont envie de voir étalée au grand jour. S'ils ne vous ont pas d'ores et déjà contacté, ni par radio, ni en bateau, ni en hélicoptère — soit ils ne savent rien de vous, soit ils vous ont déjà oublié. »

Le capitaine fixa Havelock intensément. « Les hommes à qui vous avez affaire, *signore* ? dit-il, suspendant sa phrase. Vous voulez aider cette femme, n'est-ce pas ? Vous ne la poursuivez pas pour la... punir ?

— Réponse à la première question : oui. Réponse à la deuxième : non.

— Alors je vais vous dire. Elle m'a demandé si je connaissais le terrain d'aviation près du col des Moulinets. Je ne le connaissais pas. Je n'en ai jamais entendu parler.

— Un terrain d'aviation ? » Michael comprit. C'était une information supplémentaire qu'il n'aurait pas obtenue dix minutes plus tôt. « Un pont sur un torrent de montagne et un terrain d'aviation. Ce soir.

— C'est tout ce que je peux vous dire, *signore.* »

La route de montagne qui conduisait de Monesi à la frontière française était assez large, mais la profusion de rochers, de virages et la végétation qui la bordait la faisait paraître étroite, plutôt faite pour des camions et des jeeps que pour une voiture normale. C'était l'excuse utilisée par Michael pour finir le dernier kilomètre à pied, au grand soulagement du chauffeur de taxi de Monesi.

Il avait appris qu'il existait une auberge campagnarde, juste avant le pont, qui servait d'étape aux patrouilles françaises et italiennes, les deux langues étant suffisamment comprises par les deux petites garnisons aussi bien que par les quelques habitants et les rares touristes qui traversaient de temps à autre.

Le poste frontière du col des Moulinets était un passage mineur des Alpes du Sud, difficilement accessible et gardé pour des raisons purement bureaucratiques. Parce que le poste était là et que personne ne s'était donné la peine de le supprimer. Le flot de la circulation entre les deux pays passait en général par les autoroutes méditerranéennes ou par les grands cols plus au nord, comme le col de l'Arche et le col de la Madeleine à l'ouest de Turin. Néanmoins, s'il y avait des dieux pour les immigrants dans l'illégalité, le col des Moulinets était un de leurs bienfaits. Son accès difficile et l'indifférence de ses gardiens en faisaient le chemin idéal.

Le soleil de cette fin d'après-midi n'était plus qu'un arc d'orange et de jaune étalé derrière les plus hautes cimes, emplissant le ciel au-dessus des Alpes-Maritimes d'échos de lumière qui s'estompaient progressivement. Les ombres s'allongeaient sur la route et disparaîtraient bientôt. Les formes se feraient gris-bleu, indiscernables dans l'obscurité du soir. Michael marchait à la lisière des bois, prêt à sauter dans les broussailles au premier bruit étranger à la forêt. Il savait que chaque mouvement qu'il allait faire devait être réfléchi, en admettant que Rome était au courant du lieu de passage, du col des Moulinets. Il n'avait pas menti au capitaine de la *Santa Teresa*. Il pouvait y avoir plusieurs raisons pour que ceux qui travaillaient à l'ambassade restent loin d'un navire dans les eaux internationales. Le lent cargo pouvait être surveillé et suivi — et il l'avait très certainement été — mais l'aborder d'une manière très officielle était une autre histoire. C'était un risque tactique énorme, des enquêtes à venir, une *Commissione*...

Est-ce que Rome avait retrouvé l'homme de Civitavecchia ? Michael pouvait seulement supposer que d'autres étaient capables de faire ce qu'il avait fait. Personne n'était si unique ou si chanceux. Dans sa colère, il avait hurlé le nom du port dans le téléphone et Baylor-Brown l'avait répété. Si l'officier de renseignements blessé était opérationnel après le

Palatin, il devait avoir ordonné à ses hommes de fouiller les docks de Civitavecchia et de trouver le « négociateur ».

Il restait pourtant des zones floues. L'homme de Civitavecchia allait-il donner le nom du bon bateau sachant que, s'il le faisait, plus personne ne lui ferait confiance sur les quais ? Confiance, mon œil ! Il pouvait se faire tuer dans n'importe laquelle des ruelles sombres derrière les docks. Ou bien invoquerait-il son ignorance de cette phase de l'évasion — exécutée par d'autres que lui — et révélerait-il le col des Moulinets pour gagner les faveurs de ces puissants Américains de Rome, dont tout un chacun savait qu'ils étaient très généreux pour ceux qui les aidaient... Une réfugiée de l'Est de plus, *signore,* où est la faute ?

Il avait si peu de faits concrets auxquels se raccrocher... Si peu de temps pour réfléchir, face à tant d'inconsistance. Qui aurait pu penser qu'il existerait un vieux capitaine fatigué, hostile au trafic de stupéfiants et à la contrebande, pourtant enrichissants, mais prêt à aider des réfugiés à quitter l'Italie en fraude, ce qui était aussi risqué, aussi passible d'emprisonnement, complètement en contradiction avec l'image que Michael s'était faite... *Où est la faute, signore ? Moins loin que tu ne le penses, vieil homme...*

Et Red Ogilvie ? Cet homme violent qui n'avait jamais cessé d'essayer de justifier la violence — en employant l'éloquence la plus crue — et dont la justification n'était mue que par une étrange répulsion. Qu'est-ce qui avait poussé John Philip Ogilvie ? Pourquoi un homme lutte-t-il toute sa vie pour briser les chaînes dont il s'est lui-même entouré ? Qui était l'Apache, en réalité ? Le chasseur de prime... Quoi qu'il en soit il était mort violemment, juste au moment où il avait compris une vérité d'une violence inouïe. Les menteurs étaient aux commandes à Washington.

Et par-dessus tout ça, Jenna. Son amour qui n'avait pas trahi leur amour, mais qui, bien au contraire, avait été trahie. Comment avait-elle pu croire les menteurs ? Qu'avaient-ils bien pu lui dire, quelle preuve irréfutable avaient-ils bien pu lui apporter qu'elle avait acceptée ? Et, ce qui était encore le plus important... *qui* étaient ces *menteurs* ? Quels étaient leurs noms et d'où venaient-ils ?

Il était maintenant si près des réponses qu'il pouvait presque les sentir, les voir apparaître à chaque pas qu'il faisait sur cette route de montagne, sous le ciel enflammé. Avant que le soleil ne réapparaisse de l'autre côté de la planète, il tiendrait la réponse, il retrouverait son amour. Si on avait envoyé une équipe de Rome, il ne craignait rien : ils n'étaient pas à la hauteur. Cela faisait partie de ce processus d'exagération de son ego, si souvent trompeur, mais si nécessaire. Sans cela, il n'aurait jamais réussi à survivre aux jours passés, aux jours terribles de Prague. Chaque pas le rapprochait des réponses...

Et quand il aurait ces réponses, quand il aurait retrouvé son amour perdu, il appellerait un chalet perdu dans une autre chaîne de montagnes. Shenandoah, U.S.A... Son mentor, son *pritel,* Anton Matthias se verrait présenter une conspiration qui atteignait au cœur des services de renseignements, au cœur de l'État. Son existence était plus qu'évidente, ses buts inconnus.

Soudain, plus haut en avant de lui, un petit cercle de lumière apparut à travers les feuillages sur la gauche de la route. Il s'accroupit et l'étudia, essayant de l'évaluer. Cela ne bougeait pas, mais c'était bien là, là où avant ne brillait aucune lumière. Il rampa dans les taillis, légèrement effrayé. Qu'est-ce que cela pouvait bien être ?

Puis il se releva, soulagé, reprit sa respiration. La route formait un virage qui lui avait masqué les formes d'un bâtiment. C'était l'auberge. Quelqu'un venait d'allumer l'éclairage extérieur. D'autres lumières allaient suivre. L'obscurité était tombée très vite, comme si le soleil avait roulé subitement derrière les montagnes, les grands pins et les énormes rochers barrant les traces d'orange et de jaune qui demeuraient dans le ciel. D'autres lumières apparurent. Des fenêtres. Trois sur le côté le plus proche de lui, et plusieurs autres sur le devant ; il n'aurait pas pu dire combien, mais au moins le double, car elles blanchissaient l'herbe et le gravier devant l'entrée du bâtiment.

Michael s'engagea dans les bois, jaugeant les broussailles sous ses pieds, les feuillages devant lui. Il pouvait passer et se fraya donc un chemin vers les trois fenêtres allumées. Il n'y avait plus lieu de rester sur la route : s'il y avait des surprises en magasin, il ne tenait pas à les réceptionner.

Il atteignit la lisière du bois, laissant un gros tronc de pin entre lui et une sorte de sentier de terre dure qui faisait le tour de l'auberge et menait à un parking près de ce qui ressemblait à une entrée pour les livraisons. La distance qui le séparait de la fenêtre directement située en face de lui était d'environ huit mètres. Il quitta l'abri de son arbre et avança...

Les phares l'aveuglèrent ! Le camion rugissait en dévalant le sentier à dix mètres de lui, bondissant sur la terre dure. Havelock bondit en arrière dans les broussailles, à l'abri de son arbre, sa main cherchant déjà son automatique dans sa veste. Le camion — un ancien modèle tout terrain — passa devant lui, secoué comme un petit bateau pris dans des rapides. Il pouvait entendre, venus de l'intérieur, les cris agacés d'hommes râlant sur l'inconfort de leur voyage.

Havelock ne pouvait pas dire si on l'avait vu ou pas. Il s'accroupit à nouveau pour se dissimuler et regarda. Le camion freina bruyamment et s'arrêta à l'entrée du parking. Le chauffeur ouvrit sa porte et sauta à terre. Michael recula de quelques mètres dans le bois, prêt à s'enfuir en courant. Mais ce ne fut pas nécessaire. Le chauffeur s'étira en jurant en italien, le visage soudain pris dans la lumière d'une lampe que quelqu'un avait allumée de l'intérieur de l'auberge. Ce que cette lumière révélait était étonnant : le chauffeur portait l'uniforme de l'armée italienne et ses insignes étaient ceux d'un garde-frontière. Il avança jusqu'à l'arrière du camion et ouvrit les portes.

« Allez, dehors, enfoirés ! cria-t-il en italien. Vous avez une heure pour vous remplir la vessie avant d'aller prendre votre garde. Je vais jusqu'au pont dire aux autres que nous sommes là.

— Vous avez une de ces façons de conduire, sergent, dit un soldat avec une grimace en descendant du camion. On devait vous entendre jusqu'à Monesi.

— Va te faire foutre ! »

Trois autres hommes sortirent en se contorsionnant, étirant leurs membres moulus par les secousses. Tous des gardes-frontière. Le sergent poursuivit.

« Paolo, tu prends le nouveau et tu te charges de lui expliquer le règlement. »

Puis le sergent prit le sentier devant Havelock en se grattant l'entrejambes, tirant sur ses sous-vêtements, signe d'un long voyage inconfortable.

« Toi, Ricci ! cria un soldat à l'arrière du camion en regardant à l'intérieur. C'est bien Ricci ton nom ?

— Oui, dit une voix, et un cinquième homme émergea de l'ombre.

— Tu es tombé sur le meilleur boulot de toute l'armée, *paesano !* Nos quartiers sont en haut, près du pont, mais on s'arrange. On *vit* ici. On ne monte là-haut que tout à l'heure.

— Je comprends », dit le soldat nommé Ricci.

Mais son nom n'était pas Ricci, songea Havelock en fixant le type blond qui secouait sa casquette déformée. L'esprit de Havelock cherchait à toute vitesse dans sa mémoire, comme s'il feuilletait des dizaines de photos, jusqu'à ce qu'il en sélectionne une. Cet homme n'était pas un soldat de l'armée italienne, ni un garde-frontière. C'était un Corse, un auxiliaire extrêmement efficace avec un fusil, un revolver, une corde à piano ou un couteau. Son vrai nom n'avait aucune importance. Il avait utilisé tellement de noms d'emprunt. C'était un « spécialiste » qu'on utilisait seulement dans des situations extrêmes, un exécuteur patenté qui connaissait les régions méditerranéennes comme sa poche, aussi à l'aise dans les îles Baléares que dans le maquis sicilien. Michael se souvenait d'avoir examiné sa photo et son dossier quelques années auparavant dans une pièce isolée de Palombara. Havelock avait traqué une unité des *Brigate Rosse* et devait passer à l'offensive, commettre un crime qui ne serait jamais attribué à personne. Il avait rejeté la candidature de ce type blond comme exécuteur, ce type blond qui était maintenant à dix mètres de lui dans le parking envahi de lumière. A l'époque il n'avait pas eu confiance en lui pour cette mission. Mais maintenant Rome l'avait engagé.

Rome savait. L'ambassade avait bien retrouvé le « négociateur » de Civitavecchia, et Rome avait envoyé un exécuteur... pour un crime qui ne serait jamais attribué. Quelque chose ou quelqu'un avait convaincu les menteurs de Washington que le responsable de la Costa Brava était une menace perpétuelle, qu'il devait cesser de vivre, et ils avaient donc décidé de le déclarer « au-delà de toute récupération », sa disparition immédiate devenant prioritaire. Sans qu'on puisse jamais savoir d'où était venue la mort, bien sûr.

Les menteurs ne pouvaient pas se permettre qu'il réussisse à rejoindre Jenna Karras, car elle faisait partie de leur mise en scène, sa fausse mort sur la côte espagnole en étant une partie intrinsèque. Pourtant Jenna, elle aussi, était en fuite. D'une manière ou d'une autre, elle avait réussi à s'échapper après la Costa Brava. Était-elle également sur la liste des gens à exécuter ? C'était inévitable. On ne pouvait pas permettre à l'appât de vivre, et par conséquent cet assassin blond n'était pas le seul tueur sur le pont du col des Moulinets. Sur le pont, ou aux alentours.

Les quatre soldats et leur nouvelle recrue s'avancèrent vers l'entrée de derrière. La porte était ouverte et un homme très costaud debout dans l'encadrement s'adressa à eux d'une grosse voix.

« Bande de cochons, si vous avez dépensé tout votre fric à Monesi, c'est vraiment pas la peine d'entrer !

— Ah ! Gianni, si tu le prends comme ça, on va te fermer ta baraque parce que tu fais payer la passe avec les Françaises plus cher qu'avec les Italiennes !

— C'est *toi* qui vas payer ! dit le gros homme en partant d'un grand rire.

— Ricci, ça c'est Gianni-le-voleur. Ce boui-boui est à lui. Fais attention à ce que tu mangeras !

— Il faut que j'aille aux toilettes », dit la nouvelle recrue. Il venait de regarder sa montre, ce qui était une chose bizarre à faire quand on prétendait aller aux toilettes.

« On en passe tous par là », dit un autre soldat, et ils entrèrent tous les cinq dans l'auberge.

A l'instant même où la porte se fermait, Havelock traversa le chemin en courant et s'approcha de la première fenêtre. Elle ouvrait sur une salle à manger, tables couvertes de nappes à carreaux rouges, le couvert mis, mais les assiettes vides. Soit il était trop tôt pour le dîner, soit il n'y avait pas de clients cet après-midi. Au-delà de cette pièce, seulement séparée par une grande arche ouverte dans toute la longueur du mur, le bar. D'après ce qu'il pouvait voir, il y avait quelques personnes, assises devant de petites tables rondes ; entre dix et quinze personnes, estima-t-il. Presque tous des hommes. Les deux femmes qu'il pouvait voir avaient dépassé la soixantaine, une obèse et une squelettique, assises à des tables adjacentes avec des hommes moustachus, parlant ensemble en buvant des bières. L'heure du thé dans les Alpes...

Il se demandait s'il y avait une autre femme dans cette pièce. Il se demandait — et sa poitrine se serrait de douleur — si Jenna n'était pas attablée dans un coin qu'il ne pouvait pas voir. Si c'était le cas, il fallait qu'il puisse surveiller la porte — de la cuisine peut-être — qui menait de l'arrière de l'auberge vers le bar. Il *fallait* qu'il *voie !* Les minutes qui allaient suivre lui apprendraient ce qu'il avait besoin de savoir, armes visuelles qui lui permettraient de survivre. Qui dans la clientèle du bar l'assassin blond allait-il reconnaître, se dévoilant d'un simple coup d'œil, d'un léger mouvement des lèvres, ou d'un hochement de tête discret ? Il fallait qu'il le découvre.

Il courut jusqu'à la deuxième fenêtre le long du chemin. Mais l'angle de vision était par trop réduit. Il courut jusqu'à la troisième, jeta un bref coup d'œil, et fit le tour du bâtiment jusqu'à la première fenêtre ouvrant sur le devant. Il pouvait voir la porte maintenant. Un panneau indiquait : *Cucina.* Les cinq soldats allaient franchir cette porte d'une seconde à l'autre, mais il ne pouvait pas voir toutes les tables. Il restait deux fenêtres avant le chemin de graviers qui menait à l'entrée de l'auberge, mais la dernière était trop près de la porte pour sa sauvegarde. Il rampa jusqu'à la deuxième fenêtre et se releva, abrité par les branches d'un jeune pin. Il colla son nez contre la vitre et ce qu'il vit le soulagea. Les armes visuelles étaient de son côté. Jenna Karras n'était pas une cible piégée dans un coin de la pièce. La fenêtre était de l'autre côté de l'arche séparant le bar de la salle à manger. Il pouvait voir non seulement l'entrée de la cuisine mais chaque table, chaque personne installée dans le bar. Jenna n'y était pas. Puis ses yeux se portèrent vers le mur de droite. Là, une autre porte, étroite, surmontée d'un panneau : *Uomini* et Hommes, les toilettes.

La porte de la *Cucina* s'ouvrit d'un coup et les cinq soldats entrèrent. Gianni-le-voleur tenait l'homme blond par l'épaule, l'homme dont le nom n'était pas Ricci. Havelock fixa le tueur expérimenté, regarda ses yeux avec une concentration extrême. Le propriétaire de l'auberge fit un geste indiquant la gauche — la droite de Michael — et l'assassin traversa la salle jusqu'aux toilettes. Ses yeux. Regarde ses *yeux* !

Et cela arriva. A peine un frémissement des paupières, mais c'était là, le coup d'œil avait eu lieu. *Reconnaissance.* Havelock suivit la ligne du regard de l'assassin blond. *Confirmée.* Deux hommes à une table au centre de la pièce. L'un avait baissé les yeux sur son verre en parlant, tandis que l'autre... mal joué... avait carrément croisé ses jambes et s'était tourné pour éviter de regarder le tueur qui passait devant le bar. Deux autres membres de l'équipe... Mais un seul des deux était opérationnel. L'autre était un observateur. Celui qui avait croisé les jambes. C'était celui qui devrait confirmer le *dispatch,* mais en aucun cas y participer. Il était américain. Ses erreurs le démontraient. Sa veste était une sorte d'anorak suisse d'un prix élevé, qui ne cadrait ni avec le décor ni avec la saison. Ses chaussures étaient en cuir noir très souple et il portait un gros chronomètre digital au poignet... Tout cela était le reflet nettement visible d'un salaire appréciable, contrastant totalement avec les vêtements de montagne usés des personnes présentes dans la pièce. Il faisait vraiment trop américain. C'est lui qui ferait le rapport. Mais c'était un dossier que six hommes seulement examineraient.

Il y avait autre chose qui n'allait pas. Dans le nombre. Une équipe de trois, dont deux actifs seulement, ce n'était pas assez si on considérait l'ordre d'exécution et la personnalité de l'officier de renseignements qui était la cible. Michael commença à étudier chaque visage dans la pièce, les isolant un par un, regardant leurs yeux, cherchant à voir si quelqu'un échangeait un quelconque regard avec les deux hommes assis à la table centrale. Après les visages, il examina les vêtements, spécialement ceux appartenant aux quelques personnes dont il ne distinguait pas bien la tête. Les chaussures, les pantalons et les ceintures quand il pouvait les voir. Les chemises, les vestes, les chapeaux quand ils en portaient et les montres, les bagues, les gourmettes quand il pouvait les apercevoir. Quelque chose ne cadrait pas, mais il ne voyait pas quoi. A l'exception des deux hommes assis à la table centrale, tous les buveurs attablés étaient un échantillonnage varié de montagnards. Fermiers, guides, épiciers — apparemment français — et, bien sûr, les gardes-frontière.

« *Ehi ! Che avete ?* » Ces mots étaient pour lui,

d'une voix de stentor. Un soldat parlant à un autre soldat. Le sergent du camion se tenait dans la demi-obscurité du chemin qui menait à l'entrée de l'auberge, jambes écartées, la main sur l'étui de son revolver.

« *Mia Sposa,* dit Havelock rapidement, d'une voix étouffée, pleine de respect. *Noi molto disturbo, signore Maggiore. Io audari una ragazza francesi. Mia sposa seguira !* »

Le soldat fronça les sourcils, ôta sa main de l'étui de son revolver, admonestant son captif effrayé dans un italien de caserne. « Alors les paysans de Monesi traversent toujours la frontière pour baiser des Françaises, hein ? Si ta femme n'est pas là c'est qu'elle est probablement chez toi en train de se faire sucer par un Français ! Tu n'as pas pensé à ça, hein ?

— La terre tourne, major », répliqua Michael obséquieusement, haussant les épaules devant sa propre insignifiance, souhaitant diablement que cette grande gueule galonnée rentre dans l'auberge et lui foute la paix. Il *fallait* qu'il retourne à sa fenêtre !

« Tu n'es pas de Monesi, dit le sergent soudain alarmé. Tu ne parles pas comme les habitants de Monesi.

— La frontière *suisse,* major. Je viens de Lugano. J'ai emménagé ici il y a deux ans. »

Le soldat resta silencieux un instant, le regard dubitatif. Havelock déplaça lentement sa main dans l'ombre, vers sa ceinture où était caché le lourd magnum muni du silencieux. Il ne pourrait pas y avoir de coups de feu, s'il devait en arriver là. Finalement le sergent leva les bras et secoua la tête, dégoûté.

« Suisse ! Suisse-Italien, mais plus Suisse qu'Italien ! Tous pareils ! bande de vicelards. Jamais je ne servirai dans un bataillon plus au nord que Milan j'te jure. Plutôt quitter l'armée. Retourne à tes saletés, espèce de *Suisse* ! » Sur ces bonnes paroles, le soldat ouvrit brutalement la porte de l'auberge et entra.

A l'intérieur une autre porte s'ouvrit. La petite

porte des toilettes pour hommes. Un type en sortit et Michael sut qu'il avait trouvé le troisième membre de l'équipe de Rome et qu'il avait également trouvé le quatrième. Ce type travaillait toujours en équipe avec un autre ; ils étaient experts en démolition, mercenaires vétérans qui avaient passé plusieurs années en Afrique, faisant sauter n'importe quoi, barrages, aéroports, villas occupées par des despotes de carnaval habillés de vert olive. La C.I.A. les avait trouvés en Angola, dans l'autre camp, mais le dollar américain était plus sain à l'époque et plus persuasif. Les deux experts étaient inscrits dans un seul dossier bordé de noir, au plus profond du bureau des opérations clandestines.

Et leur présence au col des Moulinets apportait à Havelock une information vitale : un véhicule — ou plusieurs — était attendu, une méthode d'élimination avait été choisie. En effet ces deux spécialistes de la démolition pouvaient s'arrêter deux secondes près d'une voiture et dix minutes plus tard elle exploserait en un million de fragments enflammés, tuant ses occupants et tous les gens alentour. Ils s'attendaient à ce que Jenna Karras passe la frontière en voiture. Quelques minutes plus tard elle serait morte. Un meurtre réussi, qu'on ne pourrait attribuer à personne.

Le terrain d'aviation. Rome savait... Quelque part sur la route au sortir du col des Moulinets, son quelconque moyen de transport volerait en éclats dans la nuit.

Michael se laissa tomber à terre derrière le pin. A travers la fenêtre, il avait pu voir l'expert en explosifs marcher directement vers la sortie de l'auberge. L'homme avait regardé sa montre, comme l'assassin blond quelques minutes auparavant. Un *timing* était en train de se mettre en place, mais *quel timing ?*

L'homme émergea au-dehors, son visage buriné à peine visible dans la pâle lueur de la lampe placée au bout de l'allée. Il commença à marcher, avec une accélération presque imperceptible. C'était un professionnel qui connaissait la valeur du self-control.

Havelock se releva avec précaution, se préparant à le suivre. Il jeta un œil vers la fenêtre, puis regarda vraiment alarmé.

A l'intérieur, près du bar, le sergent parlait avec Ricci, lui donnant visiblement un ordre que l'autre n'appréciait pas. Le tueur semblait protester, levant sa bière comme si c'était un médicament dont il avait besoin, une bonne excuse. Puis il grimaça, avala sa bière à grands traits et marcha vers la porte.

Un *timing.* Ils suivaient un *timing,* aucune marge d'erreur n'était permise. Ils avaient décidé à l'avance qu'à un moment donné, quelqu'un placé près du pont appellerait la nouvelle recrue avant l'heure normale de son travail. Il devait y aller *avant* la relève. Cela ressemblerait à une procédure normale et personne ne discuterait, mais ce n'était pas une procédure. C'était un *timing.*

Ils savaient. L'équipe envoyée de Rome *savait* que Jenna Karras était en route vers le pont. Elle et les gens qui l'accompagnaient étaient suivis depuis leur départ. Et maintenant leur véhicule était à quelques minutes du point d'interception situé au col des Moulinets. C'était tellement *logique.* Quel meilleur moment pour traverser une frontière que le moment de la relève, quand les gardes étaient fatigués, abrutis par la monotonie, attendant la relève... Moins attentifs que d'habitude.

La porte s'ouvrit, et une fois de plus Michael s'aplatit, regardant à sa droite à travers les branches du pin, vers la route au-delà du réverbère. Le mercenaire avait coupé en diagonale vers la butte de l'autre côté, avançant à gauche vers le pont — comme un promeneur ordinaire, un Français peut-être, retournant au col des Moulinets. Mais dans un instant il disparaîtrait dans les bois, et rejoindrait une position prédéterminée à l'est de l'entrée du pont, d'où il pourrait ramper très vite jusqu'à une voiture que les gardes-frontière arrêteraient brièvement. Le tueur blond était maintenant à mi-chemin du réverbère. Il s'arrêta, alluma une cigarette, geste qui masquait son attente due à une autre raison. Il entendit le son qu'il voulait entendre et parut satisfait : la porte de l'auberge venait de s'ouvrir, et laissait passer un rire. Le « soldat » continua, tandis que les deux hommes assis à la table centrale sortaient. L'Américain, rapporteur de l'exécution, et son compagnon habillé comme un montagnard, second exécuteur de l'équipe de Rome.

Havelock comprenait maintenant. Le piège avait été dressé avec précision. Dans quelques minutes il serait en place. Deux tireurs d'élite pour s'occuper de l'intrus qui essaierait d'intervenir quand la voiture qui transportait Jenna Karras arriverait — l'abattant instantanément, proprement, à la seconde où il apparaîtrait, dans un déluge de balles — et deux spécialistes des explosifs qui garantiraient que la voiture exploserait après la frontière, sur la route qui menait à ce terrain d'aviation inconnu.

Une autre supposition pouvait être faite, en dehors du fait que ces hommes suivaient un *timing* précis qui impliquait la présence d'une voiture dont l'arrivée au pont était imminente. L'équipe envoyée de Rome savait qu'il était là, savait qu'il serait assez proche des patrouilles frontalières pour observer tous les passagers de chaque véhicule traversant la frontière : Eux aussi examineraient attentivement chaque visage masculin qui leur tomberait sous les yeux, leurs mains sur leurs armes. Leur avantage résidait dans leur nombre. Mais lui aussi avait un avantage et il était considérable : il savait qui ils étaient.

L'Américain trop bien habillé et son employé, le deuxième tireur, se séparèrent sur la route, l'agent chargé de surveiller tourna à droite pour quitter le théâtre des opérations, le tueur prenant à gauche vers le pont. Deux camionnettes escaladaient la route venant de Monesi, l'une avec un seul phare, l'autre avec deux phares mais pas de pare-brise. Ni l'Américain ni son assistant n'y prêtèrent la moindre attention. Ils connaissaient la voiture qui devait venir, et ces deux camionnettes n'avaient rien à voir.

Si tu connais une stratégie, tu peux contrer cette

stratégie. Tels avaient été les conseils de son père tant d'années auparavant. Il se souvenait de cet homme grand, érudit, parlant à une cellule de partisans, calmant leurs peurs, canalisant leur colère. Lidice était leur cause, la mort des Allemands leur objectif. Il s'en souvenait très bien, tout lui revenait maintenant, alors qu'il grimpait le chemin avant de s'enfoncer dans les bois.

Il eut sa première vision du pont à une centaine de mètres au-dessous de lui. Il était en haut du virage qui menait à l'auberge — le virage qu'il avait évité en coupant à travers bois. D'après ce qu'il pouvait voir, le pont était étroit et court, heureusement pour les automobilistes, car sans aucun doute deux véhicules se croisant sur le pont auraient immanquablement éraflé leurs portières. Une double rangée d'ampoules nues était allumée. Plusieurs ampoules manquaient ou avaient sauté. Le poste frontière lui-même consistait en deux bâtiments opposés qui servaient de corps de garde, fenêtres hautes et larges, éclairés par des plafonniers. Entre ces deux petits bâtiments carrés, une barrière qu'on devait soulever à la main, peinte de rayures phosphorescentes orange vif. A droite de cette barrière, un portail d'un mètre cinquante de haut, destiné au passage des piétons empruntant le pont.

Deux soldats en uniforme marron à rayures vertes et rouges étaient de chaque côté de la deuxième camionnette, parlant avec animation au chauffeur. Un troisième garde était à l'arrière, prêtant attention non au camion mais aux bois au-delà du pont. Il étudiait les deux lisières bordant la route comme un chasseur cherchant un puma blessé, immobile, les yeux légèrement plissés, la tête remuant à peine. *C'était* un chasseur. C'était l'assassin blond installé à son poste si remarquablement choisi. Qui soupçonnerait qu'un simple soldat faisant le planton à un poste frontière était un tueur dont la réputation avait fait le tour de la Méditerranée ?

Un quatrième homme venait de passer le portail

réservé aux piétons. Il cheminait lentement vers le point central du pont qui formait un accent circonflexe très aplati. Mais cet homme n'avait aucune intention de traverser, de gagner la zone française en saluant les gardes-frontière français, en bénissant l'air de *la belle France* et ses jolies femmes. Non, songeait Michael, ce paysan mal vêtu, pantalon large et veste usée, resterait au centre du pont, sous les ampoules éteintes, et là, abrité par l'obscurité, il préparerait son arme, sans nul doute une mitraillette dont les pièces pouvaient être montées facilement et dissimulées aisément sous ses vêtements amples. Il ôterait le cran de sécurité et se préparerait à courir vers le poste frontière au moment de l'exécution, prêt à tuer les gardes italiens s'ils intervenaient, prêt à expédier une rafale dans le corps de l'homme qui sortirait de l'ombre pour rejoindre une femme passant la frontière. Car ce paysan, assis quelques instants auparavant à la table centrale de l'auberge, était la force de soutien de l'assassin blond.

C'était un petit chef-d'œuvre, à la fois simple et bien agencé, utilisant la protection de la route et des bois. Une fois que la cible serait entrée, elle serait coincée. Deux hommes attendaient avec des explosifs à l'entrée de la nasse, un tueur au milieu et un quatrième lourdement armé à la sortie. Bien conçu, très professionnel... *Si tu connais une stratégie, tu peux la contrer.*

12

La minuscule lueur d'une cigarette ténue à l'intérieur d'une main pouvait être aperçue dans les broussailles en diagonale, de l'autre côté de la route... Mal joué... L'agent chargé du rapport était trop confiant, s'accordant des chronomètres de luxe, des chaussures trop chères et des cigarettes au beau milieu d'une mission mortelle. On devrait le virer. Il serait certainement viré.

D'après l'angle de la cigarette, Havelock évalua sa distance du sol. L'homme était soit assis, soit allongé, mais certainement pas debout. Avec la densité du feuillage, il lui était impossible de voir clairement la route, ce qui signifiait qu'il n'attendait pas la voiture de Jenna Karras avant un moment. Dans le parking, le sergent avait dit à ses hommes qu'ils avaient une heure pour se remplir la panse. Vingt minutes s'étaient écoulées, il en restait donc quarante. Non, pas quarante. Il fallait soustraire les dix dernières minutes avant la relève, le changement de gardes exigeant un échange d'informations importantes ou pour la forme. Michael disposait de très peu de temps pour faire ce qui devait être fait, pour construire sa propre contre-stratégie. Et d'abord, apprendre tout ce qu'il pouvait de l'équipe envoyée par Rome.

Il effectua une progression de côté jusqu'à ce que la lumière du poste de garde soit virtuellement masquée par les feuillages. Il traversa la route en courant et pénétra silencieusement dans les broussailles, tournant à gauche, avançant pas à pas, étudiant le terrain du pied car le silence était primordial. Pendant un bref instant, un instant terrifiant, il se sentit revenu dans les forêts de Prague, les échos des massacres de Lidice dans les oreilles, l'image des corps mutilés inscrite dans son regard. Puis il repassa dans le présent, se souvenant qui et où il était. Il était comme le léopard des montagnes, la meilleure partie de sa vie détruite par des menteurs qui ne valaient pas mieux que ceux qui commandaient les exécutions de Lidice... Ou que ceux qui décidèrent des « suicides » ou des goulags quand les canons s'étaient tus. Il était dans son élément, dans les forêts qui l'avaient protégé quand il n'avait plus personne, et personne n'était mieux préparé que lui. Surtout *maintenant*.

L'agent chargé du rapport était bien assis sur un

rocher comme il l'avait deviné, et il jouait stupidement avec son chronomètre électronique, poussant des boutons, contrôlant le temps, maître de la demi-seconde. Havelock fouilla dans sa poche et sortit un des objets qu'il avait achetés à Monesi, un couteau de pêche de douze centimètres dans un étui de cuir. Il l'ôta de son étui, écarta les branches devant lui, s'accroupit, puis bondit.

« *Vous !* Mon Dieu !... Non ! Qu'est-ce que vous faites ! Oh, mon Dieu !

— Si tu élèves la voix plus qu'un murmure, tu n'auras plus de visage ! »

Le genou de Michael était enfoncé dans la gorge de l'agent, la lame en dents de scie, fine comme un rasoir, appuyée sur la joue de l'homme, juste sous l'œil gauche.

« Ce couteau sert à nettoyer les poissons, fils de pute. Je vais te peler la peau à moins que tu ne me dises ce que je veux savoir. *Tout de suite !*

— Espèce de sadique !...

— Espèce de minable. Tu vas perdre si tu penses ça. Ça fait combien de temps que vous êtes là ?

— Vingt-six heures.

— Qui a donné l'ordre ?

— Comment je pourrais le savoir ?

— Parce que même un trou du cul comme toi sait qu'il faut se couvrir. C'est la première chose qu'on apprend, non *? L'ordre !* Qui l'a donné ?

— "Ambiguïté." Le code était "Ambiguïté", cria l'agent alors que le couteau acéré s'enfonçait dans sa joue. Je le jure sur le Christ, c'est tout ce que je sais ! Ça venait des opérations consulaires, à Washington. C'est là-bas qu'on peut savoir qui c'était ! Tout ce que je sais, c'est le nom de code, c'était notre signal !

— J'accepte ça. Maintenant donne-moi l'emploi du temps, étape par étape. Vous l'avez trouvée à Arma di Taggia, et vous la suivez depuis. Comment ?

— Elle a changé de véhicule depuis la côte.

— Où est-elle maintenant ? Quel type de voiture ? Quand l'attendez-vous ?

— Une Lancia, comme celle d'il y a une demi-heure, ils sont...

— La ferme ! *Quand* ?

— Arrivée à sept heures quarante. Il y a un micro-émetteur collé à leur voiture. Ils seront là à huit heures moins vingt.

— Je sais que tu n'as pas de radio. Comment avez-vous été contactés ?

— Le téléphone de l'auberge. Par pitié ! enlevez ce couteau de là !

— Pas encore, monsieur le sain d'esprit. Le *timing*, les étapes ? Qui est après sa voiture en ce moment ?

— Deux types dans un vieux camion, trois cents mètres derrière. Au cas où vous l'interceptiez, ils l'entendront et ils interviendront.

— Et si je ne bouge pas ?

— On s'est arrangé. A partir de sept heures trente, chaque personne passant la frontière sort de son véhicule. Les véhicules sont fouillés. On n'a pas lésiné sur les lires... D'une façon ou d'une autre elle devra se montrer.

— C'est à ce moment-là que vous vous imaginiez que j'allais sortir ?

— Si on... si *ils* ne vous trouvent pas les premiers. Ils pensent vous repérer avant qu'elle arrive.

— Et s'ils ne me repèrent pas ?

— Je n'en sais rien ! C'est *leur* plan !

— C'est *ton* plan ! Havelock arracha un lambeau de chair sur le visage de l'agent. Du sang coula sur sa joue.

— Mon Dieu ! Non, je vous en supplie !

— Parle !

— On doit faire comme si. Ils savent que vous êtes armé. Ils vous prendront et se serviront de votre arme même si vous ne l'avez pas sortie. Ça n'a pas d'importance. C'est juste pour répandre la confusion. Et après ils se tailleront. Le camion a un moteur gonflé.

— Et la voiture ? *Sa* voiture ?

— Elle passera la frontière. On s'en fout. Ce n'est pas Jenna Karras, c'est un agent soviétique, un leurre. On doit laisser Moscou la récupérer. Les

Français ne diront rien à la frontière, un garde a été acheté.

— Menteur ! Salopard de *menteur !* » Michael passa la lame de son couteau vers l'autre joue de l'agent. « Les menteurs devraient être marqués ! Tu vas être *marqué à vie, menteur !* » Il ouvrit la peau avec la pointe du couteau. « Et ces deux clowns dynamiteurs, ceux qui travaillaient en Afrique, — Tanzanie, Mozambique, Angola — ils ne sont pas ici pour respirer l'air pur, saloperie de *menteur !*

— Mon Dieu, vous allez me tuer ?

— Pas encore, mais c'est entièrement possible. Pourquoi sont-ils là ?

— Comme deuxième ligne, c'est tout ! C'est Ricci qui les a amenés !

— Le Corse ?

— Je ne sais pas... Corse ?

— Le grand blond.

— Oui ! Par pitié ne me défigurez pas !

— Des secondes mains, comme ton pote à table ?

— *A table ? Mon Dieu mais qu'est-ce que tu es ?*

— Quelqu'un et qui sait observer. Toi, tu es stupide. Pour toi ce ne sont que des seconds couteaux ?

— Oui, c'est ça ! »

Ainsi les menteurs de Washington mentaient même à leurs propres hommes à Rome. Jenna Karras n'existait pas. La femme dans la voiture devait être éliminée sans que Rome soit au courant ! Menteurs ! Assassins ! Pourquoi ?

« Où sont-ils ?

— Je saigne ! J'ai du sang plein la bouche !

— Tu vas te noyer dedans si tu ne parles pas. *Où* ?

— Un de chaque côté ! à dix, quinze mètres avant la barrière. *Mon Dieu,* je vais crever !

— Non, tu ne vas pas crever, tu vas faire ton rapport ! Tu es juste marqué à vie. Tu es fini. Même pas rattrapable par la chirurgie esthétique. »

Havelock passa son couteau dans sa main gauche et leva sa main droite, doigts allongés, tendus, les muscles de sa paume rigides comme de l'acier. Il écrasa cette arme de chair dans la gorge de l'homme.

Il resterait inconscient pendant au moins une heure. Cela devrait suffire. *Il le fallait.*

Il rampait à travers les broussailles, comme un félin sûr de ses mouvements. Dans la forêt il était chez lui, comme dans les bois qu'il avait connus enfant... sa première école de survie.

Il le trouva. L'homme était à genoux derrière un sac de toile, et la lumière venue du pont était juste assez forte pour dessiner sa silhouette, juste assez lointaine pour le rendre invisible à quelqu'un qui ne le chercherait pas, ombres et feuillage dense obscurcissant le décor. Soudain retentit le bruit croissant d'un moteur accompagné du martèlement d'un pot d'échappement à moitié arraché ou d'un morceau de pare-chocs traînant sur la route défoncée. Michael pivota silencieusement, retenant son souffle, la main cherchant dans sa ceinture. Une camionnette complètement en ruine apparut. Avec une impression d'écœurement, il se demanda si l'agent lui avait menti. Il regarda à nouveau vers le spécialiste en explosifs. L'homme s'aplatit et ne bougea plus. Havelock reprit lentement sa respiration.

La camionnette passa en brinquebalant, s'arrêta au pont. Le tueur blond était debout près d'un autre garde, apparemment attentif à observer la procédure. Mais ses yeux scrutaient les bois et la route. Des voix fortes résonnèrent entre les deux bâtiments. Le couple assis dans la camionnette semblait excédé par l'obligation qui leur était faite de descendre. Apparemment, ils faisaient le trajet tous les jours. Les gardes s'efforçaient de mériter les lires dont on les avait arrosés. Le couple était en colère, au bord de l'insulte.

Michael savait que ces bruits le couvriraient. Il rampa en avant, genoux et coudes repliés comme un fauve prêt à frapper. Il était à deux mètres de l'homme quand les gardes firent ouvrir la porte de la camionnette qui grinça. Le volume des obscénités proférées des deux côtés allait crescendo. La porte claqua. Havelock plongea hors des buissons, bras étendus, doigts serrés comme des griffes, droit sur son adversaire.

« *Di quale...* ? »

Le spécialiste n'eut pas le temps d'être surpris davantage. Sa tête frappa la terre et le rocher, son cou serré par la main droite de Michael, son crâne tenu en place par la gauche. Il étouffa et, après un ou deux spasmes, son corps se ramollit. Havelock retourna le corps inconscient et lui ôta sa ceinture, qu'il plaça derrière ses bras, serrant très fort. Il fit une boucle et la noua. Puis il prit son Llama et en frappa l'homme à la tempe droite. Le temps d'inconscience de l'expert en explosif était rallongé.

Michael ouvrit le sac de toile. C'était un laboratoire mobile, rempli de blocs de dynamite compacts et de rouleaux de plastic. Les appareils munis de fils qui partaient de réveils miniatures munis de cadrans lumineux étaient des détonateurs, pôles négatifs et positifs se rejoignant à travers la masse explosive, prévus pour faire exploser les charges à un moment donné, réglables d'un simple mouvement des doigts. Il y avait aussi un autre type de détonateur : petit, plat, circulaire. Des modules à peine plus larges qu'un cadran de montre, sans fils, avec juste une barre munie de numéros lumineux et un petit bouton sur la droite pour le régler sur le moment désiré. Ceux-ci étaient prévus spécialement pour les charges de plastic, très sophistiqués, précis à cinq secondes près sur une période de vingt-quatre heures. Ses doigts examinèrent une des charges. Sur sa surface se trouvait un module enfoncé dans la masse. Sur le dessous, une feuille de plastique qu'on devait retirer quelques minutes avant de mettre la charge en place. La feuille, une fois épluchée, révélait une colle à toute épreuve. La bombe adhérerait à n'importe quelle matière, même pendant un tremblement de terre. Il prit trois charges, les fourra dans ses poches, puis partit en rampant, traînant le sac de toile derrière lui. Il l'abandonna sous un tronc de pin mort, trois mètres plus loin. Il regarda sa montre. Encore douze minutes.

Les cris avaient cessé sur le pont. Le couple en colère était remonté dans sa camionnette, les gardes s'excusaient pour leur zèle intempestif. *Funzionari burocratici !* Le moteur se remit en marche, pétarada, suivi par le rugissement d'un accélérateur écrasé au plancher. Les phares se rallumèrent, la barrière orange se leva et, dans un grincement de boîte de vitesses torturée, la camionnette décrépite avança sur le pont. Le martèlement métallique était assourdissant maintenant, la surface du pont arrachant des étincelles au pot d'échappement cassé.

Le martèlement. L'écho se renvoyait ce bruit insupportable qui remplissait l'air d'un staccato infernal. Un des gardes-frontière grimaçait en portant ses mains à ses oreilles. Le *martèlement.* Les *phares.* Diversion et distraction. S'il pouvait se placer dans une bonne ligne de mire, il pourrait — c'était juste une possibilité — éliminer le deuxième tueur. Il ne tenterait rien si toutes les chances n'étaient pas de son côté.

L'homme déguisé en paysan se tiendrait à la rampe du pont, se pencherait sur la rivière peut-être, pour apparaître le moins possible dans les phares de la camionnette, comme un piéton malade, terrassé par le vin. Un seul coup ne suffirait pas. Personne n'était assez précis à cette distance, près de trente mètres dans l'obscurité. Mais le magnum était une arme puissante et son silencieux était conçu pour étouffer correctement le bruit. Donc, un tireur lâchant cinq ou six balles sur une cible donnée avait les mathématiques de son côté, mais seulement si les balles étaient tirées quasiment ensemble, car chaque fraction de seconde qui les séparerait augmenterait la marge d'erreur. Cela exigeait un bras absolument immobile, soutenu par quelque chose de solide, et une vision qui ne soit pas déformée par l'ombre et la lumière. Cela ne ferait pas de mal non plus de s'approcher un peu.

Sa concentration se partagea également entre les hautes herbes et les broussailles devant lui, et l'assassin blond qu'il apercevait entre les arbres sur sa gauche. Il avançait aussi souplement, aussi silencieusement qu'il pouvait vers le bord de la rivière.

Le rayon lumineux d'une lampe torche frappa les buissons derrière lui ! Il se réfugia derrière un énorme rocher, glissa un peu sur la surface lisse, coinça son pied contre une protubérance rocheuse. Son abri était le sommet d'une muraille de rochers et de buissons qui descendait jusqu'aux eaux tumultueuses, plusieurs dizaines de mètres en dessous. Sa vision de l'autre rive était claire. Il scruta l'extrémité du rayon de la lampe. Une partie du feuillage qu'il avait traversé avait dû craquer, le bruit amplifié par la nuit. Le tueur blond était immobile, la lampe torche à la main. Petit à petit son attention diminua. Il devait penser qu'il s'agissait d'un animal ou d'un oiseau de nuit. Aucun être humain n'était visible.

Plus haut, le camion brinquebalant atteignait le milieu du pont. Il était là ! A moins de vingt-cinq mètres penché sur la rambarde, la tête enfoncée dans le col de sa grosse veste. Le martèlement du pot d'échappement du camion résonnait comme le tonnerre, l'écho était total, et le tueur « de secours » était pris dans la lueur de ses phares. Havelock pivota sur son rocher, appuya ses pieds sur la pierre. Il ne disposerait que d'une seule seconde pour prendre sa décision, de deux ou trois pour l'accomplir, pour presser la détente du gros magnum pendant un laps de temps très court, quand l'arrière du camion empêcherait les gardes-frontière de voir ce qui se passait. Submergé par le doute, Michael sortit son énorme revolver de sa ceinture et posa son bras sur le rocher, ses pieds accrochés comme des ancres, sa main gauche serrant son poignet droit, le canon immobile, sans la moindre trace de tremblement, braqué diagonalement vers le haut. Il fallait qu'il soit certain. Il ne pouvait pas prendre de risque cette nuit. Cette nuit était trop importante. Mais si les chances étaient de son côté...

Elles le *furent*. Au moment où l'arrière du camion passait devant l'homme, il se redressa, silhouette devant les feux arrière, grande cible immobile, la ligne de mire formant comme un corridor noir dans une salle d'entraînement. Havelock tira quatre coups successifs, synchronisés avec le martèlement assourdissant de la camionnette. Le tueur se plia en arrière, puis s'écroula dans la barrière d'acier du trottoir réservé aux piétons.

Le martèlement diminua quand la camionnette atteignit l'autre extrémité du pont. Il n'y avait pas de barrière orange à l'entrée du côté français. Des francs avaient été dépensés pour ça. Les deux gardes-frontière étaient appuyés contre le mur de poste de garde et fumaient une cigarette.

Mais un autre son s'immisça dans le staccato de la camionnette. Il venait de loin, d'en bas de la route de Monesi. Michael roula sur le rocher et glissa à nouveau dans l'épaisseur des broussailles, immédiatement à plat ventre, glissant le magnum entre sa ceinture et le tissu de son pantalon. Il regarda à travers les arbres vers le poste de garde. Les deux vrais soldats étaient dans le bâtiment le plus proche, sur la droite. Il les voyait à travers les grandes baies vitrées, hochant tous deux la tête comme s'ils comptaient, leurs mains invisibles. Ils comptaient vraisemblablement leurs lires. L'imposteur blond était dehors. Pour les gardes-frontière, il n'était pas dans le coup. Il regardait la route en contrebas, jouait parfaitement son rôle.

Il leva sa main jusqu'au milieu de sa poitrine, secoua son poignet deux fois — un geste inattendu, comme celui d'un homme rétablissant sa circulation sanguine après avoir porté une lourde charge. Mais ce n'était pas cela. C'était un signal.

Le tueur porta sa main à sa hanche droite et il était facile d'imaginer qu'il ouvrait l'étui de son arme, toujours concentré sur la route en contrebas. Havelock rampa très vite à travers les bois jusqu'à l'endroit où il avait laissé le spécialiste en explosifs. Le bruit de moteur s'amplifiait et fut bientôt augmenté d'un second bruit, plus lointain, grave, celui d'un camion prenant de la vitesse. Michael écarta les branches basses d'un grand pin en surplomb, regarda sur sa gauche. A quelque cent mètres du pont, une voiture arrivait, balayant la route de ses phares. C'était une *Lancia*. C'était Jenna ! Havelock imposa à son corps et à son esprit un contrôle dont il ne se serait pas cru capable. Les minutes qui allaient suivre l'amèneraient à utiliser tout ce qu'il avait appris — ce que personne ne devrait jamais apprendre — depuis qu'il était enfant à Prague. Toute l'habileté, toutes les techniques issues de ce monde dans lequel il avait vécu si longtemps.

La Lancia s'approchait et une violente douleur transperça la poitrine de Michael quand il aperçut l'intérieur de la voiture. Jenna n'y était pas. Deux hommes étaient assis derrière le tableau de bord, le chauffeur fumait une cigarette et son compagnon avait l'air de parler avec volubilité, agitant les mains sans arrêt. Puis le chauffeur se tourna vers le siège arrière, pour adresser une remarque à d'invisibles passagers. La Lancia commença à ralentir. Elle était à une cinquantaine de mètres du poste frontière.

L'imposteur blond quitta rapidement son poste près de la barrière orange et, avançant rapidement vers le bâtiment, frappa à la fenêtre, montrant la voiture qui arrivait. Puis il se désigna lui-même, comme la nouvelle recrue disant à ses supérieurs qu'il allait s'occuper de ça lui-même. Les deux soldats parurent agacés de cette intrusion, se demandant peut-être si leur nouveau collègue avait vu les billets qu'ils comptaient. Ils hochèrent la tête, lui firent signe de s'occuper de la voiture.

Puis l'assassin envoyé par Rome fit une chose bizarre. Il fouilla dans sa poche et en sortit quelque chose. Il avança vers la porte de la bâtisse et se penchant, plaça l'objet dans l'encadrement de la porte. Le mouvement de ses épaules indiquait qu'il faisait un effort énorme. Havelock essaya d'imaginer ce que cela pouvait bien être, ce que le tueur faisait. Et il comprit. La porte du bâtiment était une porte coulissante, mais maintenant elle ne coulisserait plus. L'homme qui se faisait appeler Ricci avait coincé une fine plaque d'acier garnie de pointes entre la porte et l'encadrement. La porte était condamnée. Plus on essayerait de l'ouvrir, plus les pointes s'enfonceraient dans le bois. Les deux gardes étaient enfermés à l'intérieur, et, comme tous les postes de garde, le bâtiment était solide, les vitres épaisses. Pourtant, il suffirait d'un coup de téléphone au poste français pour qu'on vienne leur ouvrir la porte. Oubli absurde.

Mais le tueur n'avait rien oublié. Michael aperçut, pendant entre deux poteaux, le fil du téléphone, coupé. Les tueurs envoyés par Rome contrôlaient le poste frontière.

L'homme blond se mit en position, les pieds écartés, la main gauche à la ceinture, la main droite levée. Il faisait face à la Lancia.

La voiture s'arrêta, les fenêtres avant se baissèrent, et les deux hommes assis à l'avant tendirent leurs passeports. Le tueur s'approcha de la fenêtre du conducteur et parla calmement — trop doucement pour que Havelock puisse saisir un traître mot — tout en regardant vers le siège arrière.

Le chauffeur répondit, se tournant vers son compagnon comme pour le prendre à témoin. Son compagnon hocha la tête, visiblement contrarié. Le faux garde recula et parla plus fort, avec une autorité toute militaire.

« Je regrette, *signori* et *signora,* dit-il en italien. Ce soir les ordres sont formels. Tous les passagers doivent descendre et les voitures doivent être fouillées.

— Mais on nous a certifié que nous ne perdrions pas de temps en passant par ici, *caporale,* protesta le chauffeur en élevant la voix. Cette amie vient d'enterrer son mari cet après-midi. Elle est au plus mal... Voici ses papiers. Tout est en ordre, je vous assure. On nous attend pour la messe de huit heures. Elle vient de perdre son mari dans un tragique accident de voiture. Il était d'une grande famille. Le maire de Monesi était à l'enterrement...

— Je regrette, *signore,* répéta le tueur d'un ton très officiel. S'il vous plaît, veuillez sortir de votre voiture. Il y a un camion derrière vous, alors ne perdons pas plus de temps. »

Havelock tourna la tête et regarda le camion. Il n'y avait personne à l'intérieur. Les deux hommes qui l'occupaient étaient descendus. Ils portaient des vêtements de montagne et, chacun d'un côté de la route, ils scrutaient les bois, les mains dans les poches. Forces de soutien... La frontière appartenait à l'équipe de Rome, tout à fait certaine que personne ne pourrait passer sans être vu, et que si la cible apparaissait, la cible mourrait.

Et s'ils ne le voyaient pas ? Le deuxième ordre serait-il appliqué ? La deuxième cible — l'appât — serait-elle éliminée au col des Moulinets parce qu'elle ne servait plus à rien ? La réponse était aussi évidente que douloureuse pour Michael. Ils la tueraient. Elle n'existait pas, son existence était trop dangereuse pour les menteurs qui donnaient des ordres aux stratèges et aux ambassades. L'équipe retournerait à Rome sans avoir exécuté son premier meurtre commandé et le seul perdant serait l'agent chargé du rapport qui n'avait pas été mis au courant du deuxième meurtre à commettre.

Une silhouette élancée, vêtue de noir, sortit de la voiture. Une femme en deuil, le visage masqué d'une voilette sous son chapeau. Havelock regardait, submergé de douleur. Elle était à dix mètres de lui et pourtant la distance qui les séparait était un gouffre de mort. Qu'il se montre ou pas, dans quelques instants elle serait morte.

« Je regrette beaucoup, *signora,* dit le tueur en uniforme, mais il faut que vous ôtiez votre chapeau.

— Seigneur, mais *pourquoi* ? demanda Jenna Karras, très doucement, la voix brisée par ce qui semblait de l'émotion et qui était sans doute de la peur.

— Simplement pour comparer votre visage avec la photo sur votre passeport, *signora.* Je suis désolé, mais c'est le règlement. »

Jenna enleva lentement son chapeau et sa voilette. Sa peau qui était si souvent tannée par le soleil était pâle comme de la craie sous la lumière glauque du pont, ses traits délicats étaient fatigués, son visage, cheveux remontés en un chignon, semblait de marbre. Michael regardait, respirant doucement, silencieusement. Une partie de lui voulait hurler, tandis que l'autre partie le ramenait en arrière dans ses souvenirs... Ils étaient allongés tous les deux dans l'herbe, regardant la Moldau, ils marchaient dans Ringstrasse, se tenant par la main en riant de l'ironie de leur situation — deux agents secrets se comportant comme deux êtres humains, ils étaient au lit, se serraient l'un contre l'autre, se disant qu'ils trouveraient bien un moyen de casser leur prison mobile. Il se revoyait avec elle, partout, n'importe où, mais pas ici, encerclés par la mort, bloqués par la mort.

« La *signora* a de très beaux cheveux, dit le tueur blond avec un sourire qui déniait son rang. Ma mère serait enchantée. Nous aussi nous sommes du Nord.

— Merci. Puis-je remettre mon voile, *caporale* ? Je suis en deuil.

— Un instant, s'il vous plaît », répliqua Ricci. Il tenait le passeport, mais il ne le regardait pas. Il regardait partout en même temps, sans bouger la tête, sa colère augmentant visiblement de minute en minute, tandis que l'escorte de Jenna restait immobile près de la voiture, essayant de ne pas croiser le regard du soldat.

Derrière la Lancia, les deux assassins de secours de chaque côté de leur camion paraissaient très tendus, les yeux braqués sur l'ombre des bois, regardant chacun leur tour vers l'auberge, anticipant... C'était comme s'ils s'attendaient tous à ce qu'il se matérialise, sortant subitement de l'obscurité, venu de l'auberge ou tout droit de derrière un arbre, appelant la femme debout près de la voiture. C'était *cela* qu'ils attendaient. Ils étaient arrivés au moment précis qu'ils avaient évalué comme le centre de la crise — puisque rien ne s'était produit auparavant, cela allait éclater maintenant. C'était obligatoire. Tout avait fonctionné à merveille, exactement comme ils l'avaient prévu. La cible n'avait pas traversé la frontière dans les vingt-six heures précédant cet instant, et si elle l'avait fait c'était en pure perte. Havelock n'avait aucun moyen de savoir quel véhicule transportait Jenna Karras ni comment elle passerait la frontière. Et au-delà de ces déductions, l'homme qui devait mourir n'avait aucune raison de savoir qu'une équipe envoyée par Rome se trouverait au poste frontière. Cela allait se produire maintenant. Maintenant ou jamais.

La tension de la scène arriva à son point culminant. Elle fut renforcée par la tentative que faisaient les deux soldats coincés dans leur baraque pour sortir. Ils tiraient sur la porte, criaient devant la fenêtre. Mais le verre épais étouffait leurs voix. Jenna Karras et son escorte ne perdaient rien de la scène. Le chauffeur se déplaçait vers la porte et son compagnon vers la lisière des bois. Ils voyaient bien qu'un piège se tendait, mais pour des raisons qu'ils ne pouvaient comprendre le piège ne leur semblait pas destiné. S'il l'était, tout serait déjà réglé depuis longtemps.

Havelock savait que, maintenant, tout était affaire de *timing*. L'éternelle attente jusqu'à ce que *le* moment arrive, et soudain cet instant où l'instinct lui dirait de bouger. Il ne pouvait pas réajuster les choses en sa faveur, mais il pouvait réduire les chances de ses adversaires. Sauver Jenna. Le moment arrivait...

« *Finira in niente* », dit le tueur en uniforme, juste assez fort pour être entendu, avançant sa main vers sa taille, secouant le poignet deux fois comme il l'avait déjà fait. Le signal...

Michael prit un paquet de plastic dans sa poche. Il regarda le module. Le compteur marquait 0000. Il appuya délicatement sur le bouton jusqu'à ce qu'il obtienne les chiffres qu'il désirait. Il avait vérifié et revérifié sa position dans le noir. Il connaissait le chemin offrant le moins d'obstacles et maintenant il l'empruntait. Il se faufila comme un serpent, s'enfonçant de trois mètres dans le bois, observa la cime des arbres découpés sur le ciel noir et jeta le paquet de plastic en l'air. Au moment où il le lançait, il repartit vers la route, en suivant une courbe qui l'amena parallèlement au camion, à trois mètres du tueur de soutien déguisé en montagnard. Il lui restait deux balles dans le magnum. Il était possible qu'il ait à les tirer avant le moment pour lequel il les réservait, les sons étouffés étant préférables au bruit du Llama. Dans quelques secondes maintenant...

« Je regrette de vous avoir fait perdre du temps, *signora* et *signori,* dit l'assassin envoyé par Rome en s'éloignant de la Lancia pour ouvrir la barrière orange. Le règlement... Vous pouvez remonter dans votre voiture maintenant, tout est en ordre. »

Le tueur blond passa devant le bâtiment, ignorant les cris de colère des deux soldats enfermés à l'intérieur. Il n'avait pas de temps à perdre avec ce genre de problème mineur. Un plan venait d'échouer, une stratégie habilement mise en place était devenue un exercice futile. La colère et la frustration l'envahissaient, pendant que son instinct lui dictait de quitter ces lieux au plus vite. Il ne restait qu'une seule dernière chose à faire, quelque chose que l'agent chargé du rapport ne devait pas savoir. Il releva la barrière orange, mais se mit immédiatement au milieu de la route, bloquant le passage et, sortant un calepin et un crayon de sa poche, le garde-frontière procéda à sa dernière mission, relevant le numéro d'immatriculation de la voiture. Cela aussi, c'était un signal.

Quelques secondes seulement.

Jenna et les deux hommes qui l'escortaient remontèrent dans leur voiture ; le visage des deux hommes trahissait leur stupéfaction et leur soulagement. Les portières claquèrent et, à ce moment, un petit homme trapu émergea des feuillages derrière la Lancia. Il avança directement vers la voiture mais ce n'était pas à elle qu'il prêtait attention. Il regardait les bois de l'autre côté de la route. Il leva sa main droite en secouant son poignet deux fois près de sa taille, perplexe. Personne ne répondait à son signal. Il resta immobile un moment, légèrement inquiet, mais pas encore paniqué. Les spécialistes dans son genre comprenaient les problèmes des incidents techniques, du mauvais fonctionnement de certains équipements. Quand il y en avait, c'était en général mortel. C'était d'ailleurs pour cela qu'ils travaillaient toujours à deux. Le spécialiste tourna la tête vers le poste frontière : l'assassin blond était rongé d'impatience. L'homme se mit alors à genoux, sortit un objet de sa main gauche et le passa dans la droite. Il se pencha vers le dessous de la voiture, juste sous le réservoir d'essence.

Fin du timing. Plus une seconde à perdre.

Havelock avait le spécialiste dans la ligne de mire de son magnum. Il tira. Le spécialiste hurla, son corps s'écrasa contre le métal du pare-chocs, le paquet d'explosifs s'envola, arraché à son bras par le choc de la balle qui avait traversé sa colonne vertébrale, le tueur blond pivota sur lui-même, sortit un automatique, le braqua immédiatement dans la bonne direction. Michael roula sur lui-même pour se sortir de là... un mètre, deux mètres... jusqu'à ce que les buissons soient trop denses, arrêtent son mouvement. Les coups de feu résonnèrent partout, des balles s'enfonçaient dans la terre. Havelock se redressa et tira la dernière balle de son magnum. Le son étouffé fut suivi par un hoquet. Le tueur près du camion ne dirait plus jamais rien d'autre. Sa gorge avait éclaté.

« *Di dove ? Dove !* » cria l'assassin blond en courant autour de la Lancia.

L'explosion emplit l'air, la lueur aveuglante du plastic rendit les bois plus noirs pendant une seconde. L'écho renvoya un bruit de tonnerre. L'assassin plongea à terre, visant nulle part et tirant partout. Le moteur de la Lancia rugit, ses roues patinèrent, et la voiture bondit sur le pont. Elle était passée ! Jenna était *libre* !

Quelques secondes de plus. Il devait le faire.

Michael se remit sur pied et sortit de la forêt en

courant, le magnum vide dans sa ceinture, le Llama à la main. L'assassin le vit dans la lumière des hautes flammes qui dévoraient le bois. Il se mit à genoux, visant Havelock, soutenant son arme de son bras gauche. Il tira rapidement, plusieurs coups enchaînés. Les balles ricochèrent, sifflèrent à droite de Michael, qui se mit à couvert derrière le camion. Mais il n'était pas à couvert. Il entendit des pas derrière lui et se retourna, le dos contre la porte. A l'arrière du camion, le chauffeur courait. Il pivota, plongea, mouvements d'un professionnel tirant comme à l'exercice. Havelock se laissa tomber à terre et tira à son tour deux fois, sentit une douleur glacée dans son épaule, sut qu'il avait été touché. Mais il ne savait pas si sa blessure était sérieuse ou pas. Le chauffeur roulait maintenant près du bord de la route. Mais ce n'était plus le mouvement d'un professionnel à l'exercice. S'il n'était pas mort encore, cela n'allait pas tarder.

Soudain, de la terre gicla en l'air devant Michael. L'assassin blond pouvait tirer, son associé mort ne le gênait plus. Havelock plongea sur sa droite, puis roula sous le camion, rampant en proie à la panique. Il sortit de l'autre côté. *Seulement des secondes, quelques secondes. Il en avait désespérément besoin.* Il bondit sur ses pieds, plaqué contre le flanc du camion il s'approcha de la portière. Il voyait une foule de gens affolés devant l'auberge, criant, courant dans tous les sens. Il lui restait si peu de temps. Des hommes allaient sortir des bâtiments et rappliquer. Ils arrivaient peut-être déjà. Il saisit la poignée et ouvrit violemment la porte. Il vit ce qu'il voulait voir : les clefs étaient sur le contact comme il avait osé l'imaginer. L'équipe envoyée par Rome avait contrôlé la situation jusqu'à présent, et contrôler signifiait également être capable de quitter rapidement le lieu d'exécution.

Il sauta sur le siège, baissant la tête, ses doigts travaillant furieusement. Il tourna la clef. Le puissant moteur toussa et, immédiatement, des coups de feu éclatèrent, venus de devant lui, suivis par le bruit des balles pénétrant dans le métal. Il y eut un silence. Et Michael comprit. L'assassin rechargeait son arme. *Des secondes. Il les avait !* Il alluma les phares — ils étaient très puissants, presque aveuglants. Devant lui, l'assassin blond était agenouillé sur le talus bordant la route. Il finissait de replacer le chargeur de son automatique. Havelock débraya, passa la première et écrasa l'accélérateur sur le plancher.

Le lourd camion bondit en avant, ses pneus hurlèrent, projetant de la terre et du gravier. Michael balança le volant à droite, gagnant de la vitesse. Des coups de feu rapides. Le pare-brise s'étoila, toile d'araignée de verre. Havelock leva la tête juste assez pour voir ce qu'il voulait voir. Le tueur était pris dans le faisceau des phares. Michael ne dévia pas d'un millimètre jusqu'à ce qu'il sente et entende l'impact, accompagné par le cri de rage et de défi du Corse, coupé net, au moment où l'assassin s'écrasait contre le pare-chocs, puis passait sous les roues de l'énorme camion. Havelock donna un coup de volant à gauche pour remettre le camion sur la route. Il passa en trombe entre les deux postes de garde, remarquant au passage les deux soldats à plat ventre dans celui de droite.

Du côté français, c'était le chaos, mais il n'y avait pas de barrière pour l'arrêter. Des soldats couraient dans tous les sens, un officier aboyait des ordres contradictoires. Dans une guérite, quatre gardes étaient penchés sur un téléphone. La route virait à gauche après le pont, puis à droite avant d'entrer dans le village. C'était un patchwork de petits chalets de bois, collés les uns aux autres, toits en pente, typiques des villages des Alpes. Il entra dans une rue pavée. Plusieurs piétons s'écartèrent vivement, étonnés par le bruit et l'aspect de ce lourd camion italien.

Il vit les feux rouges... Les feux arrière de la Lancia ! Elle était loin devant lui. Ils tournèrent dans une rue — Dieu seul savait laquelle. Le village était un de ces villages où les anciens sentiers avaient été transformés en rues pavées, juste assez larges pour des charrettes. Mais il retrouverait la rue quand il y parviendrait. Il *devait* la retrouver !

Les rues perpendiculaires se firent plus larges, les pavés s'augmentèrent de trottoirs et de plus en plus de gens étaient visibles devant les boutiques illuminées. Mais la Lancia n'était nulle part. Elle avait disparu !

« S'il vous plaît ! Où est l'aéroport ? cria Michael par la fenêtre en direction d'un couple âgé qui s'apprêtait à traverser.

— L'aéroport ? dit le vieil homme en français, mais avec un accent presque italien. Il n'y a pas d'aéroport ici, monsieur. Prenez la route de Cap-Martin.

— *Il y a* un aéroport près du village, j'en suis certain, cria Havelock, essayant de maîtriser son anxiété. Un ami m'a dit qu'il s'envolait d'ici ce soir.

— Votre ami voulait sûrement parler de Cap-Martin, monsieur.

— Peut-être pas, intervint un homme plus jeune qui était installé devant sa boutique. Il n'y a pas un *vrai* aéroport, mais il y a une sorte de terrain d'aviation à quinze, vingt kilomètres vers le nord sur la route de Tende. Les gens qui ont des grosses villas vers Breil et Roquebillière s'en servent, je crois.

— C'est ça ! Quelle est la route la plus directe ?

— Prenez la première sur votre droite, puis à droite encore pour revenir jusqu'à la rue Maritime. Là, tournez à gauche, ça vous mènera à l'autoroute. Vous n'aurez plus qu'à suivre pendant quinze ou dix-huit kilomètres.

— Merci. »

Le temps était devenu un montage accéléré de lumières et d'ombres, empli de rues, de gens et de visages, de petites voitures et de phares, peu à peu remplacés par des bâtiments de plus en plus isolés, des espaces de plus en plus vides. Il avait atteint les limites du village. Si les gardes-frontière avaient alerté la police, il l'avait prise de vitesse. Quelques minutes plus tard — combien, il ne le saurait jamais — il fonçait à travers l'obscurité des Alpes-Maritimes, paysage de collines précédant les montagnes, virages qu'il négociait de toute la vitesse du camion. Il passa devant des moulins en ruine. Le temps et la nature étaient deux constantes, qu'on y prête attention ou pas. Michael avait besoin de ce genre de réflexion. Il n'était pas loin de perdre l'esprit.

Il n'y avait pas de lumières sur l'autoroute, pas de feux rouges en avant de lui. La Lancia n'était nulle part. Allait-il dans la bonne direction au moins ? Ou bien est-ce que la fièvre de l'anxiété avait érodé ses sens, creusant des vides là où il avait besoin de toute sa raison et de tout son contrôle ? Jenna était si proche et si terriblement loin...

Milaji vas, maj sladky. Nous comprenons ces mots, Jenna, toi et moi. Nous n'avons pas besoin du langage des menteurs. Nous n'aurions jamais dû l'apprendre. *N'écoute pas les menteurs ! Ils nous ont neutralisés et maintenant ils veulent nous tuer. Ils le doivent parce que je sais qu'ils sont là. Je le sais et tu vas le savoir aussi.*

Un projecteur ! Son rayon traversait le ciel noir. Derrière les collines les plus proches, en diagonale sur sa gauche. Il devait y avoir une route quelque part. Quelque part, dans quelques minutes, un terrain d'aviation et un avion... et *Jenna.*

La deuxième colline était plus abrupte. Il tenait le volant de toutes ses forces en prenant les virages qui descendaient. *Des lumières !* Des phares blancs devant, deux petits points rouges derrière. C'était la Lancia. Un kilomètre devant, en dessous. C'était impossible à dire, mais le terrain devait être là. Des lignes parallèles de lampes s'étalaient, dessinaient la piste. C'était une vallée. Sa longueur et sa largeur étaient suffisantes pour permettre l'atterrissage et le décollage d'avions à hélices ou même de petits jets... *les gens qui ont des grosses villas près de Breil et Roquebillière.*

Havelock écrasait toujours l'accélérateur, son pied gauche sur le frein prêt à rétablir l'équilibre. La route se fit plate, se borda d'un grillage qui entourait le terrain d'aviation. Dans le noir apparaissaient de temps en temps les fuselages brillants d'une douzaine de petits avions garés au bord de la piste. Les yachts d'hier remplacés par des oiseaux d'argent qui naviguaient dans le ciel. Le grillage, lui, était surmonté de barbelés, et le sommet était incurvé. Les propriétaires des grosses villas de la région tenaient à leurs avions. Une telle clôture, sur une telle longueur, valait une fortune. Allait-elle s'accompagner d'une guérite gardant une porte, avec des gardes peut-être plus attentifs que les gardes-frontière ?

Exactement. Il pénétra sur la route qui menait à l'entrée. La porte, haute de trois mètres, se refermait cent mètres devant lui. A l'intérieur, la Lancia roulait sur la piste d'atterrissage. Soudain ses lumières s'éteignirent. Quelque part dans l'étendue d'herbe et d'asphalte un avion attendait. La moindre lumière révélerait son immatriculation et permettrait de retrouver sa trace. Si lui avait pu voir les phares de la Lancia, il était évident que les occupants de la voiture s'étaient aperçus qu'on les suivait. Tout n'était plus qu'affaire de temps, minuscules secondes qui réduiraient le gouffre final ou l'agrandiraient. *Des secondes.*

Tout en serrant le volant, il frappa des deux avant-bras sur le klaxon du camion, répétant le seul signal de détresse qui lui vînt à l'esprit. *Mayday ! Mayday ! Mayday !* Il le répéta encore et encore, alors que le camion fonçait vers la porte qui se fermait.

Deux gardiens en uniforme étaient à l'intérieur, l'un poussait la grande croix métallique de la porte, l'autre, en face, se préparait à recevoir la porte coulissante et à fermer la serrure. La porte était déjà fermée aux trois quarts. Les deux gardiens regardaient à travers le grillage l'énorme camion qui leur fonçait dessus en klaxonnant furieusement. Il était visible, à leurs regards terrifiés, qu'ils n'avaient pas l'intention de rester dans la trajectoire de ce véhicule fou lancé à plein régime. Le gardien qui tenait la porte la lâcha, courant sur sa gauche. La porte repartit un peu en arrière quand il la lâcha. Celui qui était près de la serrure plongea dans l'herbe, abrité par la barrière.

Le gros camion arracha la porte, la projeta contre la petite guérite dont les vitres éclatèrent. Un fil électrique avait dû être arraché, car des étincelles jaillirent, se mêlant aux éclats de verre qui voltigeaient en l'air. Michael fonçait à présent sur le terrain ; son épaule blessée irradiait une douleur intense. Il faillit accrocher deux avions garés à l'ombre d'un hangar solitaire. Il vira à gauche, lança le camion dans la direction où la Lancia avait disparu moins d'une minute plus tôt.

Rien. Absolument *rien* ! Où était-elle ?

Une étincelle. Un mouvement. Tout au bout du terrain, à l'extrémité des lueurs jaunes des lampes qui balisaient la piste. La cabine d'un avion avait été ouverte, une lumière intérieure était apparue une fraction de seconde, éteinte instantanément. Il tourna violemment le volant à droite. Du sang maculait sa chemise. Il fonça en diagonale à travers le terrain, écrasant au passage sous ses pneus quelques balises.

Il était là ! Pas un *jet,* non, un bimoteur dont les hélices se mirent soudain à tourner à toute vitesse. Des flammes sortirent de ses pots d'échappement. Il n'était pas sur la piste d'envol, mais le pilote derrière la double ligne de balises allumées se préparait. L'avion ne bougeait pas. Le pilote le maintenait immobile le temps de faire sa check-list.

La Lancia. Elle était derrière l'avion, à droite. Une lumière, encore ! Pas dans l'avion cette fois, mais dans la Lancia. On ouvrait des portes, des gens en sortaient, fonçaient vers l'avion. La porte de l'avion s'ouvrit. Une autre lumière ! Un instant, Michael pensa écraser son camion contre le fuselage ou dans une aile de l'avion. Mais cela pourrait tourner à l'erreur tragique. S'il touchait un réservoir, l'avion exploserait en une seconde. Toujours des secondes... Il fit une embardée et arrêta le lourd camion à trois mètres de l'avion et sortit en trombe.

« *Jenna ! Jenna ! Poslouchat ja ! Stat ! Écoute-moi !* »

Elle grimpait à bord, poussée par le chauffeur de

la Lancia qui la suivit à l'intérieur et ferma la porte. Michael courut, oubliant tout, ne pensant qu'à elle. Il devait *l'arrêter !* L'avion bondissait sur place comme un cormoran grotesque.

Le coup le frappa, venu de l'ombre, étouffé et magnifié en même temps par le vent furieux que soufflaient les hélices de l'avion. Sa tête... Ses jambes cédèrent sous lui, du sang coulait de ses cheveux au-dessus de sa tempe droite. Il était à genoux, se retenait avec les mains, regardait l'avion, regardait les hublots, et *il ne pouvait pas bouger !* Les lumières de la cabine restèrent allumées pendant quelques secondes et il vit son visage derrière la vitre, ses yeux qui le regardaient, lui. C'était une vision dont il se souviendrait toute sa vie... s'il survivait. Il reçut un second coup à la base du crâne.

Il ne pouvait pas penser à cette terrible vision, pas maintenant ! Il entendait des sirènes, apercevait la lueur de plusieurs torches qui fouillaient l'obscurité du terrain. Un instant l'avion fut pris dans leurs rayons, puis il accéléra et s'engagea entre les balises lumineuses. L'homme qui l'avait frappé deux fois courait vers la Lancia. Il *fallait* qu'il *bouge* ! Il fallait qu'il bouge maintenant, sinon il ne lui serait plus permis de vivre, il ne la verrait plus jamais, il n'arriverait jamais à démasquer les fabricants du mensonge. Il lutta pour se remettre sur pied, les jambes flageolantes, la main droite serrée sur le Llama automatique qu'il avait sorti de sa veste.

Il tira deux fois au-dessus du toit de la voiture. L'homme qui se glissait sur le siège aurait pu le tuer un instant plus tôt. Michael ne voulait pas tuer cet homme. Mais il lui fallait la voiture. Ses mains étaient agitées de tremblements, les lumières l'éblouissaient. Il tira une fois encore et la balle ricocha sur le métal. Il s'approcha de la fenêtre.

« Sors de là ou tu es un homme mort ! cria-t-il en saisissant la poignée. Tu as entendu ! sors de là ! » Havelock agrippa l'homme par l'épaule, le tira dehors et le balança sur l'herbe. Il n'était plus temps de lui poser la bonne douzaine de questions qu'il aurait aimé lui poser. Il se mit au volant et claqua la portière. Le moteur tournait.

Pendant les quarante-cinq secondes qui suivirent, il zigzagua à travers le terrain d'aviation à pleine vitesse, échappant aux forces de sécurité de l'aéroport, disparaissant et réapparaissant dans les faisceaux des projecteurs. Il faillit emboutir une bonne dizaine d'avions immobiles, jusqu'à ce qu'il se trouve en face de la porte démolie. Rien ne barrait le passage. Il fonça. Il ne voyait plus la route. Il conduisait d'instinct. Ce qui emplissait ses yeux, c'était cette terrible vision de Jenna Karras derrière le hublot de l'avion.

A Rome il avait vu son visage sur le quai de la gare. Il était alors empli de peur et de confusion. Et là, quelques minutes plus tôt, cela avait été différent. Il avait vu son regard, ses yeux. Et ses yeux exprimaient une haine froide et blanche.

13

Il descendit vers le sud-ouest de la Provence, puis carrément vers le sud, vers la petite ville de Cagnes-sur-Mer. Il avait travaillé en Méditerranée du Nord pendant des années et il connaissait un docteur qui habitait entre Cagnes et Antibes. Il avait besoin d'aide. Il avait arraché la manche de sa chemise et fait un nœud autour de la blessure qui lui ensanglantait l'épaule. Mais cela n'empêchait pas le sang de couler. Il avait la poitrine complètement couverte de son sang, ses vêtements lui collaient à la peau, odeur douce-amère qu'il connaissait trop bien. Son cou était seulement marqué d'un énorme bleu — opinion paramédicale qui n'atténuait en rien la douleur — mais le coup qu'il avait pris sur la tête nécessitait des points de suture. Le moindre sursaut rouvrirait la plaie à peine coagulée.

Il avait besoin d'un autre genre d'aide également, et le Dr Henri Salanne y pourvoirait. Il devait joindre Matthias. Surseoir à cet appel serait catastrophique. Les identités pouvaient être retrouvées grâce au nom de code, « Ambiguïté ». Il détenait assez d'informations. L'évidence de l'immense conspiration était fournie par le simple fait que Jenna Karras avait survécu sur la Costa Brava — elle n'était pas morte, contrairement à ce que disaient les rapports officiels — et par le fait qu'on l'avait déclaré, lui, « au-delà de toute récupération ». La première preuve, Matthias l'accepterait car elle venait de son *pritel,* quant à la seconde, elle serait confirmée par des directives bordées de noir dans les dossiers des opérations consulaires. Le *pourquoi* était hors d'atteinte pour Havelock, mais pas les faits. Ils existaient et Matthias pourrait agir. Et pendant que le secrétaire d'État agirait, Michael devrait se rendre à Paris le plus vite possible. Cela ne serait pas simple. Chaque aéroport, chaque autoroute, chaque gare serait surveillé et Matthias ne pourrait rien y faire. Le facteur temps et les moyens de communication appartenaient aux fabricants du mensonge. Donner des ordres clandestins était beaucoup plus facile que de les combattre. Tous les réseaux allaient être alertés et, dans cette toile d'araignée, tout le monde allait chercher à l'abattre.

D'ici une heure — si ce n'était pas déjà fait — Rome serait au courant des événements du col des Moulinets. Des téléphones et des fréquences radio secrètes allaient vibrer à l'unisson, passeraient le message : *L'homme au-delà de toute récupération est en roue libre. Il ne peut pas nous coûter davantage. Tous les réseaux sont alertés. Utilisez toutes les sources, toutes les armes disponibles. Dernier endroit où il a été vu : col des Moulinets. Rayon maximum : deux heures de route. Il serait blessé. Dernier véhicule connu : un camion italien et une Lancia. Trouvez-le. Tuez-le.*

Les menteurs de Potomac ne pouvaient plus faire autrement. Il *était* en roue libre, et cela allait leur coûter un maximum : Il allait révéler l'extension de leur organisation secrète, leur existence. Nul doute que Salanne avait déjà été contacté, mais comme tant d'hommes dans ce monde obscur, il avait ses secrets — des traces du passé — que ceux qui allongeaient l'argent à Washington, Rome ou Paris ignoraient. Il existait avec Henri Salanne ce type particulier de relation établie par certains agents sur le terrain dans une situation particulière, et qu'ils gardaient en réserve pour le jour où ils en auraient besoin. Il y avait même une vague moralité dans ces pratiques, au sens où, souvent, ces informations ou ces événements ayant amené cette relation particulière étaient le résultat d'une crise temporaire ou d'une faiblesse qui n'exigeait pas la destruction de l'homme ou de la femme.

Pour Salanne, Havelock avait été présent quand cela s'était produit. Pour être précis, onze heures après l'acte lui-même, juste assez tôt pour en enrayer les conséquences. Le docteur avait vendu un agent américain de Cannes qui coordonnait une petite flottille de bateaux de plaisance, bateaux qui servaient en fait à surveiller les positions navales soviétiques dans le secteur. Salanne l'avait vendu, contre une forte somme, à un agent du K.G.B. et Michael n'avait pas compris. En ce qui concernait le docteur, ni l'argent ni la trahison ne paraissaient des motifs sensés. Il ne lui fallut qu'un regard, qu'une seule entrevue pour apprendre la vérité — et c'était bien une vérité ou une juxtaposition de vérités — aussi vieille que le monde grotesque dans lequel ils vivaient tous. Ce médecin sympathique quoiqu'un peu cynique était un joueur invétéré. C'était la première raison qui avait fait qu'un jeune chirurgien très brillant, sorti des hôpitaux de Paris, était venu s'installer quelques années plus tôt dans le triangle d'or de Monte-Carlo. Ses références étaient honorées à Monaco, mais pas ses pertes au Casino.

Entre en scène l'Américain, dont la couverture était celle d'un riche yachtman de la Jet-set, et qui dépensait allégrement l'argent des contribuables aux tables de jeux. Mais son allégresse se portait également sur la bagatelle, avec une préférence certaine pour les très jeunes filles, image qui ne nuisait en rien à sa couverture de play-boy désœuvré. Une des jeunes filles qui se retrouva dans son lit jamais vide était la propre fille de Salanne, Claudie, une enfant impressionnable qui fit une sévère dépression quand elle s'aperçut que leur relation s'arrêtait aussi vite qu'elle avait commencé.

Les Soviétiques saisirent l'occasion. Les pertes du Dr Salanne pouvaient être épongées et un violeur mondain pouvait disparaître de la scène. Pourquoi pas ? s'était dit Salanne. Et c'est exactement ce qui se produisit.

Apparut alors Michael Havelock qui était remonté aux sources de la trahison, avait évacué l'Américain avant que ses bateaux soient identifiés et débarqué chez le Dr Henri Salanne. Mais il n'avait jamais transmis sa découverte dans son rapport. Ce n'était pas la peine et le docteur avait compris les conditions de son « pardon ». *Jamais plus*... Et depuis, il était redevable de cela à Michael.

Havelock trouva une cabine téléphonique dans un coin désert près de Cagnes-sur-Mer. Il sortit difficilement de sa voiture, se couvrant de sa veste. Il avait froid, il se sentait mal, il saignait toujours... Dans la cabine, il ôta le Llama de son holster, cassa la lampe qui éclairait le téléphone et étudia le cadran dans le noir absolu. Après ce qui lui sembla une interminable attente, les renseignements lui donnèrent le numéro de Salanne.

« Comment va votre fille Claudie ? » demanda-t-il calmement, laissant le son de sa voix réveiller les souvenirs du docteur.

Le silence qui suivit fut aussi interminable que l'attente d'une réponse de l'opératrice. Finalement, le docteur se mit à parler, utilisant délibérément l'anglais. « Je me demandais si j'entendrais parler de vous. Si c'est vous, ils disent que vous êtes blessé.

— C'est vrai.

— Gravement ?

— J'ai besoin d'un bon nettoyage et de quelques points de suture. C'est tout, je crois.
— Rien d'interne ?
— Pas que je sache.
— J'espère que vous avez raison. Il serait imprudent d'aller dans un hôpital. Je pense que toutes les salles d'urgence doivent être surveillées. »
Michael fut soudain très inquiet.
« Et vous ?
— Ils n'ont pas tant de moyens et ils doivent se rendre compte que je préférerais voir une dizaine de patients mourir sur une table d'opération que d'être privé de leur générosité.
— Vraiment ?
— Coupons la poire en deux, dit le docteur en riant, disons cinq patients seulement, pour soulager ma conscience ! »
Le docteur se tut, mais pas assez longtemps pour que Havelock puisse parler.
« Il y a un problème. Ils ont dit que vous conduisiez un camion...
— Non.
— Ou peut-être une Lancia grise, poursuivit Salanne.
— C'est vrai.
— Débarrassez-vous-en, ou éloignez-vous-en. »
Michael regarda la grosse voiture dehors. Le moteur était surchauffé. De la vapeur s'échappait du radiateur, faisait un petit nuage sous les réverbères, attirait l'attention. « Je ne suis pas certain de pouvoir marcher bien loin, dit-il au docteur.
— Perte de sang ?
— Assez pour que je le sente.
— Merde ! Où êtes-vous ?
— Je ne sais pas. J'ai l'impression d'être déjà venu ici, mais je n'arrive pas à m'en souvenir.
— Désorientation ou perte d'impressions ?
— Quelle différence ça fait ?
— Le sang...
— J'ai la tête qui tourne, si c'est ce que vous voulez dire.

— Exactement. »

Michael lui décrivit l'endroit.

« Je crois que je connais ce coin. Y a-t-il une bijouterie de l'autre côté de la rue ? »

Michael balaya la rue du regard. « *Ariele et Fils*, dit-il, lisant les grosses lettres blanches au-dessus d'un magasin éteint. Bijouterie, achat et vente. C'est ça ?

— Ariele, bien sûr... Au nord, trois ou quatre boutiques plus loin, vous trouverez une ruelle qui mène à un parking derrière les magasins. Je viens aussi vite que je peux, d'ici une vingtaine de minutes, quand même. Ce n'est pas la peine que je fonce dans les rues, étant donné la situation.

— Je le pense également.

— Et vous non plus. Marchez doucement, et s'il y a la moindre voiture suspecte, allongez-vous sous une voiture, à plat sur le dos. Faites le moins de mouvements possible. C'est compris ?

— Compris. »

Havelock quitta la cabine téléphonique, mais avant de traverser la rue, il ouvrit sa veste, arracha sa chemise trempée de sang et essora le tissu jusqu'à ce que des grosses gouttes tombent sur le bitume. Puis il marcha dans la flaque et fit une dizaine de pas vers le sud. Il ôta ensuite maladroitement ses chaussures et roula sa chemise sanglante dans sa veste avant de reprendre la bonne direction. Quiconque découvrant la Lancia et examinant la cabine et ses environs serait persuadé qu'il était parti vers le sud.

Il était allongé sur le dos, des allumettes à la main, et regardait le châssis graisseux et noir de la Peugeot sous laquelle il se trouvait, essayant de garder son esprit en alerte en faisant des exercices de probabilité. Proposition : le propriétaire de la Peugeot revenait avec un compagnon et ils montaient tous les deux dans la voiture. Que ferait-il ? Et comment ferait-il pour ne pas être vu ? La réponse était de rouler sur le côté. Oui, mais de quel côté ?

Deux phares éclairèrent l'entrée du parking, coupant court à ses spéculations. Puis les phares s'éteignirent. Le moteur tournait toujours. C'était Salanne, lui signifiant qu'il était arrivé. Havelock rampa pour s'extraire de sous la Peugeot et gratta une allumette. Deux secondes plus tard, le docteur était au-dessus de lui, quelques minutes encore et la voiture roulait vers Antibes, Michael sur le siège arrière, calé dans le coin, jambes allongées sur la banquette, invisible.

« Vous vous souvenez, dit Salanne, il y a une petite entrée sur le côté de ma maison qu'on prend avant d'entrer au garage. Elle mène directement dans mon bureau et dans ma salle d'examen.

— Je me rappelle. Je m'en suis servi.

— Je vais rentrer d'abord, juste pour être sûr.

— Qu'allez-vous faire s'il y a des voitures devant chez vous ?

— J'aime mieux ne pas y penser.

— Vous devriez, pourtant.

— En fait, j'y ai pensé. J'ai un collègue à Villefranche, un vieil homme au-dessus de tout soupçon. Mais je préférerais ne pas l'impliquer.

— J'apprécie ce que vous faites, dit Havelock en remarquant que les cheveux du docteur, grisonnants un an ou deux auparavant, étaient maintenant complètement blancs.

— J'ai apprécié ce que vous aviez fait pour moi, répliqua doucement Salanne. Je vous règle ma dette. Je n'avais jamais envisagé les choses autrement.

— Je sais. C'est plutôt froid, non ?

— Pas du tout. Vous m'avez demandé comment Claudia allait, alors je vais vous le dire. Elle est mariée, elle a un enfant et elle est très heureuse. Elle a épousé un jeune interne de l'hôpital de Nice. Alors qu'il y a deux ans elle avait presque réussi son suicide. Vous comprenez la valeur que cela a pour moi, mon ami ?

— Je suis ravi de l'apprendre.

— Et puis, ce qu'ils disent sur vous est absurde.

— Qu'est-ce qu'ils disent ?

— Que vous êtes fou, un psychopathe dangereux

qui nous menace tous d'une mort certaine en dévoilant nos identités aux requins affamés du K.G.B. Et qu'il faut que vous mouriez.

— Et pour vous c'est absurde ?

— Totalement, mon ami. Vous vous souvenez de l'homme à Cannes, l'homme qui était impliqué dans mon indiscrétion ?

— L'informateur du K.G.B ?

— Oui. Diriez-vous de lui qu'il est crédible ?

— Comme n'importe lequel de leurs hommes dans ce secteur, répliqua Havelock. Pourquoi parler de lui ?

— Quand on m'a appelé pour me parler de vous, je lui ai téléphoné, d'une cabine publique, bien sûr. Je voulais la confirmation de cette information incroyable. Alors je lui ai demandé quel prix ils donneraient pour l'attaché américain originaire de Prague. Ce qu'il m'a dit était très étonnant.

— Et c'était ? demanda Havelock en essayant de contenir la douleur qui l'envahissait.

— Vous n'avez aucune valeur sur le marché. Pas de prix, même pas trois francs. Vous êtes un lépreux et Moscou ne veut rien avoir à faire avec votre maladie. Vous ne devez pas être contacté, ni même écouté. Alors, qui peut chercher à vous présenter de cette façon ? »

Le docteur hocha la tête. « Rome a menti, ce qui signifie que quelqu'un à Washington a menti à Rome. "Au-delà de toute récupération ?" Au-delà de toute crédibilité, oui !

— Vous répéteriez ceci à quelqu'un ?

— Et en le faisant, je signerais mon arrêt de mort ? Ma gratitude a des limites.

— Vous ne seriez pas identifié, je vous le jure.

— Et qui vous croirait si vous ne nommiez pas une source qu'il puisse vérifier ?

— Anthony Matthias.

— *Matthias ?* s'écria Salanne en secouant la tête, mains agrippées au volant, gardant difficilement les yeux concentrés sur la route. Et pourquoi m'écouterait-il ?

— Parce que vous êtes avec moi. Je vous le jure.
— Votre parole n'est pas en doute, mais un homme comme Matthias se situe bien au-dessus de tout ça, mon ami. Il pose les questions et on doit répondre.
— Vous n'auriez qu'à lui expliquer.
— Pourquoi vous croirait-il ? Me croirait-il, *moi ?*
— Vous savez que je suis originaire de Prague, vous venez de le dire. Eh bien lui aussi.
— Je vois, dit pensivement le docteur. Je n'avais jamais fait le rapprochement, je n'y avais même jamais pensé.
— C'est compliqué et je n'en parle jamais. Cela nous ramène loin en arrière...
— Je dois réfléchir. Avoir affaire à un tel homme replace toute cette histoire dans une perspective différente. Nous sommes des hommes ordinaires qui nous agitons follement. Lui est loin d'être un homme ordinaire. Il vit sur un autre plan. Les Américains ont une expression pour ça...
— *A different ball game.* Ce n'est pas le même jeu...
— C'est cela.
— Et pourtant si, dit Havelock. Il s'agit du même jeu, et je crois que c'est lui qui est visé. Comme nous tous. »
Il n'y avait aucune voiture suspecte dans un rayon de quatre pâtés de maisons autour de chez Salanne. Ils n'eurent pas à poursuivre leur voyage jusqu'à Villefranche. Dans la salle d'examen, Havelock ôta ses vêtements et se lava ; le docteur lui fit des points de suture et pansa ses plaies. La femme de Salanne, une petite femme très peu communicative, l'assista.
« Vous devrez vous reposer quelques jours, dit le Français quand sa femme fut sortie avec les vêtements de Michael pour les nettoyer et pour brûler ce qui était irrécupérable.
— Si rien ne lâche, les points tiendront cinq ou six jours. Après, il faudra changer le pansement. Mais surtout, vous avez vraiment besoin de repos.
— Impossible, répondit Havelock en grimaçant. Il essayait de s'asseoir sur la table, jambes pendantes.

— Même bouger de quelques centimètres vous fait mal, non ?

— Seulement à l'épaule, c'est tout.

— Vous avez perdu beaucoup de sang, vous le savez.

— J'ai perdu bien plus que ça, répliqua Michael. Vous avez un dictaphone dans votre bureau ?

— Bien sûr. Je fais mes rapports médicaux longtemps après le départ des secrétaires.

— Je voudrais que vous me montriez comment on s'en sert et je voudrais que vous écoutiez. Cela ne sera pas long et vous ne serez pas identifié sur la bande. Après, j'aimerais passer un coup de fil aux États-Unis.

— Matthias ?

— Oui. Mais les circonstances détermineront ce que je peux lui dire, quantitativement. Cela dépendra de qui se trouve avec lui, et du degré de sécurité de la ligne. Quand vous aurez entendu ce que j'ai à dire et que la bande sera dans votre machine, vous pourrez décider de lui parler ou pas... si on arrive jusque-là.

— Vous me posez un cas de conscience.

— Désolé. Il n'y aura pas beaucoup d'autres problèmes. Demain matin, j'aurai besoin de vêtements. Tous ceux que j'avais sont restés à Monesi.

— Pas de problème. Les miens n'iraient pas, mais ma femme ira vous en acheter.

— En parlant d'achats, j'ai pas mal d'argent mais cela ne me suffira pas. J'ai un compte à Paris. Je vous le rendrai.

— Maintenant vous me gênez.

— Ce n'était pas mon intention. Mais vous voyez, pour pouvoir vous rendre votre argent il faut que j'aille à Paris.

— Matthias peut certainement s'arranger pour que vous atteigniez la capitale en toute sécurité et rapidement.

— J'en doute. Vous comprendrez mieux pourquoi quand vous entendrez ce que je dirai. Ceux qui ont menti à Rome sont très haut placés à Washington. Je ne sais ni où ni qui ils sont, mais je sais qu'ils ne transmettront que ce qu'ils veulent. Ses ordres risquent d'être annulés, parce que *leurs* ordres ont été donnés et qu'ils veulent qu'ils soient exécutés. Et si je dis où je suis, où on peut me joindre, ils enverront des hommes me chercher. Il se peut qu'ils arrivent à m'avoir et c'est pour ça que j'ai besoin de la bande. On peut le faire maintenant, s'il vous plaît ? »

Trente-quatre minutes plus tard, Havelock éteignit le magnétophone à cassette et le plaça sur le bureau de Salanne. Il avait tout dit, depuis les cris de la Costa Brava jusqu'aux explosions du col des Moulinets, en passant par cette nuit à Amsterdam où il s'était aperçu qu'il était surveillé par la C.I.A., surveillance qui incluait un piètre interrogatoire, jusqu'à sa rencontre à Paris avec un indicateur qu'il ne nommait pas et qui avait admis qu'il le suivait pour le compte du K.G.B. Il n'avait rien omis. Ni sa violente confrontation avec Rostov à Athènes, lorsqu'il avait appris que Jenna Karras ne faisait pas partie des services de renseignements soviétiques, ni ce moment de folie où il l'avait reconnue dans la foule de la gare de Rome — quand elle l'avait regardé, terrifiée, décomposée par la peur. Puis il parla de Civitavecchia et de la mort sur le Palatin, ensuite de la trahison et des morts du col des Moulinets, où deux personnes avaient été décrétées « au-delà de toute récupération », elle parce qu'elle avait survécu, lui parce qu'il savait la vérité. Les exécuteurs venaient de Rome, mais les fabricants du mensonge étaient à Washington, avec accès direct sur les sphères où se prenaient les décisions et donnant des directives avec l'autorité des plus hauts niveaux des opérations clandestines. Ce qui se passait, quoi que ce fût, était en train de saper les objectifs fondamentaux des services clandestins, qu'ils soient compromis ou pas. Michael n'avait pas pu s'empêcher d'ajouter une dernière appréciation. Le monde civilisé pouvait très bien vivre si un service de renseignements monolithique était compromis, mais pas si une des victimes était un des hommes de qui dépendait l'existence même de ce monde civilisé : Anthony Matthias, homme d'État révéré par ses amis géopoliticiens et par ses adversaires sur toute la planète. On lui avait menti, systématiquement, sur une question à laquelle il s'était intéressé en profondeur. Combien d'autres mensonges lui avait-on servis ?

Le Dr Henri Salanne était installé à l'autre bout du bureau, dans un gros fauteuil de cuir, le corps immobile, le visage rigide, les yeux braqués sur Havelock. Il était stupéfait, sans voix ; les mots qu'il avait entendus restaient incompréhensibles. Au bout d'un long moment il brisa le silence.

« Pourquoi ? demanda-t-il. C'est irrationnel, c'est aussi absurde que ce qu'ils racontent sur vous. *Pourquoi ?*

— Je me suis posé cette question mille fois et j'en reviens toujours à ce que j'ai dit à Brown à Rome. Ils pensent que je sais quelque chose que je ne devrais pas savoir, quelque chose qui les effraie.

— Vous savez une telle chose ?

— Il me l'a demandé.

— Qui ?

— Brown. Et j'ai été sincère avec lui — peut-être trop sincère — mais d'avoir vu Jenna m'avait fait sauter la tête. Je n'arrivais plus à penser tactiquement, surtout après ce que Rostov m'avait dit à Athènes.

— Que lui avez-vous dit ?

— La vérité. Que si je savais quelque chose, je l'avais oublié, ou bien que cela ne m'avait pas frappé et que je ne m'en souvenais donc plus.

— Cela ne vous ressemble pas. Ils disent que vous êtes un ordinateur ambulant, une vraie banque de données, capable de vous souvenir d'un nom, d'un visage ou d'un événement mineur qui s'est produit dix ans plus tôt.

— Comme la plupart de ce genre d'affirmations, c'est un mythe. J'ai accumulé les diplômes et j'ai donc développé certaines facultés en moi, mais je ne suis pas un ordinateur.

— J'en suis tout à fait conscient, dit le Français. Aucun ordinateur n'aurait fait ce que vous avez fait pour moi. » Salanne allongea ses jambes. « Vous avez passé au crible les mois qui ont précédé la Costa Brava ?

— Les mois, les semaines, les jours... Tout, tous les endroits où nous... où je suis allé. Belgrade, Prague, Cracovie, Vienne, Washington, Paris. Il n'y a rien qui me fasse sourciller, rien qui attire l'attention. A l'exception d'une opération à Prague où nous nous sommes emparés de documents de la *nachlazeni bezpecnost* — le quartier général de la police secrète — , tout était de la simple routine. Rassemblement d'informations, ce que n'importe quel foutu touriste aurait pu faire, c'est tout.

— Et à Washington ?

— Moins que rien. J'y suis retourné cinq jours. C'est l'événement annuel pour chaque agent sur le terrain, une interview d'évaluation, qui est une perte de temps, en gros, mais je suppose qu'ils découvrent un whacko de temps en temps.

— Un whacko ?

— En français vous diriez un jobard, un cinglé, quelqu'un qui a passé la ligne invisible entre le fantasme et la réalité. Cela vient du stress, à force de prétendre que vous *êtes* quelqu'un que vous n'êtes pas.

— Intéressant, dit le docteur en hochant la tête. S'est-il passé autre chose quand vous étiez là-bas ?

— Rien du tout. Je suis allé à New York voir un couple d'amis que j'ai connu quand j'étais jeune. Il possède une marina à Long Island, et s'il a des opinions politiques précises, je ne l'ai jamais entendu en parler. Après cela j'ai passé deux jours avec Matthias, une visite de travail plus qu'autre chose.

— Vous étiez très proches... je veux dire vous *êtes* très proches l'un de l'autre.

— Je vous l'ai dit, cela me ramène très loin en

arrière, à mon adolescence. Il était là quand j'ai eu besoin de lui. Il a compris.

— Et pendant ces deux jours ?

— Moins que rien. Je ne l'ai vu que le soir. Nous avons dîné ensemble, deux fois. Et même là, alors que nous étions seuls, nous étions constamment interrompus par le téléphone, par des membres du gouvernement — il les appelait les Suppliants — qui voulaient tous lui présenter leurs rapports. »

Havelock s'arrêta, à cause de l'expression soudaine qui marquait le visage de Salanne. Il reprit :

« Personne ne m'a vu, si c'est ce à quoi vous pensez. Il leur parlait dans sa bibliothèque et la salle à manger est de l'autre côté de la maison. Il comprenait très bien. Nous étions d'accord pour ne pas étaler notre amitié au grand jour. Pour mon agrément personnel, disons. Personne n'aime les "protégés" d'un grand homme d'État.

— Il m'est difficile de vous imaginer ainsi.

— Cela vous serait encore plus dûr si vous aviez dîné avec nous, dit Michael en riant doucement. Tout ce que nous avons fait, c'était parler de vieux exposés que j'avais faits pour lui quand j'étais son élève. Il pouvait encore en trouver les failles. Vous parliez de mémoire totale. Lui, il est comme ça. »

Havelock sourit, puis lentement son sourire s'évanouit. « C'est l'heure », dit-il en se penchant vers le téléphone.

Le chalet de Shenandoah n'était pas facile à joindre. Il fallait d'abord faire une série de numéros qui mettaient en marche un mécanisme télécommandé dans la résidence de Matthias à Georgetown, qui, à son tour, était électroniquement branché sur une ligne à deux cents kilomètres de là dans les montagnes, ce qui faisait sonner le téléphone privé du secrétaire d'État. S'il n'était pas dans les parages, personne ne répondait. S'il était là, il était le seul à répondre. Le numéro n'était connu que d'une douzaine de personnes, parmi lesquelles le Président et le Vice-Président, le porte-parole de la Maison-Blanche, le chef d'état-major interarmes, le secrétaire d'État à la Défense, le président du Conseil de Sécurité de l'O.N.U., deux sous-secrétaires d'État, et Mikhaïl Havlicek.

Matthias avait insisté pour donner ce privilège à son *krajan,* son *ucenec* de l'université, dont le père avait été un collègue à Prague, par l'esprit et l'intellect, mais qui n'avait pas eu la même chance. Michael avait utilisé ce numéro deux fois au cours des six années qui venaient de s'écouler. La première fois parce que Matthias avait laissé un message à son hôtel lui enjoignant de le faire. C'était simplement pour lui souhaiter ses meilleurs vœux de nouvel an. La deuxième fois était un mauvais souvenir. Cela avait concerné un homme nommé Ogilvie dont Michael pensait profondément qu'il devait être retiré du terrain.

L'opératrice d'Antibes proposa de le rappeler quand elle aurait la ligne avec Washington, mais l'expérience avait appris à Michael qu'il valait mieux rester en ligne. Rien ne faisait autant se dépêcher les standardistes qu'une ligne ouverte. Et pendant qu'il entendait les petits bips électroniques qui annonçaient la communication internationale, Salanne parla.

« Pourquoi n'avez-vous pas essayé de le joindre plus tôt ?

— Parce que tout était trop insensé. Je voulais lui apporter du concret. Un nom ou des noms, une position, un titre, une identité quelconque.

— Mais si j'ai bien compris, vous n'avez rien de tout ça.

— Si. L'ordre me mettant "au-delà de toute récupération" a une source. Un nom de code. "Ambiguïté." Cela ne peut venir que de trois ou quatre bureaux et le message lui-même n'a pu être confirmé que par quelqu'un de très haut placé qui était en contact avec Rome. Matthias appelle Rome, entre en contact avec celui qui a reçu l'ordre et apprend qui a appelé en utilisant le code "Ambiguïté". Il obtient un nom... Il existe pourtant un autre nom, mais je ne sais pas s'il serait très utile. Il y avait eu une confirmation sur la Costa Brava, un témoignage visuel et des morceaux de vêtements arrachés, tachés de sang. C'est entièrement faux. Il n'y avait pas de vêtements sur la plage.

— Alors trouvez cet homme.

— Il est mort. Ils disent qu'il est mort d'une attaque cardiaque sur un voilier trois semaines plus tard. Mais il y a des choses à chercher, si elles n'ont pas été oblitérées. D'où il venait... qui l'avait envoyé sur la Costa Brava.

— Et, si je peux me permettre, le nom du médecin qui a établi le certificat de décès.

— Vous avez raison. »

Les petits bips cessèrent, remplacés par deux sonneries courtes, puis un bref silence et enfin une sonnerie normale. La télécommande électronique avait rempli ses fonctions. Le téléphone sonnait maintenant dans le chalet de Shenandoah. Michael sentait sa gorge se serrer et l'accélération de sa respiration. L'anxiété. Il avait tellement de choses à dire à son *pritel.* Il espérait tellement pouvoir tout lui expliquer et entamer ainsi la fin du cauchemar. La sonnerie cessa. Le téléphone fut décroché.

« Oui ? » demanda la voix à sept mille kilomètres de là, perdue dans les montagnes. C'était une voix d'homme, mais pas celle d'Anton Matthias. Ou bien était-ce le son qui était déformé, le « oui » qui était trop bref pour qu'il puisse identifier son interlocuteur ?

« *Jak se vam dari ?*

— Quoi ? Qui est-ce ? »

Ce n'était pas Matthias. Les règles avaient-elles changé ? Cela n'avait aucun sens. C'était une ligne d'urgence, le téléphone personnel de Matthias ; il était le seul qui y répondait. Peut-être y avait-il une explication très simple ? Peut-être Matthias avait-il demandé à un ami très proche de décrocher le téléphone ?

« Le secrétaire d'État Matthias, s'il vous plaît ? dit Havelock.

— Qui est à l'appareil ?

— Le fait que j'utilise ce numéro me dispense de répondre à cette question, je crois. Le secrétaire d'État, s'il vous plaît. Ceci est confidentiel et extrêmement urgent.

— M. Matthias est en conférence pour l'instant et a demandé qu'on prenne les messages. Si vous voulez bien me donner votre nom...

— Bon sang, écoutez-moi ! C'est une urgence !

— Pour lui aussi, monsieur.

— Allez interrompre cette conférence et dites-lui ces deux mots : *Krajan...* et *boure.* Vous avez compris ? Juste ces deux mots ! *Krajan* et *boure.* Maintenant ! Parce que si vous ne le faites pas vous allez perdre votre boulot et votre tête ! Allez !

— *Krajan... boure* », répéta la voix d'homme en hésitant. La ligne resta silencieuse un moment, interrompue de temps à autre par des voix étouffées venues d'une autre pièce. L'attente le tuait. Michael pouvait entendre l'écho de sa propre respiration dans le téléphone. Erratique, rapide, tremblante. Enfin, la voix revint.

« J'ai peur qu'il ne vous faille être un peu plus clair, monsieur.

— *Quoi ?*

— Si vous me donnez les détails de cette urgence et un numéro où on peut vous joindre...

— Lui avez-vous donné mon message ? Les deux mots ? Vous les lui avez dits ?

— Le secrétaire d'État est extrêmement occupé et demande que vous clarifiiez la nature de votre appel.

— Bordel ! vous les lui avez dits ?

— Je vous répète ce que le secrétaire d'État m'a dit, monsieur. On ne peut pas le déranger maintenant, mais si vous désirez m'exposer les détails et laisser un numéro, quelqu'un vous rappellera.

— *Quelqu'un !* Que se passe-t-il, bon sang ? *Qui* êtes-vous ? Comment vous appelez-vous ? »

Il y eut un silence. « Smith, dit la voix.

— Votre nom ! Je veux *votre nom* !

— Je viens de vous le donner.

— Allez me chercher Matthias immédiatement ! »

Il y eut un déclic. La ligne était coupée.

Havelock contempla le téléphone dans sa main, puis ferma les yeux. Son mentor, son *Krajan*... son *pritel* lui avait raccroché au nez. Ne lui avait même pas répondu. Qu'était-il arrivé ?

Il fallait qu'il sache. Cela n'avait pas de sens... Il connaissait un autre numéro dans les montagnes de Blue Ridge, la maison d'un homme que Matthias voyait souvent quand il venait là, un vieil homme dont l'amour du jeu d'échecs et des bons vins aidait le secrétaire d'État à se détendre. Michael avait rencontré Leon Zelienski plusieurs fois et la camaraderie qui liait les deux hommes l'avait toujours frappé. Matthias avait de la chance qu'il existât une personne comme Leon, dont les racines étaient assez proches. Il venait de Varsovie.

Zelienski avait été un grand professeur d'histoire européenne, ramené en Amérique quelques années plus tôt, et il enseignait à Berkeley. Anton Matthias avait rencontré Leon pendant ses dernières années d'université. Leur amitié s'était vite développée — autour d'un échiquier et grâce à une abondante correspondance — et après la mort de la femme de Zelienski, lorsque celui-ci avait pris sa retraite, Matthias n'avait eu aucun mal à le convaincre de venir s'installer à Shenandoah.

La standardiste d'Antibes mit beaucoup plus longtemps à obtenir ce second coup de téléphone, mais, finalement, Havelock entendit la voix du vieil homme. Sa main tremblait, serrant convulsivement l'appareil.

« Bonsoir...

— Leon ? C'est vous, Leon ?

— Qui est à l'appareil ?

— C'est Michael Havelock. Vous vous souvenez de moi, Leon ?

— *Mikhaïl !* Si je me *souviens* ! Non, bien sûr, et je n'ai jamais touché à la vodka non plus, espèce de jeune *dupa* ! Comment ça va ? Vous êtes venu nous voir ? Vous paraissez bien loin...

— Je suis très loin, Leon. Je suis aussi très ennuyé... »

Havelock expliqua son problème. Il n'arrivait pas à joindre leur ami mutuel. Il lui demanda s'il avait l'intention de voir Anton pendant qu'il était à Shenandoah.

« S'il est ici, Mikhaïl, je ne suis pas au courant. Anton est très occupé, bien sûr... Parfois je pense que c'est l'homme le plus occupé de la planète... Mais depuis quelque temps il n'a pas dû avoir de temps à me consacrer. J'ai laissé quelques messages chez lui, mais il n'a pas répondu. Naturellement je comprends.

— Je suis désolé d'apprendre ça...

— Oh, des gens m'ont appelé pour m'exprimer ses regrets, disant qu'il ne vient pas souvent ici en ce moment, mais je vais vous dire, nos parties d'échecs en souffrent ! J'ai dû me rabattre sur un autre ami commun, Mikhaïl. Il est venu souvent ces derniers temps. Vous le connaissez, Raymond Alexander, le journaliste. Alexander le Grand, comme je l'appelle. Mais il écrit mieux qu'il ne joue aux échecs !

— Raymond ? dit Havelock. Saluez-le de ma part, et merci, Leon. » Havelock reposa le téléphone et regarda Salanne.

« Il n'a plus de temps à nous consacrer », dit-il, stupéfait.

14

Il avait atteint Paris à huit heures du matin, était entré en contact avec Gravet à neuf heures, et à onze heures moins le quart, il descendait le boulevard Saint-Germain, perdu dans la foule. Le critique d'art marchand de secrets l'approcherait quelque part entre la rue de Pontoise et le quai Saint-Bernard. Gravet avait eu besoin de deux heures pour contacter le plus d'informateurs possible pour apporter à Havelock les informations dont il avait besoin.

Michael, lui, avait passé ces deux heures à bouger doucement, à se reposer — debout, appuyé contre un mur, jamais assis — et à s'habituer à sa nouvelle garde-robe.

La femme de Salanne n'avait pas eu le temps de lui acheter quoi que ce soit, car il n'avait qu'une pensée : atteindre Paris le plus vite possible. Chaque moment qui passait augmentait la distance entre Jenna et lui. Elle n'avait jamais été à Paris sans lui et elle ne disposait que de peu de possibilités là-bas. Il fallait qu'il soit là quand elle les essaierait.

Le Dr Salanne l'avait conduit en voiture jusqu'à Avignon. Trois heures de route à toute vitesse et là, il avait pris un train de nuit pour Paris.

Michael était alors vêtu de ce qui restait de ses habits, augmenté d'un sweater et d'une gabardine usée fournis par Salanne. Il regarda son reflet dans la vitrine d'un magasin. La veste, le pantalon, la chemise ouverte et le chapeau qu'il venait d'acheter boulevard Raspail remplissaient l'effet désiré. Ils étaient banals et difficiles à décrire, disparaissaient dans la foule et le liaient à elle. Un homme ainsi habillé n'était pas facile à remarquer, et le bord du chapeau tombait juste assez pour projeter une ombre sur son visage. Soudain il aperçut réellement son visage dans un miroir posé sur une étagère à l'intérieur du magasin. *Son* visage. Il était hagard, pâle ; des cernes, des cercles noirs sous les yeux, soulignés par sa barbe. Il n'avait pas pensé à se raser, même en effectuant ses achats boulevard Raspail. Pourtant, il y avait des miroirs dans le magasin, mais il n'avait regardé que ses nouveaux habits, complètement concentré sur le Paris que Jenna et lui avaient connu ensemble. Un ou deux contacts à l'ambassade... Quelques collègues clandestins comme eux... quelques amis français — appartenant au gouvernement pour la plupart — et trois ou quatre personnes qu'ils avaient rencontrées la nuit dans des cafés et qui n'avaient rien à voir, de près ou de loin, avec le monde dans lequel ils évoluaient. Il avait repensé à ces gens, réexaminé ses souvenirs d'eux, ses pensées voguant dans sa mémoire, attentif seulement aux nouveaux vêtements qu'il achetait. Il ne s'était pas regardé vraiment.

Et maintenant, boulevard Saint-Germain, il contemplait son visage hâve et cela lui rappelait combien il était épuisé, cela lui rappelait l'intense douleur qui était tapie dans la moitié supérieure de son corps... Il aurait tellement voulu s'allonger et laisser ses forces lui revenir. Salanne l'avait prévenu : il avait vraiment besoin de repos. Il avait essayé de dormir dans le train, mais les arrêts fréquents l'avaient réveillé à chaque fois qu'il commençait à s'endormir. Et une fois réveillé, sa tête avait été envahie par une impression de perte, entre la confusion et la colère. Quelque chose de très profond. Le seul homme sur terre à qui il avait accordé sa confiance et son amitié, le géant qui avait remplacé son propre père, qui avait formé sa propre vie, l'avait laissé tomber et il ne savait pas pourquoi. Il n'en avait pas la moindre idée. Durant toutes ces années, pendant ces moments d'isolement profond, il n'avait jamais été vraiment seul, car la présence d'Anton Matthias semblait le suivre, comme l'ombre de son héritage d'immigré. La seule chose qui lui restait... Anton Matthias l'avait toujours amené à tirer le meilleur de lui-même, comme une barrière érigée contre les souvenirs des jours anciens, des jours terribles. Car son *pritel* leur avait donné un sens, une autre perspective. Pas une justification, non, mais une raison d'être ce qu'il était, de passer sa vie dans le monde anormal et secret des services de renseignements jusqu'à ce que quelque chose en lui, lui dise qu'il pouvait enfin rejoindre le monde normal. Il avait toujours combattu contre les meurtriers de Lidice et les fabricants de goulags, sous toutes leurs formes.

Ils seront toujours présents, pritel. J'espère que tu arriveras à les oublier, mais je ne crois pas que ce soit possible. Alors fais ce qui diminue ta douleur, ce qui te donne un but, ce qui, franchement, enlève ta culpabilité d'avoir survécu. Tu ne le trouveras pas ici entre les livres et les théoriciens. Tu ne supportes pas leurs conceptualisations. Tu as besoin de résultats pratiques... Un jour tu seras libre, tes colères oubliées, et tu reviendras. J'espère être encore en vie pour le voir. J'en ai bien l'intention.

Il avait été bien près de ce retour, de cette liberté, ses colères changées en spirales, jusqu'à devenir des cercles de futilité abstraite. Il avait été près de ce retour au monde normal, un monde à la portée de sa main et de sa compréhension. La paix enfin. C'était arrivé deux fois. Une fois avec la femme qu'il aimait, qui avait donné un autre sens à sa vie... Et une fois sans elle, alors qu'il ne l'aimait plus, ni elle, ni même le souvenir d'elle, alors qu'il croyait aux mensonges des fabricants de mensonge, trahissant ses sentiments personnels les plus profonds. Et les siens, à elle... Oh, mon Dieu !

Et maintenant, le seul homme qui aurait pu accomplir la prophétie faite à son étudiant, son *krajan*... son fils... venait de l'abandonner, de le sortir de sa vie. Après tout, le géant était mortel... et était aussi son ennemi, comme les autres.

« *Mon Dieu,* vous ressemblez à un rescapé d'Auschwitz ! » chuchota le Français.

Il portait son sempiternel manteau à col de velours et ses chaussures noires brillantes. Il se tenait à quelques mètres à droite de Havelock, devant la même vitrine. « Que vous est-il arrivé ?... Non, ne répondez pas... pas ici.

— Où ?

— Sur le quai Saint-Bernard, après l'université. Il y a un petit square, poursuivit Gravet en contemplant son image dans la vitrine. Si tous les bancs sont occupés, trouvez un endroit près de la clôture. Je vous y rejoindrai. En chemin, achetez quelques bonbons et essayez d'avoir l'air d'un père, pas d'un maniaque sexuel !

— Merci du compliment. Vous m'avez amené quelque chose ?

— Disons que vous allez me devoir beaucoup. Beaucoup plus que votre apparence misérable pourrait faire croire que vous pouvez payer !

— Sur *elle* ?

— Je suis encore en train d'y travailler.

— Alors sur *quoi* ?

— Au quai Saint-Bernard », dit Gravet. Et il rajusta sa cravate pourpre et son chapeau gris devant la vitrine. Puis il se détourna, avec la grâce d'un maître de ballet, et s'éloigna.

Le petit square était balayé par un petit vent venu le long de la Seine, mais qui n'arrivait pas à faire battre en retraite les quelques nurses, grand-mères et jeunes mamans qui déposaient leurs charges d'enfants braillards devant les quelques balançoires plantées au milieu du jardin. Dans une cacophonie de cris d'enfants, Michael trouva heureusement un banc où poser son corps sans forces. Contre le mur du fond, il se reposa un moment, mangeant sans y penser quelques bonbons à la menthe, les yeux fixés sur un enfant en colère qui filait des coups de pied rageurs dans son tricycle. Il espérait que si quelqu'un l'observait, on penserait que cet enfant était à lui et il priait pour que le véritable propriétaire de l'enfant restât loin de lui. L'enfant arrêta de massacrer son tricycle, juste assez longtemps pour lui rendre son regard, quelque chose entre Gengis Khan et Martin Borman, très désagréable.

Gravet traversa le square, sa démarche aussi élégante que son manteau, jetant des regards compatissants aux mères agacées et des regards amusés aux enfants hurlants. C'était une vraie performance, songea Havelock, sachant que Gravet examinait les environs avec la plus grande attention. Il atteignit finalement le banc et s'assit, ouvrant un journal.

« Vous avez besoin d'un docteur ? demanda le critique d'art, les yeux perdus dans son journal.

— Je viens d'en quitter un, répliqua Michael en portant un bonbon à sa bouche. Ça va ; je suis juste très fatigué.

— Je suis soulagé de l'entendre, mais vous devriez faire un brin de toilette, dit Gravet en indiquant sa barbe. On va nous envoyer les gendarmes !

— Je n'ai pas envie de rire, Gravet. Que m'apportez-vous ? »

Le critique tourna une page de son journal.

« Une contradiction. Si mes sources sont bonnes et j'ai toutes les raisons de croire qu'elles le sont, une contradiction tout à fait incroyable.

— Et c'est ?

— Le K.G.B. ne s'intéresse aucunement à vous. Si je vous livrais, comme un échappé des mâchoires de l'impérialisme, ici, à leur quartier général de Paris — une firme d'import-export boulevard Beaumarchais, je crois que vous connaissez l'adresse —, je n'en tirerais *pas un sou* !

— Où est la contradiction ? Je vous ai dit la même chose sur le Pont Royal il y a quelques semaines.

— Ce n'est pas cela, la contradiction.

— Alors ?

— Quelqu'un d'autre vous cherche. Il est arrivé en avion hier soir parce qu'il pense que vous êtes soit à Paris, soit en route pour Paris. Il paierait une fortune pour votre cadavre. Il n'appartient pas au K.G.B., au sens classique, mais ne vous y trompez pas, c'est un Soviétique.

— Pas... au sens classique ? demanda Havelock stupéfait et sentant venir un souvenir ignominieux, un souvenir récent.

— Je l'ai appris par une source placée au ministère des Affaires étrangères. Il appartient à une branche spéciale des Renseignements Soviétiques, un corps d'élite, la...

— *Voennaya Kontra Rozvedka,* coupa Michael rapidement, le souffle court, les mots comme des cailloux dans sa bouche.

— En abrégé V.K.R., c'est cela ?

— Oui.

— Il vous veut. Il paiera très bien.

— Des fous.

— Mikhaïl, je dois vous dire... Il vient de Barcelone.

— *La Costa Brava !*

— Ne me regardez pas ! Éloignez-vous de moi !

— Vous savez ce que vous venez de me dire, Gravet ?

— Vous êtes trop énervé, je vais partir.

— Non !... très bien, très bien ! » Havelock leva le sac de bonbons devant lui. Ses deux mains tremblaient, la douleur dans sa poitrine remontait jusqu'à son cerveau, jusqu'à ses tempes. « Vous savez ce que vous devez me dire, maintenant, non ? Vous le savez, alors dites-le-moi !

— Vous n'êtes pas en condition.

— Je suis seul juge de cela. *Dites-le-moi !*

— Je me demande si je dois. En dehors de l'argent que je ne verrai jamais pour ce renseignement, je suis face à un problème moral. Vous voyez, je vous aime bien, Mikhaïl. Vous êtes un homme civilisé, et même peut-être un homme honnête dans ce business implacable. Vous vous êtes retiré. Ai-je le droit de vous remettre dans le bain ?

— Je suis en plein dedans !

— La Costa Brava ?

— Oui !

— Allez à votre ambassade.

— *Je ne peux pas !* Vous ne comprenez donc pas ? »

Gravet oublia ses règles sacro-saintes et abaissa son journal pour regarder Michael droit dans les yeux. « Mon Dieu, ils ne peuvent pas... dit-il, le souffle coupé.

— Dites-le-moi.

— Vous ne me laissez pas le choix.

— Dites-moi ? Où est-il ? »

L'élégant critique d'art se leva, plia son journal en disant : « Il y a un hôtel assez miteux rue Étienne. La Couronne Nouvelle. Il est au deuxième étage, chambre vingt-trois. C'est sur le devant. Il peut voir tous ceux qui entrent dans la cour. »

Le clochard penché en avant ressemblait à n'importe quel indigent de n'importe quelle métropole. Ses habits étaient rapiécés, mais assez épais pour le protéger du froid des ruelles désertes, ses chaussures étaient des bonnes grosses chaussures de marche attachées avec des ficelles en d'absurdes nœuds. Sur sa tête, un bonnet de laine tricoté, enfoncé jusqu'aux yeux, dont on ne voyait que le sommet, penché comme il était sur sa poubelle, évitant de regarder le monde dont il ne faisait pas partie et qui trouvait d'ailleurs sa présence énervante. Mais il portait surtout sur l'épaule un gros sac de toile qu'il semblait brandir comme un symbole : *ceci est à moi, c'est tout ce qu'il me reste.* Cet homme, qui n'avait pas d'âge, s'approchait de la Couronne Nouvelle. Il mesurait le temps grâce à ce qu'il avait perdu. Il s'arrêta devant une nouvelle poubelle et en examina le contenu avec la patience d'un archéologue du trottoir.

Havelock sépara une lampe brisée d'un vieux sac contenant encore un sandwich à moitié mangé. Il posa un petit miroir teinté entre les deux et l'orienta, ses mains masquées par un abat-jour déchiré. Il pouvait voir le Russe, directement au-dessus, derrière la fenêtre du deuxième étage, étudiant les piétons, en attente. Il avait les bras étendus, dans une attitude de concentration extrême. Il resterait comme ça longtemps pour une raison compréhensible : sa force de frappe était déployée. Michael le connaissait — pas de nom, ni de réputation, ni même d'une photographie extraite d'un dossier, — mais il le connaissait ; il connaissait ce genre de visage, ce type de regard. Havelock avait parcouru les mêmes méandres. Il savait exactement où en était le Russe. Un processus avait été mis en marche, un message répandu avec précautions, sélectivement, message dont le Russe attendait la réponse maintenant. Tous les gens compromis avaient été contactés, ceux qui ne s'intéressaient qu'au dollar, au franc ou au mark... Une échelle de paiements avait été mise en circulation, des bonus augmentant la valeur des différentes contributions, la plus haute prime étant, bien évidemment, celle qui rétribuerait le meurtre avec preuve de la mort. Mais tout renseignement avait sa valeur : méthode d'arrivée de la cible et lieu d'arrivée, filatures ou découverte d'un lieu de rendez-vous où on pourrait l'intercepter, noms et adresses d'éventuels alliés de la cible, cachette de la cible, hôtel, café, pension, appartement... Paiement immédiat. Une course venait d'être lancée entre les habitués à la violence, chacun d'eux assez professionnel pour savoir qu'on ne mentait pas à celui qui dirigeait cette opération.

Tôt ou tard, l'homme à la fenêtre commencerait à recevoir des réponses. Quelques-unes ne seraient que des spéculations fondées sur des informations de troisième main. Il y répondrait par des encouragements. D'autres seraient des erreurs honnêtes, ce qui ne serait pas pénalisé, mais simplement analysé jusqu'à l'infirmation du renseignement. Puis un coup de téléphone surviendrait, un seul, dont l'authenticité serait établie par une phrase descriptive ou un fragment de réaction — la cible, immanquablement — et le poste de commande aurait sa première piste. Une rue, un café, peut-être un banc dans un square près de la Seine. C'était entièrement possible, car les professionnels étaient en chasse, se répandaient partout. Et la prime équivalait à plusieurs années de salaire. Et quand cela arriverait, l'homme à la fenêtre quitterait sa... prison mobile. Oui, songea Michael, il avait vécu ces instants. L'attente était ce qu'il y avait de pire.

Il regarda sa montre, la main toujours enfouie dans le refuge de sa poubelle. Il y avait une deuxième poubelle, de l'autre côté de l'entrée de cet hôtel miteux. Il se demanda s'il lui serait nécessaire de continuer sa fouille. Il était déjà passé deux fois devant l'hôtel en taxi, anticipant ses mouvements à pied, calculant son *timing*, tout ceci avant d'aller chercher ces vêtements de clochard à Saint-Séverin. Et de se rendre dans une boutique obscure où il savait pouvoir trouver des munitions pour son Llama automatique. Et pour le magnum. Il avait téléphoné à Gravet sept minutes auparavant et lui avait dit que la pendule était en marche. Le Français donnerait son coup de téléphone d'une cabine place Vendôme, la foule garantirait son anonymat.

Qu'est-ce qui le retenait ? Il y avait tant de possibilités... Des cabines occupées, des téléphones hors service, une connaissance rencontrée juste à ce moment-là, et qui insistait pour prolonger une conversation. Toutes ces suppositions étaient raisonnables, mais Havelock savait qu'il ne pouvait pas rester plus longtemps le nez dans sa poubelle. Bizarrement, comme un vieil homme en proie à la douleur, et il n'était plus si jeune *et* en proie à la douleur, il commença à se redresser. Il allait jeter un coup d'œil pour voir ce qu'il ne devait pas regarder.

Le miroir. L'homme à la fenêtre tourna subitement la tête vers l'intérieur de sa chambre, interrompant son observation de la rue. Il disparut. Gravet avait donné son coup de téléphone. *Maintenant.*

Michael souleva son sac et entra rapidement en diagonale, fonçant vers la courte volée de marches qui menaient à l'entrée de l'hôtel. A chaque pas, il abandonnait un peu plus son attitude de vieillard, retrouvait sa posture normale, progressivement. Il escalada les marches de béton, la main droite sur le côté de son visage, les doigts posés sur les bords de son bonnet de laine. Trois mètres au-dessus de lui se trouvait la fenêtre où s'était tenu l'officier de la V.K.R. quelques secondes plus tôt, et il n'allait pas tarder à y revenir. L'appel de Gravet serait bref, professionnel, ne pourrait pas être interprété comme un truc. Il y avait quelqu'un ressemblant à la cible à Montparnasse. Est-ce que la cible était blessée ? Marchait-elle en boitant ? Quelle que soit la réponse que donnerait le Russe, Gravet s'interromprait au milieu d'une phrase. Si c'était bien la cible, il venait de la voir disparaître dans le métro. Le chasseur rappellerait...

Dans le hall d'entrée sombre, carrelage poussiéreux et plafond bas, Havelock enleva son bonnet, tira sur les pans de sa chemise tachée et arracha les morceaux d'étoffe collés sur sa gabardine. Cela ne changeait pas grand-chose, mais dans l'obscurité et s'il se tenait droit, il ressemblerait à n'importe quel client de cet hôtel dont la majorité étaient des putes, des michtons, des paumés sans le sou. Ce n'était pas le genre d'établissement à examiner la clientèle, mais seulement l'authenticité des billets de banque.

L'idée de Michael avait été de projeter l'image d'un ivrogne au dernier stade d'une beuverie douloureuse, cherchant un lit où s'écrouler. Ce n'était pas nécessaire. Un concierge obèse était vautré derrière le comptoir de marbre craquelé, ses grosses mains posées sur son estomac gonflé, ses multiples mentons dépassant du col de sa chemise tachée. Il y avait quelqu'un d'autre dans le hall d'entrée. Un vieil homme assis sur un banc, une cigarette pendue aux lèvres sous une moustache grise mal taillée, la tête penchée en avant, les yeux noyés dans son journal froissé sur la page des courses. Il ne leva pas le nez.

Havelock laissa tomber son bonnet de laine et avança vers l'escalier tortueux qui partait dans un coin. Marches usées par des décennies de pas mal assurés, répétés, rambarde brisée par endroits. Il monta, énervé par les craquements qui le suivaient à la trace, heureux que l'escalier soit court. Il n'y avait ni virages, ni paliers intermédiaires. Les marches menaient d'un étage à l'autre avec le maximum d'économie d'espace. Il atteignit le deuxième étage et resta immobile, attentif au moindre son. Rien, si ce n'était le bruit lointain de la circulation, ponctué des couinements sporadiques de quelques klaxons. Il regarda la porte à trois mètres de lui, le numéro presque effacé qui marquait : 23. Il ne pouvait plus distinguer le bruit d'une conversation à sens unique. Gravet avait dû raccrocher. L'officier soviétique de la V.K.R. devait avoir regagné sa fenêtre. Il ne s'était pas passé plus de quarante-cinq secondes. Michael déboutonna sa veste usée, et en sortit le magnum. Le silencieux s'accrocha dans sa ceinture. Il ôta la sécurité d'un coup de pouce et s'engagea dans le corridor obscur.

Un craquement du parquet. Qui ne venait pas de lui. Mais de *derrière* lui ! Il pivota au moment où la première porte sur sa gauche s'ouvrait doucement. Comme il n'y avait pas eu de bruit de loquet, c'était visiblement que la porte était déjà ouverte, et que le craquement venait du mouvement de quelqu'un à l'intérieur. Un homme trapu, lourd, émergea, épaules et dos plaqués contre le chambranle, une arme à la main — collée contre sa hanche. Il leva son revolver. Havelock n'avait pas le temps de réfléchir. Il ne restait que l'instinct. La réaction primale. Dans d'autres circonstances, il aurait pu lever les bras et murmurer un mot, un signal quelque chose comme pour éviter une terrible erreur. Au lieu de cela il tira. L'homme fut soulevé de terre, s'écroula dans l'encadrement de la porte. Michael avait toujours les yeux braqués sur le revolver que le type tenait dans sa main une demi-seconde avant. Il avait eu raison de réagir d'instinct. L'arme de l'homme était un Graz-Burya, l'arme la plus puissante, la plus précise fabriquée en Russie. L'officier de la V.K.R. n'était pas seul. Et s'il y en avait un...

Deux. On tournait la poignée d'une porte. De la porte directement en face de la chambre 23. Havelock se plaqua contre le mur directement à droite du chambranle de la porte qui s'ouvrait doucement. La porte s'ouvrit et Michael tourna sur lui-même, le magnum brandi à hauteur de poitrine, prêt à tirer, ou à frapper, ou à laisser tomber son arme s'il s'agissait d'une personne n'ayant rien à voir avec cette affaire. Un client de l'hôtel. Le visage était sous lui ! Le type à moitié accroupi ! *Son arme !* Havelock écrasa le canon du magnum sur la tête de l'homme, qui était juste en face de sa poitrine, son arme brandie juste en dessous. Le Russe tomba en arrière dans sa chambre au moment où Michael agrippait la porte, la fermant pour minimiser le bruit. Il la laissa entrouverte de moins de deux centimètres pour qu'elle ne claque pas et attendit. Le couloir, le hall, tout était silencieux. On n'entendait que le bruit lointain des voitures. Il s'éloigna de la porte en marche arrière, le magnum braqué dessus, ses yeux scrutant le plancher pour retrouver l'arme du Russe. Elle était à plusieurs mètres du tas informe, inconscient sur le plancher. Il donna un coup de pied dedans, se baissa et la ramassa. C'était également un Graz-Burya. L'équipe envoyée à Paris était munie du meilleur équipement. Il le mit dans la poche intérieure de sa veste, puis il se pencha, tira le Russe vers lui. Il était mou et ne s'éveillerait pas avant des heures.

Havelock se redressa, marcha vers la porte et sortit. Bouger l'avait épuisé. Il s'appuya contre le mur, respiration lente, profonde. Il essayait d'évacuer toute faiblesse de son corps, de son esprit. La douleur était insupportable. Mais il ne pouvait pas s'arrêter maintenant. Il y avait le cadavre du premier Russe derrière sa porte ouverte. Sans aucun doute la première personne qui monterait, pousserait des cris hystériques en le voyant, après l'avoir soulagé de son porte-monnaie. Michael quitta l'appui du mur et avança dans l'étroit couloir sur la pointe des pieds. Il ferma la porte sur le cadavre et revint vers la chambre 23.

Il se tint immobile un moment devant le numéro à peine lisible et il savait qu'il fallait qu'il trouve la force. La seule chose à son avantage était l'effet de surprise. Il banda ses muscles, appuya son épaule valide contre la porte, recula, et poussa d'un seul coup, écrasant tout le poids de son corps contre l'épaisseur de la porte. Elle céda brusquement. L'officier de la V.K.R. devant la fenêtre pivota sur lui-même, la main sur son holster. Il s'arrêta immédiatement et leva les deux bras en l'air, les yeux fixés sur l'énorme gueule du magnum braqué sur lui.

« Je crois que vous me cherchiez, dit Havelock.

— Il semble que j'aie fait confiance aux mauvaises personnes, répondit le Soviétique en anglais, avec un accent impeccable.

— Mais pas à vos propres hommes, coupa Michael.

— Vous êtes quelqu'un de spécial.

— Vous avez perdu.

— Je n'ai jamais ordonné votre mort.

— Vous mentez, mais cela n'a plus d'importance. Vous avez perdu.

— Pas pour longtemps, murmura l'officier de la V.K.R., son regard se portant au-dessus de l'épaule de Michael, vers la porte fendue en deux.

— Vous n'avez pas compris. Vous avez vraiment perdu. Il y a un homme à vous de l'autre côté du couloir. Il ne vous aidera pas.

— Je vois...

— Et l'autre, près de l'escalier... Il est mort.

— *Nyet ! Molniya !* » L'agent soviétique blêmit, les yeux écarquillés, les doigts crispés, à vingt centimètres de sa ceinture.

« On peut parler russe, si vous préférez.

— Inutile, dit l'homme, étonné, se remettant du choc. Je suis diplômé de l'Institut de Technologie du Massachusetts.

— Ou du complexe américain de Novgorod, niveau K.G.B...

— Cambridge, pas Novgorod, objecta le Russe, d'une voix dédaigneuse.

— J'oubliais... La V.K.R. est un corps d'élite. Un diplôme issu de l'organisation mère vous semble une insulte. Des débiles distribuant des honneurs à ceux qui leur sont mentalement supérieurs...

— Il n'existe pas de telles divisions dans le gouvernement soviétique.

— Mon cul !

— Ceci est sans intérêt.

— Moi je ne trouve pas. Qu'est-il arrivé sur la Costa Brava ?

— Je ne vois pas de quoi vous voulez parler.

— Vous êtes de la V.K.R., et de Barcelone ! La Costa Brava est dans votre secteur. Qu'est-il arrivé la nuit du 4 janvier ?

— Rien qui nous concerne.

— *Bouge !*

— Quoi ?

— Contre le mur ! »

C'était un mur donnant sur l'extérieur, construit de briques et de mortier, impénétrable. Le Russe se déplaça lentement jusqu'au mur. Havelock poursuivit.

« Je suis si *spécial* que votre chef de secteur à Moscou ne connaît pas la vérité. Mais vous, si. C'est pour ça que vous êtes ici, à Paris, c'est pour ça que vous vouliez m'avoir.

— Vous êtes mal informé. C'est un crime, une trahison de garder des informations par-devers soi sans les rapporter à ses supérieurs. Quant à ma venue ici depuis Barcelone, vous comprenez sûrement. C'était votre dernière mission et j'étais votre dernier adversaire. J'avais les informations les plus récentes sur vous. Il était évident que si on devait envoyer quelqu'un après vous, ce serait moi.

— Vous êtes très fort. Vous louvoyez bien.

— Je ne vous dis rien que vous ne sachiez déjà.

— Il manque quelque chose, pourtant, dit Havelock. Pourquoi suis-je *spécial* ? Vos collègues du K.G.B. n'éprouvent pas le moindre intérêt pour moi. Au contraire, ils me craignent comme la lèpre. Je suis à éviter. Pourtant vous dites que je suis spécial. La *Voennaya* me veut.

— Je ne nierai pas qu'il peut y avoir certaines rivalités entre nos services, et même d'un département à l'autre. Nous avons appris cela chez vous.

— Vous n'avez pas répondu à ma question.

— Nous savons certaines choses que nos camarades ignorent.

— Comme par exemple ?

— Que vous avez été décrété "au-delà de toute récupération" par votre propre gouvernement.

— Vous savez pourquoi ?

— Leurs raisons sont secondaires. Nous vous offrons l'asile.

— Les raisons ne sont jamais secondaires, corrigea Michael.

— Très bien, admit le Russe avec réticence. Vous avez été jugé *déséquilibré.*

— Sur quelles bases ?

— Hostilité prononcée, accompagnée de menaces. Illusions, hallucinations...

— A cause de la Costa Brava ?

— Oui.

— Comme ça, tout simplement ? Un jour on marche tranquillement, sain d'esprit, on remplit des rapports, on se retire honorablement du service. Le lendemain, on est un échappé du *nid de coucou* ? Vous êtes moins fort que je ne le pensais. Vous ne louvoyez pas bien du tout.

— Je vous dis ce que je sais ! insista le Russe d'une voix stridente. Ce n'est pas moi qui détermine, je suis des instructions. La première était d'organiser une rencontre avec vous. Si je devais vous éliminer, je n'aurais eu qu'à vous localiser et téléphoner à votre propre ambassade. A un numéro précis que nous connaissons, l'information atteindrait le personnel approprié et nous ne serions pas impliqués, aucune possibilité d'erreur engendrant des répercussions futures.

— Mais vous m'offrez l'asile, vous voulez m'emmener alors que vos camarades "moins talentueux" m'évitaient parce qu'ils pensaient que j'étais un piège, un appât empoisonné.

— En gros, oui. Pouvons-nous parler ?

— Nous sommes en train de parler. »

Havelock étudiait l'homme. Il était convaincant, peut-être même disait-il la vérité, ou sa version de la vérité. L'asile ou une balle ? Seule l'exposition des mensonges le lui apprendrait. Il fallait qu'il cherche les mensonges. A l'extrême bord de son champ de vision, Michael aperçut le reflet d'un miroir flou sur un bureau minable contre le mur. Il se remit à parler. « Vous vous attendiez à ce que je vous donne des informations que vous savez que je détiens.

— Nous vous sauverions la vie. Vous savez très bien que l'ordre d'"au-delà de toute récupération" ne sera pas résilié.

— Vous supposiez que je passerais dans l'autre camp, dans le vôtre ?

— Quel choix vous reste-t-il ? Combien de temps croyez-vous pouvoir courir encore ? Combien de jours avant que leurs réseaux et leurs ordinateurs vous trouvent ?

— Je ne suis pas né d'hier. J'ai des ressources. J'ai

peut-être envie de tenter ma chance. Il y a certains hommes qui ont disparu, pas dans les goulags, mais dans d'autres endroits — où ils vivent heureux depuis. Qu'est-ce que vous avez à m'offrir ?

— Qu'est-ce que vous cherchez ? Le confort, l'argent, une bonne vie ? On vous les offre. Vous le méritez.

— Pas dans votre pays. Je n'ai pas envie de vivre en Union soviétique.

— Oh ?

— Supposons que je vous dise... que j'ai choisi un endroit. C'est quelque part dans le Pacifique, dans les îles Salomon. C'est civilisé mais isolé, personne ne m'y trouvera jamais. Avec assez d'argent, je pourrais très bien vivre, là-bas.

— On peut faire des arrangements. J'ai le pouvoir de vous le garantir. »

Mensonge numéro un. Aucun de ceux passés à l'Est n'a jamais quitté l'Union soviétique. L'officier de la V.K.R. le savait.

« Vous êtes arrivé à Paris hier soir, comment saviez-vous que j'y étais ? demanda Michael.

— Des informateurs à Rome, bien évidemment.

— Comment le savaient-ils ?

— On ne questionne jamais aussi précisément nos informateurs.

— Et mon cul ?

— Si on peut leur faire confiance... enchaîna le Russe.

— Vous demandez une source. On ne quitte pas Barcelone pour Paris sans être sacrément certain de sa source.

— Très bien, dit l'officier de la V.K.R., nageant de nouveau comme un requin dans les contre-courants. Il y a eu enquête. On a trouvé un homme à Civitavecchia. Il a dit que vous étiez en route pour Paris.

— Quand avez-vous eu ce message ?

— Hier, bien sûr, répliqua le Soviétique avec impatience.

— Quand, hier ?

— En fin d'après-midi, vers cinq heures et demie, je crois. Cinq heures trente-cinq pour être précis. »

Mensonge numéro deux. Le mensonge était dans la précision. Sa décision de se rendre à Paris avait été provoquée par les événements du col des Moulinets. A huit heures du soir.

« Vous êtes convaincu que ce que je peux divulguer sur nos services en Europe a assez de valeur pour que vous acceptiez les représailles qui vont suivre une trahison à mon niveau ?

— Naturellement.

— Cette opinion n'est pas partagée par le comité directeur du K.G.B.

— Ce sont des idiots. Des lapins effrayés au milieu des loups. Nous les ferons remplacer.

— Cela ne vous trouble pas que je puisse être préprogrammé. Que ce que je pourrais dire serait empoisonné, inutile ?

— Pas un instant. C'est pour cela que vous êtes "au-delà de toute récupération".

— Ou que je suis paranoïaque ?

— Absurde. Vous n'êtes ni paranoïaque, ni en proie à des hallucinations. Vous êtes ce que vous avez toujours été. Un spécialiste très brillant sur votre terrain. »

Mensonge numéro trois. Sa condition mentale, sa soi-disant psychose, avait été claironnée de partout. Washington y croyait. Ogilvie l'avait confirmé avant de mourir.

« Je vois, dit Havelock, grimaçant, feignant une douleur qui n'avait pas tellement besoin d'être feinte. Je suis tellement fatigué, dit-il, abaissant son magnum petit à petit, se retournant doucement vers sa gauche, ses yeux à quelques millimètres du contact avec le reflet aperçu dans le miroir flou sur le mur. J'ai reçu une balle. Je n'ai pas dormi... Je ne fais que foncer, essayer de comprendre...

— Qu'y a-t-il à comprendre ? demanda le Soviétique avec ce qui ressemblait à de la compassion. Ce n'est qu'une question d'économie, vous le savez. Plutôt que d'altérer leurs réseaux, leurs sources, ils ont décidé d'éliminer l'homme qui en sait trop. Seize ans de service sur le terrain et voilà ce que vous récoltez comme prime de licenciement. "Au-delà de toute récupération." »

Michael abaissa le magnum un peu plus, se retourna encore, la tête oblique, mais les yeux maintenant braqués sur le miroir. « Il faut que je réfléchisse, chuchota-t-il. Tout cela est si dément, si impossible... »

Mensonge numéro quatre. Le plus significatif ! Le Russe fonça vers son arme, sa main la sortait du holster !

Havelock fit feu, le crachat du silencieux résonna dans la petite pièce, la balle s'écrasa sur le mur. L'officier de la V.K.R. se tenait le coude. Du sang jaillissait à travers sa chemise, coulait sur le plancher.

« *Levobokec !* hurla-t-il.

— Et ça ne fait que commencer ! » dit Michael, d'une voix grondante. Il s'approcha du Russe et le poussa contre le mur, lui enlevant son arme et la jetant à l'autre bout de la pièce. « Vous êtes trop sûr de vous, camarade, trop imbu de vous-même. N'établissez jamais les faits avec autant d'assurance... Laissez une marge d'erreur, parce que vous pouvez en faire *une*. Et vous en avez fait plusieurs. »

Le Russe lui répondit d'un silence où se mêlaient la rage et la résignation. Havelock connaissait ce genre de regard, il connaissait cette combinaison de haine et de fatalisme propres à la nature de certains hommes, entraînés pendant des années à haïr et à mourir.

Ils étaient reconnaissables. *Gestapo. Nippon Kai. Extrémistes palestiniens. Voennaya.* Et plusieurs groupes moins connus dont les statuts d'amateurs finissaient là où explosait leur haine, fanatiques qui avançaient au son des tambours des guerres saintes.

Michael lui rendit son silence, lui renvoya son regard. Puis il parla.

« Ne gâchez pas votre adrénaline, dit-il calmement. Je ne vais pas vous tuer. Vous êtes préparé à mourir, depuis des années. Je ne vais pas vous faire ce cadeau. Au lieu de ça, je vais vous éclater les deux rotules... puis les deux mains. Vous n'êtes pas entraîné à vivre avec ce genre d'infirmité. Personne ne l'est, surtout pas votre genre de personnage. Toutes ces petites choses de routine que vous ne pourrez plus faire, ces choses si simples... Marcher jusqu'à une porte ou un placard fermé et les ouvrir. Composer un numéro de téléphone ou aller aux toilettes. Prendre un revolver et appuyer sur une détente. »

Le Russe devint très pâle, sa lèvre inférieure tomba, bouche bée. Il tremblait. « *Niet*, chuchotait-il en claquant des dents.

— *Da*, dit Havelock. Vous n'avez qu'une seule possibilité pour m'en empêcher. Me dire ce qui s'est réellement passé sur la Costa Brava.

— *Je vous l'ai dit ! Rien !* »

Michael baissa l'énorme magnum et tira dans la cuisse du Russe. Du sang jaillit comme un feu d'artifice, chair et tissu déchiquetés, projetés contre le mur. Le Russe commença à hurler, s'écroula sur le parquet. Havelock lui prit la bouche dans la main gauche.

« J'ai raté la rotule. Mais je ne vais pas la rater cette fois-ci. Ni l'une, ni l'autre. »

Il se redressa, pointa le magnum vers le bas.

« *Non !* Stop ! » L'officier de la V.K.R. roula sur le côté, tenant sa jambe à deux mains. Il était brisé. Il pouvait accepter la mort, mais pas l'avenir que Michael lui avait promis. « Je vais vous dire ce que je sais.

— Je *saurai* si vous mentez. Mon doigt est sur la détente. La balle sera pour votre main droite. Si vous mentez, vous n'aurez plus de main droite.

— Ce que je vous ai dit est *vrai*. Nous n'étions pas sur la Costa Brava cette nuit-là.

— Votre code avait été déchiffré. Par Washington. Je l'ai vu. C'est moi qui l'ai envoyé !

— Washington n'a rien décodé. Ce code avait été abandonné sept jours avant la nuit du 4 janvier. Même si vous l'aviez envoyé et que nous l'ayons accepté, nous n'aurions pas pu répondre. Cela aurait été physiquement impossible.

— Pourquoi ?

— Nous n'étions pas dans la région, aucun d'entre nous. Nous avions été expédiés en dehors de ce secteur. »

Le Russe toussa, tordu de douleur, son visage déformé. « Pendant toute cette période, toutes nos activités avaient été annulées. On nous avait interdit d'approcher à moins de trente kilomètres de la Costa Brava.

— *Mensonge !*

— Non, dit l'officier de la V.K.R., sa jambe sanglante coincée sous lui, le corps secoué d'un tremblement irrésistible, les yeux fixés sur Michael. Non, je ne mens pas. Tels étaient les ordres de Moscou. »

LIVRE II

15

Il pleuvait cette nuit-là à Washington. Des rideaux de pluie rageurs, poussés par des vents obliques, erratiques, éblouissaient piétons et automobilistes, réfractaient les lumières, déformaient la vision. Le chauffeur de la longue limousine qui descendait la 14e Rue vers la porte Est de la Maison-Blanche n'y échappait pas. Il écrasa ses freins pour éviter une forme sombre dont les phares ressemblaient aux yeux d'un énorme insecte. La voiture en question était de l'autre côté de la route, bien à sa place dans sa file, et ce coup de frein était parfaitement inutile. Le chauffeur se demanda si ses passagers s'étaient rendu compte de son erreur.

« Désolé, messieurs », dit-il dans l'interphone, les yeux sur son rétroviseur, regardant à travers la vitre qui le séparait d'eux.

Personne ne répondit. Comme s'ils ne l'avaient pas entendu, alors qu'il savait qu'on l'entendait puisque la petite lumière bleue de l'interphone était allumée, ce qui voulait dire que sa voix était transmise à l'arrière. La lumière rouge, elle, était éteinte : il ne pouvait pas entendre leur conversation. Cette lumière rouge était toujours éteinte, sauf quand on lui donnait des instructions, et, deux fois par jour, le système de communication était vérifié au garage avant que lui ou l'un des autres chauffeurs ne monte dans la voiture. On disait que la voiture était truffée de petits coupe-circuits électroniques qui brouillaient tout à la moindre intervention du système d'interphone. Les hommes qui prenaient place dans ces voitures les avaient reçues du Président des États-Unis lui-même, et les chauffeurs qui les pilotaient étaient sans cesse en butte aux contrôles de sécurité les plus sévères ; chacun d'eux assumait la responsabilité d'un garde du corps en plus de celle de chauffeur ; chacun d'entre eux était sans enfants et sans attaches et, de plus, un vétéran de l'armée — ayant déjà combattu — avec une expérience très large qui allait de la lutte anti-guérilla aux tactiques de diversion. Les voitures elles-mêmes étaient conçues pour offrir le maximum de protection. Les vitres pouvaient encaisser des coups de feu calibre 45. Le châssis était muni de petits éjecteurs de gaz, remplis de deux types de gaz, et un panneau de commande permettait de noyer les abords immédiats de la voiture dans un nuage en une demi-seconde. Un des gaz était un gaz innervant prévu pour les fous ou les manifestants un peu violents. L'autre était mortel. Prévu pour les terroristes. On disait aux chauffeurs qu'ils étaient responsables de leurs passagers, responsables sur leur vie. « Vous êtes insignifiants comparés à eux. Veillez sur leurs vies. » Et ces hommes que le Président tenait en une telle estime détenaient, eux, les secrets de la nation.

Ils étaient ses conseillers les plus proches en cas de crise.

Le chauffeur pensait à tout cela lorsqu'il regarda la pendule du tableau de bord. Il était neuf heures vingt, près de deux heures après son retour au garage où il avait attendu la fin des contrôles électroniques. Puis il était parti, ayant fini son service. Trente-cinq minutes plus tard, alors qu'il prenait un verre dans un restaurant, son bip avait sonné. Une petite note aiguë venue de sa ceinture. Il avait alors téléphoné au numéro des Services de Sécurité, numéro qui n'était dans aucun annuaire, et on lui avait ordonné de revenir au garage immédiatement. *Urgence Verseau Un. Ascendant Scorpion.* Astrologiquement parlant, c'était une absurdité, mais le message était clair. Le bureau ovale avait appuyé sur un bouton. Les chauffeurs étaient à nouveau en service, toutes affaires cessantes.

De retour au garage il avait été quelque peu surpris de voir que seulement deux voitures avaient été préparées. Il avait pensé trouver au moins six ou sept *Abrahams* noires prêtes à partir. Non. Il n'y en avait que deux, une qui devait se diriger vers Brewyn Heights, Maryland et la deuxième — la sienne — vers Andrew Field pour attendre l'arrivée de deux hommes, venus dans des jets de l'Armée, de deux différentes îles des Caraïbes. Les horaires avaient été coordonnés. Quinze minutes seulement séparaient les deux avions.

Le plus jeune des deux hommes, tous les deux âgés d'ailleurs, était arrivé le premier, et le chauffeur l'avait reconnu immédiatement, ce qui n'était pas à la portée de tout le monde. Il s'appelait Halyard. Comme la drisse d'un bateau à voiles. Mais sa réputation, il l'avait gagnée sur la terre ferme. Lieutenant-général Malcomb Halyard : Deuxième Guerre mondiale, Corée, Vietnam. Ce brillant soldat avait commencé par commander des escouades et des compagnies en France et de l'autre côté du Rhin, puis des bataillons à Inchon et enfin des armées en Asie du Sud-Est, où le chauffeur l'avait vu plus d'une fois à Da-Nang. C'était un peu un franc-tireur dans les sphères les plus hautes de l'Armée. Il était connu pour n'avoir jamais tenu aucune conférence de presse, mais il avait également viré des photographes, civils et militaires, des zones où il intervenait. Halyard, « la Drisse », était considéré comme un tacticien brillant ; il avait été le premier à affirmer au Congrès que le Vietnam était une idiotie, une défaite assurée, mais il pensait également que les soldats devraient recevoir un traitement différent de celui que leur faisaient subir certains politiciens, certains acteurs ou certaines stars du rock. Il évitait la publicité avec la même ténacité que lorsqu'il combattait sur les champs de bataille et cela plaisait au Président, paraît-il. Ce général, maintenant à la retraite, était arrivé le premier. On l'avait escorté jusqu'à la limousine, et il s'était installé à l'arrière après avoir salué le chauffeur, puis n'avait plus prononcé un mot.

Le deuxième homme était arrivé douze minutes plus tard. Il était aussi loin d'Halyard que le lion de l'aigle, mais ils étaient tous deux de magnifiques représentants de ces espèces animales. Addison Brooks avait été avocat, banquier international, conseiller d'État, ambassadeur, et il était maintenant un ancien homme d'État, conseiller des présidents. Il était la personnification parfaite de l'aristocrate de la côte Est, l'image de la vieille école, l'ultime WASP, tempérant tout de même cette image par un sens de la repartie qui pouvait être aussi dévastateur que généreux. Il avait traversé toutes ces années de guerres politiques avec la même agilité persistante que Halyard avait déployée sur les champs de bataille. Par essence, ces deux hommes accepteraient de composer avec la réalité, mais jamais avec leurs principes. Cela n'était pas l'opinion personnelle du chauffeur. Il avait lu tout ça dans le *Washington Post*, ses yeux étant tombés par hasard sur la page « politique » qui analysait la personnalité de ces deux conseillers. Il l'avait lue parce qu'il connaissait l'ambassadeur et qu'il avait vu le général à Da-Nang.

Il avait servi de chauffeur à l'ambassadeur plusieurs fois, flatté que le vieux Brooks se souvienne de son nom et lui dise toujours deux ou trois petites phrases personnelles du genre : « J'ai un petit-fils qui jure qu'il vous a vu gagner contre les New York Giants, Jack... » ou bien « Bon Dieu, Jack, comment vous faites pour ne jamais prendre de poids ? Moi, ma femme m'oblige à boire mon Gin avec une espèce d'horrible jus de fruits sans calories. » Cette dernière remarque était exagérée. L'ambassadeur était un homme svelte dont les cheveux grisonnants et la moustache parfaite le faisaient ressembler davantage à un lord anglais qu'à un Américain. Et il était loin d'être gros.

Ce soir pourtant, l'ambassadeur n'avait pas eu de petit mot sympathique pour son chauffeur. Aucune plaisanterie sur les jus de fruits sans calories. Brooks avait simplement hoché la tête d'un air absent au moment où le chauffeur avait ouvert la porte arrière. Puis il s'était arrêté, totalement figé pendant une seconde, en apercevant le général assis à l'intérieur. A ce moment-là, un seul mot avait été prononcé.

« Parsifal », avait dit l'ambassadeur, d'une voix grave, sombre. Comme échange de civilités, c'était plutôt bref.

Une fois installés, ils s'étaient mis à parler, le visage impénétrable, se jetant de brefs coups d'œil, comme s'ils se posaient des questions auxquelles ni l'un ni l'autre ne pouvait répondre. Puis ils étaient restés silencieux, ou du moins le chauffeur en avait-il l'impression, car, à chaque fois qu'il regardait comme maintenant dans son rétroviseur, le diplomate et le général regardaient droit devant eux, apparemment plongés dans des pensées profondes, personnelles. Quelle que fût la crise qui les amenait à la Maison-Blanche, chacun venu de son île des Caraïbes, elle semblait au-delà de toute discussion.

Les souvenirs du chauffeur dérivèrent dans une autre direction, au moment où il tournait pour atteindre l'entrée de la porte Est. Comme beaucoup d'athlètes universitaires dont la valeur était quelque peu supérieure sur un terrain de football que dans une classe ou un laboratoire, on lui avait suggéré de suivre un cours d'histoire de la musique. Ses professeurs se trompaient. Il détestait ça. Mais pourtant il se souvenait d'une chose, maintenant. *Parsifal* était un opéra de Wagner.

Le chauffeur de l'*Abraham numéro Sept*, lui, quitta la route de Kenilworth et entra dans le quartier résidentiel de Berwyn Heights, Maryland. Il était déjà venu deux fois dans cette maison. C'était pour cela qu'il avait été sélectionné pour cette mission ce soir, malgré sa requête de ne plus avoir à conduire le sous-secrétaire d'État Emory Bradford. Quand le service de sécurité lui avait demandé pourquoi, il n'avait pu que répondre qu'il ne l'aimait pas.

« Cela ne nous concerne pas, Yahoo. »

Telle avait été leur réponse. « Vos préférences ou vos désagréments n'entrent pas en ligne de compte. Faites votre boulot, c'est tout. »

Ils avaient raison, bien sûr. Mais, une part de son travail était de protéger Bradford au mépris de sa propre vie, et ça, il n'était pas certain de pouvoir le faire, même s'il le voulait. Quinze ans plus tôt, Emory Bradford, personnage froid et analytique, avait été un des plus jeunes et des plus brillants tenants du pragmatisme, ceux qui biaisaient leurs adversaires de gauche et de droite dans la course au pouvoir. Et la tragédie de Dallas n'avait rien fait pour altérer sa course. Les flots de larmes avaient été remplacés rapidement par des ajustements pratiques. La nation était menacée et ceux qui comprenaient la menace devaient se dresser et combattre le communisme, rallier les puissances de l'ordre. Bradford, dénué d'émotion, lèvres toujours serrées, visage de pierre, était devenu un faucon passionné. Tout d'un coup, un jeu, qu'on disait de dominos, devenait une théorie sur laquelle les défenseurs de la liberté s'appuyaient, sans prêter la moindre attention à la corruption et au manque d'engagement des soi-disant victimes.

Et un jeune fermier de l'Idaho avait été pris dans cette tourmente. Il avait répondu à l'appel. C'était sa réponse personnelle aux hordes de chevelus qui brûlaient le drapeau américain et leurs feuilles de route et qui crachaient sur des choses qui étaient l'essence même de l'Amérique... bordel ! Et huit mois plus tard ce jeune fermier s'était retrouvé dans la jungle au milieu de ses copains qui se faisaient éclater la tête, le visage, les bras et les jambes. Il avait vu les troupes sud-vietnamiennes fuir sous un déluge de feu pendant que leurs commandants vendaient des fusils, des jeeps et les rations de bataillons entiers. Il en était arrivé à comprendre ce qui était évident pour tout le monde sauf pour Washington et le commandement militaire de Saigon. Les soi-disant victimes des soi-disant hordes athées se foutaient totalement de toute cette merde, ne cherchaient que leur profit. C'étaient eux qui crachaient et qui brûlaient... tout ce qui ne pouvait être ni échangé ni vendu... Et ils riaient. Qu'est-ce qu'ils riaient ! Ils se foutaient de la gueule de leurs soi-disant sauveurs, ces pauvres cons de Blancs aux yeux ronds qui, eux, se prenaient les mines, les rockets et les balles, perdaient leurs visages, leurs bras et leurs jambes.

Et c'était là que cela s'était produit. Le faucon hystérique qu'était Emory Bradford avait soudain entrevu la « Lumière ». Dans un extraordinaire discours — une heure de *mea culpa* — il avait annoncé au Sénat et à la nation que quelque chose allait de travers, que les merveilleux planificateurs s'étaient entièrement fourvoyés. L'erreur était humaine, et lui, il était le plus humain de tous ceux qui s'étaient fourvoyés. Il prônait l'évacuation immédiate du Vietnam. Le faucon passionné s'était changé en colombe tout aussi passionnée.

Le Sénat, debout, l'avait applaudi pendant deux heures. Une *ovation.* Pendant que des têtes éclataient et que visages, bras et jambes étaient déchiquetés dans la jungle, et qu'un jeune fermier de l'Idaho faisait de son mieux pour ne pas finir comme les autres. *Une ovation,* salopard !

Non, monsieur Emory Bradford, je ne risquerai plus ma vie pour vous, plus jamais.

La grande maison de style colonial se dressait au bout d'un gazon méticuleusement entretenu qui annonçait la présence invisible d'une piscine et d'un court de tennis quelque part derrière. Les grands de ce monde avaient des résidences à leur échelle. Le fermier de l'Idaho se demandait comment le sous-secrétaire d'État Emory Bradford se comporterait, enfermé dans une cage infestée de rats quelque part dans le Delta du Mékong. Probablement très bien, bordel !

Le chauffeur se pencha sous le tableau de bord et en sortit un micro rétractable. Il appuya sur le bouton et parla.

« Abraham numéro Sept à Central.

— Allez-y, Abraham Sept.

— Suis en vue lieu de rendez-vous. Prévenez le colis par téléphone.

— Ce sera fait, Abraham Sept. Excellent *timing*. Vous et Abraham Quatre atteindrez le Verseau à peu près à la même heure.

— Content que ça vous plaise. On essaie de faire plaisir, vous savez. »

Les trois hommes descendirent ensemble dans l'ascenseur, les deux plus âgés, étonnés que la conférence ait lieu dans une des salles stratégiques souterraines plutôt que dans le bureau ovale. Le plus jeune, le sous-secrétaire d'État au visage de marbre, semblait comprendre les raisons de cette entorse à l'étiquette. Cela était dû à l'équipement. Ordinateurs, projecteurs qui balançaient d'énormes images sur un immense mur-écran, appareils de communication qui reliaient la Maison-Blanche à l'ensemble de la planète, et machines « pensantes », capables d'isoler les faits essentiels dans les volumes de charabia universitaire. Pourtant, tout ce matériel si sophistiqué serait inutile s'il n'y avait pas eu d'éclatement, si la crise n'avait pas éclaté. Avait-elle éclaté ? C'est ce que se demandaient les deux conseillers les plus âgés. Si c'était le cas, l'appel du Président ne le mentionnait pas. Il semblait plutôt signifier l'inverse. *Ascendant Scorpion.* Cela voulait dire catastrophe, et chacun d'eux sentait la tension de ses muscles autour de son estomac en atteignant le niveau le plus bas. La porte de l'ascenseur s'ouvrit sur un corridor qui avait été blanc, jadis. Ils marchèrent à l'unisson vers la pièce où allait avoir lieu leur entretien avec le Président des États-Unis. Ils ne parlaient pas, ils avaient la gorge nouée.

Le Président Charles Berquist accueillit les trois hommes assez sèchement, et ils le comprenaient. Il n'était pas dans la nature de ce grand natif du Minnesota d'être froid — il pouvait être dur, très dur — mais rarement froid. Le Président avait peur. D'un geste impatient, il fit signe aux trois hommes de s'asseoir devant la grande table en U qui se trouvait au centre de la pièce. Elle faisait face au mur-écran. On allait bien leur projeter des images. Les trois hommes gravirent les deux marches qui les séparaient du Président et prirent leur place à la table. Et chacun d'eux connaissait sa place, et chaque place avait une petite lampe éclairant un bloc-notes. Addison Brooks se plaça à droite du Président Berquist, le général Halyard sur sa gauche et le quelque peu plus jeune Emory Bradford après l'homme d'État, à une place d'où il pouvait s'adresser aux trois autres. C'était une disposition géographique très logique car la plupart des questions s'adressaient à lui, Bradford, de même que lui poserait à son tour les questions à ceux qu'on interrogerait pour plus ample information. En contrebas de la table en U et lui faisant face à mi-chemin du mur-écran se trouvait une autre table, plus petite, nantie de deux fauteuils pivotants qui permettaient à ceux qui étaient assis de se retourner pour regarder les images sur le mur-écran. Mais, il n'y avait personne.

« Vous avez l'air fatigué, monsieur le Président, dit Brook une fois qu'ils se furent tous assis.

— Je suis fatigué, répondit Berquist, et je suis

également désolé de vous infliger notre détestable climat, à vous et à Mal.

— A partir du moment où vous éprouvez le besoin de nous contacter, la météo est le dernier de mes soucis, commenta Halyard d'un ton sincère.

— Vous avez raison. »

Le Président appuya sur un bouton encastré dans la table sur sa gauche. « La première diapositive, s'il vous plaît. »

Les lumières du plafond s'éteignirent, seules les petites lampes restaient allumées, et les photos de quatre hommes apparurent sur une partie de l'écran au fond de la pièce.

« Connaissez-vous un de ces hommes ? » demanda Berquist, ajoutant hâtivement : « La question ne s'adresse pas à Emory, il les connaît. »

L'ambassadeur et le général jetèrent un coup d'œil vers Bradford puis se tournèrent vers les photos. Addison Brooks parla.

« Le type en haut à droite s'appelle Stern. David ou Daniel Stern, je crois. Il travaille pour l'État, non ? Un des spécialistes de l'Europe, brillant, à l'esprit mathématique, un type bien.

— Oui, confirma Berquist calmement. Et vous, Mal, vous reconnaissez quelqu'un là-dedans ?

— Je n'en suis pas certain, dit l'ancien officier. Celui en dessous de Stern, je crois que je l'ai déjà vu.

— C'est exact, intervint Bradford. Il a passé un certain temps au Pentagone.

— Je ne vois pas à quel poste, sous quel uniforme...

— Il n'en avait pas. C'est un docteur. Il a témoigné sur les traumas des vétérans du Vietnam. Vous avez assisté à deux ou trois sessions, je crois.

— Oui, c'est ça, bien sûr. Je m'en souviens maintenant, c'est un psychiatre.

— Une des plus grandes autorités en ce qui concerne le comportement en période de stress, compléta Bradford en regardant ses deux aînés.

— Qu'est-ce que vous dites ? » fit l'ambassadeur. Ces mots avaient semblé stupéfier les deux conseillers. C'était écrit sur leurs visages, dans leurs yeux.

Le vieux soldat se pencha en avant. « Y a-t-il une relation ? demanda-t-il d'un ton exigeant.

— Avec Parsifal ?

— De qui d'autre est-ce que je pourrais bien parler ? Alors y en a-t-il une ?

— Il y en a une, mais ce n'est pas ça.

— Qu'est-ce qui n'est pas ça ? demanda Brooks avec appréhension.

— La spécialisation de Miller. C'est son nom. Dr Paul Miller. Nous ne pensons pas que ce qui le lie à Parsifal ait quoi que ce soit à voir avec ses études sur le stress.

— Dieu merci, murmura le général.

— Alors où est le lien ? pressa le vieux diplomate d'un ton impatient.

— Puis-je, monsieur le Président ? demanda Bradford, en regardant le commandant en chef. Berquist acquiesça silencieusement. Le sous-secrétaire d'État se tourna alors vers l'écran et les photos.

— Les deux hommes de gauche, respectivement en haut et en dessous, sont John Philip Ogilvie et Victor Alan Dawson.

— Dawson est un avocat, interrompit Addison Brooks. Je ne l'ai jamais rencontré mais j'ai lu pas mal de ses rapports. Il est très fort, c'est un spécialiste des traités internationaux. Il a le sens inné des systèmes législatifs étrangers et de leurs nuances.

— Brillant, ajouta le Président doucement.

— Le dernier homme, poursuivit Bradford rapidement, était également un expert dans son genre de travail. Il fut agent clandestin sur le terrain pendant près de vingt ans, un des tacticiens les plus remarquables dans ce genre d'opérations. »

Les deux conseillers avaient remarqué l'emploi du passé que venait de faire le sous-secrétaire d'État. Ils se regardèrent, puis se tournèrent vers le Président Berquist. Il hocha la tête.

« Ils sont morts, dit le Président, amenant sa main droite vers son front et se massant nerveusement les tempes. Tous les quatre. Ogilvie est mort il y a quatre jours à Rome, une balle mal placée, circonstances acceptables. Les trois autres ne sont pas morts accidentellement. On les a tués, et ici. Dawson et Stern en même temps, Miller à trente kilomètres de là, à la même heure. »

L'ambassadeur aux cheveux blancs se pencha, les yeux braqués sur l'écran. « Quatre hommes, dit-il avec anxiété. L'un était un expert en questions européennes, l'autre un avocat presque exclusivement expert en lois internationales, le troisième un agent vétéran des opérations clandestines, et le quatrième, un psychiatre spécialisé dans le stress...

— Drôle de tableau de chasse, conclut le vieux soldat.

— Ils sont tous liés, dit Brooks. Ils étaient liés les uns aux autres avant Parsifal. Est-ce correct ?

— Laissez Emory expliquer, répliqua le Président. C'est lui qui doit en subir les conséquences, alors laissons-le parler. »

Le regard d'Emory Bradford accusa réception de cette affirmation, mais il pensait que s'il devait tout expliquer, du moins les responsabilités devraient-elles alors être partagées équitablement. Et sa respiration lente et sa voix calme indiquaient aussi qu'il s'attendait au pire.

« Ces hommes étaient les stratèges des opérations consulaires.

— Costa Brava ! » Ce nom explosa littéralement sur les lèvres du vieil ambassadeur.

« Ils ont épluché le dossier et ils nous ont trouvés, dit Halyard, les yeux remplis d'une résignation rageuse. Et ils ont payé pour cela...

— Oui, dit Bradford. Mais nous ne savons pas comment cela s'est produit.

— Comment ils ont été tués ? demanda le général d'un air incrédule.

— Non, cela on le sait, répliqua le sous-secrétaire. Très professionnellement, très vite...

— Alors, qu'est-ce que vous ne comprenez pas ? » Brooks semblait très ennuyé. « La relation avec Parsifal.

— Mais vous venez de dire que cela était lié à Parsifal, insista le vieil homme d'État. Alors ?

— Il doit y avoir une relation, mais nous n'arrivons pas à la définir.
— Je ne vous suis pas, dit le général.
— Commencez par le commencement, Emory, coupa le Président. Commencez par Rome. »
Bradford acquiesça. « Il y a cinq jours, les stratèges ont reçu un câble prioritaire de notre attaché à Rome, le lieutenant-colonel Baylor, nom de couverture : Brown. Il surveille le réseau d'activités clandestines.
— Larry Baylor ?
— Oui, général.
— C'est un très bon officier. Donnez-moi vingt négros comme lui et on pourra fermer l'académie militaire.
— Le colonel Baylor est noir, monsieur l'Ambassadeur.
— Selon toute apparence, monsieur le sous-secrétaire.
— Bon sang, Emory...
— Oui, monsieur le Président... Le câble du colonel Baylor faisait référence à l'entretien qu'il avait eu avec... — Bradford s'arrêta, comme s'il rechignait à prononcer ce nom... — Michael Havelock.
— Costa Brava, murmura le vieux soldat.
— Parsifal, ajouta Brooks avant de protester énergiquement. Mais Havelock avait été mis hors circuit, après son séjour en clinique et sa démission, il était surveillé, testé, chacun de ses mouvements étudié au microscope. On nous a assurés qu'il n'y avait rien, absolument *rien*.
— Moins que rien, surenchérit le sous-secrétaire. Dans des circonstances programmées, il avait accepté un poste de professeur à l'université de Concord, dans le New Hampshire. Il était complètement *out*, à tous les niveaux, et nous étions revenus au scénario originel.
— Et qu'est-ce qui l'a modifié ? demanda le général. Qu'est-ce qui a fait changer le statut de Havelock ? »
Bradford marqua une pause, encore, comme s'il

éprouvait une réelle difficulté à sortir les mots de sa bouche. « Jenna Karras, dit-il doucement. Elle a refait surface. Il l'a vue. A Rome. »

Le silence qui tomba sur la table était à la mesure du choc. Les visages des deux hommes âgés se durcirent, leurs yeux se braquèrent sur le sous-secrétaire d'État, qui accepta leurs regards avec une résignation de granit. Enfin, le vieil homme d'État parla. « Quand cela s'est-il produit ?

— Il y a dix jours.

— Pourquoi n'en avons-nous pas été informés, monsieur le Président ? poursuivit Brooks en fixant toujours Bradford.

— C'est très simple, répliqua le sous-secrétaire d'État avant que le Président puisse répondre, parce que *je* n'en ai pas ai été informé.

— Je trouve cela inacceptable.

— Intolérable, ajouta le vieux soldat d'un ton sec. Qu'est-ce que vous dirigez, bordel !

— Une organisation extrêmement efficace qui répond à des situations bien précises. Dans ce cas, peut-être trop efficace, et avec trop de répondant.

— Expliquez-moi ça, ordonna Halyard.

— Ces quatre hommes, dit Bradford en montrant les photographies des stratèges disparus, étaient convaincus que Jenna Karras avait été tuée sur la Costa Brava. Comment auraient-ils pu penser autrement. Nous avions tout prévu, tout organisé, jusqu'au moindre détail. Il ne restait plus de place pour le moindre doute, la moindre spéculation. Sa mort avait été confirmée par Havelock, puis par des vêtements tachés de sang. Nous voulions que ce soit accepté, que personne ne se pose de questions, surtout pas Havelock lui-même.

— Mais elle a refait surface, insista Halyard. Vous dites qu'il l'a *vue*. Je présume que cette information était incluse dans le télégramme du colonel Baylor.

— Oui.

— Alors pourquoi n'avons-nous pas été informés immédiatement ? demanda Brooks.

— Parce qu'ils n'y ont pas cru, répondit Bradford.

Ils ont pensé que Havelock était fou — qu'il divaguait, qu'il était vraiment largué. Ils ont alors envoyé Ogilvie à Rome, ce qui en soi était déjà extraordinaire, et ce qui indique qu'ils prenaient la situation très au sérieux. Brown l'a accueilli, et il dit qu'Ogilvie lui a affirmé que Havelock était fou, qu'il voyait des choses qui n'existaient pas, que ses hallucinations étaient causées par d'anciennes blessures mentales très profondes, datant de sa jeunesse pendant la guerre, et qu'en y ajoutant la pression de ces dernières années, il avait tout bonnement explosé mentalement. Enfin, voilà ce qu'Ogilvie lui a dit.

— Cela serait le jugement de Miller, interrompit le Président. Il est le seul qui aurait pu en arriver là.

— Le comportement de Havelock se détériorait de plus en plus vite, poursuivit le sous-secrétaire. Il menaçait d'exposer au grand jour des opérations clandestines passées ou présentes qui nous auraient compromis dans toute l'Europe, si on ne lui donnait pas des réponses, des explications. Il a même expédié quelques câbles juste pour nous montrer de quoi il était capable. Les stratèges le prenaient très au sérieux, Ogilvie était à Rome pour, soit ramener Havelock soit... le tuer.

— Au lieu de cela il a été tué, dit le vieux soldat.

— Tragiquement. Le colonel Baylor couvrait la rencontre entre Ogilvie et Havelock sur le Palatin. C'était dans une zone isolée. Il y a eu une dispute, l'explosion prématurée d'une capsule de gaz innervant que possédait Ogilvie et comme cela avait raté, Havelock lui est tombé dessus avec son arme. Baylor dit qu'il a attendu jusqu'au dernier moment. Il a tiré au moment précis où il pensait que Havelock allait tuer Ogilvie et apparemment il a eu raison. Ogilvie a dû avoir la même impression car il a plongé et il a reçu la balle. Tout est dans le rapport de Baylor, que vous pouvez consulter, bien sûr.

— Étaient-ce des circonstances acceptables, monsieur le Président ? demanda Brooks.

— Ce sont seulement des explications, Addison.

— Naturellement, dit Halyard en regardant Bradford. Si ce sont les propres mots de Larry Baylor, je n'ai pas besoin du rapport. Comment l'a-t-il pris ? Je sais qu'il n'aime pas perdre ni se faire entuber.

— Il a été sévèrement blessé à la main droite. Elle a été déchiquetée et il ne la récupérera probablement jamais. Naturellement, cela tire le rideau sur ses activités.

— Ne le mettez pas hors circuit. Ce serait une erreur. Mettez-le derrière un bureau qui soit toujours en relation avec le terrain.

— J'en aviserai le Pentagone, général.

— Revenons aux stratèges des opérations consulaires, dit l'homme d'État. Je ne comprends toujours pas pourquoi ils n'ont pas relayé l'information apportée par Baylor, spécialement en ce qui concerne les raisons cachées derrière les actes de Havelock... ces télégrammes dévastateurs. D'ailleurs, étaient-ils si dévastateurs ?

— Alarmants, serait mieux choisi. Presque une fausse alerte en fait. Un messager est arrivé ici — dans un code récent, code 1600 — affirmant qu'il y a un agent soviétique infiltré à la Maison-Blanche. Il en a envoyé un autre au Congrès, dénonçant la corruption de la C.I.A. à Amsterdam. Et ces deux armes, le numéro de code et les noms d'Amsterdam, donnaient à cette information un caractère véridique.

— Cela avait une quelconque substance ? demanda le général.

— Pas réellement. Mais les réactions furent rapides. Les stratèges savaient qu'il pouvait aller bien plus loin.

— Raison de plus pour faire un rapport sur les motifs de Havelock, insista Brooks.

— Il se peut qu'ils l'aient fait, répondit Bradford. A quelqu'un. Nous allons y arriver.

— Pourquoi ont-ils été tués ? Quelle était leur relation avec Parsifal ? » Le général baissa la voix. « Et avec la Costa Brava ?

— Il n'y avait pas de Costa Brava, jusqu'à ce qu'on l'invente, Mal, dit le Président. Mais cela aussi doit être dit dans la continuité. C'est la seule façon que nous ayons d'y trouver un sens... Si cela *a* un sens.

— Cela n'aurait jamais dû arriver, intervint le vieil homme d'État. Nous n'avions pas le droit.

— Nous n'avions pas le *choix*, monsieur l'Ambassadeur, dit Bradford. Le secrétaire d'État, Anthony Matthias, a construit l'affaire contre Jenna Karras, cela nous le savons. Son objectif, autant que nous puissions le déterminer, était d'enlever Havelock du service des renseignements, mais nous ne pouvons pas en être certains. Leur amitié était très forte, datait de la guerre, des liens unissant leurs deux familles à Prague. Havelock faisait-il partie des plans de Matthias ou pas ? Était-il un joueur volontaire qui suivait des ordres, faisant des choses que les autres trouveraient incompréhensibles, ou bien était-il la victime d'une terrible manipulation ? Il nous fallait le découvrir.

— Nous avons trouvé, non ? protesta Addison Brooks, indigné. Dans la clinique de Virginie. On lui a administré tout ce que les docteurs et les laboratoires possèdent comme moyens d'extorquer des informations. Il ne savait absolument rien. Comme vous le disiez, nous en étions revenus au scénario originel, et nous étions complètement dans le noir. Pourquoi est-ce que Matthias voulait que Havelock soit *out* ? Voilà la question à laquelle personne n'a répondu, et qui n'a peut-être pas de réponse. Quand nous avions compris cela, nous aurions dû dire la vérité à Havelock.

— Nous ne pouvions pas. »

Le sous-secrétaire d'État se pencha en arrière sur sa chaise. « Jenna Karras avait disparu. Nous ne savions pas si elle était vivante ou morte. Dans ces circonstances, Havelock nous aurait posé des questions auxquelles nous n'aurions pas pu répondre en dehors du bureau ovale ou d'une pièce comme celle-ci.

— Des questions, ajouta le Président des États-Unis, qui, si elles étaient dévoilées, plongeraient le monde dans une guerre nucléaire totale en quelques heures. Si les Soviétiques ou la République Populaire de Chine savaient que ce gouvernement a perdu le contrôle, ne dirige plus rien, les I.C.B.M. seraient lancés des deux hémisphères, un millier de sous-marins détruiraient les objectifs tactiques secondaires... L'oblitération totale. Et nous avons perdu le contrôle. *Complètement.* »

Silence.

« Il y a quelqu'un que j'aimerais vous présenter, dit Emory Bradford. Je l'ai fait venir d'un col dans les Alpes appelé col des Moulinets. C'est un de nos hommes de Rome.

— La guerre nucléaire », murmura le Président en appuyant sur un bouton devant lui. Et l'écran s'éteignit.

16

Havelock traça deux lignes pour rayer le dix-septième et le dix-huitième nom de sa liste, s'éloigna du téléphone du petit café de Montmartre et marcha vers la porte. Deux appels par téléphone ; c'était tout ce qu'il se permettait. Des détecteurs électroniques sophistiqués pourraient trouver le lieu d'appel en quelques minutes, et s'ils le trouvaient, il ne faisait aucun doute que l'ambassade américaine à Paris serait alertée immédiatement, ce qui revenait à leur téléphoner directement pour décider avec eux du lieu et de l'heure de son exécution. De sa mort. Deux coups de fil par cabine, chaque cabine à au moins six pâtés de maisons du précédent appel, et chaque appel durant moins de quatre-vingt-dix secondes. Il avait déjà épuisé la moitié de sa liste, mais maintenant les autres devraient attendre. Il était presque neuf heures. Les dernières lumières du ciel disparaissaient, remplacées par les néons des enseignes de Montmartre qui faisaient autant d'éclats que le bruit cacophonique de la ville. Le piège à touristes s'ouvrait avec fracas. Havelock devait retrouver Gravet près de la rue Norvins. Le critique d'art avait passé son après-midi à rechercher, dans son monde particulier, la trace de Jenna Karras.

Dans un sens Michael avait fait la même chose, mais son travail avait d'abord été cérébral. Il avait récupéré ses vêtements dans une consigne de gare, acheté quelques affaires de toilette, un bloc-notes et un crayon à bille et il s'était installé dans un petit hôtel pas cher, juste au coin de la Couronne Nouvelle. Il s'était dit que si l'officier de la V.K.R. qu'il avait laissé en morceaux dans sa chambre d'hôtel appelait à l'aide et cherchait à se venger, ses tueurs ne penseraient pas à fouiller l'hôtel d'à côté.

Havelock s'était rasé, avait pris un bain et s'était allongé sur un lit défoncé, le corps au repos. Pas l'esprit. Il avait feuilleté le passé, cherché dans sa mémoire, refait tous les trajets qu'il avait faits à Paris avec Jenna. Il avait effectué cet exercice académiquement, comme un étudiant suivant un fil conducteur au milieu d'une période historique très troublée, se tenant à ce fil sans se préoccuper des événements annexes.

Lui et Jenna. Jenna et lui. Où ils avaient été, qui ils avaient vu, à qui ils avaient parlé, tout cela dans l'ordre. Chaque lieu et chaque scène avait sa raison d'être. Chaque visage qui avait une signification portait un nom ou était au moins relié à quelqu'un d'autre qui connaissait ce nom.

Après deux heures et quarante minutes de recherche, il s'était assis, avait pris son bloc-notes et son crayon et avait commencé sa liste. Une demi-heure plus tard elle était complète — aussi complète que le lui permettait sa mémoire — et il s'était à nouveau relaxé sur son lit défoncé, sachant que le sommeil dont il avait tant besoin allait venir, et sachant aussi que l'horloge qu'il avait dans la tête le réveillerait en temps utile. C'était exact. Et quelques minutes plus tard il était dans les rues, passant d'une cabine téléphonique à une autre, d'un café à l'autre. Chaque téléphone à six pâtés de maisons au moins du précédent.

Les conversations étaient prévues pour être brèves, mais attentives. Il essayait de ne pas mettre la moindre inquiétude dans sa voix, mais ses oreilles guettaient la moindre inquiétude dans la voix de ses correspondants. A chaque fois il les approchait de la même façon. Il prétendait avoir rendez-vous avec Jenna à midi au bar de l'hôtel Meurice, chacun d'eux devant arriver à Paris par des avions différents. Mais son avion à lui avait eu des heures de retard. Et puisque Jenna avait souvent mentionné le nom de son interlocuteur — là, il jouait la carte de l'amitié — Michael se demandait si par hasard elle ne l'avait pas appelé... lui ou elle... pour passer l'après-midi avec elle dans cette ville qu'elle ne connaissait pratiquement pas.

La plupart des gens qu'il appela étaient assez surpris de son coup de téléphone et certains étaient même étonnés à l'idée que Jenna puisse se rappeler leur nom. Après tout ce n'étaient que de vagues connaissances. Pourtant, à aucun moment, n'eut lieu cette brève hésitation qu'il attendait. Les gens étaient normalement surpris, surtout ceux dont la profession les avait habitués à approcher l'inhabituel avec précaution. Dix-huit noms. Rien. Où était-elle ? Que faisait-elle ? Elle ne pouvait pas se cacher à Paris sans qu'il la trouve. Elle devait bien le savoir. *Bon Dieu, où es-tu ?*

Il atteignit la rue Ravignan et commença à grimper vers Montmartre, passant devant des fantômes de maisons de légende, et il parvint place Clément d'où il descendit la rue Norvins. Les rues étaient pleines de touristes et de chasseurs de touristes, faux peintres montmartrois et pseudo survivants de la vie de bohème. La ruelle que Gravet lui avait décrite était juste avant l'étroite rue des Saules. Il marcha plus vite.

La vieille ruelle était sombre, déserte. Havelock s'y engagea, sa main droite se portant instinctivement vers l'ouverture de sa veste, là où le magnum était coincé. Gravet était en retard. Un manque de courtoisie que le critique d'art détestait. Qu'était-il arrivé ?

Michael trouva une porte cochère dans un renfoncement de la ruelle et s'appuya contre un pilier de briques, sortit ses cigarettes et alluma une allumette. La lueur lui remémora le Palatin et la pochette d'allumettes d'Ogilvie, qui était venu pour lui sauver la vie, pas pour la lui prendre. Un homme au bord de la mort et qui était mort quelques instants plus tard, comprenant qu'il y avait une trahison quelque part dans les plus hautes sphères de son gouvernement. Les fabricants du mensonge étaient aux commandes et les stratèges des opérations consulaires n'étaient que des pions entre leurs mains.

Il y eut un choc subit au bout de la rue Norvins, un bref éclat de voix au moment où deux hommes se heurtaient. Puis la plus grande des deux silhouettes agonit l'autre d'injures. Le plus petit des deux fit une remarque sur la famille de son interlocuteur et disparut. Gravet venait d'arriver. Il s'engagea dans la ruelle en essuyant les manches de son manteau.

« *Merde !* cracha le critique en voyant Havelock sortir de l'ombre. Ces clochards sont insupportables ! Dieu seul sait quand ils étaient à jeun pour la dernière fois. Désolé d'être en retard.

— Je viens d'arriver.

— Je suis en retard. Je voulais arriver ici une demi-heure plus tôt pour vérifier que vous n'étiez pas suivi.

— Je n'étais pas suivi.

— Oui, vous le sauriez, n'est-ce pas ?

— Exact. Qu'est-ce qui vous a retardé ?

— Un jeune homme dont je cultive la relation et qui travaille dans les catacombes du Quai d'Orsay.

— Vous êtes honnête.

— Et vous vous méprenez. »

Gravet s'approcha du mur, tournant la tête à droite et à gauche, surveillant les deux entrées de la ruelle. Il sembla satisfait. Puis il frappa ses deux mains l'une contre l'autre, comme un maître de ballet prêt à donner la touche finale à sa mise en scène. « Depuis que vous m'avez appelé après votre visite à la Couronne Nouvelle — entre parenthèses c'est un appel que je n'étais pas certain que vous puissiez faire — je suis entré en contact avec toutes les personnes qui pourraient savoir quelque chose sur une jeune femme cherchant une cachette, des papiers ou à se faire transporter secrètement, et que personne ne pouvait aider. C'était assez illogique. Après tout, il n'y en a que peu de ces entreprises illégales, et certaines que j'ignore. J'ai même vérifié dans les quartiers italiens, pensant que son escorte du col des Moulinets pourrait lui avoir donné un nom ou deux. Rien... Puis une idée m'a frappé. Pourquoi chercher dans l'illégalité ? Je faisais peut-être fausse route. Peut-être qu'une telle femme chercherait plutôt une aide légitime, sans détailler réellement ses raisons illégitimes. Après tout elle est un agent expérimenté. Elle devait connaître — ou avoir entendu parler d'eux — certains membres du personnel des gouvernements alliés, ne serait-ce que grâce à vous.

— Le Quai d'Orsay.

— *Naturellement.* Mais ses à-côtés, les catacombes, là où des arrangements intéressants peuvent être faits sans la moindre publicité. Vous devez les connaître...

— Pas du tout. J'ai souvent été en contact avec quelques personnes dans les ministères, mais je n'ai jamais entendu parler des *catacombes.*

— Le Foreign Office de Londres appelle ça son Clearing Center. Votre propre département d'État s'y réfère plus subtilement. La Division des Transferts Diplomatiques.

— L'immunité diplomatique, dit Havelock. Vous avez trouvé quelque chose ?

— Mon jeune ami a passé les dernières heures de cette journée à fouiller là-dedans. Je lui avais dit que le *timing* était sûrement très bref. S'il s'était produit quelque chose c'était obligatoirement aujourd'hui. Donc il est retourné dans sa *petite cave* après le dîner et il a épluché les duplicata du jour. Il pense qu'il a peut-être trouvé, mais il ne peut pas en être certain, ni moi non plus d'ailleurs. Mais vous pouvez peut-être établir la relation.

— Allez-y.

— A dix heures quarante-cinq ce matin, un mémorandum du ministère des Affaires étrangères portait les informations suivantes : Femme blanche, la trentaine ; langues : slave, russe, serbo-croate. Nom de couverture et dossier à examiner immédiatement. Bon, mais il peut y avoir une douzaine de...

— Quelle section du ministère ? interrompit Havelock.

— Section quatre.

— Régine Broussac, dit Havelock. Mme Régine Broussac. Chargée de mission, section quatre.

— Voilà la connexion. C'étaient le nom et la signature en bas du duplicata.

— Elle était vingt-neuvième sur ma liste. Vingt-neuvième sur trente. Nous l'avions vue — *je* l'avais vue — moins d'une minute dans la rue il y a presque un an. Je ne sais même plus si je lui avais présenté Jenna. Cela n'a pas de sens. Elles ne se connaissent pas.

— Les circonstances de votre rencontre avec elle l'année dernière étaient-elles particulières ? Était-ce un souvenir marquant ?

— En fait oui, sûrement. Un de leurs hommes était un agent double travaillant à l'ambassade de France à Bonn. Il faisait des visites périodiques à l'Est en passant par Luckenwalde. Nous l'avions trouvé du mauvais côté de Berlin. Dans un meeting du *Nachricht Geheimdienst*.

— Les pantins de Moscou qui viennent droit des anciens SS... Effectivement, c'étaient des circonstances dont elle pouvait se souvenir. »

Gravet se tut et se frotta les mains. « Régine Broussac, c'est une femme assez âgée, non ? Une héroïne de la Résistance ?

— Oui. Elle et son mari. Il a été pris par la Gestapo pendant la guerre. Et ce qu'on a retrouvé de lui...

— Mais elle a continué.

— Oui.

— Aviez-vous parlé de cela à Jenna ? »

Havelock fouilla dans sa mémoire en écrasant sa cigarette nerveusement sur les pavés. « Probablement. Régine Broussac n'est pas d'un abord facile. Elle peut être très abrupte, très caustique. Il y en a qui la traitent de peau de vache, mais ce n'en est pas une. Il lui a fallu être dure. Pour survivre.

— Alors laissez-moi vous poser une autre question. J'ai comme l'impression d'en connaître la réponse, mais je ne me fonde que sur des rumeurs. Qu'est-ce qui a poussé votre amie à faire ce qu'elle a fait, à vivre ce genre de vie avec vous, et même avant de vous connaître ?

— 1968, répliqua Havelock d'une voix neutre.

— L'invasion de la Tchécoslovaquie ?

— Les *cerny den* d'août. Les jours noirs. Ses parents étaient morts et elle vivait à Ostrava avec ses deux frères aînés, dont un marié. C'étaient deux activistes partisans de Dubček, le plus jeune était étudiant et l'autre était un ingénieur à qui le régime de Novotny ne confiait plus aucun travail intéressant. Quand les tanks sont arrivés, le plus jeune frère est mort dans la rue, le plus vieux a été capturé par des troupes soviétiques et "interrogé". Il en est sorti mutilé à vie — bras et jambes —, complètement foutu. Il s'est fait sauter la cervelle et sa femme a disparu. Jenna est allée à Prague où personne ne la connaissait. Mais elle savait qui joindre, et ce qu'elle voulait faire. »

Gravet hocha la tête. Dans la faible lueur d'un réverbère lointain on pouvait lire de la compréhension et de la rancœur sur son visage fin. « Les gens qui font ce que vous faites, tranquillement, efficacement, ont tous une histoire différente, mais il existe des thèmes communs dans toutes ces histoires, dans toutes ces vies. La violence, la douleur... la perte des êtres chers. Et un désir authentique de revanche. De vengeance.

— A quoi vous attendiez-vous ? Il n'y a que les idéologues qui puissent se permettre de crier. Nous, nous avons en général d'autres choses en tête. C'est pour ça qu'on nous envoie en première ligne. Il n'en faut pas beaucoup pour nous rendre efficaces.

— Ni pour vous reconnaître, j'imagine.

— Dans certaines circonstances, oui. Mais nous parlons peu de ces choses. Où voulez-vous en venir ?

— Régine Broussac. Votre amie se souviendrait d'elle. Un mari, des frères, la douleur, la mort... Une femme seule. Une telle femme se souviendrait... d'une autre femme... qui a continué.

— C'est évident. Je n'y avais pas pensé, c'est tout. » Havelock secoua la tête pensivement, puis poursuivit : « Vous avez raison. Merci pour la perspective.

— Faites attention, Michael.

— A quoi ?

— A la vengeance. Il doit exister une réelle *sympathie* entre elles. Elle pourrait vous piéger, vous remettre à votre ambassade.

— Je ferai attention. Et elle aussi. Qu'y avait-il d'autre sur le duplicata du mémorandum ? Une destination ?

— Non. Elle pourrait aller n'importe où. Cela sera déterminé au ministère des Affaires étrangères et tenu secret.

— Et sa couverture ? Un nom ?

— Cela a été réglé, mais hors d'atteinte de mon jeune ami des catacombes. Peut-être demain pourra-t-il fouiller dans des fiches qui sont enfermées cette nuit.

— Trop tard. Ce mémorandum demandait une réponse immédiate. Ce passeport a été fait et délivré. Elle va sortir de France. Il faut que je bouge rapidement.

— Qu'est-ce qu'une journée ? D'ici à une douzaine d'heures nous pourrons vous donner son nom. Vous appellerez les lignes aériennes d'urgence et ils vérifieront. Vous saurez où elle est allée.

— Mais pas maintenant.

— *Je ne comprends pas.*

— Broussac. Si elle a fait tout ça pour Jenna, elle a dû en faire même davantage. Elle ne va pas la laisser comme ça dans un aéroport. Elles ont dû se mettre d'accord et je dois savoir ce qu'elles ont décidé.

— Et vous croyez qu'elle vous le dira ?

— Il le faut. »

Havelock boutonna sa veste et releva son col. Un petit vent froid soufflait sur Montmartre, et la ruelle lui servait de tunnel. « D'une façon ou d'une autre il faudra qu'elle me le dise. Merci, Gravet, je vous dois beaucoup.

— C'est exact.

— Je vais voir Mme Broussac ce soir et je partirai demain matin... D'une façon ou d'une autre. Mais avant que je m'en aille, il y a une banque ici à Paris où je dispose d'un coffre. Je vais le vider et laisser une enveloppe pour vous à la caisse. Appelons ça une avance. C'est la banque Germain, avenue George V.

— C'est très aimable à vous, mais est-ce bien prudent ? Toute modestie mise à part, je suis un personnage public ici et je dois faire attention à qui je m'associe. Il se peut qu'il y ait quelqu'un là-bas qui vous connaisse.

— Sous aucun nom que vous ayez jamais entendu.

— Quel nom devrai-je utiliser ?

— Aucun. Dites simplement "le gentleman du Texas". Il aura laissé une enveloppe pour vous. Si cela peut vous rassurer, disons que nous ne nous sommes jamais rencontrés. J'ai négocié l'achat d'un tableau pour un client anonyme de Houston.

— Et s'il y a des complications ?

— Il n'y en aura pas. Vous savez où je vais ce soir et où j'irai demain.

— Au moins, nous sommes des professionnels, n'est-ce pas Michael ?

— Je ne vois pas comment il pourrait en être autrement. C'est tellement plus clair. »

Havelock tendit la main. « Merci encore. Vous savez combien j'apprécie votre aide. Je ne l'oublierai pas.

— En revanche, vous pouvez oublier cette histoire d'enveloppe, si vous voulez, dit Gravet, en lui serrant la main, étudiant le visage de Michael dans l'ombre. Vous pourriez avoir besoin de cet argent, et mes dépenses ont été très minimes. Je pourrai toujours toucher cet argent lors de votre prochain voyage à Paris.

— Ne changez pas les règles, nous vivons avec depuis trop longtemps. Mais j'apprécie votre confiance.

— Vous avez toujours été quelqu'un de très civilisé et je ne comprends rien à cette affaire. Pourquoi vous ? Pourquoi elle ?

— J'aimerais réellement le savoir moi-même.

— C'est là que se trouve la clef, n'est-ce pas ? Il s'agit de quelque chose que *vous savez.*

— Si tel est le cas, je n'ai pas la moindre idée de ce dont il s'agit. Adieu, Gravet.

— Plutôt *au revoir.* Je ne veux pas de cette enveloppe, *Mikhaïl.* Revenez à Paris. Cette dette peut attendre. »

Le critique distingué se détourna et disparut au bout de la ruelle.

Il était inutile d'être évasif avec Régine Broussac. Elle sentirait le mensonge immédiatement, la coïncidence temporelle étant par trop incroyable. D'un autre côté, lui donner l'avantage du lieu de rendez-vous était également complètement idiot. Elle allait truffer l'endroit d'hommes du Quai d'Orsay, dont le Quai d'Orsay ignorait qu'elle puisse aussi aisément disposer. Broussac était une femme solide, elle savait quand impliquer son gouvernement et quand ne pas le faire, et selon ce que Jenna lui avait dit, elle pouvait envisager certaines méthodes pour traiter avec un ancien agent américain, déséquilibré de surcroît. Des méthodes non officielles. Havelock n'avait pas envie de se retrouver face à face avec ce type d'hommes, habitués à la violence, qui n'étaient utiles que si on était leur employeur, comme Rome au col des Moulinets ou la V.K.R. dans le petit hôtel de la rue Étienne. Il connaissait trop bien ce genre de personnage. Il comprenait qu'il lui fallait voir Régine Broussac seule, et pour en arriver là, il fallait qu'il parvienne à la convaincre qu'il n'était pas dangereux — pour elle — et qu'en dehors d'une certaine folie, assez concevable, il disposait d'informations d'une valeur extraordinaire.

Une pensée bizarre le frappa alors qu'il descendait les escaliers de la butte. Il parlait de vérité. Mais il ne lui dirait qu'une partie de la vérité, et pas la vérité tout entière. Les fabricants du mensonge avaient tordu la vérité, et il se pouvait qu'elle les écoute.

Elle était dans l'annuaire. Rue Raymond-Losserand.

« ... Je ne vous ai jamais donné de fausses informations, et je n'ai pas l'intention de commencer maintenant. Mais c'est très grave. Si vous voulez mesurer la gravité de la situation, utilisez le nom d'une autre personne du Quai d'Orsay et appelez l'ambassade américaine. Demandez mon statut, adressez-vous à l'attaché des opérations consulaires. Dites que je vous ai appelée, que je suis quelque part dans le sud de la France et que je voulais un rendez-vous. En tant que représentant d'un gouvernement ami, vous requérez des instructions. Je vous rappelle dans dix minutes... d'une autre cabine, bien sûr.

— Bien sûr. Dans dix minutes, alors.

— Régine ?

— Oui ?

— Souvenez-vous de Bonn.

— Dix minutes. »

Havelock descendit jusqu'au square Berlioz, regardant fréquemment sa montre, sachant qu'il ajouterait cinq minutes aux dix minutes prévues. Ce genre de délai créait une tension qui faisait que la personne contactée avait tendance à révéler plus de choses qu'elle ne l'aurait voulu. Il y avait une cabine au coin. A l'intérieur, une jeune femme criait dans le micro, gigotait hystériquement. D'un geste rageur elle raccrocha et sortit de la cabine.

« *La vache !* » s'exclama la jeune fille en passant devant Havelock.

Il ouvrit la porte et entra. Il avait neuf minutes de retard. Il composa le numéro et écouta.

« Oui ? » La voix de Régine Broussac résonna dès la première sonnerie. Elle était anxieuse. Elle avait parlé à l'ambassade.

« Avez-vous parlé à l'attaché ?

— Vous êtes en retard. Vous aviez dit dix minutes !

— Lui avez-vous parlé ?

— Oui. Je veux vous voir. Passez chez moi le plus vite possible.

— Désolé. Je vous rappellerai dans un petit moment.

— *Havelock !* »

Il raccrocha et sortit de la cabine, chercha des yeux un taxi libre.

Vingt-cinq minutes plus tard, il était dans une autre cabine, numéros invisibles dans le noir. Il craqua une allumette.

« Oui !

— Prenez le métro jusqu'à la station Quai de Bercy. Sortez dans les rues. A quelques blocs sur la droite, il y a une rangée d'entrepôts. Je serai dans les parages. Venez seule, parce que je saurai si vous êtes suivie, et je ne me montrerai pas.

— C'est parfaitement ridicule ! Une femme seule, en pleine nuit, quai de Bercy !

— S'il y a quelqu'un qui rôde à cette heure-là, je le préviendrai de se méfier de vous !

— Absurde ! A quoi pensez-vous ?

— Un an plus tôt, dans une autre rue, dit Michael. A Bonn. »

Il reposa l'appareil.

Le quartier était désert, la rangée de hangars sombres, les lumières des réverbères faibles. Sûrement un décret municipal. C'était une heure favorable et un endroit favorable pour une rencontre qui impliquait plus qu'un simple échange de marchandises. On pouvait y tenir une conversation sans le passage incessant de piétons impatients, et, contrairement à un café ou un square, il y avait très peu d'endroits où un observateur inconnu pouvait se dissimuler. Les quelques habitants du quartier qui sortaient de la caverne du métro pouvaient, par contre, être observés, et la moindre hésitation ou le moindre mouvement bizarre ne passait pas inaperçu. Une voiture suspecte était visible à deux cents mètres. L'avantage principal, bien sûr, était d'être présent avant l'heure fixée pour le rendez-vous, ce qui était précisément son cas. Il quitta la cabine et traversa le boulevard de Bercy.

Deux camions étaient garés l'un derrière l'autre le long d'une plate-forme de chargement. Leurs ridelles étaient vides, symboles d'un réveil matinal pour les chauffeurs. Il attendrait entre les deux véhicules, avec une visibilité parfaite dans toutes les directions. Régine Broussac viendrait ; la chasseresse serait intriguée, provoquée, incapable de résister à l'inexpliqué.

Onze fois de suite il entendit le grondement des rames de métro et en ressentit les vibrations dans le béton sous lui. A partir du sixième métro, il se concentra sur la sortie du métro. Elle ne pouvait pas être arrivée par ceux d'avant. Néanmoins, quelques minutes après son dernier coup de téléphone, il avait commencé à scruter la rue, les rares voitures, les quelques cyclomoteurs. Les contacts radio étaient rapides et sophistiqués, mais il ne vit rien d'inquiétant.

La douzième rame de métro s'arrêta, ses vibrations résonnaient dans le sous-sol, et quand le grondement souterrain redémarra, il la vit qui grimpait l'escalier, petite silhouette énergique qui émergeait dans le clair-obscur de la rue. Un couple la précédait. Michael les observa attentivement. C'était un couple âgé, plus vieux que Régine Broussac, et ils marchaient d'un pas lent. Ils ne pourraient lui servir à rien. Ils tournèrent à gauche, passant devant les arabesques métalliques de la station, et s'éloignèrent, loin de se douter qu'on avait pu les prendre pour une équipe de soutien. Régine continua tout droit, sa démarche hésitante trahissait l'appréhension d'une femme âgée, vulnérable. Sa tête, cheveux gris coupés court, tournait à chaque bruit suspect, réel ou imaginaire. Elle passa sous un réverbère et Havelock se souvint. Sa peau était aussi grise que ses cheveux, comme un témoignage cendré des années de tourments, pourtant adoucie par le bleu de ses yeux qui étaient aussi profonds que limpides, capables de dissimuler comme de révéler la vérité. Au moment où elle passa de la lumière vers l'ombre, les mots de Gravet revinrent à l'esprit de Michael. « Violence, douleur, perte. » Régine Broussac en était passée par là et avait survécu, tranquille, silencieuse, dure, mais jamais battue. Elle s'était révélée grâce aux pouvoirs secrets que son gouvernement lui avait accordés. Cela l'aidait à égaliser la marque. Michael comprenait. Après tout, elle était l'une d'entre eux. Une survivante.

Elle arriva près de lui. Il appela doucement d'entre les camions. « Régine... »

Elle s'arrêta, complètement immobile, les yeux fixés droit devant elle, ne le regardant pas. Elle répondit. « Est-il nécessaire de me menacer d'une arme ?

— Je n'ai pas d'arme. En tout cas, pas d'arme braquée sur vous.

— Bien ! » Elle pivota, son sac à la main. Une explosion fit éclater du ciment et de la pierre entre les pieds d'Havelock, des fragments de béton lui déchirèrent le pantalon, arrachant sa chair. « C'est pour ce que vous avez fait à Jenna Karras ! cria la vieille dame, le visage déformé par la rage. Ne bougez pas ! Un pas, un geste et je vous troue la gorge !

— Qu'est-ce que vous faites ?

— Et vous, qu'avez-vous *fait* ? Pour qui travaillez-vous *maintenant* ?

— Pour moi-même, bordel ! Moi et Jenna ! »

Havelock leva la main, un geste instinctif qui aurait pu passer pour une supplique. Mais elle ne fut pas acceptée.

Une deuxième explosion sortit du sac déchiré, la balle lui éraflant la paume de la main, ricochant sur le métal du camion et se perdant dans la nuit.

« Arrêtez-vous ! Je suis aussi capable de livrer un cadavre qu'un prisonnier en bonne santé. Et ce serait avec plaisir, salaud !

— Me livrer à qui ?

— Vous aviez dit que vous me rappelleriez... dans un petit moment, n'est-ce pas ? Eh bien, dans un autre petit moment, plusieurs collègues à moi seront là. J'ai bien voulu risquer ces quelques minutes seule. Je savais que vous vous montreriez. Quand ils arriveront, nous vous emmènerons dans une maison de campagne et nous procéderons à un petit interrogatoire. Puis nous vous remettrons à vos amis de l'ambassade. Ils vous veulent pour de bon. Ils disent que vous êtes dangereux, c'est tout ce que je voulais savoir... en ajoutant ça à ce que je savais...

— Pas pour *vous* ! Je suis dangereux pour eux, pas pour vous !

— Vous me prenez pour qui ? Vous nous prenez pour qui ?

— Vous avez vu Jenna. Vous l'avez aidée...

— Je l'ai vue. Je l'ai écoutée. Et j'ai entendu la vérité.

— Telle qu'elle la voit, pas telle qu'elle est ! Écoutez-moi !

— Vous parlerez en temps utile et dans les conditions appropriées. Vous connaissez ces conditions.

— Je n'ai pas besoin de vos saloperies de médicaments ! Vous n'entendrez rien de différent !

— Nous suivrons la procédure, dit Régine Broussac en sortant son arme de son sac troué. Sortez de là, lui intima-t-elle d'un mouvement de son revolver. Vous êtes dans l'ombre et je n'aime pas ça. »

Bien sûr elle n'aimait pas ça, songea Havelock, en regardant la vieille dame cligner des yeux. Comme pour beaucoup de personnes âgées, ses yeux n'aimaient pas la nuit. C'était pour cela qu'elle remuait la tête sans cesse en sortant du métro. Elle avait fait autant attention aux ombres qu'aux bruits.

Il fallait qu'il l'oblige à parler, qu'il détourne son attention.

« Vous croyez que l'ambassade américaine va tolérer ce que vous faites ? demanda Michael en sortant de derrière la ridelle du camion.

— Il n'y aura pas d'incident diplomatique. Nous n'avions pas d'autre possibilité. Selon eux, vous êtes dangereux.

— Ils ne l'accepteront pas et vous le savez.

— Ils n'auront pas le choix. Ils sont prévenus. C'est une situation totalement anormale. Un ancien officier des renseignements américains — spécialiste des activités clandestines — a essayé de compromettre un officiel du Quai d'Orsay. Cette confrontation va avoir lieu à trente kilomètres de Paris, vers Argenteuil, et nous avons demandé aux Américains de se tenir prêts, avec une voiture, dans les parages. Nous sommes convenus d'une fréquence radio. Et nous rendrons aux Américains leur problème américain... une fois que nous saurons la nature de cette affaire. Nous protégeons les intérêts de notre gouvernement. C'est tout à fait acceptable, c'est même généreux de notre part.

— Bon Dieu, vous êtes implacable.

— Tout à fait. J'ai connu des hommes comme vous, et des femmes aussi. Elles, on leur rasait la tête. Je vous méprise.

— A cause de ce que Jenna vous a dit ?

— Je sais quand j'entends la vérité. Elle ne m'a pas menti.

— Je suis d'accord. Mais c'est parce qu'elle croit à tout ce qu'elle dit, comme moi. Et je me trompais. Mon Dieu, quelle monumentale erreur ! Comme elle se trompe maintenant. On s'est servi de nous, de *nous deux* !

— Qui ? Vos propres services ? Et pourquoi ?

— Je n'en sais rien ! »

Elle écoutait, sa concentration se relâchait. Elle ne pouvait pas s'en empêcher. Ce que Michael sous-entendait était trop étrange, trop intrigant.

« Bon Dieu, pourquoi est-ce que vous croyez que

je suis entré en contact avec vous ? J'aurais très bien pu m'en passer ! J'aurais pu savoir ce que je veux savoir sans faire appel à vous. Je vous ai appelée parce que j'avais confiance en vous ! »

Régine Broussac cligna des yeux. Elle réfléchissait. « Vous aurez une chance de vous expliquer... dans les conditions appropriées.

— Ne faites pas ça ! » s'écria Michael en avançant d'un demi-pas. Elle ne tira pas. Elle ne bougea pas son arme. « Vous avez mis la machine en marche, vous allez devoir me livrer ! Ils savent que c'est moi et vous serez obligée de le faire. Ils insisteront. Ils ne laisseront pas tomber, quoi que je vous dise ce soir... Même dans les conditions appropriées.

— Et pourquoi devrais-je refuser de le faire ?

— Parce qu'on ment à mon ambassade. Les menteurs sont au sommet de la pyramide ! »

Les yeux de la vieille dame s'ouvraient et se fermaient. Elle n'avait pas tiré, dix secondes plus tôt, quand il avait avancé.

Maintenant !

Havelock plongea en avant, le bras droit tendu, rigide comme une barre de fer, la main gauche sous son poignet. Il entra en contact avec le revolver au moment où une troisième explosion brisait le silence de la rue déserte. Sa main gauche surgit en dessous, saisit le canon, lui arracha l'arme des mains en la poussant contre le mur de l'entrepôt.

« *Traître !* hurla Régine Broussac, le visage déformé par la haine, en lui crachant au visage. *Tuez-moi !* Vous n'apprendrez rien de moi ! »

Il passa son avant-bras autour du cou de la vieille dame. La douleur de son épaule blessée le brûlait. Il lui appuya la tête contre le mur. « Ce que je veux, je ne peux pas l'obtenir par la force, Régine, dit-il hors d'haleine. Vous ne comprenez pas ? Vous devez me le dire de vous-même.

— Jamais ! Qui sont les terroristes qui vous ont acheté ? Des Allemands ? Ces cochons d'Arabes ? Des fanatiques israéliens ? Les Brigades Rouges ? Qui veut ce que vous avez à vendre ?... Elle le savait.

Elle l'a découvert. C'est pour ça que vous devez la tuer ! Tuez-moi d'abord, *traître !* »

Lentement Havelock relâcha la pression de son bras et s'écarta peu à peu d'elle. Il savait qu'il prenait un risque, mais il avait calculé ce risque. Et il connaissait Régine Broussac. Après tout, elle était l'une d'entre eux. Une survivante. Il se tint immobile devant elle, la regarda droit dans les yeux.

« Je n'ai trahi personne, sauf moi-même, commença-t-il. Et à travers moi, une personne que j'aime. Je voudrais que vous compreniez. Je ne peux pas vous forcer à me dire ce que je veux savoir. Entre autres choses parce que vous pourriez facilement me mentir et que je me retrouverais là où j'en étais il y a dix jours. Si je ne peux pas la trouver, si je ne peux pas la *retrouver,* ça n'a peut-être pas d'importance. Je sais ce que j'ai fait et c'est ça qui me tue, lentement mais sûrement. Je l'aime... J'ai besoin d'elle. Je crois que nous avons besoin l'un de l'autre plus que n'importe qui au monde. Chacun de nous est la seule chose qui reste pour l'autre. Mais j'ai appris quelque chose sur la futilité, depuis des années. » Il leva le revolver, le prit par le canon et le lui tendit. « Vous avez tiré trois fois. Il reste quatre balles. »

Régine Broussac était immobile, figée, étudiait, son visage, ses yeux. Elle prit l'arme, visa la tête de Havelock. Ses yeux semblaient fouiller sa conscience. Finalement son expression s'adoucit un étonnement immense remplaça l'hostilité. Lentement elle abaissa son arme.

« C'est incroyable, murmura-t-elle. Alors c'est la vérité...

— La vérité. »

Régine leva la main gauche, regarda sa montre.

« Vite ! Il faut partir. Ils vont arriver d'une minute à l'autre. Ils vont fouiller tout le quartier !

— Il n'y a pas de taxis...

— Le métro, coupa Régine. Jusqu'a Denfert-Rochereau. Il y a un petit square...

— Et votre équipe ? Que leur direz-vous ?

— Que je voulais tester leur rapidité : Que c'était un exercice d'alerte », dit la vieille femme en le prenant par le bras. Elle l'entraîna vers l'entrée du métro. « Ils trouveront ça normal. Il est tard, ils ont fini leur boulot et je suis une salope !

— Il reste l'ambassade.

— Je sais. Il faut que j'y réfléchisse.

— Peut-être ne me suis-je jamais montré, suggéra Havelock en se massant l'épaule, soulagé de voir sa douleur refluer.

— Merci. »

Le square de la place Denfert-Rochereau était grand comme un mouchoir de poche, parsemé de quelques bancs et de quelques arbres taillés, avec un petit bassin vide au milieu. La seule source de lumière était un réverbère à dix mètres de là, filtrée par les branches. Ils s'assirent l'un à côté de l'autre sur le banc froid. L'air de la nuit se faisait glacial. Michael dit à Régine Broussac ce qu'il avait vu — et ce qu'il n'avait pas vu — sur la Costa Brava. Puis il fallut qu'il lui pose la question.

« Est-ce qu'elle vous a dit ce qui s'est passé ?

— On l'a avertie. On lui a dit de suivre les instructions.

— De qui ?

— D'un personnage haut placé à Washington.

— Comment a-t-elle pu les accepter ?

— Elles lui ont été transmises par l'attaché des opérations consulaires de Madrid.

— Madrid ? Et où étais-je pendant ce temps-là ?

— A Madrid.

— Bon Dieu ! Bien programmé !

— Quoi ?

— Toute cette saleté d'histoire. Quelles instructions avait-elle reçues ?

— Elle devait rejoindre un homme qui lui ferait quitter Barcelone le soir même.

— C'est ce qu'elle a fait ?

— Non.

— Pourquoi ?

— Elle a paniqué. Selon elle, tout s'est effondré.

Elle ne pouvait plus faire confiance à personne. Elle s'est enfuie.

— Dieu merci. Je ne sais pas qui a été tué sur cette plage, mais c'était prévu pour elle. Dans un sens cela rend tout encore plus obscène. Qui était la fille qui est morte ? Quelqu'un qui ne connaissait rien de tout ça ? Une fille à qui ils avaient promis une partie de frisbee au clair de lune... et elle se fait tirer dessus, elle voit sa mort arriver ! Quel genre de monstres sont-ils ?

— Vous pouvez remonter à la source en partant de l'attaché de Madrid.

— Impossible. On lui a menti. Encore une fois. Il n'y a pas d'unité d'opérations consulaires à Madrid. Le climat est trop malsain. Ils ont leur base à une heure de Lisbonne. »

Régine était silencieuse, elle l'observait. « Qu'est-ce qui se passe, Michael ? »

Havelock contemplait la fontaine vide. Quelque part, quelqu'un avait tourné une vanne. Qui éteignait les fontaines ? C'était un geste si simple...

« Les fabricants du mensonge sont des gens très haut placés dans mon gouvernement. Ils ont infiltré des zones que je croyais impénétrables. Ils contrôlent, ils tuent, ils mentent... Et il y a quelqu'un à Moscou qui travaille avec eux.

— Moscou ? Vous êtes sûr ?

— Certain. C'est la parole d'un homme qui n'avait pas peur de mourir, mais qui avait peur de vivre dans l'état où je lui avais promis de le laisser. Quelqu'un à Moscou — quelqu'un que les chefs du K.G.B. ne connaissent pas — et il est en contact avec les menteurs.

— Et dans quel but ? Pour vous détruire ? Pour détruire votre crédibilité puis vous tuer ? Pour dissimuler une réussite récente derrière le silence de votre cadavre ?

— Je ne suis qu'une pièce du puzzle. Avant, je n'avais aucune importance, mais maintenant je suis devenu très important. »

Havelock regarda la vieille dame assise près de lui.

Son visage gris reflétait sa sympathie. « Parce que j'ai vu Jenna. Parce que j'ai découvert qu'elle était vivante. Maintenant il faut qu'ils me tuent. Il faut qu'ils la tuent, elle aussi.

— Pourquoi ? Vous étiez les meilleurs !

— Je ne sais pas. Tout ce que je sais c'est que les réponses se trouvent sur la Costa Brava. C'est là que tout a commencé pour Jenna et moi... Que tout était supposé finir. L'un de nous mort, et l'autre émotionnellement brisé, mourant à l'intérieur, fini.

— C'est elle qui est brisée, en ce moment. Cela m'étonne qu'elle arrive encore à fonctionner, à bouger. Elle est incroyable.

Régine se tut, regarda la soucoupe de pierre vide qui ressemblait à un bassin. « Elle vous aimait, vous savez.

— Pourquoi utiliser le passé ?

— Parce que. Nous devons tous apprendre à accepter de nouvelles réalités quand elles se présentent. Nous y parvenons mieux que d'autres gens parce que le changement soudain est une vieille connaissance, un vieil ennemi. Nous cherchons toujours à discerner la trahison chez les autres. Nous la souhaitons presque. Et pendant ce temps, on nous teste aussi, nos adversaires cherchent à séduire nos esprits, à éveiller notre convoitise. Parfois, on réussit, parfois ce sont eux. C'est la réalité.

— La futilité, dit Havelock.

— Vous êtes trop philosophe pour cette vie-là.

— C'est pour cela que j'avais arrêté. »

Le regard de Michael se perdit dans l'ombre des arbres, loin.

« J'ai vu son visage derrière le hublot de l'avion au col des Moulinets. Ses yeux... C'était horrible.

— J'en suis certaine. Cela arrive. La haine remplace l'amour, non ? C'est la seule défense dans des cas pareils... Elle vous tuera si elle le peut.

— Mon Dieu... » Havelock se pencha sur le banc, les coudes sur les genoux, la tête appuyée sur ses poings, regardant la fontaine morte. « Je l'aime tellement. Je l'aimais, même quand j'ai dû la tuer cette nuit-là. Je savais qu'une partie de moi-même resterait éternellement sur cette plage, que je la verrais toujours courir, chercher à survivre, tomber dans le sable... Ses cris dans mes oreilles, pour toujours... Et je voulais courir et la prendre dans mes bras, lui dire que le monde entier était un mensonge et que rien ne comptait, sauf nous. Juste nous !... Quelque chose au fond de moi essayait de me dire la vérité, de m'expliquer qu'on était en train de nous faire quelque chose de terrible, et je n'écoutais pas... J'étais trop blessé pour écouter ma propre pensée... Je... Je... C'était moi ! Je ne pouvais pas m'ôter du chemin et écouter la vérité qu'elle hurlait !

— Vous étiez un professionnel face à une crise professionnelle, dit doucement Régine en lui touchant le bras. Compte tenu de tout ce que vous aviez appris, tout ce que vous aviez vécu pendant des années, vous faisiez ce que vous aviez à faire. Professionnellement. »

Michael pencha la tête et la regarda. « Pourquoi n'étais-je pas moi-même ? Pourquoi n'ai-je pas écouté l'autre voix, celle qui n'arrivait pas à franchir le barrage de ma gorge ?

— On ne peut pas toujours avoir confiance en son instinct, Michael. Vous le savez.

— Je sais que je l'aime... Que je l'aimais alors même que je croyais la haïr, que le professionnel qui est en moi attendait sa mort parce qu'il avait refermé le piège sur un ennemi, sur elle. Je ne la haïssais pas. Je l'aimais. Vous savez pourquoi je sais cela ?

— Pourquoi, mon cher ?

— Parce que la victoire ne m'apportait aucune satisfaction, pas le moindre soupçon de satisfaction. Seulement de la répulsion, de la tristesse... Un désir de voir les choses se passer autrement.

— C'est à ce moment-là que vous avez décidé de tout abandonner, n'est-ce pas ? C'est ce que nous avions entendu dire et j'avais du mal à le croire. Maintenant je comprends. Vous l'aimiez beaucoup. Je suis désolée, Michael. »

Havelock hocha la tête et ferma les yeux. L'obscurité le réconforta un instant. « A Barcelone, dit-il en rouvrant les paupières. Que lui est-il arrivé ? Dites-moi ce qu'elle vous a raconté.

— Elle n'arrive pas à comprendre ce qui s'est passé. Est-ce que les Russes vous avaient acheté ou bien est-ce Washington qui avait donné l'ordre d'exécution ? C'est une énigme pour elle, une énigme violente. Elle est sortie d'Espagne et elle est allée en Italie, passant d'une ville à l'autre, cherchant les rares personnes en qui elle pensait pouvoir avoir confiance, qui pourraient l'aider, la cacher. Mais toujours elle se posait les mêmes questions : Où étiez-vous ? Pourquoi était-elle seule et pas avec vous ? Au début, elle avait peur d'en parler et quand elle le faisait, personne ne voulait la croire. A chaque fois qu'elle racontait son histoire et qu'on ne la croyait pas, elle sentait qu'elle devait se remettre à fuir, convaincue qu'on vous remettrait sur sa piste. Elle vit avec un cauchemar perpétuel... Elle vous voit qui la suivez... la traquez. Et quand elle s'était crue tranquille pendant un moment, un Russe est apparu, quelqu'un que vous aviez connu tous les deux à Prague, un boucher du K.G.B. Coïncidence ? Qui pouvait le lui dire ? Elle s'est remise à fuir, après avoir volé une grosse somme à la personne qui l'employait.

— Je me demandais comment elle arrivait à payer. Sortir d'Italie, passer la frontière, arriver à Paris. A un tarif de première classe. »

Régine Broussac sourit, annonçant dans ses yeux pétillants un bref moment de détente. « Ça la faisait rire, Michael. C'était bon. C'était bien qu'elle arrive encore à rire. Vous comprenez ? Pendant un moment elle était comme une petite fille qui a volé un paquet de bonbons.

— J'entends son rire dans mon sommeil... quand je n'entends pas ses cris. Elle riait toujours doucement, jamais fort, mais si pleinement... comme un écho venu du plus profond d'elle-même. Elle adorait rire. Cela lui faisait du bien, comme si cela n'était pas toujours permis et donc mille fois plus apprécié quand cela se produisait. »

Havelock se tut, regardant la fontaine vide.
« Comment a-t-elle volé l'argent ? Où ?
— A Milan.
— Il y a des Russes partout à Milan. Le type du K.G.B. peut n'avoir été qu'une coïncidence. Pardon, Je vous ai interrompue.
— Elle travaillait dans cet énorme magasin Piazza del Duomo, celui qui vend les journaux et les magazines du monde entier. Vous le connaissez ?
— Je l'ai vu, oui.
— Elle avait trouvé ce travail à cause des nombreuses langues qu'elle parle. Elle avait teint ses cheveux, elle portait des lunettes, les trucs habituels. Mais sa silhouette avait aussi tapé dans l'œil du patron, un gros porc avec une grosse femme qui le terrorisait et huit enfants. Il n'arrêtait pas de la convoquer dans son bureau et de lui promettre la *Galleria Vittorio* pour ses faveurs. Un jour à midi, le Russe est entré. Elle l'a reconnu et elle a su qu'il fallait qu'elle s'enfuie à nouveau. Elle avait peur qu'il soit en relation avec vous, que vous soyez en train de ratisser l'Europe pour la retrouver... A midi, elle a carrément agressé le patron du magasin dans son bureau, lui disant qu'elle ne pouvait plus attendre ses faveurs, et qu'une petite somme d'argent lui apporterait l'extase dont il rêvait. Elle avait enlevé son chemisier et le pauvre type n'en pouvait plus. Au bord de l'apoplexie, ce pauvre idiot a ouvert son coffre. Il y avait la recette de plusieurs jours. C'était un vendredi — si vous vous rappelez.
— Pourquoi devrais-je me le rappeler ? coupa Havelock.
— Nous y viendrons, dit Régine avec un demi-sourire. Toujours est-il que lorsque le patron déjà en sueur eut ouvert le coffre, notre Jenna avait déjà enlevé son soutien-gorge. Il lui tendait quelques milliers de lires en tremblant d'excitation et elle l'a frappé sur la tête avec une pendule. Après quoi elle a vidé le coffre, stupéfaite par la somme qu'elle ramassait. Cet argent était son passeport, elle le savait.
— C'était aussi une invitation à se faire poursuivre par la police italienne.

— Une poursuite qui pouvait être retardée, le délai lui permettant de sortir de Milan.

— Comment ?

— La peur, la confusion, et la honte, répliqua Régine. Jenna a fermé le coffre, a déchiré les vêtements du patron et l'a couvert de rouge à lèvres. Puis elle a appelé chez lui et a dit à la bonne qu'une affaire urgente réclamait la présence de la femme du patron au magasin dans une heure, ni plus ni moins.

— La peur, la confusion et la honte, répéta Michael. Elle a dû le frapper à nouveau pour être certaine qu'il resterait où il était. Elle imaginait que devant sa femme il n'irait pas regarder le coffre, vu l'état dans lequel il était... Et elle a dû même emporter ses vêtements, ajouta-t-il en souriant, se souvenant de cette femme qu'était Jenna Karras.

— Évidemment. Elle a utilisé les quelques heures qui suivaient pour rassembler ses affaires et, se rendant compte qu'un mandat n'allait pas tarder à être lancé, elle a enlevé la teinture de ses cheveux. Puis elle s'est perdue dans la foule de la gare de Milan.

— La gare ?... » Michael regarda Régine. « Le train... Elle a pris le train pour Rome ! C'est là que je l'ai vue !

— C'est un moment qu'elle n'oubliera jamais. Vous étiez là, debout, vous la regardiez. Vous, l'homme qui l'aviez forcée à se cacher, à fuir, à changer son apparence. La seule personne sur terre qui la terrorisait, qui voulait la tuer... Et elle était là, juste après avoir quitté son déguisement, reconnue par celui qu'elle craignait le plus.

— Si le choc n'avait pas été si paralysant, si seulement j'avais été plus rapide... Tout aurait été si différent. »

Michael jeta la tête en arrière, se couvrit le visage des mains. « Mon Dieu ! Nous étions si près l'un de l'autre ! J'ai crié, crié, crié encore... Mais elle a disparu. Je l'ai perdue dans la foule. Elle ne m'entendait pas — elle ne voulait pas m'entendre — et je l'ai perdue. »

Havelock baissa les bras, agrippa le rebord du

banc dans ses poings. « Après, il y a eu Civitavecchia. Elle vous en a parlé ?

— Oui. C'est là qu'elle a vu un animal sauvage essayer de la tuer sur le quai.

— Ce n'était pas elle ! Comment a-t-elle pu penser cela ? Bon sang, c'était une pute des docks ! »

Michael se reprit. Cela ne servait à rien de perdre tout contrôle de soi.

« Elle a vu ce qu'elle a vu, dit Régine Broussac calmement. Elle ne pouvait pas savoir ce que vous pensiez.

— Comment savait-elle que j'irais à Civitavecchia ? Un type là-bas m'a dit qu'elle pensait que j'interrogerais les chauffeurs de taxi. Il y a une grève, en Italie.

— Il y a quand même quelques taxis qui roulent, et vous êtes le meilleur des chasseurs. Vous lui avez appris vous-même que le plus sûr moyen de sortir incognito d'un pays, c'est de se rendre dans un port aux premières heures du jour. Il y a toujours quelqu'un prêt à marchander un passage, une place sur un cargo. Elle a demandé à des gens dans le train, en prétendant être la femme d'un marin polonais dont le mari était sur un cargo. Les gens ne sont pas stupides. Ils comprenaient : un couple de réfugiés, quittant les pattes de l'Ours. Ils lui ont dit : Civitavecchia, essayez Civitavecchia. Elle a pensé que vous pourriez en arriver aux mêmes conclusions — alors elle s'est préparée à vous recevoir. Elle avait raison. Vous êtes arrivé.

— Pas par le même chemin, dit Havelock. Grâce à un contrôleur qui se souvenait d'elle.

— C'est sans importance. Elle avait envisagé cette possibilité et même compté dessus. Elle s'était cachée dans un endroit d'où elle pouvait tout voir. Elle est remarquable, vous savez. Pensez à la pression, au stress... Faire ce qu'elle a fait, sans paniquer, monter cette stratégie toute seule... C'est remarquable. Vous avez été un professeur splendide, Michael.

— Elle avait eu dix ans d'entraînement avant que

je la rencontre. Elle avait beaucoup à m'apprendre... Elle l'a fait, d'ailleurs. Vous lui avez donné une couverture et une immunité diplomatique. Où est-elle allée ? Quels arrangements avez-vous prévus ?

— Comment avez-vous appris ça ?

— Par quelqu'un à qui je dois beaucoup. Je ne vous le vendrai pas, mais je peux vous l'envoyer. Ne vous méprenez pas, utilisez-le à bon escient. Vous ne le regretterez pas, je vous le garantis. Mais je veux votre parole.

— D'accord. Le talent doit être partagé et je respecte l'expéditeur, c'est-à-dire vous. Je me souviens de Bonn.

— Où est-elle allée ?

— Dans l'endroit le plus sécurisant pour elle à l'heure actuelle, mis à part quelques petites îles perdues dans le Pacifique. Aux États-Unis. »

Havelock regarda la vieille femme, stupéfait.

« Comment avez-vous pu vous imaginer une chose pareille ?

— J'ai épluché les câbles secrets de votre Département d'État, à la recherche d'une mention quelconque de Jenna Karras. Il y en avait une, et de taille. Une simple note datée du 10 janvier, détaillant brièvement les événements de la Costa Brava. Elle était décrite comme un agent infiltré pris dans un piège inversé où elle avait perdu la vie, sa mort confirmée par deux témoins différents et prouvée par des pièces à conviction, des vêtements tachés de sang. Le dossier était fermé, à la grande satisfaction des opérations consulaires.

— Tant mieux pour eux, dit Michael. Le dossier suivant s'il vous plaît, monsieur le Président.

— Tout cela était totalement invraisemblable, bien sûr. Des témoins peuvent se tromper, mais un laboratoire doit travailler avec du matériel. Et ils ne pouvaient pas l'avoir fait. Non seulement Jenna Karras était bien vivante et assise dans mon bureau, mais en plus elle n'avait jamais mis les pieds sur la Costa Brava. Toute cette confirmation était un mensonge et quelqu'un devait bien le savoir. Quelqu'un qui voulait que ce mensonge soit avalé comme une vérité. »

Régine Broussac s'arrêta un instant. Havelock attendait la suite avec impatience. « Je pensais que c'était vous. Exécution réalisée comme prévue. Si vous aviez été acheté par les Soviétiques, quelle meilleure preuve pouviez-vous leur donner que le rapport du Département d'État américain ? Et si vous aviez suivi les instructions de Washington, vous ne pouviez pas leur permettre de penser que vous aviez échoué.

— A la lumière de ce qu'elle vous a raconté, je comprends, cela se défend.

— Mais je n'étais pas satisfaite. C'était trop simple, alors j'ai cherché plus avant. J'ai fait une petite visite aux ordinateurs et j'ai mis son nom sur le scanner de sécurité avec pour mission de faire des recherches sur ces trois derniers mois... C'était extraordinaire. Elle n'apparaît pas moins de douze fois, mais jamais dans les communiqués du Département d'État. Seulement dans les câbles de la C.I.A. Et dans un langage bizarre. Toujours le même message, câble après câble : le gouvernement U.S. lançait une alerte. On recherchait une femme lui ressemblant complètement, qui *pouvait* utiliser le nom de Karras — mais ce nom venait en trois ou quatrième sur une liste de dix pseudonymes. C'était une recherche classée top secret, mais toutes les collaborations étaient requises. C'était étrange, presque du travail d'amateur. Comme si une branche de votre service de renseignements ne voulait pas que le reste sache ce qui se passait.

— Cela ne me réhabilitait pas ?

— Au contraire. Pour moi, vous étiez découvert, votre mensonge avait été percé à jour.

— Alors pourquoi n'y avait-il pas d'alerte me concernant ?

— Il y en avait une... Il y en a une, datée d'il y a cinq jours. »

Cinq jours, songea Havelock. *Le Palatin.* « Mais vous n'étiez pas au courant ?

— Ceux du Quai d'Orsay qui vous ont repéré comme agent américain le savaient et à un moment ou un autre cette information serait arrivée jusqu'à mon bureau, question de routine. Pourtant, ni vous ni moi n'avions jamais mentionné l'autre dans nos rapports. C'était notre accord, vous vous souvenez ?

— Cela nous a servi... Quel type d'alerte a-t-on lancé à mon sujet ? Un terme précis ?

— Non. Il est dit seulement qu'il est impératif de vous localiser... affaire de sécurité intérieure. Et là encore, cela cadrait avec mes déductions. Vous aviez été découvert, soit comme traître, soit comme agent infiltré, et vous aviez disparu. Peu importait. A cause de Jenna Karras, vous étiez mon ennemi dans un cas comme dans l'autre. Et cela m'a été confirmé quand j'ai appelé l'ambassade.

— J'oubliais. Je suis dangereux.

— Vous l'êtes. Pour quelqu'un. J'ai vérifié à Londres, Bruxelles, Amsterdam et Bonn. Les deux alertes ont été lancées partout, toutes les deux prioritaires, mais pas reliées l'une à l'autre.

— Vous n'avez toujours pas répondu à ma question. Pourquoi l'avez-vous envoyée aux États-Unis ?

— Je viens d'y répondre, mais vous n'écoutiez pas. Les deux avis de recherche — pour elle et pour vous — étaient centrés sur l'Europe. Rome, la Méditerranée, Paris, Londres, Bonn... La courbe monte vers le Nord, la destination présumée est le bloc soviétique. Voilà la ligne de fuite sur laquelle ils se concentrent en ce moment, voilà où leurs agents travaillent, cherchent, contactent leurs sources, leurs informateurs. Ils ne penseront pas à regarder dans leur propre jardin.

— Quand est-elle partie ?

— A trois heures et demie, cet après-midi... Hier après-midi, maintenant. Vol Air France pour New York, statut diplomatique, nom de couverture tiré d'une fiche morte — inconnue, bien sûr.

— Bien sûr.

— Oui, et c'est sans importance. Elle en a sûrement déjà changé.

— Quels arrangements avez-vous prévus ?

— Elle doit voir un homme. Elle l'a sans doute même déjà vu. *Il* s'occupera de tout et notre politique est de ne jamais chercher à savoir comment. Vous avez le même genre d'hommes à Paris, à Londres, à Amsterdam... partout. Ils ne parlent jamais directement avec nous.

— Les seigneurs intermédiaires, dit Havelock, ceux qui guident les gens qu'on leur envoie vers des territoires tranquilles, qui leur fournissent une nouvelle identité, des papiers, une famille avec qui vivre, en choisissant avec soin les villes ou les villages. Les paiements sont faits par des tiers qui ne sont au courant de rien, et une fois le contact établi, nous ne sommes plus impliqués. Nous n'avons jamais entendu parler d'eux, une ignorance étonnée passe à l'ordre du jour. Mais il y a des à-côtés, n'est-ce pas ? Nous ne savons jamais réellement ce qui arrive aux gens qu'on leur envoie, hein ?

— Cela nous suffit d'assurer le transport en toute sécurité. Nos obligations sont remplies. Ils ne nous en demandent pas plus et nous ne leur offrons pas plus d'ailleurs. Cela a toujours été nos conventions. En ce qui me concerne, je n'ai jamais cherché à savoir.

— Je ne suis pas curieux, Régine, je deviens fou ! Elle est là, presque à portée de ma main ! Je peux la retrouver ! Pour l'amour de Dieu, aidez-moi ! A qui l'avez-vous envoyée ?

— Vous me demandez beaucoup, Michael. Vous me demandez de violer une convention que j'ai juré de ne jamais briser. Je pourrais perdre un homme de valeur.

— Je pourrais la perdre, *elle* ! Regardez-moi ! Dites-moi que je ne ferais pas la même chose pour vous ! Si c'était votre mari... et que j'étais à votre place... et que la Gestapo vienne le chercher ! Regardez-moi et dites-moi que je ne vous aiderais pas ! »

Régine Broussac ferma les yeux, comme si elle recevait un coup. « L'exemple est plutôt mal choisi, mais c'est vrai. Vous lui ressemblez un peu... Oui, vous m'aideriez...

— Faites-moi sortir de Paris. Immédiatement. Je vous en prie ! »

Régine resta silencieuse un moment, ses yeux scrutant le visage de Michael. « Ce serait mieux si vous vous débrouilliez vous-même. Je sais que vous le pouvez.

— Ça me prendrait des jours ! Il faudrait que je me faufile par une porte de derrière à Mexico ou à Montréal. Je ne peux pas perdre de temps. Chaque heure qui passe l'éloigne un peu plus de moi. Vous savez ce qui peut arriver. Elle peut se faire avaler, passer d'un cercle à l'autre, sans que personne ne dise rien. Elle peut disparaître et je ne la retrouverai jamais !

— Très bien. Demain, le vol de midi sur le Concorde. Vous serez Français, membre de la délégation à l'O.N.U. Jetez vos papiers dans les toilettes à la minute où vous serez à Kennedy Airport.

— Merci. Maintenant, l'intermédiaire. Qui est-ce ?

— Je le ferai contacter, mais il se peut qu'il choisisse de ne rien vous dire.

— Faites-le contacter. Qui est-ce ?

— Un homme nommé Handelman. Jacob Handelman. A l'université de Columbia.

17

L'homme avec un sparadrap sur chaque joue était assis devant la petite table, en contrebas de la grande table en U de la salle d'opérations stratégiques de la Maison-Blanche. Les deux bandes adhésives brunes, propres, droites, produisaient un effet macabre sur son visage carré. La chair était rigide, maintenue par des points de suture sous le sparadrap, son expression impassible, mécanique, cybernétique et ses répliques monotones et neutres aux questions qu'on lui posait ne faisaient qu'accroître l'impression de voir un homme qui n'avait pas encore tout à fait repris le contrôle de lui-même. En réalité il avait très peur. Il aurait eu encore plus peur trente-cinq minutes plus tôt alors que le groupe d'hommes qui lui faisait face était au complet. Mais depuis que l'agent chargé du rapport de l'opération du col des Moulinets était entré dans la pièce, le Président s'était retiré et observait la scène d'une pièce invisible derrière l'estrade, à travers un panneau de verre fumé qui faisait partie du mur. Dans cette salle stratégique se disaient des mots qui ne pouvaient pas être dits en sa présence. Il ne pouvait pas être le témoin d'ordres d'exécutions dans un col des Alpes et de communications prioritaires incluant la phrase : « au-delà de toute récupération ».

On en était au milieu de l'interrogatoire. Le sous-secrétaire d'État Emory Bradford cherchait les points saillants, tandis que l'ambassadeur Brooks et le général Halyard prenaient des notes sur les blocs posés devant eux.

« Laissez-moi tirer ça au clair. Vous étiez chargé du rapport et vous étiez le seul en contact avec Rome. Est-ce exact ?

— Oui, Monsieur.

— Et vous êtes absolument certain qu'aucun autre membre de votre équipe n'était en contact avec l'ambassade.

— Oui, Monsieur. Non, Monsieur. J'étais le seul canal. Comme d'habitude, pas seulement pour le black-out de sécurité, mais pour être certain qu'il n'y a pas de modification des ordres. Un seul homme les transmet, un seul homme les reçoit.

— Pourtant vous affirmez que Havelock savait que deux des membres de votre équipe étaient des spécialistes en explosifs, un fait que vous ignoriez.

— Je l'ignorais, Monsieur.

— Mais en tant qu'officier chargé du rapport...

— Agent chargé du rapport, Monsieur.

— Désolé. En tant qu'agent chargé du rapport, n'auriez-vous pas dû être au courant ?

— Normalement si.

— Mais vous ne le saviez pas et la seule explication que vous pouvez nous donner est que cette nouvelle recrue, un Corse nommé Ricci avait engagé les deux hommes en question.
— C'est la seule solution à laquelle je puisse penser. Si Havelock avait raison, s'il ne mentait pas.
— Les rapports sur le col des Moulinets établissent qu'il y a eu plusieurs explosions aux alentours du pont à ce moment-là. » Bradford parcourut rapidement une feuille dactylographiée posée devant lui. « Incluant une détonation énorme sur la route, qui a eu lieu approximativement douze minutes après la confrontation, tuant trois soldats italiens et quatre civils. Selon toute évidence, Havelock savait de quoi il parlait. Il ne vous mentait pas.
— Je ne pouvais pas le savoir, Monsieur. J'étais inconscient... Je saignais... Cet enfant de... Havelock m'a marqué.
— Avez-vous reçu les soins nécessaires ? interrompit l'ambassadeur Brooks, levant le nez de son bloc sous la petite lampe.
— Je crois, répliqua l'agent, massant son poignet gauche de sa main droite, où brillait un chronomètre d'acier. Sauf que les docteurs ne pensent pas devoir recourir à la chirurgie esthétique. Moi je crois que si.
— C'est leur domaine, dit l'homme d'État.
— Je... Je peux encore servir, Monsieur. Sans chirurgie esthétique, je vais rester marqué.
— Je suis certain que le sous-secrétaire Bradford fera part de vos impressions à Walter Reed, dit le général en lisant ses notes.
— Vous dites que vous n'aviez jamais vu cet homme, ce Ricci, avant que votre équipe se réunisse à Rome pour partir vers le col des Moulinets. Est-ce correct ?
— Oui, Monsieur... euh, non, Monsieur. Je ne l'avais jamais vu. Il était nouveau.
— Et vous ne l'avez pas vu quand vous avez repris conscience après les événements ?
— Non.

— Vous ne savez pas où il est allé ?
— Non, Monsieur.
— Rome non plus, ajouta le sous-secrétaire d'État.
— J'ai appris qu'un soldat italien a été touché par un camion et plutôt salement amoché, qu'il hurlait à tue-tête. Quelqu'un a dit qu'il avait les cheveux blonds, je me suis figuré que c'était Ricci.
— Et ?
— Un homme est sorti des bois — quelqu'un avec une blessure à la tête — et a mis le soldat dans une voiture et ils sont partis.
— Comment avez-vous appris ça ?
— J'ai posé des questions, plein de questions... Après avoir été soigné. C'était mon boulot, Monsieur. On aurait dit un asile de fous cet endroit, des Italiens et des Français qui criaient dans tous les sens. Mais je ne suis pas parti avant d'avoir appris tout ce que je pouvais apprendre — sans permettre à qui que ce soit de me poser des questions.
— C'est très bien, dit l'ambassadeur.
— Merci, Monsieur.
— Supposons que vous ayez raison. » Bradford se pencha vers lui. « Ce soldat blond était bien Ricci, et quelqu'un avec une blessure à la tête l'a sorti de là. Avez-vous une idée de son identité ?
— Je crois que c'est l'un des hommes qu'il avait amenés avec lui. L'autre a été tué.
— Donc Ricci et cet homme s'en sont tirés. Mais Rome n'a pas entendu parler de Ricci. Vous trouvez cela normal ?
— Ah non, Monsieur. C'est absolument anormal. Si jamais un homme comme ça est blessé, ils nous saignent aux quatre veines pour se faire dédommager et ils n'attendent pas une minute. Notre politique, dans ce genre d'opérations, est très claire. Si nous ne pouvons pas évacuer nos blessés...
— Je crois que nous avons compris, coupa Halyard. C'était un langage que lui, vieux soldat, comprenait parfaitement.
— Alors votre opinion serait que si Ricci et cet

expert en explosifs s'en étaient sortis, ils seraient entrés en contact avec notre ambassade à Rome le plus vite possible.

— Oui, Monsieur. Avec la main tendue et en hurlant. Ils seraient venus se faire soigner *pronto* et ils nous menaceraient si nous les laissions tomber.

— Que croyez-vous qu'il s'est passé ?

— Cela me paraît évident. Ils ne s'en sont pas sortis.

— Pardon ? demanda Brooks, levant les yeux.

— Il n'y a pas d'autre explication. Je connais ce genre de personnages, Monsieur. Ce sont des rapaces. Ils tueraient père et mère si le tarif était assez élevé. Ils seraient entrés en contact avec Rome, croyez-moi.

— Qu'entendez-vous exactement par "ils ne s'en sont pas sortis", demanda Halyard.

— Les routes, Monsieur. Elles tournent sans arrêt dans ces montagnes, parfois il n'y a pas une lumière pendant dix kilomètres. Un homme blessé au volant, l'autre secoué et hurlant. Le genre de voiture qui finit droit dans un ravin.

— Les blessures à la tête peuvent être superficielles ; un nez qui saigne est beaucoup plus impressionnant que grave, par exemple, commenta le vieux soldat.

— Ce qui me frappe, ajouta l'homme d'État aux cheveux blancs, c'est que cet homme a agi avec une présence d'esprit incroyable au beau milieu de ce chaos. Il a fonctionné...

— Excusez-moi, monsieur l'Ambassadeur », coupa Bradford en élevant légèrement la voix, mais avec déférence. Son intrusion n'était pas un manque de politesse, mais un signal. « Je crois que l'hypothèse soulevée par notre agent est bonne. Une recherche approfondie dans les ravins de ces montagnes nous fera sans aucun doute découvrir la voiture en question. »

Brooks échangea un regard avec l'homme d'État. Signal reçu et accepté. « Oui, bien sûr. Soyons réalistes. Il n'y a pas d'autre explication.

— Encore un ou deux points et ce sera terminé », dit Bradford en arrangeant ses papiers. « Comme vous le savez, tout ce qui se dit ici est confidentiel. Il n'y a pas de micros cachés, pas d'appareils enregistreurs, aucune trace autre que nos mémoires. Cela pour la protection de chacun d'entre nous — alors sentez-vous libre de parler. N'essayez pas d'adoucir la vérité. Nous sommes tous dans le même bateau.

— Oui, Monsieur.

— Vos ordres en ce qui concernait Havelock étaient sans équivoque. Il avait été classé "au-delà de toute récupération" et le message de Rome était de l'éliminer. Est-ce correct ?

— Oui, Monsieur.

— En d'autres termes, il fallait l'exécuter. Il devait mourir au col des Moulinets.

— C'est bien cela.

— Et vous aviez reçu ces instructions de l'attaché des opérations consulaires de Rome. Un homme nommé Warren. Harry Warren.

— Oui, Monsieur. J'étais en relation constante avec lui, j'attendais le message... qui devait lui venir de Washington.

— Comment pouviez-vous être certain que l'homme à qui vous parliez était bien Harry Warren ? »

L'homme resta perplexe, comme si la question qu'on lui posait était idiote. Mais celui qui l'avait posée n'était pas un idiot. « Entre autres choses j'ai travaillé avec Harry pendant plus de deux ans. Je connais sa voix.

— Seulement sa voix ?

— Et le numéro à Rome. C'était une ligne directe reliée à la salle des communications radio de l'ambassade, numéro très secret. J'avais ça aussi.

— Avez-vous pensé un instant que quand il vous a donné vos dernières instructions, il avait pu parler sous la contrainte, contre sa propre volonté ?

— Non, Monsieur, pas du tout.

— Cela ne vous a jamais traversé l'esprit ?

— Si cela avait été le cas, il me l'aurait dit.

— Avec un revolver sur la tempe ? dit le général.

— Un code avait été établi et il s'en est servi. Il ne l'aurait pas fait si quelque chose avait été de travers.

— Expliquez-nous ça, s'il vous plaît, demanda Addison Brooks. Quel code ?

— Un mot ou un groupe de mots qui sont programmés à Washington. On y fait référence quand on transmet des décisions. De cette façon on sait qu'on a le feu vert sans avoir à utiliser de noms. Si quelque chose d'anormal avait eu lieu, Harry n'aurait pas utilisé ce code et j'aurais su que quelque chose allait de travers. Mais cela ne s'est pas produit. Il a utilisé le code, d'entrée.

— Quel était le mot de code pour le col des Moulinets ? demanda Emory Bradford.

— "Ambiguïté", Monsieur. Cela venait directement des opérations consulaires à Washington et cela doit figurer dans les listings des messages téléphoniques, dans les dossiers.

— Ce qui est une preuve d'autorisation, commenta Bradford.

— Oui, Monsieur. Les dates, l'heure et les origines de l'autorisation sont dans ces fiches. »

Bradford tendit une photo 24/36 du visage d'un homme, tournant sa lampe pour qu'on puisse le voir clairement. « Est-ce bien Harry Warren ?

— Oui, Monsieur. C'est bien Harry.

— Merci. » Le sous-secrétaire d'État reposa la photo et fit une petite marque dans la marge de ses notes. « Revenons un peu en arrière. Il y a quelque chose qui n'est pas tout à fait clair. Cela concerne la femme. Vous deviez la laisser passer la frontière sans lui faire le moindre mal, si possible. Est-ce exact ?

— Nos instructions disaient "si possible". Personne ne devait risquer quoi que ce soit pour elle. C'était juste une écharde ?

— Une écharde ?

— Pour planter chez les Russes. Que Moscou sache que nous n'achetions pas.

— Ce qui veut dire qu'elle était un agent soviétique. Une femme semblable en apparence — peut-être quelqu'un ayant subi une opération de chirurgie esthétique — que les Russes faisaient apparaître dans des endroits et à des moments choisis, pour Havelock, le laissant approcher, mais jamais assez près pour qu'il puisse la prendre. C'est ce que vous voulez dire ?

— Oui, Monsieur.

— Le but de tout ceci était de mettre Havelock dans un état d'instabilité mentale, jusqu'au point de rupture ?

— Pour le rendre cinglé, oui, Monsieur. Je crois que ça a marché. L'étiquette "au-delà de toute récupération" est venue de Washington.

— D'"Ambiguïté" ?

— D'"Ambiguïté", Monsieur.

— Dont l'identité peut être retrouvée dans les archives téléphoniques de l'ambassade de Rome.

— Oui, Monsieur.

— Donc il a été établi sans aucun doute possible que la femme sur le pont n'était pas Jenna Karras ?

— Sans aucun doute possible. Elle a été tuée sur la Costa Brava. Tout le monde sait cela. Havelock était l'agent chargé du rapport sur cette plage. Il est devenu fou. »

L'ambassadeur Brooks frappa la table de son crayon et se pencha en avant, étudiant l'homme du col des Moulinets. Le bruit du crayon et le mouvement lui-même étaient beaucoup plus qu'une interruption. Leur association soulevait une objection.

« Toute cette opération ne vous a pas semblé... bizarre, pour employer un euphémisme ? Je vais vous paraître candide, mais l'exécution était-elle la seule solution ? Sachant tout ce que vous saviez, tous — en tout cas je le suppose —, est-ce que vous n'auriez pas pu essayer de vous emparer de Havelock, de l'épargner, de le ramener ici pour qu'il soit soigné ?

— Avec tout le respect que je vous dois, Monsieur, c'est plus facile à dire qu'à faire. Jack Ogilvie a essayé, à Rome, et il n'en est jamais revenu. Havelock a tué trois hommes sur ce pont. Et deux autres sont probablement écrasés dans une voiture au fond d'un ravin. Il m'a pelé la peau du visage... C'est un fou furieux. »

L'agent s'arrêta, mais il n'avait pas fini. « Oui, Monsieur. Tout bien considéré, nous ne pouvions que le tuer. Ce n'est pas moi qui l'ai mis "au-delà de toute récupération". J'ai suivi les ordres.

— Un refrain trop connu, dit l'homme d'État.

— Mais justifié, dans ces circonstances », coupa Bradford rapidement, tout en écrivant le mot "Ambiguïté" sur la page posée devant lui. Puis il poursuivit, avant que qui que ce soit ne puisse émettre la moindre objection. « Qu'est-il arrivé à Havelock ? Le savez-vous ?

— Il paraît qu'un *uccisore pazzo*... un fou, un tueur... a foncé avec le camion à travers le pont et a disparu. Cela ne peut être que Havelock. Toutes les villes de la côte méditerranéenne sont en état d'alerte. Il a travaillé longtemps dans ces régions. Il finira bien par entrer en contact avec quelqu'un et ils le trouveront. Ils disent qu'il est blessé. Il n'ira pas loin. D'ici un jour ou deux... Et j'aimerais bien l'attraper moi-même.

— Je vous comprends, dit Bradford, et nous voulons vous remercier pour votre coopération de ce soir. Vous avez été très concis et cela nous a beaucoup aidés. Vous pouvez partir, maintenant, et bonne chance. »

L'homme se leva, hocha étrangement la tête et marcha vers la porte. Il s'interrompit, toucha sa joue gauche couverte de sparadrap et se retourna pour faire face à ces trois puissants hommes.

« J'ai droit à la chirurgie esthétique, dit-il.

— Bien sûr », répliqua le sous-secrétaire d'État.

L'agent chargé du rapport du col des Moulinets ouvrit la porte et disparut dans le corridor. A l'instant même où la porte se fermait, Halyard se tourna vers Bradford et dit d'une voix âpre, comme un ordre.

« Appelez Rome ! Trouvez ces archives téléphoniques et trouvez cet "Ambiguïté", hurla-t-il. C'est ce que vous essayiez de nous dire, non ? C'est le lien qui mène à Parsifal !

— Oui, général, répondit Bradford. Le code "Ambiguïté" a été établi par le directeur des opérations consulaires, Daniel Stern, dont le nom apparaît dans les archives en question, reçu par l'attaché des opérations consulaires Harry Warren. Warren a été clair. On m'a lu la transcription. Voici ce qu'il a écrit : "Code. Ambiguïté. Sujet. M. Havelock. Décision en attente."

— En attente ? s'écria Brooks. Quand cela a-t-il été décidé ?

— Selon les archives de l'ambassade, jamais. Il n'y a pas eu d'autre message cette nuit-là faisant référence à quoi que ce soit, Havelock, "Ambiguïté" ou autre.

— C'est impossible, protesta le vieux général. Vous avez entendu cet homme. On leur a donné le feu vert, avec le code. Il ne l'a pas inventé. Cet appel a eu lieu !

— Il a eu lieu.

— Et il a été enregistré ? demanda l'homme d'État.

— Jamais, répondit Bradford. Warren ne l'a pas fait.

— Alors coincez-le, dit Halyard. Il sait bien à qui il a parlé. Bordel ! Emory, prenez-moi ce téléphone. Il s'agit de Parsifal ! » Le général se tourna vers le mur. « Monsieur le Président ? »

Il n'y eut pas de réponse.

Le sous-secrétaire d'État sépara les papiers qui étaient posés devant lui et en sortit une fine enveloppe. Il l'ouvrit et une deuxième photo apparut. Il la tendit à l'ancien ambassadeur. Brooks l'étudia. Au premier regard il sembla avoir le souffle coupé. Il la passa silencieusement au général.

Halyard posa la photo sous le rayon de sa lampe. La surface était granuleuse, parcourue de minuscules lignes, résultat d'une transmission à longue distance, mais l'image était nette. C'était la photographie d'un cadavre, étalé sur une table blanche. Les vêtements étaient déchirés et ensanglantés, le visage terriblement abîmé, mais aisément identifiable. Le visage de cet homme était le même que sur la première photo, celle que Bradford avait montrée à l'agent du col des Moulinets. Harry Warren, attaché des opérations consulaires à Rome.

« Ceci nous a été transmis par télex à une heure cet après-midi. C'est Warren. Il s'est fait écraser sur la Via Frascatti aux premières heures de la matinée, il y a deux jours. Il y avait des témoins, mais ils n'ont pas pu faire grand-chose, sauf dire à nos hommes qu'il s'agissait d'une grosse voiture. Elle a dévalé la rue, elle a accéléré juste avant l'impact. Celui qui conduisait n'avait pas l'intention de rater son coup. Il a fauché Warren en montant sur le trottoir et l'a écrasé contre un réverbère, en endommageant considérablement son véhicule. La police recherche la voiture, mais il n'y a pas beaucoup d'espoir. Elle est probablement quelque part au fond d'une rivière.

— Alors le lien a disparu. »

Halyard repoussa la photo sur sa gauche, vers Addison Brooks.

« Je plains ce pauvre type, dit le sous-secrétaire, mais je ne crois pas qu'il ait su grand-chose.

— Quelqu'un pensait le contraire, dit le général.

— Ou couvrait ses arrières.

— Qu'entendez-vous par là ? demanda Brooks.

— Celui qui a donné ce dernier coup de téléphone autorisant l'exécution ne pouvait pas savoir ce que Stern avait dit à Warren. Tout ce que nous savons, c'est que la décision était en attente.

— Soyez plus clair, insista l'homme d'État.

— Supposons que les stratèges des opérations consulaires aient décidé qu'ils n'arrivaient pas à prendre une décision. En surface cela ne semblait pas difficile — un psychopathe, un agent capable de causer des dégâts irréparables, un traître potentiel, un tueur — la décision ne leur posait pas de cas de conscience. Mais supposons qu'ils aient appris quelque chose, ou suspecté quelque chose qui remettait tout en question.

— Sur Jenna Karras, dit Halyard.

— Peut-être. Ou peut-être une communication, un signal de Havelock qui était en contradiction avec le diagnostic qui le définissait comme un malade mental. Quelque chose qui leur aurait fait comprendre qu'il était aussi sain d'esprit qu'eux. Qu'il était aux prises avec un dilemme terrible qu'il n'avait pas créé.

— La vérité, interrompit Addison Brooks doucement.

— La vérité, acquiesça Bradford. Que pouvaient-ils faire ?

— Aller chercher de l'aide, dit le général. Un conseil.

— Une ligne de conduite, ajouta l'homme d'État.

— Ou bien, sans vouloir les diminuer, spécialement si les faits n'étaient pas clairs, pour abandonner toute responsabilité concernant cette décision. Quelques heures plus tard elle a été prise, et ils étaient morts... Et nous ne savons pas qui l'a prise, qui a donné ce dernier coup de téléphone. Nous savons seulement qu'il s'agit de quelqu'un d'assez haut placé, en qui Stern avait suffisamment confiance pour lui livrer le nom de code "Ambiguïté". C'est cet homme qui a pris la décision, qui a appelé Rome.

— Mais Warren ne l'a pas enregistré, dit Brooks. Pourquoi ? Comment cela est-il possible ?

— De la même façon que d'habitude, monsieur l'Ambassadeur. Une ligne qu'on ne peut remonter que jusqu'à un seul complexe téléphonique quelque part à Arlington. L'autorisation est vérifiée par le code, et une requête est faite sur la base de la sécurité interne. Il ne doit y avoir ni bande, ni archive, aucune référence. C'est un ordre. Le receveur est très flatté. Il a été choisi, on a pensé à lui en haut lieu. Les gens haut placés qui prennent les décisions l'ont préféré à tous les autres autour de lui. Et quelle différence cela fait ? On peut toujours retrouver la trace de l'homme qui a pris la décision grâce au code — dans ce cas précis, on arrive au directeur des opérations consulaires, Daniel Stern. Seulement, il est mort.

— C'est consternant, dit le vieil homme d'État en compulsant ses notes. Un homme doit être exécuté parce qu'il a raison et quand la tentative échoue, on le tient responsable de la mort de ceux qui ont essayé de le tuer, on lui colle l'étiquette du tueur. Et nous ne savons pas qui a donné l'ordre officiellement. Nous ne pouvons pas le trouver. Mais quel genre d'hommes sommes-nous ?

— Ceux qui gardent les secrets. »

La voix venait de derrière eux. Comme une sentence. Le Président des États-Unis émergea d'une porte blanche découpée dans le mur blanc. « Excusez-moi, je vous regardais, j'écoutais. C'est souvent utile.

— Des secrets, monsieur le Président ?

— En effet, dit Berquist en se dirigeant vers son fauteuil. Les mots sont tous là, non ? Top secret, reproduction interdite, autorisation devant être accompagnée par un code d'accès, etc. Tous ces mots. Nous balayons les pièces et les lignes téléphoniques avec des appareils qui nous disent s'il y a des micros cachés, puis nous fabriquons de la quincaillerie qui détourne ces appareils de recherche quand nous implantons nos propres micros espions. Nous brouillons les liaisons radio — satellites inclus — et nous traversons les brouillages avec des rayons laser qui portent les messages que nous voulons envoyer. Nous baptisons top secret des informations que nous ne voulons pas divulguer publiquement, pour pouvoir laisser filtrer des morceaux choisis par nous, en gardant le reste inviolé. Nous disons à une certaine agence ou un certain département une chose et aux autres une chose complètement différente, pour pouvoir dissimuler une troisième série de faits — la vérité, celle qui fait des dégâts. Alors que nous sommes dans l'ère où la communication est la plus avancée, nous faisons de notre mieux pour la rendre impossible, pour l'utiliser complètement de travers, vraiment. » Le Président s'assit, regarda la photographie de l'homme mort écrasé à Rome et la retourna. « Garder des secrets et détourner le flot d'informations censées sont devenus nos principaux objectifs dans notre société de... communication. Ironique, n'est-ce pas ?

— C'est malheureusement souvent vital, Monsieur, dit Bradford.

— Peut-être. Si seulement on pouvait en être certain quand on en arrive là. Souvent, la nuit, quand je regarde le plafond en essayant de trouver le sommeil, je me demande si nous serions dans la même situation si nous n'avions pas essayé de garder ce secret il y a trois mois...

— Nos options étaient extrêmement limitées, monsieur le Président, insista le sous-secrétaire d'État. Cela pourrait être bien pire.

— Emory ?

— Disons plus avancé. Il n'y a que le temps qui soit de notre côté.

— Et il nous faut utiliser chaque minute, approuva Berquist, en regardant d'abord le général, puis Addison Brooks. Maintenant vous êtes tous les deux au courant de ce qui s'est passé pendant ces dernières soixante-douze heures et des raisons qui m'ont fait vous rappeler à Washington.

— Excepté le facteur le plus important, dit l'homme d'État. La réaction de Parsifal.

— Aucune réaction, répliqua le Président.

— Alors il n'est pas au courant, dit rapidement Halyard.

— Si vous pouviez me graver ça sur du béton, je pourrais enfin dormir la nuit, répliqua le Président.

— Quand a-t-il communiqué avec vous pour la dernière fois ? demanda Brooks.

— Il y a seize jours. Ce n'était pas la peine que je vous contacte. C'était une nouvelle exigence, aussi outrageuse que les autres et aussi inutile.

— Il n'y a pas eu de mouvements après les premières exigences ? poursuivit l'homme d'État.

— Non, rien. Comme auparavant, il y a quinze jours nous avons viré huit cents millions de dollars dans des banques, par l'intermédiaire d'autres banques des Bahamas et d'Amérique centrale. Nous avons établi... » Le Président s'interrompit, toucha du doigt la photo posée devant lui, en retourna un coin, si bien qu'une jambe ensanglantée apparut. « ... Chaque code et chaque contre-code qu'il avait demandé, pour qu'il puisse vérifier les dépôts quand il le veut, expédier ses millions dans des comptes secrets à Zurich et à Berne. Il n'a pas dépensé un centime, il n'a pas bougé un dollar de place, et à part trois vérifications, il n'est même pas entré en contact avec les autres banques. L'argent ne l'intéresse pas. C'est seulement un moyen de vérifier notre vulnérabilité. Il sait que nous ferons tout ce qu'il demandera. » Berquist s'arrêta encore et quand il recommença à parler sa voix était presque inaudible. « Mon Dieu, nous ne pouvons pas faire autrement. »

Il y eut un silence dans la salle, comme une prise de conscience de l'impensable, de l'inéluctable. Le silence fut brisé par les mots impatients du vieux soldat.

« Il y a quelques lacunes dans tout ça », dit Halyard en compulsant ses notes. Puis il leva les yeux vers le sous-secrétaire d'État.

« Vous pourriez les combler ?

— Je peux faire des suppositions, répliqua Bradford. Mais pour faire ça, il faut revenir au tout début.

— A la Costa Brava ? demanda Brooks d'un air dédaigneux.

— Avant cela, monsieur l'Ambassadeur. Il nous faut revenir au moment où nous avons décidé ensemble qu'il *fallait* qu'il y ait une Costa Brava.

— Cela me répugne, dit froidement l'homme d'État, mais allez-y, s'il vous plaît.

— Revenons au moment où nous avons appris que c'était Matthias lui-même qui avait fait démarrer l'enquête sur Jenna Karras. Ce n'étaient pas ses assistants qui relayaient des informations venues de sources anonymes, sources placées si profondément dans les services de renseignements soviétiques que même d'essayer de spéculer sur leurs identités revenait à exposer au grand jour nos propres opérations. C'était Matthias lui-même.

— Ne soyez pas modeste, Emory, l'interrompit le Président. Ce n'est pas *nous* qui avons appris que c'était Matthias. C'est *vous*. Vous avez été assez perspicace pour suspecter le "grand homme", comme vous dites.

— Je ne l'appelle pas comme ça ironiquement, Monsieur, je trouve ça plutôt triste. C'est vous, monsieur le Président, qui avez exigé la vérité d'un de ses assistants dans le bureau ovale et il vous l'a livrée. Il nous a dit qu'ils ignoraient d'où venait l'information, que c'était Matthias qui l'avait donnée. A moi, il ne l'aurait jamais dit.

— C'est le bureau qui l'a fait, pas moi, dit Berquist. On ne peut pas mentir au Président des États-Unis... A moins de s'appeler Anthony Matthias.

— Pour être fair-play, monsieur le Président, son intention n'était pas de vous tromper, dit Brooks doucement. Il pensait avoir raison.

— Il pensait qu'il aurait dû être assis à ma place, dans mon bureau ! Bon Dieu, et il le *croit* encore ! Encore maintenant ! Sa mégalomanie est sans limites ! Continuez, Emory.

— Oui, Monsieur. Nous avons donc conclu que l'objectif de Matthias était d'obliger Havelock à se retirer, de priver ainsi les opérations consulaires d'un de nos meilleurs hommes. Nous avons déjà parlé de ça. Nous ne savions pas pourquoi à l'époque et nous ne savons toujours pas pourquoi.

— Mais nous avons continué ; nous avons suivi, dit Berquist en regardant le vieil ambassadeur, parce que nous ne savions pas ce que nous avions entre les mains. Un officier de renseignements brisé qui refusait de continuer ou bien une fraude — pire qu'un traître. Un laquais de Matthias, prêt à voir une femme mourir pour pouvoir travailler à l'extérieur pour le "grand homme". Et le travail qu'il aurait pu faire ! Émissaire international pour saint Matthias ! ou bien est-ce l'empereur Matthias, chef de tous les États de la République ?

— Allons, Charley... » Le vieux général toucha le bras du Président. Personne dans la pièce n'aurait osé un tel geste. « Ce n'est pas pour cela que nous sommes ici.

— S'il n'y avait pas cet enfant de salaud de Matthias, nous ne serions pas ici ! Je trouve ça dur à oublier. Et le monde entier pourrait trouver ça dur à oublier, un de ces jours... S'il reste une personne qui a encore une mémoire.

— Pourrions-nous revenir à cette crise infiniment plus effrayante, monsieur le Président », dit Brooks gentiment.

Berquist se recula un peu sur son fauteuil. Il regarda le vieil aristocrate, puis le vieux général. « Quand Bradford est venu et m'a convaincu qu'il y avait quelque chose de bizarre dans les plus hautes sphères de l'État et que cela impliquait Anthony Matthias, je vous ai fait appeler. Et seulement vous deux, du moins pour l'instant. Je ferais mieux d'apprendre à supporter vos critiques, parce qu'il va y en avoir.

— Et c'est pour cela que vous nous avez fait appeler, Monsieur, dit Halyard.

— Tu es un emmerdeur, Mal. » Le Président hocha la tête en direction du vieil homme d'État. « Désolé. Très bien, nous ne savions pas, et nous ne savons toujours pas pourquoi Matthias voulait que Havelock soit *out*. Mais Emory nous a reconstitué le scénario.

— Un scénario incroyable », approuva Bradford, les mains posées à plat sur ses papiers. Il n'avait plus besoin de ses notes. « Le piège construit contre Jenna Karras est un modèle du genre. Un ancien terroriste ayant appartenu aux groupes Baader-Meinhoff débarque tout d'un coup, cherchant l'absolution. Il veut échanger des informations contre la commutation de sa peine de mort. Bonn accepte — avec réticence — et nous achetons son histoire. La femme qui travaille avec un officier des opérations consulaires à Barcelone est un membre du K.G.B. La méthode de transmission des ordres est décrite, passage d'une clef, une petite valise est découverte dans un aéroport — *sa* valise — remplie de toutes les preuves nécessaires pour la condamner. Des analyses détaillées des activités dans lesquelles Havelock et elle ont été impliqués durant les cinq semaines précédentes, des résumés, des informations secrètes que Havelock avait fait parvenir au Département d'État, et des copies des codes en vigueur et des fréquences radio que nous utilisons sur le terrain. Dans cette petite valise se trouvent également des instructions émanant de Moscou, incluant le code du K.G.B. qu'elle doit employer si elle a besoin de contacter le secteur Nord-Ouest du K.G.B. Nous testons le code et nous obtenons une réponse. Il est authentique. »

Addison Brooks leva la main gauche de quelques centimètres à peine, geste d'un homme habitué à demander l'attention. « Le général Halyard et moi-même connaissons bien tout cela, à quelques détails près. Je suppose qu'il y a une raison pour que vous nous restituiez l'ensemble comme ça ?

— Oui, monsieur l'Ambassadeur, dit Bradford. Cela concerne Daniel Stern. Un peu de patience.

— Alors pendant que vous y êtes, dit le vieux soldat, comment vous y êtes-vous pris pour vérifier le code du K.G.B. ?

— En utilisant les trois fréquences maritimes de base dans cette partie de la Méditerranée. C'est une procédure standard chez les Russes.

— C'est un peu simpliste de leur part, non ?

— Je ne suis pas un expert, général, mais je trouve ça sacrément malin. J'ai étudié la façon dont nous procédons — il le fallait — et je ne suis pas certain que notre méthode soit plus efficace. Les fréquences que nous sélectionnons sont souvent les plus faibles, pas toujours claires, et faciles à brouiller si on les découvre. En revanche, on ne s'attaque pas aux fréquences maritimes ordinaires et, quelle que soit l'importance de la circulation maritime, les codes arrivent toujours à passer dans un délai raisonnable.

— Vous m'impressionnez beaucoup, dit le vieil homme d'État.

— J'ai suivi une série de cours accélérés, ces derniers mois. Sur ordre du Président, j'ai aussi bénéficié des meilleurs cerveaux du département des renseignements.

— On n'a jamais expliqué cet ordre », interrompit Berquist en jetant un coup d'œil aux deux hommes âgés. Puis il se retourna vers Bradford. « Bon, alors, vous avez vérifié le code du K.G.B., il était authentique...

— C'était le document qui l'incriminait le plus, de tout ce qu'il y avait dans sa valise. Donc son nom passa dans les rouages de la C.I.A. — les rouages profonds. Comme vous le savez peut-être, ou pas, général, monsieur l'Ambassadeur, c'est à ce moment-là que je suis entré en scène. Je n'avais pas cherché à y être inclus. Ce sont des hommes avec qui j'avais travaillé pendant l'administration Johnson... Et en Asie du Sud-Est, qui sont venus me trouver.

— Des restes de l'A.I.D. bénévole de Vientiane qui étaient restés avec l'Agence ? demanda Halyard d'un air cynique.

— Oui, répliqua le sous-secrétaire sans la moindre trace d'excuse. Deux hommes dont le large champ d'expérience dans des opérations clandestines — favorables et défavorables — les avait amenés à devenir ce qu'on appelle des contrôleurs d'informateurs, lesdits informateurs étant infiltrés profondément dans l'appareil soviétique. Ils m'ont appelé à la maison un soir, m'ont dit qu'ils étaient dans un bar à Berwyn et m'ont demandé si je ne voulais pas les rejoindre pour prendre un verre en souvenir du bon vieux temps. Quand j'ai répondu qu'il était un peu tard, celui à qui je parlais m'a répondu qu'il était tard pour eux aussi et que Berwyn Heights était un peu loin de Maclean et Langley. J'ai compris et je les ai rejoints.

— Je n'avais jamais entendu cette histoire, interrompit l'ancien ambassadeur, fasciné. Dois-je en conclure que ces hommes n'ont pas fait leur rapport en suivant la filière normale, mais qu'ils sont venus vous parler directement à vous ?

— Oui, Monsieur. Ils étaient troublés.

— Merci, mon Dieu, d'avoir redonné une conscience à ces pauvres pécheurs, dit le Président. Quand ils en sont revenus aux filières normales, ils l'ont fait selon nos instructions. Cela les dépassait. Ils se sont retirés et ont tout laissé à Bradford.

— L'enquête demandée sur Jenna Karras était une procédure normale, dit Halyard. Pourquoi étaient-ils troublés ?

— Parce que c'était une enquête complètement négative. On allait la trouver coupable, quoi que ramène la C.I.A. comme information.

— Alors c'était cette arrogance qui les a énervés ? demanda Brooks.

— Non, ils sont habitués aux facéties de l'État. Ce qui les *troublait* c'était la possibilité que cette supposition puisse être fausse. Ils avaient contacté cinq sources différentes à Moscou, cinq personnes qui ne se connaissent même pas — des taupes qui ont accès à tous les dossiers noirs du K.G.B. Chaque message qui revenait était négatif. Jenna Karras était propre, mais quelqu'un voulait la salir. Quand un des hommes avait appelé un assistant de Matthias — pure routine — pour obtenir de plus amples précisions de la part des opérations consulaires, on lui avait simplement répondu d'envoyer un rapport même improductif. L'État avait tout ce qu'il lui fallait. En d'autres termes, elle était foutue, quel que soit le rapport de l'Agence, et mes deux contrôleurs avaient comme l'impression que leur rapport finirait enterré quelque part dans un placard du Département d'État. Mais Jenna Karras n'avait jamais appartenu au K.G.B., n'a jamais appartenu au K.G.B.

— Comment vos deux amis s'expliquaient-ils le code du K.G.B. ? demanda le vieux soldat.

— Quelqu'un de Moscou l'avait fourni, dit Bradford. Quelqu'un travaillant avec, ou pour Matthias. »

Le silence retomba dans la pièce, face à l'impensable, et une fois encore le vieux général le rompit.

« On a déjà vu tout ça ! cria Halyard.

— J'aimerais raviver vos souvenirs, dit tranquillement le sous-secrétaire d'État.

— Nous avons exploré cette possibilité jusqu'au fond, dit Addison Brooks en fixant Bradford. Cette théorie n'a aucun mérite, ni conceptuellement, ni pratiquement. Matthias est inexorablement lié à Parsifal. L'un n'existe pas sans l'autre. Si l'Union soviétique avait la moindre idée de l'existence de Parsifal, dix mille missiles à têtes multiples seraient en vol pour détruire la moitié de nos villes et toutes nos installations militaires. Les Russes n'auraient pas le choix. Ils tireraient d'abord et ils poseraient la question finale ensuite. Nous avons des hommes sur place pour nous prévenir d'un quelconque déploiement de missiles. Pour l'instant l'alerte n'a pas été donnée. Pour reprendre votre expression, monsieur Bradford, notre seul allié c'est le temps.

— J'adhère complètement à votre opinion, monsieur l'Ambassadeur. Pourtant ce code du K.G.B. a forgé la culpabilité de Jenna Karras, même si elle était tout à fait pure. Je ne peux pas croire qu'il ait été à vendre.

— Et pourquoi pas ? demanda le général. Qu'est-ce qui n'est pas à vendre ?

— Pas un code comme celui-là. On n'achète pas un code qui change périodiquement, irrégulièrement, sans prévenir.

— Où voulez-vous en venir ? demanda Halyard.

— Il fallait qu'il y ait *quelqu'un à Moscou* qui fournisse ce code, dit Bradford en élevant la voix. Nous sommes peut-être plus près de Parsifal que nous ne le pensons.

— Quelle est votre thèse, monsieur le sous-secrétaire ? »

Brooks mit les coudes sur la table, intéressé.

« Il y a quelqu'un qui cherche Parsifal aussi frénétiquement que nous... pour les mêmes raisons. Qui qu'il soit, il est ici, à Washington — c'est peut-être quelqu'un que nous croisons tous les jours, mais nous ne savons pas qui il est. Je ne sais qu'une chose : il travaille pour Moscou, et la différence entre lui et nous, c'est qu'il cherche depuis longtemps. Il connaissait l'existence de Parsifal *avant* nous. Et cela veut dire qu'à Moscou, quelqu'un sait. » Bradford s'interrompit, puis reprit d'une voix blanche. « Voilà la raison qui se cache derrière la plus épouvantable crise que ce pays ait connue... que le monde ait connue. Il y a une taupe ici, à Washington, qui pourrait donner un petit coup de pouce dans la balance des puissances, dans cette adhésion globale devant notre supériorité morale et physique, si elle atteint Parsifal le premier. Et c'est très possible car elle sait qui est Parsifal, et nous, nous ne le savons pas. »

18

L'homme au pardessus noir coiffé d'un chapeau à bords rabattus sortit de son coupé deux tons en s'appuyant sur l'accoudoir, les jambes arquées pour éviter de mettre les pieds dans une énorme flaque juste devant sa portière. Le bruit de l'averse emplissait la nuit, coulées qui descendaient en flots sur le pare-brise, cliquetis sur le toit de vinyle, et crépitement incessant dans les flaques qui parsemaient le parking désert sur la rive du Potomac. L'homme fouilla dans sa poche et en sortit un briquet à gaz plaqué or, l'alluma. A peine la flamme apparue, il l'éteignit et le remit dans sa poche, de sa main gantée. Il marcha jusqu'à la barrière et regarda en contrebas les feuillages humides et l'épaisseur de boue qui bordaient les eaux sombres. Il leva les yeux et fouilla du regard la rive d'en face. Les lumières de Washington clignotaient sous l'averse. Il entendit les pas derrière lui, du cuir sur le gravier trempé. Il se retourna.

Un homme s'approchait, comme une apparition dans l'obscurité. Il portait un poncho dont la couleur camouflage dénotait l'origine militaire. Il portait sur la tête un vieux chapeau de cuir à larges bords, quelque chose d'assez grotesque, entre le chercheur d'or et le safari. Il avait dans les trente ans, un visage dur, avec une barbe mal rasée et des yeux très écartés, comme plantés dans la chair. Il avait bu. La grimace qui suivit leur rencontre était presque aussi grotesque que l'ensemble du personnage.

« Hé, t'as vu ça, hein ! cria l'homme au poncho, d'une voix gutturale, pâteuse. Crac ! Boum !... Psccchhhht ! Boum ! Comme une saloperie de pousse-pousse vietnamien touché par un tank ! *Bam !* T'as jamais rien vu de si beau !

— Très joli travail en effet, dit l'homme au manteau noir.

— Tu parles, j'te les ai chopés, et *Boum !* Eh ! approche-toi un peu, j'te vois pas ! C'est bien toi, hein ?

— Oui, mais tu me déçois.

— Pourquoi ? J'ai fait du sacrément bon boulot !

— Tu as bu. Je croyais t'avoir dit de ne plus boire.

— Juste un ou deux coups, c'est tout. Et dans ma chambre, pas dans un troquet... Monsieur !

— Tu as parlé à quelqu'un ?

— Putain non !

— Comment es-tu venu jusqu'ici !

— Comme tu m'avais dit. En bus... Trois bus... et puis j'ai marché les deux dernières bornes.

— Sur la route ?

— A côté, loin de la route, comme à Danang.

— Bien. Tu as mérité ton salaire.

— Eh, major... oh, désolé, monsieur, j'veux dire...

— Qu'est-ce qu'il y a ?

— Comment ça se fait qu'il y avait rien dans les journaux ? J'veux dire c'était une sacrée explosion et ça a dû cramer pendant des heures !

— Ils n'étaient pas importants, sergent. Ils étaient juste ce que je t'avais dit qu'ils étaient. Des salopards qui ont trahi les types comme toi et moi qui sont restés ici pendant qu'on se faisait tirer dessus au Viêt-nam.

— Ouais, eh ben j'ai ram'né le score en not' faveur. J'crois qui faut que j'rentre, hein ? A l'hosto.

— Ce n'est pas la peine. »

Le civil qui venait de se faire appeler « major ». sortit calmement sa main gantée de sa poche. Il tenait un petit automatique calibre 22, dissimulé par l'obscurité et les rafales de pluie. De sa hanche il tira une balle dans la tête de l'homme qu'il avait appelé « sergent ».

L'homme tomba. Son grotesque chapeau s'était envolé, sa tête ensanglantée avait coulé sous son poncho trempé. Le civil se pencha sur lui, essuya l'automatique sur son pardessus et écarta les doigts de la main droite du mort.

Le coupé deux tons négocia son virage sur la petite route, ses phares balayèrent un grand champ semé de rochers, les hautes herbes pliées sous le vent et la pluie. Le chauffeur vit ce qu'il voulait voir et ralentit, éteignant ses phares avant de s'arrêter. Sur le bas-côté, immobile près d'une clôture de barbelés, une grosse ambulance d'un blanc éclatant, plaques minéralogiques fédérales, les grosses lettres noires sur la porte proclamant la copropriété des contribuables.

BETHESDA NAVAL HOSPITAL
UNITÉ D'URGENCE N° 14

Le chauffeur rangea son coupé à côté de la longue ambulance blanche. Puis il sortit son briquet plaqué or et en fit jaillir une petite flamme pendant deux secondes. La porte de l'ambulance s'ouvrit et un jeune type sortit sous la pluie, son imperméable couvrant à peine sa tenue d'infirmier.

Le chauffeur baissa la vitre en pressant un bouton sur son accoudoir.

« Monte ! cria-t-il pour couvrir le crépitement de l'averse. Tu vas être trempé ! »

L'homme ouvrit la portière et grimpa dans le

coupé, claqua la porte, s'essuya le visage d'un revers de main. Il était de souche hispanique, les yeux comme deux blocs de charbon, les cheveux bleu-noir collés sur la peau mate de son front.

« *Big Mama* va passer à la caisse, dit le Latino-Américain. Oh, Big Mama va me donner un gros montón *de dinero*.

— Je vais te payer, bien que je suppose que je pourrais te dire que cela annule ta dette.

— Oublie ça, major !

— Tu serais enterré après avoir été fusillé sur place ou bien tu serais en train de casser des cailloux dans un pénitencier quelconque si je n'avais pas été là. Ne l'oublie jamais, caporal.

— J'ai flingué ce réducteur de tête pour toi ! Tu paies !

— Tu as flingué — comme tu dis — deux types de la police militaire à Pleiku parce qu'ils t'avaient pris en train de piquer de la came dans une ambulance. Tu as eu de la chance que je sois là !

— Sûr, Mama, vraiment veinard ! Qui c'était le *puerco* qui m'avait dit d'aller dans cette ambulance ? Vous, major !

— Je savais que tu étais entreprenant. Et depuis quelques années je t'ai suivi. Tu ne me voyais pas, mais moi je te voyais. Je savais toujours où te trouver parce que les dettes, ça se paie.

— Ouais, eh ben vous vous gourez, major. J'vous ai vu l'autre soir aux actualités. Vous sortiez d'une grosse bagnole à New York, devant les Nations unies, non ? C'était vous, hein ?

— J'en doute.

— Sûr que c'était vous ! Je reconnais Big Mama quand je la vois. Vous d'vez être quelqu'un ! Vous payez, Big Mama. Vous allez casquer un maximum !

— Mon Dieu, tu commences à m'irriter.

— Payez-moi, c'est tout.

— L'arme, d'abord, dit l'homme au pardessus noir. Je veux que tu me la rendes. Je t'ai couvert. Aucune analyse balistique ne permettra de remonter jusqu'à toi. »

L'infirmier fouilla dans sa poche d'imperméable et en sortit un petit revolver, identique à celui que le chauffeur du coupé avait utilisé une heure plus tôt dans le parking surplombant le Potomac.

« Y'a pas de balles à l'intérieur, dit l'Hispanique en lui tendant l'automatique. Tenez, le v'la.

— Donne-le-moi.

— Prenez-le, bordel ! J'y vois rien dans c'te bagnole ! Aïe ! merde ! »

La main du conducteur avait glissé au-delà du canon de l'arme et remonté la manche de l'autre jusqu'au milieu de son avant-bras. « Désolé, dit l'homme au pardessus noir. Ma chevalière est cassée. Je t'ai égratigné ?

— Pas grave, Big Mama. L'argent. File-moi mon putain de fric !

— Tout de suite. » L'homme prit le revolver, le glissa dans sa poche et sortit son briquet plaqué or. Il l'alluma. Sur le siège arrière se trouvait une liasse de billets attachés par un élastique. « Et voilà. Cinquante billets de cent dollars, blanchis, bien sûr. Tu veux vérifier ?

— Pour quoi faire ? Je sais où je peux te trouver, maintenant, dit l'infirmier en ouvrant la portière. Et tu vas me voir souvent, Big Mama !

— Je l'espère », répliqua le chauffeur.

Encore une fois le vent écarta l'imperméable de l'infirmier et fit apparaître son uniforme, quand il claqua la portière et fit le tour du coupé pour remonter dans son ambulance. Le chauffeur se prépara à sauter dehors au moment où il verrait ce qu'il s'attendait à voir.

Cela arriva. L'infirmier commença à tituber, perdit l'équilibre, les bras en avant, ses mains posées sur le flanc de l'ambulance. Il hurla, la tête rejetée en arrière. Trois secondes plus tard, il gisait dans l'herbe trempée.

L'homme au pardessus noir sortit de son coupé deux tons, en fit le tour en extrayant un objet cylindrique de sa poche gauche. Il s'agenouilla près de l'infirmier et lui remonta complètement la manche.

Du tube qu'il prit dans sa main gauche il sortit une seringue et en plongea l'aiguille dans la chair molle. Il appuya sur le piston et vida la seringue dans le bras de l'homme inanimé. Puis il se saisit de l'autre main de l'infirmier et lui appuya les doigts sur la seringue, le pouce sur le piston. Il laissa le bras retomber.

L'homme au pardessus noir se releva, aperçut la liasse de billets et, sans y toucher, il se dirigea vers la porte de l'ambulance qu'il ouvrit. A l'intérieur tout était propre et net. Il prit alors le petit automatique qu'il venait de recevoir et le lança sur le siège de l'ambulance. De sa poche gauche il sortit quatre autres objets cylindriques, quatre capsules de verre sur lesquelles on pouvait lire :

Bethesda Naval Hospital
Contenu : $C^{D}217$ $H^{D}219$ $NO^{D}23$ $H^{D}22O$
MORPHINE

Deux des capsules étaient vides. Deux pleines. Il les jeta sur le plancher de l'ambulance.

Soudain une rafale de vent balaya les champs, tourbillonnant entre les deux véhicules, poussant la pluie en diagonale. L'homme essaya de retenir son chapeau, mais trop tard. Son chapeau aux bords rabattus avait été pris par le vent et avait été expédié de l'autre côté du coupé. Il fit le tour de sa voiture pour le récupérer. Même dans le noir on pouvait voir les mèches blanches qui parsemaient les cheveux noirs de Nicholas Petrovich Malyekov.

Il était vraiment énervé et ses cheveux trempés n'ajoutaient rien de bien à l'affaire. Le temps passait vite, trop vite. En tant que sous-secrétaire d'État, Arthur Pierce devait aller se changer pour être présentable. Un homme dans sa position au gouvernement des États-Unis ne se trimbalait pas la nuit dans l'herbe trempée sous une pluie battante. Il appellerait sa limousine dès son retour chez lui. Il avait accepté d'aller prendre un verre avec l'ambassadeur de Grande-Bretagne car il y avait encore un problème avec l'O.P.E.P., des affaires d'État à régler.

Ce n'était pas ce que désiraient ses partenaires de Moscou, mais la connaissance d'une nouvelle stratégie pétrolière anglo-américaine n'était pas sans intérêt. Ce genre d'informations amenait la *Voennaya* plus près du pouvoir qu'ils cherchaient depuis que Yagoda les avait lancés sur ce chemin presque un demi-siècle plus tôt. Mais seul l'homme que l'on ne pouvait pas trouver, l'homme qui connaissait le secret d'Anthony Matthias, pourrait mener la *Voennaya* à son destin... pour le bien de l'humanité.

Arthur Pierce, jeune fermier de l'Iowa né dans un village russe, revint vers sa voiture. Il n'avait pas le temps d'être fatigué car la charade ne s'arrêtait jamais. Pas pour lui.

L'ambassadeur Addison Brooks fixait Bradford.

« Vous dites que cette taupe *sait* qui est Parsifal, le connaissait avant même que nous soyons au courant de son existence ? s'exclama-t-il. Sur quoi vous fondez-vous pour affirmer une chose pareille ?

— Costa Brava, dit le sous-secrétaire d'État. Et sur les dernières soixante-douze heures.

— Pas tout à la fois, dit le Président.

— Dans les dernières heures de la Costa Brava, Havelock avait été muni d'un transmetteur radio dont les fréquences avaient été modifiées par des techniciens de la C.I.A. de Madrid. Ils travaillaient à l'aveuglette. Ils n'avaient aucune espèce d'idée de la destination de cet émetteur. Comme vous le savez, l'opération Costa Brava était contrôlée dans son ensemble par un homme nommé Steven MacKenzie, l'officier le plus expérimenté dans ce genre d'opérations de toute l'Agence. Sécurité garantie.

— Complètement, l'interrompit Berquist. MacKenzie est mort d'une attaque cardiaque trois semaines après que nous l'eûmes ramené de Barcelone. Il n'y avait rien de suspect. Le docteur qui l'a examiné est au-dessus de tout soupçon. Il a été interrogé. La mort de MacKenzie était naturelle.

— Il était *seul* à connaître tous les détails, poursuivit Bradford. Il avait loué un bateau, pris deux hommes et une fille blonde qui parlait tchèque et qui devait hurler dans le noir pendant l'horrible scène qu'ils allaient jouer sur cette plage. Les trois acteurs étaient deux petits dealers et une prostituée, qui seraient grassement payés et qui ne posaient pas de questions. Havelock a envoyé son message dans le code du K.G.B. vers ce qu'il croyait être une unité de terroristes allemands dans un bateau au large. MacKenzie a intercepté le message et a signalé au bateau d'entrer en scène. Quelques minutes plus tard, Havelock a vu ce que nous voulions qu'il voie... ou du moins a-t-il cru le voir... L'opération Costa Brava était terminée.

— Encore une fois, coupa l'ambassadeur, je crois que le général Halyard et moi-même sommes déjà au courant de l'essentiel...

— C'était terminé, et en dehors du Président et de nous trois, personne n'était au courant, dit le sous-secrétaire d'État, en accélérant. MacKenzie avait tout fragmenté, aucun groupe ne savait ce que faisait l'autre. La seule histoire que nous laissions filtrer était cette version de l'agent double piégé. Il n'y avait aucun rapport plus profond, rien qui vienne contredire cette version. Et avec la mort de MacKenzie, le seul homme qui savait la vérité avait disparu.

— Le seul homme peut-être, dit Halyard, mais pas la seule femme. Jenna Karras savait. Elle vous avait échappé et elle savait.

— Elle ne savait que ce qui lui avait été dit, et c'est moi qui lui avais parlé à Barcelone. L'histoire qui lui avait été racontée servait un double but. Premièrement, l'effrayer de manière à ce qu'elle fasse exactement ce qu'on lui dirait pour lui sauver ostensiblement la vie. Et deuxièmement, la mettre dans un état d'esprit suffisamment déséquilibré pour éveiller les soupçons de Havelock, pour qu'il soit convaincu qu'elle *était* un officier du K.G.B. au cas où il subsistait en lui le moindre doute, ou la moindre résistance émotionnelle. Si elle avait suivi mes instructions, elle serait en sécurité. Ou bien, si nous avions été capables de la retrouver, elle n'aurait pas à fuir les hommes qui doivent maintenant la tuer... et tuer Havelock... pour que la vérité sur l'affaire de la Costa Brava reste secrète. Parce qu'ils connaissent tous les deux la vérité. »

L'ambassadeur siffla entre ses dents. C'était un sifflement grave, un son exprimant un étonnement authentique. « Nous atteignons maintenant les soixante-douze dernières heures, dit-il. En commençant par ce coup de téléphone à Rome qui semble ne pas avoir d'origine.

— Oui, Monsieur. Le col des Moulinets. J'avais entrevu la relation quand j'avais lu le rapport de l'agent que nous avons entendu tout à l'heure, mais tout est devenu plus clair quand il nous a dit tout cela ce soir.

— Un dénommé Ricci, qu'il n'avait jamais vu avant, dit l'homme d'État. Deux experts en explosifs dont il ignorait tout.

— Et une énorme explosion qui a eu lieu *douze minutes* après la fusillade sur le pont, ajouta Bradford. Et aussi sa description de la femme comme une "écharde", pour les Soviétiques, un agent russe que les Russes pouvaient bien récupérer, qui leur servirait de leçon.

— Ce qui est un mensonge, objecta Halyard. Cette bombe était prévue pour la voiture dans laquelle elle se trouvait. Combien y a-t-il eu de morts ? Sept ? Bon Dieu, cette bombe était assez puissante pour souffler cette voiture et ses occupants sans qu'on puisse jamais les identifier. Et nos propres hommes n'étaient même pas au courant !

— Grâce à un dénommé Ricci, dit Bradford, un Corse que personne ne connaissait et à deux équipiers qui étaient en réalité des experts en explosifs. Ils avaient été envoyés par Rome, mais les deux qui en ont réchappé n'ont jamais essayé d'entrer en contact avec notre ambassade. Comme disait notre agent, ce n'est pas normal. Ils n'osaient pas retourner à Rome.

— Ils avaient été envoyés par nos hommes, dit

Berquist, mais ils ne venaient pas de chez nous. Ils avaient des ordres séparés, des ordres qui leur venaient de la même personne, celui qui a donné ce coup de téléphone à Rome. "Ambiguïté."

— Cette même personne, monsieur le Président, qui était capable de joindre Moscou et de sortir un code du K.G.B. authentique. Il fallait au moins ça pour convaincre Havelock. Cette même personne qui savait la vérité sur la Costa Brava, et qui était inquiète, et même peut-être aussi désespérée que nous, décidée comme nous à conserver un black-out total sur cette affaire.

— Pourquoi ? demanda le général.

— Parce que, si on revient en arrière et qu'on examine chaque aspect de l'opération, on pourrait s'apercevoir de sa présence sur place. »

Le Président et le général réagirent comme si on venait de leur apprendre la mort subite d'un de leurs proches. Seul le vieil homme d'État resta impassible, scrutant les traits de Bradford, esprit brillant jugeant un autre esprit brillant à sa juste valeur. Quelque chose comme de la reconnaissance.

« C'est une déduction très hâtive, fiston, dit le général.

— Je ne vois pas d'autre explication. L'exécution de Havelock a été approuvée par tout le monde, comprise même par ceux qui respectaient son travail. Il était devenu fou. Un psychopathe, un tueur, dangereux pour tous nos agents. Mais pourquoi la femme devait-elle être expédiée de l'autre côté de la frontière, pourquoi était-elle une "écharde", son évasion une leçon pour les Russes, alors qu'il y avait une bombe programmée pour exploser quelques minutes plus tard qui allait la réduire en morceaux, la rendre impossible à identifier ?

— Pour garder l'illusion de la Costa Brava, dit Addison Brooks. Vivante, elle demanderait l'asile et elle raconterait son histoire. Elle n'aurait rien à perdre.

— Elle nous obligerait à réexaminer les événements qui s'étaient produits sur cette plage, compléta le Président. Il fallait qu'elle soit tuée pour préserver le mensonge qui l'avait fait mourir sur la Costa Brava.

— Et la personne qui a donné ce coup de téléphone autorisant l'exécution de Havelock, dit Halyard les sourcils froncés, d'une voix hésitante, qui a utilisé le code "Ambiguïté" et mis ce Ricci et les deux dynamiteurs au col des Moulinets... Vous pensez qu'il était sur la Costa Brava cette nuit-là ?

— Tout le montre, général.

— Mais bon sang, *pourquoi* ?

— Parce qu'il savait que Jenna Karras était vivante, répliqua l'ambassadeur Brooks qui regardait toujours Bradford. Au moins savait-il qu'elle n'avait pas été tuée sur la Costa Brava. Personne d'autre ne le savait.

— C'est une supposition, de la spéculation pure. Cela s'est paraît-il fait discrètement, mais nous la recherchons tout de même depuis quatre mois.

— Sans jamais admettre que ce *soit* elle, expliqua le sous-secrétaire. Sans jamais admettre qu'elle soit vivante. L'alerte était lancée pour une personne, pas pour son nom. Une femme dont l'expérience pourrait l'amener à contacter des gens avec qui elle avait travaillé sous des identités multiples. Nous attirions l'attention sur son apparence physique et sur les langues qu'elle parle.

— Ce que je n'arrive pas à accepter, c'est la façon dont vous sautez d'une affaire à l'autre. »

Halyard hochait la tête, comme si le stratège militaire qu'il était voyait un piège dans un champ de manœuvres. « MacKenzie avait fragmenté la Costa Brava ; il n'avait fait son rapport qu'à vous seul. La C.I.A. à Langley ne savait rien de Madrid et Barcelone n'était au courant de rien. Dans ces conditions, comment quelqu'un pourrait-il pénétrer ce qui semble ne même pas avoir d'existence ? A moins que vous pensiez que MacKenzie vous avait vendu ou trompé ?

— Je ne pense ni l'un ni l'autre. » Le sous-secrétaire d'État reprit son souffle. « Je pense que l'homme qui a utilisé le code "Ambiguïté" était déjà impliqué avec Parsifal il y a trois mois. Il savait sur quoi se concentrer et s'est inquiété quand on a transmis à Havelock des ordres à Madrid, sécurité Quatre Zéro.

— Quelqu'un ici, dans le Département d'État, coupa l'ambassadeur. Quelqu'un qui a accès aux dossiers confidentiels.

— Oui. Il surveillait les activités de Havelock et il a compris qu'il se passait quelque chose. Il est allé en Espagne, il a suivi Havelock jusqu'à Barcelone. *J'y étais.* Et MacKenzie aussi. Cet homme devait très certainement être capable de me reconnaître, et comme j'ai rencontré MacKenzie deux fois, il m'a certainement vu avec lui.

— Et en admettant que ce soit le cas, il est également très possible de penser que Moscou avait un dossier sur MacKenzie, dossier assez épais pour alarmer les renseignements soviétiques. »

Brooks se pencha en avant, les yeux rivés à ceux de Bradford une fois de plus. « Une photo transmise au K.G.B., et l'homme que nous cherchons savait qu'une opération "noire" se préparait.

— Cela aurait pu se passer comme ça, oui.

— Avec beaucoup de suppositions de votre part, dit Halyard.

— Je ne crois pas que le sous-secrétaire d'État ait terminé, Mal, dit l'ambassadeur. Je ne crois pas qu'il puisse laisser son imagination vagabonder dans des régions si exotiques sans que quelque chose ait déclenché son raisonnement. Je me trompe ?

— En substance, non.

— Que diriez-vous d'un *oui* tout simple, dit le Président.

— Oui, dit l'homme d'État. Je crois que je peux être poursuivi à cause de ce que j'ai fait cet après-midi, mais j'ai pensé que c'était essentiel. Il fallait que je quitte mon bureau et ces téléphones qui ne cessent de m'interrompre. Il fallait que je parcoure à nouveau tout le matériel dont je disposais et que je provoque le peu d'imagination que j'ai. Je suis donc allé au fichier secret des opérations consulaires, j'ai pris le rapport fait par Havelock, en thérapie, sur la Costa Brava et je l'ai emmené chez moi. Je l'étudie depuis trois heures de l'après-midi... et je me souvenais du rapport verbal de MacKenzie quand il est revenu de Barcelone. Il y a des choses qui ne cadrent pas.

— Dans quel sens ? demanda Brooks.

— Entre ce que MacKenzie avait prévu et ce que Havelock a vu.

— Il a vu ce que nous voulions qu'il voie, dit le Président. Vous venez de le faire remarquer il y a quelques minutes.

— Il a peut-être vu plus de choses que nous ne le pensons, plus que ce que MacKenzie avait mis en scène.

— MacKenzie était là, protesta Halyard. De quoi parlez-vous, bon sang ?

— Il était à peu près à soixante-dix mètres de Havelock, avec seulement une vue oblique de la plage. Il était beaucoup plus concerné par les réactions de Havelock que par ce qui se passait en dessous. Il avait fait répéter la scène plusieurs fois aux deux types et à la fille blonde. Dans leur scénario, tout devait se passer près de l'eau, le corps de la fille devait tomber sur le bord, être roulé dans les vagues, avec le bateau à proximité. La distance, l'obscurité... tout pour soigner l'effet.

— Visuellement convaincant, coupa Brooks.

— Très, approuva Bradford. Mais ce n'est pas ce que Havelock décrit. Ce qu'il a vu était beaucoup plus convaincant encore. Bourré de produits chimiques en thérapie il a littéralement revécu cette entière expérience, y compris le trauma qui en fait partie. Il a décrit les balles qui éclataient dans le sable, la fille qui courait vers la route, et pas sur le bord de mer, et deux hommes qui emportaient le corps. *Deux* hommes.

— MacKenzie avait engagé deux hommes, où est le problème ? demanda Halyard, perplexe.

— L'un des deux hommes devait rester dans le

bateau. Il était à dix mètres du bord, moteur allumé. Le *deuxième* homme devait tirer sur la fille puis traîner son "cadavre" dans l'eau jusqu'au bateau. La distance, l'obscurité, le rayon d'une lampe... Tout cela était prévu dans le scénario de MacKenzie. Ils avaient répété la scène plusieurs fois. Mais le rayon de la lampe électrique est la seule constante entre ce que MacKenzie avait prévu et ce que Havelock a vu. Il n'a pas assisté à une mise en scène. Il a vu une femme se faire tuer *vraiment*.

— *Bon Dieu...* » Le général se recula sur sa chaise.

« MacKenzie n'a jamais rien mentionné de tout cela ? demanda Brooks.

— Je ne crois pas qu'il l'ait vu. Tout ce qu'il m'a dit c'était "mes comédiens ont dû jouer comme des dieux". Il est resté où il était sur sa colline au-dessus de la route pendant plusieurs heures, il observait Havelock. Il est parti quand le jour commençait à poindre. Il ne pouvait pas prendre le risque que Havelock le voie. »

Addison Brooks se gratta le menton. « Donc l'homme que nous cherchons, l'homme qui a appuyé sur la détente sur la Costa Brava, à qui Stern a donné le nom de code "Ambiguïté" et qui a mis Havelock "au-delà de toute récupération", est un agent soviétique infiltré dans le Département d'État.

— Oui, dit le sous-secrétaire.

— Et il cherche à trouver Parsifal aussi désespérément que nous, conclut le Président.

— Oui, Monsieur.

— Pourtant si je vous suis bien, dit Brooks rapidement, il y a une énorme lacune : cet homme n'a pas transmis cette étonnante information à ses supérieurs du K.G.B. Nous le saurions, s'il l'avait fait. Oui, nous l'aurions su !

— Non seulement il a gardé cette information, monsieur l'Ambassadeur, mais de surcroît il a trompé un des gros bonnets du K.G.B. »

Bradford prit la première page de ses notes et la passa respectueusement à l'homme d'État.

« J'avais gardé cela pour la fin. Oh, pas pour vous choquer ni pour faire un effet, mais simplement parce que cela n'avait de sens que si nous examinions tout le reste en relation avec ceci. Franchement, je ne suis pas certain de bien comprendre encore. C'est un câble de Piotr Rostov à Moscou. Il est directeur des stratégies extérieures, K.G.B.

— Un câble des renseignements soviétiques ? dit Brooks, stupéfait, en prenant le papier.

— Contrairement à ce que croient la plupart des gens, ajouta le sous-secrétaire d'État, les stratèges de services de renseignements opposés entrent souvent en contact les uns avec les autres. Ce sont des gens pratiques dans un business meurtrier. Ils ne peuvent pas se permettre certaines erreurs... Selon Rostov, le K.G.B. n'a rien à voir avec la Costa Brava et il tenait à nous le faire savoir. De plus, le colonel Baylor, dans son rapport, disait que Rostov avait piégé Havelock à Athènes et qu'il aurait pu s'emparer de lui et le sortir de Grèce pour l'emmener en Russie par les Dardanelles mais qu'il a choisi de ne pas le faire.

— Quand avez-vous reçu ça ? demanda l'ambassadeur.

— Il y a vingt-quatre heures, répondit le Président. Nous l'avons étudié, nous avons essayé de comprendre. Apparemment il n'attend pas de réponse.

— Lisez-le, Addison, dit Halyard.

— Cela a été envoyé à Daniel Stern, directeur des opérations consulaires, département de... »

Le vieil homme d'État s'arrêta, regarda Bradford.

« Stern a été tué il y a trois jours. Rostov ne le sait pas ?

— S'il le savait il n'aurait pas envoyé ce message. Il n'aurait pas voulu qu'on puisse soupçonner le K.G.B. d'être impliqué d'aussi loin que ce fût dans la mort de Stern. Il a envoyé ce câble parce qu'il ignorait que Stern était mort... comme les autres.

— Seule la mort de Miller a été annoncée, dit Berquist. Nous ne pouvions pas la taire. On ne parlait que de ça à Bethseda. Nous avons mis le black-out sur Stern et Dawson, au moins pour l'instant, jusqu'à ce que nous sachions ce qui se passait. Nous avons déménagé leurs familles jusqu'au complexe de sécurité de Cheyenne, à Colorado Springs.

— Lisez », insista le général.

Addison Brooks posa le papier sous sa lampe. Il commença, d'une voix monocorde. « La trahison sur la Costa Brava ne vient pas de nous. Ni l'appât lâché à Athènes. Le fameux bureau des opérations consulaires poursuit sa politique de provocations et l'Union soviétique continue à protester contre ce mépris de la vie humaine, ces actes terroristes et les traitements infligés aux innocents. Et si les membres de cette fameuse branche du Département d'État américain pensent avoir des collaborateurs derrière les murs de la place Dzerzhinsky, qu'ils soient rassurés. Ces traîtres seront démasqués et subiront le châtiment qu'ils méritent. Je répète, nous n'avons rien à voir avec la Costa Brava. »

L'homme d'État s'arrêta. C'était tout. Sa main retomba sur la table. « Seigneur, murmura-t-il.

— Je comprends les mots, dit Halyard, mais pas ce qu'il essaie de nous dire.

— Mieux vaut un diable qu'on connaît qu'un diable qu'on ne connaît pas, répliqua Brooks. Il n'y a pas de murs, place Dzerzhinsky.

— C'est cela, dit Bradford en se tournant vers le Président. C'est cela... Les murs sont au Kremlin.

— A l'extérieur et à l'intérieur, poursuivit l'ancien ambassadeur. Il est en train de nous dire que la Costa Brava n'aurait pas pu avoir lieu sans un ou deux collaborateurs à Moscou...

— Nous avons compris ça, coupa Berquist ; mais les murs ? Le Kremlin ? Comment comprenez-vous ça ?

— Il nous avertit. Il nous dit qu'il ne sait pas qui ils sont, et que s'il ne le sait pas ils sont incontrôlables.

— Parce qu'ils sont en dehors des canaux de communication normaux ? demanda le Président.

— Et même des canaux anormaux, dit Brooks.

— Une lutte de pouvoir... » Berquist se tourna vers le sous-secrétaire d'État. « Y a-t-il eu quelque chose de sérieux à ce sujet en provenance d'un de nos services de renseignements ?

— Seulement les frictions habituelles. La vieille garde qui meurt, les commissaires plus jeunes inquiets, ambitieux...

— Et où en sont les généraux ? demanda le général.

— La moitié veut faire sauter Omaha, l'autre veut voir aboutir les accords S.A.L.T. 3.

— Et Parsifal pourrait bien les réunir, dit l'homme d'État. Toutes leurs mains seraient posées sur les boutons nucléaires.

— Mais Rostov ne sait pas, pour Parsifal, protesta Bradford.

— Il sent quelque chose, riposta l'ambassadeur. Il sait que la Costa Brava était une opération émanant du Département d'État, d'une façon ou d'une autre en relation avec des éléments de Moscou. Il a essayé de les découvrir, mais il ne peut pas. Cela l'inquiète énormément. Il y a un déséquilibre, une rupture des normes, et au plus haut niveau.

— Pourquoi dites-vous ça ? » Le Président prit le câble et le relut comme pour essayer de voir ce qu'il n'avait pas remarqué.

« Ce n'est pas là-dedans, Monsieur, dit Bradford qui comprenait et hochait la tête. Sauf en ce qui concerne le mot "appât" qui fait référence à Havelock. Souvenez-vous, il ne s'est pas emparé de Havelock à Athènes. Rostov connaît l'étrange relation qui unit Michael Havelock et Anthony Matthias. Tchèques tous les deux, étudiant et professeur, survivants... Presque père et fils, dans un sens. Où commence l'un et où finit l'autre ? L'un d'entre eux, (ou les deux), est-il en contact avec quelqu'un à Moscou ? Et dans quel but ? On peut éliminer les objectifs raisonnables. Le fait d'éviter les canaux normaux nous l'indique. Il y a quelques mois nous nous posions les mêmes questions. Qu'avait fait

Matthias, et que faisait Havelock dans tout ça ? Nous avons créé la Costa Brava à cause de ça.

— Et puis Parsifal nous a contactés et cela ne faisait aucune différence, interrompit Berquist. Nous étions au pied du mur. Nous y sommes toujours. Seulement le mur est plus haut maintenant, plus épais ; c'est devenu un double mur. Et de quelque côté que nous nous tournions, nous sommes coincés. La recherche de Parsifal s'est doublée d'une autre recherche. Celle de l'homme qui surveille tous nos mouvements. Une taupe soviétique capable de sortir un code secret de Moscou, suffisamment infiltrée pour changer l'aspect de la Costa Brava... mon Dieu, il faut la détruire ! Si elle trouve Parsifal avant nous, elle et le fou à qui elle obéit au Kremlin pourront dicter leurs conditions à ce pays.

— Vous savez où elle est, dit le vieux soldat d'un air agressif. Trouvez-la ! Elle est au Département d'État. Tout en haut. Avec accès aux câbles des ambassades, et apparemment elle est sacrément proche de Matthias. Parce que, si je vous suis bien, elle a coincé Jenna Karras. C'est elle qui a fourni ce code du K.G.B. et qui l'a placé dans sa valise. Elle l'a piégée !

— Je crois qu'elle a tout fourni. »

Bradford secoua la tête lentement, haussant les sourcils comme pour admettre l'impossible. « Tout, la valise, l'informateur de la fraction Armée Rouge, nos propres codes et les instructions de Moscou. Tout est subitement apparu à Barcelone... sorti de nulle part. Et personne ne sait vraiment comment.

— Je suppose qu'il est inutile de questionner Matthias davantage ? dit Brooks en posant néanmoins la question.

— Inutile, répliqua Bradford. Il répète ce qu'il maintient depuis le début : "Les preuves étaient là, on me les a fait parvenir."

— Saint Anthony entend des voix ! explosa le Président.

— La taupe du Département d'État, insista Halyard. Bon Dieu, cela ne doit pas être si difficile de la trouver. A combien de personnes est-ce que Stern se serait adressé dans une telle situation ? A quelle heure cela se passait-il ? Combien de temps cela a-t-il duré ? Reconstituez son emploi du temps, ses mouvements.

— Les stratèges des opérations consulaires opèrent dans un secret absolu, dit Bradford. Il n'y a pas de carnets de rendez-vous, pas d'horaires. Sur un coup de téléphone à une personne spécifique dans les étages au-dessus, ou à l'Agence, on nettoyait le pont pour les stratèges, quels qu'ils soient. Mais il n'y avait jamais aucun rapport écrit sur leur réunion. Encore la sécurité interne. Il serait très facile à des informateurs ayant accès à de tels rapports de tirer des conclusions intéressantes.

— Détourner le flot d'informations importantes à n'importe quel prix, soupira le Président.

— Selon nos estimations, Stern aurait pu parler à au moins soixante-quinze personnes différentes, reprit Bradford. Et ceci peut être une *sous-estimation.* Les listes sont sans fin et tous ces gens, spécialistes ou autorités chacun en leur matière, ont tous accès aux plus hauts niveaux.

— Mais nous parlons du Département d'État, dit Brooks. Quelque part entre la dernière conversation de Stern avec Rome et quatre heures plus tard quand on a donné le feu vert au col des Moulinets. Cela réduit considérablement les possibilités.

— Et la taupe le sait, dit le sous-secrétaire. Cela obscurcit encore plus ses mouvements. Même les entrées et les sorties ne la montreront pas là où elle était.

— Personne n'a *vu* Stern ? persista Brooks. Vous avez sûrement demandé...

— Aussi discrètement que possible. Aucun de ceux que nous avons interrogés ne l'a vu dans les vingt-quatre heures en question, mais nous ne nous attendions pas à ce que celui qui l'avait vraiment vu nous le dise.

— *Personne* ne l'a vu ? demanda le général d'un air plus que dubitatif.

— Eh bien si, quelqu'un l'a vu, dit Bradford. La réceptionniste du cinquième étage, section L. Dawson avait laissé un message pour Stern. Il l'a pris en se rendant à l'ascenseur. Il aurait pu sortir de n'importe lequel des soixante-quinze bureaux derrière la réception.

— Qui était à l'étage à ce moment-là ? »

L'ambassadeur hocha la tête négativement en posant sa question, comme s'il ajoutait de lui-même : *désolé, ça ne sert à rien.*

« Exactement, dit Bradford qui avait compris son geste, son arrière-pensée. Cela ne nous aidait en rien. Il y avait vingt-trois personnes qui n'étaient pas encore sorties. Il y avait des conférences, des secrétaires qui prenaient des notes, etc. Tout a été analysé. Personne n'a quitté les gens avec qui il était assez longtemps pour donner ce coup de téléphone à Rome.

— Mais bon Dieu, vous avez un étage ! s'écria le vieux soldat. Soixante-quinze bureaux, ce n'est pas cent cinquante, ni trois mille. C'est soixante-quinze personnes et l'une d'entre elles est votre taupe ! Commencez par ceux qui sont les plus proches de Matthias et enfermez-les. Collez-les tous dans une clinique s'il le faut !

— Ce serait la panique. Le Département d'État tout entier serait complètement démoralisé, dit Brooks. A moins... Y a-t-il une clique, un groupe particulier très proche de Matthias ?

— Vous ne le comprenez pas. » Bradford porta ses mains vers son menton, chercha ses mots. « Il est, d'abord et avant tout, le Dr Matthias, professeur, érudit, initié et initiateur d'idées. Il est comme le Socrate du Potomac, il rassemble ses disciples partout où il peut les trouver, il élève ceux qui voient la lumière et il abat les sceptiques avec l'humour le plus cruel que j'aie jamais rencontré. Cruel, mais toujours enrubanné dans des phrases brillantes et simples. Et comme tous ces arbitres égocentriques qui s'entourent d'une élite, son arrogance le fait tourner comme une girouette. Un jour un groupe va attirer son attention et ses membres vont devenir ses favoris pendant un moment, jusqu'à ce qu'un autre groupe apparaisse et le flatte au bon moment et que tout d'un coup arrive un autre groupe qui cherche ses enseignements. Naturellement ces dernières années cela a empiré... mais il a toujours été comme ça. » Bradford se permit d'esquisser un sourire. « Bien sûr on pourrait me traiter d'envieux. Je n'ai jamais fait partie d'aucun de ces groupes de favoris.

— Pourquoi croyez-vous avoir été exclu ? demanda l'ambassadeur.

— Je n'en sais rien. J'avais une certaine réputation personnelle. Peut-être ne l'appréciait-il pas. Mais je crois que c'était parce que j'avais l'habitude de le regarder avec insistance, très durement. J'étais fasciné, et je sais qu'il n'aimait pas ça... vous voyez, les "brillants élèves" ont pris de drôles de sentiers, guidés par des hommes comme lui. Certains ont évolué et je crois que Matthias n'approuvait pas cette évolution. Il nous venait un certain scepticisme. La conversion de saint Thomas ne fonctionne plus. La foi aveugle peut ruiner toute vision... et toute perspective. » Bradford se pencha en avant, fixa le général. « Je suis désolé, général. La réponse, la seule que je puisse vous donner c'est qu'il n'y a pas de groupe sur lequel je puisse foncer, il n'y a aucune garantie que notre taupe puisse être démasquée avant de paniquer et de filer. Je sais que j'ai raison. Si nous parvenons à la trouver, elle peut nous mener à l'homme que nous appelons Parsifal. Il se peut qu'elle ait momentanément perdu contact avec lui, mais il sait qui est Parsifal. »

Les deux hommes âgés étaient silencieux. Ils se regardèrent, puis se tournèrent à nouveau vers Bradford. Le général lui lança un regard interrogateur — ni désagréable, ni étonné, simplement interrogateur. Le Président hocha la tête doucement, regarda le vieil homme d'État. L'ambassadeur se mit à parler, rigide sur son fauteuil.

« Si vous le voulez bien, monsieur le sous-secrétaire, je voudrais essayer de reconstruire ce nouveau scénario... Pour des raisons inconnues, Matthias avait besoin d'un cas imparable contre Jenna Karras qui amènerait Havelock à se retirer. Maintenant — à cause de ce qu'il a fait — Matthias est un pantin entre les mains de Parsifal, il est son prisonnier, en fait, mais Parsifal sait qu'il est dans son intérêt de poursuivre l'obsession de Matthias. Il s'adresse à un agent soviétique infiltré à un très haut niveau dans le Département d'État et on lui fournit les preuves accablant Jenna Karras. Mais deux contrôleurs de la C.I.A. viennent vous trouver et vous disent que cela ne peut pas être vrai — rien de tout ça — et vous, Emory Bradford, vous entrez en scène. En fait, le Président, alarmé par ce qui ressemble à une conspiration, nous fait *tous* entrer en scène, et nous recrutons à notre tour un officier spécialiste des opérations "noires" pour organiser le spectacle de la Costa Brava. A son tour, cette petite mise en scène est transformée en un meurtre et votre thèse est qu'à ce moment-là, à ce point de jonction, la taupe perd Parsifal de vue.

— Oui. Parsifal, qui qu'il soit, a pris ce dont il avait besoin à la taupe, puis l'a laissée tomber. La taupe doit être étonnée, peut-être même dans un état de panique totale. Elle a sans aucun doute fait des promesses à Moscou — fondées sur les promesses de Parsifal — qui laissaient entrevoir une énorme crise dans la politique étrangère américaine, peut-être même son effondrement.

— Les deux, intervint le Président d'un air morne. Les deux possibilités sont terrifiantes.

— Et celui qui a les informations contenues dans les documents de Parsifal pourra contrôler le Kremlin, dit Addison Brooks d'une voix défaite, tout en restant rigide, son visage aux traits aristocratiques d'une pâleur extrême. Nous sommes en guerre, ajouta-t-il doucement.

— Je vous répète, enchaîna Halyard, retournez ces soixante-quinze bureaux du Département d'État. Montez un bateau, une quarantaine médicale, c'est simple et efficace. Faites ça le soir quand ils viennent de quitter leurs bureaux. Prenez-les tous chez eux, au restaurant, où qu'ils soient. Collez-les dans une clinique. Trouvez cette taupe ! »

L'aspect tactique évoqué par le militaire s'empara de l'imagination des civils. C'était dans leur silence, leurs expressions pensives. « Je sais que c'est dégueulasse, mais je crois que vous n'avez pas le choix.

— Il nous faudrait deux cents hommes se faisant passer pour des médecins et des infirmiers, et des chauffeurs, dit Bradford. Entre trente et quarante véhicules du gouvernement, et tout ça sans que personne ne sache rien.

— On aurait aussi affaire aux familles, aux voisins et aux "médecins" qui viendraient réveiller tout le monde en pleine nuit, contra Berquist. Bon Dieu ! cet enfant de salaud ! Un homme pour tous les peuples, merde ! » Le Président s'interrompit, reprit sa respiration puis poursuivit. « On ne s'en tirerait jamais. La rumeur se répandrait comme un feu de brousse en plein vent. La presse s'emparerait de l'histoire et nous traiterait de tous les noms, ce qu'on mérite d'ailleurs. Des arrestations en masse sans explications, des interrogatoires sans procès, des troupes d'assaut... des produits chimiques. On serait crucifiés en première page de tous les journaux du pays, pendus en effigie sur tous les campus, dénoncés de partout, sans parler de l'acide que nous enverrait le pouvoir législatif. Ils demanderaient l'"impeachement [1]".

— Et ce qui est encore plus important, monsieur le Président, dit l'ambassadeur, et je suis désolé mais je le pense, c'est que ce type d'action paniquerait Parsifal immédiatement. Il verrait ce que nous ferions, saurait qui nous essayons de déterrer pour parvenir à le trouver. Il pourrait mettre sa menace à exécution, déclencher l'impossible.

1. Impeachment. Procédure législative permettant au Congrès américain de faire démissionner le Président. Ce qui est arrivé à Richard Nixon après l'affaire du Watergate. *(N.d.T.)*

— Oui, je sais. Si nous bougeons nous sommes damnés, et si nous ne faisons rien nous sommes foutus.

— Cela *pourrait* marcher, insista le vieux soldat.

— Correctement mené, cela pourrait effectivement marcher, ajouta Bradford.

— Comment, bon Dieu ?

— La personne refusant la quarantaine, au point de vouloir s'enfuir, serait probablement notre homme.

— Ou bien quelqu'un ayant quelque chose d'autre à cacher, dit Addison Brooks. Nous vivons une époque d'anxiété totale, monsieur le sous-secrétaire, et nous sommes dans une ville où la vie privée a un seuil très bas. Vous pourriez très bien tomber sur un type qui n'a rien d'autre à cacher qu'un placard fermé ou sa haine pour un de ses supérieurs, ou un point de vue trop personnel, ou une aventure avec une secrétaire. Parsifal ne verra que ce que sa folie lui fait voir. »

Bradford écoutait, acceptant avec réticence l'opinion de l'homme d'État. « Il y a une autre approche que nous n'avons pas essayée. Vérifier l'itinéraire de chaque personne du cinquième étage pendant la semaine de la Costa Brava. Si nous avons raison... si je ne me trompe pas... il n'était pas à Washington. Il était à Madrid, et à Barcelone.

— Il se sera couvert, dit Halyard.

— Général, il devra avoir expliqué son absence de Washington.

— Quand commencez-vous ? demanda le Président.

— Demain matin, première heure.

— Et pourquoi pas maintenant ? coupa le général.

— Si ces fichiers étaient accessibles, je pourrais. Or ils ne le sont pas et réveiller quelqu'un à cette heure ferait qu'on se poserait des questions. Nous ne pouvons pas nous le permettre.

— Même le matin, dit l'ambassadeur. Comment pouvez-vous faire taire la curiosité ?

— Par la routine. Je dirai à la personne qui

contrôle ces dossiers que c'est un travail de routine. Il y a toujours quelqu'un en train de faire ce genre d'épluchage.

— Acceptable, dit Brooks. Banal et acceptable.

— Rien n'est acceptable, dit doucement le Président des États-Unis en contemplant le mur blanc où, une heure plus tôt, étaient projetés les visages de quatre hommes morts. Ils l'appellent un homme pour tous les hommes. Un homme pour toutes les saisons. Ils oublient que l'original était un homme d'État, un créateur d'utopie... et un chasseur d'hérétiques. Ils ne voient pas ce que je vois et je suis... Bon sang ! Si je m'écoutais, je ferais ce que le gros roi Henri a fait à Thomas More. Je couperais la tête de Matthias et au lieu du Pont de Londres je la collerai en haut du monument de Washington afin que chacun se souvienne. Les hérétiques aussi sont des citoyens de la République. Qu'il aille au diable !

— Vous savez ce qui se passerait, monsieur le Président, n'est-ce pas ?

— Oui, monsieur l'Ambassadeur, je le sais. Les gens regarderaient cette tête coupée, ce visage de martyr — avec ses lunettes d'écaille encore intactes — et dans leur sagesse infinie, ils diraient qu'il avait raison... qu'il a toujours eu raison. Les citoyens, hérétiques compris, le canoniseraient et c'est ça le plus ironique de la chose.

— Il arriverait encore à marcher, plaisanta Brooks. Il descendrait du monument et ils lui offriraient la couronne et il la refuserait et ils insisteraient... Jusqu'à ce qu'il l'accepte. Autre ironie. Pas *Ave* César, mais *Ave* Anthony, Marc Antoine. Un amendement constitutionnel roulerait comme un bélier dans la muraille de l'État et le Président Matthias s'assiérait dans le bureau ovale. Aussi incroyable que cela paraisse, il pourrait probablement le faire. Il peut le faire, même maintenant.

— Peut-être devrait-on le laisser faire, dit Berquist avec douceur et amertume. Peut-être que le peuple, dans son infinie sagesse, a raison sur toute la ligne. Parfois je ne sais plus. Peut-être fait-il vraiment des choses que les autres ne peuvent pas voir. Même maintenant. »

L'homme d'État et le général quittèrent la salle souterraine. Le Président et le sous-secrétaire d'État les regardèrent partir. Ils se retrouveraient à midi le lendemain, arrivant séparément par le portique Sud, loin de l'œil inquisiteur de la presse. Si le matin Bradford faisait une découverte dans ses recherches du Département d'État, l'horaire serait avancé, l'emploi du temps du Président modifié. La taupe passait avant tout. Elle pouvait les conduire au fou que le Président et ses conseillers appelaient Parsifal.

« Monsieur le sous-secrétaire, dit Berquist en imitant la voix fluide et pleine de grâce de l'ambassadeur, c'est le dernier des anciens, n'est-ce pas ?

— Oui, Monsieur. Il n'en reste pas beaucoup. Les impôts et la démocratisation les ont balayés... ou les ont aliénés. Ils ne se sentent plus à leur aise et je crois que c'est une grande perte pour le pays.

— Ne soyez pas macabre, Emory, cela ne vous va pas. Nous avons besoin de lui. S'il existe une réponse à Matthias, c'est bien Addison Brooks. Le Mayflower et Plymouth Rock, les Quatre Cents de New York et les fortunes bâties sur le dos des émigrants — conduisant les héritiers à la culpabilité. Les libéraux bénévoles qui pleurent en voyant les ventres noirs faméliques dans le delta du Mississippi. Mais pour l'amour de Dieu, ne nous enlevez pas le *Château Yquem*.

— Bien, monsieur le Président.

— Vous voulez dire non, monsieur le Président. C'est dans vos yeux, Emory. Cela se voit toujours dans les yeux. Ne vous méprenez pas, j'admire ce vieil élégant, je respecte ce qu'il a dans sa tête de cochon. Exactement comme je pense que Halyard est l'une des reliques militaires qui a réellement lu la Constitution et qui comprend ce qu'est l'autorité civile. Ce n'est pas que la guerre soit trop importante pour être laissée aux mains des militaires ; ça, c'est de la merde. Nous serions bien emmerdés pour traverser le Rhin avec une armée. C'est la fin des guerres, la conclusion. Les généraux ont beaucoup de mal à l'accepter. Halyard est différent, et le Pentagone le sait. Les chefs d'état-major l'écoutent parce qu'il est meilleur qu'eux. Et nous aussi, nous avons besoin de lui.

— Tout à fait d'accord.

— C'est à cela que sert ce bureau. Le besoin. Pas ce que l'on aime ou ce que l'on n'aime pas. Simplement le besoin. Si jamais je retourne un jour dans mon village natal de Mountain Iron, Minnesota, vivant et en un seul morceau, je pourrai me demander si j'aime quelqu'un ou non. Mais pour l'instant je ne peux pas m'attarder à ce genre de considérations. Tout ce qui compte c'est ce dont j'ai besoin. Et en ce moment précis, j'ai besoin d'arrêter Parsifal, d'enrayer ce qu'il a fait, ce qu'il a fait à Anthony Matthias. Je vous remercie, monsieur le sous-secrétaire, comme disait Brooks. Vous avez fait un sacré boulot.

— Merci, Monsieur.

— Surtout dans ce que vous n'avez pas dit. Havelock. Où est-il ?

— Très certainement à Paris. C'est là que se rendait Jenna Karras. Cet après-midi, entre deux pages, j'ai passé quelques coups de téléphone à Paris, à l'Assemblée, au Sénat, quelques ministères, le Quai d'Orsay et notre ambassade. J'ai exercé quelques pressions, disant que mes ordres venaient directement de la Maison-Blanche, mais sans mentionner votre nom.

— Vous auriez pu.

— Pas encore, monsieur le Président. Peut-être même jamais, mais en tout cas pas maintenant.

— Nous nous comprenons très bien, dit Berquist.

— Oui, Monsieur, par nécessité.

— Halyard aurait pu comprendre. C'est un homme pratique, un soldat avant tout. Mais Brooks, non. Sous son aspect de diplomate se cache un profond moraliste.

— C'était mon impression, c'est pour cela que je n'ai pas clarifié la situation présente de Havelock.

— Elle reste ce qu'elle était au col des Moulinets. S'il parlait de la Costa Brava, cela paniquerait Parsifal plus rapidement que n'importe quoi d'autre. Havelock était au centre du problème... depuis le tout début.

— Je comprends, Monsieur. »

Le regard de Berquist se porta sur le grand mur blanc, l'écran au fond de la pièce. « Pendant la Deuxième Guerre mondiale, Churchill s'est trouvé devant une décision à prendre, une décision qui le déchirait. Le système de code allemand, Enigma, avait été déchiffré par les renseignements alliés, un exploit qui, si on ne le divulguait pas, signifiait que les stratégies militaires issues de Berlin pourraient être contrecarrées facilement et que des centaines de milliers, peut-être même des millions de vies pourraient être sauvées. Les Alliés apprirent ainsi qu'un raid massif allait avoir lieu sur Coventry. Une seule transmission, codée Enigma. Mais la révéler, évacuer la ville ou même montrer immédiatement des défenses anormales aurait fait comprendre aux Allemands que le code Enigma avait été déchiffré... Il fallut que Coventry fût aux trois quarts détruite pour que le secret soit gardé. Ma décision est minuscule, comparée à cela. Le secret de la Costa Brava ne peut pas être révélé, pour les mêmes raisons. Des millions de vies sont dans la balance. De l'autre côté, il n'y en a qu'une. Trouvez Havelock, monsieur le sous-secrétaire... Trouvez-le et faites-le abattre. Réactivez l'ordre de son exécution. »

19

Havelock savait qu'il était repéré. Il l'avait senti à la façon abrupte dont quelqu'un avait replié son journal à son passage devant le terminal d'Air

France, juste avant le couloir de Kennedy Airport qui menait à l'immigration et aux douanes. Il avait pourtant des papiers diplomatiques français fournis par Régine Broussac qui devraient lui garantir un passage rapide à travers les services douaniers américains. Et, selon leurs accords, il savait qu'il devrait détruire ces papiers sitôt franchie la frontière invisible de cet aéroport.

Il portait une petite valise — scellée diplomatiquement et dûment estampillée à Paris — et une fois franchi le corridor, il passerait à travers les grosses portes de métal qui menaient à l'intérieur de l'aéroport, simplement en montrant ses papiers des Nations unies et en déclarant qu'il n'avait pas d'autres bagages. Il portait le nom d'un disparu et personne ne pouvait vérifier cela. Alors, et seulement alors, il serait libre de poursuivre ses recherches ou d'être tué sur le territoire des États-Unis. Tout était si simple.

Pourtant, pour protéger Régine Broussac, et pour sa propre protection, il devait se débarrasser des papiers qui lui permettaient de telles facilités. Il devait également trouver l'homme qui avait abaissé son journal quand il passait. L'homme avait la peau grisâtre et il s'était levé lentement de son siège, pliant son journal sous son bras, et s'était mêlé à la foule qui emplissait le grand couloir parallèle au corridor vitré qui menait éventuellement à la liberté. Qui était cet homme ?

S'il n'arrivait pas à le découvrir, il était entièrement possible qu'il se fasse tuer avant même qu'il commence à chercher, avant qu'il atteigne l'intermédiaire nommé Jacob Handelman. Et il n'en était pas question.

L'officier de l'immigration en uniforme était fin, poli et posa les bonnes questions en regardant Havelock droit dans les yeux.

« Vous n'avez pas de bagages, Monsieur ?

— Non. Juste cette valise.

— Alors vous n'avez pas l'intention de rester longtemps 1re Avenue ?

— Une journée, quarante-huit heures, répondit Michael en haussant les épaules. Une conférence.

— Je suis certain que votre gouvernement s'est occupé de vos moyens de transport pour aller à Manhattan. Vous ne voulez pas attendre les autres membres de votre groupe ? »

L'officier était très fort, songea Havelock. « Excusez-moi, vous allez me forcer à être franc. » Michael sourit bizarrement, comme si sa dignité était compromise. « Il y a une dame qui m'attend, nous nous voyons si rarement. C'est peut-être noté sur vos fichiers, j'étais en poste sur la 1re Avenue pendant plusieurs mois l'année dernière. Je suis pressé, *mon ami*, je suis très pressé. »

Très lentement l'officier lui rendit son sourire, tout en relisant son nom et en appuyant sur un bouton.

« Passez une bonne journée, Monsieur, dit-il.

— Merci beaucoup », dit Havelock en passant rapidement entre les portes d'acier. *Vive les amours des gentilshommes français,* pensa-t-il.

L'homme au journal réapparut. Il le portait toujours plié sous le bras, puis il l'ouvrit d'un coup. L'homme au visage grisâtre était debout près d'une courte rangée de cabines téléphoniques qui étaient toutes occupées. Il était second dans la queue, devant le troisième téléphone. Il n'avait pas pu placer son appel, et dans de pareilles circonstances c'était la vision la plus agréable que Michael puisse avoir.

Il avança en direction de l'homme, lui passa devant rapidement, regardant droit devant lui, l'air inquiet mais sans plus. Il prit la première à gauche et déboucha dans un large corridor saturé de passagers sur le départ en route vers leurs portes d'embarquement respectives. Il vira à droite dans un couloir plus étroit, beaucoup plus tranquille, où les gens en uniformes de toute sorte le disputaient aux autres.

A gauche encore, dans un corridor plus long, étroit, encore plus désert, parsemé de quelques types en combinaisons blanches ou en manches de chemise. Il venait d'entrer dans la section bagages ou marchandises de l'aéroport. Des bureaux... Il n'y avait plus aucun passager à l'horizon ; plus de complets-vestons ni d'attaché-cases.

Et il n'y avait pas de cabines publiques. Les murs étaient uniformes, percés de portes de verre opaque. Les téléphones les plus proches étaient loin derrière, au coin du premier couloir principal. Hors de vue.

Il trouva les toilettes hommes. On y lisait *Réservé aux employés.* Michael ouvrit la porte et entra. C'était une pièce assez vaste, carrelée, deux bouches d'air conditionné sur le mur du fond, pas de fenêtres. Une rangée de cabinets sur la gauche, des lavabos et des urinoirs sur la droite. Un type en combinaison blanche était devant le quatrième urinoir. Son vêtement portait la mention *Excelsior Airline Caterers.* Le bruit d'une chasse d'eau résonna dans un des cabinets. Havelock se dirigea vers un des lavabos, posa sa valise dessous.

L'homme devant l'urinoir recula et remonta sa fermeture Éclair. Il jeta un œil sur Michael, ou plutôt sur sa valise de luxe achetée le matin même à Paris. Puis, comme pour dire « d'accord monsieur le directeur-qui-se-lave-les-mains », il se dirigea vers le lavabo le plus proche et ouvrit l'eau.

Un deuxième homme émergea des toilettes et ferma la fermeture Éclair de sa combinaison. Il jurait dans sa barbe. Sur sa poitrine était épinglée une plaquette de plastique qui indiquait son rôle de contremaître.

Le type qui se lavait les mains arracha une serviette en papier d'un distributeur en acier inoxydable et s'essuya méticuleusement les mains. Puis il jeta le papier humide dans une poubelle. Il marcha jusqu'à la porte, l'ouvrit et sortit. Au moment où la porte se refermait toute seule, Havelock courut pour l'arrêter. Il la tint ouverte d'un centimètre, le corps droit, la tête penchée, les yeux scrutant le couloir.

L'inconnu qui le surveillait était à quinze mètres environ dans le corridor et il s'appuyait contre le mur d'un air détaché, en lisant son journal. Il regarda sa montre puis jeta un coup d'œil vers le panneau de vitres opaques. Il avait tout à fait l'air de quelqu'un qui attend un ami pour dîner ou boire un verre, ou se rendre au motel près de l'aéroport. Il ne dégageait rien de menaçant, mais dans ce contrôle qu'il exerçait sur lui-même, Michael savait qu'il y avait une menace. Ou au moins du professionnalisme.

Pourtant ils étaient deux à attendre, deux face à une situation, deux professionnels. L'avantage appartenait à celui qui était derrière la porte. Lui savait ce qu'il y avait à l'intérieur. Celui qui était dehors ne le savait pas et ne pouvait pas se permettre de bouger pour l'instant — pour aller téléphoner par exemple — car, une fois hors de vue, l'autre s'échapperait.

Attente... Contrôle. Et entre-temps, se débarrasser des faux papiers qui pourraient permettre à ses poursuivants de remonter jusqu'à Régine Broussac et un intermédiaire nommé Jacob Handelman. Il les déchira en petits morceaux qu'il jeta dans les toilettes et, avec une lime à ongles, il déchira le ruban scellé étiqueté *Diplomatique* qui avait garanti l'immunité de sa valise et l'ouvrit, installé dans les toilettes du fond. Il prit son Llama automatique sous ses habits et un portefeuille contenant son véritable passeport. Présentés proprement, ses papiers étaient inoffensifs. Pourtant, l'idée était de ne pas avoir à les présenter du tout et il était rare qu'on demande à vérifier les papiers dans son pays d'adoption, un usage qu'il appréciait grandement. Ce n'était pas la même chose partout, notamment dans certains pays où il avait travaillé.

Entre le moment où il avait détruit ses faux papiers et celui où il avait pris son arme et ses vrais papiers, deux hommes étaient entrés dans les toilettes. Ils étaient entrés ensemble, un pilote d'Air France et son navigateur, d'après leur conversation. Michael resta dans son cabinet. Ils discutèrent, urinèrent, s'en prirent aux autorités douanières et se demandèrent combien leurs *Monte-Cristo* leur rap-

— Cela circule.

— C'est de cela dont vous vouliez parler ? Parce que, si c'est le cas, Moscou fait perdre pas mal de temps à ses hommes dans tous les aéroports.

— Je suis porteur d'un message de Piotr Rostov. Il pense qu'après ce qui s'est passé à Rome vous écouterez peut-être.

— Rome ? Pourquoi Rome ?

— Le Palatin. Cela devrait vous sembler concluant. Vous deviez mourir sur le Palatin.

— Vraiment ? » Havelock surveillait les yeux du Russe, les mouvements de ses lèvres. Ainsi Rostov était au courant. Il fallait s'y attendre. On avait ramassé des corps sur le Palatin. Le cadavre d'un agent américain connu pour ses activités clandestines, et ses deux gardes du corps blessés qui n'avaient plus rien à perdre et pas mal à gagner en disant la vérité. Moscou savait. Mais Rostov ne savait rien de Jenna Karras ou du col des Moulinets, sinon il l'aurait inclus dans son message. Dans des circonstances différentes, il aurait été nécessaire de crier très vite ces deux phrases : *Jenna Karras est vivante ! Col des Moulinets !* Cela aurait fait beaucoup plus d'effet.

« Alors, quel est le message ?

— Il dit de vous dire qu'il a changé d'avis. Vous l'intéressez maintenant et il pense que vous devriez vous laisser emmener. Il dit qu'il n'est plus votre ennemi, mais qu'il en a d'autres qui sont les mêmes que les vôtres.

— Ça veut dire quoi ?

— Je ne peux pas vous répondre, dit l'homme au visage gris, ses gros sourcils froncés sur son front de paysan. Je ne suis que le messager. C'est à vous de tirer vos conclusions, pas à moi.

— Vous étiez au courant pour le Palatin ?

— La nouvelle de la mort d'un fou voyage vite, spécialement s'il est votre adversaire, et encore plus s'il a tué quelques-uns de vos amis, non ?... Quel était ce surnom que lui donnaient ses amis ? Le chasseur de primes" ? Un personnage de vos wes-

porteraient à l'*Auberge du coin,* apparemment un restaurant français de Manhattan. Ils continuèrent à discuter de leurs éventuels bénéfices en sortant.

Havelock ôta sa veste, la roula et continua à attendre dans les cabinets. Il maintenait la porte entrouverte d'un centimètre et regardait sa montre. Cela faisait bientôt quinze minutes qu'il était dans les toilettes. Cela n'allait pas tarder à arriver.

Cela arriva. La porte métallique blanche s'ouvrit lentement. Il vit d'abord une épaule, suivie d'un bras tenant un journal plié. Celui qui le surveillait était un professionnel. Pas de veste pliée contenant un revolver, pas de vêtement qu'on pourrait saisir et utiliser contre lui. Non. Juste un journal plié qui masquait une arme qui tirerait proprement.

L'homme au visage gris entra très doucement, colla son dos à la porte de métal blanc, ses yeux fouillaient la pièce, la rangée de cabinets. Satisfait, il plia les genoux, se baissa, mais apparemment pas pour vérifier où était sa proie en regardant dans l'espace libre en bas des portes des cabinets. Il regardait de l'autre côté. Que faisait-il ?

Michael comprit, et l'image d'un autre professionnel lui vint à l'esprit, celle d'un tueur nommé Ricci au col des Moulinets. Mais Ricci était venu préparé, connaissant le terrain et sachant qu'il y aurait une porte à bloquer. Ce type-là improvisait. Il avait ramassé un petit bout de bois quelque part dans l'aéroport et il le coinçait sous la porte des toilettes. Il se redressa, poussa le bout de bois du pied et tira silencieusement la porte. Elle était coincée. Ils étaient seuls. L'homme se retourna.

Havelock l'étudiait. Une analyse rapide. La menace n'apparaissait pas au premier coup d'œil dans l'aspect physique de cet homme. Ce n'était pas évident. Il avait bien la cinquantaine, des cheveux rares sur son visage étrangement gris, de gros sourcils et des pommettes saillantes. Il ne faisait pas beaucoup plus d'un mètre soixante-dix, les épaules carrées, l'air ramassé... Puis Michael vit sa main, sa main gauche, la droite cachée par le journal. Il avait des mains de paysan, larges comme des battoirs, formées par des années d'entraînement. Puissantes. Cela ne serait pas facile.

L'homme avança le long de la rangée de cabinets. Il fallait qu'il se mette à deux mètres de chaque porte pour pouvoir regarder en dessous. Chaque pas qu'il faisait était absolument silencieux. Il portait d'épaisses semelles de caoutchouc. Il fit un mouvement soudain de la main droite et Havelock vit son arme. Le journal était tombé. Havelock était stupéfait. La colère et l'étonnement lui emplissaient l'esprit. Le Russe s'approchait des trois derniers cabinets, et son arme était un Graz-Burya. Il se pencha...

Maintenant. Michael jeta sa veste roulée en boule par-dessus la cloison dans les toilettes à sa droite. Le tissu racla le plafond et retomba, forçant le Russe à lever les yeux vers ce bruit inattendu. Il pivota sur sa gauche, son arme braquée.

Au même instant Havelock saisit la poignée de sa valise et ouvrit la porte d'un coup, balançant la valise en une trajectoire latérale vers l'homme au visage gris, son corps et ses bras suivaient, ses yeux ne quittaient pas le Graz-Burya, sa main gauche l'atteignit, le saisit, le tira vers le haut. Le Russe bondit en arrière, ses bras puissants bloquèrent Havelock. Michael s'en servit. Il coinça le bras gauche de l'homme sous son bras droit et le tordit vers l'avant jusqu'à ce que le visage de l'homme pâlisse de douleur, puis il se saisit de son revolver et l'écrasa sur la tête du type. Le Russe commença à tomber et Havelock se baissa, le frappa de l'épaule dans l'entrejambes, le propulsant droit dans la rangée d'urinoirs.

L'homme au visage gris tomba à genoux, se soutenant sur sa main droite, le bras gauche devant lui. Il souffrait et cherchait son souffle.

« *Nyet, nyet,* toussa-t-il. Parler, juste parler !

— Avec la porte coincée comme ça et une arme à la main ?

— Auriez-vous accepté une conversation si j'étais venu en me présentant ? En russe, peut-être ?

— Vous auriez dû essayer.

— Vous n'êtes pas resté immobile assez longtemps... Puis-je ? » Le Russe demandait la permission de se relever, un bras en l'air.

« Allez-y, dit Havelock, le Graz-Burya bien en main. Vous avez essayé de téléphoner.

— Bien sûr. Pour annoncer que je vous avais trouvé. Qu'auriez-vous fait ? Peut-être ne devrais-je pas le demander, je ne sais pas.

— Qu'est-ce que vous savez ? Comment m'avez-vous trouvé ? » Michael leva son arme, visant la tête du Russe. « Je vous préviens, dites la vérité. Je n'ai rien à perdre. »

Le Russe fixait le canon. Il leva le nez vers Havelock.

« Non, vous n'avez rien à perdre. Vous n'hésiteriez pas. Ils auraient dû envoyer un homme plus jeune que moi.

— Comment saviez-vous que j'étais dans cet avion ?

— Je ne le savais pas. Personne ne sait rien. Un officier de la V.K.R. s'est fait tirer dessus à Paris. Il n'avait personne d'autre que nous vers qui se tourner.

— Une firme d'import-export boulevard Beaumarchais ? coupa Michael. Le quartier général du K.G.R. à Paris ? »

Le Russe fit semblant de ne pas entendre. « Nous savions que vous aviez des relations dans le gouvernement français. Les services de renseignements militaires, le Quai d'Orsay, des députés. Si vou[s] aviez l'intention de quitter la France, vous n'avie[z] qu'un seul moyen de le faire. Sous immunité dip[lo]matique. Tous les vols d'Air France transportant personnel diplomatique sont surveillés. Par[t] Londres, Rome, Bonn, Athènes, les Pays-Bas, l'Amérique du Sud... partout. Je n'ai pas chance. Vous avez choisi de venir ici. C'éta[it] tendu. Vous êtes "au-delà de toute récupéra[tion]

— Voilà une information qui bat tous le[s] de publicité.

terns, que j'adore, entre parenthèses. Mais dans la réalité, ce genre de personnage était un vrai salopard, motivé uniquement par le profit ou une brutalité pathologique. A notre époque, il pourrait être président d'une grande firme, non ?

— Épargnez-moi vos plaisanteries. Gardez-les pour la cour de récréation du Kremlin.

— Rostov aimerait une réponse, mais vous n'êtes pas obligé de la donner immédiatement. Je peux vous joindre, dans un jour ou deux... dans quelques heures. Fixer un endroit. Nous pouvons vous sortir de là, vous mettre en sécurité. »

Michael étudia le visage du Russe encore une fois. Comme Rostov à Athènes, le Russe disait la vérité — telle qu'il la connaissait — et il transmettait les ordres de ses supérieurs à Moscou.

« Qu'est-ce que Rostov a à m'offrir ?

— Je vous l'ai dit. La sécurité. Vous savez ce qui vous attend ici, non ?

— La sécurité en échange de quoi ?

— Ça, c'est entre vous et Rostov. Pourquoi devrais-je inventer des conditions ? Vous ne me croiriez pas.

— Dites à Rostov qu'il se trompe.

— Sur Rome ? Sur le Palatin ?

— Le Palatin, dit Havelock, en se demandant si le directeur du K.G.B., à huit mille kilomètres de là, arriverait à percevoir la vérité essentielle dans la masse des mensonges. Je n'ai pas besoin de la sécurité de la Lubyanka.

— Vous rejetez son offre, donc ?

— Je refuse son appât. »

Il y eut un coup soudain à la porte, suivi d'une voix étouffée qui jurait. Puis des coups répétés sur la porte métallique. Le morceau de bois avait bougé d'un centimètre, mais cela suffisait à l'intrus. Il cria, tout en cognant.

« Hé, qu'est-ce que c'est que ce travail ? Ouvrez ! »

Le Russe jeta un coup d'œil vers la porte. L'homme au visage gris se remit à parler, très rapidement.

« Si vous changez d'avis, il y a une rangée de corbeilles à papier dans Bryant Park, juste derrière la bibliothèque municipale. Mettez une marque rouge sur l'une d'entre elles. Un coup de Marker ou de vernis à ongles. Puis à partir de dix heures le même soir, remontez Broadway entre la 42e et la 53e Rue, en restant sur le trottoir de droite. Quelqu'un entrera en contact avec vous, vous donnera l'adresse du rendez-vous. Ce sera dehors, bien sûr. Pas de piège.

— Mais qu'est-ce qui se passe là-dedans ? Bordel ! Ouvrez cette foutue porte !

— Je croyais que je pourrais choisir le lieu de rencontre ?

— Vous pouvez. Dites-le à l'homme qui viendra sur Broadway. Donnez-nous trois heures à partir de ce moment-là.

— Pour balayer le trottoir ?

— Putain ! Ouvrez ! » La porte de métal s'enfonça de trois centimètres. Le morceau de bois grinça.

Une deuxième voix, plus autoritaire, se joignit à celle du premier intrus.

« Okay, qu'est-ce qui se passe ?

— Ils ont coincé la porte ! J'peux pas entrer, mais je les entends parler là-dedans ! »

Il y eut un deuxième craquement, sous une poussée plus forte.

« Nous prenons nos précautions, comme vous, dit le Russe. Ce qui se passe entre Rostov et vous... vous concerne vous et Moscou. Nous ne sommes pas à Moscou. Je n'appelle pas la police quand j'ai des ennuis à New York.

— Hé, là-dedans ! fit la deuxième voix. Je vous avertis, obstruction aux procédures normales d'un aéroport international, c'est un délit ! Et cela inclut les toilettes ! Je vais appeler les services de sécurité ! »

La voix autoritaire s'adressa alors à l'autre intrus. « Si j'étais vous, je chercherais d'autres toilettes. Ces mômes qui se shootent peuvent devenir méchants !

— Merde, j'ai envie de pisser, mon vieux ! et on

dirait pas des mômes, là-dedans... Voilà un flic ! Hé ! par ici !

— Il ne vous entend pas. Il s'en va. Je vais chercher un téléphone.

— Merde !

— Allons-y, dit Havelock en se penchant pour ramasser sa veste.

— Ma vie alors ? demanda le Russe. Pas de cadavre dans des toilettes ?

— Je veux que mon message parvienne à bon port. Oubliez votre histoire de corbeilles et de vernis à ongles rouge.

— Alors je peux récupérer mon arme ?

— Je ne suis pas charitable à ce point. Vous savez, vous êtes mon ennemi. Vous l'êtes depuis très longtemps.

— Je vais avoir du mal à expliquer la disparition de mon arme. Vous comprenez ça...

— Dites-leur que vous l'avez vendue au marché aux puces. C'est le premier pas vers le capitalisme. Achetez bon marché — ou pour rien — et vendez cher. Le *Burya* est une bonne arme. Ça me fera un peu de monnaie.

— S'il vous plaît !

— Vous ne comprenez pas, camarade. Vous serez surpris de voir combien de gens à Moscou vous respecteront ! Allez ! »

Havelock saisit l'homme au visage gris par l'épaule et le poussa vers la porte.

« Enlevez le bout de bois ! » ordonna-t-il en glissant l'arme dans sa ceinture et en prenant sa valise.

Le Russe fit ce que Michael lui disait. Du bout du pied il fit glisser le morceau de bois en refermant la porte pour le dégager. Puis il tira la porte et l'ouvrit.

« Ça alors ! s'exclama un type obèse en combinaison bleue. Deux vieilles tantes !

— Ils arrivent ! cria un type en bras de chemise qui sortait d'un bureau dans le couloir.

— Je crois que vous arrivez trop tard, inspecteur, dit l'employé, les yeux écarquillés. Voilà nos deux pédés qui sortent. Ils devaient trouver que le parking était trop frisquet !

— Allons-y ! chuchota Havelock en poussant le Russe.

— C'est dégueulasse ! C'est révoltant ! cria l'inspecteur. A votre âge, vous n'avez pas honte ! Y'a vraiment des pervers partout !

— Vous n'allez pas me rendre mon arme ? demanda le Russe en marchant dans le couloir, d'une voix qui reflétait sa douleur car Michael le tenait par son bras blessé.

— Pervers ! Vous devriez tous être en taule !

— Je vous dis que vous serez promu si le message parvient aux bonnes personnes, dit Michael.

— Pédales !

— Lâchez-moi le bras. Cet idiot nous regarde.

— Pourquoi, dit Michael, vous êtes adorable ! »

Ils atteignirent le second hall, tournèrent à gauche vers le centre du terminal. Comme auparavant, des types en combinaison ou en bras de chemise allaient et venaient, regardaient quelques rares secrétaires, un petit sourire aux lèvres. Devant eux se trouvait le couloir principal ; une foule marchait vers les guichets ou la sortie.

En deux secondes ils se mêlèrent au flot des arrivants. Trois secondes plus tard un trio de policiers en uniforme se frayait un passage dans l'autre direction, écartant la foule des coudes. Havelock changea de place avec le Russe, le poussa vers la gauche et, au moment où les policiers arrivaient à leur hauteur, il donna un grand coup d'épaule au Russe, le projeta dans l'uniforme bleu foncé.

« *Nyet ! Kishki !* cria le Soviétique.

— Merde ! » fit le flic qui perdit l'équilibre et s'affala dans la foule, entraînant un de ses collègues qui tomba à son tour sur une vieille dame coiffée d'une perruque bleue.

Havelock accéléra, fendant la foule de passagers étonnés qui fonçaient vers les tourniquets où les attendaient leurs valises avant d'avoir épuisé tous les sujets de conversation avec leurs amis ou leurs parents.

Sur la gauche se trouvait l'idée que s'était faite un

architecte d'une arche céleste et cela menait au terminal central. Havelock marcha encore plus vite, la foule s'éclaircissait. Le soleil de l'après-midi tombait à travers les immenses vitres. Il chercha du regard la sortie surmontée d'un panneau *Taxis*. Il y avait des rangées de comptoirs derrière lesquels s'alignaient des panneaux d'horaires en petites lettres blanches, perpétuellement en mouvement. Des stands circulaires parsemaient le hall en forme de dôme, étalaient des bonbons et toute sorte de saletés. Et le long des murs se trouvaient des rangées de téléphones... Et des annuaires. Il entra dans la première cabine.

Trente secondes plus tard il avait trouvé Handelman, J. L'adresse : 160e Rue, Morningside Heights.

Jacob Handelman, intermédiaire, marchand de sanctuaires, de sécurité pour ceux qui étaient dépossédés et poursuivis. L'homme qui cachait Jenna Karras.

« Arrêtez-vous ici », dit Havelock en se penchant vers le chauffeur. Il désignait du doigt un auvent bleu où étaient imprimés des armoiries et les mots : King's Arms Hotel. Il espérait ne pas devoir y passer la nuit — chaque heure qui passait augmentait la distance entre Jenna et lui — mais il ne pouvait pas déambuler dans l'université de Columbia avec sa valise à la main en cherchant Jacob Handelman. Il avait dit au chauffeur de prendre Triborough Bridge, puis vers l'est jusqu'à l'Hudson River et enfin sud vers Morningside Heights. Il voulait passer devant puis trouver un endroit tranquille où laisser sa valise. On était au milieu de l'après-midi et l'intermédiaire pouvait être n'importe où dans cet immense campus planté en haut de Manhattan.

Quand il faisait ses études à Princeton, Michael était venu deux fois à Columbia. Une fois pour une conférence sur l'Europe du début du XIXe siècle et une autre fois pour un séminaire tout aussi fastidieux. Cela n'avait rien de mémorable, cela n'avait pas duré longtemps et, résultat, il ne connaissait quasiment pas cet endroit. Cela n'était pas très important, mais ce qui l'était davantage, c'était qu'il ignorait tout de Jacob Handelman.

Le King's Arms était juste au coin de l'immeuble de Handelman, un de ces petits hôtels qui arrivaient à survivre, tenants d'un bon goût ancien, aux abords de l'université. La réponse de Manhattan au vieux Taft Hotel de New Haven, ou à l'Inn de Princeton. C'était la résidence des conférenciers de passage plutôt qu'un débit de boisson pour étudiants. Il avait un aspect anglais, confortable comme un vieux fauteuil de cuir, une odeur d'académie. C'était seulement une possibilité, mais, puisque cet hôtel était si proche de chez Handelman, il se pouvait que quelqu'un le connaisse.

« Certainement, monsieur Hereford, dit le réceptionniste en lisant la fiche. Le Dr Handelman s'arrête ici de temps à autre pour boire un verre ou dîner avec des amis. Un gentleman très distingué, avec un réel sens de l'humour. Ici, comme presque partout d'ailleurs, nous l'appelons le Rabbin.

— Je l'ignorais. Qu'il était rabbin, je veux dire.

— Je ne crois pas qu'il le soit vraiment, mais je doute que qui que ce soit mette sa crédibilité en question. Il est professeur de philosophie et je crois que ses cours portent fréquemment sur la théologie juive. Vous trouverez votre entretien intéressant.

— Merci.

— En face », dit le réceptionniste en appuyant sur sa sonnette.

L'appartement de Handelman était situé entre Broadway et Riverside Drive et sa rue dominait l'Hudson River et le parc. C'était un solide bâtiment de pierre blanche qu'on avait laissé vieillir gentiment, en passant par des périodes de renaissance pour retomber dans le cimetière des grands buildings couverts de fioritures. Il y avait eu un portier, jadis, devant la façade agrémentée de fer forgé.

Maintenant il y avait deux portes verrouillées et un système d'interphone reliant les visiteurs aux habitants.

Havelock sonna, juste pour savoir si Handelman était chez lui. Il n'y eut pas de réponse dans l'interphone. Il sonna à nouveau. Rien.

Il revint sur ses pas, traversa la rue jusqu'à la porte de l'immeuble d'en face et considéra ses options. Il avait téléphoné au bureau des renseignements de l'université et on lui avait donné le numéro et l'adresse du bureau de Handelman. Un deuxième coup de téléphone — sous l'identité d'un secrétaire administratif — lui avait appris que Handelman avait deux rendez-vous jusqu'à seize heures. Il était presque dix-sept heures maintenant, et la frustration de Michael allait grandissant. Où était cet intermédiaire ? Il était fort possible qu'il ne rentre pas directement chez lui, mais, étant donné qu'il cherchait ou avait déjà trouvé une cachette pour une fugitive qui venait d'arriver de Paris, il avait certaines obligations. Havelock avait envisagé d'aller jusqu'au bureau de Handelman, ou de l'intercepter dans la rue. Il y pensait, maintenant. Peut-être avait-il été retardé dans ses rendez-vous, ou bien peut-être était-il allé boire un verre quelque part. Il restait sûrement quelqu'un dans son bureau qui le renseignerait. Qui l'aiderait. La tension créée par l'attente, que d'habitude il parvenait très bien à contenir, lui était très douloureuse, une vraie douleur physique dans l'estomac. Il respira profondément. Il ne pouvait pas aborder l'intermédiaire dans un bureau ou dans la rue ni dans n'importe quel lieu public. Il le savait. La rencontre devait avoir lieu là où se trouvaient des noms et des numéros, des cartes et des codes. Tels étaient les outils de l'intermédiaire. Et ces outils ne pouvaient se trouver que là où ils seraient en sécurité, là où il pourrait s'en servir rapidement. Sous un plancher, ou cachés dans un mur, ou réduits à une taille microscopique et dissimulés dans le talon d'une chaussure ou dans des boutons de chemise.

Il n'avait pas vu de photo de Handelman, mais il savait à quoi il ressemblait. Le barman bronzé du King's Arms Hotel — qui avait autant de débit verbal qu'un poète irlandais de cinquième zone — lui avait décrit le « Rabbin ». Jacob Handelman était un homme de taille moyenne avec de longs cheveux blancs et une petite barbe poivre et sel ; il avait une tendance à l'embonpoint, et même carrément une bonne panse. Il avait une démarche « lente et posée », avait dit le barman, « comme s'il était l'expression de la noblesse judaïque, Monsieur, Moïse écartant la mer Rouge ou Noë montant dans l'arche avant les animaux. Ah ! mais il a une petite lueur dans les yeux, Monsieur, et un cœur d'or ».

Havelock avait souri et commandé un double scotch.

Cinq heures trois minutes. *Respire. Respire profondément et pense à Jenna, pense à ce que tu vas lui dire. Peut-être dans une heure ou deux, ou un peu plus tard, peut-être cette nuit. Au milieu de la nuit. Calme-toi.*

L'obscurité tombait, le froid soleil orange enflammait l'horizon au-dessus de New Jersey derrière la rivière. Le West Side Highway était complètement embouteillé et Riverside Drive ne valait guère mieux, alternance de phares et de coups de klaxon. La température baissait et des nuages gris roulaient dans le ciel. Il flottait dans l'air une odeur de neige.

Et de l'autre côté de la rue, un homme de taille moyenne, vêtu d'un manteau noir large du bas, marchait doucement sur le trottoir. Il avait réellement l'air d'un prêtre de l'ancienne Palestine, avec ses longs cheveux blancs qui dépassaient de sous son chapeau noir. A la lumière d'un réverbère, Michael vit sa barbe poivre et sel. C'était l'intermédiaire.

Jacob Handelmann approchait de la porte de son immeuble. Havelock le fixait, intrigué et embarrassé à la fois. Il avait l'impression de le connaître. Le « Rabbin » avait-il fait partie d'une opération huit... ou dix ans plus tôt ? Peut-être quelque part au Moyen-Orient, à Tel Aviv, au Liban ? Michael sentait de plus en plus qu'il le connaissait. Était-ce dans sa démarche ? Cette démarche volontairement anachronique, comme s'il avait dû porter des vêtements médiévaux plutôt qu'un pardessus noir ? Ou était-ce ses petites lunettes cerclées d'acier plantées au milieu de son visage rond ?

Un moment passa. Il était évidemment très possible que cet intermédiaire ait croisé son chemin. Ils s'étaient peut-être trouvés ensemble dans le même secteur un jour, le respectable professeur censé être en vacances mais ayant en réalité rendez-vous avec quelqu'un comme Régine Broussac. C'était entièrement possible.

Handelman entra dans l'immeuble, monta les quelques marches du hall et s'arrêta devant une rangée de boîtes aux lettres. Michael avait de plus en plus de mal à se contrôler. Il n'avait qu'une envie, courir, traverser la rue et parler à l'intermédiaire omnipotent.

Il peut choisir de ne rien vous dire. Régine Broussac.

Un vieil homme qui n'avait pas envie de négocier pouvait se mettre à crier dans l'escalier, à appeler à l'aide. Et celui qui avait réellement besoin d'aide ne savait pas ce que cachait cet immeuble, quel genre de protection le propriétaire avait prévu pour défendre ses locataires des délinquants locaux. Les systèmes d'alarme avaient inondé le marché. Michael devait attendre que Jacob Handelman soit tranquillement installé en sécurité dans son appartement. Puis il frapperait à sa porte et dirait : *Quai d'Orsay.* Ce serait suffisant. On respectait en général les gens capables de passer à travers les systèmes de sécurité ; et le fait que l'homme derrière la porte savait qu'il avait affaire à un intermédiaire était une menace en soi. Handelman le recevrait. Il ne pouvait pas se permettre de refuser.

Le vieil homme disparut derrière la porte intérieure et le grand panneau de verre et de fer forgé se referma doucement sur lui. Havelock attendit trois minutes. Des lumières s'allumèrent au quatrième étage. Plusieurs fenêtres. Le numéro de l'appartement de Handelman était le 4 A. C'était logique. Le métier d'intermédiaire avait certaines choses en commun avec celui du personnel des services de renseignements. Il fallait qu'il puisse surveiller la rue.

Pour l'instant, il ne surveillait pas. Il n'y avait personne derrière les stores. Michael sortit de la porte de l'immeuble et traversa la rue. Dans l'entrée ornée de fioritures, il fit craquer une allumette et éclaira la rangée de noms au-dessus des boutons de l'interphone.

R. Charles. Gardien d'immeuble. 1 D.

Il appuya sur le bouton et mit ses lèvres tout près de l'interphone.

« Oui, qu'est-ce que c'est ? demanda une voix d'homme dans un anglais impeccable.

— Monsieur Charles ? dit Havelock, sans savoir pourquoi cette voix lui semblait bizarre.

— Oui, c'est moi. Qui est là ?

— Gouvernement des États-Unis, Département d'État...

— *Quoi ?*

— Ne vous inquiétez pas, monsieur Charles. Si vous voulez bien venir jusqu'à la porte, vous pourrez voir mes papiers et me faire entrer. Sinon je peux vous donner un numéro où vous pourrez appeler pour vérifier. »

R. Charles mit un moment à répondre. « Très bien. »

Trente secondes plus tard un jeune type bâti comme un rugbyman apparut dans le hall derrière la porte. Il portait un ensemble de jogging avec un 20 cousu dessus. C'était soit son âge, soit son numéro dans l'équipe de football de l'université. Telle était donc la protection du building contre les visiteurs importuns. C'était, encore une fois, très logique. Protégez vos locataires et votre propriété. Un appartement gratuit en échange d'une présence imposante. Michael lui tendit sa vieille carte d'identité. Les dates, bien sûr, étaient fausses.

R. Charles regarda à travers la vitre, haussa les

épaules et ouvrit la porte. « Qu'est-ce qui se passe ? » demanda-t-il, avec plus de curiosité que d'hostilité dans la voix. Un type de ce gabarit n'avait pas besoin d'être agressif. Ses jambes épaisses, son cou large et ses énormes bras étaient suffisamment impressionnants. Sa jeunesse aussi.

« Il y a quelqu'un dans votre immeuble que j'aimerais voir pour une affaire officielle concernant le Département d'État, mais il n'est pas là. C'est un ami, j'ai sonné, et rien...

— Qui est-ce ?

— Le Dr Jacob Handelman. C'est un de nos conseillers, mais il n'en parle jamais, bien sûr.

— Un vieux monsieur très bien, ce Handelman.

— Absolument. Pourtant je suis certain que cela l'ennuierait qu'on puisse me reconnaître. »

Havelock fit une petite grimace. « Et il fait un froid de canard, dehors.

— Je ne peux pas vous laisser entrer dans son appartement.

— Il n'en est pas question. Je vais juste attendre ici, si ça ne vous ennuie pas. »

R. Charles hésita, ses yeux revinrent sur la carte d'identité que Michael tenait toujours à la main.

« Ouais, bon, d'accord. Je vous ferais bien entrer chez moi, mais je révise un examen pour demain avec un copain.

— Je vous en prie. »

Havelock fut interrompu par l'apparition d'un type encore plus jeune dans l'encadrement d'une porte au fond du couloir. Lui aussi était en tenue de sport, un livre à la main, une paire de lunettes dans l'autre.

« Hé, vieux, qu'est-ce qui se passe ?

— Rien. Quelqu'un qui veut voir le Rabbin.

— Encore ? Allez, rapplique, on perd du temps. C'est toi le cerveau.

— Votre copain est dans la même équipe que vous ? demanda Michael en essayant d'avoir l'air dans le coup.

— Non. Il fait de la lutte. C'est-à-dire qu'il en fait

quand on ne le jette pas dehors, parce qu'il tape un peu trop fort. Okay, j'arrive. »

Le copain lutteur disparut dans leur appartement.

« Merci encore, dit Michael.

— Pas de quoi. Vous avez vraiment l'air d'un officiel. Le Rabbin ne devrait pas tarder.

— Plutôt ponctuel, hein ?

— Comme un coucou suisse. »

Le numéro vingt fit demi-tour puis s'arrêta et regarda à nouveau Michael. « Vous savez, je me doutais un peu de quelque chose.

— De quoi ?

— Je ne sais pas... Des gens viennent le voir. Des fois tard le soir. Pas le genre étudiant, si vous voyez ce que je veux dire. »

Il n'y avait rien de mal à demander, pensa Michael. La conversation était entamée. « Vous n'auriez pas vu une femme blonde de taille moyenne, assez jolie, hier ou aujourd'hui ? Si je vous demande ça, c'est par rapport au Rabbin. Nous sommes un peu inquiets à son sujet.

— Hier soir, dit le jeune homme, pas moi mais mon copain. Il l'a appelée Foxy Lady. Il m'a dit qu'elle avait l'air nerveux. Elle s'était trompée de sonnette et elle était tombée sur le vieux Weinberg — il est au quatre B, et il est très très nerveux, lui aussi.

— Ah, je suis soulagé de savoir qu'elle est venue. A quelle heure hier soir ?

— A peu près à cette heure-ci, je crois. J'étais au téléphone quand Weinberg nous a appelés par l'interphone.

— Merci. »

Vingt-quatre heures. Et l'intermédiaire au-dessus. Elle était là, presque à portée de sa main. Il le sentait !

« Je vous signale que ces informations sont réellement confidentielles. Surtout n'en parlez à personne, dit Michael.

— Mon vieux, vous êtes *vraiment* un officiel, hein ? Bon, je ne vous ai jamais vu. Mais si jamais ils décident d'institutionnaliser le service militaire obligatoire, je vous passerai un coup de fil, monsieur *Havalatch !*

— N'hésitez pas. Et merci encore.

— Allez, j'y retourne », dit l'étudiant en regagnant son appartement.

A l'instant où il fermait sa porte, Havelock s'engagea rapidement dans le grand escalier de pierre au centre du hall. Les marches étaient lisses et usées. Il ne pouvait pas utiliser l'ascenseur. Son bruit risquerait d'alerter cet étudiant confiant qui pourrait soudain rejeter cette fable confidentielle pour reprendre ses responsabilités de concierge.

Michael avait pris la précaution de faire munir les chaussures noires qu'il avait achetées à Paris d'une semelle de caoutchouc. Cela n'enlevait rien à leur aspect luxueux mais cela lui permettait maintenant de monter l'escalier sans faire le moindre bruit. Il grimpait les marches deux par deux. Il atteignit le quatrième palier. L'appartement 4 A était au bout du large couloir. Il s'arrêta quelques instants pour reprendre son souffle, puis s'approcha de la porte et appuya sur le petit bouton encastré dans les moulures de la pierre. De derrière la porte lui parvint le son étouffé d'un carillon, puis quelques secondes plus tard des bruits de pas.

« Oui ? dit une voix curieusement aiguë avec un fort accent.

— Docteur Jacob Handelman ?

— Qui est là ? » L'accent était juif-allemand.

« J'ai des nouvelles du Quai d'Orsay. Puis-je entrer ?

— Quoi ? » Le silence fut bref, les mots qui suivirent très rapides. « Vous vous trompez. Je ne sais pas de quoi vous parlez. Je ne connais personne au... Quai d'Orsay, comme vous dites.

— Dans ce cas, je vais appeler à Paris et dire à mon contact qu'il a commis une lamentable erreur. Naturellement le nom de Jacob Handelman sera rayé de l'ordinateur des catacombes.

— Une minute, s'il vous plaît. Laissez la mémoire revenir dans ma vieille cervelle. »

Havelock entendit de nouveau des pas, plus rapides que précédemment, puis le vieil homme revint six minutes plus tard. Derrière la porte résonna le bruit métallique de plusieurs verrous. La porte s'ouvrit et l'intermédiaire le toisa, puis lui fit signe d'entrer.

Il y avait quelque chose. Pourquoi était-il si sûr de connaître cet homme, ce vieil homme avec sa barbe grisonnante et ses longs cheveux blancs ? Sa grosse figure ronde était plutôt douce, mais ses yeux, enfoncés derrière ses lunettes cerclées d'acier, ses yeux étaient... Michael n'en était pas certain, il pouvait aussi se tromper.

« Vous êtes chez moi, monsieur, dit Handelman en refermant les verrous derrière Havelock. J'ai beaucoup voyagé, pas toujours pour mon plaisir, comme quelques milliers de mes semblables. Nous avons peut-être un ami commun dont je ne me souviens pas. Le Quai d'Orsay appartient au gouvernement français, n'est-ce pas ? Naturellement je connais nombre de professeurs à la Sorbonne. »

Était-ce sa voix aiguë ? Ou ses hochements de tête répétés ? Ou bien la façon qu'il avait de se tenir, les pieds plantés, fermement accrochés au sol, l'attitude apparemment nonchalante mais pourtant rigide quelque part ? Non, ce n'était rien de tout ça... C'était plutôt l'ensemble que formaient tous ces détails accumulés.

« Un ami commun... Ce serait plutôt une amie commune. Régine Broussac. Du ministère des Affaires étrangères, section Quatre. Elle devait vous joindre aujourd'hui. Elle n'a qu'une parole. Je crois qu'elle l'a fait.

— Ah, mais mon bureau est semé de messages que ma secrétaire entasse, sans me les donner, Monsieur... Monsieur ?

— Havelock.

— Oui, monsieur *Havellacht.* Entrez, entrez. J'ai connu un Habernicht à Berlin dans le temps. Friedrich Habernicht. Ça sonne presque pareil, non ?

— Oui, presque. » *Était-ce sa démarche* ? La même

affectation que dans la rue tout à l'heure. Le côté arrogant à qui il ne manquait que le costume médiéval approprié, ou une tiare de grand prêtre. Il fallait qu'il sache. « Nous nous sommes déjà rencontrés, non ?

— Vous croyez ? » L'intermédiaire fronça les sourcils et dévisagea Michael à travers ses lunettes. « Je ne vois pas... A moins que vous n'ayez assisté à un de mes cours en amphithéâtre un jour, mais il y a longtemps, je dirais. Dans ce cas cela expliquerait que vous vous souveniez de moi et que je ne me souvienne pas de vous, vous comprenez ?

— C'est sans importance. » *Il y a longtemps. Combien d'années ?* « Vous dites que Régine Broussac ne vous a pas joint ?

— Je n'ai rien dit... asseyez-vous, asseyez-vous... Ce que je voulais dire c'est que je ne sais pas. Vous dites que cette Mme Broussac m'a fait parvenir un message aujourd'hui et moi je vous dis que je reçois des douzaines de messages tous les jours dont je ne suis prévenu parfois que plusieurs jours après.

— J'avais compris », coupa Havelock sans s'asseoir. Ses yeux faisaient le tour de la pièce. Il y avait des livres partout, de vieux meubles, des fauteuils usés, des lampes anciennes. Une fois de plus une odeur d'académie.

« Jenna Karras ! dit Michael tout à coup, très vite et très fort.

— Encore un message ? demanda Handelman ingénument, comme le vieil homme qu'il était, étonné et amusé à la fois par un antagoniste plus jeune. Je reçois tellement de messages... Il faudra que j'aie une petite conversation avec ma secrétaire. Elle me protège un peu trop.

— Jenna Karras est venue vous voir hier soir, je le sais !

— Trois, non quatre personnes sont venues me voir hier soir, tous des étudiants. J'ai même leurs noms, là, et des plans de deux de leurs thèses de diplôme. » Jacob Handelman s'approcha d'un bureau adossé à l'un des murs.

« Ça suffit ! cria Havelock. Vous l'avez expédiée quelque part et je veux savoir où ! C'était ça, le message de Régine Broussac.

— Tous ces messages, psalmodia le vieil homme comme s'il chantait une réponse talmudique. Ah, voilà les noms de mes étudiants... » Handelman se pencha sur une pile de papiers entassés en vrac sur le bureau. « Tous ces visiteurs... tous ces messages. Comment puis-je m'y retrouver ?

— Écoutez-moi ! Régine Broussac ne m'aurait pas donné votre nom et votre adresse si je ne vous disais pas la vérité. Il faut que je retrouve cette femme ! On lui a fait quelque chose de terrible — *on nous* a fait quelque chose de terrible — et elle ne le comprend pas !

— Les conséquences du concile d'Arles, lut Handelman, debout, une feuille de papier à la main. Les problèmes de l'Église au ve siècle... On a très peu compris cette période — puisque nous parlons de compréhension. »

Il peut choisir de ne rien vous dire.

« Bon Dieu, où l'avez-vous envoyée ? Cessez de jouer avec moi ! Parce que... s'il le faut... Je...

— Oui ? » Jacob Handelman tourna la tête et une fois encore fixa Havelock, ses yeux déformés par ses lunettes cerclées d'acier. Il fit quelques pas vers sa gauche et replaça les papiers sur un autre bureau.

C'était là, à cet instant précis. Tout était là. Les yeux derrière les fins cercles d'argent, la position rigide du corps apparemment mou... la démarche. Pas la démarche majestueuse d'un grand prêtre ou d'un baron moyenâgeux... Non. La démarche d'un homme en uniforme. En uniforme noir !

Des éclairs traversèrent le regard de Michael et une douleur énorme roula dans son crâne. Son esprit explosait... *Avant et maintenant, maintenant et avant... !* Les jours anciens, les jours terribles ! Il était l'un d'eux ! Les images de sa mémoire le lui confirmaient. Il voyait l'homme devant lui tel qu'il était avant. Son visage large — sans barbe et sans cheveux longs — les cheveux blonds, blond aryen.

L'homme marchait... Le long des rangées de fosses. *Un tir de mitrailleuse. Des cris.* Des yeux qui regardaient à travers des cercles d'argent. La tête qui remuait, la bouche serrée. Un visage rond mais plein d'arrogance... et la curiosité démente d'un animal sauvage.

Lidice !

Comme en transes, sans un mot, Michael avança vers l'intermédiaire, les mains tendues, crispées, les doigts comme des griffes, comme pour combattre un autre animal — une autre forme d'animal, quelque chose de bas.

« *Vos ?* » Le *S* siffla dans les aigus de la voix de Handelman. « Qu'est-ce qui vous arrive ? Vous êtes fou ? Regardez-vous... Vous êtes malade ? Éloignez-vous de moi !

— Le *Rabbin !* Mon Dieu, comment avez-vous pu oser ? Enfant de salaud ! Comment vous apelait-on ? *Standartenführer ? Sturmbannführer ?* Non, c'était *Obergruppenführer !* C'était *vous ! Lidice !* »

Les yeux du vieil homme s'agrandirent, grossis par les verres de ses lunettes, ses sourcils se soulevèrent comme ceux d'une créature diabolique révélée par un rayon de lumière dans le coin sombre d'un sépulcre.

« Vous êtes fou ! complètement fou ! Sortez de chez moi ! Avec ce que j'ai souffert, je n'ai pas à écouter le délire d'un fou ! »

Le bruit de ses mots couvrait le demi-mouvement qu'il fit. Sa main droite glissa vers le tas de papiers sur le bureau. *Le bruit de ses pas.* Havelock plongea au moment où un revolver apparaissait dans la main de Handelman, posé sur le bureau quelques minutes auparavant par ce *Obergruppenführer* qui ne pouvait oublier ses origines. L'intermédiaire était un tueur, un boucher. Il avait tué des Polonais, des Tchèques, des Juifs. Il avait pris l'identité d'un de ces malheureux qu'il avait envoyés dans des chambres à gaz ou des fours crématoires.

Havelock agrippa la main qui tenait l'arme, coinçant son majeur dans la détente, puis la cogna plusieurs fois contre le bord du bureau. Il ne lâchait pas ! L'intermédiaire était courbé derrière lui, son visage grotesquement déformé par la haine, sa bouche — cette *horrible* bouche — serrée comme la mâchoire d'un dogue, le corps raidi, comme tétanisé, secoué de spasmes. La main gauche de Handelman vint frapper le visage de Michael, ses doigts cherchant ses yeux, s'y enfonçant.

Havelock tourna violemment la tête de droite et de gauche. L'intermédiaire glissa et se retrouva parallèle à lui contre le bord du bureau. Leurs bras étaient pliés jusqu'à la limite de la rupture, le revolver tendu en avant comme une excroissance mortelle. Soudain, Michael sentit que sa main droite était libre. Il serra le poing, le leva et l'abattit comme un marteau sur le visage de Handelman.

Les lunettes cerclées d'acier explosèrent. L'Allemand hurla, le revolver tomba sur le tapis. Handelman porta ses deux mains à ses yeux.

Havelock bondit en arrière, abattit son poing dans l'horrible bouche de Handelman. Ses yeux le brûlaient, larmes et sang brouillaient sa vision. Mais il pouvait voir. Le nazi, lui, ne voyait plus.

« Si tu cries, vieille ordure, je te tue ! Maintenant, assieds-toi ! »

Il tira l'Allemand loin du bureau et le poussa dans le plus proche fauteuil tellement fort que le cou de Handelman émit un craquement. Mais ses lunettes éclatées restèrent en place. Elles faisaient intimement partie de son visage, de cet horrible visage.

« Je suis aveugle ! gémit le boucher de Lidice entre deux hoquets. Un fou vient chez moi et...

— Tais-toi ! dit Michael. *J'y étais !*

— Folie ! » Toussant et crachant de sa bouche ensanglantée, Handelman leva les mains pour ôter ses lunettes.

« Laisse-les où elles sont ! ordonna Havelock. Laisse-les exactement comme elles sont !

— Jeune homme, vous êtes...

— Ta gueule ! Écoute-moi. Je peux te reconstituer le passé d'un nommé Jacob Handelman, en remontant le cours de ces cinquante dernières années. Tout sur lui... Des vieilles photos, des Allemands encore vivants qui l'ont connu — s'il a existé. Puis faire circuler une photo de toi, sans la barbe bien sûr, dans certains quartiers de Prague. Tu y étais. Je t'y ai vu plus tard, et je voulais te tuer. Un garçon de dix ans voulait te planter un couteau dans le dos. Et quelques personnes vivant encore à Prague, à Rudna ou à Kladno voudraient bien en faire autant maintenant. C'est la fin, salaud ! Alors ne me parle pas de gens qui sont venus ou pas venus hier soir, parle-moi d'elle ! Où est-elle ?

— Je suis un homme précieux...

— Ça, j'en suis certain. Qui saurait mieux trouver des cachettes tranquilles qu'un nazi planqué comme toi ! Et qui saurait mieux se protéger que quelqu'un connaissant le passé de tant d'autres. Tu t'es couvert, Mörder. Mais avec moi ça ne te sert à rien, tu vois, parce que je m'en fous complètement. Bon, où est Jenna Karras ?

— Sans parler des accusations absurdes que vous portez, gémit l'Allemand, il y a des conditions pour cet échange...

— Tu as ta vie, coupa Michael. Elle ne m'intéresse pas. Cela me suffit que tu saches que je suis là, dehors, et que je peux l'interrompre quand je le voudrais. Voilà ta monnaie d'échange. Où est-elle ?

— Le tiroir du haut dans le bureau. »

L'intermédiaire le désigna d'une main tremblante, ses yeux invisibles derrière les verres sanglants de ses lunettes. « Soulevez la boîte de crayons. Il y a un papier vert, plié. »

Michael ouvrit le tiroir du bureau et prit le papier vert en question. Il le déplia. C'était une page à en-tête de l'université de Columbia, Faculté de Philosophie. En fines lettres capitales se trouvait l'information pour laquelle Havelock aurait tué. Cette information qui était tout pour lui.

BROUSSAC. CANDIDAT AU DOCTORAT
NOM : ARVIDAS CORESCU C/O KOHOUTEK
R.F.D. 3, MAISON FALLS, PENNSYLVANIA

« Corescu, c'est le nom qu'elle utilise ? demanda Havelock.

— Temporairement. Ces papiers sont temporaires. Il a fallu les faire faire en quelques heures. D'autres suivront... Si nécessaire.

— Ce qui veut dire ?

— Il faudra payer. On n'a rien pour rien.

— Naturellement. L'hameçon est planté et la ligne se déroule. Tu dois avoir quelques gros poissons là-dehors...

— Disons que j'ai des amis puissants. Et dans beaucoup d'endroits.

— Qui est ce Kohoutek ?

— Un Slave, dit l'intermédiaire en haussant les épaules, railleur. Il a une ferme.

— Quand est-elle partie ?

— Elle a été emmenée ce matin.

— Quelle est sa couverture ?

— Une réfugiée sortie des Balkans ou d'ailleurs. Loin de l'Ours, comme ils disent. Kohoutek lui trouvera du travail. Il a des amis dans les syndicats du textile.

— Et elle le paiera lui et toi, sinon, pas de papiers.

— On a besoin de papiers, gémit Handelman, sa grosse figure complètement déformée par ses lunettes tordues. Pour conduire une voiture, ou ouvrir un compte en banque...

— Ou pour que les services de l'immigration lui foutent la paix, interrompit Michael. Ce dont on peut toujours la menacer, non ?

— Il y a des lois dans notre pays, Monsieur.

— Tu me rends malade, dit Havelock en s'approchant du gros animal, du boucher de Lidice. Je pourrais te tuer maintenant, et cela me rendrait heureux, ajouta-t-il. Tu comprends ça, "philosophe" ? Mais je ne le ferai pas parce que je veux que tu saches ce que c'est que d'attendre, de savoir que cela peut arriver n'importe quand, n'importe quel jour, n'importe quelle nuit. Un coup à ta porte. Tu vas vivre avec cette idée en tête, maintenant, *du altes Luder. Heil Hitler.* »

Il fit demi-tour et marcha vers la porte.

Le *crac* venait de derrière lui ! Fort, aigu, mortel. Il plongea juste à temps pour voir la longue lame d'un énorme couteau dirigée droit vers sa poitrine, la main du nazi crispée sur le manche. Il avait arraché ses lunettes éclatées. Le couteau devait être caché dans le fauteuil. L'odeur d'académie se changea soudain en pourriture, celle d'un champ de bataille lointain, un no man's land. Michael sauta en arrière.

Sa main droite plongea dans son manteau pour en extraire le Llama automatique. Il lançait de furieux coups de pied devant lui, espérant toucher l'Allemand quelque part. Il y parvint. Le couteau revint vers lui en une courbe mortelle. Découpa à travers les épaisseurs de tissus qu'il avait sur lui une ligne sanglante sur sa peau. Il recula encore, hors de portée, leva son revolver, visant le gros visage hideux, la barbe poivre et sel, les longs cheveux blancs.

Il tira deux fois. L'intermédiaire tomba sur le plancher, la tête barbouillée de sang, un œil arraché.

Un revolver avait fait taire les armes de Lidice. Mais cela ne lui apportait aucune joie. Cela n'avait plus d'importance.

Il n'y avait que Jenna. Il l'avait trouvée ! Elle ne pouvait plus l'empêcher de l'atteindre maintenant. Il se pourrait qu'elle le tue, mais avant, elle devrait le regarder dans les yeux. Regarder la vérité. Cela, seul, importait.

Il remit le Llama dans sa ceinture, la feuille de papier vert dans sa poche et fila.

20

« Son nom exact est Broussac, monsieur le Président », dit Emory Bradford.

Il était au téléphone dans son bureau du Département d'État. « Mme Régine Broussac. Quai d'Orsay, ministère des Affaires Étrangères, section Quatre. Elle a contacté notre ambassade avant-hier soir, indiquant qu'il fallait qu'une équipe munie d'une voiture-radio se trouve dans les alentours d'Argenteuil pour ramasser un ancien officier de renseignements américain qui devait la retrouver là-bas. Dans des circonstances pas catholiques du tout, disait-elle.

— Havelock ?

— Elle a au moins admis ça, oui.

— Et ?

— La voiture en question a passé toute la nuit à Argenteuil. On ne l'a jamais appelée.

— Et que dit cette Broussac ? Je suppose qu'elle a été interrogée.

— Plutôt deux fois qu'une. Elle affirme qu'il ne s'est pas montré.

— Alors ?

— Nos hommes pensent qu'elle ment.

— Pourquoi ?

— Un de nos hommes est allé chez elle lui poser quelques questions. Il a appris qu'elle était rentrée vers une heure du matin cette nuit-là. Cela lui a été confirmé par deux voisins. Dans ces conditions, pourquoi n'a-t-elle pas décommandé la voiture-radio ?

— On lui a posé la question ?

— Non, Monsieur. Nos hommes attendent des instructions. Il n'est pas dans les habitudes du personnel de l'ambassade d'aller poser des questions désagréables aux gens du Quai d'Orsay.

— Que Richardson, l'ambassadeur, appelle Mme Broussac et lui demande respectueusement d'accepter une invitation à l'ambassade le plus vite possible. Dans une heure, de préférence. Qu'on lui envoie une voiture, bien sûr. Le Président des États-Unis désire l'entretenir sur un sujet confidentiel.

— Monsieur le Président...

— Faites ce que je vous dis, monsieur le sous-secrétaire.

— Bien, Monsieur.
— Et, Emory...
— Oui, Monsieur ?
— Où en est l'autre travail ? Les soixante-dix diplomates qui n'étaient pas en ville pendant le problème espagnol ? »
Bradford marqua un temps avant de répondre et quand il parla, il était évident qu'il faisait des efforts pour contrôler sa voix. « Pour l'instant, cinq manquaient.
— Quoi ?
— Je ne voulais rien dire avant midi, jusqu'à ce que je dispose de toutes les informations, mais les derniers rapports indiquent que dix-neuf membres du personnel n'étaient pas à Washington. Quatorze ont déjà été vérifiés. Il en reste cinq.
— Trouvez-les !
— J'essaie.
— A midi ! Trouvez-les ! »

La pluie froide de la nuit précédente avait perdu de sa force, mais le ciel était noirâtre derrière les fenêtres du bureau ovale. Encore une petite baisse de température et de fins flocons de neige s'éparpilleraient sur le gazon de la Maison-Blanche. Berquist était devant la fenêtre et se demandait si les congères étaient profondes à Mountain Iron, Minnesota. Et, bon Dieu, comme il avait envie d'être là-bas...
Son téléphone émit un bref buzz. Il regarda sa montre, s'approcha du bureau. Il était onze heures quinze minutes.
« Oui ?
— Un appel de Paris, Monsieur.
— Merci. » Berquist appuya sur le bouton approprié. « Madame Broussac ?
— *Oui, monsieur le Président.* C'est un honneur. Je suis très flattée qu'on m'ait demandé de vous parler. » La voix de la vieille dame était assurée, mais non dénuée d'étonnement. Avec un zeste de peur.
« Et je vous suis très reconnaissant de l'avoir fait, Madame. J'ai demandé que nous soyons seuls.

— Je suis seule, *monsieur le Président.* L'ambassadeur m'a très courtoisement permis d'utiliser son bureau. Tout à fait honnêtement, je suis, comme vous pouvez le penser, complètement stupéfaite.

— Madame, vous avez la parole du Président des États-Unis que nous sommes seuls en ligne. Il n'y a aucun appareil enregistreur. Acceptez-vous ma parole ?

— Assurément. Pourquoi un aussi grand personnage mentirait-il à une employée du Quai d'Orsay ?

— Il pourrait avoir ses raisons. Mais je ne vous trompe pas.

— J'en suis convaincue.

— Bon. J'ai besoin de votre coopération dans une affaire de la plus haute importance, une affaire *très* délicate. Cela n'affecte en rien le gouvernement français, mais toute l'aide que vous pourrez nous apporter ne pourra que servir ses intérêts. Encore une fois, vous avez ma parole.

— C'est suffisant, monsieur le Président.

— Il est impératif que nous joignions un de nos agents retiré des services de renseignements : Michael Havelock.

— *S'il vous plaît, monsieur le...*

— Non, s'il vous plaît, l'interrompit Berquist. Laissez-moi finir. Ce bureau est beaucoup trop occupé pour interférer dans votre travail ou dans les activités de M. Havelock. Je vous demande seulement de nous aider à le localiser. Une destination, le nom sous lequel il se cache peut-être... Tout ce que vous me direz restera strictement confidentiel. Rien ne sera jamais utilisé contre vous. Je vous le promets.

— *Monsieur...*

— Et enfin, poursuivit le Président, quoi qu'il ait pu vous dire, son gouvernement ne lui a jamais voulu aucun mal. Nous avons beaucoup trop de respect pour les services qu'il a rendus, trop de gratitude pour sa contribution. La tragédie à laquelle il croit faire face seul nous menace tous, c'est tout ce que je peux vous dire. J'espère que vous voudrez bien considérer la source de ce coup de téléphone et ce que cela représente. Nous aiderez-vous, madame Broussac, m'aiderez-vous ? »

Berquist pouvait entendre la respiration de sa correspondante, aussi troublée que les battements de son propre cœur. Il regarda dehors. De fins flocons de neige se mêlaient par intermittence avec le grésil. Les pentes de Mountain Iron étaient merveilleuses au coucher du soleil. On avait l'impression de les caresser des yeux, de toucher leurs couleurs à distance. Le désir qu'elles ne changent jamais.

« Pendant que vous le cherchez, dit finalement Régine Broussac, il cherche quelqu'un d'autre.

— Nous savons cela. Nous la recherchons aussi. Pour lui sauver la vie. Pour les sauver tous les deux. »

Le Président ferma les yeux. C'était un mensonge dont il se souviendrait quand il retournerait dans son chalet, à Mountain Iron. Mais il se souviendrait aussi de Churchill et de Coventry. Du code Enigma... De la Costa Brava.

« Il y a un homme à New York...

— A New York ? » Berquist était stupéfait. « Il est *ici* ! et elle ?

— Cela vous surprend, *monsieur le Président* ?

— Beaucoup !

— C'était prévu pour. C'est moi qui l'ai envoyée, elle, puis lui.

— Cet homme à New York ?

— Il faut l'approcher avec beaucoup de — comment dire ? — de délicatesse. Il ne peut pas être compromis. Vous avez le même genre de gens en Europe. Nous avons tous besoin d'eux. Même quand nous connaissons ceux qui travaillent pour d'autres... compagnies, nous les laissons tranquilles.

— Je comprends parfaitement. »

C'était vrai. L'avertissement était clair. « Cet homme peut nous dire où est Havelock ?

— Il peut vous dire où *elle* est. C'est cela qu'il vous faut savoir. Mais il faudra le convaincre qu'il ne risque pas d'être compromis.

— Je n'enverrai qu'un homme et lui seul sera au courant. Vous avez ma parole.

— Merci. Je dois vous dire que je ne le connais que par son dossier. C'est un grand homme qui a beaucoup souffert, un survivant, *Monsieur.* En avril 1945 on l'a sorti du camp de Bergen-Belsen en Allemagne.

— On lui accordera tout le respect dû à un tel homme. Et tout cela restera confidentiel, je vous répète. Son nom, s'il vous plaît.

— Jacob Handelman, université de Columbia. »

Les trois hommes écoutaient attentivement Emory Bradford qui exposait méthodiquement ses découvertes dans la salle de stratégie souterraine de la Maison-Blanche. Il parlait d'un ton délibérément monotone et leur décrivit les mouvements des dix-neuf membres du personnel du Département d'État travaillant au cinquième étage, section L, et qui n'étaient pas à Washington pendant la semaine où avait eu lieu le drame de la Costa Brava.

Quand il eut terminé, tous les visages reflétaient la même tristesse, la même frustration. Surtout celui du Président Charles Berquist. Il se pencha sur la table, son visage scandinave défait et tourmenté, ses yeux intelligents débordant de colère.

« Mais vous étiez si sûr de vous ce matin, dit-il. Vous m'aviez dit qu'il en manquait cinq, que cinq d'entre eux étaient suspects. Que s'est-il passé ?

— Je me trompais, monsieur le Président.

— Nom de Dieu, je ne souhaitais pas entendre cette phrase !

— Le roi Richard non plus quand on lui annonça que Buckingham avait débarqué, dit Addison Brooks calmement. Il a frappé le messager. »

Berquist se tourna vers l'ambassadeur et répliqua. « Richard III avait déjà reçu deux messages qu'il considérait comme des mensonges. Il voulait peut-être tester le troisième. »

Brooks hocha la tête, un sourire admiratif aux

lèvres. « Vous m'étonnerez toujours, monsieur le Président.

— Je ne devrais pas. Vous avez travaillé pour Truman. Il en savait plus sur l'Histoire que tous les Commanger et les Schlesinger réunis. J'ai un peu lu..., mais cela est une perte de temps ! »

Berquist s'adressa à nouveau au sous-secrétaire d'État.

« Qui étaient les cinq suspects ?

— La femme qui se faisait opérer. C'était un avortement. Son mari est avocat et était en délégation à La Haye depuis plusieurs mois. Ils sont séparés. Cela paraissait clair.

— Comment pouviez-vous envisager que ce soit une femme ? demanda Halyard. Il me semble qu'une femme aurait laissé sa marque quelque part.

— Pas si elle dirigeait des hommes — par l'intermédiaire de Moscou. En fait, j'étais très excité quand son nom m'est apparu. Je me disais que c'était parfait, que ça collait parfaitement. Je me trompais.

— Qui étaient les autres ?

— Les deux attachés de notre ambassade à Mexico. Ils avaient été rappelés pour des conférences sur nos changements de politique et ils ne sont pas revenus à Mexico avant le 5 janvier.

— Explication ? demanda le Président.

— Des vacances... Ils sont partis chacun dans une direction, leurs familles les ont rejoints. L'un était dans le Vermont, en train de faire du ski, et l'autre aux Caraïbes. Les bordereaux de leurs cartes de crédit confirment tout cela.

— Qui d'autre ?

— Arthur Pierce.

— Pierce ? coupa le vieux soldat, ébahi. Le type qui est maintenant à l'O.N.U. ?

— Oui, général.

— J'aurais pu vous éclairer sur lui, et Addison également.

— Matthias aussi, approuva Bradford. S'il existe une personne plus proche de Matthias, je ne vois pas qui cela pourrait être. Matthias a fait entrer Pierce à l'O.N.U. avec l'intention évidente de le proposer prochainement pour le poste d'ambassadeur.

— Si vous permettez que je vous corrige, dit Berquist, c'est *moi* qui l'ai mis en poste à l'O.N.U. après que Matthias nous l'eut donné, avant qu'il le reprenne à son service. Il a travaillé ici avec le N.S.C. [1] pendant quelques mois avant que le "grand homme" dise qu'il avait besoin de lui à New York.

— Et c'était le genre de type que j'avais dit au Pentagone de lâcher, s'exclama le vieux général. Je voulais le garder dans l'armée. Il était excellent. Il n'aimait pas ce foutoir du Sud-Est asiatique, pas plus que moi d'ailleurs, mais son dossier était aussi bon que le mien... Pour être franc, il était même encore meilleur. »

Addison Brooks se recula un peu. « Je connais Pierce. C'est un vieil officier de carrière qui a attiré mon attention sur lui. Je crois être aussi responsable que vous de son entrée au Département d'État. Sachant ce que je sais... fils de fermiers de l'Iowa, humbles origines, puis très brillant dossier universitaire, pourtant il était boursier. C'était l'un des rares types de cet âge et de cette génération à passer vraiment de la misère à la richesse. Enfin, disons qu'il a une grosse influence, plus qu'une richesse financière, mais il aurait pu l'avoir. Il y avait au moins douze grandes compagnies qui lui offraient des ponts d'or, sans parler de Rand et du Brookings Institution. J'ai été persuasif et très pratique. Tout patriotisme mis à part, je lui ai fait comprendre qu'un séjour au service du Département d'État ne ferait que renforcer sa valeur sur le marché. Bien sûr, il est encore relativement jeune. Mais avec ce qu'il a déjà fait, s'il quitte le gouvernement il pourra fixer son prix n'importe où. C'est le type même de la réussite du « fils de fermiers américains ». Comment pouviez-vous imaginer une connexion avec Moscou ?

— Je n'avais pas d'idée préconçue et précisément

1. Conseil National de Sécurité. *(N.d.T.)*

pas dans ce cas-là. Arthur Pierce est un ami à moi... Et j'ai peu d'amis. Je le considère comme l'un des meilleurs hommes que nous ayons au Département d'État. Mais malgré notre amitié, et d'ailleurs peut-être à cause d'elle, j'ai épluché les rapports le concernant. Moi seul. Ni ma secrétaire ni mes assistants.

— Qu'est-ce qui a pu vous faire penser que Pierce pouvait avoir quoi que ce soit à voir avec les renseignements soviétiques ?

— Une erreur dans les archives des messages de l'O.N.U. Le rapport initial disait que Pierce n'avait pas répondu à quatre demandes séparées de la section Moyen-Orient. Et ce pendant la période allant des derniers jours de décembre aux premiers jours de janvier. Puis, évidemment, c'est arrivé. Quatre réponses qu'il avait écrites et qui sont des modèles du genre. Des analyses approfondies et détaillées qui, entre parenthèses, servaient à bloquer une proposition soviétique particulièrement agressive.

— C'était une erreur d'archives, donc ? dit Brooks.

— C'est cela le plus dingue. Il y a toujours une explication, puis une confirmation de cette explication. La circulation des messages est tellement embouteillée qu'au moins vingt pour cent d'entre eux aboutissent dans les mauvais dossiers. Les réponses de Pierce étaient là, attendaient que quelqu'un les retrouve.

— Qui est le dernier homme ? » Berquist n'avait pas abandonné. Dans ses yeux, il était lisible qu'il n'acceptait pas cette série de découvertes qui avortaient les unes après les autres.

« Un homme dont j'étais absolument convaincu qu'il était notre taupe. J'ai presque failli envoyer une équipe le ramasser chez lui. Dieu merci, je ne l'ai pas fait. C'est une grande gueule.

— Qui est-ce ?

— Nikolaï Sitmarin. Né et élevé à Leningrad de parents dissidents qui ont émigré il y a une douzaine d'années. Il est le spécialiste le plus complet des affaires intérieures soviétiques au Département d'État. C'est un type d'une grande valeur, mais je pensais... quel meilleur moyen pour Moscou de nous envoyer une taupe ? Un type de dix-huit ans qui débarque avec ses parents à qui les Russes avaient donné un visa de famille, alors qu'ils sont si sacrément durs à obtenir.

— Il est juif ? demanda le général.

— Non, mais je crois que beaucoup de gens le pensent. Et cela ajoutait encore à mes soupçons. Les dissidents soviétiques ne sont pas exclusivement juifs, malgré l'impression générale. De plus il est passé sous le feu des médias... l'enfant prodige de trente-trois ans qui mène sa vendetta personnelle contre l'U.R.S.S. Tout cela semblait trop parfait.

— Quelles étaient les circonstances ? demanda le Président, cherchant désespérément une piste.

— Une fois encore une absence inexpliquée. Il n'était pas à son bureau depuis la mi-décembre et il n'est revenu que le 8 janvier. Il n'était pas à Washington, n'avait aucune mission spéciale à l'extérieur. Mais j'ai trouvé l'explication.

— Qui était ?

— On lui avait accordé une permission pour raisons familiales. Sa mère était gravement malade à Chicago.

— Plutôt pratique cette maladie, non ?

— Tellement pratique que sa mère a failli en mourir. L'hôpital général de Cook County me l'a confirmé.

— Mais elle n'en est pas morte, l'interrompit Brooks.

— J'ai parlé avec le médecin qui la soignait et il a compris la gravité de mon enquête. Il a vérifié sur ses fiches.

— Qu'on vous les envoie, ordonna le Président. Il y a trop d'explications, beaucoup trop. L'une d'elles est un mensonge.

— Je suis d'accord, mais laquelle ? ajouta Bradford. Pas seulement les cinq en question, mais les dix-neuf. Quelqu'un qui croit — homme ou femme — qu'il fait une faveur à un de ses supérieurs nous cache l'identité d'"Ambiguïté", nous cache la taupe.

Où est le crime quand on va skier ou nager dans les Caraïbes, ou faire des galipettes... Excusez-moi.

— Mais pour l'amour du ciel, reprenez au départ et démolissez-moi toutes ces explications. Trouvez celle qui ne tient pas.

— Ou celle qui est truquée, ajouta l'ambassadeur. Une réunion qui n'a pas eu lieu, une conférence qui a été reportée, des cartes de crédit avec une signature douteuse... une femme gravement malade qui portait un faux nom, est-ce que je sais...

— Cela va prendre du temps, dit le sous-secrétaire d'État.

— Vous avez fait un énorme travail en douze heures, enchaîna Brooks avec sympathie.

— Et vous avez l'autorité de ce bureau pour obtenir ce dont vous avez besoin, tout ce que vous désirez. Servez-vous-en ! Trouvez la taupe ! » Berquist était exaspéré. « Lui et nous sommes lancés dans une course derrière un fou nommé Parsifal. Si les Soviétiques le trouvent les premiers, ce pays est irrémédiablement condamné. Et si Parsifal panique cela ne fera aucune différence. Y a-t-il autre chose ? Je suis en train de faire attendre deux sénateurs particulièrement curieux et ce n'est pas le moment. Ils font partie du comité des relations étrangères, et j'ai comme l'impression qu'ils s'intéressent à Matthias. » Berquist s'interrompit. Il se leva et regarda Bradford. « Un dernier mot, pour me rassurer. Chacun des hommes qui se trouvent à Poole's Island est en sécurité ?

— Oui, Monsieur. Chacun d'eux a été examiné jusqu'aux ongles et personne ne quitte cette île pendant toute la durée de l'opération.

— Cela aussi suit son cours, dit Addison Brooks. Combien de temps cela va-t-il durer ? Ce sont des conditions anormales.

— Ce sont des circonstances anormales, coupa le général Halyard. Les patrouilles sont armées, l'île est une véritable forteresse.

— Armées ? » Le Président parlait doucement, laissant transparaître son angoisse personnelle. « Bien sûr qu'elles sont armées !

— Et Havelock ? demanda l'ambassadeur. Vous avez des nouvelles ?

— Non, répliqua le Président en se dirigeant vers la porte. Appelez-moi plus tard, monsieur le sous-secrétaire, ajouta-t-il sans plus ample explication. Rappelez-moi à trois heures. »

La neige était cinglante, légère. Elle frappait le pare-brise, minuscules flocons éclatant sur le verre suivis de milliers d'autres, comme des astéroïdes miniatures traversant l'espace galactique. Havelock venait de passer devant le panneau indicateur. Les lettres reflétées par les phares disaient : *Mason Falls 3 Miles.*

Il était agrippé au volant de sa voiture de location et faisait de son mieux pour ne pas hurler. Le soulagement et la peur se mélangeaient en lui, formaient un hurlement qui cherchait à sortir par sa bouche.

Il avait quitté le King's Arms Hotel, soulagé de voir que le réceptionniste avait changé, et il avait pris un taxi jusqu'à l'aéroport de La Guardia. Une carte achetée à la hâte lui avait révélé l'emplacement de Mason Falls, Pennsylvanie. Il n'y avait qu'un seul vol pour Pittsburgh. La surveillance des Soviétiques ne le concernait plus. Le Russe qu'il avait piégé avait sans nul doute fait son rapport, et même dans le cas contraire La Guardia n'était pas un aéroport international. Aucun personnel diplomatique ne l'empruntait.

Il avait trouvé une place au dernier moment, et atteint Pittsburgh à neuf heures quinze. Là, il avait loué une voiture chez Hertz, qu'il pourrait abandonner dans n'importe quelle agence. A neuf heures quarante-cinq il roulait vers le sud sur la route 51 à travers les étendues de la campagne obscure.

Mason Falls
Fondée en 1858

A travers les flocons, plus épais maintenant,

Michael pouvait voir la lueur d'un néon rouge en avant sur sa droite. Il ralentit, lut les lettres. Un zeste d'absurde. *Harry's Bar.* Soit le propriétaire avait un certain sens de l'humour, soit il ne savait pas à quelle distance il se trouvait de Paris. Ou peut-être le savait-il ? Manifestement, il le savait. A l'intérieur se trouvaient de grands agrandissements de photos de Paris à la Libération. Plusieurs d'entre elles montraient un soldat debout devant la porte du Harry's bar. L'endroit était rustique. Du gros bois poli par les ans et non par l'encaustique, des miroirs imposants et un grand bar bien approvisionné. Dans un coin, un juke-box débitait de la musique country pour les six ou sept clients qui s'ennuyaient au comptoir. Ils étaient assortis au décor : rien que des hommes ; une profusion de vestes de flanelle à carreaux rouges et noirs, des gros blue-jeans délavés et des bottes de fermiers. Tous étaient fermiers ou ouvriers agricoles. Il aurait pu le deviner d'après la rangée de camionnettes dehors, mais le vent mordant l'avait distrait... Le vent et également le fait qu'il était enfin arrivé à Mason Falls, Pennsylvanie.

Il chercha des yeux le téléphone. Il était malheureusement placé à un mètre du juke-box. Il s'en fichait, mais en revanche, l'absence de tout Bottin l'ennuyait. Il avait besoin d'une adresse. A La Guardia, il n'avait pas eu le temps de chercher le bon annuaire, et comme Pittsburgh était un aéroport international, il ne s'y était pas attardé.

Il s'approcha du bar, se mit entre deux tabourets vides et attendit qu'un Harry âgé et à l'air morose veuille bien venir jusqu'à lui.

« Ouais, ce sera ?

— Un scotch on the rocks, et un annuaire, si vous en avez un, s'il vous plaît. »

Le patron étudia Havelock rapidement. « Je ne vends pas beaucoup de scotch, vous n'aurez pas droit au meilleur...

— Je ne serais certainement pas capable de reconnaître le meilleur.

— C'est votre palais qui le goûtera, pas moi », dit

Harry en se penchant sous le comptoir. Mais, au lieu d'en sortir un verre avec des glaçons, il posa un annuaire assez mince devant Michael. Puis il se déplaça vers la gauche, vers une rangée de bouteilles sur une étagère.

Havelock parcourut les pages rapidement, son index descendant la rangée des K.

Kohoutek, Janos. R.F.D. 3 BOX 12.

Bon sang !

Cela pouvait être n'importe où autour de Mason Falls, qui, bien que peu peuplé, était très étendu géographiquement. Des hectares et des hectares de champs, des petites routes sinueuses traversant la campagne. Et appeler le numéro équivaudrait à donner l'alarme. S'ils avaient un code spécial, il ne le connaissait pas et, tout bien considéré, il était évident qu'ils avaient un code. Mentionner Jacob Handelman au téléphone leur ferait appeler New York pour confirmation et il n'y aurait pas de réponse. Jusqu'à ce qu'on découvre son cadavre, peut-être le matin, peut-être dans plusieurs jours.

« Et voilà, dit Harry en posant le verre de scotch sur le comptoir.

— Vous ne connaîtriez pas un dénommé Kohoutek ? demanda Havelock doucement. Janos Kohoutek ? »

Le patron réfléchit une seconde. « J'connais le nom, mais pas le bonhomme. C'est un de ces étrangers qui ont des terres vers l'ouest.

— Vous savez où... vers l'ouest ?

— Non. Ils ne vous le disent pas dans le machin ? dit Harry en désignant l'annuaire.

— Il n'y a que le numéro d'une boîte postale.

— Appelez-le, alors !

— Je préfère pas... Comme vous dites, c'est un étranger. Il ne va peut-être pas me comprendre.

— Hé ! s'écria Harry pour couvrir les guitares du juke-box. Hé les culs-terreux, y'en a pas un de vous qui connaît un mec nommé Kohoutek ?

— Un étranger, dit une des chemises de flanelle à carreaux.

— Il a deux cents hectares vers l'ouest, ajouta une casquette de chasse. Ces salopards de réfugiés avec le fric du gouvernement, ils peuvent se payer ça, et pas nous.

— Vous savez où c'est ? demanda Havelock.

— C'est soit vers Chamberlain ou Youngfield, peut-être Fourforks. Je ne sais pas exactement. C'est pas marqué dans l'annuaire ?

— Non. Il y a juste R.F.D. 3, c'est tout. Et une boîte postale.

— Route 3, dit un autre client, nanti d'une barbe et d'yeux troubles. C'est la route de la Dave Hooker.

— Vous savez où est cette route ?

— Sûr. Fourforks Pike. Elle part droit vers l'ouest au coin de l'entrepôt, à un mile sur la 51.

— Merci beaucoup. »

Michael leva son verre et but. Effectivement ce n'était pas le meilleur whisky. Ce n'était même pas du scotch. Il fouilla dans sa poche et en sortit deux dollars qu'il posa sur le comptoir. « Encore merci, dit-il au patron.

— C'est soixante cents, dit Harry.

— Gardez le reste en souvenir du bon vieux temps, répliqua Havelock, en souvenir de l'autre bar, celui de Paris.

— Hé, vous connaissez ?

— J'y ai été deux ou trois fois.

— Vous auriez dû me le dire ! Je vous aurais donné du bon scotch ! Faut que je vous raconte, quand j'y étais, en 1945...

— Je suis sincèrement désolé, je n'ai pas le temps. »

Michael s'éloigna du comptoir et marcha jusqu'à la porte. Il ne vit pas l'homme qui était tout au bout de la salle se lever de son tabouret et avancer vers le téléphone.

Fourforks Pike devint rapidement une interminable route secondaire, un mile après le vieux dépôt de chemin de fer. La première boîte aux lettres était marquée d'un 5. Il la vit sur sa droite dans les phares traversés de flocons. La suivante, Havelock l'aurait ratée s'il n'avait pas aperçu une trouée dans les feuillages, le début d'un chemin de terre. La boîte aux lettres était invisible de la route. Elle portait le numéro 7 et infirmait l'idée que les nombres pairs et impairs étaient distribués de chaque côté des routes. Il allait devoir rouler plus doucement, faire plus attention.

Les trois boîtes suivantes se suivaient sur moins d'un demi-mile. La dernière était marquée d'un 10. A deux cents mètres de là, la route faisait une fourche. Il prit celle sur sa droite. Le numéro 12 n'apparut qu'un kilomètre plus loin. Et quand il le vit, il ferma les yeux un instant, soulagé. Pendant quelques minutes insupportables il avait pensé qu'il s'était trompé de chemin. Il appuya sur l'accélérateur, la bouche sèche, les muscles du visage raides, les yeux en alerte.

Si la route était interminable — et rendue difficile par les spirales de neige sur le pare-brise — l'attente l'était encore plus. Une torture. Il parvint en terrain plat, une bande de terre apparemment sans fin, bordée de champs, sans maisons, sans lumières, sans rien. Avait-il dépassé la boîte aux lettres sans la voir ? La neige déformait-elle suffisamment sa vision pour ça ? Y avait-il eu une petite route à droite ou à gauche qu'il n'avait pas vue ? Ce n'était pas logique, la neige était plus épaisse mais pas trop lourde encore et le vent était trop fort pour qu'elle colle.

Elle était *là* ! Sur sa droite. Une grosse boîte aux lettres noire en forme de cabane miniature, avec une porte assez grande pour de petits colis. Le numéro 12 était peint en blanc brillant et luisait dans le faisceau des phares. Havelock ralentit et regarda par la fenêtre. Aucune lumière, aucun signe de vie à l'horizon. Il n'y avait que ce qui semblait le début d'une longue route qui disparaissait dans une muraille d'arbres et d'obscurité profonde.

Il avança, les yeux toujours en alerte, cherchant quelque chose. Il espérait seulement que cela arriverait bientôt, et, plusieurs centaines de mètres après la boîte aux lettres numéro 12, il trouva. Ce n'était pas idéal. Mais avec la neige c'était acceptable. C'était une haie de feuillages sauvages qui avançait jusqu'au bord de la route, perpendiculairement. La fin d'une propriété, ou une démarcation quelconque. Cela irait.

Il quitta la route et fit avancer sa voiture de location dans les buissons. Il éteignit les phares et prit la valise posée à côté de lui. Il enleva tous ses papiers et les glissa dans la pochette arrière, puis il sortit un gros sac de plastique épais, le genre de sacs imperméables aux rayons qu'on utilise pour transporter des films à développer. Il l'ouvrit et y prit son Llama automatique. Le chargeur était plein. Enfin il chercha dans sa valise le couteau de pêche qu'il avait utilisé sur le visage d'un menteur, au col des Moulinets. Il était placé dans un fin fourreau de cuir muni d'un clip. Puis il souleva le pan de son manteau et plaça le couteau derrière le haut de son pantalon, le fixant à sa ceinture avec le clip, juste à la base de sa colonne vertébrale. Il espérait qu'aucune de ces deux armes ne lui serait nécessaire. Les mots étaient infiniment préférables, souvent plus efficaces.

Il sortit de sa voiture, la ferma à clef, et repoussa les feuillages balayés de neige, effaça ses traces et partit à pied sur Fourforks Pike vers la boîte aux lettres numéro 12, R.F.D. 3, Mason Falls, Pennsylvanie.

Il n'avait pas fait dix mètres en entrant dans le chemin privé qui semblait disparaître dans un mur d'obscurité, qu'il s'arrêta subitement.

Étaient-ce les années passées à étudier des terrains inhospitaliers — sachant qu'un sentier inconnu pouvait amener des surprises fatales — ou bien le vent qui lui avait fait baisser la tête, il ne le savait pas. Mais ce qui importait, c'était qu'il l'avait vue. Une petite lueur verte sur sa droite, cinquante centimètres au-dessus de la terre parsemée de neige. Elle avait l'air suspendue en l'air, mais il savait qu'elle ne l'était pas. Au contraire, elle était reliée à un tube de métal noir qui s'enfonçait dans la terre d'au moins cinquante autres centimètres pour assurer sa stabilité. C'était une cellule photo-électrique et sa jumelle devait se trouver de l'autre côté de la route. Un rayon de lumière invisible traversait l'obscurité, connectait les deux appareils. Tout ce qui traversait cette ligne invisible pendant une seconde, ou avec une densité supérieure à 20 kilos, déclencherait une alarme quelque part. Les petits animaux ne pouvaient pas la déclencher. Les automobilistes ou les êtres humains, si.

Michael se déporta sur sa droite à travers la végétation froide et humide, passa derrière l'appareil. Il s'arrêta à nouveau au bord des buissons entremêlés. Il venait de voir une ligne blanche parallèle à ses épaules. Il sut que c'était un autre obstacle. Une barrière de fils de fer barbelés bordait le champ adjacent ; des flocons de neige s'y accrochaient une seconde avant de retomber. Il ne l'avait pas remarquée en entrant sur le chemin qui aboutissait à la boîte aux lettres numéro 12. Il regarda en arrière et comprit. La barrière ne commençait pas avant que les feuillages soient assez hauts pour la dissimuler. Et cela signifiait autre chose aussi. Encore une histoire de densité. Une pression suffisante contre la barrière déclencherait d'autres alarmes. Janos Kohoutek était très soucieux de sa sécurité. Considérant la région où il se trouvait, il avait acheté ce qu'il pouvait trouver de mieux.

Il ne lui restait plus qu'à avancer entre les petites lueurs vertes des cellules photo-électriques et la barrière de barbelés. Car s'il y avait un jeu de cellules photo-électriques sur le chemin, il devait y en avoir d'autres plus loin. Ce genre de gadgets technologiques avait tendance à tomber assez souvent en panne. Il se demandait combien de temps durerait son « sentier ». Il ne voyait rien que des feuilles et du noir et de la neige tourbillonnant devant lui. Il commença à pousser — littéralement — les buissons entremêlés devant lui et les branches basses à la force du poignet, les yeux rivés au sol à la recherche d'autres petites lueurs vertes.

Il en dépassa trois, séparées d'une centaine de mètres. Il atteignit une rangée de grands arbres et la barrière de barbelés gagna en hauteur comme si elle s'alignait sur les mensurations de la nature. Il était trempé, le visage glacé, les sourcils couverts de givre, mais il se déplaçait maintenant plus facilement entre les gros troncs plantés au hasard. Il se rendit soudain compte qu'il descendait, que son poids portait sur ses rotules. Il regarda vers la route. Elle descendait davantage encore. Il n'en voyait plus la surface. Il y avait comme une clairière entre les arbres et l'étroit sentier qu'il suivait se remplit à nouveau de buissons touffus et de hautes herbes glacées de blanc.

Et soudain, devant lui, en contrebas, une vision à la fois hypnotisante et troublante... Comme la première vision qu'il avait eue de Jacob Handelman. Il plongea sous les taillis, tombant deux fois dans une masse de boue humide, glaciale. Puis il leva les yeux vers la chose étonnante qu'il venait de voir.

A première vue cela ressemblait à n'importe quelle ferme enterrée au plus profond de la campagne, protégée sur le devant par des champs en pente, et sur l'arrière par l'épaisseur des bois. Il y avait un groupe de bâtiments, solides, simples, construits en gros bois pour les hivers difficiles ; les lumières de plusieurs fenêtres clignotaient dans les tourbillons de neige. Un bâtiment principal et ce qui ressemblait à plusieurs granges. Un silo, des abris, des cabanes à outils et des garages pour les tracteurs et autres moissonneuses. Havelock était certain qu'ils recelaient bien plus que cela.

D'abord la porte en bas de la pente. Elle était encadrée de tuyaux métalliques sans prétention mais elle était plus haute que nécessaire pour l'entrée d'une ferme. Comme si celui qui l'avait construite avait fait une légère erreur d'appréciation et avait décidé de la laisser telle quelle. Puis venait la barrière qui partait des deux côtés de ladite porte. Elle aussi avait quelque chose d'étrange, comme de guingois, et était également plus haute que nécessaire pour empêcher les animaux de quitter le grand champ devant. Était-ce simplement la hauteur ? Elle ne faisait pas plus de deux mètres, jugea Michael en s'approchant. Elle paraissait plus petite vue d'en haut... Mais quelque chose n'allait pas. Et soudain il se rendit compte de ce que c'était, il comprit pourquoi le terme « *de guingois* » lui était venu à l'esprit. En haut de la barrière, les fils de fer barbelés étaient dirigés vers l'intérieur. Cette barrière ne servait pas à empêcher les animaux d'entrer, elle servait à empêcher les gens de *sortir* !

Le *silo* ! Le rayon aveuglant d'un projecteur troua l'obscurité, venu du haut du silo ! La lumière cherchait, tournait vers... *Lui* !

C'étaient les années 80, mais il était en face d'une terrible apparition, d'un symbole du carnage qui avait eu lieu quarante ans plus tôt. C'était un camp de concentration !

« Nous nous demandions combien de temps ça vous prendrait », dit une voix derrière lui.

Il pivota, cherchant son revolver. Trop tard.

Des bras puissants le saisirent par le cou, l'obligèrent à se plier en arrière et des mains lui collèrent un morceau de tissu humide et âcre sur le visage.

Le rayon du projecteur se figea sur lui. Il pouvait le voir, le sentir, le front brûlé par la neige, les narines glacées par une odeur piquante, tenace.

Puis vint l'obscurité et tout s'effaça.

21

Il sentit d'abord la chaleur, pas une chaleur agréable, à peine différente du froid. Il ouvrit les yeux. Tout était flou, devenait net lentement, au moment où il prenait conscience de la nausée qui montait dans sa gorge et des piqûres sur son visage. Les relents de l'odeur âcre restaient dans ses narines. On l'avait chloroformé.

Il vit des flammes, des bûches qui brûlaient derrière un pare-feu noir encadré de briques. Il était sur le sol ; on lui avait enlevé son manteau. Ses vêtements trempés se réchauffaient et c'était assez désagréable. Mais son manque de confort principal lui venait du bas du dos. Le couteau de pêche était encore à sa place et son étui de cuir irritait sa peau. Il apprécia cette douleur.

Il roula doucement sur lui-même, centimètre par centimètre, les yeux mi-clos, observant ce qu'il pouvait à la lumière du feu et de plusieurs lampes. Il entendait le son de voix étouffées. Deux hommes parlaient tranquillement au fond de la pièce. Ils étaient dans un couloir. Ils n'avaient pas remarqué ses mouvements, mais c'étaient ses gardiens. La pièce elle-même était assortie aux bâtiments rustiques qu'il avait vus de l'extérieur — meubles solides, fonctionnels, gros tapis sur un plancher de bois, fenêtres encadrées de rideaux à carreaux rouges qui devaient sortir d'un catalogue de vente par correspondance. Cela ressemblait à un simple living-room dans une ferme quelconque, rien qui puisse attirer l'attention d'un visiteur, rien qui puisse suggérer autre chose... ou rappeler un autre endroit. Il manquait pourtant une petite touche féminine dans ce décor spartiate.

Michael regarda discrètement sa montre. Il était une heure du matin. Il était resté inconscient près de quarante-cinq minutes.

« Hé, il est réveillé, s'écria un des hommes.

— Va chercher Kohoutek », dit l'autre en traversant la pièce vers Michael. Il fit le tour du canapé et s'arrêta, sortit un revolver. Il sourit. Il tenait le Llama automatique qui avait traversé la moitié de la planète depuis Civitavecchia, via le Palatin et le col des Moulinets pour atterrir ici, à Mason Falls, Pennsylvanie. « C'est de la bonne camelote, monsieur Personne. J'en ai pas vu de comme ça depuis des années. Merci beaucoup. »

Michael allait répondre, mais il fut interrompu par l'entrée bruyante d'un autre homme qui traversa la pièce, un verre plein d'un liquide fumant à la main.

« Vous avez eu de la chance, dit Janos Kohoutek d'une voix de stentor. Mais faites attention ou vous vous retrouverez pieds nus dans la neige. »

Nie shodz sniegu bez buttow.

Havelock se bénissait intérieurement de ne pas avoir ouvert la bouche. L'accent de Kohoutek venait d'un dialecte des Carpates au sud d'Otrokovice, et ses mots faisaient allusion au traitement infligé en Moravie aux garçons de ferme qui ne faisaient pas attention à leur troupeau ou à leurs habits. *Pour comprendre le froid, marche pieds nus dans la neige.*

Kohoutek passa près du garde et apparut en pleine lumière. C'était un véritable taureau, sa chemise ouverte laissait voir l'épaisseur de son cou et de sa poitrine et recouvrait à peine ses larges épaules. Il avait un physique que l'âge n'avait apparemment pas touché. Il n'était pas très grand, mais il était large... Seul son visage indiquait son âge. Rides profondes, yeux enfoncés, la peau tannée par soixante ans de vie aventureuse. Le liquide fumant dans le verre était du thé — du thé noir des Carpates — et celui qui tenait ce verre était Tchèque de naissance, Moravien de conviction.

« Alors voilà l'envahisseur ! rugit-il en regardant Havelock d'en haut. Un homme avec un pistolet, mais sans le moindre papier — même pas de permis de conduire, ni de carte de crédit —, attaque ma ferme comme un commando ! Qui est ce "visiteur du soir" ? comment s'appelle-t-il ? que vient-il faire ici ?

— Havlicek, dit Michael d'une voix basse, en prononçant son nom avec un accent moravien proche de celui de Kohoutek.

— *Cesky ?*

— *Ano.*

— *Obchodni ?* cria Kohoutek, pour savoir ce que Michael faisait ici.

— *Ma zena,* répondit Michael, la femme.

— *Co zena ?* exigea le vieux taureau.

— Celle qui a été amenée ici ce matin, dit Havelock en tchèque.

— Il y en a eu deux ce matin ! Laquelle ?

— Grande. Cheveux blonds... la dernière fois que nous l'avons vue. »

Kohoutek grimaça, mais sans sourire. « *Chlipny*, dit-il d'un air salace. *Dobry teleso !*

— Son corps ne m'intéresse pas. Les informations qu'elle détient, si. »

Michael commença à se relever. « Puis-je me lever ?

— *Zadnyne supsobem !* », rugit à nouveau le taureau des montagnes, en lançant son pied droit en avant. Il toucha Michael à la gorge du bout de sa botte et l'envoya valser sur le plancher.

« *Prokili !* » cria Havelock en se tenant le cou. C'était le moment de laisser aller sa colère, le début des phrases qui comptaient, plus que tout au monde. Aucune erreur possible.

« J'ai payé ! cria-t-il en tchèque. Qu'est-ce qui vous prend ?

— Vous avez payé quoi ? Vous posez des questions sur moi au village ? Pour vous faufiler chez moi en pleine nuit ? Pour porter un flingue ? C'est moi qui vais vous payer !

— J'ai fait ce qu'on m'a dit !

— Qui ça "on" ?

— Jacob Handelman.

— Handelman ? » Le visage de Kohoutek s'emplit d'étonnement. « Vous avez payé Handelman ? Et il vous a envoyé ici ?

— Il m'a dit qu'il vous téléphonerait, dit Michael rapidement, en utilisant une vérité apprise à Paris mais que l'Allemand avait reniée à New York, reniée pour l'argent. Je ne devais vous appeler sous aucun prétexte. Je devais laisser ma voiture sur la route principale après votre boîte aux lettres et venir à pied jusqu'à la ferme.

— La route principale ? Mais vous avez posé des questions sur moi au Harry's Bar !

— Je ne savais pas où se trouvait Fourforks Pike. C'est pas facile à trouver ! Comment aurais-je pu savoir que vous aviez un homme dans le bar ? Il vous a prévenu ? »

Le gros Tchèque secoua la tête : « Ça n'a pas d'importance. C'est un camionneur italien. Il transporte des produits pour moi quelquefois. »

Kohoutek s'interrompit. La menace réapparut dans ses yeux.

« Mais vous n'avez pas pris le chemin qui mène à la ferme, vous êtes entré comme un voleur, une arme à la main.

— Je ne suis pas fou, *pritel.* Je sais ce que vous faites ici, et j'ai vu les signaux d'alarme. Je faisais attention. Je ne voulais pas me faire dévorer par des chiens ou tirer dessus par vos hommes. Pourquoi pensez-vous qu'il m'a fallu si longtemps pour venir jusqu'ici ?

— Vous avez payé Handelman ?

— Et joliment, je dois dire. Puis-je me lever ?

— Asseyez-vous, asseyez-vous ! » aboya le taureau des montagnes en désignant un banc sur la gauche de la cheminée. Il avait l'air de plus en plus étonné. « Vous lui avez donné de l'argent ?

— Beaucoup d'argent. Il m'a dit que j'atteindrais un endroit d'où je pourrais voir la ferme, que quelqu'un m'attendrait près de la porte, une lampe torche à la main. Mais je n'ai vu personne, et comme il neigeait de plus en plus, je suis descendu vers la porte. »

Son verre fumant à la main, Kohoutek fit demi-tour et traversa la pièce jusqu'à une table contre un mur. Il y avait un téléphone. Il posa son verre de thé, prit le téléphone et commença à composer un numéro.

« Si vous appelez Handelman...

— Je n'appelle pas Handelman. J'appelle un homme qui en appelle un autre. C'est celui-là qui appelle l'Allemand.

— Vous voulez dire le Rabbin ? »

Kohoutek regarda Havelock. « Oui, le Rabbin, dit-il.

— Oh ! peu importe qui... Il n'y aura pas de réponse chez lui. C'est tout ce que je voulais vous dire.

— Et pourquoi ça ?

— Il m'a dit qu'il partait à Boston. Il fait une conférence dans un endroit appelé Brandese ou Brandeis...

— L'école juive », dit le taureau. Puis il parla dans le téléphone. « C'est Janos. Appelez New York. Le nom que vous donnerez est Havlicek, vous avez compris ? *Havlicek*. Je veux des explications. »

Il raccrocha, reprit son thé et revint vers la cheminée. « Barre-toi d'ici, dit-il au garde en veste de cuir qui frottait le Llama contre sa manche. Reste dans le couloir. »

L'homme s'éloigna et Kohoutek s'approcha du feu, se posa dans un gros fauteuil de bois en face de Michael. « Maintenant, on attend, Mikhaïl Havlicek. Ce ne sera pas long, quelques minutes, dix, quinze peut-être.

— Je ne veux pas être tenu responsable de son absence, dit Havelock. Je ne serais pas ici, si nous n'étions pas tombés d'accord. Je ne connaîtrais pas votre nom ni votre adresse s'il ne me les avait pas donnés.

— Nous verrons.

— Où est la femme ?

— Ici. Il y a plusieurs bâtiments, répondit l'homme des Carpates en avalant son thé. Elle est furieuse, bien sûr. Ce n'est pas tout à fait ce à quoi elle s'attendait, mais elle comprendra. Ils finissent tous par comprendre. Nous sommes leur seul espoir.

— Comment ça, furieuse ? »

Kohoutek sourit. « Ça vous intéresse ?

— Seulement professionnellement. Il faut que je l'emmène et je ne veux pas avoir de problèmes.

— Nous verrons.

— Elle va bien ? demanda Michael en réprimant sa colère qui montait peu à peu.

— Comme la plupart d'entre eux — ceux qui ont de l'éducation — elle a perdu la raison pendant quelque temps, dit Kohoutek en éclatant d'un sale rire. Nous lui avons expliqué les règles, et elle a dit que c'était inacceptable. Vous vous rendez compte ?

Inacceptable ! » rugit le taureau. Puis sa voix se radoucit : « On va la surveiller de près, et avant de sortir d'ici, elle aura compris. Ils comprennent tous.

— Vous n'avez pas à vous en faire. Je l'emmène.

— C'est vous qui le dites.

— J'ai payé. »

Kohoutek se pencha en avant.

« Combien ? »

C'était la question que le gros Tchèque avait voulu poser quelques minutes plus tôt, mais les gens des Carpates avançaient toujours lentement, comme des serpents. Michael savait qu'il était sur la corde raide. Il n'y aurait pas de réponse à New York. Il allait devoir négocier, et ils le savaient tous les deux.

« Vous ne préféreriez pas que ce soit Handelman qui vous le dise ? S'il est chez lui.

— Je préférerais peut-être que ce soit vous qui me le disiez, *pritel.*

— Comment savez-vous que vous pouvez me faire confiance ?

— C'est pareil pour le Rabbin. Comment saviez-vous que vous pouviez lui faire confiance ?

— Ça a marché. Je vous ai trouvé, j'ai trouvé votre ferme. Pas comme je l'avais imaginé, mais je suis tout de même arrivé jusqu'ici.

— Vous devez représenter des intérêts influents, dit Kohoutek, changeant subitement de conversation, comme c'était la coutume dans les marchés des Carpates.

— Tellement influents que je ne porte pas de papiers. Mais vous le savez. »

Le vieux taureau se balançait sur son fauteuil. « Mais vous avez de l'argent...

— Assez.

— Combien avez-vous payé Handelman ? »

Tout mouvement cessa.

« Vingt mille dollars américains.

— *Vingt... ?* » Le visage tanné de Kohoutek perdit un peu de ses couleurs, ses yeux devinrent deux fentes dans la chair. « C'est une somme considérable, *pritel.*

— Il a dit que c'était raisonnable. »

Havelock croisa ses jambes, son pantalon trempé se réchauffait peu à peu devant le feu. « Nous nous y attendions.

— Vous vous attendiez à apprendre ce que je vais vous dire ? Qu'il ne m'a pas téléphoné !

— Avec votre système de communication si compliqué, ça ne me surprend pas. Il était en route pour Boston. Et si votre correspondant n'est pas près de son téléphone...

— Il y est toujours. C'est un invalide. Et vous étiez en route pour un piège qui allait vous coûter la vie. »

Michael décroisa les jambes, les yeux braqués sur Kohoutek.

« Les cellules photo-électriques ?

— Vous parliez de chiens. On a des chiens, ici. Ils n'attaquent que sur commande, mais un intrus ne peut pas le savoir. Ils l'encerclent, ils hurlent, ils bavent. Qu'est-ce que vous auriez fait ?

— Je me serais servi de mon arme, bien sûr.

— Et vous vous seriez fait tirer dessus. »

Les deux hommes restèrent silencieux. Finalement, Havelock se remit à parler.

« Et le Rabbin aurait eu vingt mille dollars dont vous ne sauriez rien, parce que je serais mort.

— Vous comprenez maintenant.

— Il vous ferait ça ?... pour vingt mille dollars ? »

Le taureau des montagnes recommença à se balancer sur son fauteuil. « On peut imaginer d'autres choses. J'ai eu quelques petits ennuis ici, oh ! rien de bien grave, mais c'est une région assez pauvre et la jalousie fait jaser, quand on a une belle ferme comme la mienne. Handelman pouvait vouloir me faire remplacer, il pouvait avoir un bon prétexte.

— Je ne comprends pas.

— Je me serais retrouvé avec un cadavre sur les bras, un cadavre qui avait peut-être donné un coup de téléphone à quelqu'un avant de mourir. Il aurait pu dire à quelqu'un où il allait.

— Vous auriez abattu un intrus, un intrus armé

d'un revolver... Vous défendiez votre propriété. Personne ne vous aurait fait d'ennuis.

— Personne, acquiesça Kohoutek, mais ça aurait suffi. Le Tchèque nous crée des problèmes. Virez-le.

— De quoi ? »

Sans répondre, Kohoutek but une gorgée de thé. « Vous avez dépensé vingt mille dollars. Vous êtes prêt à en lâcher davantage ?

— Vous pourriez me convaincre de le faire. Nous voulons la femme. Elle a travaillé pour nos ennemis.

— Qui est-ce "nous" ?

— Ça, je ne vous le dirai pas. Cela ne signifierait rien pour vous... Ils vous vireraient de quoi ? »

Kohoutek secoua ses grosses épaules. « Ce n'est que la première étape pour ces gens ici... comme pour cette Corescu.

— Ce n'est pas son vrai nom.

— Ça j'en suis persuadé, mais cela ne me concerne pas. Comme les autres elle sera "pacifiée" ; elle va travailler ici un mois ou deux, puis on l'enverra ailleurs. Au Sud, à l'Ouest, là où nous la placerons. Comme les autres, elle attendra ses papiers. Ils sont toujours en retard, toujours longs à venir. Il manque toujours une signature, un sénateur à payer, un secrétaire à acheter. Au bout d'un moment, ils sont comme des chèvres.

— Même les chèvres arrivent à se révolter.

— Pour aller où ? Pour être renvoyés d'où ils viennent, finir dans un goulag ou devant un peloton d'exécution ? Ou étranglés dans une ruelle ? Il faut que vous compreniez, ce sont des gens complètement paniqués. C'est un business fantastique !

— Et leurs papiers arrivent ?

— Oh ! oui, souvent. Spécialement pour ceux qui sont talentueux, ou productifs. Ils paient pendant des années.

— Il me semble qu'il doit y avoir des risques. Quelqu'un qui refuse, qui menace de vous dénoncer.

— Alors on lui fournit un autre papier, *pritel*. Un certificat de décès !

— A moi de vous demander qui est ce "on".

— A mon tour de répondre. Je ne vous le dirai pas.

— Mais le Rabbin veut vous virer de ce business fantastique, dit Michael.

— C'est possible », admit le gros Tchèque.

Le téléphone sonna. Un bruit strident, tapant sur les nerfs. Kohoutek quitta son gros fauteuil et traversa la pièce rapidement. « Nous allons peut-être le savoir », dit-il en posant son thé sur la table. Il décrocha au milieu de la deuxième sonnerie. « Oui ? »

Havelock retenait son souffle sans le vouloir. Il n'existait pas beaucoup de possibilités. Un athlète universitaire un peu curieux qui avait la responsabilité des locataires de son immeuble... qui avait peut-être découvert le corps... Ou bien une étudiante qui avait rendez-vous chez Handelman... Un accident...

« Essayez encore », dit l'homme des Carpates.

Michael respira.

Kohoutek revint vers son fauteuil, sans son verre de thé. « Ça ne répond pas, chez Handelman.

— Il est à Boston.

— Combien pourriez-vous payer ?

— Je ne porte pas de grosses sommes sur moi », répliqua Havelock. Il estimait mentalement la quantité d'argent contenue dans sa valise. Cela approchait les six mille dollars. Et ils venaient de Paris...

« Vous avez allongé vingt mille au Rabbin.

— C'était prévu. Je pourrais vous faire un premier versement de cinq mille dollars.

— Premier versement... et la suite ?

— Je vais être franc, dit Michael en se penchant vers lui. Pour nous, cette femme vaut trente-cinq mille dollars. C'était la somme qu'on nous a allouée. J'en ai déjà dépensé vingt mille.

— Moins cinq mille, reste dix, dit le taureau.

— Le reste est à New York. Vous pouvez l'avoir demain, mais il faut que je voie la femme ce soir. Il faut que je l'emmène cette nuit.

— Et vous filez en avion avec mes dix mille dollars !

— Pourquoi est-ce que je ferais ça ? C'est un budget qu'on m'a confié et je ne m'emmerde pas avec des histoires financières. Et je crois aussi que vous pourriez récupérer un peu des vingt mille dollars de Handelman. Voler le voleur... Vous le tenez maintenant. C'est vous qui pourriez le virer ! »

Kohoutek éclata d'un énorme rire bovin. « Vous venez bien des montagnes, *Cechu !* Mais quelles garanties est-ce que j'ai ?

— Envoyez votre meilleur homme avec nous. Je n'ai pas d'arme. Il n'a qu'à me coller la sienne contre la tempe.

— Dans un aéroport ? Ça va pas, non ?

— Nous irons en voiture.

— Pourquoi ce soir ?

— Ils l'attendent demain matin tôt. Je dois la remettre à un homme au coin de la 62e Rue et de York Avenue, à l'entrée de l'East River Drive. C'est lui qui a le reste de l'argent. Il doit l'emmener à Kennedy Airport. Elle a une place réservée sur un avion de l'Aéroflot. Votre homme pourra s'en assurer. Elle ne le quittera pas tant que l'argent n'aura pas été versé. Qu'est-ce que vous voulez de plus ? »

Kohoutek se balançait doucement. « Le Rabbin est un voleur. Est-ce que le Tchèque vaut mieux ?

— Où est le problème ? Vous n'ayez pas confiance en votre meilleur homme ?

— C'est moi le meilleur. Supposons que je vienne ?

— Et pourquoi pas ?

— D'accord ! Nous voyagerons ensemble, la femme à l'arrière avec moi. Une arme braquée sur elle, et une sur vous. Deux armes, *pritel !* Où sont les cinq mille dollars ?

— Dans ma voiture, sur la route. Envoyez quelqu'un avec moi, mais je prendrai l'argent moi-même. Sinon, l'affaire ne se fait pas !

— Vous, les communistes, vous êtes tellement soupçonneux !

— On a appris ça dans les montagnes.

— *Cechu !*

— Où est la femme ?

— Dans un bâtiment derrière. Elle a refusé de manger, elle a jeté le plateau à la gueule du Cubain. Mais elle a de l'éducation, ce qui ne joue pas toujours en leur faveur, bien que ça fasse monter les prix. Il faut d'abord la briser. Le Cubain a peut-être déjà commencé. C'est un gros *macho* au sang chaud avec des couilles qui traînent par terre ! Les grandes blondes, c'est ce qu'il préfère. »

Michael sourit. C'était le sourire le plus dur à sortir de sa vie. « Est-ce que les chambres sont électrifiées ?

— Pour quoi faire ? Où est-ce qu'ils peuvent aller ? Et puis, une telle installation coûterait une fortune et ferait jaser. Les systèmes d'alarme sur la route sont amplement suffisants. C'est un type de Cleveland qui vient s'en occuper.

— Je veux la voir. Puis je veux qu'on parte d'ici.

— D'accord. Quand j'aurai mes cinq mille dollars. » Kohoutek cessa de se balancer et se tourna vers le couloir. Il cria en anglais.

« Hé, toi là-bas ! emmène notre hôte en camion jusqu'à sa voiture. Fais-le conduire et braque-le pendant le trajet. »

Seize minutes plus tard, Havelock comptait les billets et les tendait au taureau des Carpates.

« Vous pouvez aller voir la femme, *pritel.* »

Il traversa le complexe entouré de barbelés vers la gauche du silo, l'homme qui tenait son Llama automatique derrière lui.

« Par ici, à droite », dit le garde.

Il y avait une grange au bord de la forêt, mais c'était plus qu'une grange. De la lumière sortait de plusieurs fenêtres au-dessus du sol. Au premier étage. Et ces fenêtres étaient munies de barreaux. Personne ne pouvait s'en échapper. C'était un baraquement, *ein Konzentrazionslager.*

Michael sentait la pression rassurante de l'étui de cuir qui renfermait son couteau. Il était toujours en place. Il savait qu'il pouvait avoir le garde *et* récupérer son Llama — un faux pas dans la neige, sur l'herbe gelée, et l'homme à la veste de cuir était un homme mort — mais pas maintenant. Cela viendrait plus tard, quand il aurait vu Jenna, quand elle aurait compris — s'il parvenait à la convaincre. Et s'il n'y parvenait pas, ils mourraient tous les deux. Lui perdrait sa vie, et elle connaîtrait l'enfer, avant de mourir.

Écoute-moi ! Écoute-moi car nous sommes tout ce qui reste dans cette folie ! Que nous est-il arrivé ? Que nous ont-ils fait ?

« Frappez à la porte », dit l'homme derrière lui.

Havelock obéit. Une voix avec un accent latin répondit.

« Oui ? Qu'est-ce que c'est ?

— Ouvrez, ordre de M. K. C'est Ryan ! Magne ! »

La porte s'ouvrit de deux ou trois centimètres et un type très baraqué, vêtu d'une chemise de satin et d'un blue-jean, apparut. Il regarda d'abord Michael, puis le garde et ouvrit la porte entièrement.

« Personne n'a appelé, dit-il.

— On pensait que t'étais occupé, dit l'homme derrière Havelock avec un petit rire.

— A quoi ? Avec deux cochons et une folle ?

— C'est elle qu'il veut voir.

— J'espère qu'il a un *palo* en bronze, je t'assure ! J'ai jeté un coup d'œil il y a dix minutes. Elle roupille. Je crois qu'elle n'avait pas dormi depuis plusieurs jours.

— Alors il va pouvoir la sauter », dit le garde en poussant Michael.

Ils montèrent un escalier et entrèrent dans un couloir étroit avec des portes de chaque côté. Des portes d'acier avec une petite fente au milieu, un petit panneau coulissant, comme sur les portes de prison.

Nous sommes dans notre prison mobile. Où lui avait-elle dit ça ? A Prague ? A Trieste ? A Barcelone ?

« Elle est ici, dit le Cubain en s'arrêtant devant la troisième porte. Vous voulez voir ?

— Ouvrez la porte, dit Havelock. Et attendez-moi en bas.

— *Ojalà...*

— Ordres de M. K., coupa l'homme à la veste de cuir. Fais ce qu'il dit. »

Le Cubain prit une clef à sa ceinture, ouvrit le verrou et se mit de côté.

« Allez, barrez-vous de là », dit Michael.

Les deux hommes disparurent dans le couloir.

Havelock ouvrit la porte.

La petite pièce était sombre. La fenêtre était noire comme la nuit, traversée de flocons qui s'écrasaient, se collaient aux barreaux et aux vitres. Il la voyait. Elle était sur le lit, qui ressemblait plutôt à un grabat. Elle dormait, le visage invisible sous la cascade de ses cheveux blonds, une main touchant le sol. Elle était tout habillée, sur les couvertures, ses habits froissés. La position de son corps et le bruit de sa respiration, preuves de son épuisement. En la regardant, il sentait la douleur, ses yeux s'emplissaient de la douleur qu'elle avait endurée, tout cela à cause de lui. La confiance s'était enfuie, l'instinct avait été nié, l'amour oblitéré... Il avait été semblable aux animaux qui l'avaient mise dans cet état... Et il sentait la honte, tellement fort... Et il sentait son amour.

Il pouvait voir la silhouette d'une lampe posée à côté du lit. Une fois allumée, elle l'éclairerait, elle. Une peur froide, soudaine, l'envahit. Un tremblement serra sa gorge. Toute sa vie il avait pris des risques, mais il n'avait jamais affronté un tel danger. Il n'avait jamais affronté une situation si grave, si pleine de sens. S'il perdait — si le lien entre eux se brisait, définitivement — rien n'importerait plus que la mort des fabricants du mensonge. Il était prêt à donner dix ans de sa vie pour pouvoir arrêter le temps, pour n'avoir pas à allumer cette lampe. Il aurait voulu pouvoir l'appeler doucement dans le noir, comme il l'avait appelée cent mille fois, et prendre sa main dans la sienne, attirer son visage vers le sien. Mais cette attente était une torture.

Quelle était cette phrase ? *Entre commettre un acte horrible et le premier geste de cet acte, l'intervalle est comme le fantasme d'un cauchemar hideux.*

Tout commencerait ou bien s'achèverait quand il allumerait la lampe. Il s'approcha silencieusement du lit.

Un bras frappa à travers l'obscurité ! Un reflet de peau blanche dans le noir, une main tendue vers son abdomen. L'impact survint. Un objet pointu — pas un couteau — quelque chose d'autre ! Il sentit sa chemise se déchirer, la coupure dans sa chair. Il sauta en arrière, saisissant cette main, la tordant, puis ne la tordant plus... Il ne voulait pas lui causer plus de douleur. Il ne pouvait pas la toucher !

Elle vous tuera si *elle le peut.* Broussac.

Jenna roula hors du lit, la jambe gauche pliée, son genou s'écrasa dans l'entrejambe de Michael, ses doigts aux ongles pointus accrochés dans son cou, s'enfonçant dans sa chair. Il ne pouvait pas la frapper, *il ne pouvait pas le faire !* Elle le saisit par les cheveux, tirant son visage vers le bas, son genou droit surgit, lui écrasa l'arête du nez. L'obscurité éclata en éclairs blancs.

« *Cune !* » cria-t-elle d'une voix étouffée, gutturale. La fureur totale.

Il comprit. Il lui avait tant appris. *Sers-toi de ton ennemi. Ne le tue que si tu es obligée. Utilise-le d'abord.* Elle avait l'intention de s'échapper. Cela cadrait avec ses vêtements froissés, sa jupe relevée qui avait laissé entrevoir ses dessous. Il avait attribué cela à la fatigue, mais il s'était trompé. C'était une mise en scène destinée au *prase* qui regarderait par la fente dans la porte.

« *Stuj !* » chuchota-t-il sèchement, en se relevant, en la faisant tourner sur elle-même. Il la tenait, mais il ne lui tordait rien, il ne lui faisait aucun mal. « *Tesiuje !* » Il libéra sa main gauche et tira son corps hypertendu vers la lampe. Il se pencha et trouva l'interrupteur. Il alluma. Son visage était face au sien.

Elle le regarda, ses grands yeux bruns écarquillés

dans un étrange mélange de peur et de haine qu'il avait déjà vu à travers le hublot du petit avion au col des Moulinets. Le cri qu'elle poussa vint du centre de sa terre, le cri grandit, prolongé et terrible, un enfant dans une salle de torture, une femme faisant face au retour d'une douleur infinie. Elle lui donna un coup de pied et libéra sa main gauche, se jeta contre le mur, dans le coin, sur le lit. Elle frappait l'air de ses bras, follement, comme un animal fou, les yeux écarquillés, piégé dans un coin, avec seulement sa vie à finir en hurlant, griffant l'air, voulant briser le piège, les mâchoires qui se fermaient sur elle. Elle avait encore à la main l'instrument qui était son dernier espoir. Une fourchette dont les dents étaient tachées de sang. Du sang de Michael.

« Écoute-moi ! chuchota-t-il encore une fois. Ils voulaient nous détruire tous les deux ! C'était ça que je voulais te dire à Civitavecchia, au col des Moulinets !

— Ils veulent m'avoir ! *Tu* veux m'avoir !... Tu as essayé ! Si je dois mourir, alors tu... »

Il lança sa main, lui plaqua le bras droit contre le mur, l'écrasa contre le bois, la força à s'arrêter.

« Broussac t'a crue... Mais elle m'a cru, moi aussi ! Essaie de comprendre. Elle savait que je disais la vérité !

— Tu ne connais pas la vérité ! Menteur, *menteur !* »

Elle lui cracha au visage, lui donna des coups de pied, elle se tordait, sa main libre s'enfonçait sous sa chemise dans sa chair.

« Ils voulaient que j'abandonne et ils se sont servis de toi pour ça ! Je ne sais pas pourquoi, mais je sais que des hommes sont morts... Et une femme aussi, qu'ils ont fait passer pour *toi* ! Ils veulent nous tuer tous les deux, maintenant. Ils sont obligés !

— *Menteur !*

— Ce sont des menteurs, oui, mais je n'en fais pas partie !

— Si ! si ! Tu t'es vendu aux Russes ! *Kurva !*

— *Non !* »

Il tordit son bras qui tenait encore la fourchette pleine de son sang. Elle gémit sous la douleur. Il abaissa son poignet. Alors elle réduisit la pression, les yeux pleins de haine, pleins de peur, mais inquisiteurs aussi, et remplis de confusion. Il plaça la fourchette contre sa propre gorge et murmura : « Tu sais ce qu'il te reste à faire. La trachée. Une fois sectionnée, je ne pourrai plus jamais sortir d'ici... Mais toi tu pourras. Tu n'as qu'à prétendre que tu marches avec eux. Sois passive mais surveille les gardiens. Plus tu seras coopérative, plus vite ils te trouveront du travail à l'extérieur. Souviens-toi bien. Tout ce que tu veux, ce sont tes papiers. Ils sont tout pour toi. Mais dès que tu seras sortie, téléphone à Régine Broussac. Elle t'aidera parce qu'elle sait la vérité. » Il s'arrêta et enleva sa main, laissant la sienne libre. « Maintenant vas-y. Tue-moi, ou bien crois-moi. »

Son regard était comme le cri qu'elle avait poussé, un hurlement à ses oreilles qui résonnait dans les régions obscures de l'esprit de Michael, qui le tirait sur d'énormes vagues, le précipitait sur les rochers acérés d'un million de souvenirs. Ses lèvres tremblaient et soudain cela arriva... La peur et l'étonnement étaient toujours là, au fond de ses yeux, mais la haine s'effaçait, s'évaporait silencieusement, lentement. Les larmes vinrent, doucement, lentement, comme un baume sur leurs blessures.

Jenna laissa tomber son bras et il lui prit la main, la tint dans la sienne. La fourchette tomba et son corps se détendit, quand arrivèrent les terribles soubresauts de sa peine, du soulagement et des larmes. La tension intolérable se défit comme les muscles se détendent après une terrible crampe. Elle le croyait. Le commencement de la fin du cauchemar. Il fallait qu'ils survivent.

Il la prit dans ses bras. C'était tout ce qu'il pouvait faire, tout ce qu'il avait tellement voulu faire.

Les sanglots cessèrent et les minutes passèrent en silence. Ils n'entendaient rien d'autre que leurs respirations. Ils sentaient leurs corps serrés l'un contre l'autre. Finalement, il murmura.

« Nous allons sortir, mais ce ne sera pas facile. Tu as rencontré Kohoutek ?

— Oui, c'est un type horrible.

— Il vient avec nous, soi-disant pour ramasser un paquet de fric que j'ai payé pour toi.

— Mais il n'y a pas d'argent, c'est ça ? » dit Jenna en reculant son visage, étudiant celui de Michael, buvant son regard, l'enveloppant de son amour. « Laisse-moi te regarder, juste te regarder.

— On n'a pas le temps...

— Chut. »

Elle posa ses doigts sur ses lèvres. « Il y a le temps, il ne nous reste rien d'autre.

— Je pensais la même chose en venant ici, et en te regardant tout à l'heure. »

Il sourit, caressa ses cheveux, son visage encore humide de larmes. « Tu as bien joué, *prekrasne.*

— Je t'ai blessé.

— Une petite coupure et quelques grosses griffures.

— Tu saignes... ton cou...

— Et mon dos et un coup de fourchette dans l'estomac, acheva Michael. Tu pourras me soigner, plus tard. Mais pour l'instant ça va très bien avec l'histoire que je leur ai montée. Je dois t'emmener vers un avion de l'Aéroflot.

— Je continue à hurler ?

— Non, sois juste hostile, résignée. Tu sais que tu ne peux pas gagner, que cela sera encore plus dur pour toi si tu résistes.

— Et Kohoutek ?

— Il dit que tu devras rester sur le siège arrière avec lui. Il nous braquera tous les deux avec une arme.

— Alors je fumerai beaucoup. Ça le gênera. Il finira par baisser le bras.

— Oui, trouve quelque chose comme ça. C'est un long voyage. Il peut se passer plein de trucs. Une station d'essence, un arrêt, une panne. C'est peut-être un taureau des montagnes, mais il a dépassé la soixantaine. » Havelock la prit par les épaules. « Il peut décider de te droguer. S'il essaie, je ferai mon possible pour l'en empêcher.

— Il ne me donnera rien de dangereux. Il veut son argent. Mais je sais que tu es là et je sais de quoi tu es capable.

— Viens.

— *Mikhaïl.* » Elle lui saisit les mains. « Qu'est-ce qui s'est passé ? Qu'est-ce qui nous est arrivé ? Ils m'ont dit des choses si terribles ! Je n'arrivais pas à les croire, et pourtant, il fallait que je les croie. Les preuves étaient là !

— Jusqu'au spectacle de ta mort.

— Mon Dieu...

— Et depuis je cours dans tous les sens. Jusqu'à ce jour à Rome où je t'ai vue. Alors je me suis remis à courir, mais autrement, dans une autre direction, après eux, après les fabricants du mensonge, ceux qui nous ont fait tout ça.

— Comment ont-ils fait ?

— On n'a pas le temps. Je te dirai tout plus tard, et toi aussi, tu me diras tout. *Tout.* Tu as les noms, tu connais les gens. Plus tard. »

Ils se levèrent et s'embrassèrent, sentant la chaleur et l'espoir que chacun donnait à l'autre. Michael sortit un mouchoir et le pressa contre son cou. Jenna écarta sa main, essuya elle-même la profonde griffure, caressa l'arête de son nez qu'elle avait écrasé de son genou, puis lui caressa les tempes.

« Souviens-toi, mon chéri, dit-elle, traite-moi comme il faut. Pousse-moi, bouscule-moi et serre-moi le bras très fort. Un homme qui s'est fait griffer comme ça par une femme, qu'elle soit son ennemie ou pas, est très en colère. Surtout face à d'autres hommes. C'est sa virilité qui est en cause, plus que ses blessures.

— Merci, Sigmund Freud. Allons-y. »

Le garde en veste de cuir noire sourit à la vue de Havelock qui saignait et le Cubain hocha la tête, son expression confirmant son opinion antérieure. Comme prévu, Michael tenait Jenna par le bras d'une clef très vicieuse, la propulsait devant lui, la bouche crispée, l'air furieux.

« Je veux retourner voir Kohoutek et m'en aller d'ici ! dit-il, d'une voix rageuse, et pas de réflexions, c'est compris ?

— Le grand homme s'est fait mordre par la petite fille ? dit le garde en souriant.

— Ta gueule. Pauvre idiot !

— En fait, elle n'est pas si petite que ça. »

Janos Kohoutek portait une grosse veste de velours et une casquette en fourrure sur la tête. Lui aussi riait du mouchoir ensanglanté que Havelock tenait sur son cou.

« C'est peut-être une sorcière des Carpates, dit-il, en anglais.

— C'est une salope, *pritel* ! dit Michael en poussant Jenna vers la porte. Je veux partir. La neige va nous retarder.

— Ça ne va pas si mal, il y a plus de vent que de neige, dit le taureau en sortant un rouleau de corde de sa poche et en s'approchant de Jenna. Ils passent le chasse-neige sur la route.

— Qu'est-ce que c'est que ça ? demanda Havelock en désignant la corde.

— C'est pour ses mains, dit Kohoutek. Tu as peut-être envie de t'amuser avec cette panthère, mais pas moi.

— Je fume, protesta Jenna. Laissez-moi fumer, je suis très angoissée. Et qu'est-ce que je peux faire ?

— Elle préférerait peut-être une seringue, la petite panthère, comme ça elle n'aura pas envie de fumer.

— Mes employeurs n'accepteront pas qu'elle soit droguée, protesta Michael. Les aéroports sont surveillés, spécialement les portes de l'Aéroflot. Pas de narcotiques.

— Alors je l'attache. Tiens, prends-lui les mains, toi. »

Le garde à la veste de cuir s'approcha de Jenna. Elle le devança en tendant elle-même les mains devant elle, comme pour qu'on ne la touche pas, évitant tous les regards. Kohoutek s'arrêta. « Est-ce qu'elle a été aux toilettes ? » demanda-t-il à personne et personne ne répondit. « Dites-moi madame, vous avez été aux toilettes ?

— Ça va, dit Jenna.
— Pour plusieurs heures ? On ne s'arrêtera pas, vous savez. Même pour que vous puissiez vous asseoir au bord de la route avec un canon sur la tête, il n'y aura pas d'arrêt. *Rozumis ?*
— J'ai dit que ça allait.
— Attache-la et allons-y. »
Havelock fit quelques pas impatients vers la porte, dépassa Kohoutek et jeta un coup d'œil à Jenna. Ses yeux étaient impersonnels, comme vitreux. Elle jouait magnifiquement. « Je suppose que ce rescapé de tôle va nous emmener en camion ? »
Le garde eut l'air furieux, mais Kohoutek sourit, tout en finissant d'attacher Jenna. « Vous ne vous trompez pas de beaucoup, Havlicek. Il a fait plusieurs années pour attaque à main armée. Oui, il va nous emmener. »
Le taureau serra la corde, tourna la tête et cria : « *Axel !*
— Il a mon revolver, dit Michael en désignant le type à la veste de cuir noire. Je voudrais le récupérer.
— On vous le rendra. Au coin d'une rue à New York. »
Le second garde entra dans la pièce. C'était lui qui avait assisté au réveil de Havelock.
« Oui, monsieur Kohoutek ?
— Tu t'occupes du programme de demain.
— Bien.
— Reste en contact radio avec les camions du Nord et débrouille-toi pour qu'il y en ait un qui me ramasse à Monongahela quand je reviendrai demain en avion. Je t'appellerai pour te donner l'horaire du vol.
— Très bien.
— Allons-y », dit le taureau des montagnes en ouvrant la porte.
Michael prit le bras de Jenna, le garde en veste de cuir le suivait. Dehors, le vent s'était levé, plus violent qu'auparavant, cinglant, soulevant de grands cercles de neige. Kohoutek en tête, ils coururent vers le camion. Un troisième garde, en parka blanche, se

tenait près de la porte à une cinquantaine de mètres de là. Il les aperçut et s'avança vers la barre qui fermait la porte.

A l'arrière, le camion était muni de deux bancs de bois se faisant face où pouvaient s'asseoir une douzaine de personnes. A la vue de cet espace fermé et sans fenêtres, Jenna fut visiblement troublée et Havelock comprit. Son pays natal — leur pays natal — avait trop vu de tels camions pendant des années, trop entendu d'histoires de convois emportant des hommes et des femmes qu'on ne revoyait jamais. Ils étaient à Mason Falls, Pennsylvanie, U.S.A., mais le propriétaire et le chauffeur de ce camion n'étaient pas différents de leurs frères à Prague, Varsovie et, avant cela, Berlin. Ils transportaient, sans plus de conscience, le même bétail humain.

« Montez, montez ! » cria Kohoutek, un gros colt 45 à la main. Le garde tenait la porte arrière ouverte.

« Je ne suis pas votre prisonnier ! répliqua Havelock. Nous avons passé un accord !

— Et dans notre accord, *pritel*, vous êtes mon hôte autant que mon otage jusqu'à New York. Après livraison, Je serai ravi de ranger mon arme et de vous payer à dîner. »

Le taureau éclata de rire et Jenna et Michael montèrent à l'arrière du camion. Ils s'assirent l'un à côté de l'autre, mais cela ne plut pas à Kohoutek.

« La femme s'assoit à côté de moi, ordonna-t-il d'une voix grave. Changez de place, vite !

— Vous êtes paranoïaque », dit Havelock en se déplaçant vers l'autre côté.

On ferma la porte. Le garde fit le tour du camion. Une lueur venait de la cabine avant, à travers le pare-brise. Dans quelques secondes, pensa Michael, les phares seraient allumés et éclaireraient partiellement l'intérieur du camion. Dans l'obscurité il souleva son manteau et, de sa main droite, il défit le clip qui maintenait son couteau. S'il ne le faisait pas maintenant, il aurait beaucoup plus de mal à le sortir plus tard, au volant de sa voiture.

« Qu'est-ce que c'est que ça ? cria le taureau en levant son colt 45 vers la tête de Havelock. Qu'est-ce que vous faites ?

— Cette salope m'a griffé le dos, j'ai du sang qui colle à ma chemise », dit Michael d'une voix normale. Puis il changea de ton : « Vous voulez voir ? »

Kohoutek grimaça un sourire. « Une *carodejka* des Carpates. La lune est sûrement pleine, mais on ne la voit pas. » Il éclata à nouveau de son gros rire de montagnard. « J'espère que la Lubyanka est aussi imperméable qu'avant. Elle va vous bouffer tous vos gardiens ! »

En entendant le mot Lubyanka, Jenna poussa un petit cri, se mit à trembler... « Oh ! mon Dieu, mon Dieu... »

Kohoutek la regarda à nouveau et Havelock, une fois de plus, comprit. Elle attirait l'attention sur elle. Il sortit le couteau de son étui et le plaça sous sa paume droite. Cela lui avait pris moins de dix secondes.

La porte du chauffeur s'ouvrit. Le garde grimpa sur son siège et alluma les phares. Il regarda derrière lui, mit le contact. Le half-track avait un moteur très puissant et une minute plus tard ils avaient passé la porte et escaladaient la colline, les gros pneus arrachaient la neige et la terre molle. Le gros half-track vibrait, roulait dans les ornières. Ils atteignirent la ligne d'arbres où la route revenait à l'horizontale. Il leur restait environ huit cents mètres avant d'atteindre Fourforks Pike. Le chauffeur prit de la vitesse, puis, soudain, sans avertissement, il freina d'un coup, arrêta le camion. Une lumière rouge clignotait sur le tableau de bord. Il tourna un bouton et ils entendirent le crachotement d'une radio. Une voix excitée criait par-dessus les parasites.

« Monsieur Kohoutek ! Monsieur Kohoutek !

— Qu'est-ce qu'il y a ? demanda le chauffeur en saisissant un micro sur le tableau de bord. C'est le canal d'urgence.

— C'est le moineau, à New York !... Il est au téléphone ! Handelman est mort ! Il a entendu ça aux informations ! Il a été tué chez lui et la police cherche un homme... »

Havelock plongea, le couteau serré dans son poing droit, la main gauche lancée vers le canon du colt 45. Jenna bondit en arrière. Il agrippa le canon au moment où Kohoutek se levait, puis, faisant cogner le revolver sur le banc de bois, il planta son couteau dans la main du taureau des montagnes, la pointe traversa la chair et les os et s'enfonça dans le bois. Kohoutek cria. Sa main ensanglantée était clouée au banc. Le chauffeur se tourna au moment où Jenna lui fonçait dedans, écrasait ses mains liées sur son cou, lui arrachant le micro, coupant la transmission. Havelock abattit le 45 sur le crâne de Kohoutek qui tomba entre les deux bancs, la main toujours clouée au-dessus de lui.

« *Mikhaïl !* »

Le garde s'était mis hors de portée des coups de Jenna et récupérait très vite. Il sortait le Llama automatique de sous sa veste de cuir. Michael bondit en avant et aplatit le lourd colt 45 sur la tempe du type, qui se figea.

« Monsieur Kohoutek ? Vous avez entendu ? cria la voix dans le haut-parleur. Que doit faire le moineau ? Il veut des instructions !

— Dites-lui que vous avez entendu, ordonna Havelock en appuyant légèrement sur la détente du colt. Dites-lui que le moineau ne doit rien faire, qu'il doit attendre d'autres instructions.

— Message reçu, murmura le garde dans le micro. Dis au moineau de ne rien faire. On le contactera plus tard. »

Michael coupa le micro et désigna le Llama.

« Maintenant, passez-moi ça, délicatement, avec deux doigts. Après tout, c'est à moi, non ?

— Je vous l'aurais rendu, gémit le garde complètement paniqué, lèvres tremblantes.

— Et combien d'années de leur vie pourrez-vous rendre à tous ceux que vous avez conduits dans ce camion ?

— Je n'ai rien à voir avec ça, *je le jure* ! Je faisais ce qu'on me disait...

— Vous êtes tous pareils. »

Havelock prit le Llama et, déplaçant le 45, il le posa sur la nuque du chauffeur.

« Maintenant sors-nous d'ici », dit-il.

22

L'homme mince aux cheveux raides et noirs, entre deux âges, ouvrit la porte de la cabine téléphonique au coin de la 116e Rue et de Riverside Drive. La neige mouillée collait à la vitre et estompait les lumières rouges clignotantes des voitures de police qui étaient en haut du bloc. Il introduisit la pièce, fit le 0, puis cinq autres chiffres ; il attendit la seconde tonalité et composa un autre numéro. Au même moment un téléphone privé se mit à sonner dans les appartements de la Maison-Blanche.

« Oui ?

— Monsieur le Président ?

— Emory ? Comment ça s'est passé ?

— Très mal. Il est mort. Il a été descendu. »

Grand silence de Washington, interrompu seulement par la respiration de Berquist. « Racontez-moi ce qui s'est passé, dit le Président.

— C'est Havelock, mais son nom n'a pas été consigné correctement. On peut nier l'existence d'une telle personne aux Affaires Étrangères.

— Havelock ? Aux... ? Oh mon Dieu !

— Je ne connais pas tous les détails, mais j'en sais suffisamment. La navette avait du retard à cause de la neige et nous encerclions La Guardia depuis une heure environ. Lorsque je suis arrivé ici, il y avait plein de monde, des voitures de police, quelques journalistes et une ambulance.

— Des journalistes ?

— Oui, Monsieur. Handelman est quelqu'un d'important ici. Pas seulement parce que c'est un

Juif qui a survécu à Bergen-Belsen, mais aussi à cause de sa situation à l'université. Il était respecté et même vénéré.

— Oh, ciel... Qu'avez-vous appris ? Comment l'avez-vous appris ? Votre nom ne sera pas mentionné, n'est-ce pas ?

— Non, Monsieur. Je suis entré en usant de l'influence de mon rang aux Affaires Étrangères ; le détective m'a bien aidé. Apparemment, Handelman avait rendez-vous avec une étudiante qui est revenue deux fois dans l'immeuble avant de sonner chez le gardien. Ils sont montés à l'appartement de Handelman, ont vu que la porte n'était pas fermée à clef, sont entrés à l'intérieur et l'ont trouvé. Le gardien a appelé la police et quand ils sont arrivés, il a reconnu avoir laissé passer un homme qui avait une carte des Affaires Étrangères. Il a dit qu'il s'appelait Havilitch ; il ne se souvenait pas du prénom, mais a affirmé que la carte d'identité était en règle. La police est toujours dans l'appartement de Handelman en train de relever les empreintes et de ramasser des parcelles de sang et de tissu.

— Est-ce que tous les détails ont été dévoilés ?

— Dans cette ville on ne peut pas attendre. Il y a vingt minutes que tout a été lâché. Je n'avais aucun moyen de l'empêcher, si je l'avais voulu. Mais les Affaires n'ont rien à élucider ; nous *pouvons* nier. »

Le Président ne dit rien, puis il reprit. « Quand ce sera le moment, les Affaires Étrangères coopéreront pleinement avec les autorités. En attendant je veux un dossier — confidentiel — sur les activités de Havelock depuis sa séparation d'avec le gouvernement. Il doit refléter l'inquiétude du gouvernement sur son état mental et ses tendances manifestes à l'homicide — sur sa loyauté. Cependant, dans l'intérêt de la sécurité nationale, ce dossier restera secret. Il ne sera pas publié.

— Je ne suis pas sûr de comprendre.

— Les faits seront mis à jour quand Havelock ne menacera plus les intérêts de ce pays.

— Monsieur ?

— Un homme n'a aucune importance, dit doucement le Président. Coventry, monsieur le sous-secrétaire. L'Énigme... Parsifal.

— J'accepte le raisonnement, Monsieur, pas la supposition. Comment pouvons-nous être sûrs de le trouver ?

— Il nous trouvera ; il *vous* trouvera. Si tout ce que nous avons appris sur Havelock est aussi exact que nous le pensons, il n'aurait pas tué Jacob Handelman sans une raison exceptionnelle. Et il ne l'aurait jamais tué s'il n'avait pas appris où Handelman avait envoyé la femme Karras. Quand il l'aura rejointe, il sera au courant pour vous. »

Bradford resta silencieux un instant, son souffle était visible, la buée s'effaçait par intermittence. « Oui, bien sûr, monsieur le Président.

— Revenez ici aussi vite que possible. Il faut que nous soyons prêts... il faut que *vous* soyez prêt. Je vais faire venir deux hommes en avion de Poole's Island. Ils vous retrouveront au National ; restez à l'abri de l'aéroport jusqu'à ce qu'ils arrivent.

— Oui, Monsieur.

— Maintenant, écoutez-moi, Emory. Mes instructions seront directes et mes explications claires. Par ordre présidentiel vous devez être protégé vingt-quatre heures sur vingt-quatre ; votre vie est entre leurs mains. Vous êtes pourchassé par un tueur qui a vendu des secrets d'État à l'ennemi. Ça se sont les mots que j'emploierai ; les *vôtres* seront différents. Vous utiliserez le langage des opérations consulaires : Havelock est “au-delà de toute récupération”. Tant qu'il vit, nos hommes courent un danger de chaque instant sur le terrain.

— Je comprends.

— Emory ?

— Monsieur ?

— Avant que tout ceci n'arrive, je ne vous ai jamais vraiment connu, pas personnellement, dit Berquist. Ça se passe comment chez vous ?

— Chez moi ?

— C'est là qu'il viendra vous chercher. Il y a des enfants chez vous ?

— Des enfants ? Non, non, il n'y a pas d'enfants. Mon fils aîné est à l'université, et le plus jeune en pension.

— Je croyais avoir entendu dire que vous aviez des filles.

— Deux. Elles sont avec leur mère. Dans le Wisconsin.

— Je vois. Je ne savais pas. Il y a une autre femme ?

— Il y en a eu. Deux autres. Elles ne sont pas restées.

— Donc il n'y a pas de femme qui vive dans votre maison ?

— De temps en temps, mais pas pour l'instant. Très peu pendant ces quatre derniers mois.

— Je vois.

— Je vis seul. Conditions optima, monsieur le Président.

— Oui, je crois. »

A l'aide des cordes qui étaient enroulées sur le flanc du camion, ils attachèrent le gardien au volant, et Kohoutek à la banquette.

« Trouve n'importe quoi pour lui panser la main, dit Michael. Je veux qu'il reste en vie. Je veux que quelqu'un lui pose des questions. »

Jenna trouva un foulard de fermier dans la boîte à gants. Elle retira le couteau de l'énorme main du vieux taureau des montagnes, déchira le tissu en deux et pansa adroitement la blessure en arrêtant le sang à la fois sur l'entaille et au poignet.

« Ça tiendra trois heures, peut-être quatre, dit-elle. Après, je ne sais pas. S'il se réveille et l'arrache, il peut se vider de son sang... Et d'après ce que je sais, je n'ai que faire des prières.

— Quelqu'un le trouvera. Les trouvera. Ce camion. Il va faire jour dans une heure à peu près et la Fourforks Pike est une route nationale. Assieds-toi une minute. » Havelock fit démarrer le moteur, appuya sur l'embrayage par-dessus la jambe du gardien et passa une vitesse. En empoignant le type et en lui faisant faire un mouvement de va-et-vient sur le volant il réussit à mettre le véhicule en travers de la route.

« Okay, on descend.

— Vous ne pouvez pas me laisser ici ! pleurnicha le gardien. Seigneur !

— Tu es allé aux toilettes ?

— Quoi ?

— Je l'espère pour toi.

— Mikhaïl ?

— Oui ?

— La radio. Quelqu'un peut venir et le libérer. Il s'en servirait. Chaque minute compte. »

Havelock ramassa le P. 45 sur le siège et écrasa plusieurs fois la lourde crosse sur les cadrans et les boutons jusqu'à ce qu'il ne reste plus qu'un tas de verre et de plastique informe. Finalement il arracha le micro en sectionnant les fils ; il ouvrit la porte et se tourna vers Jenna. « On va laisser les lumières allumées pour que personne ne l'emboutisse, dit-il en descendant et en avançant le siège pour qu'elle puisse passer. Encore une chose à faire. Viens. »

A cause du vent, il n'y avait presque pas de neige sur la Fourforks Pike, à l'exception de quelques congères disséminées qui s'étaient formées au bord de l'herbe. Michael tendit le P. 45 à Jenna et fit passer le Llama dans sa main droite. « Ça fait trop de bruit, dit-il. Le vent pourrait le porter jusqu'à la ferme. Reste ici. »

Il courut à l'arrière du camion et tira deux fois pour crever les pneus arrière. Il se précipita de l'autre côté et tira dans les pneus avant. Le camion tangua d'avant en arrière pendant que ses pneus se dégonflaient et s'immobilisa sur la route. Pour la dégager, on pourrait l'amener dans l'herbe, mais il n'irait pas plus loin que ça. Il mit le Llama dans sa poche.

« Passe-moi le 45 », dit-il à Jenna en sortant sa chemise de son pantalon.

Elle le lui donna. « Qu'est-ce que tu vas faire ?

— Le nettoyer. Non que ça serve à grand-chose

car l'intérieur du camion est plein de nos empreintes. Mais peut-être qu'ils ne passeront pas la brosse là ; ils veulent ceci.

— Et alors ?

— Je parie que notre chauffeur va crier comme un putois, dans son intérêt personnel, que ce n'est pas le sien mais qu'il appartient à son employeur, ton hôte, Kohoutek.

— La balistique, dit Jenna en hochant la tête. Des meurtres fichés.

— Peut-être quelque chose d'autre. Cette ferme va être fouillée et ils vont peut-être commencer à creuser tout autour. Il pourrait y avoir des meurtres qui ne soient pas fichés. » Il prit l'automatique avec un pan de sa chemise, ouvrit la porte du camion et projeta l'arme sur le siège avant à l'intérieur de la cabine.

« Hé, pour l'amour du ciel ! hurla le chauffeur, en se tortillant entre les cordes. Laissez-moi sortir d'ici, d'accord ? Je ne vous ai rien fait ! Ils vont m'en coller encore pour dix ans !

— Ils sont beaucoup plus coulants avec les gens qui dénoncent leurs complices. Penses-y. » Havelock claqua la portière et retourna rapidement vers Jenna. « La voiture est à peu près à cinq cents mètres plus bas de l'autre côté de la route de Kohoutek. Ça va ? »

Elle le regarda ; des cristaux de neige s'étaient collés à ses cheveux blonds qui flottaient au vent et son visage était tout mouillé, mais elle avait le regard vif. « Oui, mon chéri, ça va... Où que nous soyons en ce moment, je suis chez moi. »

Il lui prit la main et ils commencèrent à descendre la route. « Marche au milieu pour que nos traces soient recouvertes. »

Elle était assise près de lui, contre lui, son bras passé sous le sien, posant de temps en temps sa tête sur son épaule pendant qu'il conduisait.

Les paroles étaient rares et les silences réconfortants ; ils étaient trop fatigués et trop inquiets pour parler, du moins pour l'instant. Ils avaient déjà connu ça ; ils savaient que le calme — et le fait d'être ensemble — leur amènerait un peu de paix.

Se souvenant de ce qu'avait dit Kohoutek, Havelock se dirigea au nord vers l'autoroute de Pennsylvanie, puis à l'est vers Harrisburg. Le vieux Morave avait raison ; les vents balayaient la vaste étendue de l'autoroute et la température extrêmement basse gardait la neige sèche et légère. Malgré la faible visibilité, il pouvait conduire vite.

« C'est l'autoroute principale ? demanda Jenna.

— Celle de l'État, oui.

— C'est prudent de la prendre ? Si l'on découvre Kohoutek avant le lever du jour, est-ce que cette autoroute ne risque pas d'être surveillée comme le *Bahnen* et le *draha* ?

— Nous sommes bien les derniers sur la terre qu'il désire faire retrouver par la police. Nous savons ce qu'est cette ferme. Il va chercher à gagner du temps, arrangera l'histoire à sa façon en disant que c'était lui l'otage, la victime. Et le gardien ne dira rien jusqu'à ce qu'il n'ait plus le choix ou jusqu'à ce qu'ils trouvent son dossier et alors il marchandera. Ne t'inquiète pas.

— Ça, c'est la police, chéri, dit Jenna en lui posant doucement la main sur l'avant-bras. Mais suppose que ce ne soit pas la police ? Tu veux que ce soit la police et tu t'en persuades. Mais suppose que ce soit quelqu'un d'autre ? Un fermier, ou un chauffeur de camion de lait. Je crois que Kohoutek donnerait beaucoup d'argent pour rentrer chez lui sain et sauf. »

Michael la regarda à la lueur du tableau de bord. Elle avait les yeux fatigués, cernés d'ombres noires ; la peur n'avait pas quitté son regard. Pourtant, en dépit de la crainte et de l'épuisement, elle réfléchissait — plus que lui. Il est vrai qu'elle avait été poursuivie beaucoup plus souvent que lui, et plus récemment que lui. Et surtout elle ne s'affolait pas ; elle connaissait l'efficacité du self-control même quand la peur et la douleur étaient intolérables. Il se pencha sur elle et lui effleura le visage d'un baiser.

« Tu es merveilleuse, dit-il.

— J'ai peur, répondit-elle.

— Et tu as raison aussi. Il y a une petite chanson pour enfants qui dit “ce qu'on désire fort se réalise”. C'est un mensonge, et pour les enfants seulement, mais je comptais dessus, je l'espérais. Il n'y a que trois chances sur dix pour que la police trouve Kohoutek ou qu'un citoyen aille raconter ce qu'il a trouvé à la police. Nous prendrons la prochaine sortie et piquerons vers le sud.

— Vers où ? Où allons-nous ?

— D'abord là où nous pourrons être seuls, sans bouger. Sans courir. »

Elle était assise sur une chaise à côté de la fenêtre du motel ; dehors, dans le lointain, la lumière du matin enveloppait les Allegheny Mountains. Les rayons jaunes faisaient ressortir l'or de ses longs cheveux blonds qui retombaient sur ses épaules. Elle tournait alternativement la tête vers lui puis vers le lointain et fermait les yeux ; ses paroles étaient trop douloureuses à entendre en pleine lumière.

Quand il eut terminé, l'angoisse qui l'avait saisi pendant sa confession était toujours là : il avait été son bourreau. Il avait tué son amour et il n'y avait plus d'amour en lui.

Jenna se leva de sa chaise et resta en silence à côté de la fenêtre. « Que nous ont-ils *fait ?* » murmura-t-elle.

Havelock la regardait, debout de l'autre côté de la pièce ; il ne pouvait pas détourner son regard. Et puis il fut ramené en arrière dans une époque indéterminée, dans les brumes houleuses d'un rêve obsédant, qui ne le quittait jamais. Les images étaient là, les moments étaient présents, mais ils n'étaient sortis de sa vie que pour surgir et l'attaquer, en le harcelant à chaque fois que ses souvenirs refusaient de rester enterrés. *Que reste-t-il quand vos souvenirs se sont enfuis, M. Smith ?* Rien, bien sûr, pourtant combien de fois avait-il souhaité cet oubli, sans images ni souvenirs de moments — échangeant le néant contre l'absence de douleur. Mais à présent il avait traversé le cauchemar d'un sommeil interrompu et était revenu à la vie, tout comme les larmes étaient venues dans les yeux de Jenna et avaient effacé la haine. Mais la réalité était fragile ; il fallait en recoller les morceaux.

« Il faut que nous découvrions pourquoi, dit Michael. Broussac m'a dit ce qui t'était arrivé, mais il y a des lacunes que je n'ai jamais comprises.

— Je ne lui ai pas tout dit, dit Jenna en regardant la neige dehors. Je ne lui ai pas menti, mais je ne lui ai pas tout dit. J'avais peur qu'elle ne m'aide pas.

— Qu'est-ce que tu as omis de lui dire ?

— Le nom de l'homme qui est venu me voir. Il a travaillé avec ton gouvernement pendant pas mal d'années. Il a été très controversé autrefois, mais toujours respecté, je crois. Du moins c'est ce que j'ai entendu dire.

— Qui était-ce ?

— Un nommé Bradford. Emory Bradford.

— Bon Dieu... » Havelock en fut abasourdi. Bradford était un nom du passé, un passé agité. Il avait été une des comètes politiques nées sous Kennedy et qui s'étaient fait une réputation douteuse avec Johnson. Quand les comètes s'étaient évanouies du firmament de Washington, pour se diriger vers les banques et fondations internationales, les prestigieux cabinets d'avocats et les conseils d'administration des sociétés, Bradford était resté — moins célèbre, assurément, et moins influent, certainement — là où s'étaient déroulées les guerres politiques. On n'avait jamais compris pourquoi. Il aurait pu faire un millier d'autres choses, mais il avait préféré rester là. Bradford, pensa Havelock, le nom résonna en écho dans sa tête. Est-ce qu'Emory Bradford s'était contenté d'attendre pendant toutes ces années qu'un autre Camelot le porte au sommet d'une autre gloire ? Ce devait être ça. S'il était arrivé jusqu'à Jenna à Barcelone, il était au centre de la duperie de la Costa Brava, une duperie qui dépassait de beaucoup Jenna et lui-même, deux amants dressés l'un contre l'autre. Une duperie qui réunissait des hommes invisibles à Moscou à des hommes puissants du gouvernement des États-Unis.

« Tu le connais ? demanda Jenna en regardant toujours par la fenêtre.

— Pas personnellement. Je ne l'ai jamais rencontré. Mais tu as raison, il était bien controversé ; et presque tout le monde le connaît. Aux dernières nouvelles, il était sous-secrétaire d'État, silencieux mais d'assez bonne réputation — enterré mais précieux, pourrait-on dire. Il t'a dit qu'il était en mission consulaire hors de Madrid ?

— Il a dit qu'il était en mission spéciale pour les opérations consulaires, une urgence concernant la sécurité intérieure.

— Moi ?

— Oui. Il m'a montré des copies de documents trouvés dans le coffre d'une banque sur les Ramblas. » Jenna se détourna de la fenêtre. « Te souviens-tu de m'avoir dit à plusieurs reprises que tu devais aller sur les Ramblas ?

— C'était un truc pour dire Lisbonne, je te l'ai dit aussi. De toute façon, c'était bien orchestré.

— Mais tu comprends. Je me suis souvenue des Ramblas.

— Ils s'en sont assurés. Qu'est-ce que c'était, ces documents ?

— Des instructions de Moscou qui ne pouvaient être que pour toi. Il y avait des dates, des itinéraires ; tout concordait avec les endroits où nous étions allés et où nous devions aller. Et il y avait des codes ; s'ils n'étaient pas authentiques, alors je n'ai jamais vu un chiffre russe.

— On m'a donné les mêmes matériaux, dit Havelock dont la colère refaisait surface.

— Oui, je l'ai su quand tu m'as dit ce qu'ils t'avaient donné à Madrid. Pas tout, bien sûr, mais ils nous ont montré à peu près les mêmes documents et les mêmes informations. Jusqu'à la radio de la chambre d'hôtel.

— La fréquence maritime ? Je croyais que tu avais été négligente ; nous n'écoutions jamais la radio.

— Quand j'ai vu ça, j'ai eu l'impression de mourir à moitié, dit Jenna.

— Quand j'ai trouvé la clef dans ton sac, exactement comme celle que le témoin de Madrid prétendait que tu devais avoir — une clef de consigne d'aéroport — je ne pouvais plus rester dans la même chambre que toi.

— C'était ça, n'est-ce pas ? L'ultime confirmation pour nous deux. J'avais changé, je ne pouvais pas m'en empêcher. Et quand tu es revenu de Madrid, tu étais différent. C'était comme si tu avais été violemment tiré dans plusieurs directions, mais avec un seul engagement sincère, et ce n'était pas envers moi, pas envers nous. Tu t'étais vendu aux Russes pour des raisons que je ne pouvais pas comprendre... J'ai même essayé de me l'expliquer ; peut-être qu'au bout de trente ans tu avais eu des nouvelles de ton père — des choses étranges étaient arrivées. Ou alors tu te mettais à l'abri sans moi ; un transfuge en train de devenir un agent double. Je savais seulement que la transition — quelle qu'elle soit — m'excluait. » Jenna tourna le dos à la fenêtre. Elle poursuivit d'une voix à peine audible. « Puis Bradford m'a recontactée ; cette fois il était pris de panique, au bord de la crise de nerfs. Il dit qu'on venait juste d'intercepter le message — Moscou avait donné l'ordre de m'abattre. Tu devais m'emmener dans un piège, et ce devait être cette nuit-là.

— Sur la Costa Brava ?

— Non, il n'a jamais parlé de la Costa Brava. Il a dit qu'un homme téléphonerait vers six heures pendant que tu serais sorti, et utiliserait une phrase ou une description que je reconnaîtrais comme ne pouvant venir que de toi. Il me dirait que tu ne pouvais venir au téléphone, mais que je devais prendre la voiture et descendre la côte jusqu'à Villanueva, que tu me rejoindrais près des fontaines qui étaient sur la place. Mais tu ne le ferais pas car je n'y arriverais jamais. On m'enlèverait sur la route.

— Je t'ai bien dit que j'allais à Villanueva, dit Michael. Ça faisait partie de la stratégie des opérations consulaires. Comme j'étais supposé être occupé à trente kilomètres au sud, tu avais le temps d'aller à la plage de Montebello sur la Costa Brava. C'était la dernière preuve contre toi. Je devais en être le témoin — je l'ai exigé, priant le ciel pour que tu ne t'y montres jamais.

— Tout concorde, c'était *fait* pour ça ! s'écria Jenna. Bradford a dit que si je recevais cet appel, je devais fuir. Il y aurait un autre Américain dans le hall avec lui pour guetter le K.G.B. Ils m'emmèneraient au consulat.

— Mais tu n'es pas partie avec eux. La femme que j'ai vue mourir n'était pas toi.

— Je n'ai pas pu. Tout d'un coup je ne pouvais plus faire confiance à personne... Tu te souviens de cet incident un soir au café du Paseo Isabel juste avant que tu ailles à Madrid ?

— L'ivrogne, dit Havelock en se souvenant de tout. Il t'est rentré dedans — est tombé sur toi plutôt — puis a insisté pour te serrer la main et t'embrasser. Il était complètement sur toi.

— Nous en avons ri. Toi plus que moi.

— C'était différent deux jours plus tard. J'étais convaincu que c'était à ce moment-là qu'on t'avait donné la clef de la consigne de l'aéroport.

— Ce dont je n'ai jamais été au courant.

— Et que j'ai trouvée dans ton sac parce que Bradford l'y avait mise pendant qu'il était dans la chambre d'hôtel et que j'étais à Madrid. Je suppose que tu as dû t'éclipser une minute ou deux.

— J'étais sous le choc ; la fréquence maritime... Je me suis absentée.

— Ça explique la radio, la fréquence maritime... Et l'ivrogne ?

— C'était l'autre Américain dans le hall de l'hôtel. Pourquoi était-il là ? Qui était-ce ? Je suis remontée aussi vite que j'ai pu.

— Il ne t'a pas vue ?

— Non, j'ai pris l'escalier. Son visage m'a fait peur, je ne peux pas te dire pourquoi. Peut-être parce qu'il avait fait semblant d'être quelqu'un d'autre avant, quelqu'un de si différent, je ne sais pas. Ce que je sais, c'est que ses yeux me dérangeaient ; ils étaient mauvais mais ils ne scrutaient pas les environs. Il n'était pas en train de guetter le K.G.B. dans le hall ; il ne faisait que regarder sa montre. J'étais déjà moi-même dans un état de panique — de confusion et plus blessée que je ne l'avais jamais été de ma vie. Tu allais me laisser mourir, et soudain je ne pouvais plus leur faire confiance.

— Tu es retournée à la chambre ?

— Mon Dieu, non, j'aurais été prise au piège. Je suis montée à l'étage et je suis restée dans la cage d'escalier et j'ai essayé d'y voir clair. Je pensais que j'étais peut-être hystérique, trop effrayée pour me conduire raisonnablement. Pourquoi n'avais-je pas confiance en ces Américains ? J'allais presque me décider à redescendre quand j'ai entendu des bruits dans le couloir. J'ai entrouvert la porte un tout petit peu... et compris que j'avais eu raison de faire ce que j'avais fait.

— Ils te cherchaient ?

— L'ascenseur. Bradford a frappé à la porte plusieurs fois, et pendant qu'il frappait, l'autre — l'ivrogne du café — a sorti un revolver. Comme il n'y avait pas de réponse, ils attendirent d'être sûrs qu'il n'y ait personne dans le corridor. Alors, d'un coup de pied, l'homme au revolver a forcé la porte et s'est rué à l'intérieur. Ils n'avaient pas l'air de deux hommes qui viennent sauver quelqu'un. Je me suis sauvée. »

Tout en la regardant, Havelock essayait de réfléchir. Il y avait tant d'ambiguïtés... *Ambiguïté*. Où étaient les plans de l'homme qui avait utilisé le code « Ambiguïté » ?

« Comment as-tu récupéré ta valise ? demanda-t-il.

— Comme tu l'as décrite, c'était une de mes vieilles valises. La dernière que je me suis souvenue avoir simplement laissée dans la cave de l'appartement que je louais à Prague. Tu pouvais l'y avoir descendue, en fait.

— Le K.G.B. l'aurait trouvée.

— Le K.G.B. ?

— Quelqu'un du K.G.B.

— Oui, tu l'as dit, n'est-ce pas ?... Il doit y avoir quelqu'un.

— Quelle était la phrase ou la description que l'homme t'a donnée au téléphone ? Les mots que tu devais penser venir de moi.

— Prague encore. Il a dit qu'il y avait "une cour pavée dans le centre de la ville".

— *Veena mistnost*, dit Michael en hochant la tête. La police soviétique de Prague. Ils devaient être au courant. J'ai décrit dans un rapport que j'ai envoyé à Washington comment tu étais sortie de cet endroit et comme tu étais forte. Et comment je suis presque mort en te regardant d'une fenêtre qui était trois étages au-dessus.

— Merci pour les éloges.

— Nous mettions tous nos atouts ensemble, tu te souviens ? Nous allions nous évader de notre prison mobile.

— Et tu allais être professeur.

— D'histoire.

— Et nous allions avoir des enfants.

— Et les envoyer à l'école.

— Et les aimer et les gronder.

— Et aller à des matchs de hockey.

— Tu disais qu'il n'y avait rien de tel.

— Je t'aime...

— *Mikhaïl ?* »

Les premiers pas étaient un essai, mais la pavane était terminée tout d'un coup. Ils coururent l'un vers l'autre et s'enlacèrent, repoussant le temps et les blessures et mille moments d'angoisse. Ses larmes se mirent à couler, emportant les dernières barricades édifiées par les menteurs et les hommes qui avaient couvert les menteurs. Ils s'étreignaient de plus en plus fort, chacun comprenant l'effort de la tension de l'autre ; leurs lèvres se rejoignirent, gonflées, à la recherche de la délivrance que chacun pouvait donner à l'autre. Ils étaient plus que jamais pris au piège de leur prison mobile — ça, ils le savaient aussi — mais pour le moment ils étaient libres.

Le rêve s'était entièrement réalisé, la réalité n'était plus fragile. Elle était à côté de lui, le visage contre son épaule, les lèvres entrouvertes laissant passer son souffle profond et régulier qui lui réchauffait la peau. Il avait des mèches de ses cheveux sur sa poitrine comme c'était arrivé si souvent dans le passé, comme pour lui rappeler que même endormie elle faisait partie de lui. Il se retourna doucement, pour ne pas la réveiller, et la regarda. Elle avait toujours des cernes sous les yeux mais ils s'estompaient comme si un soupçon de couleur revenait sur sa peau blanche. Il faudrait des jours, peut-être des semaines avant que la peur disparaisse de ses yeux. Et malgré tout il y avait de l'énergie en elle ; elle l'avait soutenue à travers ces épreuves insupportables.

Elle bougea, s'étira, et son visage fut baigné par la lumière du soleil qui pénétrait à flots par les fenêtres. En la regardant, il pensa à ce qu'elle avait traversé, aux ressources auxquelles elle avait dû avoir recours pour survivre. Où avait-elle été ? Qui étaient les gens qui l'avaient aidée, qui l'avaient blessée ? Il y avait tant de questions, tant de choses qu'il voulait savoir. Il était d'un côté comme un adolescent sans expérience, jaloux des images qu'il ne voulait pas imaginer, mais de l'autre c'était un survivant qui connaissait trop bien le prix qu'il fallait payer pour rester en vie dans ce monde déréglé et si souvent violent. Les réponses viendraient avec le temps, lentement ou tout d'un coup suivant les souvenirs ou la rancune, mais il ne les provoquerait pas. On ne pouvait pas forcer la guérison ; Jenna aurait trop de facilité à replonger et à revivre ses terreurs et, en les revivant, à les prolonger.

Elle bougea encore en se retournant vers lui, son souffle était tiède. Et alors l'absurdité de ses pensées le frappa. Où croyait-il qu'il était... qu'ils étaient ? Que croyait-il qu'il leur était permis de faire ? Comment osait-il penser en termes de liberté ?

Jacob Handelman était mort, son assassin pour ainsi dire identifié — certainement connu à l'heure qu'il était des menteurs de Washington. La chasse à l'homme serait légitime ; il pouvait déjà voir l'histoire dans les journaux : un intellectuel bien-aimé sauvagement assassiné par un ancien fonctionnaire des Affaires Étrangères détraqué recherché par son gouvernement pour toutes sortes de crimes. Comment serait-il possible de croire la vérité ? Qu'un vieux Juif aimable qui avait subi les horreurs des camps était en réalité un monstre prétentieux qui avait fait lever les fusils de Lidice ? *Insensé !*

Broussac se retournerait ; tous ceux sur qui il aurait pu compter ne le toucheraient pas maintenant, ne les toucheraient pas maintenant. Ils n'avaient pas le temps de penser à la guérison, ils avaient besoin de chaque minute ; la rapidité de leurs actions — de ses actions — était essentielle. Il regarda sa montre ; il était trois heures moins le quart, les trois quarts de la journée écoulés. Il fallait songer à une stratégie — il fallait atteindre les menteurs cette nuit.

Pourtant il devait y avoir *quelque chose*. Pour eux, rien que pour eux ; pour calmer la douleur, effacer les vestiges de la fragilité. Sinon, il n'y avait rien.

Il fit ce qu'il avait rêvé, se réveillant en sueur à chaque fois que le rêve revenait, sachant que jamais ça ne pourrait arriver. Maintenant c'était possible. Il murmura son nom, pour la faire sortir des profondeurs du sommeil.

Et la main de Jenna chercha la sienne comme s'ils n'avaient jamais été séparés l'un de l'autre. Elle se réveilla et laissa ses yeux errer sur son visage ; puis sans rien dire, elle souleva les couvertures et s'approcha de lui. Elle colla son corps nu contre le sien, l'enveloppa de ses bras et pressa ses lèvres contre les siennes.

Ils restèrent silencieux pendant que l'excitation les gagnait ; on n'entendait dans la chambre que les cris de gorge du désir et de l'angoisse. Le désir était réciproque et il ne fallait pas avoir peur de l'angoisse.

Ils firent encore l'amour deux fois, mais la troisième fois la tentative fut plus heureuse que le résultat. Les rayons du soleil ne frappaient plus la fenêtre ; à la place, il y avait une lueur orangée, reflet d'un coucher de soleil campagnard. Ils s'assirent sur le lit, Michael lui alluma sa cigarette, tous deux riaient doucement de leurs malheureuses forces, de leur fatigue temporaire.

« Tu vas me jeter pour prendre à la place un mâle d'Ankara au sang chaud.

— Tu n'as pas à t'excuser, mon chéri... mon Mikhaïl. En outre, je n'aime vraiment pas leur café.

— Tu me rassures.

— Tu es un amour, dit-elle en touchant le pansement qu'il avait sur l'épaule.

— Je suis amoureux. Il y a tant de choses à rattraper.

— Tous les deux, pas toi tout seul. Tu ne dois pas y penser de cette façon. J'ai accepté les mensonges, tout comme toi. Des mensonges incroyables, présentés d'une façon incroyable. Et nous ne savons pas pourquoi.

— Mais nous en connaissons le but, ce qui répond à une partie du pourquoi. Me faire disparaître mais me garder sous contrôle, sous un microscope.

— Pourquoi ma désertion, ma mort ? Il existe d'autres moyens de mettre fin à un homme dont vous ne voulez plus.

— En le tuant ? » dit Havelock ; puis il se tut et secoua la tête. « C'est un moyen, oui. Mais alors il n'y a aucun moyen de contrôler quelle preuve accablante il peut avoir laissée derrière lui. La possibilité qu'un tel homme ait laissé cette information lui sauve souvent la vie.

— Mais, ils veulent te tuer, maintenant. Tu es "au-delà de toute récupération".

— Quelqu'un a changé d'avis.

— Ce quelqu'un s'appelle "Ambiguïté", dit Jenna.

— Oui. Tout ce que je sais — ou qu'ils pensent que je dois savoir — a été supplanté par une menace plus lourde, beaucoup plus dangereuse pour eux. Moi, encore. Ce que j'ai trouvé, ce que j'ai appris.

— Je ne comprends pas.
— Toi, dit Havelock. La Costa Brava. Il faut que ce soit enterré.
— Les relations soviétiques ?
— Je ne sais pas. Qui était la femme sur la plage ? Que pensait-elle qu'elle faisait là ? Pourquoi n'était-ce pas toi — Dieu merci, ce n'était pas toi — mais pourquoi ? Où voulaient-ils t'emmener ?
— Dans ma tombe, je pense.
— Si c'était le cas, pourquoi ne t'a-t-on pas envoyée sur la plage ? Pourquoi ne t'ont-ils pas tuée là ?
— Ils sentaient peut-être que je n'irais pas. Je n'ai pas quitté l'hôtel avec eux.
— Ils ne pouvaient pas le savoir alors. Ils pensaient que tu avais peur, que tu étais choquée, que tu cherchais une protection. C'est qu'ils n'ont jamais parlé de la Costa Brava ; ils n'ont même pas essayé de te faire la leçon.
— J'y serais allée cette nuit-là ; tout ce que tu devais faire, c'était de m'appeler. Je serais venue. Ils auraient pu avoir leur exécution ; tu aurais vu ce qu'ils voulaient que tu voies.
— Ça n'a aucun sens. » Mikhaïl frotta une allumette et s'alluma une cigarette. « Et c'est là la contradiction fondamentale, celui qui a fait Costa Brava était un sacré technicien, un expert en opérations noires. C'était brillamment structuré, minuté à la seconde... Ça n'a aucun sens ! »
Jenna rompit le long silence. « Mikhaïl, dit-elle calmement en se penchant en avant, les yeux voilés, concentrés vers l'intérieur. Deux opérations, murmura-t-elle.
— Quoi ?
— Suppose qu'il y ait eu deux opérations, et non pas une seule ? » Elle se tourna vers lui, le regard vif maintenant. « La première est mise en route à Madrid — la preuve contre moi — puis reportée à Barcelone — la preuve contre toi.
— Encore une couverture, dit Havelock.
— Mais elle a été déchirée alors, insista Jenna. Ça en a fait deux.

— Comment ?
— L'opération première a été interceptée, dit-elle. Par quelqu'un d'extérieur.
— Puis modifiée, dit-il, commençant à comprendre. L'habit est le même mais les coutures sont entortillées et à la fin ça donne quelque chose d'autre. Une couverture différente.
— Bon, mais dans quel but ? demanda-t-elle.
— Contrôle, répondit-il. Puis tu t'es échappée et le contrôle était perdu. Broussac m'a dit qu'il y avait eu une alerte codée depuis Costa Brava.
— Très codée, approuva Jenna en écrasant sa cigarette. Qui pouvait signifier que quiconque interceptait l'opération et la modifiait pouvait très bien ne pas savoir que j'avais quitté Barcelone vivante.
— Jusqu'à ce que je t'aie vue et que tout le monde sache — tous ceux qui comptaient — à quel point il était nécessaire que nous mourions tous les deux ; l'un par le biais des opérations noires — c'était moi. L'autre, en dehors de la stratégie — sans l'autorisation de personne — une bombe qui fait exploser une voiture de l'autre côté du col des Moulinets. Toi. Tout est enterré.
— "Ambiguïté" encore ?
— Personne d'autre n'aurait pu faire ça. Personne d'autre qu'un homme qui connaissait le code ne pouvait s'infiltrer dans la stratégie à ce niveau. »
Jenna le regarda puis regarda par la fenêtre ; la lueur orange s'évanouissait. « Il y a encore trop de lacunes.
— Nous allons en combler quelques-unes, peut-être toutes.
— Emory Bradford, bien sûr.
— Et quelqu'un d'autre, dit Havelock. Matthias. J'ai essayé de le joindre de Cagnes-sur-Mer, il y a quatre jours, sur sa ligne privée — très peu de gens connaissent son numéro. C'était incompréhensible, mais il ne voulait pas me parler. Tu ne peux pas savoir comme c'était fou — incroyable en fait. Mais il ne voulait pas et j'ai imaginé le pire : l'homme le plus proche de moi me laissait tomber. Puis tu m'as

parlé de Bradford et je commence à croire que je m'étais trompé.

— Qu'est-ce que tu veux dire ?

— Suppose qu'Anton n'ait pas été là ? Suppose que d'autres se soient emparés de cet endroit privé, de cette ligne très privée ?

— Bradford ?

— Et ce qui reste de sa tribu. Le retour des comètes politiques cherchant un moyen de rallumer leurs feux. D'après le *Time*, Matthias est parti en vacances prolongées, mais si ce n'était pas le cas ? Et si le plus célèbre secrétaire d'État de l'histoire était tenu au secret. Quelque part dans une clinique, incapable de faire passer un message.

— Mais c'est incroyable, Mikhaïl. Un homme comme ça devrait rester en contact avec son bureau. Il y a des instructions quotidiennes, des décisions.

— Des tiers pourraient s'en charger, des adjoints connus du personnel.

— C'est trop absurde.

— Peut-être pas. Quand on m'a dit qu'Anton ne voulait pas me parler, je n'ai pas pu l'admettre. J'ai donné un autre coup de fil — à un vieil homme, un voisin de Matthias qu'il voyait à chaque fois qu'il venait dans sa propriété de Shenandoah. Il s'appelle Zelienski et est parfait pour Anton — un professeur retraité qui est venu de Varsovie il y a pas mal d'années. Ils avaient l'habitude de s'asseoir pour une partie d'échecs et de parler du vieux temps. C'était un tonique pour Anton et ils en étaient conscients tous les deux, surtout Anton, mais quand j'ai parlé à Zelienski, il m'a dit qu'Anton n'avait pas le temps de le voir ces jours-ci. Pas le temps.

— C'est tout à fait possible, Mikhaïl.

— Mais ça ne tient pas debout. Matthias prendrait le temps, il ne laisserait pas tomber un vieil ami sans un mot d'explication au moins, encore moins qu'avec moi. Ça ne lui ressemble pas.

— Qu'est-ce que tu veux dire ?

— Je me souviens des paroles de Zelienski. Il a dit qu'il avait laissé des messages pour Anton et que des hommes le rappelaient pour lui transmettre les regrets de Matthias, en disant qu'il ne venait plus que très rarement dans la vallée. Mais c'est faux ; il était dans la vallée quand j'ai appelé. Ou il était *censé* y être. A mon avis il n'y était peut-être pas.

— C'est toi qui n'es pas logique maintenant, interrompit Jenna. Si ce que tu dis est vrai, pourquoi n'a-t-on pas simplement dit qu'il n'était pas là ?

— Impossible. J'ai appelé sur la ligne privée et on ne doit répondre que s'il est présent, et lui seul peut répondre. Quelqu'un a pris le téléphone par erreur et a essayé de se couvrir.

— Quelqu'un qui travaille pour Bradford ?

— Quelqu'un qui a pris part à une conspiration contre Matthias, en tout cas, et je n'exclurais pas Bradford. Des hommes de Washington sont en train de tramer quelque chose en secret avec Moscou. Ils ont monté Costa Brava ensemble pour convaincre Matthias que tu étais un agent soviétique — le message qu'il m'a transmis était clair. Nous ne savons pas si tout a été éventé ou non, mais nous savons que Matthias n'a rien à voir dans tout ça alors que Bradford, oui. Anton n'avait pas confiance en Bradford et sa clique ; il les considérait comme la pire espèce d'opportunistes. Il les tenait à l'écart des négociations les plus délicates car il était persuadé qu'ils les détournaient à leurs propres fins. Il savait ce qu'il faisait ; il leur était déjà arrivé de ne laisser connaître au pays que ce qui les arrangeait et de manipuler le tampon des affaires classées comme si c'était leur signature. » Michael s'arrêta pour tirer sur sa cigarette tandis que Jenna le regardait. « Il peut recommencer, Dieu sait dans quel dessein. Il va bientôt faire nuit et nous pourrons partir. Nous allons traverser le Maryland, puis descendre sur Washington.

— Vers Bradford ? »

Havelock hocha la tête. Jenna lui toucha le bras et dit : « Ils vont faire le rapprochement entre toi et Handelman et présumer que tu m'as rejointe. Ils sauront que le premier nom que je t'ai donné est celui de Bradford. Ils vont le protéger.

— Je sais, dit Michael. Habillons-nous. Il faut manger et trouver un journal. Nous parlerons dans la voiture. » Il commença à s'avancer vers sa valise et s'arrêta. « Mon Dieu, tes affaires. Je n'y pensais pas ; tu n'as pas tes affaires.

— Les hommes de Kohoutek les ont prises, ils ont tout pris. Ils ont dit que les marques étrangères, les bagages européens, les souvenirs — toutes les choses comme ça — devaient être confisqués pour notre bien. Il ne pouvait y avoir aucune trace de l'endroit d'où nous venons. Ils remplaceraient tout plus tard par quelque chose d'approprié.

— Approprié à quoi ?

— J'avais trop peur pour y penser.

— Prendre tout ce que tu avais et te laisser seule dans une cellule. » *Tant de choses à rattraper.*

« Allons-y, dit-il.

— Nous devrions nous arrêter quelque part pour prendre un nécessaire de la Croix-Rouge, ajouta Jenna. Il faudrait changer le pansement de ton épaule. Je peux le faire. »

Tant de choses à rattraper !

23

Dans les environs de Hagerstown, ils aperçurent un distributeur de journaux à l'entrée d'un petit restaurant. Il restait deux journaux, tous deux des éditions de l'après-midi du *Baltimore Sun*. Ils les prirent pour voir si on n'avait pas diffusé de photos qui auraient pu alerter quelqu'un à l'intérieur. Écarter les impondérables était un instinct.

Ils s'assirent l'un en face de l'autre dans un box d'angle. Ils tournèrent les pages rapidement et poussèrent un soupir de soulagement en arrivant au bout. Il n'y avait pas de photos. Ils liraient l'article tout à l'heure ; il était en page trois.

« Tu dois être morte de faim, dit Havelock.
— A dire vrai, j'aimerais bien boire quelque chose si c'est possible ici.
— Oui. Je vais commander. » Il jeta un coup d'œil vers le comptoir et leva la main.
« Je n'ai même pas pensé à manger.
— C'est étrange. Kohoutek a dit que tu n'avais pas voulu manger hier soir, que tu avais lancé le plateau à son Cubain.
— Un plateau plein de restes. J'ai mangé ; tu m'as toujours dit de ne pas laisser de nourriture quand on est en mauvaise posture. Qu'on ne sait jamais quand on aura un autre repas.
— Il faut écouter ta mère.
— J'ai écouté un enfant qui courait dans les bois pour sauver sa vie.
— C'est de l'histoire. Pourquoi as-tu jeté le plateau ? Pour qu'il s'écarte de toi ?
— Pour avoir la fourchette. Il n'y avait pas de couteau.
— Tu es quelqu'un, toi.
— J'étais désespérée. Arrête de me faire des compliments. »
Une serveuse rebondie et hypermaquillée s'approcha de la table en considérant Jenna avec un mélange de tristesse et d'envie. Michael comprenait, sans plaisir ni condescendance ; il comprenait simplement. Jenna Karras était une personne discrète, qu'elle soit obligée de tuer pour vivre ou de se laisser séduire pour sauver sa vie. Elle avait beaucoup de personnalité. Havelock commanda les boissons. La serveuse sourit en faisant un signe de tête et s'éloigna rapidement ; elle reviendrait vite.
« Voyons les mauvaises nouvelles, dit Michael en ouvrant le journal.
— C'est en page trois.
— Je sais. Tu l'as lu ?
— La dernière ligne seulement où on dit "suite page onze". Je pensais qu'ils auraient pu y insérer une photo.
— Moi aussi. » Havelock commença à lire sous

l'œil attentif de Jenna. La serveuse revint et posa leurs boissons sur la table. « Nous commanderons à manger dans une minute », dit Michael les yeux rivés sur le journal. La serveuse partit tandis que Havelock feuilletait rapidement les pages, et les pliait bruyamment au bon endroit. En lisant il se sentit tour à tour soulagé, inquiet puis finalement alarmé. Il termina sa lecture et s'appuya au box, en regardant Jenna.

« Que se passe-t-il ? Qu'est-ce qu'on dit ?

— Ils couvrent tout, dit-il doucement.

— Quoi ?

— Ils me protègent... oui, ils me protègent.

— Ce n'est pas possible que tu aies bien lu.

— J'ai bien peur que si. » Il se pencha en avant, en balayant de ses doigts les lignes du journal. « Écoute ça : "Selon les Affaires Étrangères, aucun individu correspondant au nom, à la description ou aux empreintes n'est employé ou n'a été employé au Département. En outre un porte-parole du gouvernement a dit qu'il était injuste et incorrect de faire des conjectures sur la similitude du nom qui a été rapporté comme étant celui de l'assassin avec celui de n'importe quel employé actuel ou ancien. On a procédé à un contrôle approfondi par ordinateur à la réception du rapport de la police de Manhattan et les résultats ont été négatifs. Cependant le rapport des Affaires Étrangères a révélé que le professeur Handelman avait exercé les fonctions de conseiller en matière de déplacement des réfugiés européens, en insistant sur ceux qui avaient survécu aux nazis. D'après un porte-parole, la police de Manhattan pensait que l'assassin pouvait appartenir à un groupe terroriste violemment antisémite. Les Affaires Étrangères ont fait remarquer qu'il est assez courant dans le monde entier qu'un terroriste usurpe l'identité d'un fonctionnaire du gouvernement." » Havelock s'arrêta et leva les yeux sur Jenna. « Voilà, dit-il, ils se sont débarrassés de tout le monde.

— Est-il possible qu'ils y aient cru ?

— Impossible. Pour commencer, une centaine de

personnes aussi bien aux États-Unis qu'en dehors savent que j'étais impliqué dans les opérations consulaires. Il n'y a qu'à rassembler les noms et trouver le mien. Ensuite, l'appartement de Handelman doit être couvert de mes empreintes ; elles sont fichées. Enfin, Handelman n'avait absolument rien à voir avec le gouvernement ; c'était sa force. Il était en cheville avec le Quai d'Orsay et ils ne l'auraient jamais utilisé s'ils avaient pensé qu'il pouvait être surveillé par le gouvernement. Rien n'est joué ; nous sommes tous en dehors des limites.

— Et alors ? »

Michael se renversa en arrière dans le box, prit son whisky et le but. « C'est trop évident, plaisanta-t-il en tenant le verre devant ses lèvres.

— Un piège, alors, dit Jenna. Ils veulent que tu viennes — vraisemblablement jusqu'à Bradford — et ils te tomberont dessus.

— Et une fois mort je ne peux rien dire mais ils peuvent toujours expliquer qu'ils ont attrapé un assassin. Ce serait facile de contacter Bradford, mais impossible de sortir avec lui... A moins que je ne puisse l'attirer dehors, le faire venir jusqu'à moi.

— Ils ne voudront jamais. Il doit être entouré de gardiens qui te guettent. Ils tireront à vue sur toi. »

Havelock but encore une gorgée, une idée commençait à germer dans son cerveau mais elle n'était pas encore claire. « Qui me guettent, répéta-t-il en posant son verre. Qui me *cherchent*... Mais les seuls qui me cherchent sont ceux qui nous ont fait ça.

— Les menteurs, comme tu les appelles, dit Jenna.

— Oui. Nous avons besoin d'aide, mais je pensais que nous ne pourrions pas en obtenir, que tous ceux que je voudrais contacter ne voudraient rien faire pour nous. Ce n'est pas le cas maintenant ; ils ont annulé la chasse.

— Ne sois pas idiot, Mikhaïl, l'interrompit Jenna. Ça fait partie du piège. L'alerte a été donnée pour toi aussi bien que pour moi, et la tienne n'est pas codée ;

il n'y a là rien d'ambigu. Tu es toi et tu es sur la liste de toutes les agences de quelque importance. A qui penses-tu pouvoir faire confiance dans ton gouvernement ?

— A personne, dit Havelock. Et personne ne pourrait survivre à une association "au-delà de toute récupération" si je lui faisais effectivement confiance.

— Alors qu'est-ce que tu racontes ?

— Cagnes-sur-Mer, dit Michael en clignant des yeux. Chez Salanne, quand je n'ai pas pu avoir Anton, j'ai téléphoné au vieux Zelienski — je te l'ai dit, tu te souviens ? Il en a parlé. "Alexandre le Grand", il l'appelle. Raymond Alexander. Pas simplement un ami commun, mais un sacré bon ami — pour moi autant que pour Matthias. Il pourrait le faire.

— Comment ?

— Parce qu'il est en dehors du gouvernement. En dehors mais très proche aussi dans un sens ; Washington a besoin de lui et il a besoin de Washington. C'est un journaliste de la *Potomac Review*, et il en sait plus que n'importe qui sur le gouvernement. Mais il se repose sur ses contacts ; il ne me laisserait jamais l'approcher si j'avais été identifié dans les journaux, mais ce n'est pas le cas.

— Comment pourrait-il nous aider ?

— Je ne sais pas exactement. Peut-être en attirant Bradford pour moi. Il fait des interviews en profondeur et c'est un bon point d'être interrogé par lui pour n'importe quel membre du gouvernement. Il est au-dessus de tout soupçon. Même s'ils emmènent Bradford dans un tank, ils le laisseront entrer tout seul dans la maison. Je pourrais faire allusion à quelque chose d'inattendu, un changement aux Affaires Étrangères ayant Bradford pour centre. Puis lui suggérer de faire une interview — avec moi dans la maison, pour écouter, pour vérifier.

— La maison ?

— Il travaille chez lui ; ça fait partie de sa mystique. Comme James Reston du *Times*, si un politicien ou un bureaucrate dit qu'il était à Fiery Run, tout le monde sait ce que ça veut dire ; il y aura un article de Scotty Reston. S'il dit qu'il était à Fox Hollow, les mêmes sauront qu'il a été interviewé par Raymond Alexander. Fox Hollow est en Virginie, juste à l'ouest de Washington. Nous pourrions y être en une heure et demie, deux heures au maximum.

— Il le ferait ?

— Peut-être. Je ne lui dirai pas pourquoi, mais il acceptera peut-être. Nous sommes amis.

— De l'université ?

— Non, mais il y a un rapport. Je l'ai rencontré par Matthias. A mes tout débuts aux Affaires, Matthias allait à Washington pour un oui ou un non, établissait ses contacts, charmait les imbéciles, et je recevais souvent un appel urgent d'Anton qui me demandait de les rejoindre tous les deux pour le dîner. Je n'ai jamais refusé, non seulement parce que j'aimais leur compagnie mais aussi parce que les restaurants où ils allaient étaient au-dessus de mes moyens.

— C'était sympathique de la part de ton *pritel*.

— Et pas très malin de la part d'un homme brillant, étant donné la nature de mon entraînement. Il était l'*ucitel* faisant les louanges de son étudiant de Prague moyennement doué alors que je voulais avant tout passer inaperçu. J'ai expliqué cela tranquillement à Alexander. Nous en avons bien ri et, en fin de compte, avons dîné de temps en temps ensemble quand Anton était retourné à l'abri de sa tour de Princeton à soigner ses jardins académiques au lieu d'essayer de faire pousser des arbres à Washington. Ne te méprends pas, le grand Matthias était capable de faire pousser les graines qu'il avait plantées.

— Tu dînais chez Alexander ?

— Toujours. Il comprenait que je ne tenais pas à être vu avec lui en public.

— Alors vous êtes de bons amis.

— Assez, oui.

— Et il a de l'influence ?

— Bien sûr. »

Jenna avança la main pour lui toucher le bras. « Mikhaïl, pourquoi ne lui dis-tu pas tout ? »

Havelock fronça les sourcils et mit sa main sur la sienne. « Je ne pense pas qu'il voudrait le savoir. C'est le genre de chose qu'il évite.

— Il est journaliste. Et à Washington. Comment peux-tu dire une chose pareille ?

— C'est un analyste, un commentateur. Pas un reporter, pas un fouille-merde. Il n'aime pas marcher sur les pieds des autres, seulement sur leurs opinions.

— Mais ce que tu as à lui raconter est extraordinaire.

— Il me dirait d'aller tout droit au bureau de la sécurité des Affaires Étrangères, sous prétexte qu'on m'écouterait d'une oreille impartiale. C'est impossible. Je recevrais une balle dans la tête. Alexander est un vieux bourru de soixante-cinq ans qui a tout entendu — de Dallas au Watergate — et qui pense que tout n'est qu'un complot de merde. Et s'il découvrait ce que j'avais fait — sans parler de Handelman — il appellerait la sécurité lui-même.

— Ce n'est pas très amical.

— Mais si ; tu ne comprends pas. » Michael s'interrompit et lui prit la main. « Mais à part le fait qu'il puisse faire venir Bradford à Fox Hollow, il y a quelque chose qu'il pourrait éclaircir. Mon *pritel*. Je lui demanderai de trouver où est Matthias, je lui dirai que je ne veux pas l'appeler moi-même car je risquerais de ne pas avoir le temps de le voir et Anton en serait très contrarié. Il le ferait ; il pourrait le faire, avec ses relations.

— Et s'il ne peut pas ?

— Alors ça nous dira quelque chose, non ? Dans ce cas, je l'obligerai à faire venir Bradford, même si je dois lui braquer un revolver sur la tempe. Mais s'il arrive à joindre Matthias dans sa propriété de Shenandoah... nous saurons autre chose, et ça me fait diablement peur. Ça voudra dire que le secrétaire d'État a une liaison avec Moscou au K.G.B. »

Fox Hollow était un petit village. Les rues étaient éclairées par des réverbères à gaz et l'architecture était coloniale par décret municipal ; leurs magasins s'appelaient des boutiques et leur clientèle comptait parmi la plus riche de la sphère Washington-New York. Le charme du village n'était pas seulement apparent, on en parlait partout, mais ce n'était pas pour en faire profiter les étrangers — les touristes étaient découragés, sinon harcelés. La police réduite au minimum avait un maximum d'armes et un système de communication qui pouvait rivaliser avec celui du Pentagone toutes proportions gardées ; il y avait probablement été conçu. Fox Hollow était une île au milieu des terres de Virginie exactement comme si elle avait été entourée d'une mer infranchissable.

Le Potomac avait réchauffé l'air et la neige avait reculé jusqu'aux environs de Harpers Ferry. Elle s'était transformée en une bruine froide à Leesburg, au moment où Havelock avait préparé son scénario pour Raymond Alexander. Sa vraisemblance bureaucratique le rendait crédible, fondé d'une façon tout à fait plausible sur une inquiétude sincère au sujet d'opérations présentes ou passées. Il y avait eu un meurtre à New York — si Alexander n'était pas au courant, il le serait dans la matinée ; c'était un lecteur de journaux vorace — et l'assassin avait adopté une personnalité proche de celle de Michael, y compris la carte d'identité et l'apparence. Les Affaires Étrangères l'avaient fait revenir de Londres par avion militaire ; tout renseignement pouvant être fourni par l'ancien fonctionnaire aux opérations consulaires serait utile ; et il était allé à Londres, n'est-ce pas ?

Le rôle de Bradford serait précisé au cours de leur conversation, mais le point de départ serait que le sous-secrétaire d'État, autrefois controversé, était sur le point d'être réhabilité et de revenir sous les feux de la rampe. Havelock dirait qu'à Londres, on lui avait donné un rapport détaillé sur les négociations d'envergure, mais secrètes, de Bradford à propos du déploiement des missiles de l'O.T.A.N. ; c'était un renversement important en politique. C'était aussi un sujet suffisamment explosif pour éveiller l'attention d'Alexander. C'était le genre de fuite qui lui plaisait, lui donnant le temps de faire une analyse complète du pour et du contre. Mais si le vieux cheval de bataille souhaitait interviewer Emory Bradford — avec vérification sur place mais invisible et confrontation possible — il fallait persuader le sous-secrétaire de venir à Fox Hollow le matin. Havelock avait une place réservée sur le vol de Londres de l'après-midi — et bien sûr, s'il avait le temps, il aimerait rendre une petite visite à son vieux mentor Anthony Matthias, même pour quelques minutes. Si Alexander savait où on pouvait le trouver.

Quant à Bradford, il n'avait pas le choix. Si le redoutable journaliste lui demandait de venir, il s'exécuterait. D'autres choses — comme Costa Brava — étaient peut-être de la plus haute importance, mais il fallait encore qu'il se taise à tout prix, et s'il refusait d'être interviewé par Raymond Alexander, il perdait tout. Et quand il entrerait dans la maison de Fox Hollow, en ayant laissé ses gardes dehors, dans la limousine, Michael l'enlèverait. Sa disparition dérouterait les menteurs et les gardes enrôlés par les menteurs. La grande maison du journaliste était entourée par des kilomètres de bois touffus, de prairies en friche et de ravins escarpés. Personne ne connaissait les forêts aussi bien que Mikhaïl Havlicek ; il les traverserait avec Bradford jusqu'à une petite route secondaire, une voiture et la femme dont Bradford s'était servi à Barcelone. Après son entrevue avec Alexander, ils auraient toute la nuit pour étudier la carte et reconnaître les routes, en guettant la police de Fox Hollow, avec des explications toutes prêtes au cas où ils seraient arrêtés. Ils pouvaient le faire. Il *fallait* qu'ils le fassent.

« C'est charmant ! s'écria Jenna, séduite par les rues éclairées au gaz et les petites colonnes d'albâtre des devantures.

— On est déjà repérés, dit Michael en apercevant une voiture de patrouille bleu et blanc au bord du trottoir, au milieu du bloc.

— Baisse-toi, ordonna-t-il. Qu'on ne te voie pas.

— Comment ?

— Je t'en prie. »

Jenna fit ce qu'il lui avait dit, et se roula en boule par terre.

Il ralentit, et passa à côté de la voiture de police ; il vit l'officier par la fenêtre, se laissa glisser vers la droite et s'arrêta juste devant.

« Qu'est-ce que tu fais ? murmura Jenna, médusée.

— Je montre mes papiers avant qu'on me les demande.

— C'est très bon, Mikhaïl. »

Havelock descendit du coupé et revint vers la voiture de patrouille. Le policier baissa sa vitre, examinant d'abord la plaque de la voiture de location de Michael. C'était justement ce que Michael attendait de lui ; ça pourrait avoir de l'importance plus tard si on mentionnait un « véhicule suspect ».

« Monsieur l'agent, pourriez-vous me dire où il y a un téléphone public près d'ici ? Je croyais qu'il y en avait un au coin, mais ça fait deux ans que je ne suis pas revenu ici.

— Vous êtes déjà venu ? demanda le policier d'une voix aimable, mais ses yeux ne l'étaient pas.

— Bien sûr. J'avais l'habitude de venir en week-end.

— Vous connaissez quelqu'un à Fox Hollow, monsieur ?

— Eh bien... » Havelock s'arrêta comme si la question frisait l'impertinence. Puis il haussa les épaules, comme pour dire « Après tout la police fait son travail ». Il parla d'une voix légèrement plus basse. « D'accord. J'ai un vieil ami ici, Raymond Alexander. Je veux lui téléphoner pour lui dire que je suis ici... Juste au cas où il aurait une visite et où ça l'ennuierait que je vienne. C'est une règle habituelle avec M. Alexander, monsieur l'agent, mais vous devez le savoir. Je pourrais tourner pendant un moment. Il le faudra probablement plus tard de toute façon. »

L'attitude du policier s'était visiblement améliorée au nom d'Alexander. Les limousines et les voitures d'état-major étaient choses courantes sur la route qui menait à la retraite du commentateur politique vénéré. Il n'avait rien de tel devant lui pour l'instant, mais les mots clefs s'étaient imprimés dans ses yeux : « Un vieil ami » ; « L'habitude de venir en week-end... »

« Oui, monsieur. Bien sûr, monsieur. Il y a un restaurant à cinq blocs d'ici avec un téléphone dans le hall.

— Le Lamplighter ? dit Havelock, en se souvenant.

— C'est ça.

— Ça n'irait pas, monsieur l'agent. Ce pourrait être une soirée chargée. Il n'y a pas de cabine dans la rue ?

— Il y en a une sur Acacia.

— Vous seriez très aimable de me dire comment on y va.

— Vous n'avez qu'à me suivre, monsieur.

— Merci beaucoup. » Michael se dirigea vers la voiture puis s'arrêta et revint à la portière du policier. « Je sais que ça a l'air idiot, mais j'avais l'habitude de me faire conduire ici. Je crois connaître le chemin pour aller chez lui. Je prends Webster à gauche jusqu'à Underhill Road, puis tout droit pendant trois ou quatre kilomètres, n'est-ce pas ?

— Ça fait presque dix kilomètres, monsieur.

— Ah bon ? merci.

— Je pourrais vous y conduire après votre coup de téléphone, monsieur. C'est calme en ville, ce soir.

— C'est très gentil à vous. Mais vraiment je n'ose pas.

— Aucun problème. Nous sommes ici pour ça.

— Eh bien merci encore. J'apprécie. »

Havelock obtint ce qu'il espérait de son appel à Raymond Alexander. Il fallait absolument que

Michael vienne voir le journaliste, même si ce n'était que pour boire un verre. Michael dit qu'il était très heureux de savoir que Raymond était libre car, outre le plaisir de renouer une vieille amitié, il avait appris à Londres quelque chose qui pourrait intéresser le journaliste. Cela pourrait même compenser un certain nombre de dîners coûteux que Raymond avait offerts à Havelock.

En revenant de la cabine vers sa voiture, Michael s'arrêta à la hauteur de la portière du policier. « M. Alexander m'a demandé votre nom. Il vous est très reconnaissant.

— Ce n'est rien, monsieur. Je m'appelle Lewis. Sergent Lewis ; il n'y en a qu'un. »

Lewis, pensa-t-il. Harry Lewis, professeur de sciences politiques, Université de Concord. Il ne pouvait pas penser à Harry maintenant, mais il faudrait qu'il y pense bientôt. Il fallait convaincre Lewis qu'il avait abandonné la civilisation. C'était vrai et pour la réintégrer, il fallait trouver les menteurs et les démasquer.

« Un problème, monsieur ?

— Non, rien du tout. Je connais un Lewis. Je me suis souvenu que je devais l'appeler. Merci encore. Je vous suis. »

Havelock se glissa derrière le volant de la voiture de location et regarda Jenna. « Comment ça va ?

— Je suis mal et j'ai horriblement peur. Et si ce type s'était approché ?

— Je l'en aurais empêché, je l'aurais appelé de la cabine, mais je ne pensais pas qu'il le ferait. A Fox Hollow, la police reste à côté de sa radio. Je veux simplement éviter qu'on te voie, si c'est possible, dans le coin, et avec moi. »

Il leur fallut moins de douze minutes pour arriver à la maison d'Alexander. La clôture à barres horizontales qui délimitait la propriété du journaliste brilla dans la lumière des phares des deux voitures. La maison elle-même était loin de la route. C'était un mélange heureux de pierre et de bois avec des projecteurs qui éclairaient l'allée circulaire devant les larges marches d'ardoise qui menaient à la lourde porte d'entrée en chêne. Sur le devant et les côtés de la maison, le terrain était découvert ; de grands arbres s'élevaient au hasard sur la pelouse bien tondue. Mais au bout de la pelouse commençaient les bois. Michael se représenta mentalement l'arrière de la maison ; les bois n'en étaient pas plus éloignés que des côtés. C'est par là qu'il passerait, et Bradford avec lui.

« Quand tu entendras partir la voiture de police, dit-il à Jenna, relève-toi, mais ne descends pas. Je ne connais pas les systèmes d'alarme d'Alexander.

— C'est une étrange façon de me présenter à ton pays de liberté, Mikhaïl.

— Et ne fume pas.

— *Dekuji*.

— C'est un plaisir. »

En sortant de la voiture, Havelock appuya à dessein sur le klaxon ; un son bref, qui s'expliquait facilement. Il n'y avait pas de chiens. Il s'avança vers la voiture de patrouille, en espérant que le coup d'avertisseur remplirait sa fonction avant qu'il ait atteint la portière. C'est ce qui arriva ; la porte d'entrée s'ouvrit et une femme de chambre apparut sur le seuil et regarda dehors.

« Hello, Margaret, cria Michael par-dessus le capot de la voiture de police. J'arrive. » Il regarda le policier qui avait jeté un coup d'œil vers la porte, il avait enregistré la scène. « Merci encore, monsieur Lewis, dit-il en sortant un billet de sa poche. J'aimerais...

— Oh non, monsieur, merci. Bonne soirée, monsieur. » Le policier sourit en faisant un signe de tête, passa une vitesse et s'en alla.

Havelock agita la main ; ni police ni chien, rien que des systèmes d'alarme invisibles. Tant que Jenna restait dans la voiture, elle était en sécurité. Il gravit les marches d'ardoise jusqu'à la porte et la femme de chambre.

« Bonsoir, Monsieur, dit la femme avec un fort accent irlandais. Je m'appelle Enid, pas Margaret.

— Je suis désolé.

— M. Alexander vous attend. Je n'ai jamais entendu parler d'une Margaret ; la fille qui était là avant s'appelait Gretschen. Elle est restée quatre ans, Dieu garde son âme. »

Raymond Alexander se leva de son fauteuil confortable, dans sa bibliothèque lambrissée garnie de livres, et s'avança vers Michael la main tendue. Sa démarche était plus alerte qu'on n'aurait pu le penser à voir sa silhouette corpulente ; son visage poupin aux yeux vert clair était surmonté d'une masse de cheveux hirsutes plus foncés qu'ils n'auraient dû l'être avec les années. En harmonie avec son style de vie anachronique, il portait une veste de smoking en velours rouge foncé, quelque chose que Havelock n'avait pas vu depuis son adolescence à Greenwich, dans le Connecticut.

« Michael, comment allez-vous ? Mon Dieu, ça fait quatre ans, cinq ans maintenant ! s'écria le journaliste de sa voix haut perchée.

— Raymond ! Vous avez l'air en pleine forme.

— Pas vous ! Excusez-moi, petit, mais vous avez une mine de déterré. Je n'ai pas l'impression que l'inaction vous réussisse. » Alexander lâcha la main de Havelock et leva rapidement les siennes. « Oui, je sais tout. Servez-vous à boire ; vous connaissez les règles ici et vous semblez en avoir besoin.

— Je veux bien, merci, dit Michael en se dirigeant vers le bar de cuivre familier, contre le mur.

— Je pense que ça vous ferait du bien de dormir un peu... »

C'était l'occasion rêvée. Havelock s'assit en face du journaliste et lui raconta l'histoire du meurtre à New York en son retour de Londres en avion à quatre heures du matin, heure anglaise.

« J'ai lu ça ce matin, dit Alexander en secouant la tête. Naturellement, j'ai pensé à vous — à cause du nom, bien sûr — mais je savais pertinemment que c'était ridicule. Vous, entre tous, avec votre passé ? Est-ce qu'on vous a volé une vieille carte d'identité ?

— Non, elle a été falsifiée, enfin c'est ce qu'on

pense. En tout cas ces deux journées ont été longues. Pendant un instant j'ai cru que j'étais prisonnier.

— Ils ne vous auraient jamais amené ici de cette façon si Anton avait été au courant, je peux vous l'affirmer. »

Seuls les amis intimes de Matthias l'appelaient par son prénom tchèque, et parce que Michael le savait, la déclaration l'alarma. Par force, il fallait inverser les scènes qu'il avait préparées, mais il n'aurait pas paru naturel de ne pas s'informer de lui. On passerait à Bradford en dernier ; pour l'instant c'était Matthias.

« Je me demandais justement, dit Havelock en faisant tourner le verre dans sa main, d'une voix détachée. Je me suis dit qu'il devait être diablement occupé. En fait, j'allais vous demander s'il était à Washington. J'aurais aimé lui rendre visite, mais j'ai peu de temps. Il faut que je retourne à Londres, et si je l'appelle moi-même... enfin, vous connaissez Anton. Il insisterait pour que j'y passe deux jours. »

Alexander se pencha en avant dans son fauteuil capitonné, une expression d'inquiétude sur son visage intelligent. « Alors, vous ne savez pas ?

— Je ne sais pas quoi ?

— Bon sang, la paranoïa du gouvernement va vraiment trop loin ! Il est comme un père pour vous, et vous comme un fils pour lui ! Vous qui avez gardé le secret sur un millier d'opérations et ils ne vous l'ont pas dit.

— Ils ne m'ont pas dit quoi ?

— Anton est malade. Je suis désolé que ce soit moi qui vous l'apprenne, Michael.

— Comment ça, malade ?

— D'après les rumeurs, c'est sérieux ou même pire. Apparemment il est au courant, et bien entendu, il pense à lui en dernier. Quand on a su que je l'avais découvert, il m'a envoyé un message personnel pour me faire jurer le secret.

— Comment l'avez-vous appris ?

— Une de ces choses bizarres auxquelles on ne prête pas vraiment attention... jusqu'à ce qu'on y réfléchisse. On m'avait entraîné dans une partie à Arlington, plusieurs semaines plus tôt — vous savez comme je déteste ces exercices épuisants d'endurance verbale, mais l'hôtesse était une amie intime de feu ma femme.

— Je suis désolé », l'interrompit Havelock, en se souvenant vaguement de la femme du journaliste, une chose élancée qui s'intéressait aux jardins et à la composition florale. « Je ne savais pas.

— Ce n'est pas grave. Ça fait plus de deux ans maintenant.

— La partie à Arlington ?

— Eh bien, à mon grand embarras, j'ai été littéralement assailli par une jeune femme complètement ivre. Or, si elle avait été une femelle en chaleur à la recherche d'une aventure, j'aurais pu comprendre qu'elle ait été attirée par l'homme le plus désirable de l'endroit, mais ce n'était pas le cas, je le crains. Apparemment elle avait des problèmes conjugaux vraiment exceptionnels. Son mari était un officier de l'armée absent de la maison — sous-entendu du "lit conjugal" — depuis près de trois mois, et personne au Pentagone ne voulait lui dire où il était. Elle a fait semblant d'être malade, ce qui n'a pas dû lui demander trop d'efforts, et il fut ramené d'urgence. Quand elle l'a eu dans ses filets, elle a voulu savoir où il avait été, ce qu'il avait fait — sous-entendu "une autre femme". Il refusa de répondre ; quand son petit soldat s'est endormi, elle a fouillé dans ses affaires et a trouvé un laissez-passer pour un poste dont elle n'avait jamais entendu parler ; moi non plus, à vrai dire. J'ai compris qu'elle l'avait réveillé sur-le-champ pour lui demander des explications, et cette fois, pour se défendre, il avait révélé que c'était la base la plus secrète. C'était là qu'on soignait un homme très important et il ne pouvait pas en dire plus.

— Anton ? interrompit Michael.

— Je n'ai pas fait le rapprochement jusqu'au matin suivant. La dernière chose qu'elle m'ait dite — avant qu'un invité charitable ou en rut la raccompagne chez elle — était que le pays devrait être au courant de choses comme celle-là, et que le gouvernement avait la même attitude que la Mère Russie. Ce matin-là elle m'a téléphoné, elle était tout à fait sobre et sérieusement affolée. Elle s'est excusée pour ce qu'elle a appelé son "abominable conduite" et m'a supplié d'oublier tout ce qu'elle m'avait dit. Je l'ai assurée de toute ma sympathie, mais j'ai ajouté qu'elle avait peut-être raison bien que je ne fusse pas la personne à qui il fallût faire appel ; il y en avait d'autres qui seraient plus à même de lui rendre service. Elle répondit quelque chose à propos de son mari qui serait ruiné, de sa carrière militaire qui serait brisée. C'était comme ça.

— C'était quoi ? Comment avez-vous découvert que c'était Matthias ?

— Parce que le même jour j'ai lu, dans le *Washington Post*, qu'Anton prolongeait ses vacances et ne reviendrait pas avant la réunion du comité des Affaires Étrangères du Sénat. J'ai continué à penser à la femme et à ce qu'elle avait dit... et au fait qu'Anton renonçait rarement à une occasion de participer aux activités du Sénat. Et puis je me suis dit ; Pourquoi pas ? Je sais comme vous qu'il passe tous ses moments de liberté...

— ... Dans sa propriété de Shenandoah, l'interrompit Havelock, avec une impression de déjà vu.

— Exactement. J'ai pensé que si c'était vrai, et qu'il prenait quelques jours de plus, nous pourrions aller pêcher ensemble dans la vallée ou faire une partie de ses échecs adorés. Comme vous, encore, j'ai son numéro de téléphone, donc je l'ai appelé.

— Il n'était pas là, dit Michael.

— Ce n'est pas ce qu'ils ont dit, corrigea le journaliste. Ils ont dit qu'il ne pouvait pas venir au téléphone.

— Ce téléphone-là ?

— Oui... ce téléphone-là. C'était la ligne privée.

— Celle à laquelle on ne répond que s'il est là.

— Oui. » Alexander leva son verre et but.

Havelock avait envie de crier. Il aurait voulu se

précipiter sur l'imposant journaliste et le secouer : *Continuez ! continuez, dites-moi tout !* Mais il se contenta de dire calmement, « Ça a dû vous faire un choc.

— Ç'aurait été pareil pour vous, non ?

— Certainement. » *Ça l'a été. Vous ne pouvez pas le voir dans mes yeux ?* « Qu'avez-vous fait ?

— D'abord j'ai appelé Zelienski. Vous vous souvenez du vieux Leon, n'est-ce pas ? A chaque fois que Matthias allait dans sa propriété en voiture ou en avion il était entendu que Zelienski était invité à dîner — c'était comme ça depuis des années.

— Vous avez pu le joindre ?

— Oui, et il m'a dit une chose très étrange. Il n'avait pas vu Anton depuis des mois, Matthias ne répondait plus jamais à ses appels téléphoniques — pas personnellement — et il ne pensait pas que notre grand homme ait eu le temps de venir dans la vallée ces jours-ci. »

Le déjà vu était complet pour Michael. Puis il se souvint. « Vous êtes un ami de Zelienski, non ?

— Par Anton, surtout. Comme vous. Il vient ici maintenant, pour déjeuner et pour jouer aux échecs. Jamais pour dîner, cependant ; il n'aime pas conduire la nuit. Mais à mon avis Matthias n'était pas dans le seul endroit où il pouvait se trouver pour des vacances. Je ne peux vraiment pas imaginer qu'il n'aille pas voir le vieux Leon, et vous ? Après tout, Zelienski le laisse gagner.

— Je ne peux pas imaginer que vous ayez laissé tomber l'affaire, non plus.

— Vous avez tout à fait raison. J'ai téléphoné au bureau d'Anton et j'ai demandé à parler à son premier assistant. J'ai insisté sur le fait que je voulais quelqu'un qui représente le secrétaire d'État en son absence. Devinez qui on m'a passé, entre *tous ?*

— Qui ?

— Emory Bradford. Vous vous souvenez de lui ? Bradford le "boomerang", le fléau des seigneurs de la guerre dont il avait été autrefois le porte-parole. J'étais fasciné car je l'admire réellement d'avoir eu le courage de faire volte-face, mais j'ai toujours pensé que Matthias détestait toute la clique. Si on peut les différencier, il était plus sympathique que ceux qui ont été descendus en flammes parce qu'ils n'ont pas changé d'avis.

— Que vous a dit Bradford ? » Michael serrait le verre tellement fort dans sa main qu'il fut soudain effrayé à l'idée qu'il aurait pu le casser.

« Vous voulez dire, que m'a-t-il dit après que je lui eus raconté ce que je pensais savoir ? Je n'ai naturellement pas parlé de la femme et Dieu sait si c'était inutile. Bradford eut un choc. Il m'a supplié de ne rien dire ni écrire, Matthias me contacterait lui-même. J'ai accepté et, dans l'après-midi, un messager m'a apporté une lettre d'Anton. J'ai respecté sa prière — jusqu'à maintenant. Je ne peux pas croire une minute qu'il aurait voulu vous le cacher.

— Je ne sais pas quoi dire. » Havelock relâcha son étreinte sur le verre, respira profondément, le journaliste pouvait penser ce qu'il voulait. Mais pour Michael c'était le prélude à la question la plus importante qu'il ait jamais posée dans sa vie. « Vous souvenez-vous de la base où était affecté le mari de cette femme ? Celle dont vous n'aviez jamais entendu parler avant ?

— Oui, dit Alexander en dévisageant Havelock. Mais personne ne sait que je le sais ni d'où je le sais.

— Vous voulez bien me le dire ? Personne ne saura jamais où je l'ai appris, vous avez ma parole.

— Dans quel but, Michael ? »

Havelock marqua un temps, puis sourit. « Pour lui envoyer une corbeille de fruits probablement. Et une lettre bien sûr. »

Le journaliste hocha la tête, sourit et répondit, « C'est un endroit qui s'appelle Poole's Island, quelque part au large de la côte de Géorgie.

— Merci. »

Alexander remarqua son verre vide. « Allons, nous sommes tous les deux à sec. Remplissez votre verre et le mien pendant que vous y êtes. Ça fait aussi partie des règles, vous vous rappelez ? »

Michael se leva de son fauteuil en secouant la tête et en souriant toujours malgré sa tension. « Je remplirai le vôtre avec plaisir, mais il faut vraiment que je file. » Il prit le verre du journaliste. « On m'attend à McLean depuis une heure.

— Vous partez ? », s'écria le vieux cheval de bataille, en levant les sourcils et en se retournant dans son fauteuil. « Et cette information de Londres qui devait compenser les meilleurs dîners que vous ayez jamais connus, jeune homme ? »

Havelock était au bar de cuivre en train de verser du Brandy. « J'y pensais en arrivant, dit-il d'un air pensif. J'ai peut-être été un peu impétueux.

— Rabat-joie, dit Alexander en gloussant.

— Eh bien, ça dépend de vous. Ça concerne une affaire d'espionnage très compliquée, très secrète qui ne nous amènera nulle part à mon avis. Vous voulez l'entendre ?

— Je vous arrête tout de suite, mon garçon ! Vous vous êtes trompé de journaliste, je n'y toucherai pas. Je mets en pratique la maxime d'Anton. L'espionnage est à quatre-vingts pour cent une partie d'échecs jouée par des idiots pour des crétins paranoïaques ! »

Michael monta dans la voiture ; il y avait une faible odeur de cigarette.

« Tu as fumé, dit-il.

— Je me sentais comme un petit garçon dans un cimetière, répondit Jenna roulée en boule sur le sol. Et Bradford ? Est-ce que ton ami va le faire venir ? »

Havelock mit le moteur en marche, passa une vitesse et fit rapidement le tour de l'allée vers la sortie. « Tu peux te relever maintenant.

— Et Bradford ?

— On va le laisser mariner un moment, on verra plus tard. »

Jenna grimpa sur le siège et le regarda fixement. « Qu'est-ce que tu dis, Mikhaïl ?

— On va conduire toute la nuit, se reposer un peu

demain matin, puis continuer. Je veux y arriver demain en fin de journée.

— Mais *où*, mon Dieu ?

— Dans un endroit qui s'appelle Poole's Island, et Dieu sait où ça se trouve. »

24

L'île était au large de la côte, à l'est de Savannah ; cinq ans plus tôt c'était une île peu peuplée, d'environ trois kilomètres carrés avant d'être reprise par le gouvernement pour y effectuer des recherches océaniques. Plusieurs fois par semaine, d'après les pêcheurs, on pouvait voir des hélicoptères de la Hunter Air Force Base voler au ras de l'eau en direction d'une aire d'atterrissage invisible quelque part derrière les grands pins qui bordaient la côte rocheuse.

Ils étaient arrivés à Savannah à trois heures et demie de l'après-midi et, à quatre heures, ils avaient trouvé un motel quelconque au bord de la route de l'océan. A quatre heures vingt, ils avançaient sur les quais d'un port de pêche de l'autre côté de la route, à temps pour voir une douzaine de chalutiers rentrer avec la tombée du jour. A cinq heures moins le quart, ils avaient discuté avec plusieurs pêcheurs et à cinq heures et demie, Havelock parlait tranquillement avec le directeur du port. A six heures moins dix, deux cents dollars avaient changé de mains, une embarcation de quatre mètres cinquante avec un moteur hors-bord de douze chevaux avait été mise à sa disposition, autant de temps qu'il le désirait, et le veilleur de nuit du port était mis au courant.

Ils retournèrent en voiture au centre commercial de Fort Pulaski où Michael trouva un magasin d'articles de sport et fit les achats dont il avait besoin. C'est-à-dire, un bonnet de laine, un sweater imperméable, un pantalon et des bottes courtes à semelle de caoutchouc épaisse. En plus des vêtements il acheta une lampe torche étanche, un sac en toile huilée, un couteau de chasse et cinq paquets de lacets de cuir d'un mètre quatre-vingts.

« Un sweater, un bonnet, une torche, un couteau, dit rapidement Jenna, en colère. Tu en as pris un de chaque. Prends-en deux. Je vais avec toi.

— Non.

— Tu oublies Prague et Varsovie ? Trieste ou les Balkans ?

— Non, mais toi, si. Partout où nous sommes allés, il y avait toujours un personnage secondaire sur lequel on pouvait se reposer. Quelqu'un dans une ambassade ou un consulat qui avait entre les mains les arguments d'une contre-menace.

— Nous n'avons jamais fait appel à des gens pareils.

— Nous n'avons jamais été pris. »

Elle le regarda, acceptant sa logique à contrecœur. « Quels sont les arguments que je possède, moi ?

— Je vais te les écrire. Il y a une papeterie à l'autre bout du centre commercial. Il me faut un bloc de papier légal jaune et des feuilles de carbone. Allons-y. »

Jenna s'assit dans un fauteuil à côté du bureau du motel où Havelock écrivait. Au fur et à mesure qu'il enlevait les doubles du bloc jaune, elle les prenait et en vérifiait la lisibilité. Il avait rempli neuf pages de caractères d'imprimerie bien nets, chaque point était numéroté, chaque détail précisé, chaque nom exact. C'était un résumé des opérations d'espionnage top-secrètes et des pénétrations perpétrées par le gouvernement des États-Unis au cours des dix-huit derniers mois. Il y avait noté les sources, les informateurs, les couvertures et les agents doubles, de même qu'une liste de diplomates et attachés de trois ambassades qui étaient en réalité des agents de la C.I.A. A la dixième page, il racontait la Costa Brava en nommant Emory Bradford et les hommes avec lesquels il avait parlé et qui avaient entre les mains une preuve qui ne pouvait résulter que de leur coopération avec le K.G.B. et avec un agent parisien du V.K.R. qui reconnaissait que les Soviétiques étaient au courant de la supercherie. A la onzième page il parlait de la rencontre fatale du Palatin et de l'espion américain qui avait donné sa vie pour le sauver et qui, quelques instants avant de mourir, s'était écrié qu'à Washington des hommes puissants racontaient des mensonges. A la douzième, il décrivait brièvement les événements du col des Moulinets et l'ordre de son exécution lancé sous le nom de code « Ambiguïté ». A la treizième et dernière page, il disait la vérité sur un meurtrier de Lidice qui s'était fait appeler Jacob Handelman et sur une ferme de Mason Falls, en Pennsylvanie, qui vendait des esclaves avec autant d'efficacité que n'importe quel camp ayant fourni du travail à Albert Speer. La dernière ligne était concise. *Le secrétaire d'État Anthony Matthias est retenu contre son gré dans une base gouvernementale qui s'appelle Poole's Island, en Géorgie.*

« Voilà tes arguments », dit-il en tendant à Jenna la dernière page et en se levant pour s'étirer. Son corps lui faisait mal ; il avait écrit avec acharnement pendant près de deux heures. Pendant que Jenna lisait, il alluma une cigarette et s'approcha de la fenêtre qui donnait sur la route et l'océan. Il faisait nuit, la lune brillait de temps en temps entre deux nuages. Il faisait beau, la mer était calme ; il espérait que ça allait durer.

« Ce sont des arguments frappants, Mikhaïl, dit Jenna en posant le dernier carbone sur le bureau.

— C'est la vérité.

— Excuse-moi de ne pas approuver. Avec ça, tu peux mettre en danger la vie de beaucoup de gens, de beaucoup d'amis.

— Pas dans les quatre dernières pages. Il n'y a pas d'amis là... à part l'Apache, mais il est parti.

— Alors sers-toi seulement des quatre dernières pages », dit Jenna.

Havelock se détourna de la fenêtre. « Non, il faut que j'aille jusqu'au bout ou pas du tout. Il n'y a pas de juste milieu ; il faut qu'ils me croient capable de le faire. Et encore plus important, ils doivent croire que *tu* vas le faire. S'il y a le plus léger doute, je suis un homme mort et toi aussi peut-être. La menace doit être réelle.

— Tu es en train de présumer que tu vas être pris.

— Si je trouve ce que je pense trouver, j'en ai bien l'intention.

— Mais c'est de la folie ! s'écria Jenna en se levant brusquement.

— Pas du tout. Cette fois tu te trompes. Cette île est le raccourci que nous cherchions. » Il se dirigea vers la chaise sur laquelle il avait laissé tomber ses achats. « Je vais m'habiller et nous allons mettre au point un relais téléphonique.

— Tu parles sérieusement ?

— Oui.

— Des cabines, alors, dit-elle de mauvaise grâce. Pas d'appel de plus de douze secondes.

— Mais un seul numéro. » Michael retourna vers le bureau. Il prit un crayon, écrivit quelque chose sur le bloc, déchira la page et la donna à Jenna.

« Le voici ; c'est celui du bureau de sécurité des opérations consulaires. Tu le fais directement — je te montrerai comment — et prévois une pochette pleine de monnaie.

— Je n'ai pas de pochette.

— Et pas d'argent, ni d'habits, ajouta Havelock en la prenant par les épaules et en l'attirant à lui. Tu vas y remédier, n'est-ce pas ? Ça t'occupera l'esprit pour un moment. Va faire des courses.

— Tu es fou.

— Non, je parle sérieusement. Tu n'auras pas beaucoup de temps, mais la plupart des boutiques du centre commercial restent ouvertes jusqu'à dix heures et demie. Et puis il y a une piste de bowling, deux restaurants et un supermarché ouvert toute la nuit.

— Je ne te crois pas, s'écria-t-elle, en reculant et en le regardant.

— Crois-moi, dit-il. C'est plus sûr que les cabines

téléphoniques de la grande route. » Il jeta un coup d'œil à sa montre. « Il est neuf heures dix maintenant et Poole's Island n'est qu'à deux kilomètres de la côte. Je ne devrais pas mettre plus de vingt minutes pour y arriver — disons, vers dix heures. A onze heures je veux que tu commences à appeler ce numéro et à dire les mots "billard ou billard américain". D'accord ?

— Bien sûr. "Billard ou billard américain."

— Bon. Si tu n'as pas de réponse immédiate, raccroche et change de téléphone. Appelle tous les quarts d'heure.

— Tu as parlé d'une réponse. Laquelle ? »

Havelock fronça les sourcils. « "Nous préférons le billard américain."

— "Nous préférons le billard américain." Et après ?

— Un dernier appel, toujours un quart d'heure plus tard. Quelqu'un d'autre sera au bout de la ligne. Il ne dira aucun nom mais il se servira de la réponse. Aussitôt tu lui lis les deux premières lignes de la première page. Je prendrai les doubles avec moi dont les mots correspondront exactement. Tu te dépêches et tu raccroches.

— Et c'est le début de l'attente, dit Jenna en se serrant contre lui. Maintenant c'est notre prison immobile.

— Tout à fait — fixe, en fait. Fais des provisions au supermarché et reste ici. Ne sors pas. Je te contacterai.

— Tu crois que ça va durer combien de temps ? »

Havelock s'écarta doucement d'elle et la regarda. « Peut-être un jour ou deux. J'espère que non, mais c'est possible.

— Et si... » Jenna ne put pas terminer sa phrase, les larmes se mirent à couler sur son visage pâle aux traits tirés.

« Au bout de trois jours, appelle Alexander à Fox Hollow et dis-lui qu'on m'a tué ou enlevé, et qu'Anton Matthias est prisonnier. Dis-lui que tu as une preuve de ma propre écriture et de ma voix, sur la bande que j'ai faite chez Salanne à Cagnes-sur-Mer. Dans ces circonstances il ne peut pas te laisser tomber. Il ne le fera pas. On est en train d'empoisonner sa république bien-aimée. » Michael fit une pause. « Juste les quatre dernières pages, dit-il calmement. Brûle les neuf premières. Tu as raison, ils ne méritent pas de mourir. »

Jenna ferma les yeux. « Je ne peux pas te le promettre, dit-elle. Je t'aime tant. Aucun d'eux ne m'importe si je te perds. Aucun. »

L'eau était agitée comme cela arrivait souvent quand les courants étaient brusquement interrompus par des masses de terre, près de la côte. Il était environ à quatre cents mètres des rochers de l'île, s'approchant sous le vent de façon que le bruit du moteur soit étouffé au maximum. Il le couperait bientôt et se servirait des rames pour se diriger vers la partie la plus sombre des pins environnants, guidé par la faible lueur qu'il apercevait derrière le sommet des arbres.

Il avait pris ses propres dispositions avec le veilleur de nuit du port, des dispositions subtiles qu'essaie de prendre tout homme d'expérience quand il loue un bateau qu'il peut être obligé d'abandonner. On ne se défait jamais d'un moyen de fuite à moins que ce ne soit indispensable, mais on le cache du mieux qu'on peut, si c'est seulement pour gagner du temps ; la différence entre la capture et la fuite peut ne tenir qu'à cinq minutes de confusion. Jusqu'ici, cependant, le trajet s'était passé sans bavure. Il pourrait pousser l'esquif dans la crique la plus noire et le tirer à sec.

C'était le moment maintenant. Il repoussa la manette des gaz ; le moteur toussa doucement puis s'arrêta. Il sauta au milieu, le corps en avant, et mit les rames en place. Le courant descendant était plus fort qu'il ne s'y attendait ; il ramait contre la marée en espérant que le courant changerait avant que ses bras et ses épaules ne faiblissent. La blessure du col des Moulinets commençait à le faire souffrir ; il fallait qu'il fasse attention et utilise le poids de son corps...

Un bruit. Pas le sien, ni le grincement des rames ni le clapotement des vagues contre l'étrave. Un bruit sourd... un moteur.

Une lumière, un projecteur, balayant l'eau à environ huit cents mètres de lui, sur sa droite. C'était un bateau de patrouille qui contournait la pointe de l'île, virait à tribord et venait droit sur lui. Est-ce qu'il y avait un sonar parmi les systèmes de sécurité de l'île ? Des ondes sonores qui frappaient la surface de l'eau, montant et descendant avec les marées, et capables de repérer une petite embarcation qui s'approche du rivage ? Ou était-ce une patrouille de routine ? Ce n'était pas le moment de faire des hypothèses. Tout en restant baissé, Havelock retira les rames et les poussa sous les bancs, pour qu'elles reposent directement sur la coque. Il attrapa le câble d'amarrage, le jeta par-dessus bord, puis se laissa glisser dans l'eau en prenant sa respiration et en bandant ses muscles pour se défendre contre le froid. Il se glissa à l'arrière et se tint à l'hélice, éclaboussant le moteur hors-bord pour en refroidir le dessus. Il avait avancé à très petite vitesse ; dans quelques minutes seule une main très sensible serait capable de sentir si le moteur venait de tourner — si quelqu'un pensait à vérifier.

Soudain le projecteur l'aveugla ; l'embarcation avait été repérée. Le bruit du moteur lui arriva avec le vent, accompagné de la plainte chevrotante d'une sirène. Le bateau de patrouille accéléra, et fonça sur lui. Il plongea sous l'eau, s'éloigna de l'île à la nage, poussé par le courant. L'esquif était toujours à quatre cents mètres du rivage, trop loin pour qu'un nageur puisse l'atteindre facilement dans ces eaux ; c'était un fait qui pouvait jouer en sa faveur quand ils trouveraient le bateau.

Quand la grosse vedette de patrouille se fut glissée à côté de l'esquif et eut coupé ses moteurs, Michael était à vingt mètres de sa poupe, ayant refait surface et tiré son bonnet de laine mouillé sur sa figure. Le projecteur balayait la surface de l'eau ; il plongea deux fois, les yeux ouverts, ressortant quand le rayon l'avait dépassé. Il continuait à sonder les environs, mais plus en arrière, seulement devant et sur les côtés. Deux hommes avaient halé le petit bateau avec des grappins ; celui qui était à l'avant cria :

« Port de Leo, mon lieutenant ! De Savannah ! Numéro GA-zéro-huit-deux !

— Dis à la base de joindre le port de Leo à Savannah et de nous le passer ! » hurla l'officier à un opérateur radio invisible qui devait être dans la cabine. « Le numéro est GA-zéro-huit-deux ! Fais un relevé !

— Oui, mon lieutenant, répondit-on.

— Et informe la base de notre position. Faisons un contrôle de sécurité dans le secteur quatre.

— Cette chose n'aurait pas pu y aller, mon lieutenant, dit l'homme qui tenait le grappin derrière. Elle se serait prise dans les filets horizontaux. Partout où il n'y a pas de rochers, il y a des filets.

— Mais bon sang, qu'est-ce qu'elle fait là alors ? Il y a des vêtements, un équipement quelconque ? N'importe quoi ?

— Rien du tout, mon lieutenant ! cria le premier homme en descendant dans l'embarcation. Ça pue le poisson, c'est tout. »

Tout en s'efforçant de rester à la surface de l'eau, Havelock les observait. Il fut frappé par une chose bizarre : les hommes qui étaient sur le bateau de patrouille étaient en treillis kaki, et l'officier en veste de combat. Ils appartenaient à l'armée de terre, pas à la marine. Pourtant le bateau était un bateau de la marine.

« Mon lieutenant ! » La voix sortit de la cabine en même temps qu'une tête encadrée d'un casque apparaissait sur le pont. « Le veilleur de Leo a dit qu'un couple d'ivrognes avait sorti ce bateau et l'avait ramené tard. Il suppose qu'ils n'ont pas dû l'attacher correctement et qu'il est parti avec la marée. Il aimerait bien qu'on le lui rapporte en remorque ; ça ferait son affaire. Le bateau n'est que de la merde, mais le hors-bord vaut du fric.

— Je n'aime pas ça, dit l'officier.

— Oh ! allez, mon lieutenant. Qui ferait cinq cents mètres à la nage dans ces eaux-là ? Les pêcheurs ont vu des requins par ici.

— Et s'il y était arrivé ?

— Avec les filets horizontaux ? demanda l'homme au grappin arrière. Il n'y a pas de place pour se planquer, mon lieutenant.

— Bordel ! Laisse tomber l'amarre, on va faire un tour plus près des filets et des rochers. Ce Leo nous appartient. »

Et Havelock réalisa qu'il devait beaucoup plus au veilleur de nuit que les cent dollars qu'il lui avait donnés. Les moteurs du bateau de patrouille se mirent à vrombir quand le premier homme grimpa à bord et qu'un autre attacha le câble d'amarrage de l'esquif à un taquet arrière. Quelques secondes plus tard le rôdeur piquait vers le rivage, en balayant les eaux de son puissant projecteur.

Les filets horizontaux. Des champs de tissus très légers tendus juste sous la surface de l'eau et maintenus par des flotteurs en liège ou en polystyrène, tissés avec des brins de corde de piano. Les poissons ne pouvaient pas couper les fils, mais les hélices le pouvaient et, dans ce cas, les alarmes se déclenchaient. *Les rochers*. Des avancées de la côte qui interdisaient l'accès de l'île à n'importe quel bateau. Il ne fallait pas qu'il perde de vue le bateau de patrouille ; il approchait des rochers.

Les requins. Il n'y pensait pas ; ça ne servait à rien.

Sa principale préoccupation était d'atteindre le rivage. Le courant était presque insupportable, mais en faisant la brasse entre les vagues et le courant de fond, il arrivait à progresser lentement, et quand il aperçut la lueur d'une douzaine de lampes qui brillait à travers les pins, il se rendit compte qu'il s'était rapproché. A la longue il avait mal aux bras et aux jambes, mais il avait perdu toute notion du temps ; il était parfaitement concentré. Il fallait qu'il atteigne un filet ou un rocher, ou un obstacle quelconque qui lui dirait qu'il pouvait se mettre debout.

Il rencontra d'abord un filet. Il se hissa vers la droite, une main après l'autre, en faisant glisser la grosse corde de nylon, jusqu'à ce qu'il sente un gros flotteur en polystyrène en forme de bouée de pleine mer. Il le contourna et avança en se tirant sur la corde jusqu'à ce que ses genoux heurtent deux objets pointus qui lui firent comprendre qu'il avait atteint les rochers. Il se tint au filet, le corps battu par les brisants, et attendit, en reprenant son souffle. Les lueurs des lampes reculaient dans les pins, le contrôle de sécurité dans le secteur quatre n'avait rien donné. Quand la dernière lumière eut disparu derrière les troncs d'arbre, il s'avança peu à peu vers le rivage, en se tenant toujours de toutes ses forces au filet tandis que les vagues s'écrasaient sur lui. Il fallait qu'il s'écarte des rochers ! Ils se dressaient au-dessus de lui — arêtes de pierres blanches et déchiquetées, rendues tranchantes comme des rasoirs par les eaux qui s'étaient jetées dessus pendant des millénaires. Une vague énorme, et il s'empalait dessus.

Il vacilla vers la gauche et s'affala sur le filet, quand tout d'un coup il disparut. Disparu ? Il sentait le sable sous lui. Il avait franchi la barrière artificielle et il était à terre.

Il sortit de l'eau en crawlant, il était à peine capable de lever les bras ; il ne pouvait plus bouger ses jambes qui n'étaient plus que des appendices sans poids qui n'arrêtaient pas de s'effondrer sous lui. La lune fit une de ses apparitions sporadiques et illumina une dune d'herbe sauvage à vingt mètres de lui ; il s'avança en rampant, chaque pas le rapprochant de l'endroit où il pourrait se reposer. Il atteignit la dune et l'escalada ; il se roula sur le dos et fixa le ciel noir.

Il resta immobile pendant une vingtaine de minutes, jusqu'à ce qu'il sente son sang se remettre à circuler dans ses bras et dans ses jambes. Dix ans plus tôt, ou même cinq, il ne lui aurait fallu qu'un quart d'heure pour récupérer. A présent, il aurait apprécié un bon bain chaud et plusieurs heures de sommeil, pour ne pas dire une nuit.

Il leva la main et regarda le cadran de sa montre. Il était dix heures quarante-trois. Dans dix-sept minutes, Jenna ferait son premier appel au bureau de sécurité des opérations consulaires. Il aurait voulu disposer d'une heure sur l'île avant le premier appel — pour l'explorer et prendre des décisions, mais il n'en serait rien. Il avait quarante-trois minutes de retard sur son horaire. D'un autre côté il n'y aurait pas eu d'horaire du tout s'il n'avait pas réussi à franchir la barrière de récifs de l'île.

Il se leva, se dégourdit les jambes, secoua les bras et se plia d'avant en arrière, sans faire attention au désagrément de ses vêtements trempés et du sable collé sur tout son corps. Qu'il réponde aux impulsions de son cerveau était bien suffisant. Il pouvait bouger — vite s'il le fallait — et il avait l'esprit clair ; il n'avait besoin de rien d'autre.

Il vérifia son équipement. La lampe étanche était accrochée à sa taille par une sangle à côté du sac en toile huilée, sur son côté gauche ; le couteau de chasse dans sa gaine était à droite. Il retira le sac, défit la fermeture étanche et tâta son contenu. Les treize pages pliées étaient sèches. Le petit automatique espagnol aussi. Il prit l'arme, la glissa sous sa ceinture, et remit le sac en place. Puis il vérifia les poches de son pantalon ; les lacets de cuir étaient trempés mais intacts — chacun roulé séparément en boule — cinq dans sa poche droite, cinq dans la gauche. S'il lui en fallait plus de dix, alors aucun ne serait utile. Il était prêt.

Des pas... Où ? Si c'était bien ça, le bruit était bizarre étant donné le sable et la terre meuble qu'il devait y avoir sous les pins. Un rythme lent de claquements perçants — des talons de cuir sur une surface dure. Havelock s'accroupit puis se précipita à toute vitesse à l'abri des grands arbres et scruta l'obscurité vers sa droite, dans la direction d'où venait le bruit.

Un autre bruit, à sa gauche maintenant, plus lointain mais se rapprochant. Il ressemblait au premier — lent, intentionnel. Il s'enfonça davantage sous les pins, en rampant, jusqu'à ce qu'il arrive presque à la lisière et plonge à terre ; il releva immédiatement la tête pour voir ce que la lumière qui venait de s'allumer subitement lui dévoilerait. Ce qu'il vit lui expliqua le bruit des pas, mais rien d'autre. Juste devant lui s'étendait une route goudronnée large et lisse et de l'autre côté s'élevait une palissade d'au moins trois mètres cinquante de haut, dont il ne pouvait voir le bout ni d'un côté, ni de l'autre. La lumière était derrière, un toit de lumière, partout. C'était la lueur qu'il avait aperçue de la mer, beaucoup plus brillante à présent, mais toujours étrangement douce, manquant d'intensité.

Le premier soldat apparut sur la droite, il marchait lentement. Il portait un treillis de l'armée de terre, comme l'équipe du bateau de patrouille, mais il avait à la ceinture un colt 45 automatique, délivré par le gouvernement. C'était un jeune fantassin qui montait la garde et son visage reflétait l'ennui dû à l'inaction et à la perte de temps. Son collègue émergea de l'ombre, sur la gauche, à cinquante mètres peut-être ; son allure était encore plus lente que celle de son camarade, si c'était possible. Ils s'approchèrent l'un de l'autre comme deux robots sur un manège et se rencontrèrent à moins de dix mètres de Havelock.

« On t'a mis au parfum ? demanda le soldat de droite.

— Ouais, un bateau à rame avec un moteur qui est parti à la dérive avec la marée, depuis Savannah, c'est tout. Personne dedans.

— On a vérifié le moteur ?

— Qu'est-ce que tu veux dire ?

— L'huile. L'huile reste chaude quand il a marché. Comme tous les moteurs.

— Oh ! ça va. Qui diable pourrait arriver ici, de toute façon ?

— Je n'ai pas dit qu'on pouvait. J'ai juste dit que c'était un moyen de savoir.

— Laisse tomber. Ils sont encore en train de faire des recherches — au cas où quelqu'un aurait eu des ailes, je suppose. Tous les galonnés sont complètement intoxiqués par ici.

— Tu ne le serais pas, toi ? »

Le garde de gauche regarda sa montre. « Un point pour toi. On se voit à l'intérieur.

— Si Jackson s'amène. Hier soir il avait une demi-heure de retard. Tu t'imagines ? Il fallait qu'il regarde la fin d'un navet à la télé.

— Il exagère. Willis m'a dit l'autre soir qu'un de ces jours quelqu'un allait simplement s'en aller et dire qu'il le remplaçait. Et le laisserait punir.

— Il saurait s'en sortir. »

Chacun fit demi-tour et recommença péniblement son circuit familier et inutile. Michael rassembla les points essentiels de leur conversation. Une équipe de recherche passait l'île au peigne fin et le tour de garde était presque terminé — une garde apparemment relâchée, si la relève de minuit pouvait avoir une demi-heure de retard. C'était incohérent ; l'île était une véritable forteresse et pourtant on traitait la garde comme un exercice futile. Pourquoi ?

Une vieille observation pouvait lui permettre de trouver la réponse. Le personnel des casernes et les petits gradés étaient les premiers à se rendre compte de l'inutilité de certaines tâches. Ce qui ne pouvait signifier qu'une chose : les systèmes d'alarme de la côte avaient leurs répliques à l'intérieur. Michael examina la haute palissade. Elle était neuve, le bois était clair, et il ne fallait pas beaucoup d'imagination pour se représenter les fils qui étaient tendus derrière — les doubles rayons coupés par la masse, le poids ou la chaleur d'un corps, impossible de passer en dessous, au-dessus ou à travers. Et c'est alors qu'il vit quelque chose qu'il n'avait pas remarqué : la palissade s'incurvait — comme la route — des deux côtés. Les portes devaient être hors de vue, et les entrées dotées de soldats aux seuls points de pénétration. Pas du tout au hasard.

Une patrouille de recherche.

Des soldats munis de lampes marchant au milieu des pins et sur les plages, à l'affût de l'ombre d'une possibilité. Ils avaient juste commencé derrière lui, sur une bande de rivage appelée secteur quatre, en se déplaçant rapidement — une douzaine d'hommes peut-être, ou une escouade de treize. Qu'ils viennent de n'importe où, ils retourneraient certainement à leur point de départ après avoir accompli un tour complet... et la nuit était noire, la lune se montrait de moins en moins souvent. Inclure l'équipe de recherche dans sa stratégie était une solution extrême — la seule à laquelle il pouvait réfléchir — mais pour que son plan marche, il fallait qu'il bouge. *Maintenant*.

Non seulement le soldat de droite était le plus près mais il était encore celui dont il était le plus logique de s'occuper en premier. Il était presque hors de vue, contournant la courbe de la route et disparaissant derrière l'angle de la palissade. Havelock se leva et traversa la route en courant, puis il se mit à descendre à toute vitesse dans le bas-côté sablonneux, furieux contre le bruit de ses bottes pleines d'eau. Il atteignit le virage ; les lumières de la porte étaient devant lui, à cent cinquante mètres, peut-être. Il accéléra son allure, réduisant l'écart entre le garde et lui, espérant que le vent qui sifflait dans les arbres étoufferait le bruit d'éponge de ses chaussures.

Il était à moins de trois mètres cinquante de lui quand il s'arrêta, en alerte, en tournant brusquement la tête sur le côté. Havelock bondit ; il lui plaqua sa main droite sur la bouche et lui saisit la nuque de la main gauche, en contrôlant leur chute à tous les deux. Il maintenait le soldat fermement, son genou dans le dos du jeune homme, l'obligeant à se cambrer.

« N'essaie pas de crier ! murmura-t-il. Ce n'est qu'un exercice de sécurité — comme le Kriegspiel, tu comprends ? La moitié de la garnison est au courant, l'autre ignore tout. Maintenant je vais t'emmener de l'autre côté de la route et t'attacher et te bâillonner, mais je ne serrerai pas trop fort. Tu es simplement hors de combat. Okay ? »

Le jeune garde était beaucoup trop choqué pour répondre autrement qu'en clignant sans arrêt de ses grands yeux effrayés. Michael ne pouvait pas lui faire confiance — plus exactement, il ne pouvait pas être sûr qu'il ne céderait pas à la panique. Il attrapa la casquette d'uniforme qui était tombée et se releva avec le soldat en le tirant, la main toujours plaquée sur sa bouche ; ils traversèrent la route à toute vitesse, en piquant vers la droite, et se dirigèrent vers les pins. Une fois à l'ombre des branches, Havelock s'arrêta et renversa le soldat sur le sol ; ils étaient assez loin dans le secteur quatre.

« Je vais retirer ma main, dit Michael en se mettant à genoux, mais si tu fais un bruit, je serai obligé de t'assommer, c'est compris ? Si je ne le faisais pas, je perdrais des points. Vu ? »

Le jeune homme hocha la tête et Havelock retira lentement sa main, prêt à la remettre au premier signe. Le garde se frotta les joues et dit calmement : « Tu m'as flanqué une de ces frousses. Qu'est-ce qu'il se passe, bon sang ?

— Simplement ce que je t'ai dit, dit Michael, en défaisant le ceinturon du soldat et en lui arrachant sa veste de combat. C'est un exercice de sécurité, ajouta-t-il, en cherchant dans sa poche un lacet de cuir et en repliant les bras du garde derrière son dos. « Nous allons pénétrer à l'intérieur. » Il ligota les poignets et les avant-bras ensemble, et enroula le lacet autour des coudes.

— A l'intérieur de l'enceinte ?

— C'est ça.

— Pas moyen, mec. Tu perds ton temps !

— Les systèmes d'alarme ?

— Plutôt. Un pélican a grillé sur la palissade l'autre nuit ; il a grésillé pendant une demi-heure. Putain, on a eu du poulet le lendemain.

— Et à l'intérieur ?

— Quoi ?

— Il y a des systèmes d'alarme à l'intérieur ?

— A Georgetown seulement.

— Quoi ? Qu'est-ce que c'est Georgetown ?

— Hé, je connais les règles. Tout ce que je peux te dire, c'est mon nom, mon grade et mon numéro matricule !

— La porte, dit Havelock d'un ton menaçant. Qui est à la porte ?

— Le détachement de la porte, qui d'autre ? Ce qui sort rentre.

— Maintenant, dis-moi. »

Une faible lueur frappa l'œil de Michael ; elle était loin, de l'autre côté des arbres, l'éclair d'une lampe. L'équipe de recherche faisait le tour de l'île. Il n'avait plus le temps de parler. Il déchira un morceau de la chemise du soldat, le roula en boule et le lui enfonça dans la bouche, puis il enroula un autre lacet autour de la tête du jeune homme et l'attacha dans la nuque, pour maintenir le bâillon en place. Il lui ligota les chevilles avec un troisième lacet.

Havelock mit la veste de combat, attacha le ceinturon autour de sa taille, enleva son bonnet de laine et le glissa dans une poche. Il enfonça la casquette militaire sur sa tête autant qu'il le put, puis alla prendre sous son sweater trempé la lampe étanche. Il évalua les angles de passage au milieu des arbres, la distance des rayons lumineux, et se mit à courir en diagonale vers la droite, à travers les pins — vers un coin de rocher ou de plage, il n'en avait aucune idée.

Il se cramponna à un rocher, la mer s'écrasait juste sous lui, le vent était fort, et il attendit que le dernier soldat passe au-dessus. A cet instant-là, Michael se remonta et se précipita sur la silhouette qui s'éloignait ; avec son expérience née d'une centaine d'assauts comme celui-là, il saisit l'homme par le cou, pour empêcher tout cri, et le projeta au sol. Trente secondes plus tard, le soldat inconscient était attaché — bras, jambes et bouche. Havelock courut pour rattraper les autres.

« Okay, les gars, cria une voix autoritaire. Le ratissage est terminé ! Rentrez dans vos niches !

— Merde, mon capitaine, cria un soldat. On croyait que vous nous ameniez une cargaison de filles et que c'était une chasse au trésor !

— Appelle ça une course d'essai, chiffe molle. La prochaine fois tu marqueras peut-être des points.

— Il en marque même pas au flipper ! hurla un autre. Qu'est-ce qu'il ferait avec une gonzesse ? »

Havelock suivait les rayons lumineux à travers les pins. La route apparut — le béton lisse légèrement coloré reflétait l'éclat dur des projecteurs de la porte. L'escouade traversa la route en un groupe informe, Michael joua des coudes pour passer en avant, de sorte qu'il avait des soldats derrière lui. Ils franchirent la structure métallique, un garde les comptant à haute voix au fur et à mesure qu'ils passaient.

« *Un, deux, trois, quatre...* »

Il était le huitième ; il baissa la tête en se frottant les yeux.

« Sept, huit, neuf... »

Il était à l'intérieur. Il ôta les mains de devant ses yeux en avançant avec l'escouade sur un terrain étrangement lisse, et regarda.

Il en eut le souffle coupé et des frissons dans les jambes. Il était à peine capable d'avancer, car il se trouvait dans une autre époque, dans un autre endroit. Ce qu'il avait devant les yeux et autour de lui était surréel. Des images abstraites, les fragments isolés d'une scène d'un autre monde.

Il n'était pas à l'intérieur d'une enceinte sur un petit bout de terre au large de la Géorgie, appelé Poole's Island. Il était à Washington, D.C.

25

C'était une vision de cauchemar, la réalité était dénaturée, déformée pour répondre à un fantasme démoniaque. Des modèles réduits de sites familiers côtoyaient les agrandissements photographiques de deux mètres de haut d'endroits qu'il connaissait trop bien. Il y avait des petites rues étroites bordées d'arbres, qui commençaient aussi brusquement qu'elles se terminaient, et des panneaux de rues et des lampadaires — tous en miniature. La lumière douce qui venait des lampes éclairait des portes massives de taille normale et des immeubles — qui n'étaient pas des immeubles mais seulement des façades d'immeubles.

Il y avait les portes en verre des Affaires Étrangères, et là-bas, le portail de pierre du nouvel immeuble du F.B.I. et de l'autre côté de l'allée, au-delà d'un parc minuscule doté de petits bancs blancs, les marches brunes qui conduisaient à l'entrée principale du Pentagone. Au loin, sur sa gauche, il pouvait apercevoir une grande grille noire en fer forgé avec une ouverture en son centre, flanquée de deux petits corps de garde en verre. C'était le portique sud de la Maison-Blanche.

Incroyable !

Et il y avait des automobiles de taille normale. Un taxi, deux voitures d'état-major, deux limousines hors série, tous stationnés séparément, symboles fixes d'un autre endroit. Et il y avait les symboles évidents plus loin, sur sa droite, au-delà du parc miniature : des petits modèles en albâtre — d'un mètre vingt de haut, pas plus — du Jefferson Memorial, du Washington Monument, et des petites répliques du Reflecting Pool dans l'allée... baignés de lumière... points de repères évidents d'un ailleurs.

Tout était là, *insensé* ! C'était un décor de film, plein de photos incongrues, de modèles miniatures, de morceaux d'édifices. Toute la scène aurait pu être le produit d'une imagination délirante, le projet d'un cinéaste autour d'un cauchemar en lumière blanche, sa propre vision déformée de Washington, D.C.

Très inquiétant.

Un monde faux et bizarre avait été recréé pour présenter une image déformée de la réalité à des kilomètres !

C'était plus que Havelock ne pouvait accepter. Il fallait qu'il s'échappe pour retrouver quelques instants de bon sens, pour essayer de comprendre la signification de ce spectacle macabre. Pour trouver Anton Matthias.

L'escouade avait commencé à se disperser, à gauche et à droite. Au-delà de la fausse façade des Affaires Étrangères, il y avait une pelouse et des saules pleureurs, puis l'obscurité. Une bordée d'injures éclata derrière lui, venant de la porte d'entrée, et Michael se raidit.

« Bordel-d'enculé-de-fils-de-pute, où est-il ?

— Qui ça, sergent ?

— Jackson, mon lieutenant ! Il est encore en retard ?

— Il ira au rapport, sergent. Il y a beaucoup trop de relâchement. Je veux que ça change. »

Il y eut des grognements amusés dans l'équipe de recherche, beaucoup regardaient derrière eux et riaient tranquillement. Havelock profita de l'occasion pour se glisser dans la rue et dans l'ombre de la pelouse.

Il s'appuya contre un mur ; il était solide. Il y avait quelque chose à l'intérieur qui ne faisait pas partie de la fausse façade. Il se tapit dans l'obscurité en essayant de réfléchir et de comprendre. Et le problème était là : ça dépassait son entendement. Il était au courant, bien sûr, du centre d'entraînement soviétique à Novgorod qui s'appelait l'Enceinte américaine, un vaste complexe où tout était « américanisé », où il y avait des magasins et des supermarchés, des motels et des stations-service, où tout le monde utilisait de la monnaie américaine et parlait américain, argot et autres dialectes. Et il avait entendu parler d'autres expériences soviétiques dans l'Oural, où des camps militaires entiers avaient été reconstitués ; les coutumes militaires américaines et les règlements étaient respectés avec une exactitude extraordinaire ; on n'y parlait que l'américain, et le langage des casernes ; tout y était authentique dans les moindres détails. Et puis, bien sûr, il y avait les *paminyatchiki* — les soi-disant voyageurs — une opération de couverture considérée comme une fantaisie paranoïde par Rostov à Athènes, mais toujours en vigueur. Il y avait des hommes et des femmes qui avaient été amenés alors qu'ils étaient des bébés et qui avaient été placés dans des familles comme fils et filles de la maison ; ils étaient entièrement élevés à l'américaine mais leur mission, une fois adultes, était de servir l'Union soviétique. On disait — et c'était confirmé par Rostov — que les *paminyatchiki* avaient été absorbés par la *Voennaya*, ce culte de fanatiques maniaques que même le K.G.B. avait du mal à contrôler. On a dit en outre que certains de ces fanatiques avaient atteint des positions puissantes et influentes. Où s'arrêtait la rumeur, où commençait la réalité ? Qu'était la réalité ici ?

Était-ce possible ? Était-il même concevable que Poole's Island soit peuplé d'officiers de Novgorod et de l'Oural dont les moins gradés seraient des *paminyatchiki* arrivés à majorité et les autres des *paminyatchiki* qui seraient parvenus à des postes puissants aux Affaires Étrangères et qui seraient capables d'enlever Anton Matthias ? Emory Bradford... était-il... ?

Ce n'était peut-être qu'un bruit et rien d'autre. Washington travaillait avec Moscou ; c'était déjà assez fou.

Ce n'était pas en restant blotti dans l'ombre qu'il apprendrait quelque chose ; il fallait qu'il bouge, qu'il explore — et surtout sans se faire prendre. Il se glissa jusqu'à l'angle du bâtiment et scruta les rues bordées d'arbres et baignées d'une lumière douce et les constructions miniatures qui les entouraient. Au-delà du détachement de gardes de la porte, trois officiers se promenaient dans le parc miniature, en direction des monuments d'albâtre, et quatre hommes de troupe se hâtaient vers un grand baraquement en retrait d'une pelouse, entre deux constructions en briques étranges qui faisaient penser aux premiers étages d'élégants immeubles. Alors, à la surprise de Havelock, un civil apparut à la porte du bâtiment de gauche, suivi d'un autre vêtu d'une blouse blanche de laboratoire, qui avait l'air de parler calmement mais énergiquement. Michael se demanda en un éclair s'ils parlaient russe. Les deux hommes descendirent le chemin et tournèrent à droite à un « carrefour » dont les faux signaux lumineux ne fonctionnaient pas. Ils tournèrent encore à droite, tout en continuant leur conversation, mais le premier civil faisait à présent des reproches à son compagnon en blouse blanche, sans bruit cependant. Rien n'était fort ; seule la puissante cacophonie des criquets brisait le silence. Quels que fussent les secrets de Poole's Island, ils étaient enfouis sous une apparence paisible — mensonge inventé par des menteurs.

Tandis qu'il perdait de vue les deux civils qui descendaient l'allée, Havelock remarqua une plaque de métal fixée à un poteau, de l'autre côté de la rue. L'avait-il déjà vue ? Bien sûr que oui ! Chaque fois qu'il était allé chez Matthias à Georgetown. Il y avait une flèche bleue précédée des mots CHESAPEAKE AND OHIO CANAL. C'était le canal pittoresque qui séparait l'activité bruyante de Washington des quartiers résidentiels et paisibles de Georgetown, dont les rues tranquilles abritaient les hommes les plus riches et les plus puissants de la capitale.

Georgetown.

Il y a des systèmes d'alarme à l'intérieur ?

A Georgetown seulement.

Anton Matthias était quelque part au bout de cette rue, quelque part de l'autre côté d'un pont, avec ou sans eau, dans une maison qui était un leurre. Mon Dieu ! Avait-il imité sa maison pour pouvoir répéter son enlèvement ? C'était tout à fait possible ; la résidence d'Anton était protégée par ordre présidentiel, des gardes étaient en faction vingt-quatre heures sur vingt-quatre pour protéger l'homme le plus précieux qui soit. Ce n'était pas seulement possible, c'était la seule façon dont ils avaient pu procéder. Matthias *devait* avoir été enlevé chez lui, les systèmes d'alarme détournés et les gardes remplacés sur ordre des Affaires Étrangères — ordre donné par des menteurs. On avait répété puis exécuté l'opération.

Il avança dans la rue, marchant au hasard — un

homme de troupe qui prenait l'air ou qui s'écartait de ses compagnons. Il atteignit le bâtiment de gauche et traversa la pelouse ; le bout de la rue était noir, aucune lampe ne brillait au-dessus de la ligne des arbres. Il accéléra le pas, se sentant plus à l'aise dans l'ombre, et remarqua les chemins qui partaient vers la droite, conduisant à une rangée de baraquements — plusieurs fenêtres étaient éclairées et on apercevait la lueur de quelques postes de télévision. Il supposa que c'étaient les quartiers des officiers, quels qu'ils soient, et de leurs équivalents civils. Officiers de Novgorod et de l'Oural ?

La civilisation s'arrêtait brusquement. La rue et le trottoir finissaient et il n'y avait plus rien au-delà, qu'une route de terre au milieu d'une haute frondaison et de l'obscurité. Mais il y avait une route et elle devait conduire quelque part. Havelock se mit à courir au petit trot ; le jogging serait son excuse si on l'arrêtait — avant de commencer son interrogatoire. Il pensa à Jenna, allant d'une cabine téléphonique à une autre, à huit kilomètres de là, sur le continent, contactant un opérateur du bureau de sécurité des opérations consulaires, complètement désorienté, et disant des mots qui n'amenaient aucune réponse : il n'y aurait peut-être jamais de réponse. Michael s'en rendait compte et, bizarrement, ça ne servit qu'à le rendre furieux. Dans sa profession, on acceptait les risques et on les respectait, car ils faisaient naître la peur et la prudence — une protection précieuse — mais on ne pouvait accepter d'être trahi par les siens. C'était le summum de la futilité, la preuve de l'imposture fondamentale — d'une vie gâchée.

Une lueur. Tout au bout de la route, à gauche. Il se mit à courir et en se rapprochant il comprit ce que c'était : les contours d'une maison, une partie de maison, une maison qui s'arrêtait au premier étage — mais on ne pouvait pas se tromper. C'était la façade de la maison d'Anton à Georgetown, chaque détail de la rue était exact. Il s'approcha du bout de la route de terre et s'arrêta là où commençait le bitume, à gauche. Il n'en revenait pas.

Les marches de briques étaient les mêmes marches de briques qui conduisaient au portique d'entrée avec sa porte blanche et ses lampes de calèche et ses ferrures de cuivre. Tout était identique à l'original qui se trouvait à des centaines de kilomètres de là, jusqu'aux rideaux de dentelle aux fenêtres ; il pouvait se représenter l'intérieur, il savait qu'il était identique aussi. Les leçons de Novgorod avaient été bien apprises et avaient porté leurs fruits dans une petite île située à quelques minutes de la côte des États-Unis, à quelques *secondes* par avion. *Mon Dieu, que s'est-il passé ?*

« Reste où tu es, soldat ! » Le commandement venait de derrière. « Que diable viens-tu faire ici ! »

Havelock se retourna, cachant le P. 45 du mieux qu'il pouvait. Un garde sortit des fourrés, un revolver à la main, mais ce n'était pas un militaire ; il avait des vêtements civils. Havelock dit : « Qu'est-ce qui ne va pas ? On n'a pas le droit de se balader ?

— Tu ne te baladais pas, tu courais.

— C'était du jogging, mec. T'en as jamais entendu parler ?

— Tous les matins, *mec*, quand je ne tire pas cette merde de nuit. Mais sur la route de l'île avec tout le monde, par ici. Tu connais les règles. Personne ne dépasse le secteur six ; tu ne quittes pas le macadam.

— Oh ! allez, dit Havelock. N'en rajoute pas. »

Un flot de musique sortit soudain de la maison, emplissant la nuit et couvrant le bruit des criquets. Michael connaissait bien ce morceau ; c'était un des préférés de Matthias. Water Music de Haendel. Son *pritel* était là !

« Toutes les nuits ce bon dieu de concert, dit le civil.

— Pourquoi ?

— Comment diable je le saurais ? Il va dans le jardin et écoute ce machin pendant une heure ou plus. »

La musique est bonne pour l'esprit, Mikhaïl. Plus la musique est belle, plus les idées le sont. Il existe un lien causal, tu vois.

« C'est gentil à vous de le laisser faire.

— Pourquoi pas ? Qu'est-ce qu'il a d'autre, et qu'est-ce qu'il va devenir ? Mais toi tu vas te retrouver avec le cul en marmelade si tu ne t'en vas pas. » Le garde remit le revolver dans son étui. « Tu as de la chance que je — Hé, une minute ! Tu as une arme ! »

Havelock bondit, saisit l'homme à la gorge et le jeta à terre par-dessus sa jambe gauche. Il tomba sur lui et lui enfonça le genou dans les côtes en ouvrant sa veste de combat et en sortant le couteau de chasse. « Tu n'as vraiment pas de chance, murmura-t-il. Tu viens d'où, *skotina*, Novgorod ? L'Oural ? *Paminyatchik ?* » Michael tenait la pointe de la lame de son couteau entre les lèvres et les narines du garde. « Si tu ne me dis pas ce que je veux savoir, je te déchiquette la gueule. D'abord, il y a combien d'hommes ici ? *Du calme !* » Il relâcha sa pression sur la gorge de l'autre ; le garde toussa.

« Tu... ne t'en sortiras jamais », bafouilla-t-il.

Havelock appuya, le sang coula sur les lèvres du type. « Ne me pousse pas à bout ! J'ai beaucoup de mémoire, *ponimayu*. Combien d'hommes ?

— Un.

— *Menteur !*

— Non, *un !* On est deux jusqu'à quatre heures. Un dehors et l'autre à l'intérieur.

— Les systèmes d'alarme. Où sont-ils ? Que sont-ils ?

— Des rayons croisés, des épaules aux genoux. A la porte.

— C'est tout ?

— C'est tout. Pour le garder à l'intérieur.

— Le jardin ?

— Le mur. Trop haut. Pour l'amour du ciel, où ira-t-il ? Où irez-vous ?

— Nous verrons. » Michael tira le garde par les cheveux, puis laissa tomber le couteau et lui assena un grand coup derrière l'oreille droite ; il s'évanouit. Havelock sortit un lacet de cuir, le coupa en deux avec le couteau, et ligota les pieds et les mains du garde. Enfin il le bâillonna avec son propre mouchoir, en maintenant le tissu en place avec un des trois lacets qui lui restaient. Il tira le corps inconscient sous les fourrés et se mit en route vers la « maison ».

On entendait toujours Water Music, le thème de la marche, mélange de cors et de cordes, se répercutant au-dessus et derrière la moitié de maison. Havelock escalada le petit talus qui longeait les marches de briques et s'approcha à trois mètres de la première fenêtre aux rideaux de dentelle. Il s'accroupit et se mit à ramper, la tête basse, puis il se mit sur le côté et se redressa. Il approcha son visage de la vitre. La pièce ressemblait exactement à celle dont il se souvenait et qui appartenait à un autre endroit et une autre époque. Les beaux tapis d'Orient usés, les gros fauteuils confortables, les lampes de cuivre — un endroit propre à recevoir des visiteurs. Michael avait passé des heures très agréables dans cette pièce, bien que ce ne fût pas celle-ci.

Il s'accroupit et fit le tour de cette étrange construction, vers l'arrière — vers un mur dont il se souvenait, un mur qui entourait un jardin à des centaines de kilomètres de là. Il y avait trois fenêtres devant lesquelles il fallait passer, et la seconde lui apprit ce qu'il voulait savoir. A l'intérieur, un homme corpulent était assis sur un divan et fumait une cigarette, les pieds sur une table basse ; il regardait la télévision. Le son était fort, apparemment pour faire pendant à la musique.

Havelock courut jusqu'au mur et sauta ; il agrippa le haut des deux mains puis se hissa au sommet, au risque de se faire rouvrir sa blessure. Il se mit sur le ventre, en reprenant son souffle, pour attendre que la douleur s'atténue.

En dessous, le jardin étrangement éclairé était tel qu'il se le rappelait. Une lumière douce venait de la maison, une seule lampe sur la table d'échecs si importante entre deux chaises en osier brun, d'autres meubles en osier blanc et un chemin d'ardoise qui décrivait des cercles autour des parterres de fleurs.

Il était là, son *pritel* bien-aimé, assis sur une chaise au bout du jardin, les yeux fermés, attentif aux images que la musique évoquait dans son esprit. Les lunettes en écaille étaient toujours à leur place ; les cheveux d'argent ondulaient sur sa tête vigoureuse.

Sans un bruit, Havelock balança les jambes de l'autre côté, les ramena sur son ventre et se laissa tomber sur le sol. Il resta dans l'ombre pendant un moment ; le morceau s'achevait sur un pianissimo, et l'on pouvait entendre distinctement le bruit de la télévision. Le garde resterait à l'intérieur — c'est-à-dire qu'il y resterait tant que Michael le voudrait. Et quand il aurait pris l'homme de main des menteurs, il s'en servirait ou le tuerait. Ça dépendrait.

Havelock s'écarta doucement du mur et s'avança sur le chemin circulaire, vers Matthias.

Sans raison apparente, l'homme d'État ouvrit soudain les yeux. Michael se précipita en avant en levant les deux mains, pour lui commander le silence — mais en vain. Matthias se mit à parler, sa voix basse s'élevant avec la musique. « *To je dobré srovnani*, Mikhaïl. C'est si gentil à toi de venir par ici. Je pensais justement à toi l'autre jour, à ce papier que tu as écrit il y a quelques semaines. Qu'est-ce que c'était déjà ? Les "Effets du révisionnisme hégélien" ou quelque titre aussi inapproprié et présomptueux. Après tout, mon *darebak akademik*, Hegel est son propre révisionniste et le meilleur, non ? Le *révisionniste maximus !* Comment trouves-tu ça ?

— Anton... ? »

Et brusquement encore, sans prévenir, Matthias se leva de sa chaise, les yeux grands ouverts dans un visage crispé. Il commença à reculer en chancelant, les bras croisés sur sa poitrine, et dit dans un horrible murmure : « *Non !* Tu ne *peux pas*... tu ne *dois pas*... m'approcher ! Tu ne comprends pas, tu ne pourras jamais comprendre ! *Va-t'en !* »

Havelock était sidéré ; le choc était aussi insupportable que la vérité.

Anthony Matthias était fou.

LIVRE III

26

« Les mains en l'air ! Approche-toi du mur et écarte les jambes ! Allez ! Magne-toi ! »

Dans un état second, les yeux rivés sur Matthias qui rampait comme un enfant près d'un buisson de roses, Havelock obéit. Tout se brouillait dans sa tête. L'homme qui subjuguait le monde entier rampait dans un jardin, la tête branlante, le regard terrifié.

Havelock avait entendu les pas du garde, et s'attendait à recevoir un coup. Cela n'avait plus d'importance.

Une violente douleur dans la tête et puis un voile noir qui s'abat...

Il était couché sur un tapis... des lumières blanches dansaient devant ses yeux, ses tempes battaient à tout rompre et son pantalon mouillé, plein de sable, lui collait à la peau. Dehors, des hommes couraient ; des cris, des ordres aboyés. Il tâta ses poches, sa ceinture ; on lui avait pris son revolver mais on ne l'avait pas fouillé. Ce seraient probablement les supérieurs du garde qui s'en chargeraient.

Deux hommes s'approchèrent : un commandant en uniforme et un civil. Il connaissait le civil : un agent des opérations consulaires avec qui il avait travaillé à Londres, Beyrouth ou Paris, il ne s'en souvenait plus exactement.

« C'est lui, dit le civil. Bradford m'a dit que c'était peut-être lui, mais maintenant j'en suis sûr. Il m'a expliqué tous les détails ; vous n'êtes pas impliqué.

— Sortez-le simplement d'ici, répondit l'officier, quant au reste, c'est votre affaire.

— Salut, Havelock. »

Le civil le considérait avec mépris.

« Vous avez eu du boulot, dites donc. Ça devait être drôle de tuer ce vieux bonhomme à New York. Qu'est-ce que vous faisiez ? Vous vouliez qu'il soit bon pour l'aide sociale ? Allez, debout, salopard ! »

Michael roula lentement sur le côté pour se mettre debout ; tout son corps lui faisait mal.

« Que lui est-il arrivé ? Hein, que lui est-il arrivé ?

— Je n'ai rien à déclarer.

— Il faudra bien que vous répondiez.

— Pour vous laisser toute liberté d'agir ? Pas question, espèce de crapule. »

Le civil se tourna vers le garde qui se tenait de l'autre côté de la pièce.

« Vous l'avez fouillé ?

— Non, Monsieur, je lui ai seulement enlevé l'arme et j'ai donné l'alarme. Il a une lampe torche et une sorte de pochette à la ceinture.

— Je vais vous aider, Charley. »

Et Havelock se mit à tâter sa veste à la recherche du petit paquet.

« Vous vous appelez bien Charley, n'est-ce pas ? Charley Loring... et c'était à Beyrouth.

— Oui, à Beyrouth, et laissez vos mains où elles sont.

— Ce que vous cherchez est là. Allez, prenez-le, ça n'explose pas. »

Le civil fit un signe de tête au commandant qui s'avança et emprisonna les poignets de Michael, tandis qu'il lui enlevait le paquet de la ceinture.

« Ouvrez-le, poursuivit Havelock, c'est un cadeau. Un cadeau pour vous tous. »

L'homme ouvrit le paquet et en sortit les pages jaunes. Le commandant relâcha son étreinte ; le civil s'approcha de la lampe pour lire. Il s'interrompit bientôt, lança un regard à Michael, puis se tourna vers les deux militaires.

« Pourriez-vous attendre dehors, mon commandant ? Et vous, dit-il au garde, dans l'autre pièce ?

— Bien sûr ? demanda l'officier.

— Oui, oui. Il ne peut pas s'échapper, et je crierai si j'ai besoin de vous. »

Les deux hommes sortirent.

« Vous êtes la pire ordure que j'aie jamais vue, dit le civil.

— C'est un double, Charley.

— Je le vois bien.

— Appelez les urgences des opérations consulaires. Tous les quarts d'heure depuis onze heures, ils donnent un message en forme de questions : "Billard ou billard américain ?" La réponse est : "Nous préférons le billard américain". Dites-leur de la donner.

— Et ensuite ?

— Prenez l'appel suivant, donnez la réponse et écoutez.

— Pour qu'une autre ordure me lise ça.

— Oh non, ça ne prendra que douze secondes. Pas moyen de remonter la filière. Et n'ayez pas peur de me pousser à bout, j'ai suivi une psychothérapie, autrefois, et j'ai pris mes précautions. Je ne sais pas du tout d'où viennent les appels, vous pouvez me faire confiance.

— Vous faire confiance, à vous ! Espèce d'ordure...

— C'est pourtant ce que je ferais, à votre place, car sans ça, Moscou, Athènes, Londres, Prague, l'Europe entière recevront des copies de ces pages. Allez donc téléphoner. »

Vingt et une minutes plus tard, l'homme donnait la réponse à Jenna Karras. Onze secondes après, il raccrochait et lançait un regard à Havelock.

« Ils ont confirmé vos dires. Vous êtes une ordure.

— Et "au-delà de toute récupération" ?

— C'est ça.

— Et vous aussi, Charley, car vous êtes programmé. Vous ne servez à rien. Vous avez oublié comment poser les questions.

— Hein ?

— Vous avez accepté ce qu'on vous disait de moi. Vous me connaissiez, mais cela ne changeait rien. Le verdict est tombé et le bon mouton a acquiescé.

— Je pourrais vous tuer.

— Et en supporter les conséquences ? Ne faites pas ça. Appelez plutôt la Maison-Blanche.

Le bruit assourdissant de l'hélicoptère : le Président des États-Unis venait d'arriver à Poole's Island. On était au milieu de la matinée, et par la fenêtre ouverte, Havelock contemplait le sol brûlé par le soleil. Il n'y avait pas de barreaux à la fenêtre mais la pièce où il se trouvait n'en était pas moins une cellule. Il se trouvait au deuxième étage ; il apercevait plus loin les façades lugubres et les bâtiments familiers. Quatre soldats se tenaient devant la porte. Un monde de mensonges, d'artifices ; une réalité gauchie, transplantée. Il s'assit sur le lit de camp. Il songea à Jenna et à ce qu'elle devait endurer ; que d'énergie devait-elle déployer pour faire face à cette tension insupportable. Et Matthias... mais qu'avait-il bien pu se passer ? Michael se remémora la scène horrible du jardin, mais sans parvenir à y trouver un sens.

Ne m'approchez pas. Vous ne comprenez pas. Vous ne comprendrez jamais.

Comprendre quoi ?

Depuis combien de temps était-il là ? Le grincement d'un panneau de verre qui glissait au milieu de la porte le tira de ses pensées. Un visage surmonté d'une casquette galonnée apparut. La porte s'ouvrit, livrant passage à un homme grand, large d'épaules, en uniforme de colonel, et qui tenait à la main une paire de menottes.

« Tournez-vous ! Tendez les bras. »

Havelock obéit et les bracelets se refermèrent sur ses poignets. « Et mes pieds ? demanda-t-il, vous ne les considérez pas comme des armes ?

— Celle que j'ai en main est beaucoup plus efficace. Ne vous inquiétez pas, je vous ai à l'œil. Le moindre mouvement qui puisse prêter à confusion et vous êtes un homme mort.

— Un charmant tête-à-tête. Je suis flatté. »

Le colonel fit pivoter Havelock. « Je ne sais pas qui vous êtes ou ce que vous avez fait, cow-boy, mais vous êtes sous ma responsabilité et je n'hésiterai pas une seconde à vous farcir de plomb.

— Et vous me traitez de cow-boy ! »

Comme pour donner plus de poids à sa menace, l'officier fit reculer Michael jusqu'au mur. « Restez là ! » gronda-t-il.

Et il quitta la pièce.

Trente secondes plus tard, la porte s'ouvrit à nouveau et le Président Charles Berquist entra, tenant à la main les treize doubles qui accablaient Havelock. Le Président s'immobilisa à quelques pas du prisonnier, le considéra quelques instants, puis se mit à agiter les pages jaunes.

« Voilà un document extraordinaire, monsieur Havelock.

— Tout est vrai.

— Je vous crois. Tout cela est bien méprisable, mais je me suis dit qu'un homme comme vous ne jouerait pas ainsi avec la vie des gens. Je crois que vous cherchez avant tout à vous faire entendre.

— Un mensonge de plus, rétorqua Michael. Je suis "au-delà de toute récupération" ; pourquoi m'occuperais-je des autres ?

— Parce que vous êtes un homme intelligent et que vous savez qu'il faut s'expliquer.

— Mentir, vous voulez dire.

— Il y a effectivement des mensonges qui ne sont pas prêts d'être révélés, et cela dans l'intérêt du pays. »

Havelock se mit à étudier le visage froid, aux traits scandinaves, du Président, dont le regard perçant semblait fouiller au plus profond de son interlocuteur.

« Matthias ?

— Oui.
— Combien de temps pensez-vous le garder ici ?
— Aussi longtemps que possible.
— Il a besoin d'aide.
— Nous aussi. Il fallait l'arrêter.
— Que lui avez-vous fait ?
— Je ne suis qu'en partie responsable, monsieur Havelock ; comme vous. Comme nous tous. Nous avons fait de lui un empereur, alors qu'il n'y a plus d'empires personnels de droit divin, surtout pas les nôtres. Nous avons fait de lui un dieu alors que nous ne possédons pas les cieux. Arrivé à une telle hauteur, l'esprit humain finit par atteindre ses limites. Il finissait par vivre dans l'illusion d'être unique, d'être au-dessus du genre humain. Nous avons trop exigé de lui. Il est devenu fou. Cet instrument extraordinaire qu'est son esprit a fini par se désintégrer, et lorsqu'il n'a plus pu se contrôler lui-même, il a cherché un contrôle ailleurs. Tout cela peut-être pour se convaincre qu'il était bien ce que nous disions, même si au fond de lui il savait qu'il ne l'était plus.
— Qu'entendez-vous par "chercher un contrôle ailleurs" ?
— En engageant le pays dans une série d'obligations qui étaient pour le moins inacceptables. Essayez de comprendre qu'il avait une position beaucoup plus solide que la vôtre et la mienne ; oui, une position beaucoup plus solide que moi, le Président des États-Unis, censé être l'homme le plus puissant du monde. Je suis ligoté par l'appareil politique, suspendu aux suffrages des électeurs, tenu de me conformer aux principes de l'idéologie politique, tandis que le Congrès me tient à sa merci. Mais ce n'est pas le cas pour lui, monsieur Havelock. Nous en avons fait une grande vedette, et il n'avait de comptes à rendre qu'à lui-même. Ses moindres jugements étaient des oracles et l'opinion des autres pâlissait à côté de la sienne. Et puis... il y avait le charme qu'il exerçait.
— Ce ne sont là que des généralités, rétorqua Michael, des abstractions.

— Vous voulez dire des mensonges ?

— Je ne sais pas. Quel est le remède ?

— Je vais vous montrer. Et si après ce que vous avez vu vous songez toujours à mettre votre menace à exécution, vous en porterez seul la responsabilité.

— Je ne suis pas responsable ; je suis "au-delà de toute récupération".

— J'ai lu ces pages. Toutes. L'ordre a été annulé. Vous avez la parole du Président des États-Unis.

— Pourquoi vous croirais-je ?

— A votre place, je n'y croirais probablement pas. Je vous le dis, c'est tout. Il y a beaucoup de mensonges dans cette affaire, et qui ne sont pas prêts d'être révélés, mais là, ce n'est pas le cas... Je vais vous faire enlever ces menottes.

La grande pièce sombre et sans fenêtre ressemblait jusqu'au cauchemar à un décor de science-fiction. Une dizaine d'écrans de télévision étaient alignés contre le mur, et des appareils enregistraient tout ce que leur transmettaient les diverses caméras. Sous les écrans, des techniciens s'affairaient à une énorme console ; des médecins en blouse blanche traversaient la pièce ou conféraient par petits groupes. Toute cette agitation n'avait qu'un seul but : enregistrer et analyser chaque mouvement, chaque mot d'Anthony Matthias.

Son visage était projeté sur sept écrans à la fois et sous chaque appareil, un voyant digital inscrivait l'heure et la minute exactes de la prise de vues ; à l'extrême gauche, l'écran indiquait : *en cours*. Il s'agissait d'une journée illusoire pour Matthias, qui débutait avec le café du matin, dans un jardin identique au sien à Georgetown.

« On lui pratique deux injections avant son réveil, dit le Président en s'asseyant à une petite console disposée contre le mur du fond. La première est un relaxant musculaire qui réduit les tensions physiques et mentales ; l'autre est un stimulant qui accélère les mouvements du cœur sans contrarier les effets du tranquillisant. Ne me demandez pas les termes médicaux exacts, je ne les connais pas : je connais seulement les effets. Son activité mentale peut s'exercer dans un climat de confiance simulée. D'une certaine manière, c'est une réplique de sa personnalité antérieure.

— Sa journée commence donc... enfin, sa journée simulée.

— Exactement. Lisez les témoins de droite à gauche. Sa journée commence par le petit déjeuner dans le jardin. On lui apporte les rapports secrets et les journaux qui ont trait à l'expérience en cours. Sur l'écran suivant, vous le voyez sortir de chez lui et descendre les escaliers en compagnie d'un conseiller qui est en train de l'entretenir d'un problème, je ne sais lequel. En réalité, tout est pris de ses dossiers ; il en sera ainsi tout au long de la journée. »

Berquist s'interrompit quelques instants, puis montra d'un geste le troisième écran à partir de la droite.

« Là, vous le voyez dans sa limousine ; le conseiller lui parle toujours et ramène ses pensées vers le passé. On lui fait faire un bout de chemin en voiture en le faisant passer par des endroits qui lui sont familiers, le Jefferson Memorial, le monument, certaines rues, il passe le South Portico... la séquence ne le montre pas.

— Mais ce n'est pas l'ensemble, ce ne sont que des fragments !

— Il ne le voit pas ; il ne perçoit que des impressions. Mais même s'il s'apercevait qu'il ne s'agit que de fragments, comme vous dites, ou de miniatures des lieux existants, les médecins m'ont assuré que son esprit le rejetterait et qu'il accepterait la réalité de ces impressions. Il n'a pas agi autrement en refusant d'accepter sa propre détérioration et en recherchant de plus grandes responsabilités, jusqu'à finalement les obtenir... Regardez le quatrième écran. Il se rend au Département d'État et dit quelque chose à son conseiller ; ce sera étudié. Sur la cinquième, vous le voyez rentrer dans son bureau, le même que le sien au huitième étage ; il prend connaissance des télégrammes et consulte la liste de ses rendez-vous, les mêmes que ceux qu'il avait à l'époque. Sur le sixième, il prend une série d'appels, les mêmes qu'il a pris auparavant. Ses réponses sont souvent inintelligibles, une part de lui-même rejette une voix, ou une réponse qui manque d'authenticité, mais parfois, ce que nous apprenons est renversant... il est ici depuis près de six semaines et de temps en temps, nous avons l'impression de n'avoir fait qu'effleurer la surface. Nous commençons seulement à mesurer l'étendue de ses excès.

— Vous voulez parler de ce qu'il a fait ? »

Une lumière glauque venue des écrans baignait les deux hommes.

« Oui, monsieur Havelock, je parle de "ce qu'il a fait". Si jamais, dans l'histoire des gouvernements représentatifs, un homme a outrepassé ses fonctions, c'est bien Anthony Matthias. Au nom du gouvernement des États-Unis, il promettait tout, il garantissait tout. Prenez la journée d'aujourd'hui. Une certaine politique avait été décidée et devait être mise en application, mais, compte tenu de l'irrationalité du moment, cela ne convenait pas au secrétaire d'État, alors il l'a changée... Regardez le septième écran, marqué *en cours*, et écoutez. Il est à son bureau et son esprit est retourné cinq mois en arrière, à l'époque où la décision avait été prise de fermer notre ambassade dans un nouveau pays d'Afrique qui massacrait ses habitants : pendaisons massives, escadrons de la mort, tout cela avait révolté le monde civilisé. Son conseiller est en train de l'expliquer. »

Monsieur le Secrétaire. Le Président, le haut état-major et le Sénat ont décidé de s'opposer dorénavant à tout contact... Eh bien, nous ne leur dirons pas. Ce genre de réactions antédiluviennes ne peut servir de base à une politique étrangère cohérente. Je prendrai les contacts moi-même et je présenterai un plan cohérent. Le beurre et les canons sont les meilleurs lubrifiants internationaux qui soient ; nous leur en fournirons.

Michael était abasourdi.
« A-t-il vraiment dit ça ?
— Il revit son passé. Dans quelques minutes il va appeler notre mission à Genève et il prendra un autre engagement inimaginable... Mais cela n'est qu'un exemple mineur, un de ceux sur lesquels ils sont en train de travailler ce matin. Aussi incroyable que cela paraisse, ce n'est encore rien comparé à d'autres actions... dangereuses, incroyables.
— Dangereuses ?
— Sa voix couvrait toutes les autres ; il engageait des négociations ahurissantes, il menait des actions contraires aux intérêts et à l'éthique du pays ; si j'avais moi-même ne serait-ce qu'envisagé ce genre de pratiques, le Congrès m'aurait aussitôt démis de mes fonctions. Mais même cela n'a guère d'importance. En revanche, il n'est pas question que le monde apprenne ce qui s'est passé. Ce serait l'humiliation ; le géant vaincu serait obligé de demander pardon à genoux et sans ce pardon, ce serait la guerre. Il a tout mis par écrit.
— Avait-il tellement de pouvoir ?
— Pas constitutionnellement, non, mais c'était une grande vedette. Le roi sans couronne de la république parlait et sa parole avait force de loi. Qui se permet de remettre en question les rois et les dieux ? La simple existence de ces documents est une formidable menace de chantage international. Si nous ne pouvons invalider discrètement ces négociations en obtenant leur annulation préalable par le Congrès, elles seront rendues publiques. Dans ce cas, tous les traités, toutes les alliances que nous avons conclus au cours des dix dernières années, toutes les négociations que nous avons menées seront remises en question. Notre politique étrangère s'effondrera et personne ne nous fera plus confiance. Et lorsqu'une nation comme la nôtre n'a plus de politique étrangère, monsieur Havelock, c'est la guerre. »
Michael se pencha sur l'écran marqué *en cours* et se passa la main sur le front.
« Il est donc allé si loin, murmura-t-il.

— Plus encore. Rappelez-vous : il a été secrétaire d'État pendant près de six ans et avant cela, son influence était déjà grande, peut-être trop, au sein des deux précédents gouvernements. Il servait en quelque sorte d'ambassadeur plénipotentiaire et parcourait le monde, préparant ainsi sa réussite future.

— Mais là c'était pour la bonne cause.

— Bien sûr, et personne n'est mieux placé que moi pour le savoir : j'ai été parmi ceux qui lui ont conseillé d'abandonner ses fonctions de consultant. Le monde avait besoin de lui, le moment était venu. J'ai fait appel à son orgueil ; tous les grands hommes sont orgueilleux. De Gaulle avait raison : "lorsqu'un homme est appelé par le destin, il le sait avant tout le monde. La seule chose qu'il ignore, ce sont ses limites". Matthias ne faisait pas exception à la règle.

— Vous l'avez dit vous-même, monsieur le Président, nous en avons fait un dieu. Nous lui demandions trop. »

Havelock hochait la tête d'un air accablé.

« Un instant, rétorqua froidement Berquist en plongeant son regard dans le sien. Je l'ai dit pour simplifier. On ne peut défier un homme contre sa volonté. Or, sa vie durant, Matthias avait poursuivi un tel rêve. Depuis des années il goûtait au nectar des dieux. Savez-vous comment on l'a appelé il y a quelques jours ? Le Socrate du Potomac. C'est tout à fait ça. Un brillant fonceur, un opportuniste magnifique ! Un homme extraordinairement persuasif, capable de mener une politique étrangère avec la plus grande intelligence, tant qu'il se trouvait au centre du maelström. Personne plus que moi n'a apprécié ses qualités, et je les ai utilisées. Mais en dépit de tout cela, il n'a jamais cessé de jeter de la poudre aux yeux. Derrière toutes ses actions, l'omniscient Matthias se profilait.

— Et malgré cela, répliqua Michael que le regard terrible de Berquist ne parvenait pas à impressionner, vous vous serviez de lui. Vous le poussiez autant qu'il se poussait. Vous disiez que la destinée l'avait appelé. »

Le Président baissa les yeux sur les cadrans de la console. « Oui, jusqu'au dérapage. Je ne considérais que l'action, pas l'homme. J'étais aveuglé, je ne voyais pas ce qui se passait réellement.

— C'est inimaginable ! s'exclama Havelock. J'ai du mal à y croire.

— Voilà pourquoi j'ai fait préparer un certain nombre de bandes à votre intention. Ce sont des reprises de conversations qui ont réellement eu lieu dans son bureau, au cours des derniers mois. Les psychiatres me certifient qu'elles sont fiables et les papiers que nous avons retrouvés le confirment. Mettez les écouteurs, je vais appuyer sur le bouton... l'image apparaîtra sur le dernier écran à droite. »

Au cours des dix minutes qui suivirent, Havelock découvrit un homme qu'il ne connaissait pas. Matthias se trouvait psychologiquement à la dernière extrémité, et pourtant stimulé par les effets combinés des produits chimiques, des leurres visuels et la présence de conseillers qui empruntaient ses propres mots. Il tempêtait, pleurait, cajolait un diplomate au téléphone, à la fois humble et brillant, puis explosait, une fois le téléphone raccroché, et traitait l'homme de cinglé et de crétin. Mais par-dessus tout, il y avait le mensonge. La voix, aux inflexions européennes, était sa meilleure arme et le téléphone son instrument de prédilection.

« Pour commencer, dit Berquist avec colère, voici sa réponse alors que je lui disais seulement que je voulais réexaminer l'aide que nous accordons à San Miguel. »

Votre politique est ferme, monsieur le Président, c'est un clair encouragement à la décence et au respect des droits de l'homme. Je ne peux qu'applaudir. Au revoir, Monsieur... Idiot ! Imbécile ! Il ne s'agit pas d'approuver un parent, mais tout simplement de tenir compte des réalités géopolitiques ! Appelez-moi le général Sandoza. Prenez-moi un rendez-vous privé avec son ambassadeur. Les colonels comprendront parfaitement que nous les appuyions.

« Cette séquence-ci fait suite à une résolution

conjointe du Sénat et de la Maison-Blanche, résolution que j'approuvais tout à fait, de suspendre toute reconnaissance diplomatique... »

Vous comprendrez, monsieur le Premier ministre, que les accords que nous avons passés dans votre région nous empêchent de nous rendre à votre suggestion, mais sachez tout de même que je suis entièrement d'accord avec vous, je vais voir le Président... non, non, je vous assure qu'il est très ouvert... et j'ai déjà convaincu le président de la commission des Affaires Étrangères au Sénat. Un traité entre nos deux pays constituera un véritable progrès, même s'il entre en contradiction avec nos engagements antérieurs,... et puis l'intérêt bien compris n'était-il pas la pierre angulaire du régime de Bismarck ?

Havelock semblait littéralement hypnotisé.

« C'est incroyable, incroyable...

— J'ai eu moi aussi du mal à le croire, mais c'est pourtant vrai. »

Le Président poussa un troisième bouton.

« Nous sommes maintenant dans le golfe Persique... »

Bien sûr, vous vous adressez à moi de manière non officielle, en tant qu'ami, et non en tant que ministre des Finances de votre pays ; si je comprends bien, vous me demandez une garantie additionnelle de huit cent cinquante millions de dollars pour l'année fiscale courante et un milliard deux cents millions pour l'année suivante... contrairement à ce que vous pourriez penser, mon cher ami, ce n'est pas du tout impossible. Je vous dis cela confidentiellement, mais notre stratégie véritable n'est pas celle que l'on croit. Je vais préparer, toujours confidentiellement, un mémorandum à ce sujet.

« Et maintenant, nous sommes dans les Balkans, un satellite de l'U.R.S.S., tout à fait loyal à Moscou et violemment opposé aux États-Unis... Une pure folie ! »

Monsieur le Premier ministre, nous ne pouvons lever dans l'immédiat les restrictions sur les ventes d'armes à votre pays, mais nous allons y réfléchir.

J'estime qu'il y a d'énormes avantages à coopérer avec vous. Les « équipements » vous seront livrés par le canal de certains pays d'Afrique du Nord que l'on tient habituellement pour être nos farouches adversaires, mais dont j'ai officieusement rencontré plusieurs fois les dirigeants au cours des derniers temps. Confidentiellement, je peux vous dire qu'un nouvel axe géopolitique est en train de se former...

« Un nouvel axe ! s'emporta le Président. C'est un suicide, oui ! Là, c'est un coup fourré dans les deux Yémen. La déstabilisation, le carnage assuré ! »

Notre administration soutiendra l'émergence d'une grande nation indépendante, Sirah Bal Shazar, même si la reconnaissance que vous êtes en droit d'attendre est lente à venir. Nous savons qu'il faut traiter fermement et de manière réaliste la subversion interne. Soyez certain que les fonds que vous demandez seront alloués. Ces trois cents millions de dollars montreront à notre pouvoir législatif en quelle estime nous vous tenons.

« Et maintenant, dit le Président d'un ton las, le nouveau cinglé du continent africain. »

Pour parler franchement et confidentiellement, général Halafi, nous approuvons l'offensive que vous envisagez de lancer vers le nord, vers les détroits. Nos soi-disant alliés là-bas se sont montrés faibles et inefficaces, mais naturellement, compte tenu des traités en vigueur, notre désengagement ne peut être que graduel. Il est toujours difficile d'évaluer sur un tel échiquier, mais vous aurez vos armes. Salaam, mon cher ami. Vous êtes un grand stratège.

Michael était abasourdi. Matthias concluait des alliances tacites qui allaient clairement contre les intérêts des États-Unis ; il négociait ou proposait des traités qui violaient de manière flagrante les traités déjà passés ; il promettait des milliards que ni le Congrès ni le contribuable américain n'accepterait jamais de verser ; il promettait une aide militaire qui n'était pas seulement immorale, mais qui bafouait encore l'honneur national et relevait de la provocation irrationnelle. Cet esprit brillant avait littéralement explosé et chacun de ses traits se révélait un missile mortel.

Michael sortit lentement de son hébétude. Soudain, il ôta ses écouteurs et se tourna vers le Président.

« Costa Brava, murmura-t-il. Pourquoi ? Pourquoi "au-delà de toute récupération" ?

— Cela faisait partie de la première phase, mais je n'ai pas demandé la seconde. A notre connaissance, il n'y avait pas d'appui officiel.

— "Ambiguïté" ?

— Oui. Nous ne savons pas qui il est vraiment. Cependant, il faut que je vous le dise, j'ai, plus tard, confirmé personnellement l'ordre de mise "au-delà de toute récupération".

— Pourquoi ?

— Parce que j'ai pris en compte un des articles du serment que vous avez prononcé en entrant au service du gouvernement.

— Que disait ce serment ?

— Que si votre pays vous le demandait, vous lui abandonneriez votre vie. Chacun d'entre nous le ferait, vous le savez aussi bien que moi. Dois-je vous rappeler également que des milliers d'hommes l'ont fait également alors que les nécessités étaient moins évidentes ?

— Voulez-vous dire que le sacrifice de ma vie était évident ?

— Oui, puisque j'en avais donné l'ordre. »

Michael retint sa respiration.

« Et la Tchécoslovaque, Jenna Karras ?

— On ne recherchait pas sa mort.

— Si !

— Pas nous.

— "Ambiguïté" ?

— Apparemment.

— Et vous ne saviez pas... Mais mon exécution était confirmée, par vous ! »

Le Président hocha la tête en signe d'affirmation. Son visage avait perdu de sa dureté et son regard s'était fait moins inquisiteur.

« Le condamné peut-il vous demander les raisons de sa condamnation ?

— Suivez-moi, dit Berquist en se levant. Voici venu le moment de la dernière phase de votre éducation. Je prie le ciel que vous soyez prêt. »

Ils quittèrent la salle de contrôle et s'engagèrent dans un long corridor blanc gardé par un sergent dont l'uniforme s'ornait de nombreux rubans de décorations. Il claqua des talons à la vue du Président ; ce dernier lui accorda un bref signe de tête, et il poursuivit son chemin vers la grande porte noire qui barrait l'extrémité du corridor. La porte se révéla en fait celle d'une chambre forte, munie d'une roue en son centre et d'une petite plaque à effleurement manuel sur la droite. Le Président posa la main droite dessus ; une rangée de lumières vertes et blanches se mit à clignoter au-dessus de la plaque. Puis, de la main gauche, il tourna le volant. Les lumières s'allumèrent à nouveau : trois sortes de verts différents.

« Vous devez mieux connaître ces engins que moi, dit Berquist, aussi n'ajouterai-je qu'une chose : je suis seul à pouvoir les faire fonctionner... moi et une autre personne au cas où je disparaîtrais. »

Il n'y avait rien à rajouter. Le Président tira à lui la lourde porte et pressa une plaque invisible à l'intérieur. Une fois encore, il fit un signe de tête au sergent, puis il fit signe à Havelock d'entrer. Derrière eux, le sergent referma la lourde porte.

La pièce était sans fenêtre, il n'y avait ni décorations sur les murs, ni mobilier superflu, et seul le doux ronronnement de la ventilation venait troubler le silence. Au centre, entourée de cinq chaises, se trouvait une table oblongue sur laquelle se trouvaient des blocs-notes, stylos et cendriers et, dans le coin gauche, un destructeur de documents. Alors que la salle qu'ils venaient de quitter était pleine d'écrans de télévision, celle-ci ne contenait qu'un écran de projection et un projecteur installé contre le mur du fond, à côté d'un panneau muni de boutons circulaires.

Sans un mot, Berquist se dirigea droit vers le panneau, baissa les lumières et alluma le projecteur. Sur l'écran, apparut alors l'image de deux feuilles de papier qu'un simple trait noir séparait. Il s'agissait d'une page de deux documents différents qui étaient pourtant rédigés et présentés de façon similaire.

« Voici la quintessence de ce que nous nommons Parsifal, annonça tranquillement le Président. Vous souvenez-vous du dernier opéra de Wagner ?

— Pas bien, répondit Havelock avec peine.

— Ça ne fait rien. Souvenez-vous seulement que lorsque Parsifal pose sur une blessure la lance utilisée lors de la crucifixion du Christ, il a le pouvoir de la guérir. Inversement, quiconque possède cette lance a le pouvoir de les ouvrir. Partout dans le monde.

— Je... je n'y crois pas, bégaya Havelock.

— J'aimerais être comme vous », répondit Berquist.

Puis, du doigt, il montra le document situé à la gauche de l'écran.

« Ce premier document prévoit une attaque nucléaire contre la République Populaire de Chine, menée par les forces conjointes des États-Unis et de l'Union soviétique. Objectif : la destruction d'installations militaires, des centres gouvernementaux, d'usines hydroélectriques, des systèmes de communication et de sept grandes villes depuis la frontière mandchoue jusqu'à la mer de Chine. »

Le Président s'interrompit quelques instants puis montra le document de droite.

« Ce document prévoit une attaque pratiquement identique contre l'U.R.S.S., menée par les forces conjointes des États-Unis et de la République Populaire de Chine. Les différences sont mineures et ne présentent d'importance que pour les quelques millions d'êtres humains qui périront au milieu des explosions nucléaires. Cinq villes doivent être détruites, dont Moscou, Leningrad et Kiev. Total : douze villes rayées de la surface du globe... Notre pays a conclu deux accords séparés, l'un avec l'U.R.S.S., l'autre avec la République Populaire de Chine. Dans les deux cas, nous engageons tout notre arsenal nucléaire pour anéantir notre ennemi mutuel. Les États-Unis font la putain au service de deux maîtres devenus fous. Le monde a enfin sa guerre nucléaire, monsieur Havelock, et ce résultat nous le devons aux brillantes combinaisons d'Anthony Matthias superstar. »

27

« C'est... c'est de la folie, de la folie pure, murmura Havelock, les yeux rivés sur l'écran. Et nous sommes partie prenante dans les deux cas. A chaque fois, nous lançons la première attaque nucléaire.

— La seconde également, et une troisième si nécessaire, à partir des sous-marins qui atteindront d'abord les côtes chinoises, puis russes. Deux accords déments, monsieur Havelock, et la preuve est là.

— Mon Dieu... » Michael se mit à étudier les deux documents avec attention. « Si jamais ils sont rendus publics, c'est l'apocalypse.

— Maintenant vous comprenez », dit le Président. Lui aussi avait les yeux rivés sur l'écran. « Voilà la menace avec laquelle nous vivons. Si nous ne suivons pas les instructions qui sont parvenues à mon bureau, nous courons à la catastrophe. La menace est simple : le pacte nucléaire avec la Russie sera communiqué aux Chinois et le pacte avec les Chinois aux Russes. Les deux pays sauront dès lors qu'ils ont été trahis par la plus riche putain de l'Histoire. Le résultat est facile à deviner : le fracas des bombes atomiques. Tout ça, monsieur Havelock, c'est la vérité. »

Michael sentit ses mains trembler et le sang battre à ses tempes. Il y avait quelque chose dans les paroles de Berquist qui le mettait mal à l'aise, mais il n'aurait su dire quoi. Il ne parvenait pas à se concentrer et, comme hypnotisé, continuait à regarder l'écran.

« Les dates ne figurent pas sur le document, finit-il par dire.

— Elles sont sur une page séparée. Ceci n'est qu'un protocole d'accord. Il doit y avoir des réunions en avril et en mai, au cours desquelles seront décidées les dates exactes des offensives. Avril est prévu pour les Soviétiques et mai pour les Chinois, c'est-à-dire dans un et deux mois. Les attaques doivent avoir lieu quarante-cinq jours après chaque conférence.

— C'est... c'est incroyable. Vous... vous m'avez mis en rapport avec ça, avec ces gens-là.

— Vous avez été mis en rapport, nuance. Dieu sait que ce n'est pas de votre propre chef, mais ces relations étaient dangereuses. Nous savons comment, mais nous ne savons pas pourquoi. De toute façon, la manière dont cela s'est passé, suffisait à vous mettre "au-delà de toute récupération".

— Mais enfin, comment ?

— D'abord, Matthias a monté tout un scénario, pour enfoncer votre amie Jenna Karras.

— Matthias ?

— C'est lui qui voulait vous mettre hors du coup. Mais nous ne pouvions pas le savoir. Étiez-vous hors du coup ou aviez-vous changé de travail ? Aviez-vous quitté le service des États-Unis pour vous mettre à la disposition du Saint-Empire de Matthias le Grand ?

— Voilà pourquoi j'étais surveillé à Londres, Amsterdam, Paris et Dieu sait où.

— Partout où vous alliez. Mais cela n'a rien donné.

— Et cela justifiait le "au-delà de toute récupération".

— Je vous l'ai déjà dit : je ne suis pas à l'origine de l'ordre initial.

— D'accord, c'était cet "Ambiguïté". Mais ensuite c'était vous. Vous l'avez confirmé.

— Plus tard, beaucoup plus tard ; lorsque nous avons su qu'il était au courant. Les deux ordres ont été donnés, l'un officiellement, l'autre non, pour la même raison. Vous pénétriez dans la conjuration, dans la structure, qui se trouve à l'origine de ces documents, et qui assure le lien entre des hommes à Washington et leurs homologues inconnus du K.G.B. La course est engagée. A la moindre erreur de notre part, ces billets pour l'enfer seront communiqués aux dirigeants de Moscou et de Pékin.

— Un instant ! s'écria Havelock, furieux. Vous avez dit qu'il s'agissait de négociations en cours, de protocoles d'accord. »

Le Président ne répondit pas. Il s'assit sur une chaise et demeura quelques secondes silencieux avant de parler.

« Non, monsieur Havelock, ce sont les fantaisies d'un esprit égaré, les termes mêmes d'un brillant négociateur.

— Mais enfin dénoncez-les ! Ils n'ont rien de réel ! »

Berquist secoua la tête. « Lisez la manière dont ils sont rédigés, dit-il sèchement. Impossible de les dire apocryphes. Il y a là des références détaillées aux armes les plus secrètes de notre arsenal. Emplacements, codes secrets, détails précis, logistique ; les gens qui auraient fait de telles révélations termineraient leur vie en prison ou ne seraient pas condamnés à moins de trente ans. A Moscou ou à Pékin, les gens mêlés de près ou de loin à de telles révélations seraient immédiatement exécutés. » Les yeux toujours fixés sur l'écran, le Président tourna légèrement la tête vers la gauche. « Il faut que vous compreniez que si l'on montre ces documents à Moscou ou à Pékin, les dirigeants de ces pays-là seront immédiatement convaincus de leur authenticité. Chaque position stratégique, chaque portée de missile, chaque zone réservée aux deux assaillants ont été étudiées avec un maximum de détails ; tout est prévu, y compris l'heure à laquelle les véhicules-robots se chargeront de l'occupation des territoires.

— Étudiées... répéta Michael comme en écho.

— Oui, monsieur Havelock, étudiées, répliqua le Président en le regardant avec férocité. Nous sommes maintenant au cœur même de Parsifal. Ces accords ont été négociés par deux hommes extraordinaires, et extraordinairement bien informés. Deux hommes qui ont mis au point le moindre détail, comme si leur place dans l'Histoire en dépendait. Nous assistons là à un gigantesque jeu d'échecs nucléaire et la planète, ou du moins ce qui en restera, appartiendra au gagnant.

— Comment le savez-vous ?

— Le langage, encore une fois. Ces documents portent la marque de deux esprits. Nul besoin de psychiatres ou de médecins pour déceler les deux interventions. En outre, Matthias n'aurait pu rédiger cela tout seul : il ne disposait pas de toutes les informations nécessaires. Mais avec quelqu'un d'autre, un Russe vraisemblablement, vu ce que nous savons des Chinois, il pouvait y parvenir. Il y a deux hommes. »

Les yeux plongés dans ceux du Président, Havelock demanda d'une voix absente :

« Cet autre homme est Parsifal, n'est-ce pas ? Celui qui peut ouvrir les blessures dans le monde entier.

— Oui. C'est lui qui a les documents originaux, les seuls qui existent, prétend-il. Nous sommes obligés de le croire. Il tient un pistolet nucléaire contre ma tempe.

— Ainsi il a pris contract avec vous. C'est lui qui vous a transmis les documents, pas Anton.

— Oui. Au début, ses exigences étaient d'ordre financier et elles grandissaient chaque fois que nous entrions en contact, jusqu'à devenir proprement astronomiques. Nous pensions que ses motivations étaient politiques ; avec de telles sommes, il pouvait acheter des gouvernements, financer des révolutions dans le tiers monde, encourager le terrorisme. Nous observions à la loupe des dizaines de pays à l'équilibre politique instable, nous dépêchions nos meilleurs agents dans les milieux les plus fermés, avec pour consigne de nous avertir du plus léger changement. Nous pensions pouvoir le repérer, mettre la main sur lui. Nous avons compris ensuite que Parsifal ne voulait pas d'argent ; il voulait seulement s'assurer qu'il serait obéi. L'argent ne l'intéresse pas. Ce qu'il cherche, c'est le pouvoir. Il veut dicter ses volontés à la plus puissante nation du monde.

— Il a dicté ses volontés. Vous avez commis là votre première erreur.

— Nous cherchions à gagner du temps. Et nous continuons.

— Au risque d'un cataclysme planétaire ?

— Non, pour l'éviter. Vous ne comprenez toujours pas, monsieur Havelock. Nous annoncerons probablement à la face du monde qu'Anthony Matthias est fou, et ce faisant nous ôterons toute crédibilité à dix années de traités et de négociations, mais cela ne nous donnera pas la réponse à la question fondamentale, à savoir : comment les informations contenues dans ces documents ont pu filtrer. Sont-elles en possession d'un fou ? Et si c'est le cas, à qui d'autre les a-t-il divulguées ? Allons-nous délibérément offrir à des ennemis potentiels les secrets de notre dispositif d'attaque et de défense ? Allons-nous leur faire savoir l'étendue de nos connaissances sur leurs propres secrets militaires ? Les maniaques du nucléaire ne se trouvent pas que chez nous. A Moscou et à Pékin, il y a des hommes qui dès qu'ils auront pris connaissance de ces documents, se précipiteront sur leurs boutons de commande. Savez-vous pourquoi ?

— Je n'en suis pas sûr... Je ne suis sûr de rien.

— Bienvenue au sein de la petite élite mondiale. Je vais vous dire pourquoi. Parce qu'il nous a fallu quarante ans et un nombre incalculable de milliards de dollars pour arriver où nous en sommes aujourd'hui. Nous avons tous le couteau atomique sous la gorge. Personne n'a le temps ou l'argent pour recommencer. Ce qui fait que dans un effort désespéré pour éviter un holocauste nucléaire, nous sommes parfaitement capables de le déclencher. »

Michael déglutit péniblement.

« Cela exclut les hypothèses simplistes.

— Elles seraient même de mauvais goût.

— Qui est Parsifal ?

— Nous n'en savons rien. Même chose en ce qui concerne "Ambiguïté".

— Vous ne savez vraiment rien ?

— Non, sinon qu'ils sont en relation. Ça, nous en sommes certains.

— Attendez un instant !

— Vous n'arrêtez pas de dire ça.

— Vous avez Matthias ! Vos ordinateurs le mènent en bateau. Fouillez dans son cerveau ! Il y a des centaines de thérapies différentes à votre disposition. Utilisez-les ! Trouvez les réponses.

— Croyez-vous que nous n'avons pas essayé ? Nous avons utilisé toutes les techniques de thérapie possibles et imaginables. Il a éradiqué la réalité de son esprit ; il s'est convaincu qu'il a lui-même négocié avec les militaristes soviétiques et chinois. Il ne peut permettre qu'il en soit autrement ; son délire doit à tout prix être réel. Il le protège.

— Mais Parsifal existe, ce n'est pas une création de l'esprit. C'est un homme de chair et d'os ! Anton doit être capable de vous donner au moins des indices.

— Rien. Au lieu de ça, il nous décrit, avec exactitude, c'est certain, les extrémistes connus au sein du praesidium du Soviet suprême et du comité central du Parti communiste chinois. Ce sont les gens qu'il voit lorsque l'on évoque les accords, et cela avec ou sans produits chimiques. Son esprit est aussi habile à le protéger qu'à diriger les affaires du monde.

— Ce ne sont que des abstractions ! s'écria Havelock.

— Ça aussi, vous l'avez déjà dit.

— Ce Parsifal est réel, il existe, il vous menace !

— Il me semble que c'est moi qui vous l'ai dit. »

Michael s'approcha et frappa du poing sur la table.

« C'est incroyable !

— C'est vrai, dit le Président, mais ne refaites pas ce que vous venez de faire. Il y a une sorte de sonar qui enregistre les décibels solides et pas les conversations. Si je ne parle pas aussitôt après, on vient ouvrir la porte de la chambre forte et vous pourriez y laisser la vie.

— Mon Dieu !

— Je n'ai pas besoin de votre voix. Il n'y a plus de troisième mandat ; et de toute façon je ne le recherche pas.

— Essayez-vous d'être drôle, monsieur le Président ?

— Peut-être. Par les temps qui courent, et si les circonstances vous permettent de vivre encore quelque temps, vous verrez que cela procure certaines satisfactions. Il a fallu des millions de dollars pour bâtir cet endroit : le secret est total, il y a ici les meilleurs psychiatres du pays. Tout cela ne servirait-il à rien ? De toute façon, je n'ai pas le choix. »

Havelock s'assit sur une chaise, à l'autre bout de la table, un peu gêné de s'asseoir sans y avoir été invité.

Berquist remarqua sa gêne. « Ne vous en faites pas. Après tout, c'est moi qui ai ordonné votre exécution, ne l'oubliez pas.

— Je ne comprends toujours pas pourquoi. Vous dites que j'avais pénétré une certaine structure, ou je ne sais quoi. Que si je continuais, tout ça (et d'un geste il indiqua l'écran) aurait été communiqué à Moscou ou Pékin.

— Pouvait être communiqué. Nous ne pouvions courir le risque de voir Parsifal s'affoler. Dans ce cas, il serait sûrement allé à Moscou. Vous devez savoir pourquoi.

— Il est en contact avec les Soviétiques. La preuve contre Jenna, tout ce qui s'est passé à Barcelone ; rien de tout cela n'aurait pu avoir lieu sans les Soviétiques.

— Le K.G.B. nie ; enfin, un de leurs hommes le nie officiellement. Si l'on en croit les rapports des opérations consulaires et un certain lieutenant-colonel Lawrence Baylor, cet homme vous a rencontré à Athènes.

— Rostov ?

— Oui. Il ne savait pas ce qu'il niait, bien sûr, mais il nous a dit que s'il y avait une filière, elle n'était pas approuvée. Il est très ennuyé ; il ne savait comment se justifier.

— Bah ! Il cherchait à vous dire que ça pouvait être la V.K.R.

— Qu'est-ce que c'est que ça ? Je ne suis pas un expert dans votre domaine.

— *Voennaya Kontra Rozvedka*. Une branche du K.G.B., un corps d'élite qui donne froid dans le dos à toute personne normalement constituée. Aurais-je pénétré ce service-là ? »

Michael hocha la tête. « Non, c'est impossible. Ça s'est passé à Paris, après le col des Moulinets. Un officier de la V.K.R. de Barcelone qui me cherchait. J'ai été placé "au-delà de toute récupération" à Rome, pas à Paris.

— C'était la décision d'"Ambiguïté", dit Berquist, pas la mienne.

— Mais la raison était la même. C'est vous qui l'avez dit, Monsieur.

— Oui. » Le Président se pencha en avant. « C'était la Costa Brava. Cette nuit-là sur la Costa Brava. » Michael sentit la colère l'envahir à nouveau. « C'était une honte ! J'ai été utilisé ! Vous le saviez. Vous avez dit que vous y aviez participé.

— Vous avez vu une femme tuée sur cette plage. »

Havelock se leva d'un bond et agrippa le dossier de sa chaise. « Essayez-vous encore d'être drôle, monsieur le Président ?

— Je n'en ai pas la moindre intention. Personne ne devait être tué, cette nuit-là sur la Costa Brava.

— Personne ! Mais enfin, c'est vous qui l'avez tuée ! Vous, Bradford et ces salauds de Langley avec qui j'avais parlé depuis Madrid ! Ne me parlez pas de la Costa Brava, j'y étais ! Et vous êtes responsables, tous !

— Nous avons commencé, nous avons donné l'impulsion initiale, mais nous n'avons pas terminé. C'est la pure vérité, monsieur Havelock. »

Michael avait envie de bondir sur l'écran et de le crever à coups de poing. Mais les mots de Jenna lui revinrent à l'esprit : *Pas une opération, mais deux*. Puis les siens propres : *Intercepté ; Altéré.*

« Attendez un instant, dit Havelock.

— Vous ne voulez pas trouver une autre expression ?

— Je vous en prie. Vous avez commencé, puis, sans que vous le sachiez, le scénario a dérapé.

— Je ne vois pas ce que vous voulez dire.

— C'est pourtant clair. Vous mitonnez quelque chose, et en cours de route vos ingrédients vous échappent.

— C'est exactement ça.

— Merde ! Excusez-moi. »

Berquist haussa les épaules et se renversa dans sa chaise.

« Comprenez-vous, maintenant ?

— Je pense. C'est le grain de sable qui pourrait le faire prendre. Parsifal était sur la Costa Brava.

— Ou son contact soviétique, corrigea le Président. Lorsque vous avez vu Karras trois mois plus tard, vous commenciez à fouiller cette nuit-là. En mettant les choses au clair, vous risquiez d'alarmer Parsifal. Nous n'étions pas sûrs que vous réussiriez, mais nous ne pouvions courir ce risque.

— Pourquoi ne m'en a-t-on pas parlé ? Pourquoi ne pas m'avoir expliqué ?

— Vous ne vouliez rien entendre. Les stratèges des opérations consulaires ont fait le maximum pour vous mettre au courant. Vous les avez ignorés.

— Non, je parle de ça (il montra l'écran). Vous auriez pu m'en parler, et ne pas chercher à me tuer.

— Nous n'avions pas le temps et vu l'état mental de Matthias, nous ne pouvions envoyer de courrier contenant la moindre allusion. Nous ne savions pas ce que vous alliez faire, ce que vous alliez dire à propos de cette nuit ou à qui vous alliez en parler. D'après moi, si cet homme que nous appelons Parsifal se trouvait sur la Costa Brava, ou était mêlé aux événements, il aurait pu penser que nous allions le démasquer et il aurait été capable de tout. Nous ne pouvions courir le moindre risque.

— Il y a tant de questions qui se posent encore... je ne sais pas par où commencer.

— Il va pourtant le falloir, si nous décidons de vous mettre sur l'affaire.

— L'Apache, dit Havelock en ignorant la remarque du Président. Le Palatin... Red Ogilvie. Était-ce un accident ? Cette balle était-elle pour moi ou pour lui parce qu'il en savait trop ? Il a parlé d'un homme qui est mort d'une crise cardiaque sur le Chesapeake.

— La mort d'Ogilvie était une erreur. La balle vous était destinée. Les autres, cependant, n'étaient pas des accidents.

— Quelles autres ?

— Les trois stratèges des opérations consulaires ont été assassinés à Washington. »

Havelock ne réagit pas. « A cause de moi ? finit-il par dire.

— Indirectement. Vous êtes au cœur de tout cela, car une question demeure sans réponse : Pourquoi Matthias vous a-t-il fait cela ?

— Pourriez-vous me parler des stratèges ?

— Ils connaissaient le contact soviétique de Parsifal. Ou ils l'auraient su la nuit suivante si vous aviez été tué au col des Moulinets.

— Son nom de code est "Ambiguïté". Il est là ?

— Oui. Stern lui a donné le code. Nous savons où il se trouve, mais pas qui il est.

— Où est-il ?

— Je ne sais pas si je dois vous le dire.

— Mais enfin, monsieur le Président, pourquoi ne pas m'utiliser ? Non me tuer, m'utiliser.

— Pourquoi ? Pouvez-vous vraiment nous aider ?

— J'ai passé seize ans dans la carrière, tour à tour chasseur et gibier. Je parle couramment cinq langues, je me débrouille dans trois autres, sans compter les innombrables dialectes. Mieux que quiconque, je connais un des côtés de Matthias ; je connais sa sensibilité. En outre, c'est sûrement moi qui ai démasqué le plus grand nombre d'agents doubles en Europe. Oui, je crois pouvoir vous aider.

— Alors répondez-moi. Comptez-vous mettre votre menace à exécution ? Ces treize pages qui pourraient...

— Brûlez-les, dit Havelock en plongeant ses yeux dans ceux du Président.

— Ce sont des doubles.

— Je prendrai contact avec elle. Elle est à quelques kilomètres, à Savannah.

— Bien. "Ambiguïté" se trouve au Département d'État, au cinquième étage. Il est au milieu de soixante ou soixante-dix hommes et femmes. Le mot de code est "taupe".

— Vous êtes donc allé jusque-là ? demanda Michael en s'asseyant.

— C'est Emory Bradford. Il n'a jamais voulu faire de mal à Karras.

— Alors il était incompétent.

— C'était le premier à le dire. Si elle avait suivi ses instructions, on lui aurait probablement dit la vérité ; nous vous aurions mis tous les deux sur l'affaire.

— Et au lieu de ça, j'ai été placé "au-delà de toute récupération".

— Dites-moi, monsieur Havelock, reprit le Président en se penchant en avant. Si vous aviez été à ma place, qu'auriez-vous fait ? »

Michael jeta un bref regard à l'écran. « La même chose que vous. Je devais être sacrifié.

— Merci. »

Le Président se leva. « Au fait, personne ici, à Poole's Island, n'est au courant de quoi que ce soit. Ni les médecins, ni les techniciens, ni les militaires. Seules cinq personnes connaissent l'existence des documents ainsi que celle de Parsifal. L'un d'entre eux est un psychiatre de Bethesda, un spécialiste des désordres hallucinatoires ; il vient ici avec Matthias une fois par semaine, ici dans cette chambre forte.

— Je comprends.

— Et maintenant, sortons d'ici avant de devenir

complètement fous. » Berquist éteignit le projecteur puis les lumières. « Lui et vous rejoindrez en avion la base aérienne d'Andrews cet après-midi. Nous vous trouverons un endroit dans la campagne, pas à Washington. Nous ne pouvons courir le risque que vous soyez vu.

— Pour être efficace, il faudra que j'aie accès aux documents, aux dossiers. On ne peut pas les transporter à la campagne, monsieur le Président.

— Si c'est impossible, on vous emmènera les consulter, mais en prenant toutes les précautions nécessaires. Vous aurez accès à tout, sous un autre nom. Vous rencontrerez Bradford dès que possible.

— Avant de partir, j'aimerais parler aux médecins. J'aimerais aussi voir Anton, mais je serai bref, je ne resterai pas plus de quelques minutes.

— Je ne suis pas sûr qu'ils vous y autorisent.

— Alors c'est à vous d'en donner l'ordre. Je veux lui parler en tchèque, après tout c'est sa langue. J'aimerais comprendre le sens de ses paroles. Il m'a dit : “Vous ne comprenez pas. Vous ne comprendrez jamais.” C'est tapi tout au fond de lui, quelque chose entre lui et moi. Peut-être suis-je le seul à pouvoir comprendre. Peut-être comprendrai-je ce qu'il m'a fait, ce qu'il s'est fait à lui-même. Quelque part dans ma tête, il y a une bombe, je l'ai su dès le début.

— Je le dirai aux médecins. Mais souvenez-vous que vous avez passé douze jours dans une clinique, un total de quatre-vingt-cinq heures sous médicaments et vous n'avez pas pu nous aider.

— Vous ne saviez pas où chercher. »

Les trois médecins ne lui apprirent rien de plus et le jargon psychiatrique obscurcissait même les choses. En évoquant un mécanisme admirable et délicat qui avait explosé sous la pression des responsabilités, le Président s'était montré beaucoup plus clair que les psychiatres avec leurs explications sèches à propos des seuils limites de tolérance au stress. Puis, un des psychiatres, le plus jeune semblait-il, déclara :

« Pour lui, il n'y a pas de réalité au sens habituel du terme. Il filtre ses perceptions, ne laissant passer que ce qu'il est capable de supporter. Voilà sa réalité, et elle est probablement plus réelle pour lui que ce qu'il vivait auparavant, car ses délires ont pour fonction de le protéger. Il n'a plus que des fragments de souvenirs. »

Décidément, songea Michael, le Président Berquist ne se contentait pas d'observer. Il savait également écouter.

« Les dommages sont-ils irréparables ?

— Oui, dit un autre psychiatre, car il y a dégénérescence de la structure cellulaire. C'est irréversible.

— Il est trop âgé, précisa le plus jeune.

— Il faut que je le voie. Ce ne sera pas long.

— Nous avons fait part au Président de nos objections à ce sujet, dit le troisième médecin, mais il a son idée. Il faut nous comprendre, nous travaillons dans des conditions pratiquement impossibles, avec un malade qui décline... à une allure difficile à déterminer. Nous sommes obligés de lui administrer à la fois des tranquillisants et des stimulants. C'est un traitement excessivement délicat et un choc un peu prolongé pourrait nous faire perdre le bénéfice de plusieurs jours. Nous sommes talonnés par le temps, monsieur Havelock.

— Je serai rapide. Donnez-moi dix minutes.

— Je préférerais cinq.

— Très bien. Cinq minutes.

— Je vous emmène, proposa le jeune psychiatre. Il est au même endroit qu'hier soir. Dans le jardin. »

Suivi de Michael, le médecin en veste blanche se dirigea vers une jeep de l'armée garée derrière le bâtiment de briques.

« Vous aviez l'air irrité, dit-il. C'est un tort. Ce sont les plus grands savants du pays, vous savez. Et, croyez-moi, nous n'exagérions pas la gravité de la situation. On a parfois l'impression de travailler pour rien ici.

— Pour rien ?
— Ça ne donne pas de résultats assez rapidement. On n'y arrivera jamais.
— A quoi ?
— A savoir ce que l'on nous demande.
— Je vois. Vous-même ne semblez pas du genre à flemmarder, pourtant », fit remarquer Havelock.

Ils enfilaient la rue bordée d'arbres en direction de la maison factice, faite à l'imitation de celle de Matthias.

« J'ai écrit quelques articles et je suis imbattable en statistiques. Mais je suis ravi de me démener pour ces types.
— Où les avez-vous rencontrés ?
— Je travaillais à Menniger, avec le Dr. Schramm ; c'est celui qui ne voulait pas que vous dépassiez cinq minutes ; c'est un des plus grands neuro-psychiatres du pays. J'étais manipulateur sur les appareils de son service : scanners, électrospectrographes... C'est encore ce que je fais d'ailleurs.
— Ce ne sont pas les machines qui manquent ici.
— On ne regarde pas à la dépense, en effet.
— Je n'en reviens pas ! » s'exclama tout à coup Michael.

Ils approchaient et le décor venait d'apparaître : façades glacées et modèles réduits d'albâtre, rues miniatures ponctuées de petits réverbères et massifs fleuris posés sur des pelouses bien taillées.

« Incroyable. On se croirait dans un film. Mais qui a fabriqué ça et comment les a-t-on empêchés de parler ? La rumeur a dû se répandre jusqu'au fin fond de la Géorgie du Sud.
— Si rumeur il y a, les types qui ont monté la maquette n'y sont pour rien.
— Comment avez-vous acheté leur silence ?
— Vous savez, ils sont à des milliers de kilomètres d'ici et travaillent à une bonne demi-douzaine d'autres projets.
— Quoi ? »

Le jeune médecin sourit. « Vous n'êtes pas tombé loin en parlant de film. Ce complexe a été construit par une société cinématographique canadienne qui s'imagine avoir pour employeur un producteur de la côte Ouest contraint à un budget réduit. Ils ont commencé la construction du décor vingt-quatre heures après que le Génie eut monté la palissade et adapté pour notre usage les bâtiments existants.

— Qu'en est-il des hélicoptères en provenance de Savannah ?

— On leur impose un itinéraire bien précis et ils atterrissent loin au-delà de la palissade. Ils ne peuvent rien voir. A part le Président et un ou deux autres, il n'y a que les gens de l'intendance générale qui viennent pour notre approvisionnement. On leur a dit que c'était un centre de recherches océaniques et ils n'ont aucune raison de ne pas y croire.

— Et le personnel ?

— Il n'y a que nous autres, les médecins, des techniciens polyvalents et quelques aides. A part cela, il y a des gardes et une section d'engagés encadrée par cinq officiers. Même les hommes des bateaux qui patrouillent autour de l'île appartiennent à l'armée.

— Que leur a-t-on dit ?

— Très peu de choses. Le moins possible. Les techniciens et les aides en savent beaucoup plus. Mais ils ont été sélectionnés, vous savez, aussi rigoureusement que nos agents à Moscou. De même en ce qui concerne les gardes. Mais vous avez eu l'occasion de vous en rendre compte, je crois.

— Au moins pour l'un d'eux, en effet. »

La jeep s'engagea dans le chemin de sable sillonné d'ornières.

« Et les militaires ?

— Pour commencer, ils ne bougent pas d'ici. Aucun d'entre nous ne sort jamais d'ici, c'est la règle. Mais même s'ils le pouvaient, pas de problème avec les officiers. Ils viennent du Pentagon Rolodex et briguent tous la présidence du haut état-major. Moins ils en diront, plus vite ils grimperont les échelons. Alors ils se taisent.

— Et les engagés ? Ça doit faire un sacré bouillon de culture.

— Ne les sous-estimez-pas. Ces gars-là ont fait je ne sais combien de débarquements et ont combattu dans toutes les jungles du globe.

— Je veux seulement dire que les langues doivent aller bon train. Comment évite-t-on que les imaginations s'enflamment ?

— Ils ne voient pas grand-chose, rien d'important en tout cas. On leur dit que Poole's Island abrite des exercices de survie ultra-secrets. Dix ans de forteresse pour qui rompt le secret. Eux aussi sont sélectionnés. Et puis c'est une bonne planque ici. Ils ne vont pas perdre ça pour quelques bavardages.

— Cela me semble tout de même insuffisant.

— Bah... toutes ces précautions n'auront bientôt plus aucune espèce d'importance. »

Havelock considéra le jeune psychiatre. *De toute façon, personne n'est au courant à Poole's Island. Ni les médecins, ni les techniciens...* C'est ce qu'avait dit Berquist. Quelqu'un avait-il pénétré dans la chambre forte ?

« Que voulez-vous dire ?

— Matthias n'en a plus pour très longtemps. Et les rumeurs n'auront plus guère d'importance après sa mort. Les grands hommes laissent toujours diverses histoires dans leur sillage. Cela fait partie du jeu. »

Si toutefois, il y a un jeu, docteur.

Michael sortit de la maison.

« *Dobré odpoledne, priteli* », disait-il en s'avançant dans le jardin inondé de soleil.

Matthias était dans le même fauteuil que la veille, au bout du sentier d'ardoises et à l'ombre du palmier qui se déployait devant le mur. Havelock continua de parler, d'une voix rassurante et en tchèque :

« Je sais que vous m'en voulez, ami, et je viens résoudre le différend qui nous sépare. N'êtes-vous pas mon maître bien-aimé, le seul père qui me reste ? Un père et son fils ne devraient jamais devenir des étrangers l'un pour l'autre. »

Matthias se recroquevilla au fond de son siège. Des traits de lumière traversaient son visage déformé par la peur. Mais un voile vint recouvrir ses yeux agrandis sous les lunettes d'écaille. Une brume d'incertitude. Peut-être se souvenait-il de paroles prononcées longtemps auparavant... Les paroles d'un père, à Prague, ou l'appel d'un enfant. Peu importait. La langue, la douce musique de la langue. Il fallait avant tout établir le contact. Ce serait le signe de reconnaissance de toutes ces choses qui appartenaient à une autre langue, à un autre pays... le signe de la confiance retrouvée. Michael s'approcha ; les mots s'écoulaient, doucement cadencés, évoquant d'autres lieux et d'autres temps.

« Il y a les collines qui surplombent la Moldau, notre grande Vltava avec ses beaux ponts et la Wenceslas quand tombe la neige... le lac Stribrné en été, et les vallées du Vah et de la Nitra traversées par les courants de la montagne. »

Le contact eut lieu : la main de l'étudiant posée sur le bras du maître. Matthias tremblait ; il respira profondément et sa main vint recouvrir celle de Havelock.

« Vous disiez que je ne comprendrais jamais. Mais ce n'est pas vrai, mon maître... mon père... Je peux comprendre. Et surtout, je le dois. Rien ne devrait jamais nous séparer, car je vous dois tout. »

Le voile sur les yeux de Matthias se dissipait doucement, son regard s'éclaircit et, tout à coup, fut envahi par une lueur sauvage... la folie.

« Non, Anton, je vous en prie, dit vivement Michael. Parlez-moi. Aidez-moi à comprendre. »

Le même murmure rauque s'échappa de sa bouche, comme la veille, dans l'obscurité du jardin. Mais cette fois, le soleil était aveuglant, la langue et les mots différents.

« Les accords les plus effrayants sont les solutions ultimes. Voilà ce que vous n'avez jamais voulu comprendre... Vous les avez vus pourtant... les négociateurs du monde entier ! Ils se jetaient à mes pieds ! Le monde savait de quoi j'étais capable, alors il venait à moi ! » Matthias se tut et soudain, comme la veille, après les murmures vint le hurlement, un cri qui parut déchirer le soleil, un cauchemar de plein jour. « Allez-vous-en ! Vous allez me trahir ! Vous nous trahirez tous !

— Comment le pourrais-je ?

— Parce que vous savez !

— Mais non, je ne sais pas !

— Traître ! Traître à vos compatriotes ! Vous avez trahi le monde !

— Pourquoi ne m'avoir pas supprimé alors ? » demanda Havelock, la voix sourde, sachant qu'il n'y avait plus rien à faire, que c'en était fini d'Anton Matthias.

« Pourquoi ne m'avez-vous pas tué ?

— Il faut arrêter, Havelock ! cria le jeune médecin posté sur le seuil de la porte.

— Pas maintenant ! répondit Michael en anglais.

— Si, ça suffit !

— *Ja slysim !* hurla Havelock à la face de Matthias. Vous auriez pu me supprimer, mais ne l'avez pas fait ! Pourquoi ? Je ne suis rien comparé au monde et à ces solutions destinées à le sauver ! Qu'est-ce qui vous en a empêché ?

— Il va falloir le laisser, Monsieur !

— La paix ! Il faut qu'il me dise !

— Vous dire quoi ?

— *Ted, stary pane.* »

Michael empoigna les bras du fauteuil de Matthias.

« Qu'est-ce qui vous a empêché ? »

Le murmure rauque reprit. Plus trace d'incertitude dans les yeux fous maintenant. « Vous avez quitté la conférence sans qu'on vous voie. Impossible de vous trouver. Nous devions savoir ce que vous aviez fait et à qui vous en aviez parlé. »

Folie.

« Cette fois, c'est la fin, Havelock ! » dit le psychiatre en le tirant par le bras. Il l'entraîna vers la maison et lui demanda : « De quoi parliez-vous ? Traduisez-moi mot pour mot. Que vous a-t-il dit ? »

Havelock tentait de sortir de l'état second dans lequel il était tombé. Tout cela pour rien. Pour rien : c'était ce qu'avait dit le jeune médecin.

« Ça ne vous avancerait pas à grand-chose, vous savez. Il revivait son enfance. Une sorte d'égarement... Un enfant furieux et terrifié. Je pensais qu'il me parlerait. Je me trompais. »

Le médecin hocha la tête. Son regard était empreint de gravité, et il semblait soulagé. « C'est souvent ainsi, dit-il. Il n'y a rien à en tirer. Syndrome dégénératif des vieux nés à l'étranger, et qui ont une autre langue maternelle. Ils retournent toujours en arrière, sains d'esprit ou non... C'est navrant, mais vous avez fait le maximum. Allez, je vais vous ramener. Un hélicoptère vous attend.

— Merci », dit Michael.

Il se retourna et jeta un dernier regard à Anton Matthias... *pritel*, mentor, père. Le grand homme déchu se recroquevillait dans l'ombre du palmier.

Fou ?

Était-il possible que lui — Mikhaïl Havlicek — connût la réponse ? Connaissait-il Parsifal ?

28

L'institution s'appelait Sterile House Five — en abrégé, Sterile Five — et elle se trouvait à une quinzaine de kilomètres d'Alexandria, dans la région de Fairfax. Elle avait été, autrefois, la propriété d'un éleveur de chevaux, puis avait été achetée par un couple de retraités, d'un certain âge, apparemment aisés, qui, en fait, achetaient des enregistrements pour le gouvernement américain. C'étaient exactement les propriétaires qu'il fallait, parce qu'ils avaient passé une grande partie de leur vie au service du ministère des Affaires Étrangères ; ils avaient été détachés auprès de différentes ambassades où ils avaient eu des rôles variés, mais, en réalité, ils comptaient parmi les crypto-analystes les plus compétents du service de renseignements américain. Leur couverture était simple : officiellement, lui, avait travaillé dans une banque d'investissements en Europe, pendant plusieurs dizaines d'années. Cela semblait tout à fait plausible aux yeux des riches voisins, qui se trouvaient dans les environs, et expliquait les fréquents passages de limousines qui quittaient la route pour s'engager sur les cinq cents mètres de l'allée qui menait à la maison. Dès qu'un visiteur arrivait, les « propriétaires » devenaient rarement visibles — à moins que l'on ne se soit arrangé, à l'avance, pour qu'ils se montrent — car ils logeaient dans l'aile nord, un bâtiment séparé de la maison principale, avec une entrée distincte et des pièces indépendantes.

Sterile Five constituait une sorte d'auberge-relais pour des clients qui avaient à offrir au gouvernement américain bien plus que les pensionnaires proscrits de Mason Falls, en Pennsylvanie. Au cours des années, la maison avait vu passer par ses portes une quantité considérable de déserteurs qui venaient subir des interrogatoires pendant une certaine période. Scientifiques, diplomates, agents secrets, officiers — tous étaient venus là, à un moment ou à un autre. Sterile Five était réservé à ceux pour qui Washington estimait qu'il était indispensable, dans l'intérêt du pays, d'y faire un séjour. Havelock et Jenna arrivèrent à quatre heures vingt, dans une voiture officielle banalisée. Emory Bradford, le sous-secrétaire d'État, les attendait.

Les récriminations furent brèves ; il ne s'agissait pas de revenir sur les erreurs passées. Bradford avait eu un entretien avec le Président et il avait compris que « l'on ajouterait deux autres chaises autour de la table ». Une fois arrivés à Sterile Five, cependant, ils se rendirent dans « le bureau du propriétaire », une petite pièce parfaitement aménagée pour un gentleman vivant à la campagne : un canapé et deux gros fauteuils ; un mélange harmonieux de cuir, de bois précieux et de cuivre ; sur les murs, des souvenirs ne signifiant pas grand-chose. Derrière le canapé, une table en pin massif sur laquelle était disposé un plateau d'argent, avec des verres, de la glace et des bouteilles. Havelock prépara des boissons pour Jenna et pour lui-même, Bradford ayant refusé de boire quelque chose.

« Qu'avez-vous dit à Mlle Karras ? demanda le sous-secrétaire.

— Tout ce que j'ai appris à Poole's Island.

— Il est difficile de savoir que dire — que penser, dit Jenna. Je suis à la fois abasourdie et terrifiée.

— Deux impressions qui vont bien ensemble, acquiesça Bradford.

— Je veux que vous me racontiez tout depuis le début, dit Havelock à Bradford, tout en faisant le tour du canapé, les deux verres à la main, pour aller s'asseoir à côté de Jenna. Je veux que vous me donniez le nom de tous ceux qui sont impliqués dans l'affaire — peu importe que ce soit de près ou de loin. Je me fiche du temps que cela prendra ; nous pouvons rester ici toute la nuit. Au fur et à mesure que vous parlerez, je vous poserai des questions, je prendrai des notes, et lorsque vous aurez fini, je vous remettrai une liste de tout ce dont j'ai besoin. »

Moins de quatre minutes plus tard, Michael posa sa première question : « MacKenzie ? La C.I.A. ? De sombres activités. L'un des meilleurs sortis de Langley.

— On m'a dit que c'était *le* meilleur, dit Bradford.

— C'est lui qui a monté Costa Brava, n'est-ce pas ?

— Oui.

— C'était lui le second point de mire, lui qui a rapporté le vêtement taché de sang ?

— J'allais...

— Répondez, interrompit Havelock. Est-il vraiment mort d'une crise cardiaque — d'un infarctus — dans la baie de Chesapeake ?

— Sur son bateau, oui.

— Y a-t-il eu une enquête ? Une autopsie ?

— Pas officiellement, mais il y en a eu une, oui.

— Qu'est-ce que cela veut dire ?
— Avec un homme comme celui-là, on ne peut pas faire de spéculation. Le médecin a été très coopérant et on l'a minutieusement interrogé ; c'est un médecin très respecté. Les radios ont été examinées par lui et par nos hommes, la conclusion a été unanime. Très grosse hémorragie de l'aorte. » Bradford baissa le ton. « C'est la première chose à laquelle nous avons pensé lorsque nous avons appris la nouvelle. Nous n'avons rien négligé.
— Merci, dit Havelock, tout en prenant des notes pour lui-même. Continuez. »
Jenna posa son verre sur la table du café. « C'était bien lui, l'homme qui était avec vous dans le hall de l'hôtel de Barcelone ?
— Oui, il s'agissait de son opération.
— C'était un homme irrité. Son regard exprimait la colère, pas l'inquiétude, mais la colère.
— Il avait une mission désagréable.
— Il a enfoncé ma porte ; il tenait un revolver à la main.
— Il était inquiet, nous l'étions tous les deux. Mademoiselle Karras, vous feriez peut-être mieux de descendre, ou bien même de rester dans votre chambre.
— Continuez, s'il vous plaît », interrompit Michael.
Le sous-secrétaire d'État continua ; Havelock et Jenna l'écoutaient attentivement, l'interrompant chaque fois qu'ils avaient une question à lui poser ou qu'ils voulaient quelques précisions sur certains détails. Au bout d'une heure, il fut clair pour Bradford que Jenna Karras était préoccupée. Elle posait presque autant de question que Michael, exigeait fréquemment des descriptions précises jusqu'à ce que des possibilités qui, jusque-là, n'avaient pas été prises en considération, soient tout à coup mises à jour.
Bradford en arriva à la nuit au cours de laquelle les trois stratèges avaient été tués et qu'« Ambiguïté », l'inconnu, avait transmis l'appel à Rome,

empêchant la récupération de Havelock. Le sous-secrétaire d'État était précis, donnant tous les détails concernant les contrôles qu'il avait effectués sur le personnel de la Section L du cinquième étage au cours des heures en question. Personne, il en était sûr, ne pouvait être « Ambiguïté ».

« Parce que les conférences et les réunions auxquelles ils participaient étaient... comment dites-vous ? — Jenna regarda Michael : "*Potvrdit*" ?

— Confirmées, dit Havelock en la regardant. Consignées dans les archives officielles.

— C'est cela, officielles. » Elle se tourna de nouveau vers Bradford. « Est-ce la raison pour laquelle vous avez éliminé ces personnes ?

— Personne ne s'est absenté suffisamment longtemps de ces réunions pour avoir pu joindre Rome grâce à un code spécial.

— Excusez-moi, continua Jenna, mais vous semblez exclure la possibilité selon laquelle "Ambiguïté" aurait des associés ? Des personnes qui mentiraient pour lui ?

— Je ne veux même pas y penser, dit le sous-secrétaire. Mais, compte tenu de la diversité de ceux qui étaient là, je *pense* que c'est mathématiquement impossible. Je connais un nombre beaucoup trop important de ces personnes, je les connais depuis des années, j'en connais certaines depuis presque vingt ans.

— Pourtant...

— *Paminyatchiki ?* demanda Havelock, le regard en direction de Jenna.

— *Porc ne ? To je mozne.*

— *Nemluv o tom.*

— *Vy nemate pravdu.*

— De quoi parlez-vous ? demanda Bradford.

— Nous disions des grossièretés, répondit Jenna. Pardon, je pensais.

— Elle croyait qu'il y avait une chose à laquelle il fallait penser, interrompit Michael. Je lui expliquais que le nombre ne voulait rien dire. Continuez, s'il vous plaît. »

Jenna regarda Havelock et tendit la main pour saisir son verre.

Le sous-secrétaire d'État parla pendant presque quatre heures, répondant, la moitié du temps, aux questions, répétant, avec subtilité, des détails innombrables, à tel point que l'on aurait pu se croire dans une salle d'audience et non dans un élégant bureau. Bradford était le témoin ennemi, qui résistait et qui faisait face à deux avocats, habiles et implacables.

« Comment allez-vous traiter Jacob Handelman ?

— Nous ne savons pas encore. Le Président m'a lu, au téléphone, ce que vous aviez écrit. C'est incroyable... en ce qui concerne Handelman, je veux dire. Vous êtes sûr que vous ne vous êtes pas trompé ?

— C'était bien son revolver, son couteau. Il n'y a pas d'erreur.

— Berquist dit que vous aviez d'excellentes raisons de vouloir le tuer.

— Assez singulièrement, je ne l'ai pas fait. Je voulais qu'il en bave, pendant des années, si j'avais pu. Il est arrivé après moi. Est-ce que vous allez dire la vérité en ce qui le concerne ?

— Le Président ne le veut pas. A quoi cela servirait-il ? Il dit que les Juifs en ont assez vu comme cela ; n'allons pas plus loin.

— Un mensonge nécessaire de plus.

— Oh ! pas par nécessité, mais par humanité, je pense.

— Kohoutek ? Cette ferme à Mason Falls ?

— Il a été pris maintenant.

— Ses clients ?

— Chaque cas sera examiné individuellement, et chaque décision sera prise, comme je vous l'ai déjà dit, selon des considérations humanitaires. »

Havelock feuilleta son carnet de notes, puis le posa sur la table du café et tendit la main pour saisir son verre vide. Il lança un coup d'œil à Jenna ; elle hocha la tête. Il se leva, fit le tour du canapé et alla se verser un verre. « Faisons le point, dit-il tranquillement. "Ambiguïté" se trouve quelque part au cinquième étage du ministère des Affaires Étrangères et il est probable qu'il se trouve là depuis des années, transmettant à Moscou tout ce qui passe entre ses mains. » Michael s'arrêta et se dirigea, sans en avoir l'air, vers la fenêtre aux vitres épaisses ; dehors, les projecteurs éclairaient le paysage. « Matthias rencontre ce fameux Parsifal et, ensemble, ils concluent ces accords incroyables — non, pas incroyables — *inconcevables.* » Havelock s'interrompit de nouveau, et se détournant, soudain, de la fenêtre, il lança un regard dur à Bradford. « Comment cela a-t-il pu se produire ? Pour l'amour de Dieu, où étiez-vous donc, *tous* ? Vous le voyiez tous les jours, vous lui parliez, vous le regardiez ! Vous ne pouviez donc pas voir ce qui se passait en lui ?

— Nous n'avons jamais su le rôle qu'il jouait, dit le sous-secrétaire d'État, en dévisageant Havelock à son tour, la colère montant lentement en lui. Le charisme a de nombreux visages, de même que le diamant a de nombreuses facettes et des reflets très différents. Était-ce bien le doyen Matthias, assistant à un jugement, ou bien le Dr Matthias, en chaire, dissertant devant un public en extase ? Ou bien était-ce M. Chipps, cet Européen, avec Haendel en arrière-plan, impressionnant ses adorateurs préférés du moment ? Il savait très bien le faire. Puis il y avait aussi le *bon vivant*, l'idole de Georgetown, de Chevy Chase et d'Eastern Shore. Mon Dieu, quelle aubaine pour une maîtresse de maison ! Et comme il savait se donner en spectacle... quel charme ! quel esprit ! La véritable force de sa personnalité ; un petit homme corpulent, dont émanait, soudain, tant de puissance ! S'il avait pu, il aurait eu toutes les femmes qu'il aurait voulu. Et puis, bien sûr, il y avait le fonctionnaire tyrannique. Exigeant, irritable, égoïste, jaloux — si conscient de sa propre image qu'il fouillait les journaux à la recherche de la moindre mention, se gonflait d'orgueil au moindre gros titre et était furieux lorsque l'on s'avisait de le critiquer. Et, à propos de critique, vous savez ce qu'il a fait, l'année dernière, lorsqu'un petit sénateur lui a posé des questions sur ses motifs, à la conférence de Genève ? Il est passé à la télévision, où il a déclaré, d'une voix étranglée, les larmes aux yeux, qu'il allait se retirer de la vie publique. Doux Jésus, quels remous ! Ce sénateur est un paria, aujourd'hui ! » Bradford fit une pause, secoua la tête, gêné de s'être laissé emporter par la colère. Il continua, ayant baissé le ton. « Enfin, il y avait Anthony Matthias, le secrétaire d'État le plus intelligent de toute l'histoire de ce pays... Non, monsieur Havelock, voyez-vous, il était là mais nous ne le voyions pas. Nous ne le connaissions pas, parce qu'il était trop de personnes à la fois.

— Vous coupez les cheveux en quatre, dit Michael, en se dirigeant vers le canapé. On appelle cela des défauts ; vous n'en avez peut-être pas, mais nous, nous en avons. Il *jouait* plusieurs personnages ; il le fallait. Le problème, c'est que vous le haïssiez.

— Non, c'est faux. » Bradford secoua de nouveau la tête. « On ne peut pas haïr un homme comme Matthias, continua-t-il, en lançant un regard à Jenna. On peut être intimidé par un tel homme, en avoir peur, être complètement hypnotisé — mais on ne peut pas le haïr.

— Revenons à Parsifal, dit Havelock tout en s'asseyant sur le bras du canapé. D'où vient-il à votre avis ?

— Il vient de nulle part et il a disparu on ne sait où.

— Je veux bien qu'il ait disparu on ne sait où, mais je ne pense pas qu'il vienne de nulle part. Il vient, justement, de quelque part. Il a rencontré Matthias à de nombreuses reprises, certainement pendant des semaines, peut-être, pendant des mois.

— Nous n'avons cessé de vérifier les emplois du temps de Matthias. Ainsi que son journal, ses notes, les enregistrements de ses conversations téléphoniques, ses rendez-vous répertoriés, ses voyages et tous les itinéraires qu'il a suivis — tous les endroits où il est allé, toutes les personnes qu'il a pu rencontrer, des diplomates aux portiers. Il n'y avait aucune répétition logique. Rien.

— Je veux tous ces renseignements ; vous pouvez faire le nécessaire ?

— C'est déjà fait.

— Pas de trou dans l'emploi du temps ?

— Si, la spectroanalyse d'une feuille montre qu'il y a eu quelque chose récemment. Pas plus de six mois.

— Très bien.

— Nous aurions pu le supposer.

— Écoutez, faites-moi une faveur, dit Michael en s'asseyant et en prenant son bloc de notes.

— De quoi s'agit-il ? demanda le sous-secrétaire.

— Ne supposez jamais. » Havelock écrivit quelques notes sur son bloc et ajouta : « C'est exactement ce que je fais en ce moment même. Parsifal est russe. Un transfuge, sans égal, qui ne figure probablement pas sur la liste.

— Nous... le supposions. C'est quelqu'un qui connaît extraordinairement bien les capacités de l'Union soviétique en matière d'armes stratégiques.

— Pourquoi dites-vous cela ? demanda Jenna Karras.

— Les accords. Ils contiennent des données concernant les attaques nucléaires, offensives et défensives, qui correspondent exactement aux renseignements les plus précis que nous ayons sur leurs systèmes. »

Michael écrivit une autre note pour lui-même. « Une autre chose, qui est aussi importante, dit-il, Parsifal savait où trouver "Ambiguïté". La liaison a été établie, la taupe gagne Moscou, et la preuve est fournie contre vous — à mon profit. Puis, "Ambiguïté" se rend sur la Costa Brava, refait le scénario sur la plage. » Michael se retourna, en direction du sous-secrétaire d'État. « C'est là qu'il y a la faille, vous pensez, n'est-ce pas ?

— Exactement, je suis d'accord avec vous. Je pense que c'est "Ambiguïté" qui se trouvait sur cette plage, et non Parsifal. Je pense également qu'"Ambiguïté" est retourné à Washington et a constaté qu'il avait perdu toute trace de Parsifal. On s'était servi de lui, puis on l'avait écarté ; une situation qui a dû le paniquer.

— Parce que, pour pouvoir obtenir la collaboration du K.G.B., il a manifestement dû promettre quelque chose d'extraordinaire ? demanda Havelock.

— Oui, mais seulement, il y a eu le télégramme de Rostov, c'est là le hic. Il est allé jusqu'à nous dire que s'il y a eu une liaison, rien ne le prouve ; elle n'est pas contrôlable.

— Il avait raison. Je l'ai expliqué à Berquist, et tout concorde... depuis le début. C'est la réponse à Athènes. Rostov parlait d'une Agence du K.G.B., un descendant des fous de l'ancien abattoir de l'ancienne Guépéou, une bande de loups.

— *Voennaya Kontra Rozvedka*, dit Jenna, en ajoutant plus bas : V.K.R.

— "Ambiguïté" n'est pas simplement un commandant ou un colonel du K.G.B., il fait partie de cette bande de loups. Ce sont ces hommes avec lesquels il traite, et ça, monsieur Bradford, c'est peut-être la pire des nouvelles que vous puissiez entendre. Par rapport aux fanatiques du *Voennaya*, le K.G.B., malgré sa paranoïa, est un organisme de renseignements tout à fait stable.

— Les fanatiques et le nucléaire constituent une association que notre monde ne peut pas se permettre.

— Si la *Voennaya* contacte Parsifal le premier, ce sera précisément l'association à laquelle le monde sera confronté. » Michael but une gorgée, mais avala plus de liquide qu'il n'en avait l'intention, la crainte l'envahissant tout entier. Il prit le bloc-notes. « Donc, nous avons une taupe qui s'appelle "Ambiguïté" et qui a collaboré avec un Russe que nous connaissons sous le nom de Parsifal, un associé de Matthias, tous deux ayant conclu ces accords démentiels qui peuvent faire sauter la planète. Matthias a pratiquement été mis hors circuit ; il est placé sous bonne garde — il subit même un traitement — à Poole's Island et Parsifal continue tout seul. Et il fait vraiment cavalier seul étant donné qu'il s'est débarrassé de la taupe.

— Vous êtes donc bien d'accord avec moi », dit Bradford.

Havelock leva les yeux. « Si vous aviez tort, nous le saurions. Peut-être ne le saurions-nous pas ; peut-être ne serions-nous plus qu'un tas de cendres... Ou bien, si l'on veut voir les choses d'une façon plus sereine, moins tragique, l'Union soviétique dirigerait peut-être ce pays avec la bénédiction du reste du monde. "Le géant est devenu fou furieux ; pour l'amour de Dieu, enchaînez-le." Moscou pourrait même obtenir un vote de confiance de la part de nos concitoyens. "Plutôt mourir que vivre avec les Rouges" n'est pas un euphémisme que je tiens à vérifier. Quand on en arrive à certaines extrémités, les gens choisissent de vivre.

— Mais tu sais comme moi ce que signifie ce genre de vie, Mikhaïl, interrompit Jenna, c'est cela que tu choisirais ?

— Bien sûr, dit le sous-secrétaire d'État, ce qui ne surprit qu'à moitié les deux autres. Vous ne changerez rien en mourant — à moins que vous ne mouriez en martyr — ou en disparaissant de la circulation. Surtout si vous avez vu le pire. »

Havelock regarda de nouveau Bradford, en le dévisageant, à présent. « Je pense que le jury est revenu juste pour vous, monsieur le sous-secrétaire. C'est la raison pour laquelle vous êtes resté dans cette ville, n'est-ce pas ? Vous avez vu le pire.

— Ce n'est pas moi dont il est question.

— Oh ! il a été question de vous pendant un moment. Cela fait du bien de savoir que le terrain est plus ferme. Appelez-moi Havelock, ou Michael, ou bien comme vous voulez, mais pourquoi ne pas laisser tomber le "Monsieur" ?

— Merci. Moi, c'est Emory — ou comme vous voudrez.

— Quant à moi, c'est Jenna, et je meurs de faim.

— Il y a un stock de provisions à la cuisine et il y a aussi un cuisinier en permanence. C'est également l'un de nos gardes. Lorsque nous aurons fini, je vous présenterai.

— Encore quelques minutes, s'il vous plaît. » Havelock déchira une page de son bloc-notes. « Vous avez dit que vous aviez vérifié tous les lieux où se trouvaient tous ceux qui travaillent au cinquième étage, à l'époque de la Costa Brava.

— Il s'agissait d'une revérification, interrompit Bradford. La première avait été entièrement négative. On n'avait oublié personne.

— Mais nous savons que quelqu'un était absent, dit Michael. Ce quelqu'un se trouvait sur la Costa Brava. Dans l'une de vos vérifications, vous vous êtes heurté à un rideau de fumée ; l'homme est parti et est revenu, alors que l'on supposait qu'il était resté à sa place.

— Oh ? » C'était maintenant au sous-secrétaire d'écrire quelques notes, ce qu'il fit au dos d'une des innombrables pages de son calepin. « Je n'avais pas du tout vu les choses de cette façon. Je cherchais quelqu'un d'absent, là où l'explication pouvait ne pas tenir. Mais ce que vous dites est tout à fait différent.

— Oui, tout à fait. Notre homme est plus fort que cela ; il n'y aura aucune explication. Ne cherchez pas un manquant ; mais cherchez donc plutôt quelqu'un qui n'était pas là, qui ne se trouvait pas là où il était censé être.

— Quelqu'un en mission, alors.

— C'est de là qu'il faut partir, reconnut Havelock, en déchirant une seconde page. Plus on cherche haut, mieux c'est. N'oubliez pas, nous recherchons un homme qui possède un maximum de liberté, et plus un homme est en vue, plus le rideau de fumée a des chances de bien marcher. Souvenez-vous, la diarrhée de Kissinger, à Tokyo ; en fait, il se trouvait à Pékin.

— Je commence à comprendre pourquoi vous réussissez si bien.

— Compte tenu des erreurs que j'ai commises, répliqua Michael, tout en écrivant sur la page qu'il venait d'arracher à son carnet, je ne serais pas apte à déchiffrer un code inscrit au dos d'une boîte de céréales. » Il se leva, contourna la table du café pour se rendre auprès de Bradford à qui il tendit les deux pages. « Voici la liste. Si vous voulez bien y jeter un coup d'œil et voir s'il y a un problème ?

— Bien sûr. » Le sous-secrétaire d'État pris les feuilles et s'enfonça dans son fauteuil. « Au fait, je prendrais bien un verre, maintenant, si vous n'y voyez pas d'inconvénient. Du bourbon, avec des glaçons, s'il vous plaît.

— Je pensais que vous ne demanderiez jamais. » Havelock regarda Jenna ; elle fit un signe de la tête. Il prit son verre sur la table du café, puis fit le tour du canapé, tandis que Bradford parlait. « Il y a quelques points surprenants, là-dedans, dit-il en levant les yeux et en fronçant les sourcils. Pas de problème en ce qui concerne Matthias — ses rendez-vous, ses carnets, ses allées et venues — mais pourquoi avez-vous besoin de tous ces renseignements sur le docteur du Maryland ? Sa vie, ses relevés de compte, ses employés, ses laboratoires. Je vous assure que nous avons donné tous les détails, croyez-moi.

— Mais je vous crois. Appelez cela un retour en arrière. Je connais un médecin, dans le sud de la France, un chirurgien du tonnerre. Mais il attrape une fièvre cérébrale dès qu'il approche de la table ; il s'est effondré à plusieurs reprises et on a dû le vider.

— Il n'y a aucun rapport, ici. Randolph n'a pas dû travailler depuis que sa mère l'a vu à l'hôpital pour la première fois. Sa famille possède la moitié d'Eastern Shore ; la moitié la plus riche, j'entends.

— Mais pas ceux qui travaillent pour lui, dit Michael, en remplissant les verres. Si cela se trouve, ils n'ont même pas de voilier à eux. »

Le regard de Bradford parcourut de nouveau la page. « Je vois, dit-il avec, dans la voix, plus de trouble que de conviction. Je ne suis pas sûr de bien comprendre. Vous voulez le nom des personnes du Pentagone qui forment les commissions nucléaires ?

— J'ai lu quelque part qu'il y en avait trois, ajouta Havelock, qui apporta les boissons. Ils jouent à la guerre, changent de bord de temps en temps pour contre-vérifier leur stratégie. » Il tendit à Bradford le bourbon que celui-ci avait demandé, puis s'assit à côté de Jenna ; elle prit son verre, fixant son regard sur Michael.

« Vous pensez que Matthias s'est servi d'eux ? demanda le sous-secrétaire.

— Je ne sais pas. Il a bien fallu qu'il se serve de quelqu'un.

— Dans quel but ? Il sait tout sur notre arsenal, il a pu avoir accès à tous les dossiers. Il *fallait* qu'il sache, pour les négociations.

— Je veux seulement des détails. »

Bradford hocha la tête, un sourire gêné sur les lèvres. « J'ai déjà entendu cela. Okay. » Il continua à lire la page, en disant à haute voix : "Liste des possibilités négatives au cours des dix dernières années. Contrôle de toutes les personnes. Sources : C.I.A., opérations consulaires, service de renseignements de l'Armée." Je ne comprends pas ce que cela signifie.

— Ne vous inquiétez pas, ils comprendront. Il y en a des douzaines.

— Des douzaines de quoi ?

— D'hommes et de femmes, qui ont été les premières cibles pour la désertion, mais ne sont jamais arrivés.

— Eh bien, s'ils ne sont pas arrivés...

— Moscou ne dit rien sur ceux qui partent d'eux-mêmes, interrompit Havelock. Les contrôles par ordinateur vont permettre d'éclaircir certains points concernant les statuts actuels. »

Bradford s'arrêta un instant, puis hocha de nouveau la tête, lisant en silence.

Jenna toucha le bras de Michael ; il la regarda. Elle parla doucement, son regard exprimait une question : « *Proc ne paminyatchik ?*

— *Ne Ted.*

— Je vous demande pardon ? » Le sous-secrétaire leva les yeux et agita les feuilles dans ses mains.

« Rien, dit Havelock. Elle a faim, c'est tout.

— Je vais bientôt en avoir fini ; je retournerai à Washington et vous laisserai seuls ; le reste n'est que pure routine. Les rapports des psychiatres du D.C. concernant Matthias devront être signés par le Président ; une garantie supplémentaire ; mais il faut le faire. Je le verrai, à mon arrivée, ce soir.

— Pourquoi ne m'emmenez-vous pas tout simplement à Bethesda ?

— Mais les dossiers ne s'y trouvent pas. Ils sont à Poole's Island, soigneusement enfermés avec les autres interrogatoires des psychiatres. On les a mis dans un coffre en acier et on ne peut pas les retirer sans l'autorisation du Président. Il faudra que je les obtienne. J'irai demain, en avion. »

Bradford s'arrêta de lire et leva les yeux, tout à coup effrayé. « Le dernier point que vous me demandez... Vous êtes bien sûr ? Qu'est-ce que cela vous apportera ? Ils n'ont rien pu *nous* dire.

— Mettez-le sur le compte de ma propre liberté d'information.

— Cela va peut-être être dur pour vous et vous faire du mal.

— De quoi s'agit-il ? demanda Jenna.

— Il veut connaître les résultats de sa propre thérapie », dit Bradford.

Ils mangèrent à la lueur des bougies, dans l'élégante salle à manger ; la scène avait à la fois quelque chose de sublime et de ridicule. L'homme discret, d'une grande taille, qui s'était montré un parfait cuisinier, mais dont l'arme que l'on devinait sous sa veste blanche faisait un peu douter de ses talents culinaires, ajoutait à ce contraste. Il n'y avait pourtant rien de drôle dans son regard ; c'était un garde militaire, et il maniait aussi bien le revolver que la fourchette. Chaque fois, cependant, qu'il quittait la pièce, après avoir apporté les plats ou débarrassé la table, Jenna et Michael se lançaient un regard pardessus la table, essayant, mais en vain, de ne pas rire. Mais même ces courts moments pendant lesquels ils riaient ne duraient pas ; ils étaient trop préoccupés.

« Tu fais confiance à Bradford, dit Jenna, lorsqu'ils en furent arrivés au café. Je sais que tu lui fais confiance. Je vois très bien quand tu fais confiance à quelqu'un.

— Tu as raison, je lui fais confiance. Il a une conscience, lui, et je pense qu'il a payé pour cela. On peut faire confiance à un homme comme lui.

— Mais, alors, pourquoi m'as-tu empêchée de parler des *paminyatchiki* — les communisants ?

— Parce qu'il n'aurait pas pu s'en occuper, et cela ne l'aurait pas aidé. Tu l'as entendu ; c'est un homme méthodique, qui agit par étapes, chaque étape étant minutieusement analysée. C'est ce qui fait sa valeur. Avec les *paminyatchiki*, on lui aurait demandé tout à coup d'agir de façon géométrique.

— Géométrique ? Je ne comprends pas.

— Oui, il aurait dû chercher dans une douzaine de directions à la fois. Tout le monde aurait été immédiatement suspect ; il ne rechercherait plus un seul homme, mais il étudierait des groupes entiers. Or, je veux qu'il se concentre sur ces rideaux de fumée, qu'il examine chaque mission du cinquième étage, peu importe s'il faut aller à huit pâtés de maisons ou à cinq cents kilomètres du ministère des Affaires Étrangères ; mais, je veux qu'il trouve quelqu'un qui n'était pas là où il était censé être.

— Tu l'as très bien fait comprendre.

— Merci.

— Tu aurais pu tout de même ajouter l'utilisation d'une marionnette. »

Havelock la regarda, à travers la lueur des bougies, faisant naître sur ses lèvres un demi-sourire. Elle lui renvoya son regard, en souriant, elle aussi. « Bon sang, tu sais que tu as tout à fait raison, dit-il en riant doucement.

— Je n'ai pas fait de liste, moi. Tu ne peux espérer avoir pensé à tout.

— Je te remercie de ton indulgence. J'en parlerai

dans la matinée. A propos, pourquoi ne l'as-tu pas fait ? Tu n'es pourtant pas timide.

— Il s'agissait de poser des questions et non pas de donner des conseils ou des ordres. Il y a une différence. Cela me serait égal de donner des conseils ou des ordres à Bradford s'il m'acceptait. Et si j'y étais obligée, je le ferais sous forme de questions qui m'amèneraient à lui suggérer quelque chose.

— C'est bizarre de dire cela. Tu es parfaitement acceptée ; Bradford l'a entendu dire par Berquist. Il n'y a pas de plus haute autorité.

— C'est pas ce que je veux dire. Je veux parler de lui. Il n'est pas à l'aise avec les femmes ; avide, peut-être. Je n'envie pas sa femme ni celles qui vivent avec lui ; c'est un homme profondément troublé.

— On l'aurait été à moins, il faut dire.

— Bien avant cela, Mikhaïl. Il me fait penser à un homme intelligent, doué, dont l'intelligence et le talent ne vont pas ensemble. Je pense qu'il se sent impuissant, et ceci touche ses femmes, toutes les femmes, en fait.

— Ah ! me voilà encore avec Sigmund ?

— *Limbursky syr !* » Jenna rit. « Je regarde les gens, tu le sais bien. Tu te souviens du bijoutier, à Trieste, le chauve, dont la boutique était un rendez-vous d'espions ? Tu disais qu'il était — Quel est le mot exact que tu employais ? Quelque chose comme *houkacka ?*

— Excité. Je disais qu'il était excité, il tournait autour des femmes, dans sa boutique, avec une pointe au milieu de son pantalon.

— Et moi, je disais que c'était un pédé.

— Et tu avais raison, parce que quand tu as légèrement déboutonné ton chemisier, ce fils de garce n'a pas cessé de me suivre. »

Ils rirent tous les deux ; leur rire rebondissait sur les murs tendus de velours. Jenna tendit la main pour saisir la sienne.

« Cela fait du bien de rire à nouveau, Mikhaïl.

— Cela fait du bien de rire avec toi. Je ne sais pas combien de temps nous pourrons encore le faire.

— Il faut que nous fassions tout pour que cela se reproduise. Je pense que c'est très important.

— Je t'aime, Jenna.

— Dis donc, pourquoi ne demanderions-nous pas à notre escoffier armé où se trouve notre chambre ? Je ne veux pas sembler *nevyspany*, mon chéri, mais je t'aime aussi. Je veux être tout près de toi, et je ne veux plus avoir une table entre nous deux.

— Tu crois que je ne suis pas pédé, moi aussi ?

— Hum, peut-être. Je prendrai ce que je pourrai.

— Directe. J'ai toujours dit que tu étais directe. »

L'escoffier armé entra. « Un peu plus de café ? demanda-t-il.

— Non, merci, dit Havelock.

— De l'eau-de-vie ?

— Je ne pense pas, dit Jenna.

— Si nous regardions la télévision ?

— Et si nous allions plutôt nous coucher ?

— La pièce n'est pas très propre, là-haut.

— Nous allons nous débrouiller », dit Michael.

Il était assis sur la vieille banquette de diacre qui se trouvait devant le feu mourant, dans la chambre, et s'étirait le cou tout en faisant faire des mouvements circulaires à son épaule. Il était assis là, Jenna le lui ayant ordonné, et lui ayant déclaré qu'elle ne le verrait plus pendant sept ans s'il désobéissait. Elle était descendue pour aller chercher des pansements, des antiseptiques, et toute autre sorte de choses qui pourrait lui tomber sous la main, dans le but de lui apporter quelques soins.

Ils étaient montés, ensemble, dix minutes plus tôt, main dans la main, leurs deux corps se touchant, en riant doucement tous les deux. Lorsqu'elle s'était appuyée contre lui, Michael avait soudain grimacé de douleur, à cause de la blessure qu'il avait à l'épaule, et elle l'avait regardé droit dans les yeux. Puis elle avait déboutonné sa chemise et examiné, à la lumière d'une lampe qui se trouvait sur la table, le pansement qui recouvrait son épaule. Un garde complaisant avait allumé un feu, une heure auparavant ; il était maintenant pratiquement éteint, mais les braises étaient encore rouges et la pierre de l'âtre renvoyait la chaleur.

« Assieds-toi là et reste bien au chaud, avait dit Jenna, en l'amenant vers la banquette. Nous avons oublié de prendre une trousse à pharmacie de la Croix-Rouge. Ils ont sûrement quelque chose, en bas.

— Tu ferais mieux d'appeler cela des soins d'urgence, sinon ils vont croire que tu fais la quête.

— Reste tranquille, mon chéri. Ton épaule est à vif.

— Je l'avais complètement oubliée, elle ne me faisait pas mal », dit Havelock en la regardant se diriger vers la porte et en la laissant partir.

C'était vrai ; il n'avait plus du tout pensé à la blessure qu'il avait eue au col des Moulinets et, à part quelques légers accès de douleur, rien ne la lui rappelait. Il n'en avait pas eu le temps. Il y avait tellement d'autres choses plus importantes auxquelles il devait penser. Il avait appris tant de faits accablants, en si peu de temps. Il leva les yeux et regarda la grande fenêtre de la chambre, une fenêtre aux vitres épaisses, taillées en biseau, comme celles qui se trouvaient en bas, dans le bureau. Il vit, par-delà la fenêtre, les projecteurs balayer l'espace — leur rayon, déformé par les vitres — et il se demanda, un instant, combien il pouvait y avoir d'hommes qui rôdaient, dehors, pour protéger ce lieu sacré qu'était Sterile Five. Puis il ramena son regard sur les braises ardentes, et sur le feu qui s'éteignait. Tant de choses à la fois... si accablantes... et si rapidement. Il fallait que son esprit se ressaisisse avant de pouvoir affronter les révélations stupéfiantes et les vérités incroyables — intolérables — que les vannes que l'on ne pouvait plus contenir laisseraient échapper. S'il voulait garder tout son bon sens, il fallait qu'il puisse réfléchir calmement.

Cela fait du bien de rire avec toi. Je ne sais pas combien de temps nous pourrons encore le faire.

Il faut que nous fassions tout pour que cela se reproduise. Je pense que c'est très important.

Jenna avait raison. Il était très important de rire. Il était très important d'entendre *son* rire. Il ressentit soudain le besoin absolu d'entendre ce rire. Où était-elle ? Combien donc lui fallait-il de temps pour trouver un rouleau de sparadrap et quelques pansements ? Toute maison « stérile » devait être équipée de tout le matériel nécessaire pour les soins ; cela allait de soi. Où donc était-elle ?

Il se leva et quitta la vieille banquette, soudain pris de peur. Peut-être d'autres hommes — des hommes qui n'avaient rien à faire à Sterile Five — rôdaient-ils dehors. Il commençait à en savoir dans ce domaine. Il était si facile de s'infiltrer, étant donné la profusion d'arbres et de broussailles, et Sterile Five se trouvait en pleine campagne, entourée de bois et de taillis — une protection naturelle parfaite pour des spécialistes qui chercheraient à s'infiltrer. Lui pourrait le faire sans aucun doute, et s'il pouvait le faire, d'autres aussi. Mais où donc était-elle ?

Havelock se dirigea rapidement vers la fenêtre, se rendant compte, au fur et à mesure qu'il s'approchait de celle-ci, que l'épaisse vitre qui le protégeait des balles fausserait également tous les mouvements de dehors. C'était exact : il fit rapidement demi-tour, en direction de la porte. Mais, à ce moment-là, il réalisa autre chose : il n'avait pas d'arme !

La porte s'ouvrit avant qu'il n'ait pu l'atteindre. Il s'arrêta, le souffle coupé, complètement soulagé en voyant Jenna, debout devant lui, une main sur la poignée de la porte, l'autre tenant un plateau en plastique contenant des pansements, des ciseaux, du sparadrap et de l'alcool.

« Mikhaïl, qu'est-ce que tu as ? Qu'est-ce qui se passe ?

— Rien. Je... Je me sentais bizarre.

— Chéri, tu transpires », dit Jenna, en fermant la porte et en s'approchant de lui ; elle posa la main sur son front, puis sur sa tempe droite. « Qu'est-ce qu'il y a ?

— Je suis désolé. Mon imagination est allée un peu trop loin... Je... Je trouvais que tu étais partie plus longtemps que... je ne le voulais. Je suis désolé.

— Je suis restée absente plus longtemps que je ne le voulais moi aussi. » Jenna le prit par le bras et l'amena vers la banquette. « Retirons cette chemise, dit-elle, tout en déposant le plateau par terre et en l'aidant.

— Uniquement cela ? demanda Havelock, qui s'assit et la regarda en retirant ses bras des manches de sa chemise. Un peu plus longtemps, seulement, que tu ne le voulais ? C'est bien cela ?

— Eh bien, à part deux brèves aventures sous l'escalier et un petit flirt avec le cuisinier, je dirais que c'était suffisant... Mais, tiens-toi donc tranquille pendant que je retire cela. » Jenna, d'une main experte, attrapa délicatement le bord du pansement et l'arracha. « Mais c'est en bonne voie de guérison, si l'on songe à la manière dont tu l'as soignée, dit-elle en retirant le sparadrap et en s'emparant de l'alcool et du coton. C'est plus de l'irritation qu'autre chose. L'eau salée a certainement empêché que cela ne s'infecte... Attention, ça va piquer un peu.

— *Ça pique*, dit Michael, faisant une grimace au moment où Jenna nettoya la chair autour de la blessure, pour faire partir le reste de sparadrap. Mis à part ces brèves aventures sous l'escalier, que diable faisais-tu ? demanda-t-il pendant qu'elle mettait quelques morceaux de gaze sur sa peau.

— J'étais tout entière à mon petit flirt, répondit-elle, en déroulant le sparadrap et en mettant en place le pansement propre. Voilà, ça ne te fera peut-être pas beaucoup de bien, mais ce sera toujours mieux.

— Tu ne veux pas répondre à ma question.

— Mais tu n'aimes donc pas les surprises ?

— Je n'ai jamais aimé cela.

— *Kolace !* dit-elle, en insistant longuement sur le mot, tout en riant et en versant de l'alcool sur sa peau mise à nue. Demain matin, nous aurons des *kolace*, ajouta-t-elle, en lui massant le dos.

— Des gâteaux roulés ?... Mais tu es dingue. Tu es devenue complètement folle. Nous venons de passer vingt-quatre heures dans un foutu merdier, et tu trouves moyen, maintenant, de parler de petits pains à la cannelle.

— Mais il faut vivre, Michael, dit Jenna, d'une voix toute douce, les mouvements de sa main qui le massait se faisant de plus en plus lents pour s'arrêter enfin. J'ai parlé à notre cuisinier armé jusqu'aux dents, et je suis sûre que je lui ai fait du charme. Demain matin, il fera en sorte que nous ayons des abricots, de la levure, des noix de muscade et des fleurs de muscade hachées. Il va commander tout cela ce soir. Et demain, nous aurons des *kolace*.

— Je ne te crois pas.

— Eh bien, tu verras. » Elle rit de nouveau et prit son visage entre ses mains. « A Prague, tu as trouvé une boulangerie qui fabriquait des *kolace*. Tu les aimais bien et tu m'as demandé de t'en faire.

— Oui, mais à Prague, nous avions d'autres problèmes ; nous n'avions pas les mêmes problèmes qu'ici.

— Mais il s'agit de *nous*, Mikhaïl. De *nous*, uniquement, et nous avons le droit d'avoir des moments à nous. Je t'ai perdu une fois, et maintenant, tu es là, nous sommes à nouveau réunis. Alors, laisse-moi avoir des petits moments comme ceux-ci, ayons des petits moments comme ceux-ci... même si nous avons appris ce que nous savons. »

Il tendit la main, l'attira à lui. « Tu les as. Nous les avons.

— Merci, mon chéri.

— J'aime entendre ton rire. Te l'ai-je déjà dit ?

— Mille fois. Tu m'as dit que je riais comme un petit enfant qui assiste à un théâtre de marionnettes. Tu te souviens que tu m'as dit cela ?

— Je m'en souviens, et j'avais raison. » Michael lui renversa la tête en arrière. « C'est exact, comme un enfant, un rire qui éclate soudainement... un enfant nerveux, parfois. Broussac l'a constaté, elle aussi. Elle m'a raconté ce qui s'était passé à Milan, le pauvre type que tu as déshabillé, qui est devenu tout rouge et dont tu as volé les habits.

— En même temps qu'une grosse somme d'argent ! interrompit Jenna. C'était un type épouvantable.

— Régine m'a dit que cela t'avait fait rire comme un enfant en train de se souvenir d'une plaisanterie ou d'une farce, ou de quelque chose de ce genre.

— Je pense que c'était justement ce que j'étais en train de faire. » Jenna contempla le feu. « J'avais tellement peur, j'espérais tellement qu'elle m'aiderait tout en ayant peur qu'elle ne le fasse pas. Je pense justement que je me raccrochais à un souvenir qui me faisait rire, afin de me calmer. Je ne sais pas, mais cela est déjà arrivé.

— Qu'est-ce que tu veux dire ? » demanda Michael.

Jenna se retourna vers lui, ses grands yeux étaient tout près des siens, mais ne le regardaient pas — ils regardaient au-delà, semblaient voir des images du passé. « Quand je me suis enfuie d'Ostrava, quand mes frères ont été tués, et que j'ai été marquée par les anti-Dubček — quand ma vie là-bas a pris fin — j'ai été plongée dans le monde de Prague. C'était un monde plein de haine, de violence, si plein de violence qu'il m'arrivait, parfois, de penser qu'il m'était impossible de le supporter. Mais, je savais qu'il fallait que je le supporte ainsi, que je ne pouvais pas espérer retrouver une vie que je ne connaîtrais plus jamais... Alors, je me souvenais de certaines choses, je revivais certains souvenirs, j'avais l'impression d'être vraiment retournée *là-bas*, d'avoir quitté Prague et ce monde d'angoisse. Je me revoyais à Ostrava ; mes frères, qui m'adoraient, m'emmenaient dans leurs chevauchées, me racontaient des histoires extraordinaires pour me faire rire. C'est dans ces moments que je me sentais libre, que je n'avais plus peur. » Elle le regarda. « Ces souvenirs n'ont pas grand-chose à voir avec Milan, n'est-ce pas ? Mais je pouvais rire, je *riais*... Bon assez ! Tout cela n'a pas de sens.

— Tu racontes de charmantes histoires, au contraire, dit Michael, en l'attirant de nouveau contre lui — son visage se trouvait maintenant tout près du sien — et je t'en remercie. Nous n'avons pas eu beaucoup l'occasion de rire ces derniers temps.

— Tu es fatigué, mon chéri. Plus que fatigué, épuisé. Allez, viens, allons nous coucher.

— J'obéis toujours à mon médecin.

— Tu as besoin de repos, Mikhaïl.

— J'obéis toujours à mon médecin, jusqu'à un certain point.

— *Zlomeny* », dit Jenna, en faisant retentir son rire à ses oreilles.

Le visage de Michael était recouvert des mèches blondes de Jenna ; elle avait posé son bras en travers de sa poitrine ; mais ni l'un ni l'autre ne dormait. Ils avaient fait l'amour mais n'étaient pas parvenus à s'endormir ; ils étaient beaucoup trop préoccupés par ces révélations incroyables. Un faible rayon de lumière passait par la porte entrebâillée de la salle de bain.

« Tu ne m'as pas raconté tout ce qui t'était arrivé à Poole's Island, n'est-ce pas ? dit Jenna, la tête à côté de la sienne, sur l'oreiller. Tu as dit à Bradford que tu me l'avais raconté, mais c'était faux.

— Je t'ai presque tout dit, répondit Havelock, le regard fixé sur le plafond. J'essaie encore de comprendre. »

Jenna retira son bras et, en se dressant sur son coude, le regarda en face. « Est-ce que je peux t'aider ? demanda-t-elle.

— Je crois que personne ne peut m'aider. J'ai comme une bombe dans la tête.

— Qu'est-ce qui se passe, mon chéri ?

— Je connais Parsifal.

— Tu... *Quoi ?*

— C'est ce que Matthias m'a dit. Il m'a dit que je les avais tous vus, aller et venir, les "négociateurs du monde", comme il les appelait. Mais il y en avait un parmi eux, et je l'ai vu. Je dois le connaître.

— C'est la raison pour laquelle il a agi comme cela avec toi ? Avec nous ? Pourquoi voulait-il t'écarter ?

— Il dit que je n'aurais jamais pu comprendre... ces accords inconcevables étaient la seule solution.

— Et il fallait me sacrifier.

— Oui. Que puis-je dire ? Il n'a plus sa raison ; il l'avait perdue, en tous les cas, quand il a donné l'ordre de t'éliminer. Tu devais mourir et moi, je devais rester en vie, je devais vivre et être surveillé. » Michael secoua la tête, anéanti. « C'est ça que je ne parviens pas à comprendre.

— Ma mort ?

— Non, pourquoi je vis.

— Malgré sa folie, il t'aimait.

— Pas lui. Parsifal. Si j'étais une menace, pourquoi Parsifal ne m'a-t-il pas tué ? Pourquoi est-ce à la taupe que l'on a laissé le soin d'exécuter les ordres, trois mois après ?

— Bradford a expliqué cela, dit Jenna. Tu m'as vue ; tu étais en train de réétudier l'affaire de la Costa Brava, et cela pouvait te faire remonter jusqu'à la taupe.

— Cela n'explique toujours pas Parsifal. Il aurait pu me supprimer plus de vingt fois. Or, il ne l'a pas fait. Voilà le mystère. Mais à quelle sorte d'homme avons-nous donc affaire ?

— En tout cas, à un homme qui n'est pas logique. Et c'est là ce qu'il y a de plus terrifiant. »

Havelock tourna la tête et la regarda. « Cela m'intrigue », dit-il.

La sonnerie fut stridente, inattendue, et on l'entendit retentir dans toute la pièce. Il bondit de son lit, émergeant d'un profond sommeil, et sa main chercha une arme qui n'existait pas. C'était le téléphone et Michael le regarda fixement, sur la table de chevet, avant de le décrocher. Il jeta un coup d'œil à sa montre tout en parlant. Il était presque cinq heures du matin.

« Allô, oui ?

— Havelock, ici Bradford.

— Qu'est-ce qui se passe ? Où donc êtes-vous ?

— Dans mon bureau. Je suis là depuis onze heures du soir. J'ai travaillé avec des personnes pendant toute la nuit. Tout ce que vous avez demandé arrivera à Sterile Five vers huit heures, à l'exception des dossiers de Poole's Island. Il y aura un peu de retard en ce qui concerne ces dossiers.

— Et c'est à cette heure-là que vous m'appelez pour me dire ça ?

— Mais non, bien sûr. » Bradford s'arrêta un moment pour reprendre son souffle. « Je crois l'avoir trouvé, dit-il rapidement. J'ai fait tout ce que vous m'aviez suggéré de faire. J'ai cherché quelqu'un qui pouvait ne pas se trouver là où il était censé être. Mais je dois attendre la fin de la matinée avant d'en être absolument sûr ; c'est ce qui explique le retard pour Poole's Island. Si cela se révèle exact, c'est incroyable ; son dossier est tout à fait net, son service militaire...

— N'en dites pas plus, ordonna Michael.

— Mais votre téléphone est aussi sûr que cette maison.

— Le mien peut-être. Mais pas le vôtre. Ni votre bureau. Écoutez-moi, maintenant.

— Oui, qu'est-ce qu'il y a ?

— Cherchez une marionnette. Elle peut être aussi bien vive que morte.

— Une quoi ?

— Quelqu'un qui sert de bouche-trou, dont les ficelles nous conduiront à notre homme. Vous me comprenez ?

— Oui, je crois. En fait, je vous comprends parfaitement. J'y avais pensé.

— Appelez-moi dès que vous savez quelque chose. De la rue, d'une cabine. Mais ne faites rien de votre bureau. » Havelock raccrocha et regarda Jenna. « Bradford a peut-être trouvé "Ambiguïté". S'il l'a trouvé, tu avais raison.

— *Paminyatchik* ?

— Un communisant. »

29

Jamais Sterile Five n'avait connu une matinée comme celle-ci et la maison n'en connaîtrait probablement pas de semblable avant longtemps. Une des pensionnaires avait, à force de persuasion, mis la main sur ce sinistre asile. En dépit de la tension qui régnait, en dépit du coup de téléphone inattendu de Bradford, Jenna avait pris le commandement de la cuisine, vers huit heures et demie, reléguant l'escoffier armé au poste de simple assistant. Elle avait soigneusement pesé, puis mélangé les ingrédients, sous les regards d'approbation du gardien, et petit à petit, toutes les barrières autour de la cuisine étaient tombées ; le cuisinier armé commençait même à sourire. Ils avaient choisi les poêles et allumé l'énorme cuisinière ; puis deux autres gardiens avaient fait irruption, attirés comme des chiens par les odeurs et la cuisine était devenue un véritable marché.

« Appelez-moi Jenna, s'il vous plaît », dit-elle aux autres, en chassant Havelock dans un coin de la pièce après lui avoir mis un journal entre les mains.

On s'était donc échangé les prénoms, on se lançait de grands sourires et les conversations, entrecoupées de joyeux rires, n'avaient jamais été aussi vivantes. Chacun parlait de sa ville natale et comparait les boulangeries ; une sorte de gaieté frivole avait envahi la cuisine de Sterile Five. On avait l'impression que jamais personne, auparavant, n'avait osé alléger l'atmosphère étouffante qui y régnait. Cette atmosphère était moins pesante, maintenant, grâce à Jenna qui y avait apporté un rayon de soleil. Dire que ces hommes — ces professionnels de la mort — étaient pris par sa joie de vivre eût été bien en dessous de la vérité. Car, en fait, ils s'amusaient et à Sterile Five il n'était pas normal de s'amuser. Le monde s'enfonçait dans la tourmente et, pendant ce temps, Jenna Karras faisait des *kolace*.

Vers dix heures, cependant, après que l'on eut mangé, dans la cuisine, une quantité incroyable de petits gâteaux roulés, la maison retrouva son air sérieux. Chacun reprit son poste, et l'on entendit à nouveau fonctionner les radios, les télévisions et les sonnettes. Une camionnette blindée du ministère des Affaires Étrangères avait emprunté la longue allée gardée après avoir quitté la grand-route. Elle était attendue.

Vers dix heures et demie, Havelock et Jenna étaient de retour dans le petit bureau, décoré de mille choses, et se mettaient à étudier les documents et les photographies, tous bien classés. Il y avait six tas, certains plus épais que les autres : quatre tas sur le bureau, en face de Michael, et deux sur la table du café qui se trouvait en face de Jenna, assise sur le canapé. Bradford avait été précis et, si l'on pouvait lui reprocher quelque chose, c'était d'avoir fait des répétitions. Une longue heure passa ainsi et le soleil de midi commença à pénétrer dans la pièce ; la lumière, qui se réfractait sur les vitres pare-balles, se répandait sur les murs. Tout baignait dans le silence et on n'entendait que le bruit des pages que l'on tournait.

Leur façon d'aborder ces documents était classique, celle que l'on utilise généralement lorsqu'il s'agit de traiter une masse d'informations aussi diverses. Ils lisaient tout rapidement, en ne se concentrant que sur l'ensemble et non pas sur les détails, essayant tout d'abord de saisir une idée générale ; ils passeraient aux détails ultérieurement et, alors, ils les examineraient avec acharnement. Malgré la concentration avec laquelle ils travaillaient, ils faisaient inévitablement un commentaire de temps à autre.

« L'ambassadeur Addison Brooks et le général Malcolm Halyard, dit Michael en lisant une page qui contenait le nom de tous ceux qui étaient impliqués dans la mosaïque de Parsifal — que ce soit de près ou de loin, en pleine connaissance de cause ou bien à leur insu. Ils soutiendront le Président si ce dernier est obligé de dénoncer Matthias.

— Comment cela ? demanda Jenna.
— Après Anton, ce sont les hommes les plus respectés dans tout le pays. Berquist aura besoin d'eux. »
Quelques minutes plus tard, Jenna déclara : « Il y a ton nom, ici.
— Où cela ?
— Dans un vieil emploi du temps de Matthias.
— Qui remonte à quand ?
— A huit, non, à neuf mois. Tu étais son invité. C'est au moment où tu es parti pour l'évaluation du personnel des opérations consulaires, je pense. Nous ne nous connaissions pas depuis très longtemps.
— Depuis suffisamment longtemps pour que je veuille être de retour à Prague le plus rapidement possible. Ces sessions étaient généralement une énorme perte de temps.
— Tu m'as pourtant dit une fois qu'elles servaient à quelque chose, que ce métier avait souvent des effets bizarres sur certaines personnes et qu'il fallait faire des contrôles périodiques.
— Je n'en fais pas partie. De toute façon, j'ai dit "généralement", pas "toujours". Cela permet quelquefois de repérer... un bandit. »
Jenna posa la feuille sur ses genoux. « Mikhaïl, c'est possible alors ? Cette visite chez Matthias ? Tu y aurais donc vu Parsifal ?
— Anton était normal, il y a neuf mois. Il n'était pas question de Parsifal.
— Tu m'as dit qu'il était fatigué — "terriblement fatigué", voilà les mots que tu as employés. Tu étais soucieux à son sujet.
— Je craignais pour sa santé, non pour son bon sens. Il avait toute sa raison.
— Pourtant...
— Tu trouves que je change d'avis toutes les cinq minutes ? interrompit Havelock. Cela se passait à Georgetown ; j'étais là pour deux jours et deux nuits, le temps de l'évaluation. Nous avons dîné deux fois ensemble, mais à chaque fois, nous n'étions que tous les deux. Je n'ai vu personne.

— Il est certainement venu des gens.
— Certainement ; ils ne lui laissaient pas un moment de répit, de jour comme de nuit.
— Donc, tu as vu ces personnes.
— J'ai bien peur de te décevoir, mais je peux te dire que non. Il faudrait que tu voies la maison ; c'est un enchevêtrement de petites pièces, sur le devant. Il y a un salon, à droite de l'entrée, une bibliothèque, à gauche, qu'il faut traverser pour pouvoir se rendre dans son bureau. Je crois qu'Anton aimait cette disposition ; cela lui permettait de faire attendre ceux qui venaient le voir sans pour cela qu'ils se rencontrent. Les solliciteurs se succédaient, et passaient d'une pièce à l'autre. Anton les accueillait au salon, puis il les emmenait à la bibliothèque, et, enfin, ils arrivaient dans le saint des saints, c'est-à-dire dans son bureau.
— Et tu n'es jamais allé dans aucune de ces pièces ?
— En tout cas, je n'y ai jamais rencontré personne. Lorsqu'on le dérangeait alors que nous nous trouvions à table, je restais dans la salle à manger, située à l'arrière de la maison. Pour rentrer ou sortir de la maison, j'utilisais même une autre porte, qui donnait sur l'un des côtés de la maison ; je ne passais jamais par la grande porte d'entrée. C'était un arrangement entre nous.
— Oui, je me souviens. Tu ne tenais pas à ce que l'on vous voie ensemble.
— Oh, ce n'est pas vraiment cela. J'aurais été honoré — vraiment très honoré — que l'on nous vît ensemble. Mais il fallait l'éviter, tant pour l'un que pour l'autre.
— Mais si ce n'est pas au cours de ces deux journées que tu as vu Parsifal, quand est-ce donc ? Quand as-tu pu voir Parsifal ? »
Michael la regarda, désemparé. « Je ne comprends pas, je suppose qu'il faut que je remonte pas mal en arrière, dans ma vie ; c'est ce qui est complètement dingue. Dans son imagination, il me voit quitter une conférence ou un cours ; cela peut être n'importe

quoi, une salle de classe ou une salle de réunion. Combien étions-nous ? Cinquante, cent, mille ? Il en faut du temps pour obtenir des diplômes d'études supérieures ! J'ai dû en voir des gens ! Combien en ai-je oublié ? Était-ce là que je l'ai vu ? Était-il l'un d'entre eux ? Parsifal se trouve-t-il quelque part dans ce passé ?

— Si c'est le cas, je ne vois pas pourquoi tu constitues une menace pour lui, maintenant. » Jenna se releva un peu dans son fauteuil, ses yeux parurent tout à coup prendre conscience de quelque chose. « Il aurait pu s'en prendre à toi plus de vingt fois, mais il ne l'a pas fait, répéta-t-elle. Parsifal n'a pas essayé de te tuer.

— C'est exact.

— Ce pourrait donc être quelqu'un que tu connais depuis des années.

— Ou alors, il y a une autre possibilité. J'ai dit qu'il aurait pu me supprimer et qu'il aurait dû, mais, même en faisant très attention à la manière dont on s'y prend pour faire disparaître quelqu'un, il y a toujours un risque quand on tue quelqu'un ou que l'on engage un tueur. Peut-être ne tolère-t-il pas la simple idée de risque. Il est peut-être l'un de ces innombrables visages que je côtoie tous les jours ; et je ne parviens pas à le repérer. Mais si je savais qui il est, ou à quoi il ressemble, je saurais où le trouver. Je saurais bien.

— La taupe pourrait te fournir à la fois une identité et une description.

— Bonne chasse, monsieur le sous-secrétaire, dit Havelock. Et j'espère qu'il va appeler, bon sang !... Rien d'autre là-dedans ? ajouta-t-il, en revenant aux documents concernant un médecin du Maryland.

— Je ne suis pas allée très vite avec les emplois du temps. Mais en ce qui concerne les allées et venues, il y a quelque chose qui revient souvent. Je ne suis pas sûre de bien comprendre. Pourquoi est-il si souvent question du Shenandoah, Mikhaïl ? »

Havelock leva la tête, troublé par un accord dissonant qui résonnait dans les plus profonds recoins de son cerveau.

Emory Bradford luttait pour garder les yeux ouverts. A part quelques courtes siestes qu'il avait pris le temps de faire, sans lesquelles il était incapable de travailler, il n'avait pas dormi depuis presque trente-six heures. Et, cependant, il fallait qu'il reste éveillé ; il était plus de minuit. Les bandes magnétiques et les photographies arriveraient d'une minute à l'autre de New York, envoyées par une station de la télévision qui avait accepté une explication anodine en échange d'un renseignement confidentiel du ministère des Affaires Étrangères. Le sous-secrétaire avait commandé le matériel adéquat ; il pourrait ainsi exploiter les bandes quelques minutes seulement après les avoir reçues. Et alors, il saurait.

Incroyable, Arthur Pierce ! Était-ce vraiment Arthur Pierce ? L'un des personnages officiels les plus importants du ministère des Affaires Étrangères chargé de représenter les États-Unis aux Nations unies, le principal adjoint de l'ambassadeur, un officier de carrière dont les dossiers de services étaient enviés par tous ceux qui travaillaient au plus haut niveau du gouvernement, dossiers qui ne faisaient état que de son « avancement ». Et avant d'arriver à Washington, sa carrière militaire avait été magnifique. S'il était resté dans l'armée, il serait maintenant chef d'état-major. Pierce était arrivé en Asie du Sud-Est avec le grade de sous-lieutenant, sortant de l'université du Michigan, avec une licence, *summa cum laude*. Puis il avait fait volontairement, sans interruption, cinq tours de service, ce qui l'avait élevé au rang de commandant, bardé de décorations dues à sa bravoure, cité pour le commandement, et vivement recommandé pour effectuer d'autres études stratégiques. Et, avant tout cela, avant le Viêt-nam, il y avait un dossier qui témoignait de la formation exemplaire du jeune agriculteur américain : enfant de chœur, scout, études supérieures — c'est lui qui avait prononcé le discours d'adieu, lorsque sa promotion avait quitté l'école — distinctions académiques, et même membre d'un club 4H. Comme l'avait dit le général Halyard, Arthur Pierce était tout à la fois le drapeau national, une mère, un gâteau aux pommes et le Bon Dieu. Où donc était le rapport avec Moscou ?

Or, si l'expression de « rideaux de fumée » qu'avait utilisée Havelock, et, plus particulièrement, celle qu'il avait employée dans sa phrase suivante, « la marionnette qui peut être morte ou vive » étaient avérées, il y avait bel et bien un rapport. C'était cependant la première suggestion qu'il avait faite, qui avait attiré l'attention de Bradford : *Cherchez un homme qui n'était pas là, qui n'était pas là où il était censé être...*

Il avait alors étudié systématiquement — trop systématiquement, car l'idée semblait vraiment tirée par les cheveux — les recommandations et les positions qui avaient été prises par la délégation américaine, au cours de la semaine de la Costa Brava, lors des réunions du Conseil de Sécurité. Ces documents comportaient les débats confidentiels qui avaient eu lieu au sein de la délégation et qui avaient été résumés par un attaché du nom de Carpenter. Son supérieur, Pierce, la seconde personne, seulement, après l'ambassadeur, était très souvent mentionné ; ses suggestions étaient concises, avisées, tout à fait en accord avec le personnage. Bradford était alors tombé sur une petite expression écrite en abrégé et mise entre parenthèses, à la fin du texte se rapportant à la réunion du mardi : « (Rem/F.C.) ».

Cette mention suivait une longue recommandation, d'une grande portée, présentée par Pierce à l'ambassadeur. Bradford ne l'avait pas relevée auparavant, probablement en raison du verbiage diplomatique, inutile et compliqué, mais, quand il avait lu le rapport, sept heures plus tôt, il s'était longuement attardé dessus. « (Rem/F.C.) *Remis par Franklyn Carpenter.* » Traduction : le rapport n'avait pas été présenté par l'adjoint à l'ambassadeur en personne, Arthur Pierce, mais il avait été remis par un subordonné. Ce qui signifiait que Pierce n'était pas là ; Pierce n'était pas là où il était censé être.

Bradford avait ensuite étudié chacune des lignes du rapport. Il avait trouvé, pour le jeudi, deux autres mentions F.C., mises entre parenthèses, et pour le vendredi, il en avait trouvé trois. Vendredi. Il s'était alors souvenu d'un point évident et était remonté au début de la semaine. C'était à la fin de l'année ; l'opération de la Costa Brava avait eu lieu dans la nuit du 4 janvier. Dimanche. Un week-end.

Il n'y avait pas eu de réunion du Conseil de Sécurité ce mercredi-là, car la majorité des délégations qui en étaient toujours aux discours devait assister à des réceptions officielles données en l'honneur de la Saint-Sylvestre. Le jeudi, premier jour de l'année, comme si les Nations unies voulaient montrer au monde qu'elles tenaient à saluer cette nouvelle année d'une façon sérieuse, le Conseil avait repris le travail, et l'avait poursuivi le vendredi — mais pas le samedi ni le dimanche.

Par conséquent, si Arthur Pierce n'était pas là où il était censé être, et s'il avait donné à un subordonné l'ordre de remettre ses paroles, il avait pu quitter la région le mardi soir, disposant ainsi de cinq jours pour la Costa Brava. Si, si... si. « *Ambiguïté* » ?

C'est alors qu'il avait appelé Havelock, lequel lui avait dit ce qu'il devait chercher maintenant. La marionnette.

Il importait peu que l'heure fût avancée. Bradford avait appelé le standard qui marchait toute la nuit et avait demandé au standardiste de joindre un certain Franklyn Carpenter, où qu'il se trouve. Huit minutes plus tard, le standardiste l'avait rappelé ; Franklyn Carpenter avait démissionné du ministère des Affaires Étrangères un peu plus de trois mois auparavant. Le numéro figurant sur le dossier ne pouvait plus servir ; la ligne avait été supprimée. Bradford avait alors donné le nom de la seule autre personne qui, d'après la liste, faisait partie du bureau américain lors de la réunion que le Conseil de Sécurité avait tenue le mardi ; il s'agissait d'un attaché, d'un rang inférieur, qui, sans aucun doute, devait toujours se trouver à New York.

Le standardiste, ayant fait des recherches, avait de nouveau rappelé à cinq heures et quart du matin ; l'attaché des Nations unies se trouvait au bout du fil.

« Ici le sous-secrétaire d'État Bradford... »

L'homme, encore endormi, avait tout d'abord été étonné, puis effrayé. Pendant plusieurs minutes, Bradford l'avait rassuré, puis il avait essayé de le faire revenir à ces quelques jours, presque quatre mois plus tôt.

« Vous en souvenez-vous ?

— A peu près, je pense.

— Est-ce que rien d'anormal ne vous a pas frappé, à la fin de cette semaine ?

— Rien de particulier, autant que je puisse me souvenir, Monsieur.

— L'équipe américaine qui était présente à ces deux sessions — je parle essentiellement du jeudi et du vendredi — se composait de l'ambassadeur, du représentant officiel du ministère des Affaires Étrangères, Arthur Pierce, de vous-même et d'un homme répondant au nom de Carpenter, n'est-ce pas ?

— J'intervertirais l'ordre des deux derniers. J'étais vraiment le moins important, dans ces réunions au sommet, vous savez.

— Est-ce que vous avez été là tous les quatre, chacune de ces journées ?

— Euh... Je crois bien, oui. C'est difficile de se souvenir de tout quatre mois après. Les feuilles de présence vous le diraient mieux.

— Le jeudi était le Jour de l'An, est-ce que cela peut vous aider ? »

Il y eut un silence avant que l'attaché ne réponde. Lorsqu'il le fit, Bradford ferma les yeux.

« Oui, dit l'assistant. Je me souviens. J'ai peut-être été mentionné sur la liste de présence, mais je n'étais pas là. "L'Écusson Blanc" m'avait... — Excusez-moi, Monsieur, je suis désolé.

— Je vois très bien de qui vous voulez parler. Qu'a fait le sous-secrétaire Pierce ?

— Il m'a envoyé à Washington, afin que j'y rédige une analyse de la position du Moyen-Orient. Bon sang, j'ai passé presque tout le week-end sur ce foutu boulot. Et vous ne savez pas le pire ? Il ne l'a pas utilisée. Il ne l'a jamais utilisée, jusqu'à aujourd'hui.

— Une dernière question, dit Bradford, tranquillement, en essayant de contrôler sa voix. Lorsque des recommandations d'un membre de l'équipe sont transmises à l'ambassadeur par quelqu'un d'autre du bureau, qu'est-ce que cela signifie exactement ?

— Oh, c'est facile. Les membres, d'un rang élevé, essaient de devancer et de prévoir les propositions des adversaires, et de rédiger des stratégies ou des contre-propositions afin de faire de l'obstruction. Au cas où ils ne se trouvent pas dans la salle du conseil au moment où est présentée une proposition adverse, leurs conseils sont néanmoins là, sous les yeux de l'ambassadeur.

— Mais n'est-ce pas dangereux ? Personne ne peut-il tout simplement rédiger quelque chose sous un nom officiel et le remettre à un membre ?

— Oh non, ça ne risque pas, cela ne marche pas comme ça. Vous ne pouvez pas aller bien loin, lorsque vous remettez de tels conseils. Vous devez rester dans les locaux, c'est une obligation. Supposez que l'ambassadeur apprécie un argument, l'utilise, mais se heurte à une opposition qu'il ne parvient pas à repousser. Il veut que celui qui lui a remis ses conseils revienne immédiatement dans la salle pour l'aider à sortir du mauvais pas dans lequel il se trouve.

— Le sous-secrétaire Pierce a remis pas mal de suggestions de la sorte, au cours des réunions du jeudi et du vendredi.

— C'est exact, mais avec lui c'est classique. Il passe autant de temps à l'intérieur de la salle qu'à l'extérieur. C'est un type terrible, dans le Corps diplomatique, je dois dire. Il est super, il se cramponne à Dieu sait qui, et ça marche. Je pense qu'il est aussi efficace que n'importe qui ici ; je veux dire, il est vraiment impressionnant. Même les Soviétiques l'apprécient. »

Oh oui, ils l'apprécient, monsieur l'Attaché. Ils

l'apprécient tellement que les propositions adverses ont toutes été éludées, grâce à des arrangements préalables, se dit tout bas Bradford.

« Je vous ai dit que ce serait la dernière question, mais j'en ai une autre, est-ce que je peux ?

— Cela m'est difficile de vous en empêcher, Monsieur.

— Qu'est-ce qui est arrivé à Carpenter ?

— Diable, j'aimerais bien savoir ce qu'il est devenu. Je suppose qu'il a complètement disparu, anéanti.

— Que voulez-vous dire ?

— Je vois que vous ne savez pas. Sa femme et ses enfants sont morts dans un accident d'automobile, quelques jours seulement avant Noël. Comment voulez-vous passer Noël avec trois cercueils devant un arbre et des cadeaux que personne n'ouvre ?

— Je suis désolé.

— Il a montré énormément de courage, car il est revenu dès qu'il a pu. Bien entendu, nous avons tous trouvé que c'était la meilleure chose pour lui. Il fallait qu'il soit entouré, il ne fallait pas qu'il reste tout seul.

— J'imagine que le sous-secrétaire Pierce était d'accord ?

— Bien sûr, Monsieur ; c'est lui qui l'a persuadé de revenir.

— Je vois.

— Et puis, un matin, il n'est pas venu. Le lendemain, on recevait un télégramme : il donnait sa démission, avec effet immédiat.

— Ce n'était pas normal, n'est-ce pas ? Et même pas dans les règles, en fait, je pense.

— Après tout ce par quoi il était passé... Je pense qu'à sa place, personne ne se serait attaché aux formalités.

— Et, bien entendu, le sous-secrétaire a encore été d'accord.

— Oui, Monsieur. C'était une idée de Pierce ; Carpenter a tout simplement disparu. J'espère qu'il va bien. »

Il est mort, monsieur l'Attaché. La marionnette est morte.

Bradford avait continué jusqu'au lever du soleil, jusqu'à ce que ses yeux, épuisés par l'effort, n'en puissent plus. Le dernier point qu'il avait examiné était la feuille de présence correspondant à la nuit au cours de laquelle le code d'« Ambiguïté » avait été transmis à Rome. Il vit ce qu'il espérait voir : Arthur Pierce n'était pas allé à New York, mais à Washington ; il s'était rendu à son bureau du cinquième étage — et, bien entendu, il était passé au contrôle, après cinq heures du soir, l'heure de sortie d'une demi-douzaine d'autres personnes. Comme il avait dû être facile de sortir au milieu de la foule, de signer la feuille de contrôle et de rentrer immédiatement de nouveau dans les locaux. Il avait dû rester là toute la nuit, signer de nouveau la feuille, le matin, et personne n'avait vu la différence. Exactement ce que lui, le sous-secrétaire Emory Bradford, ferait *ce* matin.

Il était revenu aux transcriptions militaires — un dossier de l'armée qui n'avait pas son pareil — puis au dossier du ministère des Affaires Étrangères — un inventaire d'exploits — et enfin un récit de la jeunesse d'un certain Jack Armstrong, un parfait Américain. Mais, pour l'amour de Dieu, où était le rapport avec Moscou ?

Vers huit heures, il lui était devenu impossible de se concentrer ; il s'était alors enfoncé dans son fauteuil et avait dormi. A huit heures et demie un peu passées, il avait été réveillé par le murmure et l'agitation qui régnaient derrière la porte de son bureau. La journée avait commencé pour le ministère des Affaires Étrangères. On faisait du café, on le versait dans les tasses, on vérifiait les rendez-vous, on établissait le planning de travail ; bref, les secrétaires attendaient l'arrivée de leur patron guindé. Un mot d'ordre tacite, et non officiel, concernant la tenue vestimentaire, avait circulé dans les couloirs du ministère, ces jours derniers : les cheveux en broussaille, les cravates excentriques et les barbes mal entretenues étaient proscrits. Bradford s'était levé, était sorti de son bureau et avait dit bonjour à sa secrétaire, une femme d'un âge moyen, que son aspect avait littéralement effrayée. A cet instant, il réalisa l'effet qu'il avait dû lui faire — pas de cravate, en bras de chemise, des cernes sous les yeux, les cheveux ébouriffés et le visage assombri par une barbe de plusieurs jours.

Il avait demandé un café, et s'était dirigé vers les toilettes afin de se soulager, de se laver un peu et de s'arranger du mieux qu'il le pouvait. Lorsqu'il traversa le grand bureau, passa devant les secrétaires puis devant leurs chefs, il sentit tous les regards dirigés sur lui. Si seulement ils savaient, se disait-il en lui-même.

Vers dix heures, se souvenant du conseil de Havelock, il était sorti pour aller téléphoner d'une cabine ; là, il avait fait le nécessaire pour qu'on lui envoie, de New York, les bandes magnétiques et les photographies. Il avait été tenté d'appeler le Président. Il ne le fit pas ; il ne parla à personne.

Il regardait sa montre, maintenant. Il était midi vingt et il venait de vérifier l'heure à peine trois minutes plus tôt. Il y avait des navettes entre New York et Washington ; par quel avion arriveraient donc les documents ?

Il fut interrompu dans ses pensées par un petit coup frappé à la porte ; son cœur s'était aussitôt mis à battre plus rapidement. « Entrez. »

C'était sa secrétaire ; elle le regarda de la même manière qu'elle l'avait fait le matin même, le regard inquiet. « Je vais déjeuner, Monsieur.

— Entendu, Liz.

— Voulez-vous que je vous rapporte quelque chose ?

— Non, merci. »

Elle resta, l'air embarrassé, dans l'encadrement de la porte, s'arrêta un instant avant de reprendre : « Est-ce que vous vous sentez bien, monsieur Bradford ? demanda-t-elle.

— Oui, parfaitement bien, je vous remercie.

— Est-ce que je peux faire quelque chose pour vous ?

— Cessez de vous tourmenter à mon sujet et allez déjeuner, répondit-il en essayant de sourire, mais en n'y parvenant pas.

— Bon, alors, à tout à l'heure ! »

Si seulement elle savait, pensa-t-il.

Le téléphone sonna. C'était le service de contrôle. Le colis de New York venait d'arriver. « Signez le bon de livraison et faites-le-moi monter par un gardien, s'il vous plaît. »

Sept minutes plus tard, il plaçait la bande dans le magnétoscope et l'intérieur de la salle de réunion du Conseil de Sécurité des Nations unies apparut sur l'écran. Dans le bas de l'image, apparaissait une date : *Mardi 30 décembre, 14 heures 56.* C'était l'allocution de l'ambassadeur d'Arabie Saoudite. Puis, un gros plan sur quelques réactions — tout d'abord celle de la délégation israélienne puis celle de la délégation égyptienne, suivie de la réaction de la délégation américaine. Bradford arrêta la bande à ce moment-là, grâce au contrôle à distance, et examina l'image. Les quatre hommes étaient là : l'ambassadeur et son adjoint, Arthur Pierce, devant, et deux hommes assis derrière. Il était inutile de continuer à écouter ou à regarder la réunion du mardi 30 ; Bradford reprit, cherchant, sur le dispositif de commande à distance, devant lui, le bouton qui faisait avancer la bande. Il l'appuya et fit défiler la bande à toute allure sur l'écran. Il lâcha le bouton ; c'était toujours l'Arabie Saoudite. Il allait continuer à faire avancer la bande, lorsqu'un autre plan montra encore une fois la délégation américaine. Arthur Pierce n'était pas là.

Bradford appuya plusieurs fois sur la touche de marche arrière jusqu'à ce qu'il trouve ce qu'il cherchait, ce qu'il savait qu'il trouverait. Un représentant officiel du ministère ne quitte pas un discours amical sans donner une petite explication. Il trouva ce qu'il cherchait. Pierce regardait sa montre tout en se levant, puis se penchait vers l'ambassadeur et lui murmurait quelque chose, enfin, il se tournait vers l'homme qui se trouvait derrière lui — il s'agissait sans doute de l'attaché de grade inférieur — qui fit un signe de la tête. La voix d'une femme annonça au haut-parleur : « Nous apprenons que la délégation américaine a reçu un appel téléphonique — certainement de la part du ministère des Affaires Étrangères — qui aimerait que l'on enregistre ses commentaires pour les remarques très élogieuses d'Ibn Kashani. »

Bradford appuya de nouveau sur le bouton qui faisait avancer la bande, l'arrêta, appuya de nouveau, l'arrêta enfin. Le discours était terminé ; de nombreuses délégations se levaient en signe d'ovation. Arthur Pierce n'était pas retourné à sa place.

Jeudi 1er janvier, 10 heures 43 : Le président du Conseil de Sécurité fait le discours du Nouvel An. Pierce ne se trouve pas au bureau américain. On peut voir, à sa place, l'homme — sans doute Franklyn Carpenter — qui, la veille, était assis derrière l'ambassadeur ; il se trouve maintenant à côté de lui, une liasse de papiers entre les mains.

Vendredi 2 janvier, 16 heures 10 : Discours important du délégué du C.R. qui nécessite l'utilisation des écouteurs, pour la traduction. Pierce est absent du bureau américain.

Lundi 5 janvier, 11 heures 43 : Arthur Pierce est absent.

Lundi 5 janvier, 14 heures 16 : Arthur Pierce est absent.

Lundi 5 janvier, 16 heures 45 : Arthur Pierce est de retour à sa place, remuant la tête en réponse aux commentaires faits par l'ambassadeur du Yémen.

Bradford arrêta le magnétoscope et regarda l'enveloppe en papier gaufré, qui contenait les photographies de la réception de la Saint-Sylvestre. Il n'en avait pas vraiment besoin ; il savait que le sous-secrétaire de la délégation américaine ne serait sur aucune d'elles.

Il était allé sur la Costa Brava.

Il avait encore une dernière vérification à faire, et,

grâce à l'ordinateur, il y en aurait pour moins d'une minute. Bradford tendit la main pour prendre le téléphone ; il demanda les renseignements concernant les voyages, formula sa demande et attendit la réponse, en se frottant les yeux, réalisant que sa respiration devenait irrégulière. Il reçut la réponse quarante-sept secondes plus tard : « Le mardi 30 décembre, il y a eu cinq vols à partir de New York en direction de Madrid. A dix heures, à midi, à une heure et quart, à deux heures et demie et à cinq heures dix... Le lundi 5 janvier, heure espagnole, il y a eu quatre vols de Barcelone, via Madrid, le premier à sept heures trente, arrivée à l'aéroport Kennedy à midi vingt et une, heure locale ; le second à neuf heures quinze, arrivée à l'aéroport Kennedy à trois heures, heure locale...

— Merci, dit Bradford, interrompant la communication. J'ai ce que je voulais. »

Il était parti. Pierce avait pris le vol de cinq heures dix, le mardi, pour Madrid, et il était revenu le lundi, par le vol de neuf heures et quart, partant de Barcelone, ce qui lui avait permis de paraître aux Nations unies vers quatre heures quarante-cinq, heure locale. Quelque part, sur la liste des passagers, il y avait un voyageur, seul, dont le nom figurant sur le passeport, ne correspondait absolument pas au nom du sous-secrétaire de la délégation.

Bradford fit pivoter son fauteuil, respira profondément en regardant, par l'immense fenêtre, les rues de Washington, bordées d'arbres, qui se trouvaient en dessous. Il était temps de sortir dans l'une de ces rues à la recherche d'une cabine téléphonique. Il fallait que Havelock sache, maintenant. Il se leva et fit le tour de son bureau pour se diriger vers le fauteuil au dossier droit qui était appuyé contre le mur et sur lequel sa veste et son manteau étaient négligemment déposés.

La porte s'ouvrit sans qu'il entendît frapper et le sous-secrétaire d'État se figea sur place ; tous ses muscles se paralysèrent. Debout, en face de lui, se tenait un autre sous-secrétaire d'État, dont les cheveux étaient striés d'une mèche blanche et qui ferma la porte tout en restant appuyé contre l'encadrement. C'était Pierce. Il se tenait là, tout droit, le regard froid, un peu dégoûté, et déclara, d'une voix égale : « Vous semblez épuisé, Emory. Vous manquez aussi d'expérience. La fatigue et l'inexpérience, cela ne va pas très bien ensemble ; toutes deux entraînent parfois la chute. Lorsque vous posez des questions à des subordonnés, vous devriez toujours vous rappeler qu'il faut exiger que cela reste confidentiel. Ce jeune homme, celui qui a pris la place de Carpenter, était vraiment tout excité, ce matin.

— Vous avez tué Carpenter, murmura Bradford, retrouvant en partie sa voix. Il n'a pas démissionné, c'est vous qui l'avez tué.

— Il venait de subir de grosses émotions.

— Oh, mon Dieu... Sa femme et ses enfants, c'était également vous !

— Il fallait prévoir, créer des circonstances, encourager les besoins — favoriser la dépendance. Vous acceptez bien cela, n'est-ce pas ? Bon Dieu, vous n'y pensiez pas beaucoup autrefois. Et combien en avez-vous tué ? Avant que vous ne vous convertissiez, j'entends. J'étais là, Emory, j'ai vu ce que vous avez fait.

— Mais, vous étiez là...

— Maudissant chaque minute. Malade de voir tout ce gâchis, tous ces corps, des deux côtés, et tous ces mensonges. Toujours des mensonges, de Saigon et de Washington. Ce fut un massacre d'enfants, des vôtres et des leurs.

— Pourquoi *vous ?* Il n'y a aucune *explication* ! Nulle part ! Pourquoi *vous ?*

— Parce que j'étais destiné à cela. Nous sommes de bords différents, Emory, et je crois beaucoup plus au mien que vous ne croyez au vôtre. Cela se comprend ; vous avez vu comment c'est ici, et vous ne pouvez rien y faire. Il y a un meilleur avenir pour notre monde que pour le vôtre. Et c'est nous qui le mettrons en place.

— Comment ? En le faisant sauter ? En nous

plongeant tous dans une guerre nucléaire qui pourrait être évitée ? »

Pierce se tenait là, sans bouger, plongeant son regard dans celui de Bradford. « Alors c'est vrai, dit-il tranquillement. Ils l'ont fait.

— Vous ne saviez pas... Oh, mon Dieu !

— Vous n'avez pas à vous faire de reproches, nous étions tout près. On nous avait dit — on m'avait dit — qu'il devenait fou, qu'il mettait en place une stratégie si intolérable que le monde se révolterait, que l'on ne pourrait plus faire confiance aux États-Unis. Quand tout aurait été terminé et que les documents se seraient trouvés entre nos mains, nous aurions eu tout ce qu'il aurait fallu pour faire la loi ou pour détruire, cela aurait été à nous de choisir — dans l'un ou l'autre cas, votre système aurait été anéanti, balayé de la surface de cette terre que vous avez violée.

— Vous vous trompez tellement !... Vous manquez tellement de jugement ! » La voix de Bradford n'était qu'un murmure. « De grosses fautes, oui ! D'énormes erreurs de jugement, oui !... Mais nous leur faisons face. Nous finissons toujours par leur faire face.

— Uniquement lorsque vous êtes pris. Parce que vous n'avez pas le courage de supporter les erreurs, et c'est pour cela que vous ne pouvez pas gagner.

— Vous pensez que la suppression est la réponse ? Vous pensez que parce que vous réduisez les gens au silence, on ne peut plus les entendre ?

— Pas quand c'est important ; c'est la réponse pratique. Vous ne nous avez jamais compris, de toute façon. Vous avez lu nos livres, mais vous n'en avez jamais saisi le sens. Vous avez même délibérément négligé certains détails. Marx l'a dit, Lénine l'a confirmé, mais vous ne les avez pas écoutés. Notre système est en constante mutation, il doit passer par différentes étapes jusqu'à ce qu'il n'y ait plus besoin de changement. Un jour, notre liberté sera totale, pas comme la vôtre. Elle ne sera pas fallacieuse.

— Vous dites n'importe quoi ! Pas de changement ? Mais les gens ont besoin de changer. Tous les jours ! Avec le temps, avec les naissances, avec les morts... avec les besoins ! Vous ne pouvez pas en faire des automates ; ils ne le supporteraient pas ! C'est cela que vous n'arrivez pas à comprendre. C'est vous qui avez peur de la moindre faille. Vous n'acceptez la discussion avec personne !

— Pas avec ceux qui veulent détruire plus de soixante années d'espoirs, de progrès. Tous nos grands scientifiques, nos médecins, nos ingénieurs... la majorité de leurs parents ne savaient même pas lire.

— C'est cela, vous instruisez les enfants, mais vous interdisez les livres.

— Je pensais que vous valiez mieux que cela. » Pierce fit quelques pas en avant, en s'éloignant de la porte. « Vous ne parvenez pas à le trouver, n'est-ce pas ? Il vous a remis ses plans nucléaires, puis il a disparu. Vous ne savez pas à qui il les a montrés, ou à qui il les a vendus. Vous paniquez.

— Vous n'arrivez pas à le trouver, vous non plus. Vous l'avez perdu.

— Oui, mais nous savons qui il est. Nous avons étudié ses habitudes, nous connaissons ses besoins, ses points forts. Comme tous les hommes dont l'esprit est hors du commun, il est difficile à suivre, mais on peut prévoir ses faits et gestes. Nous le trouverons. Nous savons qui nous devons rechercher, tandis que vous, vous ne le savez pas.

— Il a déserté votre camp, n'est-ce pas ?

— Provisoirement, seulement. Il n'est pas d'accord avec nos bureaucrates, avec ses supérieurs qui manquent d'imagination, mais pas avec les objectifs du gouvernement. Lorsqu'il est venu me voir, j'aurais pu l'avoir ; mais j'ai choisi alors de le laisser ; il m'a offert un prix beaucoup trop élevé. Vous voyez, il croit en nous, pas en vous — certainement pas en vous, il ne croira *jamais* en vous. Son père était un serf, sur les terres du Prince Voroshin. Il a été pendu par ce grand aristocrate pour avoir volé un cochon sauvage afin de nourrir sa famille. Il ne s'en prendra pas à nous.

— Qu'est-ce que vous entendez par "*nous*" ? Moscou ne vous reconnaît pas, nous ne l'avons que trop appris par la Costa Brava. Le K.G.B. n'a rien à voir avec la Costa Brava. Il ne l'a pas approuvé.

— Pas par ceux avec lesquels vous traitez, certes. Ils sont vieux et fatigués ; ils sont prêts à faire des arrangements. Ils ont oublié nos promesses — notre avenir, si vous préférez. Mais, nous, nous ne l'avons pas oublié. » Pierce regarda le poste de télévision ainsi que le magnétoscope qui se trouvait dessous, puis la boîte posée sur le bureau de Bradford. « Une bonne cinémathèque — à moins que ce ne soient des archives ? Des enregistrements qui permettent d'étudier des conversations, ou de faire des recherches sur une mort. Très bon, Emory. » La taupe lui jeta un coup d'œil en levant les yeux. « Ou peut-être autre chose encore. Une disparition. Oui, tout cet enregistrement vous le dirait ; ce diplomate que nous appelons un ambassadeur n'en ferait pas autant. Il vérifierait ses dossiers, trouverait que je lui ai donné les meilleurs arguments pour ces sessions, et jurerait que j'étais présent. Cela vous amusera peut-être de savoir que j'ai souvent parlé avec mes véritables associés dans la salle, et que je leur ai dit d'y aller doucement avec lui, de le ménager, de le laisser gagner un peu. Il a été providentiel pour moi.

— Non, cela ne m'amuse pas du tout. »

Pierce s'approcha de Bradford ; il se tenait maintenant en face de lui.

« Havlicek est revenu, n'est-ce pas ?

— Qui ça ?

— Nous préférons l'appeler par son vrai nom. Mikhaïl Havlicek, le fils de Vaclav, un ennemi du gouvernement ; il porte le nom d'un grand-père de Rovno, au-delà des Carpates. Mikhaïl est un prénom russe, vous savez. Et non tchèque. Je suis sûr que vous *ne le savez pas* ; vous mettez tellement peu l'accent sur le patrimoine. En d'autres circonstances, c'est lui qui aurait pu se tenir là où je me trouve en ce moment. C'est un homme très doué ; je regrette qu'il se soit trompé. Il est là, n'est-ce pas ?

— Je ne sais pas de quoi vous voulez parler.

— Oh, allons, Emory. Cette histoire scandaleuse dans les journaux, cette mise en scène si mal faite par le gouvernement pour camoufler le meurtre de Morningside Heights. Ce vieux Juif savait quelque chose, n'est-ce pas ? Et ce fou d'Havlicek lui a réglé son compte quand il a découvert ce qu'il en était. Puis vous l'avez couvert, parce qu'il vous avait trouvé, et il a sans doute trouvé la fille aussi. Vous avez besoin de lui maintenant ; il pourrait vous écarter. Vous vous êtes arrangé avec lui. Vous lui avez dit la vérité, il le fallait. Tout cela remonte à la Costa Brava, n'est-ce pas ?

— C'est *vous* qui êtes allé sur la Costa Brava !

— Bien sûr. Nous étions sur le point de faire un compromis avec l'un des hommes les plus puissants du monde occidental. Nous voulions être sûrs que cela soit fait correctement. Vous n'en avez pas eu le courage, vous. Mais nous, si.

— Mais vous ne saviez pas pourquoi. Vous *ne le savez toujours pas*.

— Cela n'a jamais eu d'importance, vous ne le comprenez pas ? Il devenait fou. C'est vous, avec vos espoirs insensés, qui l'avez conduit à la folie. C'était un homme doué, qui faisait le travail de vingt personnes. Le syndrome géorgien, Emory. Staline n'était qu'un idiot bavard, quand il a été tué. Tout ce que nous avions à faire, avec Matthias, c'était nourrir ses fantasmes, satisfaire à chacun de ses caprices, de ses griefs et de ses soupçons... encourager sa folie. Parce que cette folie compromettait ce monde.

— Il n'y a plus de compromis, maintenant. Seulement de l'anéantissement. De l'anéantissement total. »

Pierce hocha la tête doucement. « C'est le risque, bien sûr, mais nous ne devons pas craindre l'échec.

— C'est *vous* qui êtes fou, maintenant !

— Pas du tout. Ce sera votre anéantissement, votre annihilation. Le tribunal de l'opinion mondiale auquel vous faites si souvent appel en gémissant y veillera. Et pour le moment, tout ce qui compte, c'est de trouver l'homme qui, tout seul, a poussé Matthias vers sa destruction, et nous voulons ces documents. Ne vous inquiétez pas au sujet de Havlicek ; c'est *vous* qui l'avez mis "au-delà de toute récupération", pas nous.

— Non, c'est vous. C'est *vous* qui l'avez fait.

— A l'époque, nous avions raison d'ordonner son exécution. Maintenant, ce n'est plus la peine. Car il va nous aider. Je ne plaisantais pas, avant ; c'est l'un des hommes les plus doués qui existent, un chasseur accompli. Avec *son* talent et ce que *nous* savons, nous trouverons l'homme qui mettra ce gouvernement à ses genoux.

— J'ai dit aux gens qui vous étiez, murmura Bradford. Ce que vous êtes réellement !

— J'aurais été suivi à l'aéroport — particulièrement à l'aéroport — or je ne l'ai pas été. Vous ne l'avez dit à personne parce que vous ne le saviez pas il y a encore quelques minutes. Je suis un personnage beaucoup trop important pour de telles spéculations venant d'un homme comme vous. Vous avez commis trop d'erreurs ; vous ne pouvez pas vous en permettre une de plus. Cette ville ne vous aime pas, monsieur le sous-secrétaire.

— Havelock vous tuera à bout portant.

— Je suis sûr qu'il le ferait s'il nous voyait ; seulement, voilà le problème, il n'est pas là. Nous connaissons Havlicek ; mais, lui ne nous connaît pas ; il ne me connaît pas. C'est un gros handicap pour lui. Mais nous, nous nous contenterons de le surveiller ; c'est tout ce que nous avons à faire.

— Vous ne le trouverez jamais. » Bradford s'esquiva vers la gauche, mais fut aussitôt arrêté par Pierce qui le poussa contre le mur.

« Non, Emory, ne faites pas cela. Vous êtes fatigué et très faible. Avant que vous ne puissiez élever la voix, vous seriez mort. Quant à lui, pour le trouver, combien y a-t-il de maisons sûres ? Pas plus de dix-sept ? Et qui ne dirait pas à un homme comme moi — un homme qui a traité tant de "désertions" diplomatiques — quelles sont celles qui sont disponibles ?

Je suis à l'origine de nombreuses "prises" — ou présumées prises. » Pierce fit quelques pas, et se plaça, une fois de plus, en face de Bradford. « Maintenant, ne me racontez plus d'histoires. Dites-le-moi. Où est ce malheureux document ? Je suppose que c'est une photocopie. L'original se trouve au-dessus de votre tête, pendu comme une épée de Damoclès.

— Là où vous ne pourrez jamais le trouver.

— Je vous crois, dit le communisant. Mais vous pourriez...

— Il n'y a aucun moyen... que je le puisse ou que je le veuille.

— Malheureusement, là encore, je vous crois. »

Il y eut un petit bruit sec, au moment où Pierce tendit brusquement la main droite pour saisir le bras nu de Bradford et l'appliquer sur sa peau. En même temps, il leva la main gauche et mit ses doigts sur la bouche de Bradford, obligeant le sous-secrétaire à se cambrer sur le côté. En quelques secondes, les yeux de Bradford s'ouvrirent tout grands, puis se fermèrent alors que le bruit rauque qui commençait à sortir de sa gorge était aussitôt étouffé. Il s'effondra sur le sol, tandis que Pierce retirait sa main. La taupe courut derrière le bureau et prit la boîte qui contenait la bande ; en dessous d'elle se trouvait un papier à en-tête de la société, sur lequel il y avait une note. Il prit le téléphone, appuya sur le bouton qui permettait d'avoir directement l'extérieur et fit son numéro.

« Ici le F.B.I., agence de New York, répondit une voix.

— La sécurité interne, s'il vous plaît. L'agent Abrams.

— Ici, Abrams, dit une voix d'homme quelques secondes plus tard.

— Vos voyages se sont bien passés, j'espère.

— Un vol sans problèmes, répondit la voix. Continuez.

— Il y a un employé du réseau, continua Pierce, en lisant la note, un certain R.B. Denning, au Département Trans American News. Il a fourni des documents de la cinémathèque à quelqu'un du ministère des Affaires Étrangères, un type déséquilibré qui s'appelle Bradford, dont les objectifs sont complètement opposés aux intérêts du gouvernement des États-Unis. Bradford a détruit les bandes dans sa rage, mais, pour le bien du Département Trans Am — et de toute la société, bien entendu — Denning est officiellement enjoint de ne rien dire. Le ministère des Affaires Étrangères estime qu'il est nécessaire d'empêcher la confusion, *et caetera, et caetera*. Je vous donne le feu vert.

— Je m'en occupe, même s'il en est à son second martini.

— Vous pourriez ajouter que le ministère hésitera beaucoup à l'avenir à s'adresser à Trans Am, dans la mesure où elle remet des documents à une société sans vérifier d'où vient la demande. Toutefois, si tout le monde collabore pour le bien du pays...

— C'est clair, interrompit le *paminyatchik* à New York. Je comprends. »

Pierce raccrocha, se dirigea vers le poste de télévision, et le remit soigneusement contre le mur. Il emporterait le magnétoscope dans un autre bureau. Il n'y aurait aucune trace des bandes ni aucune possibilité de les retrouver.

Il n'y eut aucun cri d'angoisse, aucun cri de protestation contre les dieux ou contre les mortels — seulement le bruit du verre de l'immense fenêtre qui avait volé en éclats tandis que le corps s'écrasait au sol, en tombant du septième étage du ministère des Affaires Étrangères.

Ceux qui l'avaient vu ce matin-là dirent que c'était ainsi qu'il devait en finir — dans un moment de folie, de désespoir total, désirant l'oubli à jamais. Les pressions qu'il subissait étaient devenues trop accablantes ; il n'avait jamais vraiment bien récupéré depuis la crise de conscience qu'il avait connue à la fin des années 60 ; tout le monde le savait. C'était un homme dont l'heure était venue puis partie, et il n'avait jamais tout à fait saisi le rôle qu'il avait joué. Il s'était vidé de toute substance ; à la fin, il n'était plus qu'une voix dans l'ombre, une voix qui en dérangeait beaucoup, mais que beaucoup d'autres ne voulaient pas entendre, parce qu'il ne pouvait rien faire.

La presse annonça l'événement dans toutes les éditions du soir, les commentaires allant de la bienveillance à l'indifférence, selon la tendance du journal. Mais, de toute façon, aucun de ces commentaires ne fut très long ; en fait, cela n'intéressait personne. L'illogisme était incompatible avec ce péché politique qui consistait à avoir toujours les mêmes rôles. Changer constituait une faiblesse. Nous voulons Jésus ou bien le cow-boy aux solides mâchoires. Mais qui donc peut être les deux à la fois ?

Le sous-secrétaire d'État, Emory Bradford, le faucon enragé devenu une colombe passionnée, était mort. De sa propre main, bien entendu.

Et l'on ne retrouva aucun matériel étrange, tel qu'un magnétoscope, sur l'étagère qui se trouvait en dessous du poste de télévision. Il avait été remis à un mauvais endroit, un G-12 au troisième étage confirmant que c'était lui qui l'avait demandé. Le poste de télévision avait été remis en place, contre le mur. Apparemment, il n'avait pas été utilisé.

30

« Tu ne pouvais pas l'empêcher », dit Jenna d'une voix ferme, se tenant debout face à Havelock, près du bureau. « Tu n'as pas le droit d'aller au ministère des Affaires Étrangères, et c'est une condition que tu as acceptée. Si la taupe te voyait, soit elle te tuerait, tranquillement, et resterait là où elle est, soit elle décamperait et s'enfuirait à Moscou. Tu la veux, et ce n'est pas en te montrant que tu la trouveras.

— Je n'aurais peut-être pas pu l'empêcher, mais j'aurais pu faire en sorte que sa mort — sa vie — ait eu un autre sens, plus important. Il voulait me dire quelque chose et je l'en ai empêché. Il m'a dit que ce téléphone était aussi sûr que cette maison, et je n'ai pas voulu le croire.

— Ce n'est pas ce que tu as dit. Tu lui as dit que c'était *son* téléphone, *son* bureau, qui n'étaient pas sûrs. Avec tout ce que tu as appris au cours des années, avec tout ce que tu as fait, tu as pris la décision logique, celle qu'il fallait. Et je persiste à croire qu'il y a des *paminyatchiki* dans votre ministère des Affaires Étrangères, qui sont prêts à mentir pour cet homme, à faire sauter un bureau pour lui.

— Tu sais, il y a trente ans, un paranoïaque, du nom de McCarthy, a dit des choses semblables et a divisé le pays. Il l'a divisé en y faisant naître la crainte et l'angoisse.

— Peut-être en était-ce un lui-même. Personne n'aurait pu agir mieux.

— C'est possible. Le *paminyatchik* est en général un bon patriote. Il réclame sans cesse des serments de fidélité, parce qu'il n'a aucun scrupule lui-même à prêter de tels serments.

— C'est ce qu'il faut que tu recherches, maintenant, Mikhaïl. Un bon patriote ; un homme dont le dossier est sans défaut. C'est certainement lui la taupe.

— Si seulement je pouvais savoir ce que Bradford attendait, hier, je connaîtrais alors les deux. Il m'a dit qu'il devait attendre la fin de la matinée pour savoir avec certitude. Cela signifie qu'il attendait quelque chose qui devait lui révéler l'endroit où manquait un homme, qui devait lui donner la preuve que quelqu'un du cinquième étage ne se trouvait pas là où il était censé être. Le bureau de sûreté a dit que Bradford avait reçu un paquet à midi vingt-cinq, mais personne ne sait de quoi il s'agissait, et, bien sûr, il n'était plus là, par la suite.

— Il n'y avait aucune adresse d'expédition, aucun nom de société ?

— S'il y en avait un, personne ne l'a remarqué. Le paquet a été livré par porteur.

— Eh bien, il n'y a qu'à vérifier les sociétés qui fournissent ce service de livraison. Il y a certainement quelqu'un qui peut se souvenir de la couleur de l'uniforme ; cela limiterait déjà l'enquête.

— Ce n'était pas un livreur de ce genre. Il s'agit d'une femme. Elle portait un manteau de tweed, avec un col de fourrure, et la seule chose dont les membres du bureau de sûreté se souviennent, c'est qu'elle était un peu trop élégante pour faire ce travail.

— Élégante ?

— Oui, quoi ! Jolie, cultivée, charmante. Enfin, tout cela à la fois, je pense.

— La secrétaire de quelqu'un.

— Oui, mais de qui ? Quel est le genre de personnes que voyait Bradford ? Quelle preuve attendait-il ?

— Quelle était la taille de ce paquet ?

— Le gardien qui l'a réceptionné a dit que c'était un gros paquet, enveloppé de papier rembourré, avec un renflement sur le dessus, le tout étant assez épais. Des documents et quelque chose d'autre.

— Des documents ? dit Jenna, des journaux ? Il se serait donc rendu à un journal ?

— Peut-être. Des coupures, qui remontent à il y a quatre mois et qui doivent décrire un événement, ou des événements, qui se sont passés à l'époque. Ou bien, il a peut-être réussi à soutirer des renseignements à la C.I.A. ; il a des amis là-bas. Quelque chose dans les dossiers qui concernent les preuves contre toi, ou qui se rapportent peut-être à la Costa Brava... quelque chose que nous avons négligé. Ou peut-être a-t-il effectué des vérifications auprès d'hôpitaux, de baraques de location de skis, il s'est peut-être rendu dans certaines villes ou dans des villages, il a peut-être fait des recherches dans les registres des tribunaux — représentation en cas d'absence —, il a peut-être vérifié les réservations faites dans des stations balnéaires des Caraïbes, ou les signatures sur des chèques remis à des restaurants ; peut-être a-t-il fait parler des maîtres d'hôtel ou des porteurs, moyennant quelques billets de banque. Je ne sais pas, tout est possible, parce que tout ce que j'ai dit concerne une personne qui figure dans ces dossiers. » Michael toucha la liasse de papiers qui se trouvait sur le bureau, promenant son pouce sur le rebord. « Et une douzaine d'autres possibilités auxquelles je n'ai pas songé. » Havelock s'enfonça dans le fauteuil et mit ses mains sous le menton. « Notre homme est habile, Jenna. Il s'est revêtu d'une couche de peinture invisible.

— Parlons donc d'autre chose.

— J'y viens. Un médecin du Maryland. Le médecin le plus révéré du comté de Talbot.

— Mikhaïl ?

— Oui ?

— Avant... tu étais en train de lire les rapports du traitement que tu as subi à la clinique. Après la Costa Brava.

— Comment le sais-tu ?

— Tu n'as pas cessé de baisser les yeux. Ces pages que tu as lues, elles ont été pénibles, n'est-ce pas ?

— Elles ont été pénibles, oui.

— Est-ce qu'elles disent quelque chose ?

— Non. En dehors de la description de ton exécution et celle de la façon dont j'ai réagi à celle-ci, il n'y a rien.

— Est-ce que je peux les voir ?

— J'aimerais trouver une raison pour t'en empêcher. Mais je ne le peux pas.

— Le seul fait que tu ne veuilles pas que je les lise est une raison suffisante.

— Non, ça n'en est pas une. C'est toi qui as été tuée ; tu as le droit de savoir. » Il ouvrit le tiroir de droite, plongea la main dedans et en retira une épaisse enveloppe, en papier gaufré, entourée d'une bordure noire. Il la lui donna ; leurs regards se croisèrent un instant.

« Je n'ai pas de quoi être fier, dit-il. Et il faudra que je vive avec cela, le reste de ma vie. Je sais ce que cela veut dire, maintenant.

— Nous nous aiderons l'un l'autre — le reste de notre vie. »

Elle emporta l'enveloppe jusqu'au canapé, s'assit, l'ouvrit et en retira les chemises qui contenaient les dossiers. Ils se suivaient tous ; elle prit le premier et se pencha doucement en arrière, considérant l'objet qu'elle avait entre les mains, comme s'il s'agissait d'une chose à la fois horrible et sacrée. Elle ouvrit la couverture et commença à lire.

Havelock ne bougeait plus, il ne parvenait plus à se concentrer. Il était assis dans son fauteuil, tout raide, les papiers éparpillés devant lui, il ne voyait plus que des lignes sombres qui n'avaient aucun sens. Pendant que Jenna lisait, il revivait chaque instant de cette terrible nuit ; des images traversaient son esprit, comme des éclairs illuminant sa vision interne, et explosaient à l'intérieur de sa tête. Juste au moment où il la revoyait mourir, elle devenait le témoin de ses pensées mises à nu par un traitement chimique — ses *propres* pensées, ses émotions les plus intimes — et elle le regardait mourir, lui aussi.

Les phrases — les cris — tout lui revenait ; et elle aussi les entendait. Elle devait les entendre, car, à présent, c'est elle qui fermait les yeux et qui retenait sa respiration, ses mains tremblaient de plus en plus au fur et à mesure qu'elle avançait dans sa lecture... Elle acheva le troisième dossier, et il sentit qu'elle le regardait fixement. Mais il était incapable de soutenir son regard. Les cris lui martelaient les oreilles ; c'étaient des coups de tonnerre d'une violence intolérable. Que d'erreurs impardonnables. Mon Dieu, quelle trahison ! *Dépêche-toi ! Finissons-en ! Laisse-moi tranquille ! Tu ne m'as jamais appartenue. Tu n'étais qu'un mensonge, et j'ai aimé un mensonge, mais tu n'as jamais été à moi !... Comment as-tu pu être tout cela à la fois ? Mais pourquoi nous as-tu fait cela ? Pourquoi m'as-tu fait cela ? Tu étais tout ce que j'avais au monde, et maintenant, tu n'es qu'un cauchemar pour moi... Et bien, meurs donc, maintenant ! Va-t'en !... Non, pour l'amour de Dieu, laisse-moi mourir en même temps que toi ! Je veux mourir... Mais je ne mourrai pas pour toi !... Je mourrai uniquement pour moi-même, contre moi-même ! Mais jamais pour toi. Tu t'es donnée à moi, mais tu n'étais qu'une prostituée, et j'ai pris une prostituée... Et j'ai fait confiance à une pute. Une salope de pute !... Oh, Seigneur, elle est touchée ! et encore une fois ! Aidez-la ! Pour l'amour de Dieu, aidez-la ! Soutenez-la !... Non, non, laissez-la ! C'est terminé ! C'est terminé, ce n'était qu'une affreuse histoire, et plus jamais, je n'entendrai de mensonges. Oh, mon Dieu, elle rampe, elle rampe sur le sable, comme un animal blessé et qui saigne. Elle est vivante ! Aidez-la ! Soutenez-la ! Soulagez sa douleur, soulagez sa fin — avec une balle s'il le faut ! Non !... Ça y est ! Elle ne bouge plus, maintenant, il y a juste un peu de sang sur ses mains et dans ses cheveux. Elle est morte, et, avec elle, une partie de moi-même, également. Ce n'était qu'une simple histoire... Oh, mon Dieu, ils l'emmènent maintenant, ils l'emmènent comme un animal mort, percé de coups. Qui ? Qui sont-ils ? Ai-je vu... des photos, des dossiers... tout cela n'a plus d'importance. Est-ce qu'ils savent ce qu'ils ont fait ? Le sait-elle ? Tueur, salope, putain !... Mon amour, mon seul amour. C'est fini maintenant, tout est fini... Un tueur est parti... l'amour est parti. C'est un fou qui reste.*

Elle avait terminé. Elle posa le dernier dossier sur la table du café, en face d'elle, et se tourna vers lui ; elle pleurait en silence. « Tant d'amour et tant de haine. La haine des autres et de soi-même. Je n'étais pas obligée de lire tout cela ; c'est peut-être plus facile d'être la victime, bien que cela soit terrifiant. Mais en remplaçant la terreur par la colère, je *comprends* ce que tu as pu ressentir. Je t'ai tellement haï, et je me suis haïe moi-même à cause de cette haine, ne parvenant pas à oublier l'amour que j'avais connu. Tout ne pouvait pas être faux, ce n'était pas possible. La colère m'a envahie à la frontière, puis, plus tard, à l'aérodrome du col des Moulinets, lorsque j'ai cru que tu étais venu pour me tuer. Pour me tuer avec la violence dont tu avais fait preuve avec cette femme, sur la jetée de Civitavecchia. J'ai vu ton visage, par le hublot de l'avion et — si Dieu existe, il me pardonnera peut-être — tu étais mon ennemi. J'aimais mon ennemi.

— Je m'en souviens, dit Michael. J'ai vu ton regard et je me souviens de la haine qu'il exprimait. J'ai essayé de crier, j'ai essayé de te parler mais tu ne pouvais pas m'entendre ; je ne pouvais pas m'entendre moi-même à cause du bruit que faisaient les moteurs. Mais ce soir-là, tes yeux lançaient des flèches, ton regard était si menaçant ; quelque chose d'effrayant, que je n'avais jamais vu. Je n'aurais pas le courage d'affronter encore une fois un tel regard, mais, je suppose qu'il me le faudra toujours, d'une certaine manière.

— Uniquement dans ton souvenir, Mikhaïl. »

Le téléphone sonna ; Havelock le laissa encore sonner une fois. Il ne parvenait pas à détacher son regard de Jenna. Enfin il décrocha.

« Allô ! Oui ?

— Havelock ?

— Monsieur le Président.

— Avez-vous eu des renseignements sur Emory ? » demanda Berquist ; il y avait, dans la voix, à l'accent du Minnesota, un mélange de tristesse et d'extrême fatigue, et, cependant, la personne au bout du fil essayait de donner l'illusion d'être en pleine forme.

« Je ne suis pas parvenu à obtenir ce dont j'avais besoin.

— Ce dont vous avez besoin, c'est d'un contact. Je vais prendre quelqu'un ici, à la Maison-Blanche, quelqu'un de puissant et en qui on peut avoir confiance. Je l'amènerai au conseil, il le faudra ; rien ne m'en empêchera. Bradford a disparu et vous avez besoin de quelqu'un qui canalise tout.

— Pas tout de suite, Monsieur. Et je ne veux personne de la Maison-Blanche. »

Il y eut un silence au bout du fil, à Washington. « A cause de ce que Rostov vous a dit à Athènes ?

— Peut-être. Le pourcentage est faible, je sais, mais je ne tiens pas à essayer. Pas maintenant.

— Vous *croyez* ce qu'il vous a dit ?

— Avec tout le respect que je vous dois, monsieur le Président, je peux vous dire que c'est la seule personne qui m'ait dit la vérité. Depuis le début.

— Pourquoi vous aurait-il dit la vérité ?

— Je n'en suis pas sûr. Mais d'un autre côté, pourquoi a-t-il envoyé ce télégramme aux opérations consulaires ? Dans les deux cas, le renseignement était suffisamment effrayant pour nous obliger, tous, à faire attention. C'est la première chose à faire quand on reçoit un signal.

— Addison Brooks dit à peu près la même chose.

— Il parlait avec diplomatie et il avait raison. La *Voennaya* ne parle pas pour Moscou.

— Je comprends, Bradford... » Berquist se tut, comme s'il se souvenait, tout d'un coup, qu'il était en train de parler de quelqu'un qui était mort. « Bradford me l'a expliqué la nuit dernière. Donc, vous croyez effectivement qu'il y a un agent soviétique à la Maison-Blanche ?

— Comme je vous l'ai dit, je n'en suis pas sûr. Mais cela se peut fort ou, ce qui est plus probable, il a pu y en avoir un. Je ne pense pas que Rostov aurait insinué une chose pareille s'il n'avait pas été en mesure de prouver ce qu'il avançait. Il posait des questions, cherchait des réponses ; il avait appris quelque chose quand il est arrivé sur la Costa Brava. En l'occurrence, je ne veux pas prendre de risque.

— Très bien, mais alors, comment allez-vous vous y prendre ? Il ne faut pas que l'on vous voie tourner autour des gens et leur poser des questions.

— Non, mais je peux leur poser des questions sans être vu. Je peux avoir recours au téléphone. Dans la mesure où l'on met à ma disposition une ligne à cet effet. Je sais ce que je veux demander et je sais exactement ce que je veux entendre. A partir de ces conversations, je sélectionnerai les personnes que je désirerai rencontrer et j'établirai des contacts. J'ai l'habitude de cela, monsieur le Président.

— Je vous crois sur parole. Mais qu'entendez-vous par une ligne attribuée à cet effet ?

— Eh bien, donnez-moi un nom, et dites que je suis conseiller-adjoint au Président, ou quelque chose comme cela. Il me semble que le bureau ovale a l'habitude de mener ses propres enquêtes, discrètement, dans certains domaines, n'est-ce pas ?

— Que diable me chantez-vous là ? J'ai une équipe à ma disposition, pour cela, et ce n'est pas forcément discret, comme vous dites. Des centaines de rapports sont expédiés à la Maison-Blanche, chaque semaine. Il faut vérifier, il faut interroger les spécialistes, prouver les chiffres. Si l'on ne fait pas tout cela, on ne peut pas prendre de décisions importantes. Du temps de Lincoln, il y avait deux hommes, jeunes, qui veillaient à tout, y compris à la rédaction des lettres. De nos jours, nous disposons d'une pléthore d'assistants, et d'adjoints aux assistants, et de secrétaires pour les adjoints, et malgré cela, ils sont incapables d'en venir à bout. Enfin, en ce qui concerne la ligne, c'est d'accord.

— Que se passe-t-il lorsque quelqu'un est appelé par un assistant ou par un adjoint à l'assistant et que cette personne met en doute l'autorité de la personne qui lui pose des questions ?

— Cela arrive sans arrêt, surtout au Pentagone ; il y a une solution toute simple. On lui dit d'appeler le standard de la Maison-Blanche et de demander qu'on le mette en communication avec le bureau de l'assistant ou de l'adjoint. Ça marche.

— Cela *marchera*, dit Michael. En plus des lignes qui sont déjà attribuées sur ce téléphone, vous pouvez m'en ajouter une autre et mettre mon nom dans l'annuaire de la Maison-Blanche, puis acheminer les appels ici ?

— Voyez-vous, Havelock, l'un des plaisirs les plus exquis qu'il y a d'être Président, ou proche du Président, c'est de pouvoir disposer de mille astuces électroniques, comme ça, dans l'immédiat. Vous aurez votre nom dans l'annuaire et votre poste au standard, dans l'heure qui vient. Quel nom voulez-vous prendre ?

— C'est à vous de choisir, Monsieur. Je risquerais de prendre celui de quelqu'un.

— Je vous rappelle bientôt.

— Monsieur le Président, avant que vous ne raccrochiez...

— Qu'est-ce qu'il y a ?

— J'ai encore besoin de quelque chose qui ne se trouve peut-être pas dans votre catalogue. Il s'agirait d'une "couverture de contexte".

— En effet, diable, ça n'y est pas. Qu'est-ce que c'est ?

— Au cas où quelqu'un appelle la Maison-Blanche et désire savoir exactement ce que j'y fais, il faudrait qu'il y ait quelqu'un d'autre qui puisse lui répondre. »

Il y eut de nouveau un silence au bout du fil, à Washington. « Vous aviez raison, là-bas, à Poole's Island, dit Berquist, l'air pensif. Les mots veulent bien dire ce qu'ils disent, n'est-ce pas ? Vous avez besoin de quelqu'un pour vous servir de couverture dans le contexte où vous serez censé être.

— C'est cela, Monsieur.

— Je vous rappelle.

— Puis-je me permettre quelque chose ? dit Michael, rapidement.

— Quoi ?

— Dans les quelques jours qui vont venir — si nous avons encore quelques jours — quelqu'un viendra voir cette autre personne de la Maison-Blanche et lui demandera où se trouve mon bureau. Si cette personne vient effectivement, retenez-la, parce que, qui que ce soit, elle peut nous faire avancer.

— Si quelqu'un vient, dit Berquist en colère, il y a de grandes chances pour que ce quelqu'un se fasse étrangler par un fermier du Minnesota, avant que vous puissiez lui parler.

— J'espère que vous ne ferez pas cela, monsieur le Président.

— Je ne lancerai pas non plus de fusée nucléaire sur Leningrad, ne craignez rien. Je vous rappelle. »

Havelock remit le téléphone en place et lança un regard à Jenna. « Nous pouvons commencer à faire une liste des noms. D'ici une heure, nous pourrons téléphoner. »

« Votre nom est Cross. Robert Cross. Vous êtes adjoint spécial au Président et toutes les enquêtes relatives à votre statut ou à vos fonctions seront transmises à Mrs. Howell — elle est conseillère à la Maison-Blanche, pour les affaires internes. On lui a dit ce qu'il fallait faire.

— Et au sujet de mon bureau ?

— On vous en a attribué un.

— Quoi ?

— Vous avez même un assistant. Dans la zone de sûreté de l'E.O.B. Vous avez besoin d'une clef pour pouvoir emprunter le couloir principal qui mène ici, et votre homme a reçu l'ordre de retenir toute personne qui chercherait à rencontrer M. Cross. Il fait partie des Services secrets, et si quelqu'un se présente en vous demandant, il vous prévient aussitôt et vous envoie cette personne à Fairfax, sous bonne garde. Je suppose que c'est ce que vous vouliez.

— Oui, oui, c'est exactement cela. Et pour les autres bureaux qui se trouvent à proximité ? Est-ce que le personnel de ces bureaux est curieux ?

— Non, je ne pense pas. En général, ceux qui travaillent dans ces bureaux sont là pour des missions temporaires ; chacun travaille dans son propre domaine. On décourage la curiosité. Et si quelqu'un se montre un peu trop curieux, on le remet à sa place, croyez-moi.

— Cela me paraît bien.

— J'espère. Par quoi allez-vous commencer ?... Emory m'a montré la liste des points dont vous aviez besoin et il m'a assuré que vous auriez tout dans la matinée. Vous avez tout reçu ?

— Tout, oui. La secrétaire de Bradford, tout

d'abord, puis le médecin du Maryland. La mort de MacKenzie.

— Nous avons été très précis avec cette affaire, dit Berquist. Vu les circonstances, nous avons pu faire appel à la C.I.A., et ils ont mené les choses rondement. Qu'est-ce que vous cherchez au juste ?

— Je ne suis pas très sûr. Quelqu'un qui n'est peut-être plus dans les parages. Une sorte de marionnette.

— Je n'essaierai pas de suivre cette piste.

— Il se peut, pourtant, que j'aie besoin de votre intervention directe pour une affaire. Vous m'avez dit, avant, que bien souvent le Pentagone n'aimait pas beaucoup que le personnel de la Maison-Blanche lui pose des questions.

— Ça va avec les uniformes ; on n'en porte pas par ici. Je pense que vous voulez parler des commissions nucléaires. J'ai vu cela sur votre liste.

— Absolument.

— Ils sont susceptibles. A juste titre, je dirais.

— Il faut que je parle à chacun des membres de ces trois commissions ; cela fait quinze officiers supérieurs. Est-ce que vous pouvez en toucher un mot au Président et lui dire que vous attendez de leur part qu'ils apportent leur collaboration à M. Cross ? Pas dans le domaine des renseignements très secrets, mais afin de faire bien avancer les choses.

— Encore une de vos grandes phrases.

— C'est cela, monsieur le Président. Cela m'aiderait bien si vous pouviez mêler Matthias.

— Entendu, dit Berquist. Je ferai le nécessaire. Je chargerai mon aide de camp de transmettre les instructions : le ministre des Affaires Étrangères veut que ces commissions fournissent un rapport très détaillé au bureau ovale. Une simple circulaire donnant l'ordre de collaborer, dans les limites d'une grande classification, devrait suffire... Ils diront qu'il y a des recoupements, bien sûr. Vous ne pouvez pas avoir les uns sans mécontenter les autres.

— Dites-leur alors de faire des erreurs dans la

classification. De toute façon, le rapport final ne sera vu que par vous.

— Rien d'autre ?

— Le dossier psychiatrique concernant Matthias. Bradford devait se le procurer pour moi.

— Je me rends à Camp David, demain. Je passerai par Poole's Island et je le rapporterai.

— Une chose encore. Cette Mrs. Howell ; mis à part les Services secrets, si quelqu'un l'approche pour lui poser des questions à mon sujet, qu'est-ce qu'on lui a dit de répondre ? Sur moi, sur mes fonctions ?

— Uniquement que vous êtes en mission spéciale pour le Président.

— Est-ce que vous pouvez modifier cela ?

— Pour mettre quoi à la place ?

— Mission de routine. Examen d'anciens rapports pour que les dossiers de la Maison-Blanche soient complets, pour certaines questions.

— Nous avons du personnel qui fait cela. Cela concerne essentiellement des questions d'ordre politique. Comment tel ou tel point de vue a-t-il été défendu, pourquoi tel sénateur s'est-il opposé à nous et comment nous l'avons empêché de le faire à nouveau...

— Inscrivez-moi au nombre de ces personnes.

— Vous y serez. Et je vous souhaite bonne chance... mais, en fait, vous avez besoin d'autre chose que de la chance. Notre monde a besoin de beaucoup plus que cela. Parfois, je crois qu'il nous faut un miracle, si nous voulons vivre une semaine de plus... Tenez-moi au courant ; j'ai demandé qu'on m'interrompe chaque fois que M. Cross appellerait. »

La secrétaire de Bradford, une certaine Elizabeth Andrews, était chez elle, la mort de son supérieur, qui avait fait sensation, l'ayant fortement impressionnée. Un certain nombre de journalistes lui avaient téléphoné et elle leur avait rapporté les événements de la matinée avec une certaine tristesse, mais calmement, jusqu'à ce qu'un reporter, avide de scandales, ayant eu connaissance de la vie privée de Bradford, eût insinué qu'il s'agissait d'une affaire de sexe.

« Espèce de salaud », avait dit Elizabeth, en raccrochant brutalement le combiné.

Vingt minutes plus tard, Havelock appelait à son tour et Elizabeth Andrews n'était certes pas disposée à raconter, une fois de plus, toute l'histoire. Il proposa qu'elle le rappelle à la Maison-Blanche, lorsqu'elle se sentirait mieux ; la ruse marcha. Pas plus de six minutes après que Michael eut raccroché, le téléphone sonna dans le bureau de Fairfax.

« Je suis désolée, monsieur Cross. Je viens de passer un moment tellement éprouvant et j'ai eu affaire à des reporters ignobles.

— Je serai aussi bref que possible. »

Elle raconta, une fois encore, les événements de la matinée, en commençant par l'irruption, soudaine et inattendue, de Bradford qui sortit de son bureau juste après qu'elle fut arrivée.

« Il avait une mine épouvantable. Manifestement, il ne s'était pas couché de toute la nuit et était épuisé, mais il y avait quelque chose d'autre. Une espèce d'énergie complètement folle ; visiblement, quelque chose l'excitait. Évidemment je l'ai vu dans cet état bien des fois, mais hier, c'était différent. Il parlait beaucoup plus fort que d'habitude.

— C'était peut-être à cause de la fatigue, dit Havelock. C'est souvent comme ça. Certaines personnes compensent ainsi leur faiblesse.

— Peut-être, mais je ne le crois pas ; pas lui, pas hier matin. Je vais vous dire quelque chose d'épouvantable, je sais, mais je crois qu'il avait pris sa décision... c'est horrible à dire, mais j'en suis persuadée. Il semblait tout ragaillardi, mais en fait, il n'attendait plus que le moment où cela devait arriver. C'est macabre, me direz-vous, mais il a quitté son bureau peu avant dix heures, en disant qu'il sortait quelques minutes, et alors, j'ai vu cette image terrible, je l'ai vu dehors, dans la rue, levant les yeux vers la fenêtre... il pensait à lui, oui, c'est cela.

— Peut-il y avoir une autre explication ? Peut-il être allé voir quelqu'un ?

— Non, je ne pense pas. Je lui ai demandé s'il serait dans un autre bureau au cas où quelqu'un le réclamerait, et il m'a dit que non, il m'a dit qu'il sortait un instant pour aller prendre l'air.

— Il n'a absolument pas dit pourquoi il avait passé toute la nuit ici ?

— Uniquement qu'il avait travaillé sur un projet qu'il avait quelque peu laissé tomber. Il a beaucoup voyagé ces temps derniers...

— C'est vous qui faisiez ses réservations de billets ? interrompit Havelock.

— Non, il le faisait lui-même, généralement. Comme vous le savez peut-être... il emmenait toujours quelqu'un avec lui. Vous savez, il était divorcé, plusieurs fois d'ailleurs. C'était une personne très secrète, monsieur Cross. Et il était tellement malheureux.

— Qu'est-ce qui vous fait dire cela ? »

Miss Andrews s'arrêta un instant, puis elle reprit, d'une voix ferme. « Emory Bradford était un homme intelligent, et personne ne lui prêtait attention. Il avait eu, à une certaine époque, beaucoup d'influence dans cette ville jusqu'au jour où il a dit la vérité — parce qu'il avait vu la vérité — alors les applaudissements cessèrent, et peu à peu, tout le monde l'a laissé tomber.

— Cela fait longtemps que vous êtes avec lui.

— Oui, pas mal de temps. J'ai vu tout cela se produire.

— Vous pouvez me donner des exemples de ce que vous dites ?

— Bien sûr. Pour commencer, on négligeait toujours son opinion là où son expérience, sa compétence auraient pu être d'une grande valeur. Et puis, il écrivait souvent des articles dans lesquels il corrigeait des hommes et des femmes très en vue — des sénateurs, des membres du Congrès, la secrétaire d'un tel — qui avaient dit quelque bêtise au cours d'une interview ou d'une conférence de presse ; et je me demande vraiment s'il y en a seulement un sur dix qui le remerciait. Il supervisait les programmes de télévision de la matinée, ceux au cours desquels on peut entendre les pires gaffes qui existent — c'est justement ce qu'il faisait hier, juste avant d'en finir — et il dictait ce qu'il appelait des "précisions". Oh, ça n'était jamais méchant, elles étaient même plutôt indulgentes, ne blessaient jamais et, bien sûr, on faisait part de ces précisions, mais, jamais le moindre remerciement.

— Il regardait la télévision, hier matin ?

— Il l'a regardée un moment... avant que cela se produise. Tout du moins, le poste avait été roulé devant son bureau. Il l'avait remis à sa place... avant que tout arrive. Jusqu'à la fin, il n'aura pu se défaire de cette habitude. Il croyait que les gens étaient meilleurs qu'ils ne le sont ; il croyait que ce gouvernement était meilleur qu'il n'est.

— N'a-t-on pas trouvé des notes sur son bureau qui auraient pu vous indiquer qui il regardait ?

— Non, rien. Son dernier geste aura été de quitter ce monde plus en ordre qu'il ne l'avait trouvé. Je n'ai jamais vu son bureau aussi bien rangé, aussi propre.

— J'en suis bien convaincu.

— Je vous demande pardon ?

— Rien, je disais simplement que j'étais d'accord avec vous... Je sais que vous étiez en train de déjeuner, mais n'y avait-il personne dans les parages qui aurait pu voir quelqu'un entrer dans son bureau ou en sortir ?

— La police a vérifié cela, monsieur Cross. Vous savez, il y a des tas de gens qui grouillent autour de son bureau ; nous allons tous déjeuner à des moments différents, selon nos différents emplois du temps, mais personne n'a rien vu d'anormal. En fait, notre service était relativement désert, à ce moment-là. Il y avait une réunion pour les secrétaires, à une heure et demie, si bien que la plupart d'entre nous...

— Qui avait organisé cette réunion, Miss Andrews ?

— Ce mois-ci, le Président — bien entendu, il l'a annulée, alors nous avons bu une tasse de café.

— Vous avez reçu une note sur cette réunion ?

— Non, non, le mot d'ordre a juste été transmis, comme cela, ce matin. C'est souvent ainsi que cela se passe ; c'est tout à fait classique.

— Je vous remercie infiniment. Vous m'avez bien aidé.

— C'est un tel gâchis, monsieur Cross. Un terrible gâchis.

— Je sais. Je vous dis au revoir maintenant. » Havelock raccrocha l'appareil et, les yeux toujours fixés sur le téléphone, il ajouta : « Notre homme est vraiment habile, Jenna. De la peinture invisible.

— Elle n'a rien pu te dire ?

— Si, si. Bradford avait suivi mes conseils. Il est sorti pour se rendre dans une cabine téléphonique et a fait le numéro qu'il voulait ; mais ce numéro dont nous avons besoin, nous ne le trouverons pas enregistré dans son bureau ; il fait partie des millions de numéros qui se perdent dans les centraux souterrains.

— Rien d'autre ?

— Peut-être que si. » Michael regarda Jenna, fronçant les sourcils, le regard comme dans un nuage. « Regarde si tu ne peux pas trouver, par ici, un journal d'hier, veux-tu ? Je veux connaître le nom de tous ceux du ministère qui ont été interviewés ce matin à la télévision. C'est dingue. La dernière chose qui préoccupait Bradford, c'est la télévision. »

Jenna trouva un journal. Personne, au ministère des Affaires Étrangères, n'était passé à la télévision ce matin-là.

31

Si le comté de Talbot (Maryland) possédait un médecin apprécié en la personne du Dr Matthew Randolph, il possédait également un individu bien déplaisant en ce personnage. Issu des milieux fortunés de la côte Est, élevé dans les traditions et les privilèges, et donc dans les meilleures institutions, maître de capitaux incommensurables, l'homme n'en malmenait pas moins choses et gens, dans ce monde médical choisi qui était le sien.

A trente ans, diplômé avec mention de l'institut John Hopkins, ayant achevé son internat de chirurgie dans les hôpitaux de New York et du Massachusetts, il avait décidé qu'il ne pourrait donner la pleine mesure de son talent dans les limites, les intrigues, et l'abrutissement d'un hôpital quelconque. La solution ne lui fut pas difficile à trouver : il extorqua, littéralement, des fonds aux légions de privilégiés de la baie de Chesapeake, fit lui-même une mise de fonds de deux millions de dollars et inaugura une clinique de cinquante lits... la sienne propre.

Cette clinique était menée à sa façon, avec un despotisme point trop éclairé. On n'y pratiquait pas d'ostracisme, mais des méthodes empiriques : les riches étaient tondus sans égard et les pauvres n'étaient épargnés qu'au prix du déballage ignominieux de leur misère et de l'audition d'un prêche sur le péché de paresse. Les riches comme les pauvres, cependant, continuaient en nombre croissant à s'accommoder de ces insultes, car la clinique Randolph s'était acquis, au fil des années, une réputation incomparable. Son laboratoire était équipé avec ce qui se faisait de mieux ; largement défrayée, son équipe médicale était constituée des diplômés les plus brillants des meilleures écoles et des internats les plus rigoureux ; elle appelait en consultations des spécialistes de chirurgie et pathologie du monde entier ; les talents de ses techniciens et infirmières — surpayés — dépassaient de loin les normes d'un hôpital ordinaire. En eux-mêmes, les soins de la clinique Randolph étaient à la fois médicalement admirables et personnellement gratifiants. Le seul moyen de les améliorer encore, disaient les uns, eût été d'écarter la personnalité rugueuse de Matthew

Randolph, soixante-huit ans. Toutefois, les autres faisaient remarquer qu'un bon moyen pour anéantir une embarcation qui ronronne gentiment dans des eaux agitées est d'en extraire la poignée de gaz sous prétexte que le diapason du moteur casse les oreilles. Dans le cas de Randolph, à défaut de sa propre mort — qui paraissait improbable pour les siècles à venir — l'extraction physique était le seul moyen possible de s'en débarrasser.

Au surplus, qui d'autre aurait pu toiser un neveu de Dupont de Nemours, juste avant une opération, et lui demander : « A combien estimez-vous votre existence ? »

En l'espèce, on l'estimait à un million de dollars, plus connexion avec les banques de données de quatre des principaux centres de recherche du pays.

Havelock avait appris ces détails dans les dossiers de la C.I.A. en enquêtant sur la mort d'un officier d'opérations clandestines du nom de Steven MacKenzie : « l'ingénieur » de la Costa Brava. A Cagnes-sur-Mer, Henri Salanne avait fini, par recoupement, par mettre en cause la sincérité du médecin signataire du certificat de décès de MacKenzie. Michael était allé plus loin de son propre chef ; il avait envisagé la falsification des analyses de laboratoire, des constatations d'autopsie sans rapport avec l'état du cadavre, et — le Président ayant parlé de rayons X — l'évidente substitution de radiographies. Cependant, il était difficile d'accorder du crédit à ces hypothèses, à la lumière des renseignements possédés sur Randolph et sa clinique. Tout ce qui était lié à la cause officielle du décès avait été traité sous la férule de Randolph et dans ses propres laboratoires. Le rugueux médecin pouvait bien être dictatorial, irascible, des plus entêtés et des plus déplaisants, il n'en restait pas moins que si quelqu'un méritait le titre d'homme intègre, c'était Matthew Randolph. Sa clinique était également irréprochable, tout bien considéré. Il n'y avait pas de raison au monde pour qu'il en fût autrement.

Pour Havelock, c'était là le hic. Les choses étaient

simplement trop bien en place. Les pièces s'ajustent rarement, ou jamais avec tant de précision — même contre vous. Il y a toujours des failles à creuser, à la recherche de nappes souterraines — que la recherche aboutisse ou non importe peu : les failles sont *là*. Dans le cas présent il n'y en avait aucune.

Matthew Randolph ne l'ayant pas rappelé au téléphone, Michael y vit la première confirmation de ses doutes. En tout autre cas, y compris celui d'appels à huit officiers supérieurs de l'état-major d'alerte nucléaire du Pentagone, au secrétaire de Bradford, à la C.I.A., au N.S.C., son téléphone avait sonné à Fairfax dans les minutes suivant sa demande de contact. On n'éconduit pas à la légère un adjoint au Président en poste à la Maison-Blanche.

Le Dr Matthew Randolph ne le voyait pas ainsi, apparemment, et Havelock avait rappelé pour s'entendre dire seulement : « Le docteur est très occupé aujourd'hui. Il m'a dit de dire qu'il pensera à vous, monsieur Cross, quand il en aura le loisir.

— Avez-vous précisé qu'il fallait me joindre à la Maison-Blanche ?

— Oui, monsieur. » La secrétaire avait marqué une brève pause embarrassée. « Il voulait qu'on vous dise que la clinique est peinte en blanc, elle aussi », ajouta-t-elle d'une voix très douce. « C'est *lui* qui a dit ça, monsieur Cross, *pas moi*.

— Dites donc à Genghis Khan de ma part que si je n'ai pas de nouvelles de lui dans l'heure, il pourrait bien se trouver conduit par le shériff du comté de Talbot jusqu'à la frontière du Maryland et du district de Columbia, où une escorte de la Maison-Blanche le cueillera pour nous l'amener ici. »

Matthew Randolph rappela cinquante-huit minutes plus tard.

« Pour qui vous prenez-vous, Cross, bon Dieu ?

— Seulement pour quelqu'un de très occupé, docteur Randolph.

— Vous m'avez menacé ! Je n'aime pas les menaces, qu'elles viennent de la Maison-Blanche, d'une maison bleue ou d'une maison close. J'espère me faire bien comprendre.

— Je ferai part de vos sentiments au Président.

— Faites-le. Ce n'est pas un mauvais type, mais on a vu mieux.

— Vous pourriez sûrement vous entendre.

— J'en doute. Les politiciens de bonne foi me rasent. La politique et la bonne foi s'opposent diamétralement. Que voulez-vous ? Si c'est mon soutien, vous pouvez commencer par me voter une subvention de recherches confortable.

— Je crois bien que le Président Berquist ne caresserait une telle idée que si vous vous opposiez ouvertement à lui. »

Randolph prit un temps. « Pas mal, dit-il. Qu'est-ce que vous voulez ? Nous avons du travail ici.

— Je désire vous poser quelques questions au sujet d'un homme — décédé — du nom de Steven MacKenzie. »

Le médecin marqua à nouveau un temps, mais ce fut un silence tout autre. Quand il reprit la parole ce fut sur un ton différent. Son hostilité était devenue artificielle.

« Bon sang, combien de fois faudra-t-il revenir là-dessus ? MacKenzie est mort d'une attaque — d'hémorragie aortique massive, pour être précis. J'ai fait suivre le rapport médical et j'ai conféré avec vos médecins fantoches jusqu'à la saint-glinglin. Tout est entre leurs mains.

— Nos médecins fantoches ?

— Ce ne sont diantre pas des lumières, je peux vous le dire. Et ils n'essaient même pas d'en avoir l'air. » Randolph fit une nouvelle pause, que Michael ne coupa point.

Il écoutait d'une oreille exercée, silences et respirations s'inscrivant dans le tableau d'intonations qu'il s'efforçait d'esquisser. Le médecin poursuivit, en mots trop précipités, en montées de voix trop aiguës ; sa prime assurance faiblissait, laissant place au seul volume de sa voix. « Pour toute information concernant MacKenzie, voyez ces messieurs. Nous étions unanimes. Il n'y a jamais eu le moindre doute.

Hémorragie aortique pure et simple, et j'ai autre chose à faire que de revenir là-dessus. Suis-je assez clair ?

— Plus que vous ne pensez, docteur Randolph. » Ce fut à Havelock de prendre son temps, jusqu'à ce qu'il pût se représenter mentalement une mâchoire pendante et entendre l'haleine pesante d'un homme qui dissimule. « Je reviendrais tout de même là-dessus si j'étais vous. Le dossier n'est pas clos, ici, docteur, et nous ne pouvons pas le clore en raison de certaines pressions extérieures — et quel qu'en soit notre désir. Voyez-vous, nous *souhaitons* en finir avec ce dossier en conformité parfaite avec vos vues, mais cela requiert votre coopération. Suis-je assez clair, à mon tour ?

— La situation pathologique était sans équivoque. Vous en êtes tous d'accord ?

— Nous *souhaitons* l'être, comprenez-le, de grâce. Soyez-en persuadé.

— Qu'entendez-vous par pressions extérieures ? » L'assurance du médecin revenait, sa question avait été posée sincèrement.

« Parlons de difficultés créées à l'intérieur même de notre service de renseignements. Nous aimerions que les... créateurs la ferment. »

La Costa Brava n'est jamais très loin. Même en trompe-l'œil.

Le dernier temps que prit Randolph fut bref. « Venez demain, dit-il. Soyez ici à midi. »

Havelock siégeait à l'arrière de l'invraisemblable conduite intérieure blindée ; il était en compagnie de trois hommes des Services secrets ; la conversation était réduite à rien. Les deux hommes de l'avant, comme le voisin de Michael — aimable mais taciturne — avaient visiblement reçu la consigne de ne pas poser de questions directes.

La clinique Randolph était effectivement peinte en blanc. C'était un ensemble de trois bâtiments reliés par des allées clôturées, sertis dans un espace généreux de gazon, de sentiers, entre les lacets d'une voie centrale. Ils se garèrent à l'emplacement le plus proche possible de l'entrée intitulée ADMISSIONS ET ADMINISTRATION. Michael descendit de voiture, prit la pente douce d'une allée bétonnée jusqu'aux doubles portes de verre et entra. Il était attendu.

« Le docteur Randolph est dans son bureau, monsieur Cross, dit une infirmière en uniforme, derrière une réception de marbre. Prenez le premier corridor à votre droite ; sa porte est la dernière, au fond du vestibule. Je vais dire à sa secrétaire que vous arrivez.

— Merci. »

En parcourant le couloir d'un blanc immaculé en direction du bureau de Randolph, Havelock examinait les choix qui s'offraient à lui. Ce qu'il révélerait au médecin serait fonction de ce que Randolph saurait déjà de Steven MacKenzie. S'il en savait peu, les paroles de Michael seraient cousues de précautions allusives ; s'il en savait beaucoup, il n'y aurait aucun mal à corroborer une partie de la vérité. Toutefois, ce qui préoccupait Havelock au premier chef était le motif obscur de l'invraisemblable comportement du médecin. Si l'on envisageait que cet homme ait altéré ou dissimulé quelque aspect de la mort de MacKenzie, et qu'il l'ait jugé d'importance ou non, c'était là un geste dangereux. Falsifier la cause du décès, ou retenir par devers soi une information significative, c'était un geste criminel. Qu'avait fait ce médecin, et pourquoi l'avait-il fait ? Même imaginer Matthew Randolph au sein d'un complot d'espionnage était absurde, irrationnel. Qu'avait-il fait ?

Une secrétaire au visage fermé sous une chevelure stricte jaillit violemment de sa chaise. Mais sa voix contredisait son apparence, c'était la même voix qui avait transmis le mot du médecin au sujet de sa clinique peinte à la couleur de la Maison-Blanche. Il sautait aux yeux qu'elle avait élevé un mur pour s'abriter du typhon Randolph.

« Il est très préoccupé aujourd'hui, monsieur

Cross, dit-elle sur le même ton fragile, tendu. Vous feriez mieux d'en venir droit au fait. Il déteste perdre du temps.

— Moi aussi », répliqua Michael, tandis que la femme le conduisait à une porte ornée de boiseries. Elle y frappa deux coups secs — non pas un ni trois, mais exactement deux — se tenant dans une posture noble et rigide, comme si elle allait refuser qu'on lui bande les yeux.

La source de son stoïcisme fut bientôt visible. La porte s'ouvrit sur un homme grand, osseux et anguleux, le crâne chauve cerclé de gris clair, les yeux vifs et impatients derrière ses verres à montures d'acier. Le Dr Matthew Randolph était un homme riche, un Américain de la vieille école, non sans beaucoup de Savonarole au surplus ; d'une certaine manière, ses longues mains élégantes semblaient faites pour empoigner une fourche, une torche, ou un scalpel. Il jeta les yeux au-delà de sa secrétaire et aboya ; il ne parlait pas.

« C'est vous, Cross ?

— Oui.

— Vous avez huit minutes de retard.

— Votre montre avance.

— Peut-être. Entrez. » Il se tourna vers sa secrétaire, qui s'était effacée. « Pas d'interruptions, ordonna-t-il.

— Oui, docteur Randolph. »

Le médecin referma la porte et désigna du menton la chaise posée devant son vaste bureau encombré. « Asseyez-vous, dit-il, mais avant cela, je veux m'assurer que vous n'avez pas de ces fichus appareils enregistreurs sur vous.

— Vous avez ma parole.

— Qu'est-ce qu'elle vaut ?

— Et la vôtre ?

— Vous m'avez appelé. Pas moi. »

Havelock secoua la tête. « Je ne porte pas de micro pour la simple raison que cette conversation pourrait nous être infiniment plus préjudiciable qu'à vous.

— Peut-être, grommela Randolph en passant derrière son bureau, tandis que Michael s'asseyait. Et peut-être bien que non. Nous verrons bien.

— Voilà un début prometteur.

— Ne commencez pas à faire le malin, jeune homme.

— Pardonnez-moi si je donnais cette impression. Mais je l'entendais bien ainsi : nous avons un problème, et vous pouvez le liquider.

— Ce qui signifie que je ne l'aurais d'abord pas fait.

— Disons que de nouvelles questions se posent et, franchement, qu'elles pourraient être fondées. Elles peuvent être gênantes, non seulement politiquement, mais encore en termes de moralité, dans certains secteurs de la communauté du renseignement. On pourrait même en venir à imprimer ces questions. Tel est notre problème.

— C'est ce que je veux entendre. » Le médecin hocha la tête, ajustant ses lunettes pour regarder par-dessus leurs montures d'acier. « Votre problème. Énoncez-le. »

Havelock comprit. Randolph désirait que la Maison-Blanche plaide coupable avant de paraître lui-même associé à quelque tort que ce fût. Par conséquent, on pouvait raisonnablement penser que plus tangible serait le premier aveu de Havelock, plus Randolph se donnerait de champ vis-à-vis de sa propre duplicité ; s'il y avait lieu. Larrons en foire... et au salon ; qui s'en irait crier justice ?

« Savez-vous à quelles sortes d'activités MacKenzie était mêlé ?

— J'ai connu Mac et sa famille pendant plus de quarante ans. Ses parents étaient de mes amis proches, et ses trois enfants sont nés ici même, dans ma clinique. Je les ai délivrés en personne — j'ai délivré sans doute aussi Midge, sa femme.

— Cela ne répond pas à ma question.

— Cela devrait. Je me suis intéressé aux MacKenzie presque leur vie durant, à commencer par le jeune Steve, comme à l'adulte Steve — dans la mesure où vous l'avez laissé vivre en adulte. En fait, pour être plus précis, j'ai plus ou moins réexaminé, ces dernières années, tout le travail des médecins de Walter Reed ; sacrément bons à tous égards. On pouvait à peine voir aux cicatrices que quatre d'entre elles provenaient de blessures par balle.

— Ainsi vous saviez, dit Michael, branlant le chef.

— Je lui ai dit de laisser tomber. Seigneur, le lui ai-je dit et répété ces cinq, six dernières années maintenant. La pression qu'il subissait était quelque chose de féroce — et pire encore pour Midge, je crois. Lui toujours en avion par le monde, elle ne sachant jamais s'il reviendrait ; du diable pourtant s'il bavardait beaucoup auprès d'elle... il n'aurait pas fait cela. Oui, monsieur Cross, je savais ce que Steve faisait — pas son titre exact ni rien de ce genre, mais je savais que ce n'était pas de la routine de bureau.

— C'est étrange, rêvait Havelock, éprouvant réellement cette étrangeté. Je n'ai jamais considéré MacKenzie comme un père de famille, venu d'un milieu relativement normal. *Il n'était pas fait pour la survie. Pourquoi a-t-il fait une chose pareille ?*

— C'est peut-être pourquoi il était si bien. On l'examinait et on voyait la réussite d'un cadre tout à fait quelconque — un peu comme vous, en fait. Mais sous le masque il brûlait d'une fièvre inoculée par vous, salauds. »

La soudaineté du grief, sa brutalité, le ton de conversation sur lequel il était formulé étaient déroutants. « Voilà une déclaration tout à fait nette, dit Michael, ses yeux errant sur les traits du médecin. Prendriez-vous la peine de l'expliquer ? A ma connaissance, personne ne tenait d'arme braquée sur la tête de MacKenzie en lui disant de faire... ce qu'il pouvait bien faire.

— Ce n'était pas nécessaire, et je vous fiche mon billet que je vais prendre la peine de l'expliquer. Car il me semble que vous venez vous-même d'esquisser la façon dont vous *intoxiquez* un homme, en sorte qu'il rejette la vie normale, productive et raisonnablement heureuse pour une existence où il se réveillera baigné de sueur froide au milieu de la nuit, sans doute pour n'avoir pas connu le luxe du sommeil pendant plusieurs semaines d'affilée. S'il trouve le sommeil, le moindre bruit le fera plonger à l'abri, ou sur une arme.

— Vous dramatisez.

— Mais vous êtes l'auteur du drame.

— Comment cela ?

— Vous l'avez soumis à un régime de tension, d'excitation — et même de frénésie — avec de bonnes pintes de sang frais pour arroser le tout.

— Après le drame, le mélodrame.

— Vous savez comment tout a commencé pour lui ? » Randolph poursuivait comme si Havelock n'avait rien dit. « Il y a treize ou quatorze ans Mac était un des meilleurs navigateurs de la côte Est, probablement aussi de l'Atlantique et des Caraïbes. Il sentait le vent tourner et il pouvait flairer les courants. Il pouvait s'orienter sur les étoiles une nuit durant et surgir à l'aube au point précis qu'il avait annoncé. C'était un don... Puis vint la guerre du Vietnam et il devint officier de marine. Eh bien, il n'a pas fallu longtemps aux galonnés pour le repérer. En moins de temps qu'il n'en fallait pour prononcer le nom imprononçable d'un de ces endroits, il y convoyait hommes et matériels par mer et par rivière. C'est là que tout a commencé. Il était le meilleur ; la carte des fonds en main, il posait n'importe qui, n'importe où.

— Je ne suis pas sûr de comprendre.

— Vous êtes bien lent. Il conduisait des équipes de tueurs et de saboteurs derrière les lignes ennemies. Il commandait des flottilles de petites unités. C'était la Marine secrète à lui tout seul ! C'est alors que ça s'est produit.

— Quoi donc ?

— Un jour, il n'a plus seulement convoyé ces gens, il est devenu l'un d'entre eux.

— Je vois.

— Je n'en suis pas certain. C'est alors que la fièvre l'a pris pour la première fois. Des hommes qui n'étaient qu'une cargaison devinrent des amis, avec qui il tirait des plans, se battait, et qui mouraient sous ses yeux. Il fit cela pendant vingt-huit mois, jusqu'à ce qu'il fût blessé et renvoyé chez lui. Midge l'attendait ; ils se marièrent, et il entreprit de finir son droit. Seulement, il ne tint pas le coup. Avant la fin de l'année, il quitta l'université et entra en rapport avec des gens de Washington. Une part de lui-même aspirait à cette ânerie de... Mon Dieu, je ne sais pas comment vous appelez ça.

— Ça ne fait rien, dit tranquillement Havelock, je sais ce que vous voulez dire. »

Le médecin eut un regard dur vers Michael. « Vous le savez peut-être. C'est peut-être pour cela que vous êtes ici... Comme beaucoup, Mac était un autre homme en revenant de la guerre ; non pas en surface, mais en profondeur. Il y avait en lui une fureur que je n'avais jamais observée auparavant, un besoin de lutter — furieusement — pour les enjeux les plus élevés qu'il puisse trouver. Il ne pouvait pas rester en place vingt minutes, et encore moins assimiler des subtilités juridiques. Il fallait qu'il aille toujours de l'avant.

— Oui, je sais, coupa Michael involontairement.

— Et vous, les salopards de Washington, vous saviez exactement avec quel carburant l'alimenter. Ressusciter pour lui l'excitation, la tension. Lui promettre la meilleure — ou la pire — compétition que *vous* puissiez trouver, et placer les enjeux si haut qu'aucun homme normal ne les accepte. Et ne jamais cesser de lui dire qu'il était le meilleur, le meilleur, *le meilleur* ! Il s'épanouissait sous ce traitement... qui tout en même temps le déchirait en morceaux. »

Havelock noua ses mains, les étreignant ; la colère et la compréhension l'agitaient également. Ce n'était pourtant le moment de montrer ni l'une ni l'autre ; c'est d'informations qu'il avait besoin. « Et qu'est-ce que nous aurions dû faire alors, nous autres salopards de Washington ? demanda-t-il paisiblement.

— Voilà une question tellement idiote que seul un de vous autres, fils de pute, pouvait la poser.

— Vous ne voudriez pas répondre ?

— Le placer sous contrôle médical ! Lui donner des soins psychiatriques !

— Pourquoi ne l'avez-vous pas fait ? Vous étiez son médecin.

— Bon sang, j'ai essayé, j'ai même essayé de vous arrêter !

— Je vous demande pardon ?

— Enterrées quelque part dans vos archives, il y a des lettres de ma main adressées à la C.I.A., décrivant — bon Dieu, diagnostiquant — le malaise d'un homme, d'un homme perturbé. Mac pouvait rentrer chez lui et faire bonne figure pendant plusieurs semaines, faisant l'aller et retour de Langley comme un quelconque banlieusard. Ensuite, on voyait la chose se produire ; il tombait dans une sorte de dépression, il ne disait pas grand-chose, et s'il parlait, à coup sûr il n'écoutait plus rien. Et puis il devenait agité, impatient — l'esprit toujours ailleurs. Il était *en manque*, il attendait sa prochaine *dose* !

— Et nous la lui procurions, dit Michael.

— *Direct*, comme disent les gosses ! Vous saviez exactement combien de temps il pourrait attendre. Vous relanciez, vous "gonfliez" sa mécanique jusqu'à ce qu'elle explose ou qu'elle le ramène sur ce foutu truc...

— Le terrain, dit Havelock.

— C'est ça, le foutu terrain ! Midge venait me voir pour me dire que Mac se détraquait. Il ne pouvait plus dormir, ne communiquait plus, et moi j'écrivais une autre lettre. Vous savez ce que j'obtenais en réponse ? Un merci-pour-l'intérêt-que-vous-manifestez, comme si je vous avais suggéré, fils de pute, de réformer votre service de lingerie ! Midge et les gosses vivaient l'enfer, et vous, bonnes gens, il vous semblait que vos chemises étaient tout à fait bien amidonnées ! »

Les yeux de Michael erraient, derrière Randolph, sur le mur blanc et nu. *Combien de lettres enterrées y avait-il en combien de dossiers scellés ? Combien de MacKenzie... Ogilvie... et Havelock ? Où en était le compte de Gunslinger à ce jour ? Des hommes relancés, des mécaniques gonflées pour une cause futile. Des hommes mortellement doués étaient maintenus sur le terrain parce qu'ils faisaient l'affaire, au détriment de l'esprit et du corps... les leurs et ceux des autres. Qui en tirait profit ?*

« Désolé, dit Havelock, avec votre permission je rapporterai cette conversation là où elle ne sera pas prise à la légère.

— Pour l'instant vous avez ma permission. Jusqu'à maintenant.

— Jusqu'à maintenant », approuva Michael.

Le médecin se renversa dans son fauteuil. « Je vous ai peint un tableau. Il est noir, mais j'ai mes raisons. Maintenant, à votre tour, et nous verrons où nous en sommes.

— D'accord. » Havelock croisa les jambes puis parla, choisissant méticuleusement ses mots. « Comme vous savez, le travail de renseignement est morne, terre à terre. C'est la recherche routinière des faits, la lecture des journaux, la revue des publications scientifiques, le rassemblement d'informations de sources très variées, dont la plupart émanent de gens raisonnables, parfaitement responsables, communiquant ce qu'ils savent parce qu'ils n'ont pas de raison de le cacher. Puis, bien sûr, il y a les autres, qui en font un négoce ; acheter les informations à bas prix, les revendre très cher, c'est un principe consacré par le temps. Ces gens ont généralement affaire à une espèce particulière d'officier de renseignements, formé pour distinguer la réalité de la fiction ; les trafiquants peuvent avoir une jolie imagination. » Michael s'interrompit, sachant que la progression, dans ses révélations, avait quelque chose de vital. « En principe, poursuivit-il, la combinaison de ces sources et le simple volume des informations qu'elles fournissent aux spécialistes suffisent à faire apparaître une image cohérente des faits et des événements, tout comme s'emboîtent les différentes pièces d'un puzzle. C'est une formule usée, mais significative. » Une fois encore, Havelock marqua une pause. Ce que Randolph désirait — avait besoin d'entendre — demandait un silence préalable. Trois secondes suffiraient. « En fin de compte, il y a la dernière catégorie d'informations potentielles, qui sont les plus difficiles à obtenir, parce qu'elles sont extorquées à des gens qui savent qu'elles peuvent leur coûter la vie si leurs supérieurs viennent à apprendre qu'ils les ont divulguées. Elles demandent une différente espèce d'agents, des spécialistes. Ils sont formés à manipuler, à manigancer des situations dans lesquelles les individus sont persuadés qu'ils n'ont pas d'autres choix que de prendre un chemin conduisant à la révélation de leur secret — sans qu'ils l'aient voulu. Steven MacKenzie était un spécialiste de cette sorte, et l'un des meilleurs, en effet ; il n'y avait pas à le persuader d'agir. Mais à sa dernière mission quelqu'un a intercepté la situation que MacKenzie avait créée, pour la modifier. Et pour que l'on croie qu'elle n'avait pas changé, il fallait le mettre hors circuit.

— Qu'est-ce que cela veut dire ?

— Il a été tué. »

Randolph bondit en avant dans son fauteuil.

« *Quoi ?*

— Assassiné. Nous aurions pu l'éviter si les précautions adéquates avaient été prises. C'est là notre problème, docteur, et un nombre croissant de personnes le savent. Mac, comme vous l'appelez, n'est pas mort d'une attaque sur son bateau à voile, il a été tué. Nous le savons, mais nous ne voulons pas homologuer le fait... Vous pouvez comprendre à présent pourquoi je n'ai pas caché de magnétophone où que ce soit. Le tableau que je viens de brosser est encore plus noir que le vôtre.

— Oui, affreux — si seulement il était vrai. Mais je crains qu'il ne le soit pas. Nous nous en tiendrons à l'hémorragie aortique, parce qu'elle fait l'affaire. Vous ne pourriez pas être davantage à côté de la plaque, sales types.

— Ce qui veut dire ?

— Steven MacKenzie s'est suicidé. »

« C'est impossible ! s'écria Havelock, sautant sur ses pieds. Vous vous *trompez* !

— Je me trompe ? Êtes-vous aussi médecin, monsieur Cross ?

— Je n'ai pas besoin d'en être un. Je connais les hommes comme MacKenzie, je suis l'un d'entre eux !

— Je m'en doutais, et ce que vous venez de dire ne va pas modifier l'idée d'ensemble que je me fais de vous.

— Non, ne vous méprenez pas, dit en hâte Michael, avec un mouvement de tête emphatique. Ce n'était pas une généralisation de cuistre. Je suis le premier à admettre que la pensée de tout plaquer peut devenir une fixation récurrente, obsessive, mais pas de *cette* façon. Pas tout seul sur un bateau. Ça ne marche pas !

— Désolé. Les faits cliniques sont contre vous. Je prierais le Dieu tout-puissant qu'il n'en soit pas ainsi, mais il en est ainsi. »

Havelock n'y put tenir ; il se pencha au-dessus du bureau de Randolph et cria : « Il y avait des preuves contre une femme qui représentait beaucoup pour moi, et ces preuves étaient fausses !

— Ça ne nous donne pas l'âge du capitaine, et je ne vois pas ce que ça change.

— Ça change quelque chose. Il y a un lien !

— Vous êtes totalement incohérent, mon jeune ami.

— *Je vous en prie.* Écoutez-moi. Je ne suis pas votre jeune ami et je ne suis pas un fou délirant. Quoi que vous ayez découvert, on a *voulu* que vous le trouviez.

— Vous ne savez même pas ce que c'était.

— Je n'en ai pas besoin ! Essayez de me comprendre, docteur. Un officier d'opérations clandestines, noires, comme MacKenzie...

— Un quoi ? Mac était Blanc !

— Oh, bon Dieu ! Un technicien, un manipulateur... un homme autorisé, possédant l'autorité de produire des événements pouvant causer mort d'homme, la causant généralement, parce que cela doit être fait. Plus souvent que je ne peux vous le dire, des hommes comme cela ont des doutes douloureux, un énorme sentiment de culpabilité, un sentiment de... Bon Dieu, de futilité ! Certainement, la dépression s'installe ; bien sûr, ils envisageront de se faire sauter la cervelle, mais pas de *cette* façon ! D'autres réactions peuvent être compréhensibles, parce que s'il y a une chose qui est profondément enracinée dans de tels hommes, c'est de servir, servir, servir ! Pour l'amour de Dieu, sortez-vous les tripes, mais alors accomplissez quelque chose ! Et faites-le bien.

— C'est de la psychologie de jardin d'enfants, protesta Randolph.

— Appelez ça comme vous voudrez, mais c'est ainsi. C'est la première des choses, la plus *importante*, que les recruteurs recherchent chez un candidat. C'est le seul facteur éliminatoire... Vous l'avez dit vous-même. Vous avez dit que MacKenzie devait lutter — lutter furieusement — pour les enjeux les plus élevés qu'il puisse trouver.

— Il a fini par trouver. Lui-même.

— Non ! Cela n'a aucun sens... Écoutez, je ne suis pas médecin ni psychiatre, et je ne peux probablement pas vous convaincre, mais je sais que j'ai raison, alors passons. Dites-moi seulement ce que vous avez trouvé, et ce que vous avez fait.

— Mac s'est shooté, et il a tout laissé flotter.

— Impossible.

— Désolé. Il a été drôlement malin cette fois encore. Il a employé un stéride, un composé de digitoxine, avec en excipient assez d'alcool pour mettre à flot un éléphant. Le taux d'alcool sanguin noyait tout le reste à l'analyse, mais la digitoxine était là, et elle a fait péter son cœur. Foutue combinaison.

— Alors les radios étaient valables ? »

Randolph ne répondit d'abord pas. Au lieu de cela, il pinça ses lèvres minces et tripota ses lunettes. Puis il parla. « Non.

— Vous avez donc bien échangé les radiographies.

— Oui.

— Pourquoi ?

— Pour achever ce que Mac avait commencé, à coup sûr.

— Revenons-y. »

Le médecin se pencha en avant. « Il savait par quoi étaient passés Midge et les enfants, toutes ces années, et c'était sa façon d'arranger les choses, de faire la paix avec lui-même. Midge ne pouvait pas en supporter davantage ; elle avait fini de le supplier. Elle lui a dit de quitter la C.I.A ou de quitter la maison. » Randolph s'arrêta brièvement, secouant la tête. « Mac savait qu'il ne pouvait quitter ni les uns ni les autres, alors il a simplement décidé de quitter tout le monde, point.

— Vous avez sauté quelque chose.

— Il avait une assurance grosse comme une baleine, et compte tenu de ses activités — dont la compagnie ne savait pas un traître mot —, cela se comprend. Sa police ne couvrait pas le suicide. La tête sur le billot, je n'aurais pas laissé dépouiller Midge et les gosses de ce qui leur revenait... Voilà toute l'affaire, monsieur Cross. Vous avez fait de lui ce qu'il était, et nous avons arrangé ça ensemble, lui et moi. »

Havelock fixa le médecin, puis retourna s'asseoir, les yeux toujours sur Randolph. « Même si vous aviez raison, commença-t-il péniblement, et croyez-moi, ce n'était pas le cas — ce ne l'est toujours pas —, vous auriez dû le communiquer à la C.I.A. qui se serait entendue avec vous ; la dernière chose qu'elle désire, c'est que la presse tombe sur ce genre d'affaire. Au lieu de cela, vous avez doublé tout le monde, vous avez gaspillé un temps précieux et les dommages que vous avez causés sont incalculables.

— Mais ! Il y a vingt minutes, vous disiez avoir les

mêmes préoccupations que moi ! Hier au téléphone, vous vouliez faire taire certains em...

— J'ai menti. Tout comme vous. Mais au moins je savais ce que je faisais ; pas vous. Si vous aviez dit la vérité — à une autre personne — chaque minute de la journée de MacKenzie aurait été examinée ; quelque chose aurait pu se produire, un joint quelque part... Personne ne s'est seulement donné la peine d'aller voir le bateau. Mon Dieu !

— Vous ne m'avez pas écouté ! cria le médecin, le regard féroce, le visage apoplectique. Midge MacKenzie lui avait donné son dernier ultimatum ! Il était entre Charybde et Scylla. Il ne pouvait plus, comme vous dites, servir à rien ! Il tombait en morceaux !

— Voilà qui explique l'alcool, sans aucun doute.

— Et une fois bourré, il a pris sa dernière décision. Tout est là !

— Rien du tout, dit Michael, se sentant beaucoup plus âgé que le vieux médecin qui lui faisait face. Je ne m'attends pas à ce que vous acceptiez l'idée, mais la dernière chose qu'un homme comme MacKenzie puisse faire, c'est de prendre une décision en état d'ivresse.

— Foutaises !

— Laissez-moi vous poser une question. Je suppose que vous buvez un verre de temps à autre, et que lorsque vous en avez bu plusieurs, vous le savez.

— Certainement.

— Opéreriez-vous en vous sachant parti ?

— Certainement pas, mais il n'y a pas de comparaison possible !

— Si, docteur Randolph. Parce que lorsque les hommes tels que MacKenzie, moi-même, vingt ou trente autres que je pourrais nommer, nous nous trouvons sur le terrain, *c'est nous*, les chirurgiens. La plupart de nos missions sont même des "opérations". Dès le premier jour d'entraînement, on nous enfonce dans le crâne que chacun de nos réflexes, chaque observation, chaque réaction doit être aussi prompte et appropriée que nous pouvons le faire.

Nous sommes poussés — nos mécaniques sont gonflées.

— Vous jouez sur les mots — les vôtres et les miennes ! Mac n'était pas alors en opération.

— Si ce que vous croyez est vrai, il y était, et les enjeux élevés, c'était lui-même.

— Nom de Dieu, vous déformez tout ce que j'ai dit !

— Non, pas du tout. Car beaucoup de choses que vous avez dites sont extrêmement pertinentes. J'en tiens compte... Ne comprenez-vous pas ? MacKenzie ne se serait pas tué de cette façon parce que — en laissant tout le reste de côté — la digitoxine pouvait ne pas faire son œuvre ! Cela, il ne *pouvait* l'accepter. C'était trop intimement en lui, depuis trop d'années. Pour son dernier choix, il ne pouvait absolument pas se permettre d'erreur. N'est-ce pas évident pour vous ? »

Ce fut comme si Matthew Randolph avait été frappé. Ses yeux étaient écarquillés fixement, les muscles de son visage tétanisés, sa bouche crispée. Quand il parla, ce fut dans un murmure. « Dieu tout-puissant... » murmura-t-il. Puis lentement, et contre toute attente, il se dressa de son fauteuil et demeura immobile, avec le désarroi d'un vieil homme aux prises avec une erreur monstrueuse, et qu'il refuse d'affronter. « Oh, mon Dieu », ajouta-t-il en retirant ses lunettes, la respiration pesante.

Havelock l'observait, et intervint pour arrondir les angles. « Vous avez fait de votre mieux. J'aurais fait de même à votre place. C'était seulement le mauvais moment, le mauvais moyen. On peut encore rattraper tout ça. On peut trouver un moyen.

— La ferme ! »

Michael était ahuri : « Comment ?

— J'ai dit *la ferme !*

— Vous êtes incroyable.

— J'ai peut-être quelque chose pour vous.

— Sur MacKenzie ? »

Randolph ne répondit pas. Au lieu de cela, il se dirigea rapidement vers un classeur métallique placé contre le mur ; sortant un petit porte-clefs, il en choisit une et il viola littéralement le tiroir supérieur. « Voici mes archives privées, très privées. Une cascade de divorces et de reniements testamentaires pourrait en sortir. Mac est là-dedans.

— Qu'y a-t-il à son sujet ?

— Pas lui. Le pathologiste qui a tout fait. Qui a travaillé avec moi à convaincre ces types de Langley qu'il s'agissait d'un accident cardio-vasculaire pur et simple.

— Une question, coupa Havelock. Le rapport de la C.I.A. spécifie que tout a été traité ici. Vos laboratoires, votre matériel, votre équipe. Comment se fait-il que le corps n'ait pas été évacué sur Bethesda ou sur Walter Reed ? »

Le médecin pivota, les mains plongées dans un tiroir d'archives, ses longs doigts fouillant entre les dossiers. « Ils ont eu droit à un langage très coloré de ma part, avec la promesse de bien pire de la part de Midge MacKenzie s'ils essayaient. Je leur ai dit qu'elle allait faire un foin comme on n'en avait pas vu depuis la Baie des Cochons, qu'elle ne pouvait pas les sentir, qu'elle croyait que le stress avait tué Mac et qu'ils pouvaient au moins le laisser reposer en paix.

— L'ont-ils vue ?

— Ils ont essayé. Elle leur a accordé cinq minutes, a répondu à leurs questions et leur a dit d'aller se faire voir. Ils ont compris. Ils ne voulaient pas qu'elle fasse de scandale.

— Je veux bien le croire.

— Par ailleurs, dit Randolph en retournant à ses dossiers, nous avons une sacrée réputation ici, nous soignons des gens parmi les plus importants du pays. Qui va nous traiter de menteurs ?

— Vous avez tablé là-dessus, n'est-ce pas ?

— Un peu... Le voilà.

— Que pensez-vous que votre pathologiste ait trouvé d'utile ?

— Il ne s'agit pas de ce qu'il a trouvé. Mais de *lui*, comme j'ai dit. C'était un intérimaire.

— Un quoi ? » Michael, le souffle coupé, sentit un vide soudain dans sa poitrine.

« Vous m'avez bien entendu, poursuivit Randolph, apportant le dossier à son bureau et s'asseyant. C'était un remplaçant intérimaire pour notre homme habituel, qui était en congé, atteint de mono.

— Mononucléose ?

— Virus de Herpès. Rien de plus facile à transmettre que ce fichu truc, si ça vous chante.

— Vous me perdez.

— Suivez-moi bien, dit le chirurgien, en feuilletant son classeur. Quelques jours avant la mort de Mac, notre pathologiste va au tapis avec une mono. Et puis, grâce à Dieu, surgit un homme hautement qualifié ; il est en cours de transfert, a un mois environ de liberté, et il est descendu à Easton, chez sa sœur. Doux Jésus, je l'ai saisi au vol.

— Et ?

— On apporte le corps de Mac ; il fait le travail initial, puis demande à me voir dans mon bureau. Je n'oublierai jamais ça ; la première chose qu'il me dit, c'est : “A quel degré connaissiez-vous MacKenzie ?” »

Havelock secoua la tête : « Et de fil en aiguille, on a conclu que le corps de MacKenzie ne pourrait pas affronter une simple autopsie.

— Il avait trouvé des traces infimes de digitoxine, dit Randolph.

— Avec ça, une marque de piqûre, sa localisation et son angle montrant une probable auto-injection, ajouta Havelock.

— Vous l'avez dit.

— Je suis sûr aussi qu'il a enquêté sur le travail de MacKenzie, son état mental, sa famille, et qu'à un moment donné il s'est trouvé devant la question de son assurance-vie.

— En effet. Oh, *mon Dieu* !

— Ne sautez pas par la fenêtre, docteur. Ces gens-là font leur boulot comme personne au monde.

— Quelles gens ?

— Sauf erreur, ils se nomment *paminyatchiki*.
— Comment ?
— Oubliez ça. Et ne prenez pas la peine de chercher des failles là-dedans. Il s'est couvert ; il ne vous a pas menti une fois, ceci est sa couverture. Il avait tout bonnement tout prévu. Vous ne pourriez pas l'atteindre sans vous incriminer vous-même et mettre votre clinique par terre.
— Je ne cherche pas de faille, dit le médecin, compulsant rapidement les documents.
— Sa sœur à Easton ? Laissez. Elle n'a jamais existé, il est parti, et vous ne le trouverez pas.
— Mais si. Je sais où il est. »
Michael bondit sur sa chaise : « *Quoi ?*
— Son nom est sorti, il y a quelques semaines. Je conversais avec le représentant d'une maison de fournitures chirurgicales, et il a dit incidemment qu'il devait passer en revue tous nos bons de commande parce qu'un pathologiste voulait faire reproduire un matériel que nous possédons. J'ai reconnu son nom, bien sûr, mais pas l'endroit. Ce n'était pas celui où je croyais qu'on l'avait transféré. » Randolph s'arrêta et leva les yeux du dossier. « J'ai fait une drôle de chose, poursuivit-il. Puérile, je suppose. C'était comme si je ne voulais pas le reconnaître, ou comme si je pensais à ce que nous avions fait, lui et moi... Je voulais juste l'avoir à l'œil. Contrairement à mon habitude, je n'ai pas dit à ma secrétaire d'enregistrer ses coordonnées dans nos archives. Au lieu de cela, je suis venu ici, et je les ai notées dans le dossier de Mac. Quelque part. » Le médecin revint au document.

Assommé, Havelock demeurait immobile au bord de sa chaise. Au cours des années passées dans le monde de l'ombre, il avait appris que les circonstances les plus incroyables se trouvent toujours les causes les plus plausibles. Il retrouva tout juste sa voix en expliquant : « Votre pathologiste n'a pas changé de nom parce qu'il savait que vous pouviez le poursuivre moins que quiconque. Réciproquement, il vous harponnerait *avec* ce nom, et pas sans.

Croyez-moi, docteur, tôt ou tard il vous aurait mis dedans, méchamment, et pour de bon.

— Je vois, dit Randolph, levant les yeux et fixant Michael. Il le pourrait encore, vous savez. Me mettre dedans, je veux dire.

— Je le pourrais aussi. Mais je ne le ferai pas, à moins que vous ne détruisiez l'information que porte cette page. Mais je ne vous en laisserai pas l'occasion. Par ailleurs, il ne s'en prendra jamais à vous parce que je ne lui en laisserai pas l'occasion. Il a commis la seule erreur qu'il ne pouvait pas commettre de sa bien étrange existence. Fatale erreur. Le nom, je vous prie.

— Colin Shippers. Pathologiste en chef, fondation Regency. C'est un centre de recherches privé. »

C'est bien davantage, docteur. C'est le lieu où l'on peut découvrir un paminyatchik, *faire le premier pas réel en direction d'« Ambiguïté », en direction de Parsifal.*

« Voici ce que je veux que vous fassiez, dit Havelock. Et j'ai bien peur que vous ne soyez forcé de le faire. »

Il était vital d'opérer immédiatement, mais aussi en aveugle ; et c'était pour Michael la chose la plus difficile au monde. La surveillance renforcée devait être abandonnée à d'autres et Havelock détestait cela, parce que son équipe agirait ainsi dans le noir complet, ne recevant que des consignes à suivre, sans raisons claires pour accomplir leur tâche. Il y a toujours des dangers inhérents à de telles méthodes ; la responsabilité sans le savoir ni l'autorité mène au ressentiment et le ressentiment est un proche parent du laisser-aller. Cela ne pouvait pas être permis. Malheureusement, on ne pouvait pas non plus enquêter sur les habitudes quotidiennes, les amis, les relations médicales, les lieux fréquentés... tous les détails qui pouvaient leur être utiles leur étaient refusés. Car si la mort de MacKenzie reliait le Dr Colin Shippers à l'embuscade initiale de la Costa

Brava — embuscade étrangère à la stratégie de la Maison-Blanche —, il se trouvait à la clinique sous les ordres de la taupe en place, le *paminyatchik* qui s'était chargé du code « Ambiguïté », et un *paminyatchik* dans cette situation ne confierait jamais une mission aussi délicate que le meurtre d'un officier des opérations clandestines de la C.I.A. qu'à l'un des siens propres. Il leur fallait donc opérer à partir de la présomption que Shippers était un itinérant, et que le moindre début d'alerte le précipiterait sous terre, brisant la chaîne avec « Ambiguïté », et avec elle toute possibilité de remonter jusqu'à la source. Les sources d'information étaient perpétuellement épiées par les itinérants ; bureaux personnels, références bancaires et de crédit, passés professionnels — y compris des interventions du F.B.I. —, tout cela était assidument épluché par des informateurs — volontaires et involontaires, Russes infiltrés ou employés menacés — qui prévenaient ces agents soviétiques parfaitement américanisés de ce que quelqu'un s'intéressait à eux. Ces méthodes, combinées avec les 4e , 5e et 6e amendements de la Déclaration des Droits, rendaient pratiquement impossible la capture d'un *paminyatchik*. Il était un citoyen, et placé sous la protection de la Constitution des États-Unis. Le temps que l'instruction se trouve close, qu'un grand jury rende une inculpation, et que l'accusé soit informé de la nature et de la cause de son crime éventuel, l'itinérant était parti depuis longtemps, pour ne reparaître que des semaines et des mois plus tard, sous une autre identité, avec un curriculum vitae flambant neuf, et fréquemment sous un nouveau visage, par la grâce des chirurgiens de Moscou.

Toutefois, ainsi que Rostov l'avait fait remarquer à Athènes, l'ironie de cette pénétration soviétique en profondeur résidait dans ses résultats tangibles. Bien trop souvent, « l'expérience » américaine aboutissait à saper l'engagement soviétique. A l'occasion de ses voyages, rares mais indispensables, vers la place Dzerzhinsky à Moscou, le *paminyatchik* était amené à d'inévitables comparaisons entre les deux pays. En dernière analyse, les itinérants étaient beaucoup moins rentables que le K.G.B. ne se croyait en droit de l'attendre, à l'aune de l'argent et des efforts consentis. Et cependant, menacer l'un d'eux était courir le risque de dévoiler l'ensemble du dispositif.

L'inconséquence n'est pas toujours l'apanage de ceux qui ont Dieu à leur côté, pensait Havelock.

Pourtant encore, il y avait les exceptions, et aucune révélation ne viendrait jamais d'elles. Une taupe du nom d'« Ambiguïté » qui écumait les corridors sacro-saints du Département d'État, et un pathologiste brillant et persuasif du nom de Colin Shippers, capable de sauter de laboratoire en laboratoire — combien de ces laboratoires étaient-ils des antennes du renseignement U.S. ? —, cela justifiait la dépense, et la main-d'œuvre allouée par Moscou à l'opération *paminyatchik*. « Ambiguïté » était à l'évidence le supérieur de Shippers, le contrôleur sur le terrain, et sans doute un satellite respectable dans le ciel du K.G.B. — mais il ne tenait pas informés de la crise actuelle ses contacts habituels du K.G.B. La Costa Brava, ainsi que toute la folie qu'elle représentait, n'était pas seulement désavouée par la place Dzerzhinsky, mais le peu qu'ils en savaient alarmait des hommes tels que Piotr Rostov.

C'était inévitable ; des événements s'étaient produits, qui ne pouvaient pas se produire sans complicités à Moscou. Un officier de la V.K.R. avait été piégé et blessé à Paris par le personnage central de la Costa Brava, et il ne fallait pas beaucoup d'imagination pour comprendre que les ordres suivis par cet officier avaient été brouillés afin d'en empêcher la reconstitution au sein de la mécanique complexe du renseignement russe. Pas étonnant que Rostov fût alarmé ; le spectre de la fanatique V.K.R. aurait suffi à effrayer le marxiste le plus consciencieux, tout comme il effrayait Havelock. Car il était clair que le mystérieux « Ambiguïté » adressait ses dépêches de routine à ses supérieurs du K.G.B., mais réservait ses informations les plus explosives à ses maîtres de la *Voennaya*.

Rostov subodorait le fait, mais ne pouvait pas le cerner, encore moins le démontrer. C'était la raison de son offre à un ancien homologue des opérations consulaires. *Il dit qu'il n'est plus notre ennemi, mais que d'autres le sont, qui pourraient aussi bien être les siens*.

Si Rostov avait su combien son intuition le servait bien, il aurait engagé une équipe de feu pour réaliser le contact, pensait Michael. Sur un point Rostov se trompait ; le Russe était toujours son ennemi. Fondamentalement aucun d'entre eux ne pouvait se fier à l'autre, parce que ni Washington ni Moscou n'aurait permis une telle confiance, et que même l'horreur attachée à Parsifal n'y changeait rien.

Inconséquence, futilité d'un monde qui perdait la boule... tout autant que son ci-devant sauveur, Anthony Matthias.

« Combien de temps penses-tu que cela prendra ? demanda Jenna, assise face à Havelock dans le petit réduit ensoleillé de la cuisine où ils prenaient leur café matinal.

— C'est difficile à dire. Cela dépendra de l'éloquence de Randolph et du temps nécessaire à Shippers pour soupçonner que la compagnie d'assurances est tout autre chose, quelque chose qui le mette en alerte. Ce peut être aujourd'hui, cette nuit, demain... le jour suivant.

— J'avais pensé que ton intention était que Randolph le force à une réaction immédiate. As-tu les moyens d'attendre ?

— Je n'ai pas les moyens de le perdre de vue ; il est le seul maillon que nous tenions. Son nom ne figure pas dans le rapport de laboratoire, ce qui lui a été facile à obtenir, avec la décision de Randolph de couvrir ce qu'il prenait pour un suicide. Shippers sait que Randolph ne peut les ramener à la surface qu'en s'accusant lui-même, ce qu'il ne ferait en aucun cas. Bien plus que des considérations pratiques, son ego s'y opposerait.

— Mais le plus important, c'est la rapidité, Mikhaïl, objecta Jenna. Je ne suis pas sûre de bien comprendre ta tactique. »

Havelock lui adressa un regard incertain. « Je n'en suis pas sûr non plus. J'ai toujours su que pour que les choses réussissent dans cette activité — cette prétendue profession qui est la nôtre — il fallait penser comme son ennemi, se mettre dans sa peau, puis faire ce qu'on est certain qu'il n'attend pas. Maintenant on me demande de penser comme quelqu'un avec qui je ne peux rien me trouver de commun, un homme qui doit littéralement être *deux personnes* à la fois. » Michael dégusta son café, les yeux fixés sur le rebord de sa tasse. « Imagine un peu. Une enfance américaine, l'adolescence, le base-ball, le football, leurs idoles — des amis d'école et d'université ; les sorties avec les filles pour parler de soi, les confidences à des gens qu'on aime vraiment. Ce sont les années où les secrets sont à donner ; c'est contre la nature humaine que de les garder pour soi — on ne grandit pas sans se confier. Alors explique-moi ça. Comment fait un tel homme, un *paminyatchik*, pour garder le seul secret qu'il ne puisse jamais révéler si profondément enfoui en lui-même ?

— Je n'en sais rien, mais tu as tout simplement décrit quelqu'un que je connais très bien.

— Qui ?

— Toi, mon chéri.

— C'est idiot. » Havelock posa sa tasse. Il était manifestement impatient de quitter la table.

« Idiot ? » Jenna lui saisit un instant la main. « A combien d'amis d'école et d'université, à combien de filles et de gens que tu aimais vraiment as-tu raconté Mikhaïl Havlicek et Lidice ? Combien connaissaient les tortures de Prague, et cet enfant qui se cachait dans la forêt, qui transportait des messages secrets et des explosifs attachés à son corps ? Dis-moi, combien savaient ?

— C'était sans objet. C'est de l'Histoire.

— Je n'aurais jamais su — *nous* n'aurions jamais su — si nos responsables n'avaient pas exigé des enquêtes approfondies sur le passé. Vos services de renseignements n'ont pas toujours envoyé leur élite dans notre partie de l'Europe, et nous payons les erreurs commises. Mais quand le dossier de la famille Havlicek nous est parvenu — le tout aisément vérifiable — il est arrivé scellé sous le bras d'un fonctionnaire du plus haut grade de votre Département d'État, qui l'a remporté avec lui. Il était clair que tes supérieurs immédiats — nos contacts habituels — ne savaient rien de tes origines. Elles étaient cachées, pour une raison ou une autre. Pour une raison ou pour une autre, tu étais deux personnes. Pourquoi, Mikhaïl ?

— Je viens de te dire que Matthias et moi en étions d'accord ; c'était de l'Histoire.

— Tu n'avais pas envie de vivre avec elle, alors. Tu voulais que cette partie de ton existence reste cachée, à l'abri des regards.

— Si tu veux.

— Je t'ai vu si souvent garder le silence en présence de gens plus âgés qui évoquaient le passé, ne jamais laisser paraître que tu l'avais connu. Parce qu'un mot de trop aurait pu conduire à ton secret, aux années dont tu ne voulais rien dire.

— Ça se tient.

— Comme ce Shippers, tu étais là sans y être, hors de vue. Tu écrivais sans signer.

— C'est une comparaison tortueuse.

— Approximative, peut-être, mais pas tortueuse, persista Jenna. Tu ne peux même pas prendre les renseignements habituels sur Shippers, parce qu'il se pourrait que tes informateurs le préviennent et qu'il disparaisse avec son secret. Tu attends qu'il donne suite à l'appel de Randolph, et finalement — c'est ce que tu espères — qu'il décide de tirer au clair la question de savoir si cette compagnie d'assurances est vraiment — comment dis-tu ?

— Réticente, suggéra Michael. Posant les dernières questions avant de se résoudre à liquider la police de MacKenzie. C'est l'usage ; ça les rend malades de verser de l'argent.

— Oui, tu crois qu'il va agir ainsi. Et quand il va s'apercevoir que l'assurance ne demande rien, il sera en alerte, et puis il bougera en direction de son contrôle "Ambiguïté"... C'est encore ce que tu espères.

— Je crois que c'est le comportement qu'il aura effectivement. C'est le moyen le meilleur et le plus sûr que je puisse trouver. N'importe quel autre l'enverrait sous terre.

— Et à chaque instant, il... » Jenna secoua la tête, cherchant ses mots.

« Il se concentre, dit Havelock. Imagine ça.

— Il se concentre, oui. Et chaque instant qui passe est perdu, une occasion de plus pour lui de repérer ceux qui le surveillent, ces hommes dont tu t'inquiètes parce que tu ne les connais pas et que tu ne peux pas les éclairer sur le véritable objet de leur travail.

— Je n'aime pas ça, mais on a déjà procédé ainsi.

— Pas vraiment dans de telles conditions, jamais avec d'aussi terribles conséquences en cas d'erreur. La rapidité est réellement tout dans cette affaire, Mikhaïl.

— Tu es en train d'essayer de me dire quelque chose et je ne vois pas quoi.

— Tu es effrayé à l'idée d'alerter Shippers, effrayé à l'idée qu'il pourrait disparaître.

— Terrifié est le mot.

— Alors ne le poursuis pas, *lui*. Poursuis l'homme qui s'est tu, celui qui était présent à la clinique lorsque MacKenzie est mort, mais dont la signature n'apparaît pas. De même que tu étais double à Prague, il incarne deux hommes ici. Poursuis celui que tu *vois* sans raison de penser qu'il y en a un autre, ou qu'il a quelque chose à cacher. »

Havelock posa le doigt sur sa tasse, les yeux fixés sur ceux de Jenna. « Rechercher un pathologiste de laboratoire, dit-il tranquillement. En supposant qu'il fallait bien quelqu'un avec Randolph... Confirmation. La compagnie d'assurances exige la confirmation d'un médecin.

— Chez moi, cinq signatures suffisent à peine à valider le moindre document.

— Bien entendu, il ne voudra pas.

— Pourra-t-il ? Il était bien là.

— Il dira à Randolph qu'il ne peut pas le soutenir, faire ouvertement sien le diagnostic d'hémorragie aortique.

— A ce point il me semble que le docteur devrait se montrer très ferme. Si telle est l'appréciation médicale de Shippers, pourquoi ne l'a-t-il pas exprimée plus tôt ? »

Michael sourit. « C'est excellent. Renvoyer tel quel son courrier à un maître chanteur.

— Pourquoi pas ? Randolph possède — comment dis-tu ça ? — l'influence. L'âge, la réputation, la richesse ; qui est ce Shippers pour s'opposer à lui ?

— Rien de tout ça ne fait la moindre fichue différence, de toute façon. Simplement, nous l'obligeons à une réaction rapide. Pour son propre salut — pas même en tant qu'itinérant, mais comme médecin —, il va falloir qu'il mesure à quel point les assureurs sont sérieux. S'ils ont pris une mesure de routine ou s'ils veulent vraiment aller plus loin. Puis il découvre qu'il n'y a rien, et il faut à nouveau qu'il réagisse.

— Quel est l'emploi du temps aujourd'hui ? demanda Jenna.

— Une première équipe va prendre Shippers à la sortie de son appartement ce matin. Une seconde prendra le relais dans les locaux de la fondation Regency.

— Comment cela ?... Désolée, je n'écoutais pas cette nuit, quand tu as téléphoné.

— Je sais, je t'observais. Tu as trouvé quelque chose ?

— Tout à l'heure, peut-être. Comment tes hommes se sont-ils introduits dans les bâtiments ?

— La fondation Regency est une firme privée, avec sa part de sous-traitance secrète pour le gouvernement. C'est la raison évidente de la présence de Shippers. Beaucoup de leurs contrats tiennent à la

Défense. Regency a été la première firme à étudier le rayon d'action du napalm. Il est banal de voir là-bas des technocrates du gouvernement et de l'armée, brassant du papier d'un air officiel. A compter de ce matin, ils sont deux de plus.

— J'espère que personne ne leur posera de questions.

— Ils n'auraient pas à y répondre, selon la règle. D'ailleurs ils auront des porte-documents et des plaques d'identité à leurs revers. Si quelqu'un vérifie, ils sont couverts. » Havelock consulta sa montre en se levant de table. « Randolph doit appeler entre dix heures et dix heures et demie. Allons-y. Je vais le joindre et lui donner son nouveau texte.

— Si Shippers réagit, dit Jenna en descendant derrière Michael dans le vestibule, en direction du bureau boisé, il ne se servira pas du téléphone de son bureau.

— Il y a trois unités mobiles dans les rues, espacées d'un pâté de maisons, chacune en contact radio, avec des montres photographiques actionnées par le mouvement du bras. Elles peuvent se déplacer à pied et en voiture — des voitures dispersées dans la circulation. Si ces unités sont bonnes à quelque chose, elles ne le lâcheront pas.

— Mais tu t'inquiètes tout de même à leur sujet, n'est-ce pas ?

— C'est juste. » Havelock ouvrit la porte du bureau et la retint pour Jenna. « Je le serais encore plus s'il n'y avait pas un type du nom de Charley, qui a voulu me mettre une balle dans la tête à l'île de Poole.

— Celui des opérations consulaires ? »

Michael hocha la tête, en se dirigeant vers le bureau. « Il est arrivé cette nuit par avion, à ma demande personnelle, ce qui ne lui a pas vraiment fait plaisir. Mais c'est un bon élément, il est méthodique, et il sait que Shippers est compromis dans la crise de Matthias. Cela suffit à le rendre meilleur qu'il n'a jamais été. Il est responsable de l'opération, et s'il ne s'étrangle pas avec le radio-téléphone, il me tiendra informé, il me fera savoir si quoi que ce soit va de travers. »

Jenna s'était rendue à son propre bureau — le canapé ; sur la table à café qui lui faisait face se trouvaient des rames de papier en bon ordre, et plusieurs pages de notes manuscrites. Elle s'assit et s'empara d'un rapport dactylographié. Elle parla tout en lisant, d'une voix vague, son attention dispersée. « Es-tu entré en contact avec la compagnie d'assurances ?

— Non, c'est un risque que je ne veux pas courir, répondit Havelock, prenant place au bureau et regardant Jenna, mais distraitement. La police d'assurances de MacKenzie pourrait bien être marquée.

— Tu as probablement raison.

— Qu'est-ce que tu fais là ? C'est le même document que tu consultais la nuit passée.

— Il s'agit d'un rapport de la C.I.A. La liste des transfuges soviétiques potentiels des dix dernières années, dont aucun ne s'est matérialisé.

— Cherche un spécialiste du nucléaire ou un stratège des armements qui aurait disparu.

— Il y en a d'autres qui disparaissent, Mikhaïl », dit Jenna, tout en lisant et en s'emparant d'un stylo.

Havelock garda les yeux sur elle pendant un long moment, puis les baissa sur une feuille de papier criblée de différents numéros de téléphone. Il en choisit un, décrocha, et composa ce numéro.

« C'est un franc salopard, je vous garantis, éclata le Dr Matthew Randolph. Quand je lui ai exposé l'affaire, il s'est mordu la langue, il a posé une ou deux questions sur le ton du croque-mort négociant avec le mandataire de la famille, et puis il a dit qu'il me recontacterait.

— Comment avez-vous présenté l'affaire, et quelles étaient ses questions ? » demanda Michael, en reposant la page du répertoire du Pentagone où étaient portées les identités des officiers principaux de l'état-major d'alerte nucléaire. Il y avait entouré un nom. « Essayez d'être aussi précis que possible.

— J'ai l'intention d'être *parfaitement* précis, répliqua le chirurgien avec irritation.

— Je ne pensais qu'au choix des mots, des tournures qu'il a employées.

— Ce ne sera pas difficile ; ses expressions furent rudement peu nombreuses et rudement brèves... Comme vous le pensez, il a dit que je n'avais pas le droit de l'impliquer, que c'était entendu entre nous. Il m'avait seulement communiqué ses conclusions, et la façon dont je les avais trafiquées, c'était mon problème et pas le sien. Alors j'ai dit que je n'étais pas un foutu avoué, mais que si ma mémoire des détails m'était fidèle, il avait joué un rôle et il n'y avait pas à sortir de là, que je grillerais en enfer avant que Midge MacKenzie et les gosses soient spoliés de ce qui leur revenait.

— Excellent jusqu'à maintenant. Quelle fut sa réponse ?

— Aucune, alors j'ai continué de tonner. Je lui ai dit qu'il était un sacré imbécile s'il pensait qu'il était resté invisible ici il y a quatre mois, et encore plus imbécile s'il croyait que qui que ce soit parmi mon personnel penserait que j'avais passé des heures tout seul dans le laboratoire de pathologie sur le cadavre d'un ami.

— Vraiment excellent.

— Il a su répondre à ça. Comme un pain de glace doué de parole, il a demandé qui précisément était au courant. »

Havelock eut un brusque spasme dans la poitrine, le spectre de morts inutiles se dressant devant lui. « Qu'avez-vous dit ? Avez-vous nommé qui que ce soit ?

— Zut, j'ai dit que probablement tout le monde était au courant ! »

Michael se détendit. « Nous devrions vous embaucher, docteur.

— Je ne suis pas dans vos prix, fiston.

— Je vous en prie, poursuivez.

— J'ai un peu fait machine arrière, je lui ai dit qu'il se faisait une montagne de bien peu de chose. J'ai dit que le gars qui était venu me voir de la part de la compagnie d'assurances garantissait qu'il ne s'agissait que d'une formalité, qu'ils avaient besoin d'une seconde signature sur le rapport avant d'expédier le chèque. Je lui ai même suggéré de téléphoner à Ben Jackson, des assurances Talbot, s'il était gêné, que Ben était un vieil ami...

— Vous lui avez donné un nom ?

— Bien sûr. Ben est effectivement un vieil ami ; il a dressé la police de Mac. J'ai supposé que si quiconque téléphonait à Ben, il m'appellerait pour me demander de quoi diable il retourne.

— Et que vous prépariez-vous à répondre ?

— Que ce quiconque était mal informé. Que c'était moi qui voulais la seconde signature pour mes propres archives.

— Qu'est-ce que Shippers a dit ?

— Seulement quelques mots, sur le ton d'un ordinateur congelé. Il m'a demandé si j'avais dit qui il était à Ben ou à l'envoyé de la compagnie d'assurances.

— Et ?

— J'ai répondu : non, je ne l'ai pas dit. Il fallait ce qu'il fallait, et je croyais que le mieux était de régler ça tranquillement. A lui de passer ici et de signer le foutu rapport sans tambour ni trompette.

— Sa réponse sur ce point ?

— A nouveau salement brève et exsangue. » Randolph prit un temps, et espaçant des mots monocordes : « "Est-ce que vous m'avez tout dit ?" s'enquit-il. Je vous garantis que c'est un zombie.

— Qu'avez-vous dit ?

— J'ai répondu : oui bien sûr, qu'y avait-il d'autre ? C'est à ce moment qu'il m'a dit qu'il me rappellerait. Simplement comme ça, "Je vous rappellerai", avec cette voix d'outre-tombe. »

Havelock respira profondément, ses yeux revenant aux noms du répertoire du Pentagone, sur un nom en particulier. « Docteur, ou bien vous avez fait un boulot remarquable, ou bien je vais me payer votre tête.

— De quoi diable parlez-vous ?

— Si vous aviez fait ça à ma façon, en vous servant de la seule compagnie d'assurances, sans aucun autre nom, Shippers aurait supposé que le décès de MacKenzie était réexaminé par une tierce partie, sans vous le dire. Mais maintenant, s'il appelle ce Jackson, il saura que vous mentez.

— Eh bien quoi ? Même résultat, n'est-ce pas ?

— Pas pour vous, docteur. Et nous ne pouvons pas téléphoner à votre ami ; nous ne pouvons pas courir ce risque. Pour votre sécurité, j'espère qu'il est parti à la pêche. Et je vous le dis sérieusement — si vous m'avez créé une nouvelle complication, j'aurai le plaisir de voir votre tête tomber.

— Eh bien, voyez-vous, mon jeune ami, j'ai un petit peu réfléchi à tout cela. Il pourrait y avoir deux têtes qui dévaleraient une rue à deux voies, vous ne croyez pas ? Vous êtes là, un merdeux de la Maison-Blanche, qui me raconte que le bras séculier de notre gouvernement est en train d'essayer d'étouffer le meurtre odieux d'un héroïque ancien combattant, employé de la C.I.A., et moi je suis simplement le médecin de campagne qui s'efforce de préserver les intérêts de la veuve et de l'orphelin, parce qu'ils ont souffert davantage que quiconque n'avait le droit de le leur demander. Et vous prétendez vous mesurer à moi, fils de pute ?

— Veuillez m'appeler s'il vous revient quoi que ce soit de nouveau, docteur Randolph. »

Assis à l'avant de la conduite intérieure grise, l'officier de section spéciale Charley Loring, des opérations consulaires, précédemment sur l'île de Poole, se frotta les yeux et porta un thermos de café noir à ses lèvres. Le chauffeur lui était délibérément étranger. C'est-à-dire que Loring ne l'avait jamais vu avant vingt-deux heures, la nuit précédente, le moment où il avait rencontré l'ensemble de l'unité sélectionnée par Havelock sur les registres spéciaux que lui avait soumis le F.B.I., à la requête du ministère de la Justice. Cette unité était maintenant placée sous sa responsabilité, la mission de surveillance renforcée était comprise, les raisons n'avaient pas été révélées, ce qui n'était pas la meilleure chose à faire, en considération du talent supérieur mis en œuvre.

Compte tenu de la faible — très faible — tentative de Havelock pour le caresser dans le sens du poil, Charley Loring savait que l'ancien exécutant des opérations consulaires plaidait un peu *pro domo* en revendiquant le « difficile privilège ». Le seul indice que Havelock lui avait donné était que ce Shippers était lié à l'île de Poole, et c'était suffisant pour Charley. Havelock était un spécialiste du coup bas, et il avait bien roulé ceux de Savannah, mais s'il jouait un rôle dans le spectacle Matthias à Washington, il était plus à plaindre qu'eux. Loring ferait ce qu'il pourrait pour être utile. Il y avait des circonstances où les sympathies et les antipathies ne signifiaient plus grand-chose, la catastrophe — la tragédie — de l'île de Poole en étant un exemple.

L'unité s'était rassemblée à dix heures à Sterile Eleven dans Quantico, et elle était restée jusqu'à quatre heures du matin à passer en revue les aléas de la surveillance renforcée, sans rien savoir de son objectif. Ils avaient une photographie de lui, mais à part une description inadéquate fournie par Randolph, c'était à peu près tout ce qu'ils possédaient, et cela non plus n'était pas adéquat. C'était un agrandissement réalisé à Sterile Eleven d'après un almanach de l'école de médecine Jefferson, 1971, almanach repéré par l'antenne du F.B.I. à Philadelphie. On n'avait donné aucune explication aux agents qui l'avaient trouvé, exigeant seulement d'eux le plus complet secret. En fait, ce document avait été dérobé à la bibliothèque de l'université par un agent qui l'avait dissimulé sous son manteau. En étudiant l'agrandissement granuleux, l'unité devait se représenter un visage considérablement vieilli, et dans la mesure où elle était coupée de quiconque avait vu Shippers depuis quatre mois, elle ne pouvait pas écarter la possibilité d'une barbe ou d'une moustache. On ne pouvait parler à personne du Dr Colin Shippers, absolument personne. Ordre de Havelock.

La première équipe de surveillance avait écarté l'hypothèse d'une addition pileuse sur le visage de l'objectif ; des verres teintés et une silhouette plus massive étaient les modifications essentielles intervenues dans son apparence depuis la photo de l'almanach. Les hommes qui se trouvaient à l'intérieur de la fondation Regency avaient appelé deux fois sur les ondes ; ils avaient pris en charge Shippers. Un des hommes se trouvait dans le vestibule attenant au laboratoire où travaillait le pathologiste ; un autre couvrait son bureau depuis l'étage inférieur. L'attente a commencé, pensa Loring. Mais qu'attendait-on ?

Les heures ou les jours le diraient. Tout ce que savait Charley Loring, c'était qu'il avait fait tout son possible pour disposer efficacement son unité : largement espacée et ses contacts organisés pour assurer la plus grande discrétion. Les voitures se trouvaient à des carrefours, la sienne propre à quelque distance du centre de recherches, avec une perspective idéale sur l'entrée et le garage du personnel adjacent.

Un bourdonnement aigu et sec vint de la console du tableau de bord ; c'était un signal de l'un des hommes de l'intérieur. Loring se saisit du micro, libéra le bouton et parla. « S-Cinq. Qu'est-ce que c'est ?

— S-Trois. Il vient juste de sortir du labo, il avait l'air pressé.

— Aucune indice ?

— J'ai entendu sonner le téléphone là-dedans il y a quelques minutes. Il est tout seul et il pouvait donc parler, mais curieusement je n'ai pas pu surprendre la moindre conversation.

— Ça va comme ça. Restez où vous êtes, et hors de vue. »

Loring remit en place le micro, et ce fut seulement pour entendre un deuxième appel discordant avant d'avoir pu s'adosser de nouveau.

« S-Cinq.

— S-Deux. L'objectif s'est rendu dans son bureau. D'après sa démarche et son comportement général... il est agité.

— Bonne description ; ça colle avec l'autre. Nous pourrions intervenir plus tôt qu'aucun d'entre nous...

— Restez en ligne », demanda Surveillance-2 tandis que des parasites envahissaient le haut-parleur. L'homme avait fourré son poste sous son vêtement sans couper le circuit. Sa voix revint quelques secondes plus tard. « Désolé. L'objectif est ressorti immédiatement et j'ai dû m'interrompre. Il a quitté sa blouse blanche et il est en costume de ville. Même imperméable mastic, même chapeau mou effondré. Je suppose qu'il vous arrive.

— Je le crois aussi. Terminé. » Loring conserva le micro en main et se tourna vers le chauffeur. « Préparez-vous, le colis vient dans notre direction. Si je dois aller à pied, remplacez-moi. Je garderai le contact. » Il saisit et sortit de sous sa veste la minuscule radio à main, contrôla les piles par habitude. Puis il releva sa manche gauche, découvrant l'appareil de prises de vues miniaturisé fixé sous son poignet gauche. Il fit pivoter sa main et entendit le déclic étouffé ; il était prêt. « Je me demande qui est ce Shippers », dit-il, en surveillant l'entrée de la fondation Regency.

Le téléphone sonna, brisant l'attention que Havelock portait à ses notes du Pentagone. Il décrocha.

« Oui ?

— Cross ? »

Michael cilla en identifiant le timbre strident de Randolph. « Oui, docteur ?

— Peut-être que nous allons tous deux garder notre tête. Ben Jackson vient d'appeler à l'instant, enragé comme un grain de force 8.

— A quel propos ?

— Il semble qu'un certain avocat lui a téléphoné pour demander quand le solde de la police d'assurances de MacKenzie serait réglé.

— Shippers, dit Havelock.

— C'est ça, et Ben était fou furieux. Il n'y avait pas de solde à régler. Il y a deux mois que la somme entière a été adressée au représentant de Midge.

— Pourquoi Jackson vous a-t-il appelé, vous, et non pas le mandataire de Mme MacKenzie ?

— Parce que Shippers — je suppose que c'était Shippers ou quelqu'un qui parlait pour lui — était tout retourné et qu'il a dit qu'il y avait une confusion au sujet de signatures sur un rapport médical ; il a demandé si Ben savait quelque chose à ce sujet. Bien entendu, Ben a dit qu'il ne savait rien ; le règlement avait été fait — et traité par son agence — et c'était tout. Il a ajouté qu'il n'appréciait pas que sa réputation...

— Écoutez-moi bien, interrompit Havelock, ma tête à moi ne va pas sauter, mais peut-être venez-vous de casser la vôtre. J'exige que vous restiez dans votre bureau et que vous n'ouvriez à personne jusqu'à ce que je puisse vous envoyer deux hommes. Si qui que ce soit essaie de vous joindre, faites répondre par la réception que vous êtes en train d'opérer.

— Laissez tomber ça ! brailla Randolph. Je ne me soucie pas d'une morve mielleuse comme Shippers. Qu'il vienne seulement ici, et je le ferai flanquer dans une cellule capitonnée par un des vigiles.

— Si les choses pouvaient se passer ainsi, je vous baiserais les pieds, mais ce ne sera pas Shippers. Il se pourrait qu'il téléphone ; c'est aussi probable que sa venue, et c'est ce qui peut vous arriver de mieux. Dans ce cas, dites que vous êtes désolé pour le pieux mensonge, mais qu'après y avoir beaucoup pensé vous avez voulu vous couvrir pour ce rapport.

— Il ne croirait pas ça.

— Moi non plus, mais c'est un atermoiement. J'aurai des gars là-bas dans l'heure qui vient.

— Je n'en veux pas !

— On ne vous demande pas votre avis, docteur Randolph, dit Michael, raccrochant et plaçant immédiatement devant lui sa page de numéros de téléphone.

— Penses-tu vraiment que Shippers s'en prendra à lui ? demanda Jenna, debout près de la fenêtre avec son rapport de la C.I.A.

— Pas en personne, mais d'autres seront envoyés là-bas ; non pas d'abord pour le tuer, mais pour l'enlever. Le prendre et l'avoir tout seul là où ils pourront lui appuyer sur la tête jusqu'à ce qu'ils sachent pour qui il agit, pour qui il ment. Ce serait plus gentil de le tuer. » Havelock étendit la main vers le téléphone, les yeux sur sa page.

« D'un autre côté, remarqua Jenna, sachant que Randolph mentait, sachant qu'il était impliqué, Shippers a réagi plus vite que nous ne le pensions. A quand remonte le dernier appel de Loring ?

— Plus d'une heure. Shippers est descendu en ville avec un taxi. Ils le suivent à pied maintenant. Nous devrions bientôt avoir des nouvelles. » Michael forma un numéro, obtint rapidement la ligne. « Ici Sterile Five, Fairfax. Sous ce nom de code j'ai été conduit hier sous escorte à la clinique Randolph. Comté de Talbot, Maryland, côte Est. Voulez-vous confirmer, je vous prie ? » En attendant la réponse, Havelock couvrit le combiné pour dire à Jenna : « Je viens de penser à quelque chose. Avec un peu de chance nous allons transformer notre passif en actif. » Au téléphone : « ... Oui, c'est exact. Une équipe de trois ; départ à onze heures zéro zéro. Pouvez-vous prendre les consignes ?... Détachez deux hommes, envoyez-les là-bas immédiatement, par priorité. L'objectif est le Dr Matthew Randolph ; il faut le protéger à vue, mais il y a un détail. Je veux que les gars se fondent dans le paysage — garçons de salle, personnel, ce que je pourrai arranger avec

Randolph. Dites-leur de se mettre en route et de m'appeler par radio-téléphone dans vingt minutes ; passez ça vous-même. » De nouveau, Michael se tut et regarda Jenna tandis que le central du Service secret pointait les ordres de route. « Randolph pourrait bien nous avoir encore rendu service en prenant un risque personnel dont il n'aura jamais conscience.

— Si jamais il collabore.

— Il n'a pas le choix, je t'assure. » Le central revint ; Havelock écouta, puis parla. « Non, c'est bien ainsi. En fait, je préfère des hommes qui ne soient pas allés là-bas hier. A propos, le code sera... » Michael s'arrêta, ses pensées revenant au Palatin, vers un mort dont les paroles l'avaient conduit sur la côte Est, dans le Maryland. « Apache, dit-il. C'étaient des chasseurs. Dites à Apache de m'appeler dans vingt minutes. »

Le Dr Matthew Randolph rugit et protesta en vain. Ou bien il coopérerait, lui dit Havelock, ou bien on jouerait chacun pour soi sans préjudice des retombées et de l'affrontement évoqué précédemment. « M. Cross » était décidé à pousser les choses au bout, même s'il fallait donner acte du meurtre d'un officier opérationnel de la C.I.A. nommé Steven MacKenzie. Et Randolph, se voyant entre Charybde et Scylla, entra dans le jeu avec des qualités d'imagination acceptables. L'équipe Apache serait deux cardiologues en visite, des Californiens, équipés avec blouse blanche et stéthoscope.

Les ordres de Havelock ne laissaient pas de place à l'interprétation. Quiconque se présenterait pour Matthew Randolph — et quelqu'un viendrait fatalement — devait être pris vivant. Blessé à la rigueur, mais uniquement aux jambes, aux pieds, rien au-dessus de la ceinture.

C'était là un ordre à quatre zéros, aucun n'étant plus sacré dans les services clandestins.

« Havelock, ici Loring.

— Comment ça se passe ?

— Mon chauffeur dit qu'il n'a pas pu vous toucher.

— J'étais en ligne avec un médecin coléreux, mais en cas d'urgence votre bonhomme pouvait m'interrompre. Il le sait très bien.

— Ça n'a pas été le cas et ça ne l'est pas. Mystère. » Loring s'arrêta. Le silence était pénible.

« Qu'est-ce qui se passe, Charley ?

— Justement. Rien. Le taxi a déposé Shippers devant les grands magasins Garfinckle. Il est entré, il a téléphoné du rez-de-chaussée, et depuis une heure il est en train de se balader dans les rayons pour hommes du cinquième. J'appelle de là ; je l'ai en vue.

— Il attend quelqu'un.

— Si c'est ça, il n'est pas vraiment discret.

— Qu'est-ce que vous voulez dire ?

— Il s'achète des vêtements comme s'il partait en croisière, il fait des essayages et il plaisante avec les vendeurs. Il se donne en spectacle.

— C'est inhabituel, mais soyez patient. Le point important est qu'il ait téléphoné, qu'il ait fait son premier geste vers l'extérieur. Vous vous débrouillez très bien.

— Qui diable est-il, Havelock ? »

Michael réfléchit. Loring méritait d'en savoir plus ; c'était le moment de le laisser approcher de la vérité. Tant de choses étaient entre les mains de cet officier efficace au franc-parler.

« Un agent infiltré en profondeur, capable de faire sauter l'île de Poole hors du port de Savannah. Je suis heureux que vous soyez sur place, Charley. Il faut absolument que nous sachions qui est cet homme.

— Entendu, merci. Tous les étages et toutes les sorties sont surveillés, nous sommes en contact et les appareils de prises de vues sont en batterie. S'il fallait choisir, on laisse tomber Shippers et on reste avec son contact ?

— Il se peut que vous n'ayez pas à le faire. Vous le reconnaîtrez peut-être. Sans doute pas les autres, mais vous le pourriez.

— Mon Dieu, il est du *Département d'État* ?

— Exact. Mon suspect est assez grand, quarante-cinq ans ou la cinquantaine, et un genre de spécialiste. Si donc vous le reconnaissez, restez loin à l'écart jusqu'à ce qu'ils se séparent, puis agrafez Shippers et amenez-le ici. Mais quand vous en serez au contact, soyez très rapide, prenez toutes les précautions, et faites attention à la capsule empoisonnée.

— Shippers est infiltré aussi profondément ? Doux Jésus, comment font-ils ?

— Passé composé, Charley. Ont fait. Il y a longtemps. »

L'attente aurait été insupportable sans la fascination grandissante que Havelock éprouvait pour un certain capitaine de corvette Thomas Decker, sorti d'Annapolis en 1961, ancien commandant du sous-marin *Starfire*, et membre de l'état-major d'alerte nucléaire du Pentagone. Decker était un inexplicable menteur.

Michael avait parlé aux quinze officiers principaux de cet état-major, rappelant certains deux fois, quelques-uns à trois reprises, sous couleur de mettre à jour les notions présidentielles sur le clair fonctionnement de leur organisme. Dans la plupart des cas les premiers propos avaient été réservés — tous, bien sûr, demandant confirmation du standard de la Maison-Blanche —, mais au fur et à mesure qu'ils conversaient et que ces officiers réalisaient que Havelock savait de quoi il parlait, ils étaient devenus moins circonspects et plus précis, dans les limites absolues de la sécurité. Chaque situation possible était assortie d'une réaction théorique, et en dépit de ses véritables raisons de parler à chacun de ces hommes, Havelock avait été impressionné. Si les lois physiques établissent qu'à toute action correspond une réaction égale et opposée, les équipes de l'état-major avaient produit une équation plus satisfaisante. A toute attaque nucléaire ennemie, la réaction était tout sauf égale ; elle était brutalement supérieure. De ce point de vue, même les interventions du capitaine de corvette Decker étaient draconiennes. Il démontrait qu'un cercle de sous-marins nucléaires en maraude pouvait démolir toutes les installations ennemies d'importance en quelques minutes, depuis l'Atlantique Nord jusqu'à la mer Noire sans oublier ce qu'il y a entre les deux. Il ne mentait pas en ce domaine ; mais dans un autre. Il déclarait n'avoir jamais rencontré le secrétaire d'État aux Affaires Étrangères, Anthony Matthias.

Son nom était apparu sur trois relevés téléphoniques différents du bureau de Matthias, au cours des six mois passés.

Il était bien entendu possible que Decker ait dit vrai, qu'il n'ait pas rencontré Matthias *en personne*, qu'il lui ait seulement parlé au téléphone. Mais en ce cas, pourquoi ne l'avait-il pas précisé spontanément ? Quelqu'un à qui l'on demande s'il connaît un homme d'État de l'importance de Matthias ne s'empresse pas de répondre non sans nuancer tout de suite en mentionnant l'accointance téléphonique. Ce n'était pas naturel, c'était en fait contradictoire de la part d'un officier de marine manifestement ambitieux, en pleine ascension au sein du Pentagone, et donc porté à se cramponner férocement aux basques d'Anthony Matthias.

Thomas Decker, de l'U.S. Navy, avait menti. Il connaissait effectivement Matthias et, pour des raisons mystérieuses, ne se souciait pas de l'admettre.

Le moment était venu d'appeler une quatrième fois le capitaine de corvette Decker.

« Vous savez, monsieur Cross, je vous ai livré à peu près tout ce que je pouvais, ou devais, sur ces questions. Je suis sûr que vous comprenez que je suis soumis à une réserve dont seul le Président peut me libérer — en personne, dois-je ajouter.

— Je comprends cela, capitaine, mais je suis égaré par l'une de mes notes. Cela n'a probablement rien à voir avec ce dont nous avons parlé, mais le secrétaire d'État n'a pas compris non plus. Vous avez dit que vous ne le connaissiez pas, que vous ne l'aviez jamais rencontré. »

Le silence de Decker était aussi chargé d'électricité que ses données sur la guerre nucléaire sous-marine. « C'est ainsi qu'il l'entendait, dit-il paisiblement. Il a dit qu'il devait en être ainsi.

— Merci, capitaine. A propos, monsieur le secrétaire d'État essayait de mettre le doigt dessus ce matin. Il ne pouvait pas se rappeler le lieu de votre dernier entretien.

— Le pavillon, bien sûr. En août ou en septembre, je pense.

— Bien sûr. Le pavillon. Le Shenandoah.

— C'était là, de toute éternité. Personne n'en savait rien. Il n'y avait que nous. Comment se peut-il qu'il ne s'en souvienne pas ?

— Merci, capitaine. Au revoir. »

Le Shenandoah.

La sonnerie était perçante, ininterrompue ; le standard signalait une urgence de cette manière. Havelock arpentait la pièce, méditant ; il se rua à travers la pièce et empoigna le combiné. C'était Loring.

« Je vais vous apporter moi-même ma tête sur un plateau ! Dieu, je suis *désolé* !

— Vous l'avez perdu, dit Michael, effondré, la gorge sèche.

— *Bon Dieu*. Je vais renvoyer mes foutues accréditations une par une !

— Calmez-vous, Charley. Que s'est-il passé ?

— Une substitution. Une *bon Dieu de substitution !* Je... je ne m'y attendais pas du tout ! J'aurais dû, mais je ne m'y attendais *pas* !

— Dites-moi ce qui s'est passé, répéta Michael, s'asseyant tandis que Jenna se levait du canapé et s'approchait du bureau.

— Shippers a payé les marchandises qu'il avait

achetées, en demandant qu'on livre la plupart, excepté deux cartons qu'il a gardés avec lui. Il s'est rendu aux cabines d'essayage et il en est sorti en tenue de ville, même imperméable, même chapeau mou, portant les cartons.

— Il les tenait bien haut, coupa Havelock avec accablement, traversé de nouveau par le sentiment d'inconséquence, de futilité.

— Naturellement, admit Loring. Je l'ai suivi vers l'ascenseur, à plusieurs allées de distance — dévisageant carrément chaque fils de pute présent au rayon pour hommes, pensant que l'un d'eux pouvait être votre homme. Un sale fils de pute qui se serait frotté à Shippers et qui aurait reçu quelque chose de lui. La porte de l'ascenseur s'est refermée, et j'ai joint les hommes de chaque étage pour que chaque arrêt soit couvert, et que chacun fonce rejoindre en bas les autres, aux sorties extérieures, à la seconde même où l'ascenseur dépasserait son étage. Mon S-9 l'a pris en charge à la porte qui donne sur la 14e Rue, et il l'a suivi en nous envoyant sa position par radio ; on s'est dispersé à pied et en voiture. *Dieu !*

— Quand est-ce arrivé ? demanda Michael.

— A l'angle de la 11e, quatre minutes après que j'eus quitté le magasin, et je suis sorti le dernier. L'homme a hélé un taxi, jeté les cartons à l'intérieur, et juste avant de monter il a ôté son chapeau. Ce n'était pas Shippers du tout. C'était un type plus âgé de dix ou quinze ans, et à peu près chauve.

— Qu'est-ce que votre S-9 a fait ?

— De son mieux. Il a essayé d'arrêter le taxi, sans succès : il avait foncé droit dans un espace fluide de la circulation. Il nous a appelés, détaillant tout, donnant le numéro du taxi et son signalement. Cinq d'entre nous sont retournés en courant au magasin, prenant les sorties qu'ils pouvaient, mais nous savions tous que nous l'avions perdu. S-11 et 12 ont poursuivi le taxi ; je leur ai dit de ne pas le lâcher, même s'il fallait contrevenir aux dernières règles du code de la route... Puisque nous avions perdu l'objectif, nous pouvions toujours attraper son remplaçant. Ils l'ont pris six pâtés de maisons à l'ouest, et il n'y avait personne à l'intérieur. Seulement l'imperméable, le chapeau, et les deux cartons jetés sur le plancher.

— Le chauffeur ?

— Il a dit qu'un tordu était monté, avait retiré son imper, lui avait donné cinq dollars, et avait sauté dehors au feu suivant. Les gars emportent les cartons pour d'éventuelles empreintes.

— Ils ne trouveront rien qui corresponde sur les ordinateurs du F.B.I.

— Je suis *désolé*. Havelock, je suis vraiment désolé. Toute la scène jouée par Shippers faisait diversion, et j'ai marché. Il a fallu que je choisisse cette occasion entre toutes pour perdre mon instinct. »

Michael secouait la tête tout en parlant. « Vous ne l'avez pas perdu, Charley, je vous l'ai sorti de la tête. Au moins, vous avez perçu une faille dans le programme, et moi je vous ai dit de n'y plus penser. Je vous ai dit de prendre patience et de vous concentrer sur un homme qui n'avait jamais eu l'intention d'y être.

— Vous n'avez pas besoin de le prendre ainsi, dit Loring. Je ne le ferais pas à votre place.

— Vous n'en savez rien. Par ailleurs, j'ai besoin de vous. Vous ne décrochez pas, Charley, il me faut cet instinct qui est le vôtre. Il y a un officier de marine au Pentagone, un certain capitaine de corvette Thomas Decker. Derrière un écran très épais, trouvez tout ce que vous pourrez à son sujet. Tout.

— Un agent infiltré ?

— Non. Un menteur. »

Jenna prit appui sur le bureau à côté de Michael, cependant qu'il étudiait les noms et brèves présentations des hommes qu'elle avait sélectionnés dans les rapports de la C.I.A., des opérations consulaires, et des Services secrets de l'Armée. Parmi cent trente-cinq transfuges soviétiques potentiels qui n'étaient jamais passés à l'Ouest et dont la résidence habituelle n'était pas non plus connue, elle en avait choisi huit pour étude prioritaire.

Michael examina cette liste, la reposa et se tourna lentement vers elle. « On a eu une journée pourrie. Ce n'est pas le moment de plaisanter.

— Je ne plaisante pas, Mikhaïl, dit Jenna.

— Il n'y a pas un expert en armements ni un militaire de haut rang, même pas un savant atomiste, là-dedans. Ce sont des médecins, des spécialistes — âgés maintenant, aucun ne touchant de près ou de loin à aucune espèce de plan stratégique ni de force de frappe nucléaire.

— Parsifal n'a pas besoin qu'ils y touchent.

— Alors peut-être n'ai-je pas été clair au sujet de ce que *disent* ces documents, fit Havelock. Ils énoncent une série d'initiatives nucléaires — attaques du premier et second degré, contre-attaques d'interception, neutralisation territoriale et récupération automatique — des conceptions stratégiques détaillées qui ne sauraient être élaborées et négociées que par des experts.

— Matthias ne transportait pas lesdites conceptions dans sa tête, tu l'as assez dit.

— Bien sûr que non, et c'est bien pourquoi je suis derrière les hommes de l'état-major d'alerte — l'un d'eux en particulier. Mais Parsifal *possédait* ces conceptions. Il les lui fallait à disposition. C'étaient les parcelles avec lesquelles il marchandait dans leur jeu insensé.

— Alors il manque quelqu'un, insista Jenna, contournant le bureau, puis faisant brusquement face à Havelock. Qui parlait au nom de la République populaire ? Qui mettait en jeu la position de la Chine ? Qui apportait ses projections, ses détails stratégiques ? Selon ta théorie, il faut qu'il y ait eu un troisième négociateur.

— Non, pas du tout. Leurs sources d'information combinées auraient suffi à constituer une image parfaitement convaincante de stratégie chinoise. Il est notoire dans les milieux du renseignement que si les connaissances U.S. et soviétique des arsenaux de la République populaire de Chine étaient associées, nous en saurions plus sur les moyens nucléaires de la Chine que quiconque à Pékin.

— Une *image* convaincante ?

— Parfaitement.

— Des sources *combinées*, Mikhaïl ? Pourquoi ? »

Havelock étudia le visage de Jenna, comprenant progressivement ce qu'elle essayait de dire. « Une seule source, dit-il tranquillement. Pourquoi pas ? »

Le téléphone sonna, son appel strident produisant un soudain resserrement dans la gorge de Michael. Il le prit ; le Président des États-Unis était en ligne, et ses premières paroles furent sinistres. « Les Soviétiques sont au courant au sujet de Matthias.

— Parsifal ? demanda Michael, le souffle coupé.

— Ils le flairent, et ce qu'ils flairent leur brûle les narines. Ils frisent la panique.

— Comment l'avez-vous découvert ?

— Ils ont joint un de nos diplomates de haut rang. Ils lui ont dit qu'ils se disposaient à tirer Matthias au jour. Le seul espoir qu'il nous reste à présent, c'est que l'homme qu'ils ont contacté est un des meilleurs que nous ayons. Ils le respectent ; il pourrait être notre seule chance de les contenir. Je le prends à bord ; il remplace Bradford. Il faudra que tout lui soit dit, qu'il comprenne tout.

— Qui est-ce ?

— Un homme du nom de Pierce. Arthur Pierce. »

33

Le *paminyatchik* était assis dans la salle de stratégie, au sous-sol de la Maison-Blanche, s'entretenant avec le Président des États-Unis et deux des hommes les plus influents de la nation. Cette conférence avait pris le pas sur tous les rendez-vous ou obligations de

Charles Berquist. Cela durait depuis trois heures ; incrédule, le sous-secrétaire d'État prenait de brèves notes, ses yeux gris et intelligents reflétant qu'il était parfaitement conscient qu'une catastrophe se préparait, ce qui n'empêchait pas son esprit de garder un parfait contrôle de lui-même, cherchant des réponses et évitant toute panique.

L'atmosphère était électrisée ; seuls la courtoisie et le respect la rendaient supportable. Arthur Pierce n'était pas ce qu'on appelle un ami du Président ou d'Addison Brooks, mais ce n'était pas non plus un étranger. C'était un professionnel avec qui tous deux avaient travaillé et en qui tous deux avaient confiance. Ils se souvenaient avec gratitude de la perspicacité dont il avait fait preuve lors d'autres crises. Quant au général Malcolm Halyard, « la Drisse », il avait rencontré Arthur Pierce à Saigon des années auparavant et avait été si impressionné par ses résultats ici qu'il avait câblé au Pentagone afin de demander qu'il soit chaudement recommandé pour l'obtention d'un statut permanent.

Malgré ces louanges extrêmement favorables, ce citoyen-soldat avait choisi le statut de civil encore que fortement orienté vers le gouvernement. Et depuis que les militaires faisaient fréquemment partie du gouvernement, on s'était passé le mot : il existait un homme exceptionnel à la recherche d'un emploi relevant de la gageure ; quelqu'un devait se montrer intéressé avant que les chasseurs de têtes lui tombent dessus. Washington avait besoin de tous les talents véritables et disponibles.

Tout cela s'était passé si simplement. Gravissant les marches une à une, vous vous hissiez ainsi à un très haut niveau. Un officier de carrière d'un âge respectable dit avoir dîné par hasard chez un ami officier à Alexandrie quand son hôte lui parla de Pierce. Naturellement, l'officier de carrière sentit l'envie irrésistible de mentionner le nom de Pierce lors d'une conférence à laquelle assistait Addison Brooks. L'État était perpétuellement à la recherche d'hommes aux qualités reconnues qui possédaient de surcroît, ce qui était rare, un énorme potentiel intellectuel. Arthur Pierce fut convoqué pour un entretien qui se transforma en un long déjeuner avec cet homme d'État aristocratique. Ce qui tourna en une offre d'emploi, chose tout à fait plausible compte tenu de ses capacités.

La taupe était en place. En fait, il n'y avait pas eu de dîner à Alexandrie, pas d'hôte qui avait parlé en termes élogieux d'un soldat remarqué à Saigon. Cela n'avait pas d'importance ; d'autres parlaient de lui ; Brooks l'avait vérifié. Une douzaine de sociétés étaient sur le point de faire des offres à ce brillant jeune homme ; Addison Brooks parla donc le premier.

Avec les années, on ne put que se féliciter d'avoir embauché Arthur Pierce. Il avait vraiment des dons extraordinaires et comprenait et contre-attaquait de mieux en mieux les manœuvres soviétiques, particulièrement lors des face à face. Il y avait bien entendu des spécialistes qui étudiaient les communiqués de l'agence Tass et les articles de tous les journaux soviétiques afin d'interpréter les positions russes souvent obscures, mais Pierce était beaucoup plus efficace autour d'une table de conférence, que ce soit à Helsinki, Vienne ou Genève. Son intuition était parfois inquiétante ; il semblait parfois à dix coups d'avance par rapport au porte-parole de Moscou, préparant les contre-propositions avant que les propositions soviétiques soient claires, donnant ainsi à l'équipe américaine l'avantage d'une réponse immédiate. Les diplomates de haut niveau recherchaient de plus en plus sa présence jusqu'à ce que l'inévitable se produise : il fut attiré dans l'orbite de Matthias et le secrétaire d'État ne perdit pas une seconde pour transformer Arthur Pierce lui-même en diplomate de haut niveau.

Le *paminyatchik* était arrivé. Un enfant, sélectionné génétiquement et envoyé au cœur de l'Amérique sous une couverture, était en place après une vie de préparation et, en ce moment, le Président des États-Unis s'adressait à lui.

« Vous avez maintenant l'ensemble de cette incroyable situation, monsieur le sous-secrétaire. » Berquist s'arrêta comme si un souvenir pénible lui traversait l'esprit. « C'est étrange de vous appeler ainsi, poursuivit-il doucement. Il y a seulement quelques jours un autre sous-secrétaire d'État était assis là.

— J'espère pouvoir contribuer, fût-ce modestement, à ce qu'il a accompli, dit Pierce le nez dans ses notes. Il est horrible qu'on l'ait tué. Emory était un ami pour moi... il n'avait pas beaucoup d'amis.

— C'est ce qu'il disait lui-même, fit remarquer Addison Brooks. Sur lui et sur vous.

— Moi ?

— Que vous étiez un ami pour lui.

— Je suis flatté.

— Vous auriez pu ne pas l'être à l'époque, dit le général Halyard. Vous êtes l'une des dix-neuf personnes dont il vérifiait tout.

— Comment ça ?

— Il cherchait quelqu'un du cinquième étage qui aurait pu sortir du pays, qui aurait pu être sur la Costa Brava, expliqua le Président.

— L'homme qui a par la suite utilisé le code "Ambiguïté" ? demanda Pierce en fronçant les sourcils.

— C'est cela.

— Comment mon nom est-il apparu ? Emory ne m'a jamais rien dit ; il ne m'a pas non plus téléphoné.

— Compte tenu des circonstances, dit l'ambassadeur, il ne le pouvait pas. Des réponses curieuses entre vous et Washington au cours de cette semaine-là avaient été égarées. Inutile de vous dire que cela fut un choc pour lui. On les a bien entendu retrouvées.

— Ces erreurs de classement sont une source constante d'irritation, dit Pierce en revenant à ses notes, cochant les mentions avec un stylo à bille plaqué or. Je me demande même s'il y a une solution. Il y a un énorme volume d'archives et trop peu de personnes fiables pour assurer leur rangement. » Le sous-secrétaire entoura quelque chose, ajoutant soudain : « De plus, je préfère m'énerver de temps en temps plutôt que de prendre le risque de voir un mémo confidentiel sortir des archives.

— A votre avis, qu'est-ce que les Russes peuvent savoir de ce que vous venez d'apprendre ? demanda Berquist, les yeux froids et la mâchoire crispée.

— Moins que ce que je viens d'apprendre mais certainement plus que nous ne soupçonnons. Les Russes sont tellement elliptiques. Par-dessus le marché, ils se mettent dans tous leurs états. Je ne puis me prononcer avant d'avoir étudié ces incroyables documents.

— Faux documents, dit Halyard péremptoire. Des ententes signées par deux fous, voilà ce que c'est.

— Je ne suis pas sûr que Moscou ou Pékin le croiraient, général, dit Pierce en hochant la tête. L'un de ces fous est Anthony Matthias et le monde n'est pas prêt à le mettre à l'asile.

— Parce qu'il ne veut pas, coupa Brooks. Il a peur.

— C'est juste, Monsieur, opina le sous-secrétaire d'État. Mais en dehors de Matthias, ces prétendus pactes d'agression nucléaire, ainsi que les décrit le Président, contiennent des informations extraordinaires et ultra-confidentielles. Emplacement, mégatonnage, possibilités détaillées des livraisons, codes de lancement — même les systèmes avortés. Si j'ai bien compris, les portes des arsenaux des deux superpuissances ainsi que de la Chine ont été ouvertes ; l'équipement le plus secret dans chaque camp est là à la disposition de chacun. » Pierce se tourna vers l'officier. « Quelle serait la recommandation du Pentagone si nos services clandestins apportaient un pacte sino-soviétique similaire, général ?

— On appuie sur le bouton, répondit calmement Halyard. Il n'y aurait pas le choix.

— Seulement si vous êtes convaincu que c'est authentique, lança Brooks.

— Je le serais, dit le général. Et vous aussi. Qui d'autre que des hommes ayant accès à ces informations pourraient le conclure ? Et puis il y a aussi les dates. Je serais fichtrement convaincu.

— Quand vous dites que les Soviétiques sont elliptiques, dit l'homme d'État, je vous suis parfaitement ; mais comment l'entendez-vous de façon précise ?

— Ils m'ont balancé des phrases — des bribes sans suite — guettant si j'allais en relever une. Cela fait maintenant pas mal d'années que nous sommes face à face, que ce soit à Vienne, Berne ou New York. On finit par repérer la moindre réaction cachée.

— Mais ils vous ont d'abord dit qu'ils savaient que Matthias était fou, dit Berquist. Ce fut leur entrée en matière, non ?

— Oui, Monsieur. Je ne pense pas avoir utilisé les mots exacts avant. Je vais le faire à présent. J'étais dans le bureau de l'ambassadeur d'Union soviétique à sa demande — autant dire convocation — avec son conseiller principal. Honnêtement, je pensais qu'il voulait me voir pour travailler au compromis sur la résolution pan-arabe ; au lieu de cela, il m'accueillit avec une phrase qui ne pouvait faire allusion qu'à Matthias : "Nous croyons savoir de source autorisée que des vacances ont été prolongées parce que la condition mentale du vacancier s'est détériorée sans aucun espoir d'amélioration."

— Qu'avez-vous répondu ? demanda Brooks. Les mots exacts, s'il vous plaît.

— "La tendance russe à la dépression, à l'autosatisfaction des fantasmes est encore celle qu'avait décrite Dostoïevski." Tels furent mes mots exacts.

— A la fois provocateur et insouciant, dit l'homme d'État. Excellent.

— C'est là que commença le feu d'artifice. "Il est fou, hurla l'ambassadeur. Matthias est fou. Il a fait des choses insensées et a miné ce qui restait de la détente." Puis son conseiller s'y est mis, exigeant de savoir quand aurait lieu la prochaine réunion, avec quels gouvernements instables Matthias avait été en contact, s'ils savaient qu'il était fou ou si le fou continuait à envoyer des communications secrètes, cachant sa folie à ceux qu'il atteignait. Ce qui me terrifie, monsieur le Président, monsieur l'Ambassadeur, général, c'est qu'ils m'ont décrit ce que *vous* m'avez décrit. Si j'ai bien compris, c'est exactement ce que Matthias a fait au cours des six derniers mois. Ayant pour interlocuteurs des régimes instables, des Premiers ministres nouvellement nommés, des juntes militaires auxquelles on ne devrait pas avoir affaire.

— C'est là que les Soviétiques ont eu leurs informations, évidemment, dit Berquist. Ils pensent qu'un Matthias fou accomplit un certain nombre de "réalités géopolitiques" sur leur dos.

— Ils vont beaucoup plus loin que cela, Monsieur, corrigea Pierce. Ils croient qu'il pourrait avoir fourni du matériel nucléaire à des régimes extrémistes et à des fanatiques — l'Islam par exemple, ou les Afghans, ou des factions arabes antisoviétiques — dont nous avons tous décidé qu'ils ne devraient pas les posséder. Ça les rend paranoïaques. Chacun peut se protéger des autres par un arsenal gigantesque, mais aucun ne peut se protéger d'une junte partisane irrationnelle ou d'une secte qui possède le pouvoir nucléaire. En fait, c'est nous qui sommes le plus à l'abri ; des océans nous protègent. La Russie stratégique fait partie de l'Eurasie ; ses frontières sont vulnérables, ne serait-ce que par la proximité d'ennemis potentiels. Pour moi, c'est ce genre de préoccupations qui les pousse vers le bouton "panique".

— Mais pas Parsifal, dit Brooks. Selon nous, l'homme que nous appelons Parsifal n'a pas pris contact avec Moscou.

— Je ne peux rien rejeter, dit Pierce. Il y avait tant de phrases, de menaces, d'implications, je le répète, de références elliptiques. Par exemple, ils ont parlé de "prochaine réunion", de "gouvernements instables", de "matériel nucléaire". Tout cela, si j'ai bien compris, se trouve dans ces accords. Si je pouvais les étudier, j'établirais des parallèles avec les textes originaux. » Le sous-secrétaire marqua une pause puis reprit avec calme et fermeté. « Je crois qu'il est possible que ce Parsifal ait établi le contact, adressant des sous-entendus provocateurs, peut-être rien de plus. Et je crois qu'il est urgent que nous sachions cela aussi.

— Il veut tous nous faire sauter, dit le Président. Mon Dieu, c'est tout ce qu'il cherche.

— Plus tôt je serai à Poole's Island, Monsieur... » Pierce fut interrompu par le téléphone. Berquist prit la communication. « Oui ? »

Le Président écouta en silence pendant près de trente secondes, puis répondit en hochant la tête. « Je comprends. Tenez-moi au courant au fur et à mesure. » Il replaça le combiné et se tourna vers les autres. « C'était Havelock. Il ne viendra pas cet après-midi.

— Que se passe-t-il ?

— Trop de choses pour qu'il puisse laisser le téléphone.

— Je suis désolé, dit Arthur Pierce. Je voulais le rencontrer. Je pense qu'il est vital que nous restions en contact. Je peux lui dire ce qui se passe avec les Soviétiques et il peut me donner toute information nouvelle. Je dois savoir quand donner un coup de pouce et quand relâcher la pression.

— Nous vous tiendrons informé ; tous ses ordres viennent de moi... Ils ont perdu le pathologiste.

— Merde ! explosa le général.

— Il a remarqué qu'il était suivi ou, sachant que les choses échappaient à son contrôle, il a décidé de disparaître.

— Ou on lui a ordonné de disparaître, ajouta l'homme d'État.

— C'est ce que je ne peux pas comprendre, dit Berquist en se tournant vers le sous-secrétaire d'État qui ne soufflait mot. Les Russes ne vous ont pas laissé entendre qu'ils savaient que les Soviétiques étaient pour quelque chose dans cette foutue affaire ? Ils n'ont parlé ni de la Costa Brava ni du câble que Rostov nous a adressé ?

— Non, monsieur. C'est peut-être le seul avantage que nous ayons. Nous savons, eux pas.

— Rostov sait, lui, insista le Président.

— Alors il a trop peur pour agir, répondit Pierce. C'est souvent le cas avec le personnel bien ancré du K.G.B. ; ils ont toujours peur de marcher sur les pieds de quelqu'un. Ou alors, il cherche et ne trouve rien.

— On dirait, à vous entendre, qu'il y a deux Moscou différentes ? fit remarquer Halyard.

— C'est le cas, dit la taupe. Et jusqu'à ce que la Moscou qui veut mettre la main sur les documents de Matthias y parvienne, je traite avec la Moscou qui parle pour le Kremlin. Ce ne sera pas le cas autrement. C'est d'autant plus pourquoi je dois être tenu au courant. Si Havelock pouvait prendre un homme qui nous conduise à l'autre Moscou, ce serait un levier que je pourrais utiliser.

— Il nous en a déjà parlé, interrompit Brooks. Une branche des renseignements soviétiques appelée V.K.R. Rostov en a reconnu l'existence. »

Pierce eut l'air ahuri. « Je n'en ai jamais entendu parler.

— Je n'y ai peut-être pas pensé, admit Berquist.

— De toute façon, c'est trop général. La V.K.R. est une réunion de nombreuses unités. J'ai besoin de détails. Quelle unité ? Quels directeurs ?

— Vous aurez peut-être ces renseignements.

— Je vous demande pardon, monsieur ? » Le stylo plaqué or de Pierce était suspendu au-dessus de ses notes.

« C'est l'une des choses qui retient Havelock à Sterile Five.

— Sterile Five...

— Ils ont peut-être perdu ce Shippers, mais Havelock s'attend à ce que celui qui lui a donné des ordres envoie des hommes dans le Maryland pour trouver avec qui a travaillé Matthew Randolph. Il a mis là-bas des hommes à lui qui ont ordre de blesser et de capturer. Ainsi que je vous l'ai dit, le docteur a menti au sujet de la mort de MacKenzie, mais pas pour les bonnes raisons.

— Oui, je sais. » Pierce contempla à nouveau ses

notes et replaça son stylo dans sa veste. « Cela m'aide d'écrire ; je ne comptais pas les emporter avec moi.

— Tant mieux, dit le Président. Je ne vous l'aurais pas permis... Vous avez beaucoup à faire, monsieur le sous-secrétaire, et peu de temps. Comment comptez-vous vous y prendre avec les Russes ?

— Prudemment, répondit la taupe. Si vous m'y autorisez, j'aimerais confirmer une partie de ce qu'ils m'ont dit.

— Vous n'y pensez pas ! dit Halyard.

— Je vous en prie, général, une infime partie. Ils ont manifestement une source digne de foi ; nier le tout les rendrait plus soupçonneux, plus hostiles. Nous ne pouvons plus nous le permettre. Pour reprendre les mots du Président, il nous faut les contenir le mieux et le plus longtemps possible.

— Comment croyez-vous réussir ? demanda Berquist, l'air las.

— En admettant que Matthias a succombé à une immense fatigue. Tout le reste a été terriblement exagéré et n'a plus rien à voir avec le diagnostic ; ce qui n'a guère d'importance. On lui a ordonné un repos de plusieurs semaines ; c'est tout. Le reste n'est que rumeur et bavardage, ce qui n'a rien d'étonnant avec un homme comme Matthias. N'oubliez pas qu'ils ont du mal à chasser de leur mémoire le souvenir de Staline. Quand Staline est mort, presque tout Moscou était persuadé de sa folie irrécupérable.

— Excellent, lança l'ambassadeur Brooks.

— Ils ne peuvent éliminer les autres sources, dit Halyard qui mourait d'envie d'approuver mais que retenait son esprit de stratège. Les fuites de régimes instables — les Premiers ministres fraîchement nommés, comme vous dites. Matthias les a atteints.

— Alors ils doivent être plus précis avec *moi*. Je pense pouvoir les manier un par un. Ils ont dû au moins conférer avec Moscou, vérifier les origines. Chaque cas pourrait nous acheter du temps. » Pierce s'interrompit, se tournant vers Berquist. « Et le temps, monsieur le Président, est ma préoccupation première. Je crois que plus tôt je rentre à New York et demande — non, exige — un entretien avec l'ambassadeur d'Union soviétique, plus grande est ma chance d'éloigner leur main des boutons. Je suis persuadé qu'ils vont m'écouter. Je ne sais pas combien de temps, mais quelques jours, une semaine, sûrement.

— Ce qui amène à la question évidente, dit l'homme d'État, les coudes sur la table, ses longues mains repliées sous le menton. Pourquoi pensez-vous qu'ils vous ont contacté vous et non les canaux plus directs et plus évidemment liés aux crises, à Washington ?

— Ça m'intéresse aussi, ajouta Berquist. Pour de tels cas, il y a toujours un téléphone à moins de trente mètres de moi. »

Arthur Pierce ne répondit pas ; ses yeux allaient et venaient entre le Président et l'ambassadeur. « Il m'est difficile de répondre sans paraître arrogant ou exagérément ambitieux, et je crois être ni l'un ni l'autre.

— C'est entendu, dit Berquist. Votre opinion, simplement.

— Avec tout le respect dû à notre ambassadeur à New York, et je suis sincère, sa présence est très agréable, ce qui est extrêmement important, et il a fait une magnifique carrière au gouvernement.

— *Au fait*, coupa le Président. C'est un roseau par grand vent ; il ne rompt pas. Il est là parce que sa présence est non seulement agréable mais aimable et parce qu'il ne prend aucune décision. Nous sommes d'accord. Continuez.

— Les Soviétiques savent que vous m'avez nommé — à la demande de Matthias — porte-parole du Département d'État. Pour être *votre* porte-parole, monsieur.

— Et le porte-parole d'Anthony Matthias, dit Brooks. Ce qui sous-entend une relation étroite avec notre secrétaire d'État.

— Cette relation a duré jusqu'à il y a quelques mois — quand, apparemment, toutes relations ont cessé à cause de sa maladie.

— Mais ils pensent que cela continue, fit observer Halyard. Et pourquoi pas ? Vous êtes ce que nous avons de plus proche là-bas à part Matthias.

— Merci, général. Je crois qu'ils sont venus à moi essentiellement parce qu'ils pensaient que je saurais s'il y avait une once de vérité dans les rumeurs concernant Matthias. La folie.

— Et s'ils pensaient que vous saviez mais que vous leur mentiez, comment réagiraient-ils ?

— Ils mettraient le monde en alerte nucléaire, monsieur le Président.

— Rentrez à New York et faites ce que vous pouvez. Je ferai le nécessaire pour que vous vous rendiez à Poole's Island. Étudiez ces accords jusqu'à les connaître par cœur. »

Le *paminyatchik* se leva, laissant ses notes inutiles derrière lui.

La limousine franchit les grilles de la Maison-Blanche au moment précis où Arthur Pierce, s'avançant sur son siège, s'adressait au chauffeur assigné à son service par le Département d'État. « Conduisez-moi à une cabine téléphonique de toute urgence.

— Le téléphone mobile fonctionne, Monsieur. Il est au centre, sur le plancher. » Le chauffeur montra de sa main droite le réceptacle de cuir. « Vous n'avez qu'à tirer le verrou.

— Je ne tiens pas à utiliser cette ligne ! Une cabine, s'il vous plaît.

— Désolé, Monsieur, je voulais seulement vous aider. »

Le sous-secrétaire se calma. « Excusez-moi. Ce sont ces satanés opérateurs ; ils mettent toujours un temps fou et je suis très pressé.

— Ce n'est pas la première fois qu'on se plaint. » Le chauffeur accéléra pour freiner presque aussitôt. « En voilà une, Monsieur. Juste au coin. »

Pierce sortit de la voiture et marcha rapidement jusqu'à la cabine de verre, des pièces à la main. Il tira la porte à lui, mit une pièce et composa un numéro. « Votre voyage ? demanda-t-il courtoisement.

— Vol sans problème. Continuez.

— Le détachement est-il en route pour le Maryland ?

— Il y a une quinzaine de minutes.

— *Arrêtez*-les !

— Comment ? »

Le *paminyatchik* se mordit les lèvres. Il ne pouvait pas y avoir de téléphone mobile pour eux, pas de système qui enregistrait les numéros. Il lui restait une question à poser avant de donner l'ordre. « Avez-vous un moyen de les joindre sur place ? »

Le silence fut une réponse. « Pas de la façon dont tout est orchestré, fut la réponse tranquille.

— Envoyez immédiatement un second détachement. Véhicule de police, armes automatiques, silencieux. Tuez-lez ; tuez-les tous. Je ne veux aucun survivant.

— C'est vous qui les avez envoyés !

— C'est un piège.

— Mon Dieu... Vous êtes sûr ?

— Je quitte la Maison-Blanche à l'instant. »

Il entendit un petit sifflement, réponse ahurie. « Ça a vraiment payé, hein ?

— Ils n'avaient pas le choix. Comme on dit ici, c'est moi qui avait toutes les billes et je tirais pour le calot dans le rond. Je suis dedans, maintenant. Il y a autre chose.

— Quoi ?

— Il faut joindre Mère. Rostov est centré sur Victor. Trouvez jusqu'à quel point ; il faut envisager l'élimination. »

Loring descendait les marches du Pentagone en pensant au capitaine de corvette Thomas Decker. Il n'était pas certain de ce que Havelock cherchait mais il était à peu près sûr qu'il ne l'avait pas. Après avoir lu les états de service de Decker, jusques et y compris les interminables évaluations et rapports d'aptitude au ministère de la Marine, Charley avait décidé de se faire rembourser quelques dettes qu'on lui devait au Pentagone. Sous le prétexte qu'on songeait à l'officier pour une position de marque à l'ambassade, position qui exigeait à la fois du tact et de la personnalité, il appela plusieurs amis des renseignements de l'Armée et dit qu'il avait besoin de quelques interviews confidentielles. Pouvaient-ils l'aider et se rappelaient-ils quand lui les avait aidés ? C'était le cas.

Cinq personnes — chacune ayant été priée de garder le secret — furent amenées séparément pour avoir avec lui une conversation privée et sans protocole. Il y avait trois officiers qui avaient servi en même temps que Decker à bord du sous-marin *Starfire,* une secrétaire qui avait travaillé dans son bureau pendant six mois et un marin qui appartenait à son équipe du comité des contingences nucléaires.

Havelock avait dit que Decker était un menteur. Si c'était le cas, Loring n'avait trouvé aucune preuve d'une telle assertion. Il était plutôt moralisateur et avait dirigé son navire sous les drastiques auspices des strictes principes judéo-chrétiens, allant jusqu'à faire des sermons lors des services religieux hebdomadaires et d'un genre curieux qu'il avait imposés dans l'emploi du temps du *Starfire*. Il avait la réputation d'un skipper ferme mais juste ; comme Salomon, il pesait chaque élément avant de rendre un jugement qu'il s'empressait ensuite de justifier en se fondant sur ce qu'il avait entendu. Comme dit l'un de ses collègues, on pouvait désapprouver le comportement de Decker, mais on comprenait comment il en était arrivé là. Son « esprit d'ingénieur », dit un autre, saisissait tous les éléments d'un puzzle compliqué plus vite que quiconque et il avait l'art de détecter les mensonges. Pourtant, dit le troisième officier, il n'a jamais profité des erreurs que les autres commettaient de bonne foi pour affirmer sa propre supériorité ; il acceptait les fautes des autres avec compassion pour autant qu'elles étaient le produit d'un bel effort, ce dont il s'assurait. Cela, pensait Loring, n'était pas l'approche d'un menteur.

C'est toutefois la secrétaire qui fit la lumière sur un côté de la personnalité de Thomas Decker qui n'apparaissait ni dans les rapports ni dans le témoignage des autres officiers. Le capitaine de corvette allait, semble-t-il, très loin pour soutenir ses supérieurs et leur plaire.

Il était toujours si plein de tact, si généreux dans sa façon de parler du travail des autres, même quand on savait que ce n'était pas très bon. Il y avait cet amiral... Puis la Maison-Blanche a donné une directive qui l'a suffoqué, pourtant il... Et il approuva pleinement une position du J.C.S. dont il m'avait dit qu'elle était totalement improductive... Parlant de tact — eh bien, le commandant est l'homme le plus diplomate que j'aie jamais rencontré.

La dernière personne à parler avec Charley Loring fut le marin, major et membre du comité des contingences nucléaires de Decker. Il fut plus succinct.

Il lèche les bottes comme personne, mais quelle importance, il est vachement bien. Et puis il n'est pas le seul à le faire ici. Du tact ?... Bon Dieu oui, il en a, du tact, mais il n'ira pas se pendre pour quelque chose de vraiment important. Ce que je veux dire, c'est qu'il trouve le moyen de mettre de l'huile dans les rouages pour qu'il y en ait plein la table.

Traduction : Étaler la responsabilité quand on n'est pas d'accord, le plus largement possible, mais si cette attitude cachait un dangereux menteur, il y avait peu d'hommes honnêtes au Pentagone — où que ce soit d'ailleurs, en ce domaine.

Loring se rendit à sa voiture sur le parking latéral, s'assit et tira le micro du tableau de bord. Il se mit en contact avec l'opérateur mobile de la Maison-Blanche.

« Connectez-moi avec Sterile Five, s'il vous plaît. » Il allait passer tout ça à Havelock pendant que c'était encore frais. Pour tout le bien que ça pourrait faire.

L'unité Apache hantait les couloirs du centre

médical, l'un ou l'autre des deux hommes ayant constamment l'œil sur le Dr Matthew Randolph où qu'il aille. Aucun n'approuvait cet arrangement et chacun l'avait fait savoir à Sterile Five ; ils étaient, en l'occurrence, inadéquats. Randolph était un vieux pingouin qui allait et venait sans cesse et à toute allure. S'il avait coopéré au départ, tout cela avait disparu. C'était comme s'il faisait exprès d'attirer l'attention sur lui, de faire que quelque chose se produise, de mettre au défi de se montrer quiconque l'attendait dans une pièce vide ou un coin sombre. Au-delà de la difficulté intrinsèque à protéger un homme pareil, les hommes trouvaient stupide de se montrer, eux. Les professionnels étaient par nature et par entraînement prudents et Randolph les obligeait à se comporter autrement. Aucun ne tenait vraiment à se faire tirer dessus par un tireur d'élite alors qu'il accompagnait le docteur dans l'allée ou sur la pelouse. La situation n'avait rien de drôle. Deux hommes, ça ne suffisait pas. Rien qu'un homme à l'extérieur relâcherait déjà la tension ; davantage pourraient annihiler l'effet stratégique en rendant le tout trop évident.

Pourtant, un de plus était indispensable.

Sterile Five le fournit. L'appel d'urgence d'Apache avait interrompu le rapport de Loring à Havelock au sujet de Decker. Comme Loring était libre, on le conduirait en hélicoptère depuis le Pentagone ; il n'y avait que quelques kilomètres jusqu'au centre médical où une voiture l'attendrait. Il serait là dans trente-cinq à quarante minutes.

« Comment saurons-nous qu'il est arrivé ?

— Vérifiez à l'entrée par l'interphone. Il entrera et demandera le chemin pour — Easton. Puis il sortira et reviendra à pied.

— Merci, Sterile Five. »

Le soleil frôlait la cime des arbres, baignant la campagne virginienne d'orange et de jaune d'une douceur infinie. Fatigué, Havelock se leva de son bureau, la main encore chaude d'avoir tenu le téléphone sans interruption.

« L'Agence cherchera toute la nuit, vérifiant avec les opérations consulaires et G-2. Ils ont trouvé deux photos, il en manque encore six.

— J'aurais pensé que les photos étaient les éléments les plus importants de ces dossiers, dit Jenna en versant à boire à Michael. Tu ne peux pas ramener des gens si tu ne sais même pas à quoi ils ressemblent. » Il la regarda alors qu'elle répétait les mots qu'il avait entendus au téléphone.

« Les hommes que l'on choisit ne sont jamais très importants, dit Havelock. D'abord ils étaient marginaux ; leur valeur était limitée.

— Ils étaient spécialistes.

— Psychiatres, psychologues et quelques professeurs de philo. Des hommes âgés à qui l'on accordait le privilège d'exprimer leur point de vue — parfois légèrement offensant, aucun vraiment gênant pour le Kremlin.

— Mais tous remettaient en question des théories promues par les stratèges soviétiques. Leurs questions s'appliquaient bien à tout ce que tu as appris sur Anton Matthias.

— Oui, je sais. On va continuer à chercher. »

Jenna posa un verre de whisky sec sur le bureau. « Tiens, ça ne te fera pas de mal.

— Merci. » Havelock prit le verre et marcha lentement vers la fenêtre « Je veux Decker ici. Il ne me dira rien au téléphone. Pas tout.

— Tu es convaincu que c'est notre homme, alors ?

— Cela ne fait aucun doute. J'avais seulement besoin de comprendre pourquoi.

— Loring te l'a dit. Il fait de la lèche à ses supérieurs ; il dit qu'il est d'accord quand il ne l'est pas. Un tel homme correspondrait aux désirs de Matthias.

— Curieusement, ce n'est qu'une partie de l'affaire, dit Michael, hochant la tête puis buvant un peu de whisky. La description correspond aux hommes les plus ambitieux ; les exceptions sont rares. Trop rares.

— Alors quoi ? »

Michael fixa la fenêtre. « Il se fait un devoir de justifier tout ce qu'il fait, commença-t-il lentement. Il lit l'Épître aux services institués à sa demande ; il joue à être Salomon. Sous cet aspect déférent et onctueux se cache un fanatique, un zélote. Seul un fanatique dans sa position commettrait un crime pour lequel — comme le dit Berquist — il serait sommairement exécuté dans la plupart des pays, où même ici, il passerait trente ans en prison... Cela ne me surprendrait pas que le capitaine de corvette Thomas Decker ait tout fait. Si c'était moi, je le traînerais dehors et je tirerais. »

Le soleil était tombé derrière les arbres, des taches orange se répandaient sur les pelouses et rebondissaient sur les murs blancs du centre médical Randolph. Charley Loring rampa près du tronc d'un grand chêne au bout du parking ; il voyait parfaitement l'entrée principale et la rampe d'urgence à l'arrière du bâtiment ; il avait sa radio à la main. Une ambulance venait d'apporter une victime d'un accident de la route et sa femme. Le Dr. Randolph examinait le blessé et l'unité Apache était dans le couloir, à l'extérieur de la salle d'examen.

L'agent des opérations consulaires regarda sa montre. Cela faisait près de trois quarts d'heure qu'il était à son poste — après avoir hâtivement pris l'hélicoptère puis la voiture qui l'attendait dans le champ privé aux alentours de Denton. Il comprenait les soucis de l'équipe Apache. L'homme qu'ils étaient chargés de protéger faisait tout pour leur rendre la tâche difficile, mais Charley s'y serait pris autrement. Il se serait assis sur ce Randolph et lui aurait dit qu'il n'en avait rien à foutre si on le coupait en petits morceaux ; ce qui était important c'étaient ceux qui viendraient après lui ; c'est la vie de cet homme-là qui comptait, bien plus que la sienne.

Cela aurait rendu Randolph plus coopérant. Et Loring aurait pu dîner tranquillement quelque part au lieu d'attendre Dieu seul sait qui dans le froid d'une pelouse humide du Maryland.

Charley releva la tête au bruit. Une voiture de patrouille noir et blanc vira brusquement dans le parking et s'arrêta soudain devant la rampe d'urgence. Deux policiers sortirent en trombe et coururent vers les portes, l'un sautant sur la plateforme ; tous deux se tenaient le côté. Loring approcha la radio de ses lèvres.

« Apache, ici l'extérieur. Une voiture de police vient d'entrer à toute allure. Deux flics arrivent.

— On les voit. On vous tient au courant. »

Charley jeta à nouveau un regard à la voiture de patrouille et ce qu'il vit lui parut bizarre. Les deux portes étaient restées ouvertes, ce que ne fait jamais la police à moins de rester près du véhicule. On pouvait toujours manipuler la radio, voler un livre de signaux ou des armes cachées...

La radio cracha. « Intéressant, pas de problème, dit un Apache que l'agent des opérations consulaires n'avait pas encore vu. On dirait que l'accident sur la 50 a atteint une importante famille de Baltimore. La maffia tout du long ; le type est recherché pour une douzaine de citations. On les garde pour identification et peut-être leurs dernières paroles.

— Okay. Terminé. » Loring baissa la radio et décida de ne pas fumer pour ne pas faire de lumière. Ses yeux restaient fixés sur la voiture de patrouille. Soudain, il y eut quelque chose. Il fallait penser. Vite !

Il avait passé une station de police sur la route du centre médical, pas à cinq minutes. Il l'avait remarquée non pas à cause du panneau mais à cause de toutes les voitures non pas noir et blanc mais *rouge* et blanc. Et puis, pensa-t-il, s'il y avait un gros bonnet de la maffia, il y aurait bien plus d'une voiture pour couvrir l'action.

Portes ouvertes, des hommes qui courent, les bras le long des flancs — armes cachées. Oh, mon Dieu !

« Apache ! Apache, répondez !
— Qu'est-ce qu'il y a, Extérieur ?
— Ces policiers sont-ils encore là ?
— Ils viennent d'entrer.
— Courez-leur après, *maintenant* !
— Quoi ?
— Pas de discussion, faites-le. Avec vos armes ! »

La radio dans la poche et le P. 38 à la main, Charley était déjà à mi-chemin dans le parking, courant comme un fou vers la rampe d'urgence. Il l'atteignit et s'arracha les jambes en sautant. Il défonça les portes et fila devant une infirmière derrière son comptoir de verre ; ses yeux cherchaient dans toutes les directions ; il prit le couloir. Cela correspondait à la position des Apaches. Il courut vers l'intersection de deux corridors, regardant à gauche, puis à droite. C'était là, à cinq mètres. SALLE D'EXAMEN. La porte était fermée ; cela n'avait pas de sens.

Loring s'approcha en souplesse et sans un bruit, marchant à longs pas prudents, le dos au mur. Soudain, deux petits bruits étouffés puis un cri derrière la lourde porte de métal ; il sut que son instinct ne l'avait pas trompé mais il le regrettait. Il ouvrit brusquement la porte, prenant immédiatement protection derrière son montant.

Les coups partirent, allant exploser dans le mur en face de lui ; ils étaient hauts, tirés du fond de la pièce. Charley rampa et plongea, roulant alors qu'il touchait le sol, et tira sur l'uniforme bleu. Il visa bas. *Les jambes, les chevilles, les pieds ! Les bras s'il le faut, mais pas la poitrine, ni la tête ! Qu'il soit vivant !*

Le second uniforme bleu se rua sur la table d'examen et Loring n'eut pas le choix. Il tira droit sur l'homme qui l'attaquait avec une arme à répétition. Le tueur roula sur la table, la gorge ouverte. Mort.

Garde l'autre vivant, garde l'autre vivant ! L'ordre se répétait dans sa tête alors que Charley refermait la porte du pied, roulait, tirait au plafond pour éteindre les tubes fluorescents, ne laissant que la rougeur d'une petite lampe de faible intensité sur une table plus loin.

Trois coups sortirent de l'ombre, les balles allant se nicher dans le plâtre et le bois au-dessus de lui. Il roula furieusement sur la gauche et se cogna dans deux corps sans vie — Étaient-ce les Apaches ? Il ne pouvait le dire ; il savait seulement qu'il ne pouvait laisser s'échapper l'homme vivant. Ils n'étaient que deux à vivre dans cette pièce inondée de sang, de chair éparpillée et de cadavres.

Un vrai massacre.

A nouveau des coups sur le plancher ; il sentait la chaleur horrible de la balle qui l'avait touché au ventre. Mais la douleur eut sur lui un effet curieux auquel il n'eut pas le temps de réfléchir. Il en subissait la réaction. Son esprit explosa de colère contrôlée, la rage ayant un but précis. Il avait perdu avant. Il ne perdrait pas cette fois. C'était impossible !

Il bondit sur la droite, en diagonale, s'écrasant sur la table d'examen et l'envoyant rouler vers les ombres d'où les coups étaient partis ; il entendit l'impact et se leva prestement, tenant son revolver à deux mains, visant une autre main dans l'ombre. Il tira alors que les cris emplissaient le couloir de l'autre côté de la porte.

Il lui restait une dernière chose à faire. Alors, il n'aurait pas perdu.

34

Escorté par deux hommes des services secrets de la Maison-Blanche, le capitaine de corvette Thomas Decker entra dans le cabinet de travail de Sterile Five. Son visage anguleux était crispé et il avait l'air à la fois avisé et anxieux. Sous l'uniforme bleu à la coupe parfaite, les larges épaules étaient celles d'un homme qui gardait la forme non par plaisir mais par obligation. Le corps était trop raide et il n'y avait aucune décontraction dans les mouvements. Mais

Havelock fut surtout fasciné par le visage. C'était un masque rigide, prêt à craquer, et une fois que cela se produirait, il volerait en éclats. La force, la détermination et l'anxiété mises à part, Decker était pétrifié et, malgré tous ses efforts, il ne parvenait pas à cacher sa peur profonde.

Michael parla, s'adressant aux membres des services secrets. « Merci beaucoup, messieurs. Vous trouverez la cuisine à droite en sortant, au bout du couloir. Le cuistot vous trouvera certainement quelque chose à manger... de la bière, du café, tout ce que vous voudrez. Je sais bien que j'ai interrompu votre dîner et j'ignore quand nous aurons fini ici. Bien sûr, vous pouvez vous servir du téléphone autant que vous le souhaitez.

— Merci, monsieur », dit l'homme se trouvant à gauche de Decker. Il fit un signe de tête à son compagnon et ils se dirigèrent tous deux vers la porte.

« Vous avez également interrompu mon dîner et j'espère...

— Taisez-vous, commandant », interrompit calmement Havelock.

La porte se ferma. D'un air furieux, Decker s'avança vers le bureau, mais sa colère était trop artificielle, trop forcée. Elle était venue remplacer la peur. « J'ai rendez-vous ce soir avec l'amiral James, à la cinquième section navale !

— Nous l'avons prévenu qu'une affaire navale de toute urgence vous empêchait de vous y rendre.

— C'est un scandale ! J'exige une explication !

— Vous avez le droit au peloton d'exécution. » Havelock se leva. Decker en avait le souffle coupé. « Je suppose que vous savez pourquoi.

— Vous ! » L'officier écarquilla les yeux et ravala sa salive alors que le masque de son visage perdait toutes ses couleurs. « C'est vous qui m'avez appelé pour me poser toutes ces questions ! En me disant qu'un... très grand homme... ne se souvient pas ! Vous mentez !

— C'est la vérité, se contenta de dire Michael.

Mais vous ne pouvez pas comprendre et cela vous mène tout droit au mur. Vous n'avez pensé qu'à ça depuis que je vous ai parlé... parce que vous savez ce que vous avez fait. »

Decker se raidit à nouveau, fronça les sourcils, assombrit son regard : un militaire venant de donner son numéro matricule et refusant de répondre à toute autre question en dépit du risque d'être torturé. « Je n'ai rien à vous dire, monsieur Cross. C'est bien Cross, n'est-ce pas ?

— Ça ira, dit Havelock en faisant un signe de tête affirmatif. Mais vous avez beaucoup de choses à dire et vous allez tout dire. Parce que sinon, un ordre du Président vous enverra dans la pire cellule de Leavenworth où l'on vous oubliera à tout jamais. Vous faire passer en jugement serait bien trop dangereux pour la sécurité de ce pays.

— Non !... Vous ne pouvez pas ! Je n'ai rien fait de mal. J'ai agi correctement, nous avons agi correctement !

— Tout l'état-major et des membres importants du Parlement et du Sénat seront d'accord, poursuivit Michael. Ce sera une des rares fois où le paravent de la sécurité nationale fonctionnera en plein. »

Le masque craqua et le visage se défit. La peur se transforma en désespoir. Decker murmura : « Qu'est-ce que j'ai fait, selon eux ?

— En violation de votre serment d'officier et des règles du secret que vous avez juré d'observer, vous avez reproduit des douzaines de documents de la plus haute importance pour l'histoire militaire de ce pays et vous les avez fait sortir du Pentagone.

— Pour les communiquer à qui ? Dites-le-moi.

— Aucune importance.

— Mais si, au contraire, tout est là !

— Vous n'aviez aucune autorisation.

— *Cet* homme dispose de toute l'autorité qu'il veut ! » La voix de Decker tremblait alors qu'il s'efforçait de retrouver tout son sang-froid. « Veuillez téléphoner au secrétaire d'État Matthias. »

Havelock s'écarta du bureau, s'éloignant ainsi du

téléphone. Ce geste ne laissa pas indifférent l'officier de marine. C'était le moment de battre en retraite en douceur. « On m'a donné des ordres, commandant, dit Michael d'une voix volontairement hésitante. Ordres du Président et de plusieurs de ses proches conseillers. Quelles que soient les circonstances, le secrétaire d'État n'a pas à être consulté là-dessus. Il ne doit pas en être informé. Je ne sais pas pourquoi, mais ce sont mes ordres. »

Decker fit un pas hésitant, puis un autre, un certain zèle s'ajoutant au désespoir dans ses yeux tirés. Il parla en commençant à peine par un murmure et en montant le ton avec une conviction profonde. « Le Président ? Ses conseillers... ? Mais pour l'amour de Dieu, vous ne comprenez donc pas ? Bien sûr, ils ne veulent pas qu'il soit informé parce qu'il a raison et qu'ils ont tort. Ils ont peur et lui non ! Croyez-vous un seul instant que si je disparaissais il n'apprendrait pas ce qui s'est passé ? Croyez-vous qu'il n'irait pas voir le Président et ses conseillers pour les contraindre à mettre cartes sur table ? Vous parlez de l'état-major, des membres du Parlement et du Sénat. Bon dieu, croyez-vous qu'il ne les réunirait pas pour leur montrer à quel point cette administration est faible, inefficace et immorale ? Il n'y aurait plus d'administration ! Elle serait dévorée, disloquée, renvoyée.

— Par qui, commandant ? »

Decker banda tous les muscles de son corps, comme un condamné sachant bien que la justice suprême pardonnerait. « Le peuple, monsieur Cross. Le peuple de cette nation sait reconnaître un géant. On ne lui tournera pas le dos parce qu'un vieux politicien et ses conseillers véreux le souhaitent. Personne n'acceptera ça ! Le monde a pleuré la disparition de grands dirigeants ces quelques dernières décennies. Eh bien, nous avons produit un grand dirigeant et le monde le sait. Suivez mon conseil, appelez Anthony Matthias au téléphone. Inutile de dire quoi que ce soit. Je lui parlerai. »

Havelock demeura immobile. Le ton de sa voix

était plus qu'hésitant à présent. « Vous pensez qu'il pourrait y avoir une demande d'éclaircissement ? Le Président... mis en doute ?

— Regardez Matthias. Pouvez-vous en douter ? Y a-t-il eu un homme comme lui ces trente dernières années ? »

Michael retourna lentement à son bureau et s'assit en regardant Decker.

« Asseyez-vous, commandant », dit-il.

Decker s'installa aussitôt sur le siège que Havelock avait placé exprès devant son bureau. « Nous y sommes allés un peu fort en paroles, tous les deux, et pour ma part, je vous prie de m'en excuser. Mais il faut que vous compreniez. Nous avons vraiment raison.

— Cela ne me suffit pas, dit Havelock. Nous savons que vous avez subtilisé des copies de plans détaillés établis par les commissions de contingences nucléaires, documents dévoilant tout sur notre propre arsenal ainsi que l'état de nos renseignements sur les systèmes soviétique et chinois. Vous avez communiqué ces documents à Matthias, sur une période de plusieurs mois, mais nous n'avons jamais compris pourquoi. Vous pourriez peut-être m'expliquer, me donner une raison. Pourquoi ?

— Pour la raison la plus évidente qui soit ! Il suffit de revenir à l'intitulé de ces commissions. "Contingences." Les contingences, monsieur Cross, toujours les contingences ! Ce ne sont que des réactions... réaction contre ceci, réaction contre cela ! Toujours la riposte, jamais l'initiative ! Nous n'avons pas besoin de contingences. Nous ne pouvons pas laisser croire à nos ennemis que nous nous contenterons de riposter. Il nous faut un plan d'action général. Qu'ils sachent que nous possédons un tel plan qui assurera leur destruction totale en cas de transgression. Notre puissance, notre survie ne peuvent plus être fondées sur la défense, monsieur Cross, il faut fonder cela sur l'offensive ! Anthony Matthias comprend parfaitement cela. Les autres ont peur de regarder cette réalité en face.

— Et vous l'avez aidé à développer ce... plan d'action général ?

— Je suis fier d'avouer que j'y ai contribué, s'empressa de dire l'officier — l'amnistie était en vue. Nous sommes restés ensemble des heures entières à envisager toutes les hypothèses nucléaires, toutes les éventuelles ripostes soviétiques et chinoises, sans en oublier aucune.

— Quand vous rencontriez-vous ?

— Tous les dimanches pendant des semaines, jusqu'à la conclusion du plan. » Decker baissa le ton de sa voix, un air de confidence rejoignant maintenant le zèle et le désespoir. « Il m'a bien fait comprendre l'extrême importance de nos relations, aussi louais-je une voiture pour me rendre chez lui, dans l'ouest de la Virginie, dans un pavillon situé sur la route départementale où nous nous retrouvions seuls.

— La remise à bois, laissa échapper Michael.

— Vous la connaissez donc ?

— J'y suis allé. » Un court instant, Havelock ferma les yeux. Il ne connaissait que trop bien la remise à bois. Un petit pavillon isolé où Anton allait travailler aux mémoires qu'il projetait d'écrire, enregistrant ses pensées sur magnétophone. « Y a-t-il autre chose ? Sachez que je vous écoute, commandant. Tout cela est passionnant... et je vous écoute.

— C'est un homme tellement brillant, poursuivit Decker, d'une voix proche d'un timide murmure, les yeux tournés vers quelque lumière divine. Quelle intelligence, quel esprit d'observation, quelle compréhension des réalités... des qualités vraiment remarquables. Un homme politique comme Anthony Matthias peut conduire cette nation à son zénith ; il peut nous conduire à la place que nous méritons aux yeux des hommes et de Dieu. Oui, j'ai fait ce que j'ai fait et je le referais car je suis un patriote. J'aime ce pays autant que j'aime Dieu, et je donnerais ma vie pour lui, sachant très bien que je garderais tout mon honneur... Il n'y a vraiment pas le choix, monsieur Cross. Nous avons raison. Prenez le téléphone et appelez Matthias. Dites-lui que je suis ici. Et je lui dirai la vérité. Que des hommes vils se sont dressés pour essayer de le détruire. Il les écrasera... avec notre aide. »

Michael s'enfonça dans son siège, plus las et agacé que jamais. « Avec notre aide, répéta-t-il d'une voix si basse qu'il eut à peine l'impression d'avoir parlé.

— Oui, bien sûr ! »

Havelock secoua lentement la tête. « Vous n'êtes qu'un sale fils de pute, dit-il.

— Comment ?

— Vous avez parfaitement entendu. Vous n'êtes qu'un sale fils de pute ! » rugit Michael. Puis, il respira profondément et poursuivit calmement, en débitant rapidement ses mots. « Vous voulez que j'appelle Matthias ? Ah ! j'aimerais bien pouvoir le faire, rien que pour voir la sale gueule que vous feriez en apprenant la vérité.

— Qu'est-ce que ça veut dire ? murmura Decker.

— Matthias ne saurait pas qui vous êtes ! Pas plus qu'il ne sait qui est le Président, ou ses conseillers, ou ses sous-secrétaires, ou les diplomates avec qui il travaille tous les jours... ou moi, qui le connais depuis plus de vingt ans, et qui lui suis plus proche que n'importe qui d'autre.

— Non... non, c'est faux. Non !

— Si, commandant ! Il est brisé. Plus précisément, nous l'avons brisé. Ce grand esprit n'existe plus ! Il a éclaté. Il est fou. Il était au bout du rouleau. Et bon Dieu, vous y êtes pour quelque chose. Vous lui avez donné son dernier mandat, sa dernière responsabilité. Vous avez volé les secrets internationaux... oui, internationaux... et vous lui avez dit que son génie pouvait s'en charger. Vous avez pris mille réalités et une centaine de stratégies théoriques pour les associer et en faire l'arme la plus terrifiante que la Terre ait jamais connue. Un passeport pour la destruction totale.

— Ce n'est pas ce que j'ai fait !

— Pas tout seul, je vous l'accorde, mais vous avez fourni la structure de base pour une fiction qui est tellement réelle que n'importe quel expert des questions nucléaires s'y tromperait. Une réalité divine, si vous voulez, commandant.

— Nous n'avons fait que discuter, analyser et définir des options. Il devait établir son plan définitif ; vous ne pouvez pas comprendre. Il était tellement intelligent ! Il comprenait absolument tout ; c'était incroyable !

— C'était l'agissement d'un esprit à l'agonie, au bord du déclin vers un état végétatif. Il voulait vous faire croire et il était encore assez doué pour y parvenir. Il devait vous pousser à le croire et, de votre côté, vous aviez envie de le croire.

— Je l'ai cru ! Vous l'auriez cru également !

— C'est ce que m'a déjà dit quelqu'un de bien plus intelligent que vous ne le serez jamais.

— Je ne mérite pas ça. Il m'a montré une vérité que je crois profondément. Nous devons être puissants !

— Aucun être sensé ne contredirait cela, mais il existe différentes sortes et divers degrés de puissance. Certaines sont efficaces... dans la paix, généralement ; d'autres ne le sont pas, parce qu'elles sont empreintes de belligérance. Le sauvage explose sous l'empire de ses propres tensions, il ne peut pas se contenir, il doit agir. Un jour ou l'autre, il éclate, déclenchant une douzaine de réactions qui sont des explosions en elles-mêmes.

— Qui êtes-vous ? Qu'êtes-vous ?

— Un étudiant en histoire qui s'est égaré. Il ne s'agit pas de moi, ici, mais de vous. Tout ce que vous avez donné à Matthias est à la portée des Soviétiques, commandant. Vous êtes tellement persuadé que nous devons faire savoir au monde que nous possédons ce fameux plan d'action général dont vous m'avez parlé ; sachez qu'on l'achemine peut-être vers Moscou en ce moment même. Car l'homme à qui vous l'avez donné est fou, il était sur le point de devenir fou lorsque vous lui avez communiqué les documents. »

Decker se leva lentement de son siège. « Je ne vous crois pas, dit-il, la voix caverneuse, l'air effrayé.

— Alors pourquoi suis-je ici ? Pourquoi vous dirais-je tout cela ? Toute considération personnelle mise à part, croyez-vous qu'un homme désirant se défiler affirmerait une telle chose ? Avez-vous la moindre idée de ce que peut signifier pour ce pays d'apprendre qu'on a détruit l'esprit de son secrétaire d'État ? J'aimerais vous rappeler, commandant, que vous n'avez pas l'exclusivité du patriotisme. Personne ne l'a. »

Decker fixa Havelock jusqu'à ne plus pouvoir soutenir son regard. Il se tourna. Sous la tunique, sa robustesse semblait quelque peu affaiblie. « Vous m'avez piégé. Vous m'avez fait dire des choses que je n'aurais jamais avouées.

— C'est mon métier.

— Tout est foutu pour moi. Je suis fini.

— Peut-être pas. À présent, je croirais volontiers que vous ne présentez aucun danger pour la sécurité du Pentagone. Vous avez été grillé par une légende et c'est un coup que vous n'oublierez jamais. Personne mieux que moi ne sait à quel point Matthias pouvait se montrer persuasif... Nous avons besoin d'aide et non de condamnations à des peines de prison. Vous faire enfermer à Leavenworth ne ferait que soulever certaines questions que nul ne souhaite soulever. Nous sommes engagés dans une course folle et vous pouvez peut-être nous aider. »

Decker se retourna, avalant sa salive, le visage blême. « Je ferai tout ce que je peux. Comment vous aider ? »

Michael quitta son siège, fit le tour du bureau et vint se mettre face à l'officier. « Pour commencer, rien de ce que je vous ai dit ne doit être répété.

— Mon Dieu, bien sûr que non.

— Bien sûr que non. Vous iriez à votre propre perte.

— Et je provoquerais également la perte de mon pays. Je n'ai pas l'exclusivité du patriotisme, mais je suis patriote, monsieur Cross. »

Havelock passa près de la table basse et du canapé, ce qui lui rappela l'absence de Jenna. Ayant reconnu tous deux que sa présence pouvait s'avérer gênante, elle se trouvait à l'étage au-dessus ; plus précisément, elle avait insisté pour ne pas rester là. Il s'approcha du mur et examina machinalement une plaque de cuivre ; puis il parla. « Je vais à nouveau me permettre quelques conjectures, commandant. Un jour, Matthias ne vous a plus revu, n'est-ce pas ?

— C'est exact. J'ai téléphoné plusieurs fois — pas au Département d'État, bien sûr — mais il ne m'a jamais répondu.

— Pas au Département d'État ? demanda Michael en se retournant. Pourtant, vous avez bien appelé là-bas puisque c'est ainsi que je vous ai trouvé.

— Trois fois seulement. Deux fois pour dire qu'il y avait des conférences au Pentagone le dimanche, et une fois pour le prévenir que je devais me faire hospitaliser pour une petite intervention chirurgicale m'immobilisant du vendredi au mardi ou au mercredi suivant. Il m'a témoigné toute sa sollicitude ce jour-là, mais il m'a demandé de ne plus jamais l'appeler au Département d'État.

— Vous l'avez appelé à son pavillon, alors ?

— Et chez lui, à Georgetown.

— Cela, c'est plus tard ?

— Oui. Je l'ai appelé tous les soirs, mais il ne répondait pas au téléphone. Essayez de comprendre, monsieur Cross. J'étais conscient de ce que j'avais fait, de l'énormité de la violation que j'avais commise. Remarquez bien que, jusqu'à il y a quelques minutes, je n'ai jamais regretté ce que j'ai fait, je ne peux pas changer mes convictions. Mais à l'époque, il y a cinq ou six mois, j'étais désorienté, effrayé peut-être, je ne sais pas. J'étais resté le bec dans l'eau...

— Vous étiez en état de manque, interrompit Havelock. Vous aviez pris une drogue forte, un des plus puissants narcotiques qui soient. Anthony Matthias. Et tout à coup, il n'était plus là.

— Oui, vous avez raison. C'étaient des jours excitants, des souvenirs merveilleux. Puis, sans savoir pourquoi, mon lien avec la grandeur s'est rompu. Je pensais avoir fait peut-être quelque chose qu'il n'avait guère apprécié ou lui avoir apporté des renseignements insuffisants, incomplets. Je ne savais pas ; je savais simplement avoir été écarté, sans aucune explication.

— Je comprends », dit Michael en se souvenant parfaitement de ce soir où, à Cagnes-sur-Mer, son *pritel*, à huit mille kilomètres de là, n'avait pas répondu à son appel téléphonique. « Je suis étonné que vous vous soyez arrêté là, sans chercher à le rencontrer quelque part, d'une manière ou d'une autre. Vous aviez le droit à cette explication.

— Je n'ai pas eu besoin de le faire puisqu'en fin de compte on me l'a donnée.

— Quoi ?

— Un soir, alors que j'avais encore essayé de le joindre, à nouveau sans résultat, un homme m'a rappelé. Un homme très étrange... »

La sonnerie persistante du téléphone retentit brusquement, brisant toute la concentration du moment. Ce signal indiquant une urgence, Havelock se précipita aussitôt pour répondre.

« C'est Loring, dit une voix faible, presque un murmure. Je suis blessé. Ça va, mais je suis blessé.

— Où êtes-vous ?

— Dans un motel sur l'autoroute 317, près de Harrington. Motel de la Faisanderie, studio douze.

— Je vous envoie un docteur.

— Un docteur très spécial, Havelock. Utilisez le terrain de Denton.

— Qu'est-ce que ça veut dire ?

— Il fallait que je me sorte de là. J'ai pris une voiture de police...

— Une voiture de police ? Pourquoi ?

— Je vous raconterai plus tard. Tout... Un docteur spécial avec un tas de seringues.

— Pour l'amour de Dieu, expliquez-vous clairement, Charley !

— J'ai eu un de ces fils de pute. Il est attaché sur le lit, nu... pas de capsule, pas de rasoir. J'en ai eu un ! »

Havelock composa divers numéros sur le téléphone de Sterile Five, donnant ses ordres les uns après les autres. Le capitaine de corvette Decker restait immobile au milieu de la pièce, observant, écoutant, comme un soldat réduit à l'impuissance parce qu'il a perdu sa cause. Le Président fut informé. On fit quérir un docteur très spécial pour l'envoyer dans le Maryland en hélicoptère, accompagné par un détachement des Services secrets. Prêt à décoller, un deuxième hélicoptère attendait Michael au terrain de Quantico, à dix kilomètres de là ; il y serait conduit par l'escorte des Services secrets qui avait amené Decker à Sterile Five. Havelock passa un dernier coup de fil pour la maison même. A l'étage supérieur. Pour Jenna Karras.

« Je dois partir. C'est Loring. Il est blessé, mais il en a peut-être attrapé un... ne me demande pas comment. Et tu avais raison. Decker est ici et il a encore des choses à dire. S'il te plaît, descends et occupe-toi de lui. Il faut que je parte... merci. »

Michael se leva du bureau et s'adressa à l'officier de marine effrayé. « Une femme va venir ici et je vous ordonne... Vous m'entendez bien, je vous ordonne, commandant... de lui dire tout ce que vous alliez me dire et de répondre convenablement à toutes les questions qu'elle pourra vous poser. Votre escorte sera de retour dans environ vingt minutes. Lorsque vous aurez terminé, et seulement si elle est d'accord, vous pourrez partir. Mais une fois chez vous, n'en bougez plus pour quelque raison que ce soit. Vous serez surveillé.

— Oui, monsieur Cross. »

Havelock récupéra sa veste posée sur le dossier de sa chaise et se dirigea vers la porte. Il s'arrêta et se tourna vers Decker, la main sur la poignée de la porte. « Au fait... elle s'appelle Mme Cross. »

Tous les vols en basse altitude furent détournés pour que les deux hélicoptères puissent atterrir sur le petit terrain privé de Denton, Maryland. L'appareil en provenance de l'hôpital naval de Bethesda arriva onze minutes avant l'hélicoptère de Quantico. Havelock sauta sur la piste et se précipita vers la voiture de fonction qu'on avait envoyée d'Annapolis. Le chauffeur était un enseigne qui connaissait parfaitement bien les routes de la rive Est de Chesapeake Bay. L'enseigne ne savait rien d'autre. Personne ne savait rien. Pas même le docteur qui avait reçu l'ordre de s'occuper d'abord de Charley Loring et de ne rien administrer au prisonnier de Loring avant que Sterile Five soit sur les lieux. Deux voitures de patrouille de la police fédérale avaient été envoyées au motel de la Faisanderie, devant attendre leurs instructions des Services secrets.

Si le terme Faisanderie évoquait des images de campagne et de chasse, il ne collait guère aux studios désuets de ce motel sordide alignés au bord de l'autoroute. Apparemment, ce motel servait principalement à des rendez-vous d'une heure ou environ. Les voitures stationnaient sur des petits parkings sales, derrière les studios, hors de vue de la route principale. La direction s'occupait bien plus des petites manies de sa clientèle que de son confort, et Loring avait utilisé sa matière grise. Un homme souffrant de blessures qu'il désirait cacher, sans bagage mais avec un prisonnier qu'il voulait introduire subrepticement, ne pouvait guère espérer s'inscrire dans un motel de luxe, superbement éclairé, comme le motel Howard Johnson.

Havelock remercia l'enseigne et lui dit de retourner à Annapolis en lui rappelant bien qu'il devait garder le plus grand secret sur cette affaire. Washington avait son nom et sa coopération ne serait pas oubliée. Manifestement impressionné par tous les projecteurs allumés dans la nuit, par les deux hélicoptères militaires et par sa propre participation, le jeune homme répondit d'une voix monotone. « Vous pouvez comptez sur mon silence, monsieur.

— Vous n'avez qu'à dire que vous êtes sorti pour aller boire une bière, ce sera suffisant. C'est peut-être même ce qu'il y a de mieux à dire. »

Un officier gouvernemental, montrant son badge officiel en argent, intercepta Michael alors qu'il courait le long des studios à la recherche du numéro douze.

« Sterile Five », dit Havelock, en remarquant pour la première fois les deux voitures de la police fédérale garées dans l'obscurité, à environ cinq mètres sur sa gauche. Le studio numéro douze n'était pas loin.

« Par ici », dit l'homme, en glissant son badge officiel dans sa poche. Il guida Michael entre deux studios, vers l'arrière du motel où se trouvait une seconde rangée de studios, invisible du devant. Souffrant et inquiet, Loring avait dû passer de précieux instants à étudier l'emplacement des lieux... encore une preuve qu'il était bien maître de lui.

Dans le fond, derrière un studio sur la gauche, il y avait une voiture en stationnement, mais ce n'était pas une voiture ordinaire. Une ligne blanche terminée par une flèche était peinte au milieu de la carrosserie noire. C'était le véhicule de la police que Loring avait volé, la seule indication qu'il avait peut-être perdu le sang-froid qui les avait tant aidés. Quelqu'un à Washington serait obligé d'appeler un commissariat de police local en alerte pour leur éviter d'inutiles recherches.

« C'est ici, dit l'agent fédéral, en montrant la porte d'un studio en haut d'un perron de trois marches. Je reste à l'extérieur, ajouta l'homme. Faites attention à ces marches, elles sont branlantes.

— Merci », dit Havelock. Il grimpa vite mais prudemment les trois marches et tourna la poignée de la porte. C'était fermé. Il frappa. De l'intérieur, quelqu'un demanda : « Qui est-ce ?

— Sterile Five », répondit Michael.

On ouvrit la porte, un roux trapu, âgé d'environ trente-cinq ans, le visage de type celte recouvert de taches de rousseur, le regard prudent, les manches retroussées. « Havelock ?

— Oui.

— Je m'appelle Taylor. Entrez. Il faut que nous ayons une rapide explication. »

Michael entra dans la pièce aux murs sales. Le docteur ferma la porte. Un homme nu était allongé les bras en croix sur le lit, les mains et les pieds ensanglantés attachés aux montants, par des ceintures aux poignets et des morceaux de drap aux chevilles. Une cravate bleue à rayures lui serrait violemment la bouche, l'empêchant de parler à haute voix. Grands ouverts, ses yeux exprimaient la colère et la peur.

« Où est... ? »

Taylor montra le coin opposé de la pièce. Là, Charley Loring était allongé sur le sol, recouvert d'un drap, la tête sur un coussin, les yeux mi-clos. Il avait l'air hébété ou commotionné. Havelock voulut traverser la pièce à la moquette gris sale, mais le docteur le retint en l'attrapant par un bras.

« C'est à son propos que nous devons avoir une explication. J'ignore ce qui se passe ici, mais je sais que je ne peux pas répondre de la vie de cet homme : il devrait être à l'hôpital depuis une heure. Suis-je assez clair ?

— Dès que nous pourrons l'y transporter, mais pas immédiatement, dit Michael, en secouant la tête. Je dois l'interroger. Il est la seule personne qui peut me donner les renseignements dont j'ai besoin. Tous les autres sont morts.

— Vous ne m'avez peut-être pas compris. J'ai dit qu'il devrait être à l'hôpital depuis une heure.

— J'ai bien compris mais je sais ce que j'ai à faire. Je suis désolé.

— Vous m'êtes antipathique, dit Taylor en regardant Havelock et en lui lâchant le bras comme s'il venait de toucher quelque chose de répugnant.

— J'aimerais pouvoir me laisser aller à de bons sentiments, docteur, car j'aime cet homme. Je vais faire aussi vite que je peux et sans le brusquer. Croyez-moi, c'est exactement ce qu'il souhaiterait que je fasse.

— Je vous crois. Je n'ai pas réussi à le convaincre de quitter cet endroit il y a dix minutes. »

Michael traversa la pièce et s'agenouilla près de

Loring, approchant son visage du blessé. « Charley, c'est Havelock. Tu m'entends ? »

Loring ouvrit plus grand ses yeux, les lèvres tremblantes, s'efforçant de parler. Il arriva enfin à murmurer quelque chose. « Oui ? Je t'entends... bien.

— Je vais te dire ce que j'ai appris... pas grand-chose à vrai dire. Fais-moi un signe de tête pour m'indiquer si je suis sur la bonne voie ou non. Inutile de perdre ton souffle à parler, d'accord ? » L'agent secret fit un signe de tête affirmatif et Michael poursuivit. « J'ai parlé avec les policiers qui tentent d'éclaircir les faits. Selon eux, une ambulance a amené un accidenté de la route et sa femme, et Randolph, un docteur de service et une infirmière le nettoyaient et vérifiaient l'importance de ses blessures. » Loring fit un signe de tête négatif, mais Havelock continua. « Laisse-moi terminer, ensuite on reviendra en arrière. Ils étaient là depuis cinq minutes à peine lorsque deux policiers fédéraux sont entrés en courant et ont parlé à nos cardiologues. Personne ne sait ce qui s'est dit. Mais on les a laissés pénétrer dans la salle de consultation. » A nouveau, l'agent secret fit un signe de tête négatif. « Deux minutes plus tard, un troisième homme — toi, je présume — est arrivé en enfonçant la porte de secours et c'est ce qui a tout déclenché. » Loring opina de la tête.

Havelock respira et poursuivit, en parlant vite mais gentiment. « Le personnel a entendu des coups de feu. Peut-être cinq ou six. Personne n'en est sûr. La plupart ont quitté l'immeuble. Les autres se sont cachés dans les couloirs ou dans les chambres des malades, en bouclant la porte à clef derrière eux. Tous cherchaient à atteindre le téléphone. Lorsque la fusillade a cessé, quelqu'un à l'extérieur t'a vu sortir en courant avec un policier fédéral. Tu étais courbé et tu tenais un revolver à la main. L'officier saignait, boitait et se tenait la main. Tu l'as forcé à entrer dans une voiture de police et vous vous êtes enfuis de là. La police essaie de découvrir qui est l'autre policier, mais les papiers d'identité ont été retirés de la plupart des corps, pas tous. » Loring secoua vivement la tête, en signe négatif. Michael lui posa une main sur l'épaule et lui dit : « Calme-toi, on reviendra en arrière. Inutile de te préciser que le compte des cadavres y est. Randolph, le docteur en service, l'infirmière, l'accidenté de la route, son épouse et notre unité Apache. On a trouvé deux armes automatiques équipées de silencieux. Ils comptent encore les balles. Les coups de feu entendus étaient les tiens. Ils font des recherches sur les armes et prennent les empreintes digitales. En dehors de ce que je viens de te dire, personne ne sait ce qui s'est passé. Maintenant, revenons en arrière. » Havelock regarda dans le vague, essayant de se souvenir. « L'accident de la route. »

Loring fit un signe négatif. « Pas d'accident.

— Pourquoi pas ?

— Ce n'étaient pas des policiers fédéraux. »

Michael leva les yeux pour regarder l'homme nu attaché sur le lit et l'uniforme jeté sur le sol. « Bien sûr, il ne s'agissait pas de policiers fédéraux et la voiture de police était une fausse. Ils ont le fric pour se payer ce genre de choses. J'aurais dû le deviner ; tu ne l'aurais pas empruntée autrement. »

L'agent blessé opina de la tête et sortit une main de dessous le drap pour faire signe à Havelock de se rapprocher davantage. « L'homme et la femme... de l'ambulance... l'accident. On les a identifiés ?

— Non.

— Idem pour les policiers... n'est-ce pas ?

— Oui.

— L'accident, murmura Loring, en s'arrêtant pour respirer. Trop facile. Un homme blessé... une femme qui ne veut pas le quitter. Ils entrent... une chambre... docteur, infirmière... Randolph. Ils l'ont eu.

— Comment pouvaient-ils savoir qu'il serait là ?

— Peu importe. Ils pouvaient demander au docteur... ou à l'infirmière... sous la menace d'une arme... de le faire appeler. C'est probablement ce qu'ils ont fait. Ils l'ont eu. Trop facile.

— Et les policiers fédéraux ?

— Pressés... ils couraient comme des dingues. On les a envoyés pour mettre le paquet, pour démolir tout... à la hâte.

— Comment as-tu deviné ça ?

— Ils ont laissé les portes ouvertes derrière eux et couraient d'une drôle de façon... en cachant des armes lourdes sous leur veste. Le tableau n'était pas normal. Quelque chose clochait... Selon Apache, l'accidenté était un gros mafioso que les flics avaient déjà interrogé. Si cela avait été le cas, ce n'est pas une voiture mais dix qui se seraient trouvées là. » Loring souffla, en toussant. Du sang s'écoula par les commissures de ses lèvres. Il haleta et respira à nouveau. A présent, le docteur se trouvait derrière Havelock.

« Pour l'amour de Dieu, dit posément Taylor mais d'un air furieux. Pourquoi ne lui tirez-vous pas simplement une balle dans la tête ?

— Je ferai bien de tirer une balle dans votre propre tête. » Michael se pencha à nouveau sur Loring. « Pourquoi, Charley ? Pourquoi selon toi les ont-ils envoyés pour mettre le paquet ?

— Je ne sais pas exactement. Peut-être parce qu'ils m'ont repéré... peut-être parce que j'ai encore raté mon coup.

— Je ne le crois pas.

— Pas de compliments de ce genre, veux-tu... je ne supporte pas ça. J'ai probablement raté mon coup... je me fais vieux.

— Alors fie-toi simplement à tes instincts, Mathusalem, on en a besoin. Tu n'as rien raté. Tu en as eu un, tu nous en as ramené un, Charley. »

Loring essaya de se redresser. Gentiment, Michael l'obligea à rester allongé. « Dis-moi quelque chose, Havelock. Tu m'as dit ce matin... à propos de Shippers. "Il y a longtemps." Tu m'as dit qu'il était programmé depuis longtemps. Dis-moi. Est-ce que ce fils de pute... là... est un voyageur ?

— Je pense que oui.

— Bon sang... alors je ne suis peut-être pas si vieux. »

Michael se leva et se tourna vers le docteur qui se trouvait derrière lui. « Bon, Taylor, il est à vous. Faites-le transporter jusqu'à l'hélicoptère et qu'il soit admis à Bethesda dans les meilleures conditions. Téléphonez à l'hôpital et prévenez-les que la Maison-Blanche veut que la meilleure équipe chirurgicale se tienne prête à s'occuper de cet homme.

— Oui, monsieur, dit le docteur d'un air ironique. Ce sera tout, monsieur ?

— Oh ! non, toubib. Préparez votre trousse magique. Vous allez vous mettre au travail. »

Deux infirmiers transportèrent Loring sur une civière. Avant qu'ils emmènent l'agent secret blessé, le médecin leur donna des instructions fermes.

Taylor se tourna vers Havelock. « On commence tout de suite ?

— Que pensez-vous de ses blessures ? demanda Michael en regardant la main droite et le pied gauche blessés et ensanglantés de l'homme nu.

— Votre ami a placé des garrots là où il en fallait. J'ai ajouté quelques pansements. Le sang ne coule plus. Il s'est montré particulièrement efficace. L'os a été brisé, mais en dehors de la douleur, il ne risque rien. Bien sûr, je lui ai fait deux piqûres pour le calmer, pour qu'il garde les idées claires.

— Est-ce que cela pourra interférer avec la drogue ?

— Si cela était le cas, je n'aurais pas fait ces piqûres.

— Alors, occupez-vous de lui, docteur. Je n'ai pas de temps à perdre. »

Taylor s'approcha de la table près de la fenêtre où se trouvait sa grande trousse noire en cuir, ouverte sous une lampe allumée. Pendant un instant, il étudia son contenu, puis il en sortit trois fioles et trois seringues qu'il plaça au bout du lit, près de la cuisse de l'homme nu. Le prisonnier leva la tête, le visage grimaçant, les yeux brillants, le regard fou. Il était au bord de la crise de nerfs. Soudain, il se tortilla furieusement et grogna comme une bête. Il s'arrêta, tenaillé par la douleur à sa main droite. Haletant, il s'efforça de respirer, en regardant au plafond. Puis, brusquement, il s'arrêta de respirer, retenant l'air dans ses poumons, le visage devenant de plus en plus écarlate, les yeux s'exorbitant.

« Que diable fait-il ?

— Tirez-vous de là ! » hurla Havelock en écartant le docteur. Il assena un violent coup de poing dans le ventre nu du tueur. L'air fut expulsé par la bouche entravée du prisonnier. Ses yeux et son teint redevinrent vite normaux.

« Bon Dieu, dit Taylor en se précipitant pour empêcher les fioles de rouler du lit. Qu'est-ce qui s'est passé ?

— Vous avez affaire à quelque chose que vous n'avez certainement jamais vu, docteur. Ils sont programmés comme des robots, pour tuer qui on leur dit de tuer... sans aucun sentiment, tout à fait froidement. Ils ont le même comportement avec eux-mêmes.

— Alors, impossible de négocier avec lui. Je pensais qu'en voyant ces fioles et ces seringues, il fléchirait peut-être.

— Certainement pas. Il nous bernerait en nous racontant un mensonge tout à fait plausible. Ils connaissent toutes les combines. Ce sont des maîtres en la matière. Allons-y, docteur.

— Comment voulez-vous que nous procédions ? Par étapes, ce qui le fera revenir en arrière progressivement, ou voulez-vous que nous tentions la dose maximum ? C'est la plus rapide, mais il y a un risque.

— Quel est-il ?

— L'incohérence. Des idées en désordre... sans aucune logique.

— Sans aucune logique... ? C'est ce qu'il faut. Essayons l'incohérence, écartons-le de toute possibilité de réagir par des réponses programmées.

— Le processus n'est pas aussi simple. Au début, il n'y aura aucune suite dans ses paroles. La solution est de trouver certains mots clefs...

— C'est exactement ce que je voulais entendre, docteur. Ne perdez pas de temps.

— Puisque vous le désirez. » Avec la promptitude d'un chirurgien devant interrompre une brusque hémorragie interne, Taylor brisa l'extrémité d'une fiole, y plongea l'aiguille d'une seringue pour la remplir et piqua la cuisse du voyageur avant même que l'homme attaché ne pût comprendre ce qui se passait. Le tueur se tortilla violemment, tirant sur ses liens pour tenter de les briser, roulant sur le lit et hurlant des cris étouffés qui emplissaient la pièce. « Plus il s'agite comme ça et plus l'effet sera rapide, ajouta Taylor en pressant la main sur le côté du cou tendu et agité. Environ une minute ou deux. »

Michael regarda, fasciné et révolté comme il l'était toujours lorsqu'il observait l'effet de telles drogues sur un être humain. Il s'efforça de se souvenir que trois heures plus tôt, ce tueur avait descendu sans pitié des hommes et des femmes... sa propre équipe et d'autres personnes, certains tout à fait impliqués et d'autres complètement innocents. Combien pleureraient leur disparition sans jamais comprendre ? Et combien se trouvaient aux pieds d'un Michael Havelock, par l'entremise d'un Anton Matthias ? Deux officiers de carrière, un jeune médecin, une infirmière encore plus jeune, un homme du nom de Randolph dont le seul crime avait été d'essayer de réparer une terrible erreur.

Quel sombre gâchis !

« Il est presque prêt, maintenant, dit Taylor, en examinant les yeux vitreux, mi-clos du prisonnier qui, à présent, ne bougeait presque plus et gémissait.

— Vous devez beaucoup apprécier votre métier, docteur.

— J'ai toujours été un sale gosse, répondit l'homme aux cheveux roux, en retirant doucement la cravate de la bouche du prisonnier. Sans compter qu'il faut bien que quelqu'un se charge de cette besogne, et que l'oncle Sam a payé mes études de médecine. Mon vieux n'avait pas les moyens de m'entretenir. Je rembourserai ma dette et je partirai. »

Havelock ne trouva rien à répondre. Il se pencha au-dessus du lit alors que Taylor s'en écartait. « Puis-je commencer ? demanda-t-il.

— Parlez. C'est votre joujou, à présent.

— Les *ordres* », commença Michael en posant la main sur la tête du lit et en approchant ses lèvres de l'oreille du prisonnier pour lui parler d'une voix assurée, régulière, douce. « Les ordres, les ordres, les *ordres*. Aucun de nous ne peut agir sans *ordres* ! Mais nous devons être sûrs, nous ne pouvons pas nous permettre une erreur. Qui peut préciser nos *ordres*, préciser nos ordres maintenant ? »

Le prisonnier agita la tête d'avant en arrière, ouvrant et fermant les yeux, tendant ses chairs meurtries. Mais aucun son ne sortit de sa bouche.

« C'est urgent, poursuivit Havelock, tout le monde sait que c'est urgent... urgent. Nous devons faire vite, nous devons nous presser... nous presser...

— Vite... très vite. » Un murmure hésitant.

« Mais comment être certain ? lança vivement Michael. Nous devons être certains.

— Le vol... le vol était direct. Nous avons entendu le code deux fois. Il ne nous faut rien de plus. Le vol... direct.

— Bien sûr. Un *vol direct*. Tout va bien maintenant. On peut y aller... A présent, revenons en arrière... avant l'urgence. Détends-toi. Dors.

— Très bien, fit le docteur de l'autre côté de la pièce faiblement éclairée. Vous l'avez cerné plus vite que je ne l'ai jamais vu faire. Il a réagi.

— Ce n'était pas difficile, répliqua Havelock en se redressant près du lit et en examinant le voyageur. A partir du moment où on lui a donné ses ordres, il avait trois choses en tête. L'urgence, la rapidité et la précision. Il avait pour instructions de tuer — un ordre important mais également dangereux — aussi, la précision était vitale. Vous l'avez entendu, il devait entendre le code deux fois.

— Le code était "un vol direct". Il vous l'a donné et vous n'aurez plus qu'à lui redire. Vous êtes fort.

— Et vous n'êtes pas un amateur, docteur. Passez-moi une chaise, s'il vous plaît ? J'ai également urgence et rapidité en tête. Les choses peuvent bien se corser. » Taylor apporta une chaise près du lit. Michael s'y assit. La chaise était bancale mais bien assez confortable pour l'occasion. Il se pencha, les mains sur le bord du lit, et parla à nouveau à l'homme attaché. « Nous avons un vol direct... un vol direct... un *vol très direct !* Maintenant, tuez votre partenaire ! »

Le voyageur inclina brusquement la tête sur la droite, cillant des yeux, tremblant des lèvres : protestation silencieuse.

« Vous avez compris ! hurla Havelock. Nous avons un vol direct, alors *tuez-le* !

— Quoi... ? Pourquoi ? » Il murmura ces mots d'une voix gutturale.

« Êtes-vous marié ? Dites-moi, puisque nous sommes sur un vol direct, êtes-vous marié ?

— Oui... oui, je suis marié.

— Tuez votre *femme* !

— Pourquoi ?

— Nous sommes sur un *vol direct* ! Comment pouvez-vous refuser ?

— Pourquoi... pourquoi ?

— Tuez votre partenaire ! Tuez votre femme ! Avez-vous des enfants ?

— *Non !* » Le voyageur écarquilla les yeux, le regard enflammé. « Impossible de me demander ça... impossible !

— Je vous le demande. Un *vol direct* ! Que vous faut-il de plus ?

— Des précisions. J'exige des précisions ! Je... dois en avoir !

— D'où ? De qui ? Je vous l'ai déjà dit. Nous sommes sur un vol direct ! Voilà tout !

— S'il vous plaît... ! Moi, tuez-moi. Je suis... désorienté !

— Pourquoi êtes-vous désorienté ? Vous avez entendu mes ordres, tout comme vous avez entendu les ordres de la journée. Vous ai-je donné ces ordres ?

— Non.
— Non ? Vous ne vous en souvenez pas ? Si ce n'est moi, qui alors ?
— Le voyage... le vol direct. Le... contrôle.
— Le contrôle ?
— L'informateur.
— L'informateur ! Votre informateur. Je suis votre informateur ! Tuez votre partenaire ! Tuez votre femme ! Tuez les enfants ! Tous les enfants !
— Je... je. Vous ne pouvez pas me demander ça... Je vous en prie, ne me demandez pas ça.
— Je ne demande pas, j'exige, je donne des ordres ! Voulez-vous dormir ?
— Oui.
— Vous ne pouvez pas dormir ! » Michael se tourna vers Taylor et lui parla à voix basse, presque inaudible. « Combien de temps la drogue fera-t-elle effet ?
— Au rythme où vous allez, la moitié du temps normal. Encore dix minutes, au maximum.
— Préparez une autre dose. Je commence à le dominer.
— Cela va le faire valser au ciel.
— Il retombera sur terre.
— Vous êtes le docteur, dit le docteur.
— Je suis votre informateur ! hurla Havelock, en se levant de sa chaise et en se penchant juste au-dessus du visage du prisonnier. Vous n'avez personne d'autre, *paminyatchik !* Vous ferez ce que je vous dis et seulement lorsque je vous le dis. A présent, votre *partenaire*, votre *femme*, les *enfants*...
— Ahhhh... ! » Le hurlement se prolongea, un cri déchirant.
« Je ne fais que commencer... »
Le tueur attaché et drogué tira sur ses liens, se tortillant sur le lit, grimaçant, l'esprit égaré dans un labyrinthe épouvantable. On exigeait de lui sacrifice sur sacrifice, souffrance après souffrance, et il ne voyait aucune issue à ce dédale infernal.
« Maintenant », fit Havelock au docteur qui se trouvait derrière lui.

Taylor piqua la seringue hypodermique dans le bras du prisonnier. La réaction fut immédiate, la drogue accélérant l'effet de l'autre dose. Les cris devinrent des hurlements de bête et la bave coula sur la bouche du tueur — la violence répondait à la violence.

« Obéissez-moi ! s'écria Michael. Faites vos preuves ! Ou alors mourez avec tous les autres ! Partenaire, femme et enfants... vous mourrez tous à moins que vous ne puissiez me montrer patte blanche. Maintenant, sur-le-champ !... Quel est le mot de passe pour votre informateur ?

— Marteau-zéro-deux ! Vous le savez !

— Bien sûr que je le sais. Maintenant, dites-moi où l'on peut me joindre... ne mentez pas !

— Je ne sais pas... je ne sais pas ! On m'appelle au téléphone... on nous appelle tous au téléphone !

— Quand vous souhaitez des précisions. Lorsque vous avez des renseignements à donner. Comment me joignez-vous pour avoir des précisions ou pour transmettre des renseignements ?

— Dites-leur : on en a besoin. Tous.

— Qui ?

— Orphelin. Appelez... orphelin.

— *Orphelin ?*

— 96.

— Orphelin 96 ? Où est-il ? Où ?

— O...r...phe !... » Il poussa un dernier cri déchirant et concentra toutes ses forces et son poids pour tirer sur ses liens, brisant une ceinture, libérant ainsi sa main gauche. Il sauta littéralement au-dessus du lit, se cambra spasmodiquement et retomba, inconscient, sur le bord opposé.

« Il a eu son compte, dit Taylor, en passant devant Havelock pour saisir le poignet du prisonnier. Son pouls cavale. Impossible de lui faire subir à nouveau un pareil coup avant huit heures. Désolé... docteur.

— Ça ira, docteur », dit Michael, en s'éloignant du lit. Il sortit de sa poche un paquet de cigarettes. « Ça aurait pu être pire. Vous êtes un excellent praticien.

— Je n'estime pas que ce soit l'œuvre de ma vie.

— Même dans d'autres circonstances, vous n'auriez pas le temps... » Havelock s'interrompit pour allumer une cigarette.

« Comment ?

— Rien. Je disais que vous n'auriez pas le temps de venir prendre un verre. Moi, si.

— Oh ! moi aussi. Je vais prévenir Boris pour lui demander de venir jouer les gardes-malades.

— Boris ?... Vous le connaissez ?

— Suffisamment pour savoir que ce n'est pas un boy-scout.

— Ce qui est drôle, c'est qu'il l'a probablement été.

— Dites-moi, demanda le docteur aux cheveux roux, est-ce qu'un informateur pourrait lui donner de pareils ordres ? Tuer sa femme et ses gosses, des gens si proches de lui ?

— Jamais. Moscou ne prendrait pas de tels risques. Ces types sont comme des robots, mais ils marchent au sang, pas au pétrole. Ils sont constamment sous surveillance et si le K.G.B. veut se débarrasser d'eux, une équipe de tueurs professionnels est envoyée pour faire le boulot. Une vie de famille ordinaire sert de couverture. C'est également une deuxième façon de les tenir. Si un homme avait quelque tentation, il sait ce qui arriverait.

— Vous avez utilisé le même processus, n'est-ce pas ? Seulement de l'autre côté de la barrière.

— Je ne suis pas particulièrement fier de cela, mais effectivement.

— Jésus, Marie et Paddy O'Rourke », murmura le docteur.

Michael regarda Taylor prendre le téléphone placé près du lit pour donner ses instructions à Bethesda. Le *téléphone*. Orphelin... 96. « Attendez un instant ! s'écria brusquement Michael.

— Qu'y a-t-il ?

— Laissez-moi passer un coup de fil ! » Havelock se précipita vers la petite table, décrocha le combiné et composa un numéro en énonçant à voix haute « O-r-p-h-e-l... 96.

— J'écoute, dit une standardiste au bout du fil.

— Comment ?

— Est-ce un appel en P.C.V., payable sur carte de crédit ou au compte d'un autre numéro ?

— Carte de crédit. » Michael fixa le mur en essayant de se souvenir du numéro d'État qu'il ne parvenait jamais à retenir. Il le donna à la standardiste et entendit immédiatement la sonnerie bourdonner.

« Bonsoir et merci d'avoir appelé le Voyageurs Emporium, bagages pour le touriste de goût. Donnez la référence du ou des articles que vous avez choisis sur notre catalogue et nous vous mettrons aussitôt en contact avec le représentant correspondant de notre service de vente vingt-quatre heures sur vingt-quatre. »

Havelock raccrocha. Il avait besoin d'un autre code. Avec une autre injection de drogue, il aurait pu le trouver. Il fallait qu'il le trouve... *On en a besoin. Tous...* La fin de ce code était ambiguë.

« Qu'est-ce qui se passe ? demanda Taylor, d'un air ahuri.

— Vous pouvez peut-être m'aider, docteur. Avez-vous déjà entendu parler du Voyageurs Emporium ? Je ne connais pas mais c'est normal, ça fait des années que je fais presque tous mes achats en Europe.

— Les Voyageurs Emporium ? Bien sûr, ils ont des succursales partout dans le pays. C'est le grand magasin des articles de voyage. Ma femme leur a acheté une de ces valises à roulettes. Bon Dieu, quand j'ai reçu la facture, j'ai cru qu'elle avait acheté une voiture. Ils proposent de la marchandise de première catégorie.

— Ils sont également la propriété du K.G.B. C'est là-dessus que vous allez travailler. Quel que soit votre emploi du temps, oubliez-le. Je veux que vous vous occupiez de ce touriste-là. Il nous faut un autre numéro de code. Rien qu'un. »

Des pas lourds se firent entendre à l'extérieur du studio, puis quelqu'un frappa bruyamment à la porte.

« Qui est là ? demanda Havelock, assez fort pour qu'on l'entende de l'extérieur.

— Sterile Five, on vous demande. Un appel urgent transmis sur tous les véhicules de police. On doit vous conduire immédiatement à l'aéroport.

— J'arrive. » Havelock se tourna vers Taylor. « Prenez vos dispositions pour amener ce type à votre clinique. Ne le quittez pas. Occupez-vous de lui. Je vous appellerai. Je suis navré pour le verre que nous devions boire ensemble.

— Paddy O'Rourke est également navré.

— Mais qui diable est ce Paddy O'Rourke ?

— Un petit bonhomme qui est assis sur mon épaule et qui me dit de ne pas trop penser. »

Michael grimpa dans l'hélicoptère de la marine alors que les pales géantes se mirent à tourner. Le pilote lui fit signe de venir dans la cabine de pilotage.

« Il y a un appareil téléphonique là derrière ! cria le pilote. Ce sera plus calme lorsque le panneau sera fermé. Nous établirons votre communication.

— Qui est-ce ?

— On ne le saura jamais ! hurla le radio, se tournant de sa console installée contre la cloison. Nous ne servons que d'intermédiaires. »

Le lourd panneau métallique fut fermé électroniquement. Les lumières de la piste d'atterrissage disparurent et le grondement des rotors se réduisit à un rugissement étouffé. Havelock s'accroupit dans l'obscurité seulement troublée par les lumières extérieures et il prit le téléphone pour le coller à son oreille droite, couvrant l'autre oreille de sa main libre. Au bout d'un instant, il entendit enfin une voix, celle du Président des États-Unis.

« On va vous emmener immédiatement à la base aérienne d'Andrews. Vous y rencontrerez Arthur Pierce.

— Que se passe-t-il, Monsieur ?

— Il se rend à Poole's Island avec le spécialiste des

coffres, mais il veut d'abord vous parler. Cet homme a peur et je ne crois pas qu'on lui fasse aisément peur.

— Les Soviétiques ?

— Oui. Il est incapable de dire s'ils ont gobé son histoire ou non. Ils l'ont écouté en silence, ont opiné de la tête et l'ont congédié. Selon lui, ils ont appris quelque chose d'important dans les dix-huit dernières heures, quelque chose dont ils ne parleront pas — quelque chose qui pourrait tout faire éclater. Il les a prévenus de ne pas agir précipitamment, sans en référer aux plus hautes sphères.

— Qu'ont-ils répondu ?

— Ils ont dit "occupez-vous de vos affaires".

— Ils savent quelque chose. Pierce connaît bien son ennemi.

— En dernière extrémité, nous serons obligés d'exhiber Matthias... en espérant détourner une attaque, et sans aucune garantie d'y parvenir. Je n'ai pas besoin de vous apprendre ce que cela signifierait... nous serions un gouvernement de lépreux en qui nul ne ferait plus confiance. Si nous ne sommes pas rayés de la carte.

— Que puis-je faire ? Que veut Pierce ?

— Tout ce que vous savez, tout ce que vous avez appris. Il essaie de trouver quelque chose, n'importe quoi qui puisse lui servir de levier. Chaque contre-accusation qui peut éviter une escalade, chaque jour qu'il peut nous faire gagner est un jour pour vous. Vous progressez ?

— Oui. A présent, nous connaissons le centre de liaison d'"Ambiguïté", là où il reçoit ses informations et d'où il envoie ses instructions. Demain matin nous devrions savoir comment il procède et par quel intermédiaire il passe. Alors, nous le trouverons.

— Ainsi, vous pourriez être tout près de Parsifal.

— Je crois.

— Je ne veux pas entendre ça ! Je veux entendre "oui".

— Oui, monsieur le Président. » Havelock fit une pause en songeant au peu d'éléments qu'il leur fallait pour connaître le code de Voyageurs Emporium. Ils seraient trouvés et enregistrés dans une clinique. « J'en suis persuadé.

— Vous ne le diriez pas si vous ne l'étiez pas, Dieu merci. Rejoignez Pierce et apprenez-lui tout ce que vous savez. Aidez-le ! »

35

Les pistes d'atterrissage étaient bordées de fanaux jaunes. Les faisceaux lumineux des tours d'observation s'entrecroisaient et fouillaient l'épaisse couverture nuageuse. Les équipes de garde surveillaient l'arrivée des vols de nuit, les appareils émergeant de la nuit pour plonger sur la piste baignée de lumière. Andrews était une vaste cité militairement protégée. Son activité était aussi importante sur le terrain qu'à l'extérieur. En tant que quartier général du haut commandement de l'U.S. Air Force, ses responsabilités étaient aussi étendues qu'innombrables. Pour des milliers de gens, la nuit et le jour n'existaient pas ; il n'y avait que des heures de fonction et des tâches assignées. Dans une douzaine de bâtiments coexistaient des bancs d'ordinateurs et les experts chargés de traiter des problèmes concernant les stations NORAD, CONAD, DEW et SAC. La base occupait plus de deux mille hectares à l'est du Potomac et l'ouest de Chesapeake Bay, mais son champ d'action s'étendait au globe, son but étant la défense du continent nord-américain.

L'hélicoptère de la marine obtint l'autorisation d'approcher la piste et de se poser sur un terrain au nord de la zone principale. A quatre cents mètres du point zéro, ils furent repérés par un faisceau lumineux. Le radar, la radio et les yeux excellents du pilote leur permirent d'atteindre le seuil où ils purent aborder la descente sur le terrain. Parmi les messages radio, il y en eut un pour Sterile Five. Une jeep serait mise à la disposition de Havelock pour l'accompagner à une piste de la zone sud et attendre qu'il eût terminé son affaire pour le ramener à l'hélicoptère.

Havelock s'approcha du panneau ouvert et sauta sur la piste. L'humidité glacée de l'air était accentuée par le souffle des rotors en décélération. En s'éloignant rapidement de l'engin, il remonta les revers de sa veste pour se protéger la gorge, en songeant qu'il aurait fort apprécié un chapeau. Mais il se souvint que le seul couvre-chef qu'il possédait était un vieux bonnet en laine qu'il avait oublié quelque part à Poole's Island.

« Monsieur ! Monsieur ! » Le cri venait de la gauche de Michael, de derrière la queue de l'hélicoptère. C'était le chauffeur de la jeep. Le véhicule lui-même était à peine visible dans l'obscurité, entre les faisceaux lumineux aveuglants de la piste.

Havelock se hâta vers la jeep. Par politesse, le sergent qui était au volant voulut sortir du véhicule. « Je vous en prie, dit Michael, en s'approchant du véhicule et en posant la main sur le bord du pare-brise. Je ne vous avais pas vu, ajouta-t-il en grimpant dans la jeep et en s'installant sur le siège.

— C'étaient les instructions, expliqua le sous-officier de l'armée de l'air. Rester hors de vue autant que possible.

— Pourquoi ?

— C'est une question qu'il vous faudra poser à celui qui donne les ordres, Monsieur. Je dirais qu'il est prudent, et comme il ne faut nommer personne, je ne répondrai à aucune question. »

La jeep démarra, adroitement pilotée par le chauffeur qui l'engagea sur une petite route goudronnée, à environ quinze mètres à l'est de l'hélicoptère. Il tourna à gauche et accéléra. La route faisait le tour du vaste terrain, passant devant des bâtiments éclairés et d'importantes zones de parking — des structures sombres scintillantes et d'immenses espaces obscurs — avec partout les projecteurs éblouissants ;

tout semblait multiplié par trois à Andrews. Le véhicule étant ouvert, le vent cinglait et l'air humide passa sous la veste de Michael, l'obligeant à contracter ses muscles pour lutter contre le froid.

« Je me moque éperdument qu'il s'appelle Dupont ou Durand, dit Havelock, pour engager la conversation. Du moment qu'il fasse chaud là où nous allons. »

Le sergent lança un bref regard à Michael. « Je suis encore désolé pour vous, répondit-il, mais cet homme n'a pas prévu les choses comme ça. Mes instructions sont de vous mener à une piste du périmètre sud. J'ai bien peur que ce soit ça. Une piste. »

Havelock croisa les bras et regarda la route devant lui. Il se demanda pourquoi le sous-secrétaire d'État se montrait si prudent à l'intérieur même d'un terrain militaire. Puis, il pensa à l'homme lui-même et trouva une partie de la réponse — pas la plus claire mais la plus simple : il devait y avoir une raison. D'après ce qu'il avait lu d'Arthur Pierce sur le dossier du Département d'État et en y ajoutant ce qu'il avait appris du personnage sans jamais le rencontrer, le sous-secrétaire d'État était un porte-parole brillant et persuasif des intérêts américains aux Nations unies, ainsi qu'à toutes les conférences internationales. Il nourrissait une profonde méfiance, qu'il ne cachait guère, à l'égard des Soviétiques. Cependant, cette méfiance s'exprimait par un humour vif et agressif se traduisant par des attaques ouvertes faussement complaisantes qui poussaient les Russes à se retrancher derrière leurs murs byzantins, incapables de trouver les parades adéquates, hormis la menace et le défi. Ainsi, lors des réunions publiques, ils étaient souvent manipulés. La principale lettre de créance de Pierce était peut-être qu'il avait été choisi par Matthias lui-même lorsque Anton était au sommet de sa force intellectuelle. Mais alors qu'il roulait sur la route obscure de l'aéroport, ce qui frappa le plus Havelock fut la profonde autodiscipline que presque tous ceux qui avaient travaillé avec Arthur Pierce lui reconnaissaient. Il avait la réputation de ne jamais parler à moins d'avoir quelque chose à dire. Par extension, Michael en conclut qu'il ne ferait rien à moins d'avoir une bonne raison de le faire.

Le chauffeur vira à gauche pour s'engager sur une voie adjacente qui longeait un vaste hangar d'entretien ; puis il tourna à droite, sur le bord d'une piste déserte. Les phares éclairèrent la silhouette d'un homme seul qui se trouvait à quelque distance de là. A environ cinquante mètres derrière lui, au bord de la piste, se trouvait un petit avion à réaction, toutes lumières allumées. Un camion-citerne stationnait près de l'engin.

« Voilà votre homme, dit le sergent, en ralentissant. Je vous dépose et j'irai vous attendre près de la boutique d'antiquités.

— La quoi ?

— Le hangar d'entretien. Vous n'aurez qu'à crier pour que je vienne. »

La jeep s'arrêta à quelques mètres d'Arthur Pierce. Havelock quitta le véhicule et vit le sous-secrétaire d'État s'avancer vers lui. Un homme grand et mince, portant un pardessus foncé et un chapeau, marchant à grands pas, d'une allure énergique. Pierce n'attachait manifestement aucune importance au protocole. Beaucoup trop de gens portant son titre au Département d'État auraient difficilement admis qu'un simple officier des Affaires Étrangères les approche. Michael s'avança, en remarquant que Pierce retirait le gant de sa main droite.

— Monsieur Havelock ? dit le diplomate en tendant la main alors que la jeep s'éloignait.

— Monsieur le sous-secrétaire ?

— Mais bien sûr, c'est vous, poursuivit Pierce en lui serrant la main avec force et sincérité. J'ai vu votre photo. Franchement, j'ai lu tout ce qui pouvait me tomber sous la main vous concernant. A présent, je présume que je devrais passer outre ces détails.

— Comment ?

— Voyez-vous, je crois que je suis un peu intimidé, ce qui peut paraître complètement idiot de la part d'un adulte. Mais tout ce que vous avez accompli dans un univers que je ne prétends pas comprendre est très impressionnant. » Le sous-secrétaire s'interrompit, l'air embarrassé. « J'imagine que la nature particulière de votre travail provoque assez souvent ce genre de réaction.

— J'aimerais bien ; à vous entendre, j'ai l'impression d'être formidable. Surtout en songeant aux erreurs que j'ai pu commettre... particulièrement ces quelques derniers mois.

— Ces erreurs n'étaient pas totalement vôtres.

— A mon tour de vous avouer, poursuivit Michael, sans relever le commentaire, que j'ai beaucoup lu de choses vous concernant, moi aussi. Il y a peu de gens comme vous au Département d'État. Anthony Matthias savait parfaitement ce qu'il faisait — lorsqu'il lui arrivait de savoir ce qu'il faisait — en vous sortant du lot pour vous mettre à la place que vous occupez actuellement.

— C'est un point que nous avons en commun, n'est-ce pas ? Anthony Matthias. Vous bien plus que moi, je le reconnais volontiers. Mais le privilège, le sacré privilège — je ne vois pas comment exprimer cela autrement — de l'avoir connu comme je l'ai connu récompense toutes ces années, nos problèmes et nos efforts. A cette époque de ma vie, tout se concrétisait pour moi ; il m'a beaucoup aidé.

— Je pense que nous ressentons la même chose.

— En lisant toute cette littérature sur vous, vous ne pouvez pas imaginer à quel point je vous ai envié. Je lui étais très proche mais je n'aurais jamais pu être ce que vous étiez pour lui. Quelle merveilleuse expérience ces années ont dû être pour vous.

— Effectivement... Mais tout cela est bien fini pour nous deux.

— Je sais. J'ai peine à le croire.

— Vous le pouvez pourtant. Je l'ai vu.

— Je me demande si on me laissera le voir. Je me rends à Poole's Island, vous savez.

— Épargnez-vous ça. N'allez pas le voir. Contentez-vous du souvenir que vous gardez de lui — surtout pour un tel homme — gardez l'image de ce qu'il était et non de ce qu'il est.

— Ce qui nous amène à aujourd'hui. » Pierce secoua la tête en regardant Havelock dans la pénombre de la piste. « Les choses tournent mal. Je n'ai pas vraiment dit au Président à quel point on frôle le désastre.

— Il a compris. Il m'a expliqué ce que les Soviétiques vous ont dit lorsque vous les avez mis en garde. “Occupez-vous de vos affaires”, c'est bien ça ?

— Oui. Plus ils sont directs, plus c'est mauvais signe. Ils vont frapper dans l'ombre. Un coup violent et nous serons cuits. Je suis assez fort pour discuter et je ne me débrouille pas mal pour négocier, mais vous connaissez les Soviétiques mieux que moi. Quelle est votre opinion ?

— La même que la vôtre. Ils ne sont pas du genre à amoindrir les choses, mais plutôt du genre à les grossir. Quand ils peuvent menacer, ils menacent. Les actes vont remplacer les paroles.

— C'est bien ce qui me fait peur. Ma seule conviction est que je ne crois pas vraiment qu'ils possèdent les hommes prêts à appuyer sur le bouton. Pas encore. Ils savent qu'ils doivent être absolument sûrs d'eux. S'ils obtiennent des preuves solides, et non simplement des présomptions, que Matthias a adhéré à des pactes d'agression nucléaire de l'U.R.S.S., ou même s'ils arrivent à subodorer la position de la Chine, ils n'hésiteront guère à porter la décision là où elle ne leur appartiendra plus. Alors, nous pourrons tous commencer à nous cacher sous terre.

— Une agression nucléaire... ? » Havelock fit une pause, plus inquiet qu'il n'aurait imaginé. « Vous pensez qu'ils en sont arrivés si loin ?

— Pas tout à fait mais presque. C'est ce qui les pousse à une telle effervescence. Des pactes négociés par un fou... avec d'autres fous.

— Et voilà que l'effervescence est passée. Ils se calment et vous montrent la porte. Vous les mettez en garde et ils vous disent de vous occuper de vos affaires. Moi aussi, j'ai peur, monsieur le sous-secrétaire.

— Vous savez à quoi je pense, alors ?
— Parsifal.
— Oui.
— Berquist a dit que vous pensiez que les Soviétiques avaient appris quelque chose au cours des dernières dix-huit heures. Est-ce exact ?
— Je ne suis pas sûr, dit Pierce. Je ne suis même pas certain d'adopter la meilleure méthode. Mais il s'est passé quelque chose. C'est la raison pour laquelle je souhaitais vous rencontrer. Vous êtes le seul à savoir ce qui se passe heure après heure. Si je pouvais découvrir un élément, le rapprocher de ce qu'ils ont dit ou fait, je pourrais peut-être trouver un lien. Je cherche une personne ou un événement, quelque chose que je puisse utiliser pour les stopper, pour leur montrer avant qu'ils ne le découvrent et les contraindre à faire machine arrière. N'importe quoi qui puisse les empêcher d'alerter les chefs militaires du Praesidium.
— Ils ne sont pas fous, ils connaissent ces hommes. Ils auraient fatalement ce qu'ils étaient censés communiquer.
— Je ne pense pas que cela les arrêterait. » Pierce hésita, comme s'il luttait contre lui-même en se demandant s'il pouvait ou non donner un exemple. Puis, il se décida à parler. « Vous connaissez le général Halyard ?
— Je ne l'ai jamais rencontré. Ni l'ambassadeur Brooks. Je devais les rencontrer tous les deux cet après-midi. Que vouliez-vous me dire sur lui ?
— Je le considère comme un des militaires les plus réfléchis et les plus sceptiques de ce pays.
— D'accord avec vous. Ce n'est pas seulement sa réputation, j'ai lu son dossier. Alors ?
— Cet après-midi, je lui ai demandé quelle serait la réaction — y compris la sienne — si nos Services secrets découvraient l'existence d'un pacte sino-soviétique contre nous, un pacte projetant des attaques dans les quarante-cinq jours et contenant le genre de renseignements trouvés dans ces documents de Poole's Island. Il a répondu d'un seul mot :

“offensive”. S'il est capable de dire cela, que penser d'hommes beaucoup moins sûrs ? »

Arthur Pierce n'avait pas dramatisé sa question mais l'avait posée calmement. Michael se sentit glacé, pas seulement à cause de l'air froid et humide. Les forces se rassemblaient et le temps s'enfuyait.

« Le Président m'a demandé de vous aider, commença-t-il. Je ne sais pas si je le peux, mais j'essaierai. Vous m'avez dit chercher quelque chose qui les obligerait à faire machine arrière, j'ai peut-être ce qu'il vous faut. Il existe une très vieille opération du K.G.B. qui remonte à l'époque du N.K.V.D... dans les années 30. Elle porte le nom d'*Operatsiya Paminyatchik*...

— Je suis désolé, interrompit l'homme du Département d'État, mais sans interprète, mon russe n'est pas très bon.

— Aucune importance, ce n'est qu'un nom. Il désigne une stratégie faisant appel à de jeunes enfants, voire des bébés, sélectionnés par des médecins et amenés ici. Ils sont placés dans des familles spécifiques — marxistes enracinés — et grandissent en Américains, tout à fait normalement en apparence. Avec un but : atteindre les postes les plus haut placés. Mais pendant toutes ces années, ils sont entraînés — programmés si vous préférez — pour leurs tâches adultes, tout dépendant de leurs dons personnels et de leurs connaissances acquises. Autrement dit, c'est de l'infiltration...

— Bon Dieu, dit posément Pierce. J'aurais cru qu'une telle stratégie présentait de très gros risques. On doit instiller une extraordinaire foi à de tels gens.

— Oh, ils ont la foi, c'est la partie essentielle de leur programmation. Ils sont également surveillés. Dès qu'ils s'écartent un tant soit peu de la ligne prévue, ils sont soit éliminés, soit rapatriés vers la Mère Russie où ils sont rééduqués tout en entraînant d'autres à vivre à la façon américaine dans l'Oural et à Novgorod. Le problème est que nous n'avons jamais vraiment réussi à briser cette opération. Les quelques types que nous avons pris sont les moins compétents ; ils sont si peu importants qu'ils n'ont pas pu nous apprendre grand-chose. Mais il se peut qu'à présent nous ayons réussi à briser cette opération. Nous avons attrapé un bon *paminyatchik*, un type programmé pour tuer. Ce genre-là a accès — doit avoir accès — à des centrales d'ordres, à des informateurs. Tuer présente trop de risques, trop de possibilités d'action non contrôlées. Les ordres doivent être vérifiés deux fois et les autorisations confirmées.

— Vous avez pris cet homme ? Mon Dieu, où ?

— On le transporte en ce moment même à Bethesda — il est blessé — et plus tard dans la nuit, il sera transféré dans une clinique de Virginie.

— Ne le perdez pas ! Y a-t-il un docteur avec lui ? Un bon docteur ?

— Je pense que oui. C'est un spécialiste du nom de Taylor. Il restera avec lui.

— Alors, vous pensez pouvoir me donner dans la matinée quelque chose que je puisse utiliser contre les Soviétiques ? Cela pourrait me permettre de les freiner. Je contre leurs attaques par ma propre attaque. J'accuse...

— Je peux vous la donner maintenant, interrompit Havelock, mais vous devrez attendre que je vous dise de l'utiliser. Demain soir, au plus tôt. Pouvez-vous attendre jusque-là ?

— Je pense. De quoi s'agit-il ?

— Nous l'avons drogué il y a une heure. Je ne sais pas encore comment entrer en contact avec les têtes mais je connais la couverture de leur centre de contrôle. Ainsi que le nom de code du centre d'informations des *paminyatchiki* pour cette zone... qui, je présume, inclut l'opération de Washington. »

Arthur Pierce secoua la tête d'un air étonné et admiratif. « Alors là, vous m'épatez, dit-il posément, d'un air respectueux. Je vous disais que j'étais un peu intimidé. Je retire ce que j'ai dit, je suis *très* intimidé. Quels éléments puis-je utiliser ?

— Tout ce dont vous aurez besoin. Après-demain, je contrôlerai certainement toute l'*Operatsiya Paminyatchik*.

— Le Président m'a dit cela il y a quelques minutes — il m'a appelé juste après vous. Vous pensez vraiment être si près de Parsifal ?

— Nous serons encore plus près de lui lorsque le patient de Taylor sera en clinique. Avec quelques mots seulement, il peut nous permettre d'atteindre l'homme que nous appelons "Ambiguïté". Et, à moins que tout ce que nous avons projeté, tout ce que Bradford a projeté, soit faux — or, je ne pense pas que ce soit le cas, c'est impossible — nous aurons "Ambiguïté" et donc, nous saurons qui est Parsifal. Je le saurai.

— Bon Dieu, comment ?

— Matthias m'a presque dit que je le connaissais. Avez-vous entendu parler d'une société, d'un groupe de magasins du nom de Voyageurs Emporium ?

— Presque tous mes bagages viennent de là, à mon grand regret. Tout au moins, au grand regret de mon compte en banque.

— Quelque part dans ce groupe, dans une succursale ou dans un département, se trouve la centrale de contrôle du K.G.B. "Ambiguïté" doit rester en contact permanent ; c'est là qu'il reçoit ses ordres et qu'il transmet ses informations. Nous allons nous occuper de ça en douceur, très en douceur ; nous fouillerons tout et nous finirons par le trouver. Il ne nous manque que très peu d'éléments. Nous savons où il se trouve.

— Là où vous pouvez le voir tous les jours, dit Pierce en faisant un signe de tête affirmatif. Quel est le nom de code de l'informateur ?

— Marteau-zéro-deux. Cela ne veut pas dire grand-chose pour nous et le réseau peut très bien le modifier cette nuit même ; mais le fait que nous l'ayons découvert, le fait que nous ayons découvert le réseau *paminyatchik* si rapidement doit ennuyer profondément quelqu'un au Kremlin. » Michael s'arrêta un instant avant d'ajouter : « Lorsque je vous donnerai le feu vert, utilisez tous les éléments dont vous aurez besoin, tout ou partie de ce que je vous ai dit. Ce que vous appelez mettre un frein à leurs actes n'est qu'une diversion, mais elle est d'envergure. Créez un problème diplomatique, provoquez une tempête de communications entre Moscou et New York. Simplement... gagnez du temps pour nous.

— Vous êtes sûr de vous ?

— Je suis sûr que nous n'avons pas le choix. Il nous faut du temps.

— Vous pourriez perdre la centrale de contrôle.

— Alors, c'est lui que nous perdrions. Nous pouvons vivre avec une centrale de contrôle. Il en existe dans soixante autres pays. Mais on ne peut pas vivre avec Parsifal. Personne ne le peut.

— J'attendrai votre coup de fil. » Le sous-secrétaire d'État consulta sa montre, s'efforçant de lire l'heure dans la pénombre. « Il me reste encore quelques minutes avant d'être obligé de partir. Le spécialiste des coffres qu'on a dû faire venir de Los Alamos par avion rencontre en ce moment même un des types de sa société qui lui a apporté des schémas internes... Il y a tant de choses que je veux savoir, que je dois savoir.

— Je reste avec vous. Lorsque vous partirez, je partirai. Ordre du Président.

— Je l'apprécie beaucoup. Je n'ai pas toujours aimé les autres.

— Parce que vous savez qu'il se moque bien que vous l'aimiez ou non... tant qu'il est dans le bureau ovale. C'est du moins l'impression qu'il m'a donnée. Je l'apprécie également et j'ai pourtant de bonnes raisons de ne pas l'aimer.

— La Costa Brava ? On m'a tout raconté.

— C'est de l'histoire ancienne. Restons à aujourd'hui. Que puis-je faire d'autre pour vous aider ?

— Ce qui est évident, dit Pierce, baissant le ton de sa voix jusqu'à un murmure grave. Si Parsifal a réussi à atteindre les Soviétiques, que puis-je dire — si on me donne l'occasion de dire quelque chose ? S'il fait allusion au facteur chinois ou à la vulnérabilité de leurs propres capacités de contre-attaque, comment puis-je l'expliquer ? Où a-t-il obtenu tous ces renseignements ? Parler de Matthias n'offrira qu'une partie de la réponse. Franchement, ce n'est pas suffisant. Je pense que vous en êtes bien conscient.

— Oui. » Havelock essaya de rassembler ses pensées pour être aussi clair et concis que possible. « Ces prétendus accords sont la réunion d'un millier de coups sur un échiquier à trois joueurs, et nous occupons la position centrale. Nos renseignements sur les systèmes russe et chinois sont bien plus importants que nous ne l'avons jamais soupçonné. Des commissions stratégiques ont été créées pour étudier et évaluer toutes les options possibles au cas où un pauvre dingue — dans n'importe quel camp — donnerait l'ordre d'appuyer sur le bouton rouge.

— Je suis persuadé que de telles commissions existent également à Moscou et à Pékin.

— Oui, mais ni Moscou ni Pékin ne pourrait produire un homme comme Anthony Matthias, un homme possédant la panacée géopolitique, un homme respecté et même adoré. Il est unique au monde. »

Pierce opina. « Les Soviétiques le considèrent comme un interlocuteur valable et non comme un adversaire. Les Chinois organisent des fêtes pour lui et disent qu'il est un visionnaire.

— Et lorsqu'il a commencé à se singulariser, il a encore trouvé l'imagination suffisante pour créer l'échiquier nucléaire absolu.

— Mais comment ?

— Il a trouvé un informateur zélé. Un officier de marine faisant partie d'une des commissions du Pentagone et ayant accès à toutes les théories nucléaires. Il a tout communiqué à Matthias. Il s'est procuré les copies des stratégies et des contre-stratégies échangées par les trois commissions. Les documents contenaient des informations authentiques — il faut bien : ces jeux de guerre prennent une telle réalité sur papier. Tout peut être vérifié sur ordinateur : l'étendue des dégâts territoriaux provoqués par l'attaque nucléaire, la période de temps pendant laquelle le territoire sera impraticable. Tout était là et Matthias a tout rassemblé. Matthias et l'homme qui nous tient à la gorge. Parsifal.

— Je suppose que cet officier de marine va passer de très longues années en prison.

— Je ne suis pas sûr que cela servirait à grand-chose. De toute façon, je n'en ai pas terminé avec lui. Il peut encore nous apprendre beaucoup de choses, des choses qu'il a peut-être déjà avouées à l'heure qu'il est.

— Mais dites donc, fit le sous-secrétaire d'État, le visage soudain animé. Il pourrait être Parsifal ?

— Non. Impossible.

— Pourquoi pas ?

— Parce que dans son erreur, il a toujours cru en ce qu'il faisait. Il est amoureux de son uniforme et de son pays. Il ne supporterait ni compromission ni de donner aux Russes la moindre munition contre nous. Decker n'est pas un original, c'est un sincère. Je doute fort que la Lubyanka puisse le corrompre.

— Decker... Vous l'avez fait enfermer, n'est-ce pas ?

— Il n'ira nulle part. Il est chez lui, surveillé par une escorte des Services secrets. »

Pierce secoua la tête et glissa la main dans sa poche. « Tout cela est tellement fou ! dit-il en sortant un paquet de cigarettes et des allumettes. Vous en voulez une ? demanda-t-il en tendant le paquet.

— Non, merci. J'ai fumé ma dose, aujourd'hui, deux paquets et demi. »

L'homme du Département d'État craqua une allumette et présenta la flamme à l'extrémité de sa cigarette. Le vent la souffla. Il craqua une seconde allumette en protégeant la flamme et tira une première bouffée.

— A la réunion de cet après-midi, l'ambassadeur Brooks a avancé quelque chose que je n'ai pas compris. Il a prétendu qu'un agent secret du K.G.B. était entré en contact avec vous, prétendant connaître l'identité de la faction se trouvant à Moscou ayant travaillé avec Matthias sur la Costa Brava.

— Vous voulez dire avec Parsifal. Matthias était largué à l'époque. Et Rostov — le type s'appelle Rostov — n'a pas prétendu. Il savait. Il existe un groupe de fanatiques du nom de V.K.R., la *Voennaya*. A côté d'eux notre Decker est un enfant de cœur ! Rostov essaie d'apprendre des choses, je lui souhaite bonne chance. Cela semble dingue, mais notre salut viendra peut-être d'un ennemi acharné.

— Qu'entendez-vous par "apprendre des choses" ?

— Il cherche des noms. Il veut savoir qui fait quoi pour laisser les bons éléments traiter avec eux. Rostov est brillant. Il est capable de réussir et s'il réussit, d'une façon ou d'une autre, il m'en glissera un mot.

— Vous croyez ?

— Il m'a déjà offert bon contact. Cela s'est passé à Kennedy Airport alors que je revenais de Paris. »

Il y eut au loin le bruit d'un moteur. Pierce jeta sa cigarette et l'écrasa du pied tout en continuant à parler. « Que croyez-vous que ce Decker peut vous apporter de plus ?

— Il se peut qu'il ait parlé à Parsifal sans le savoir. Ou à quelqu'un cherchant Parsifal. Dans les deux cas, il a été contacté chez lui, ce qui signifie que parmi quelque deux cent mille appels, il existe un certain appel correspondant.

— Pourquoi pas parmi deux millions d'appels ?

— Pas avec une localisation générale.

— L'avez-vous ?

— Je le saurai demain matin. Lorsque vous reviendrez...

— Monsieur le sous-secrétaire ! Monsieur le sous-secrétaire ! » Les appels furent accompagnés du ronflement du moteur d'une jeep et du crissement des pneus lorsque le véhicule s'arrêta à quelques mètres d'eux. « Monsieur le sous-secrétaire Pierce ? dit le chauffeur.

— Qui vous a dit mon nom ? demanda sèchement Pierce.

— Il y a un appel urgent pour vous, monsieur. Un appel de votre bureau aux Nations Unies, m'a-t-on dit. Ils veulent vous parler.

— Les Soviétiques », murmura Pierce à Havelock. Il était manifestement inquiet. « Attendez-moi, s'il vous plaît. »

Le sous-secrétaire grimpa rapidement dans la jeep et fit signe au chauffeur de démarrer. Il avait les yeux fixés sur les lumières du hangar de maintenance. Michael s'emmitoufla dans sa veste et observa le petit avion à réaction se trouvant de l'autre côté de la piste, à quelque cinquante mètres de lui. Le moteur gauche avait été mis en marche et le pilote faisait virer l'appareil ; le second moteur démarra quelques secondes plus tard. Puis, Havelock vit une autre jeep qui vint se placer près de l'avion, là où se trouvait plus tôt le camion citerne. Le spécialiste des coffres était arrivé. Le départ pour Poole's Island était imminent.

Arthur Pierce fut de retour six minutes plus tard. Il sauta de la jeep et congédia le chauffeur. « C'étaient les Soviétiques, dit-il en s'approchant de Michael. Ils exigent une réunion de toute urgence. J'ai pu parler au responsable de la délégation et je lui ai dit que j'avais prévu ma propre réunion d'urgence pour demain après leur violente réaction de fin d'après-midi. J'ai également suggéré qu'il se pourrait que je possède certains renseignements pour eux et qu'il faudrait certainement établir une liaison entre New York, leur ambassade à Washington et Moscou. J'ai insinué que les atouts avaient peut-être changé de main. » Le sous-secrétaire s'interrompit en entendant au loin le souffle des réacteurs de l'avion. La jeep quittait la piste. « C'est mon signal. Le spécialiste des coffres est arrivé. Vous savez, cela va prendre au moins trois heures pour défoncer la porte de cette salle. Accompagnez-moi, voulez-vous ?

— Bien sûr. Quelle a été la réaction des Soviétiques ?

— Tout à fait négative, bien sûr. Ils me connaissent. Ils flairent mes intentions de faire diversion... pour reprendre votre propre terme. Nous avons décidé de nous rencontrer demain soir. »

Pierce s'arrêta et se tourna vers Havelock. « Pour l'amour de Dieu, donnez-moi le feu vert alors. J'aurai besoin de tous les arguments, toutes les armes dont je pourrai disposer. Parmi tout cela, un rapport médical faisant état de la dépression nerveuse de Matthias... Dieu merci, pas son dossier psychiatrique que je vous rapporterai.

— J'ai oublié. Le Président devait me le confier hier... aujourd'hui.

— Je vous l'apporterai. » Pierce se remit à marcher, Michael sur ses pas. « Je comprends comment ces choses peuvent arriver.

— Quelles choses ?

— Les jours qui se confondent les uns avec les autres. Hier, aujourd'hui... demain, si demain il y a. Une nuit interminable, sans sommeil.

— Oui, dit Havelock, ne se sentant guère l'envie de continuer sur ce sujet.

— Depuis combien de temps vivez-vous à ce rythme ?

— Depuis plusieurs semaines. »

Le rugissement des réacteurs se fit plus assourdissant à mesure qu'ils se rapprochèrent de l'avion. « Je crois bien que c'est ici le meilleur endroit pour parler, dit Pierce, en haussant la voix pour se faire entendre. Aucun appareil ne pourrait filtrer ce bruit.

— C'est la raison pour laquelle vous avez choisi cette piste pour notre rencontre ? demanda Michael.

— Vous allez certainement me prendre pour un paranoïaque, mais c'est effectivement la raison. Quand bien même nous serions dans la salle de contrôle d'une base comme NORAD, je ferais examiner les murs avant d'avoir une conversation comme celle que nous venons d'avoir. Maintenant, vous pensez sans doute que je suis paranoïaque. Après tout, c'est Andrews...

— Je ne vous crois absolument pas paranoïaque, interrompit Havelock. Je pense simplement que j'aurais dû y penser également. »

La porte du petit avion était ouverte et la passerelle métallique en place. Le pilote fit signe de sa cabine éclairée et Pierce répondit par un autre signe affirmatif. Michael accompagna le sous-secrétaire jusqu'à quelques mètres de la porte, là où le souffle des réacteurs était puissant et s'accentuait à chaque instant.

« Vous m'avez parlé d'une localisation générale pour l'appel téléphonique adressé à Decker, hurla Pierce. Où est-ce à peu près ?

— Quelque part dans le Shenandoah, cria Havelock. Ce n'est qu'une supposition, mais Decker livrait les documents là-bas.

— Je vois. »

Soudain, les moteurs rugirent de plus belle et le souffle fit voler le chapeau d'Arthur Pierce. Michael se précipita pour arrêter le couvre-chef d'un pied. Il le ramassa et le rapporta au sous-secrétaire d'État.

« Merci beaucoup ! » hurla Pierce.

Havelock observa le visage qu'il avait en face de lui et regarda la raie blanche qui naissait sur le front et départageait la masse de cheveux bruns ondulés.

36

Près de deux heures s'écoulèrent avant qu'il ne vît les lumières de l'entrée de Sterile Five. Le vol d'Andrews à Quantico et le trajet en voiture jusqu'à Fairfax l'avaient curieusement troublé, il ne savait pas pourquoi. C'était comme si une partie de sa tête refusait de fonctionner ; quelque chose gênait sa pensée et il ne parvenait pas à savoir quoi. Comme un ivrogne qui refuse de se rappeler des événements de la nuit précédente : les événements qu'on oublie n'existent pas. Et il ne pouvait rien y faire. Il ne savait pas ce que c'était, mais il était bien conscient qu'il y avait quelque chose.

Une nuit interminable sans sommeil. C'était peut-être ça. Il avait besoin de dormir... il avait besoin de

Jenna. Mais il n'avait guère le temps de dormir, pas le temps d'être avec elle comme ils aimaient l'être. Il n'avait le temps pour rien, ni personne, excepté Parsifal.

Que se passait-il ? Pourquoi une partie de lui-même était-elle comme morte ?

La voiture de la marine s'arrêta devant l'entrée décorée de l'immeuble officiel. Il sortit du véhicule, remercia le chauffeur et le garde armé, et se dirigea vers la porte. Un doigt sur le bouton de la sonnerie, il songea qu'il ne possédait pas la clef de cette porte, comme il n'avait jamais possédé aucune clef des portes d'autres immeubles où il était entré. Aurait-il jamais une clef bien à lui ? Pour ouvrir la porte d'une maison lui appartenant ? Leur appartenant à tous les deux ? Vivrait-il un jour comme des millions d'autres gens ? Quelle pensée idiote ! Quelle était donc la signification d'une maison et d'une clef ? Pourtant, cette pensée... ce besoin peut-être... persistait.

La porte s'ouvrit brusquement et Jenna le ramena sur terre, merveilleux visage au regard brillant dans le sien.

« Dieu merci ! s'écria-t-elle, en le saisissant et en le tirant vers l'intérieur. Tu es de retour ! J'ai cru devenir folle !

— Que se passe-t-il ?

— Mikhaïl, suis-moi, vite ! » Elle le prit par la main. Ils traversèrent rapidement l'entrée, dépassèrent l'escalier et entrèrent dans le cabinet de travail dont elle avait laissé la porte ouverte. Se dirigeant immédiatement vers le bureau, elle y prit une note et dit : « Il faut que tu appelles immédiatement l'hôpital Bethesda, poste 671. Mais d'abord, il faut que tu saches ce qui est arrivé.

— Quoi... ?

— Le *paminyatchik* est mort.

— Merde ! » Michael attrapa le combiné que Jenna venait de décrocher pour lui. Il composa le numéro, la main tremblante. « Quand ? cria-t-il. Comment ?

— Il a été exécuté, répondit-elle en attendant que Bethesda réponde. Il y a moins d'une heure. Deux hommes. Ils ont tué le gardien d'un coup de couteau, sont entrés dans la chambre et ont tué le voyageur encore drogué. Quatre coups de revolver dans la tête. Le docteur est à ses côtés.

— Le poste 671, s'il vous plaît. C'est urgent.

— Je ne tenais plus en place, murmura Jenna en le regardant, en lui caressant le visage. Je croyais que tu étais là-bas... quelque part à l'extérieur... peut-être repéré. Ils m'ont dit que tu n'y étais pas, mais je ne savais pas si je devais les croire ou non.

— Taylor ? Comment est-ce arrivé ? »

Pendant que Havelock écoutait le docteur, une douleur vive le prit, lui coupant le souffle. Taylor était encore sous le choc et parlait sans suite. La brève description de Jenna avait été plus claire que la sienne et il n'y avait rien d'autre à ajouter. Deux tueurs revêtant l'uniforme d'officiers de marine étaient arrivés au sixième étage où ils avaient trouvé le patient de Taylor. Ils avaient agi en professionnels, tuant au passage le garde.

« Nous avons perdu la trace d'"Ambiguïté", dit Michael en raccrochant brutalement. Comment ? C'est ce que je n'arrive pas à comprendre. Nous avions un maximum de sécurité. Transport assuré par l'armée. Toutes les précautions ! » Il regarda Jenna, d'un air impuissant.

« N'était-ce pas trop visible ? demanda-t-elle. Est-ce que toutes ces précautions ne pouvaient pas attirer l'attention ? »

Havelock fit un léger signe de tête affirmatif. « Oui. Oui, bien sûr. Nous avons réquisitionné un aéroport, effectué les mouvements comme un véritable commando, en détournant tous les autres vols.

— Et pas très loin du centre médical, dit Jenna. Toute cette effervescence aura attiré l'attention de quelqu'un qui aura pu voir bien plus de choses que vous ne vouliez montrer. Dans ce cas, un brancard aurait suffi. »

Michael retira son manteau et le posa distraitement sur une chaise « Mais cela n'explique pas ce qui s'est passé au centre médical lui-même. Une équipe de tueurs a été envoyée pour faire échouer un piège, pour tuer des gens de leur propre bord, pour que personne n'ait aucune chance de rester en vie.

— *Paminyatchiki*, dit Jenna. Ce n'est pas la première fois que ça arrive.

— Mais comment leurs informateurs ont-ils su qu'il s'agissait d'un piège ? Je n'en avais parlé qu'à l'unité Apache et à Loring. Personne d'autre ! Comment pouvaient-ils ? Comment pouvaient-ils être si sûrs d'eux au point d'envoyer des tueurs professionnels ? Le risque était énorme ! » Havelock fit le tour du bureau, regardant tous les papiers qui y étaient éparpillés, détestant ces papiers, détestant l'horreur qu'ils évoquaient. « Loring m'a dit qu'il était probablement repéré et que c'était de sa faute, mais je ne le crois pas. La fausse voiture de police n'est pas sortie toute seule d'un immeuble voisin ; elle a été prévue par un personnage important qui avait pris la plus dangereuse décision qu'il pouvait prendre. Il n'aurait pas décidé une telle chose rien qu'en voyant un homme sur un parking, sans compter que cet homme-là avait une trop grande expérience pour se laisser repérer aussi facilement.

— Cela ne paraît pas logique, admit Jenna. A moins que les autres n'aient été précédemment repérés.

— Même si la couverture du cardiologue a été découverte, au mieux, ils auraient dû penser à la protection. Non, les informateurs savaient qu'il s'agissait d'un piège, ils savaient que l'objectif principal — soyons francs, le seul objectif — était de prendre un des leurs vivant... Mais bon sang, comment ? » Michael se pencha au-dessus du bureau, accrochant ses mains aux bords, inclinant la tête. Il se redressa et s'approcha des larges fenêtres sombres. Puis, il entendit Jenna lui parler à voix basse. « Mikhaïl, tu as parlé à quelqu'un d'autre. Tu as parlé au Président.

— Bien sûr, mais... » Il s'interrompit et regarda le

reflet déformé de son visage dans le verre cathédrale de la fenêtre. Mais, peu à peu, il ne vit plus son visage... mais la silhouette imprécise d'un autre. Alors, la brume nocturne qui s'était infiltrée parmi les arbres et qui recouvrait tout petit à petit se transforma en une autre brume, à une autre époque. Il entendit le bruit des vagues, le claquement assourdissant, insupportable. Un éclair brilla sur l'écran invisible de sa mémoire et il entendit des coups de tonnerre, les uns après les autres, jusqu'à faire éclater une série d'explosions à ses oreilles. Il se sentit propulsé dans une folle galaxie de lumières scintillantes... et épouvantables.

La Costa Brava. Il était de retour sur la Costa Brava !

Puis, le visage de la fenêtre prit soudain forme... une forme encore vague... mais facilement reconnaissable. La mèche de cheveux blancs ondula au-dessus de ce visage... avec du noir autour... à part... deux images superposées.

« Non... non ! » s'entendit-il hurler. Il sentit les mains de Jenna sur ses bras ; puis, il vit son visage à lui... mais pas tout à fait son visage ! Le visage de la fenêtre ! Le visage avec cette marque blanche dans les cheveux... ses cheveux, mais pas tout à fait les siens. Son visage, mais pas son visage ! Pourtant, les deux visages étaient ceux de tueurs, le sien et celui de l'autre qu'il avait rencontré cette nuit-là sur la Costa Brava.

La casquette d'un pêcheur s'était soudain envolée vers l'océan, portée par le vent. Le souffle des réacteurs d'un avion avait fait voler le chapeau d'un homme. Sur une piste d'atterrissage... dans la pénombre... il y avait deux heures !

Le même homme ? Était-ce possible ? Était-ce simplement concevable ?

« Mikhaïl ! » Jenna posa ses mains sur son visage. « Mikhaïl, qu'y a-t-il ? Qu'est-ce qui ne va pas ?

— Ce n'est pas possible ! hurla-t-il. Ça ne peut pas être ça !

— Quoi, mon chéri ?

— Mon Dieu, je perds la tête !

— Chéri, arrête ! cria Jenna, en l'attrapant, en le secouant.

— Non... non. Ça ira. Laisse-moi seul. Laisse-moi seul ! » Il se dégagea de son étreinte et se précipita vers le bureau. « Où est-il ? Où diable est-il ?

— Où est quoi ? demanda calmement Jenna qui se trouvait à présent près de lui.

— Le dossier.

— Quel dossier ?

— Mon dossier ! » Il tira brutalement le premier tiroir de gauche et fouilla furieusement parmi les papiers rangés là, jusqu'à trouver enfin le dossier noir. Il le sortit, le jeta sur le bureau et l'ouvrit. Il haletait. Il feuilleta le dossier, les yeux et les doigts curieusement animés.

« Qu'est-ce qui ne va pas, Mikhaïl ? Dis-le-moi. Laisse-moi t'aider. Qu'est-ce qui a déclenché tout ça ? Qu'est-ce qui te fait revenir en arrière ?... Nous étions convenus de ne jamais nous malmener l'un l'autre.

— Pas moi ! Lui !

— Qui ?

— Je ne peux pas me tromper. Je ne le peux pas ! » Havelock trouva la page qu'il cherchait. Il parcourut rapidement le texte, en suivant les lignes de son index, les yeux fixés sur la page. Il lut d'une voix terne : « Ils la tuent. Oh, bon Dieu, il l'a tuée et je ne peux pas supporter les cris. Vas-y, arrête-les... arrête-les. Non, pas moi, jamais moi. Oh, Jésus-Christ, ils la tirent... elle saigne beaucoup, mais elle ne souffre pas maintenant. Elle est morte. Oh, mon Dieu, elle est morte, mon amour est mort... Le vent souffle très fort. Il a fait s'envoler une casquette... Le visage ? Est-ce que je connais le visage ? Une photo quelque part ? Un dossier ? Le dossier d'un tueur... Non, ce sont les cheveux. La raie blanche dans les cheveux. » Michael se leva et regarda Jenna. Il était en sueur. « Une mèche... blanche, dit-il lentement, s'efforçant de prononcer clairement les mots. Il se pourrait que ce soit lui ! »

Jenna se pencha sur lui et le prit par les épaules. « Il faut te calmer, mon chéri. Ce n'est pas raisonnable. Tu es dans une espèce d'état de choc. Est-ce que tu comprends ce que je dis ?

— Pas le temps, dit-il, en repoussant ses mains de ses épaules et en saisissant le téléphone. Ça va bien et tu as raison. Je suis en état de choc, mais seulement parce que c'est absolument incroyable. Incroyable ! » Il composa un numéro, respira profondément et parla. « Je veux entrer en communication avec le standard principal de la base de l'Armée de l'Air d'Andrews. En outre, je veux que vous donniez ordre à l'officier de service d'accéder à toutes mes demandes de renseignements. »

Jenna le regarda un instant avant d'aller à la table-bar. Elle lui versa un verre de cognac et le lui tendit. « Tu es blême, dit-elle. Je ne t'ai jamais vu si pâle. »

Havelock attendit, écoutant le chef des Services secrets de la Maison-Blanche donner ses instructions à Andrews et, réciproquement, la vérification électronique établie par le colonel responsable des communications de l'aéroport. L'incroyable prenait toujours ses sources dans le croyable, pensa-t-il. Pour les raisons les plus naturelles qui soient, il s'était trouvé sur cette plage de la Costa Brava ce soir-là, observant l'extraordinaire, et une rafale de vent avait fait s'envoler la casquette d'un homme. Maintenant, il avait besoin de savoir si cette observation avait quelque utilité. Ces deux observations.

« Il y a constamment des appels en provenance de New York, dit le colonel pour répondre à sa question.

— Je veux parler d'une communication de cinq à dix minutes, expliqua Michael. Transférée à un hangar d'entretien sur le périmètre sud. Elle a eu lieu il y a moins de deux heures. Quelqu'un doit bien s'en souvenir. Demandez à tous les standardistes en opération. Maintenant !

— Du calme, bon sang !

— Et vous, du nerf ! »

Aucun standardiste d'Andrews Air Force n'avait

transmis un appel à un hangar de maintenance sur le périmètre sud.

« Le sergent qui conduisait la jeep avec ordre de s'occuper de Sterile Five... vous me suivez ?

— Je suis au courant pour Sterile et pour le vol. Hélicoptère sur la piste nord.

— Quel est son nom ?

— Le nom du chauffeur ?

— Oui. »

Le colonel s'interrompit un instant et répondit enfin : « On me dit que le chauffeur prévu a été remplacé. Un second l'a relevé sur ordre verbal.

— Ordre de qui ?

— Nous ne savons pas.

— Quel était le nom du deuxième chauffeur ?

— Nous ne savons pas.

— Merci, colonel. »

Paminyatchik !

« Trouve-moi le dossier sur Pierce, dit Havelock, en regardant Jenna, la main sur le téléphone.

— Arthur Pierce ? demanda Jenna, étonnée.

— Aussi vite que tu le peux. » Michael composa un autre numéro et dit : « Je ne peux pas me tromper, je ne peux pas me tromper. Pas ici, pas maintenant. » Puis, « Monsieur le Président ? Havelock à l'appareil. J'ai rencontré Pierce et j'ai essayé de l'aider... Oui, Monsieur. C'est un homme brillant, très brillant, excellent. Nous aimerions éclaircir un point. Ce n'est pas très important, mais cela pourrait nous aider tous deux. Il avait beaucoup de choses en tête, beaucoup de choses à apprendre aussi. A la réunion de cet après-midi, après que je vous ai appelé, avez-vous parlé de l'opération Apache au centre médical Randolph ?... Alors tout le monde est au courant. Merci, monsieur le Président. » Michael raccrocha alors que Jenna lui tendait un dossier marron foncé.

« Voilà le dossier de Pierce. »

Havelock l'ouvrit et passa directement au chapitre des caractéristiques personnelles.

Le sujet boit modérément à l'occasion de réunions, mais il n'a jamais abusé de l'alcool. Il ne fume pas.

L'allumette, la flamme qu'il n'avait pas protégée et que le vent avait éteinte... Une seconde flamme... inoubliable. La séquence était aussi étrange qu'inoubliable : la fumée de cigarette sortant de la bouche uniquement, avec la condensation de l'expiration... L'expiration d'un non-fumeur. Un signal. Plus tard, un chauffeur inconnu venant transmettre un message urgent et prononçant un nom qu'il n'était pas supposé connaître, au grand désarroi de l'homme à qui il s'adressait. Il avait revécu chaque séquence, analysé toutes les réactions, Arthur Pierce n'avait pas été appelé au téléphone, c'était lui qui avait téléphoné.

Ou bien avait-il effectivement répondu à un appel ? Il ne fallait commettre aucune erreur, pas maintenant. Un opérateur s'occupant de tant de communications sur la base de l'Air Force... avait-il pu en oublier une sur tant d'autres ? Et combien de fois un soldat en remplaçait un autre sans en référer à ses supérieurs ? Il n'était pas rare non plus qu'un homme en vue fasse semblant de ne pas fumer en public alors qu'il cachait un paquet de cigarettes pour en craquer une dès qu'une occasion se présentait. Combien d'hommes avaient des mèches de cheveux blancs dans leurs cheveux ?

Aucune erreur. Une fois l'accusation lancée, on ne pourrait pas revenir en arrière, et si elle ne reposait sur rien de solide, la confiance disparaîtrait aux plus hauts niveaux, serait détruite même. Les gens mêmes qui devaient communiquer entre eux seraient surveillés, seraient en guerre silencieuse. Où pouvait bien se trouver la preuve absolue ?

A Moscou ?

Il y a d'abord le K.G.B., tout le reste suit. Un homme peut faire partie de la V.K.R., mais il est passé d'abord par le K.G.B., disait Rostov, à Athènes.

Il dit qu'il n'est pas votre ennemi... mais d'autres le sont qui peuvent également être les siens... L'agent soviétique à Kennedy Airport.

« Je peux lire dans tes yeux, Mikhaïl. » Jenna le toucha à l'épaule, l'obligeant à la regarder. « Appelle le Président.

— Je dois être absolument sûr de moi. Pierce a prétendu que cela prendrait au minimum trois heures pour ouvrir la chambre forte et deux autres heures pour sortir les documents et les trier. J'ai un peu de temps devant moi. Si c'est lui "Ambiguïté", il est pris au piège.

— Comment veux-tu être absolument sûr à propos d'un *paminyatchik* ?

— A la source. A Moscou.

— Rostov ?

— Je peux essayer. Il est peut-être aussi désespéré que je le suis, et s'il ne l'est pas, je lui dirai qu'il devrait l'être. Nous avons nos dingues et il a les siens. » Havelock décrocha le téléphone et composa l'indicatif en trois chiffres du standard de la Maison-Blanche. « Appelez-moi le consulat russe à New York, s'il vous plaît. J'ai peur de ne pas connaître le numéro... Non, je ne quitte pas. » Michael couvrit le micro d'une main et s'adressa à Jenna. « Consulte le dossier Pierce et cherche quelque chose qui pourrait nous mettre sur une piste. Des parents, s'ils sont en vie.

— Une femme, dit Jenna.

— Il n'est pas marié.

— Bon. Des maîtresses, alors.

— Il est discret.

— Naturellement. » Jenna prit le dossier sur le bureau.

« *Dobriy vyetcher*, dit Havelock en retirant sa main du micro. *Ja khochu govorit's nachal' nikom okhrany*. » Tous les standardistes de n'importe quelle ambassade ou de n'importe quel consulat soviétique savaient très bien ce que cela voulait dire lorsque quelqu'un demandait à parler au directeur de la sécurité routière. Une grosse voix d'homme répondit, précisant simplement qu'il avait décroché le téléphone. Michael continua en russe. « Je m'appelle Havelock et je présume que vous êtes la personne qu'il me faut, la personne qui va me mettre en communication avec l'homme que j'essaie de joindre.

— De qui s'agit-il, Monsieur ?

— J'ai bien peur de ne pas connaître son nom, mais il connaît le mien. Comme vous devez également le connaître, j'en suis persuadé.

— Cela ne nous aidera pas beaucoup, monsieur Havelock.

— Je crois que c'est suffisant. Cet homme m'a rencontré à Kennedy Airport où nous avons eu une longue conversation. Il m'a également donné le moyen de le joindre en cas de besoin. Il a mentionné en particulier quarante-huit heures et la bibliothèque municipale de New York. Nous avons parlé aussi d'un Graz-Burya automatique manquant, une arme splendide, je pense que vous êtes d'accord avec moi. Il est urgent que je parle à cet homme — aussi urgent qu'était son message pour moi.

— Vous pourriez peut-être me rappeler le message, cela nous aiderait sans doute, monsieur.

— Une offre d'asile du directeur des stratégies externes, Piotr Rostov, du K.G.B. de Moscou. Et je ne dirais pas cela si j'étais en train d'enregistrer cette conversation. Vous le pouvez, mais moi je ne peux pas me le permettre.

— Il y a toujours la possibilité d'un renversement de l'ordre des choses.

— Profitez-en, camarade. Vous ne pouvez pas ne pas le faire.

— Alors pourquoi ne pas parler avec moi... camarade ?

— Parce que je ne vous connais pas. » Il regarda la liste des numéros directs qu'on lui avait assignés et en répéta un au Russe. « Je reste à ce numéro encore cinq minutes. » Il raccrocha et prit le verre de cognac.

« Tu crois qu'il va rappeler ? demanda Jenna en s'asseyant sur la chaise en face du bureau, le dossier Pierce dans les mains.

— Pourquoi pas ? Il n'a rien à dire... juste écouter. Quelque chose d'utilisable dans le dossier ?

— La mère est décédée en 1968. Le père a disparu huit mois plus tard et on ne l'a jamais revu depuis. Il a écrit à son fils au Vietnam qu'il "ne pouvait plus vivre sans sa femme et qu'il allait la rejoindre près de Dieu".

— Naturellement. Mais pas de suicide, pas de corps. Une simple disparition chrétienne.

— Naturellement. *Paminyatchik.* Il avait bien trop à offrir à Novgorod. »

Le téléphone sonna. Le bouton allumé correspondait bien au numéro qu'il avait donné au consulat soviétique à New York.

« Vous comprenez, monsieur Havelock, commença en anglais la voix monotone qui était manifestement celle de l'agent soviétique de Kennedy Airport, que le message qui vous a été envoyé était offert dans un esprit de compassion pour la grande injustice commise par ceux de votre gouvernement qui demandaient l'exécution d'un homme de paix.

— Si vous dites ça, interrompit Havelock, au profit d'un enregistrement que je pourrais faire, oubliez tout. Et si vous passez une audition pour le consulat, remettez ça à plus tard. Je n'ai pas le temps. J'accepte une partie de la proposition de Rostov.

— Je ne savais pas que cette proposition était divisée en plusieurs parties.

— Je me charge de le lui communiquer directement.

— Cela paraît raisonnable, dit le Russe. Dans des circonstances extrêmement limitées.

— Toutes les circonstances que vous voudrez. Contentez-vous d'utiliser ce numéro de téléphone et de parvenir à ce qu'il me rappelle avant une heure. » Michael consulta sa montre. « Il n'est pas tout à fait sept heures du matin, à Moscou. Appelez-le.

— Je ne crois pas que ce soit possible dans ces délais.

— Il le faut. Dites-lui qu'il se peut que j'aie trouvé l'ennemi. *Notre* ennemi, à tous les deux pour le moment, reste à voir pour l'avenir, s'il y en a un.

— Vraiment, je ne pense pas...

— N'essayez pas de penser. Appelez-le. Parce que

si vous ne le faites pas, j'essaierai tout seul et cela pourrait s'avérer particulièrement embarrassant... pour vous, camarade, pas pour moi. Je n'ai plus rien à perdre. Je suis l'enjeu. » Havelock raccrocha. La sueur perlait sur son front.

« Que peut t'apprendre effectivement Rostov ? » Jenna se leva de son siège et posa le dossier Pierce sur le bureau. « En fait, il n'y a rien là-dedans. Rien qu'un héros modeste et brillant de la république.

— Naturellement. » Michael s'essuya le front du revers de la main et se pencha, s'appuyant sur les coudes. « A Athènes, Rostov m'a avoué qu'une de ses sources pour la Costa Brava était une taupe opérant à la Maison-Blanche. Je ne l'ai pas cru. C'est le genre de traitement de choc qui fait prêter l'oreille. Mais suppose qu'il ait dit la vérité... une vérité du passé... parce qu'il savait que la taupe était partie et introuvable. Le parfait espion. »

Jenna leva la main pour montrer le dossier sur le bureau. « Pierce a été nommé au Conseil de la sécurité nationale. Il avait un bureau à la Maison-Blanche, bureau qu'il a gardé quelques mois.

— Oui. Et Rostov pensait ce qu'il disait ; il ne parvenait pas à comprendre et ce qu'on ne comprend pas devient inquiétant dans ce métier. Tout ce qu'il avait appris à propos de la Costa Brava — et que j'ai confirmé — lui suggérait que cela n'aurait pas pu être possible sans la coopération de quelqu'un à Moscou. Mais qui ? Ces opérations sont sous son contrôle direct, mais il n'avait rien à voir avec ça et n'était au courant de rien. C'est pourquoi il m'a mis à l'épreuve, pensant que je pourrais lui apprendre quelque chose, rendre crédible l'existence d'une taupe, sachant bien que nous pensions tous deux que les renseignements d'une taupe étaient tout à fait valables. La vérité — celle qu'on lui avait dite — excepté qu'il s'agissait d'un mensonge.

— ... raconté par un officier du K.G.B., une taupe *paminyatchik*, ayant transféré sa fidélité du K.G.B. à la *Voennaya*, dit Jenna. Il envoie balader ses anciens supérieurs pour en choisir de nouveaux.

— Puis, il intercepte et prend le contrôle de l'opération Costa Brava. S'il était vraiment sur la Costa Brava. Si... si.

— Comment vas-tu t'y prendre avec Rostov ? Il sera enregistré, il sera surveillé.

— Je serai direct. Après tout, c'est bien lui le directeur des opérations extérieures. Je jouerai la lutte des pouvoirs. K.G.B. contre V.K.R. Il comprendra.

— Il ne parlera pas de l'opération *paminyatchik* au téléphone, tu sais. Il ne peut pas.

— Je ne lui demanderai pas de le faire. Je citerai le nom et j'écouterai. D'une façon ou d'une autre, il me dira quelque chose. Nous sommes tous deux de vieux experts en la matière — trop vieux experts — et les mots que nous utilisons n'ont pas toujours la signification qu'on croit, les silences ne pouvaient être compris que par des gens comme nous. Il a besoin de ce que j'ai — si je l'ai — autant que j'ai besoin qu'il me confirme ce que je crois. Ça marchera. D'une façon ou d'une autre. Il me dira si Arthur Pierce est la taupe — s'il est convaincu que la taupe lui a tourné le dos pour rejoindre les fous. »

Jenna s'approcha de la table basse, y récupéra un bloc-notes et s'assit sur le fauteuil en cuir. « Pendant que tu attends, veux-tu parler du commandant Decker ?

— Mon Dieu ! » Havelock se précipita sur le téléphone en parcourant rapidement la liste de numéros qui se trouvait en face de lui. Il en composa un et parla, d'une voix tendue. « J'ai parlé de lui à Pierce. Quelle merde !... contactez l'escorte de Decker. Je vous en prie, c'est urgent.

— Escorte navale, j'écoute. »

Au radio-téléphone, les mots étaient clairs et la brusque pulsation agitant les tempes de Michael se calma un peu. « Ici, Sterile Five. Nous pensons à juste titre qu'il pourrait y avoir des hostilités dans votre zone.

— Aucun signe, fut la réponse. Tout est calme et la rue est bien éclairée.

— Peu importe, j'aimerais qu'on augmente les effectifs.

— On est plutôt en nombre limité à 1 600, Sterile Five. Pourquoi ne pas appeler la police locale ? Ils n'ont pas besoin d'en savoir plus que nous, et nous ne savons déjà pas grand-chose.

— Pouvez-vous vous en occuper ?

— Bien sûr. On va mettre ça sur le compte des affaires diplomatiques et ils obtiendront des heures supplémentaires. En attendant, comment voyez-vous la suite des opérations ?

— Un enlèvement. Ils vont d'abord vous neutraliser, puis ils prendront Decker.

— Merci de nous avoir prévenus. On s'occupe de tout. Terminé. »

Havelock s'enfonça dans son siège et inclina la tête en arrière, regardant au plafond. « Maintenant qu'on sait qu'il existe encore un commandant Decker, que t'a-t-il dit ?

— Où en es-tu resté ? J'ai tout recommencé avec lui. »

Michael ferma les yeux, s'efforçant de rassembler ses souvenirs. « Un coup de fil, dit-il lentement. C'était plus tard, après leurs rencontres dominicales au pavillon. Pendant des semaines, il a essayé de joindre Matthias, mais Anton ne répondait pas. Puis, quelqu'un l'a appelé... pour lui donner une explication. C'est ça, une explication. »

Jenna parcourut rapidement ses notes et s'arrêta à une page ; puis, elle revint deux pages en arrière. « Un homme à la voix étrange, au curieux accent — parlant d'une manière saccadée et précipitée, pour utiliser les propres termes de Decker. Je lui ai demandé de s'en souvenir aussi précisément qu'il le pouvait. Heureusement, cet appel téléphonique était très important pour lui ; il se souvenait presque de l'intégralité de leur communication. J'ai tout noté.

— Je t'écoute. »

Jenna tourna la page. « L'homme s'est présenté comme étant un collègue du secrétaire d'État et a posé à Decker plusieurs questions sur sa carrière militaire, manifestement pour s'assurer qu'il s'agissait bien de Decker... Voilà, ça commence là. J'ai essayé de tout transcrire comme si je l'avais entendu moi-même. "Le secrétaire d'État Matthias apprécie tout ce que vous avez fait et il veut que vous sachiez que vous serez cité souvent et en bonne place dans ses mémoires. Mais vous devez comprendre les règles, elles ne peuvent pas être brisées. Pour que toute la stratégie du secrétaire soit efficace, elle doit être développée dans le plus grand secret. L'élément de surprise est primordial. Personne — ni à l'intérieur ni à l'extérieur du gouvernement —" » Jenna s'arrêta un instant. « Decker a bien insisté là-dessus, ajouta-t-elle. Ni à l'intérieur ni à l'extérieur du gouvernement... personne ne doit être au courant de l'existence de ce plan d'action général. » A nouveau, Jenna s'interrompit et leva les yeux. « Ici, Decker n'a pas été précis. Les raisons de son interlocuteur d'exclure les membres du gouvernement étaient apparemment fondées sur le fait qu'ils devaient se méfier d'un grand nombre capables de divulguer des secrets sans se préoccuper de leur importance.

— Je comprends qu'il se soit montré imprécis. Il parlait de lui-même et ce n'était guère une référence agréable.

— D'accord... Je crois que cette dernière partie est tout à fait précise, probablement mot pour mot. "Le secrétaire d'État veut que vous sachiez que le jour venu, vous serez rappelé et nommé chef de son cabinet, tous pouvoirs entre vos mains. Mais, étant donné votre grande réputation dans le domaine du nucléaire, on ne doit faire aucune allusion à vos relations. Si on vous demande si vous connaissez le secrétaire d'État, vous devrez répondre non. Cela fait également partie des règles." » Jenna posa le bloc-notes sur ses genoux. « Voilà. On a flatté au maximum l'orgueil de Decker et il s'est vu entrer dans l'Histoire.

— Il ne fallait rien de plus, dit Havelock en se redressant sur son siège. As-tu écrit tout cela assez lisiblement pour que je te relise ?

— J'écris plus clairement en anglais qu'en tchèque. Pourquoi ?

— Parce que je veux étudier ça... encore et encore. L'homme qui a prononcé ces paroles est Parsifal. J'ai déjà dû l'entendre parler.

— Fais un retour en arrière, Mikhaïl, dit Jenna, en reprenant le bloc et en feuilletant les pages. Je vais t'aider. Maintenant ! On va y arriver. Un Russe qui parle anglais d'une manière rapide et saccadée. Voilà... les termes mêmes de Decker : "rapide et saccadée". Combien d'hommes s'exprimant ainsi as-tu pu connaître ?

— Allons-y. » Havelock quitta le bureau. Jenna arracha de son bloc les deux pages où elle avait noté la communication téléphonique de Thomas Decker. Michael vint les lui prendre. « Les hommes que je connais qui ont rencontré Matthias. Nous allons commencer par cette année-ci et revenir en arrière. Note tous les noms que je vais citer.

— Pourquoi ne pas travailler par pays ? Ville par ville. Tu peux en éliminer quelques-unes rapidement et te concentrer sur les autres.

— On va utiliser les deux méthodes, ajouta-t-il. Éliminons Barcelone et Madrid, nous n'y sommes jamais entrés en contact avec les Soviétiques... Belgrade — un entrepôt sur le fleuve Sava, l'attaché du consulat russe, Vasili Yankovitch. Il a rencontré Anton à Paris.

— Yankovitch, répéta Jenna en inscrivant le nom sur son bloc.

— Et Ilitch Borin, professeur consultant à l'université de Belgrade ; nous avons bu quelques verres et dîné ensemble. Il avait rencontré Matthias aux conférences d'échange culturel.

— Borin.

— Personne d'autre à Belgrade... Prague. Il doit y avoir au moins douze hommes à Prague. Les Soviétiques grouillent à Prague.

— Les noms ? Commence par ordre alphabétique. »

Les noms lui revinrent, tantôt rapidement, tantôt

lentement, certains paraissant tout à fait probables, d'autres absolument pas. Néanmoins, Jenna les nota tous sans exception, poussant Michael dans ses retranchements, l'obligeant à se creuser la tête, à se souvenir, un nom en entraînant un autre.

Cracovie. Vienne. Paris. Londres. New York. Washington.

Les mois firent une année, puis deux, puis trois. La liste s'allongeait à mesure que Michael Havelock faisait des efforts, fouillant sa conscience, libérant son subconscient, creusant dans ses souvenirs, forçant son esprit à fonctionner comme un instrument de précision. A nouveau, la sueur perla sur son front et son pouls s'accéléra. Il était à bout de forces.

« Je suis complètement épuisé », dit Michael, calmement. Il regarda la fenêtre à verre cathédrale où une heure plus tôt étaient apparus deux visages, l'un remplaçant l'autre, deux visages de tueur, tous deux de la Costa Brava. Ou avait-il rêvé ?

« Tu as trente-neuf noms, dit Jenna en s'approchant de lui et en lui massant doucement la nuque. Assieds-toi et étudie-les. Étudie également la conversation téléphonique. Trouve Parsifal, Mikhaïl.

— Est-ce qu'il y a un nom qui ressort de ta liste ? J'ai pensé à ça lorsque j'ai cité Ilitch Borin ; il est docteur en philosophie. Il y en a un qui te dit quelque chose ?

— Non.

— Je suis désolé.

— Moi aussi.

— Il n'a pas appelé. Rostov n'a pas appelé.

— Je sais.

— J'ai dit une heure, j'ai fixé la limite à une heure. » Havelock consulta sa montre. « Il y a trente-quatre minutes que la limite est passée.

— Il y a peut-être eu des problèmes techniques à Moscou. Ce ne serait pas nouveau.

— Pas pour lui. Il a rompu le contact ; il ne veut pas répondre.

— Combien de fois as-tu dépassé la limite imposée ? Pour que celui qui attendait ton appel fût tout à fait inquiet, anxieux au point de ne plus pouvoir se défendre.

— Il connaît trop bien mon dossier pour utiliser ce truc. » Michael se retourna vers elle. « Je dois prendre une décision. Si j'ai raison, Pierce ne doit pas être autorisé à quitter cette île. Si je me trompe, ils penseront que j'ai dépassé les bornes. Berquist n'aura pas le choix, il sera contraint de me remplacer.

— Pas obligatoirement.

— Bien sûr que si. Je vois des monstres dans les coins sombres et je gâche des heures précieuses. On ne garde pas un homme pareil à un poste important. Mon Dieu, Arthur Pierce ! L'élément le plus valable que nous ayons...

— Tu sais quand même ce que tu as vu.

— Il faisait nuit... une nuit atroce pour moi. Regarde donc ce dossier clinique. Est-ce qu'un homme sensé parle ou raisonne de cette façon ? Qu'a-t-il vu ?... Il me faut un mot, un silence de Rostov.

— Attends, Mikhaïl, dit Jenna, en lui frôlant le bras et en l'obligeant à se rasseoir sur le fauteuil. Tu as encore le temps. Étudie cette liste de noms et cette communication reçue par Decker. Cela peut te sauter aux yeux. Un nom, une voix, une phrase. Tu pourrais trouver. »

Des savants. Des militaires. Des avocats. Des docteurs. Des attachés. Des diplomates... Des déserteurs. Tous des Soviétiques qui, un jour ou l'autre, avaient été en contact direct avec Anthony Matthias. Havelock se représenta chaque homme, chaque visage, entendant intérieurement des dizaines de voix parler anglais et essayant d'assortir les voix aux visages, écoutant des phrases prononcées d'une manière rapide et saccadée. C'était affolant. Les visages et les voix se mélangeaient, les lèvres bougeaient, puis il n'y avait soudain plus un bruit. Puis des cris. *Vous serez cité souvent et en bonne place.* Avait-il dit une telle chose ? Pourrait-il dire ça ? *Vous serez rappelé...* Combien de fois cette phrase avait-elle été prononcée ? Tant de fois. Mais par qui ? Qui ?

Une heure s'écoula et presque une seconde. Un deuxième paquet de cigarettes y était passé. La limite de temps imparti à Moscou se rapprochait du compte à rebours concernant Poole's Island. Il fallait prendre une décision. Rien n'était oublié, seulement enfoui, les yeux perdus dans le vague alors que la chasse à Parsifal atteignait une intensité effroyable.

« Je n'arrive pas à le trouver ! hurla Michael, en frappant la main sur la table basse. Il est là, les mots sont là, mais je ne parviens pas à le trouver ! »

Le téléphone sonna. *Rostov ?* Havelock se leva brusquement et regarda le combiné sans bouger. Il était épuisé et rien que de penser qu'il lui fallait trouver les forces de contrer verbalement l'agent secret soviétique se trouvant à douze mille kilomètres de là, cela l'épuisait encore davantage. La sonnerie stridente retentit à nouveau. Il s'approcha du téléphone et décrocha, sous le regard de Jenna.

« Oui ? dit-il calmement, rassemblant toute sa lucidité pour saisir chaque mouvement.

« C'est votre ami de Kennedy Airport, celui qui a perdu son arme.

— Où est Rostov ? Je vous avais donné une limite de temps.

— Elle a été respectée. Écoutez-moi bien. Je vous appelle d'une cabine téléphonique de la 8e Avenue et je dois surveiller la rue. Il y a eu un appel téléphonique, il y a une demi-heure. Heureusement que je l'ai pris. Mon supérieur était absent pour la soirée. Il s'attend à me retrouver lorsqu'il rentrera.

— Où voulez-vous en venir ?

— Rostov est mort. On l'a trouvé à neuf heures trente du matin, heure de Moscou. C'est pour ça qu'on n'arrivait pas à le joindre.

— Comment est-il mort ?

— Quatre balles dans la tête.

— Oh, bon Dieu ! Sait-on qui l'a tué ?

— On parle de la *Voennaya Kontra Rozvedka* et en ce qui me concerne, je le crois. Ces derniers temps, on a beaucoup entendu de bruits. Si un type comme Rostov se fait descendre, cela veut dire que je suis trop vieux, je préfère téléphoner d'une cabine dans la rue. Vous êtes fous, ici, mais il vaut mieux vivre avec des fous que de rester avec des chacals qui vous tranchent la gorge s'ils n'apprécient pas votre façon de rire ou de boire. »

A la réunion de cet après-midi... quelque chose que je n'ai pas compris... Un agent secret du K.G.B. était entré en contact... pensait connaître l'identité... Arthur Pierce, fumant maladroitement une cigarette sur une piste d'atterrissage déserte.

« *Rostov ne pensait pas. Il savait. Il existe un groupe de fanatiques du nom de V.K.R., la Voennaya... Il essaie d'apprendre des choses*... » avait répondu Havelock.

L'appel téléphonique de Pierce avait-il entraîné plus que la mort d'un *paminyatchik* ? Avait-il demandé l'exécution d'un homme à Moscou ? Quatre balles dans la tête. Cela avait coûté la vie à Rostov, mais c'était peut-être la preuve dont il avait besoin. Cela suffisait-il ? Que pouvait-on trouver d'autre ?

« Le code, marteau-zéro-deux, dit Michael en réfléchissant. Est-ce que ça vous dit quelque chose ?

— En partie, peut-être, mais pas entièrement.

— Qu'est-ce que c'est ?

— Le marteau. On l'a utilisé il y a de nombreuses années, puis il a été quelque peu délaissé avant d'être complètement abandonné, je crois. Hammarskjöld, Dag Hammarskjöld. Les Nations Unies.

— Mais c'est vrai !... Zéro, zéro... deux. Un zéro est un cercle... un cercle. Un conseil ! Deux... double, deux fois, deuxième. La deuxième voix de la délégation ! Voilà !

— Vous devez vous douter que je dois foutre le camp maintenant, interrompit le Russe.

— Appelez le bureau du F.B.I. à New York. Allez-y. Je les préviens.

— Pas question. Voilà une chose dont vous pouvez être sûr.

— Alors, fichez le camp et rappelez-moi dans trente minutes. Il faut que j'agisse rapidement.

— Des fous ou des chacals. Où est le choix ? »

Havelock appuya sur le bon bouton pour couper la communication. Il leva les yeux vers Jenna.

« C'est Pierce. Marteau-zéro-deux. Je lui ai dit — nous lui avons tous dit — que Rostov cernait la *Voennaya*. Il a fait tuer Rostov. C'est lui.

— Il est pris au piège, dit Jenna. Tu l'as eu.

— Je l'ai eu. J'ai eu « Ambiguïté », l'homme qui nous a crus morts au col des Moulinets... Lorsque je l'aurai fait enfermer dans une clinique, je le ferai valser en l'air et tout ce qu'il sait, je le saurai. » Michael composa rapidement un numéro de téléphone. » Le Président, s'il vous plaît, de la part de monsieur Cross.

— Tu dois rester très calme, Mikhaïl, dit Jenna en s'approchant du bureau. Très calme et précis. Souviens-toi que ce sera un grand choc pour lui et surtout que tu dois le convaincre. »

Havelock opina. « C'est la partie la plus difficile. Merci. J'allais d'abord me précipiter sur les conclusions. Tu as raison. Il faut le prendre en douceur... Monsieur le Président ?

— Qu'y a-t-il ? demanda Berquist, d'un air anxieux. Que s'est-il passé ?

— Il faut que je vous dise quelque chose, Monsieur. Cela ne prendra que quelques minutes et je veux que vous écoutiez attentivement ce que j'ai à vous dire.

— D'accord, je vais passer sur un autre poste, trop de gens ici... Au fait, Pierce a-t-il réussi à vous joindre ?

— Comment ?

— Arthur Pierce. Vous a-t-il appelé ?

— Que voulait Pierce ?

— Il m'a appelé il y a environ une heure. Il avait besoin d'une autre précision. Je lui ai parlé de votre appel et je lui ai dit que vous vouliez tous les deux savoir si j'avais fait allusion à l'affaire du centre médical Randolph — quelle sale histoire — alors, je lui ai avoué que oui, que tout le monde était au courant.

— Je vous en prie, monsieur le Président ! Redites-moi exactement ce que vous lui avez dit.

— Qu'avez-vous donc ?

— Que vous a-t-il dit ?

— Pourquoi ?

— Contentez-vous de me rapporter les faits. D'abord, que lui avez-vous dit ?

— Dites donc, un instant, Havelock...

— C'est trop tard, que lui avez-vous dit ? »

L'urgence était évidente. Berquist fit une pause et répondit ensuite calmement, sentant l'inquiétude de son subordonné, sans la comprendre, mais désirant tout de même respecter ses sources. « Je lui ai dit que vous m'aviez appelé pour me demander si j'avais fait allusion à l'affaire du centre médical Randolph pendant la réunion de l'après-midi. J'ai dit que oui et que vous sembliez soulagé que tout le monde fût au courant.

— Qu'a-t-il répondu ?

— Franchement, cela a paru le troubler. Je crois qu'il a dit "je vois", puis il m'a demandé si vous m'aviez donné les raisons pour lesquelles vous posiez cette question.

— Quelle question ?

— A propos du centre médical... Qu'est-ce qui ne va pas ?

— Qu'avez-vous répondu ?

— Que je comprenais que cela vous concernait tous deux, bien que n'étant pas sûr de savoir pourquoi.

— Quelle fut sa réponse ?

— Je ne crois pas qu'il ait répondu... Oh, si. Il m'a demandé si vous aviez fait des progrès avec l'homme se trouvant à Bethesda.

— Ce qui ne devait pas se produire avant demain et il le savait !

— Comment ?

— Monsieur le Président, je n'ai pas le temps de vous expliquer et vous n'avez pas une minute à perdre. Est-ce que Pierce a réussi à pénétrer dans la chambre forte ?

— Je ne sais pas.

— Arrêtez-le ! C'est lui la taupe !

— Vous êtes fou !

— Enfin ! Berquist, vous pouvez me faire virer, mais pour l'instant écoutez ce que je dis. Ce type a des appareils photos que vous ne pourriez pas imaginer ! Dans ses bagues, ses montres, ses boutons de manchettes ! Arrêtez-le ! Prenez-le ! Attachez-le et faites attention aux capsules de cyanure ! Je ne peux pas donner cet ordre moi-même. Vous seul le pouvez. Il le faut. Tout de suite.

— Restez près du téléphone, dit le Président des États-Unis. Il se peut que je vous fasse virer. »

Havelock quitta son siège pour la seule et bonne raison qu'il avait besoin de bouger. Les ténèbres se refermaient à nouveau. Il devait s'en sortir. Il regarda Jenna. Ses yeux lui dirent qu'elle le comprenait.

« Pierce m'a trouvé. Je l'ai trouvé et il m'a trouvé.

— Il est pris au piège.

— J'aurais pu le tuer sur la Costa Brava. Je voulais le tuer, mais je ne l'ai pas fait.

— Inutile de revenir en arrière. Tu l'as eu. Tu es dans la limite de temps. »

Michael s'éloigna du bureau, cherchant à s'éloigner des ténèbres qui le poursuivaient. « Je n'ai pas l'habitude de prier, murmura-t-il. Je n'ai pas la foi. Mais maintenant je prie en quelque chose que je ne connais pas. »

Le téléphone sonna et il décrocha rapidement. « Oui ?

— Il est parti. Il a donné l'ordre à la patrouille navale de le ramener à Savannah.

— Est-il entré dans la chambre forte ?

— Non.

— Dieu merci !

— Il possède autre chose, dit le Président, d'une voix à peine audible.

— Quoi ?

— Le dossier psychiatrique complet de Matthias. Tout y est transcrit. »

37

La police envahit les rues de Savannah. Des patrouilles motorisées se précipitèrent vers l'aéroport, les gares et les terminus de bus. On contrôla toutes les agences de location d'autos de la ville. Des barrages furent placés sur les autoroutes et les principales routes environnantes. Au nord d'Augusta, au sud de Saint-Marys, à l'ouest de Macon et de Valdosta. La description de l'homme fut transmise à toutes les unités. Le mot d'ordre était : *Trouvez-le. Trouvez l'homme à la mèche de cheveux blancs. Une fois repéré... attention ! Approchez-le avec extrême prudence, l'arme au poing. Tirez au moindre geste suspect. Tuez-le.*

On engagea une chasse à l'homme sans précédent, autant par l'importance des effectifs déployés que par l'intensité de l'action. Le gouvernement fédéral avait assuré que toutes les dépenses, à tous les niveaux, seraient prises en charge par Washington. Les effectifs ayant terminé leur service furent rappelés. Des véhicules immobilisés pour vérification ou réparation mineures furent utilisés, ainsi que les voitures personnelles des membres de la police. Toutes les routes secondaires furent inspectées. Partout, on arrêtait les automobiles et les piétons. Tous ceux qui ressemblaient un tant soit peu à l'homme recherché étaient priés, poliment, de retirer leur chapeau s'ils en portaient un. Les torches électriques éblouissaient les visages, éclairant les cheveux en quête d'une mèche blanche grossièrement teinte, à la hâte. Des descentes de police furent faites dans tous les hôtels, les motels et les auberges : on consultait les registres pour vérifier le nom des clients récemment arrivés, on interrogeait les employés de la réception, on surveillait toutes les issues. On entrait, courtoisement bien sûr, dans les fermes restées éclairées, sachant bien que les habitants pouvaient être des otages, qu'une femme ou un enfant pouvait être gardé au premier étage par l'homme à la mèche blanche pour imposer le silence aux autres. On fouilla les pièces, les granges, les remises, sans rien laisser au hasard.

Au matin, tous étaient épuisés. Ils rentrèrent au point de ralliement, furieux, frustrés, agacés par l'inefficacité des méthodes gouvernementales. Car aucune photo, aucun dessin n'avait été fourni, le seul nom cité étant « M. Smith ». L'alerte restait en vigueur, mais la chasse à l'homme était en grande partie terminée : les professionnels le savaient bien. L'homme à la mèche blanche était passé au travers des mailles du filet. A présent, il était peut-être blond, chauve ou il avait les cheveux grisonnants ; il boitait peut-être, s'appuyant sur une canne ou une béquille ; il pouvait être habillé de guenilles ou revêtir l'uniforme de policier ou de militaire ; peut-être avait-il complètement changé d'apparence.

A la rédaction des premiers journaux du matin relatant l'histoire de cette extraordinaire chasse à l'homme, on rappela d'urgence les reporters. Les propriétaires et les rédacteurs en chef avaient été contactés par de hauts fonctionnaires du gouvernement, prétendant ne pas être au courant de la situation mais affirmant faire entière confiance aux supérieurs qui avaient fait appel à eux. Il fallait étouffer l'affaire ! Dans les deuxièmes éditions, la chasse à l'homme était reléguée à la dernière page : quelques lignes seulement. Les journaux tirant une troisième édition ne mentionnaient plus du tout cette curieuse affaire.

Et une étrange chose arriva au central téléphonique à l'indicatif 0-7742. Hors service depuis minuit, le fonctionnement fut rétabli d'une manière soudaine et inexplicable à huit heures du matin. Des « agents d'entretien » du téléphone se trouvaient dans l'immeuble annexe de Voyageurs Emporium où les commandes étaient reçues. Une table d'écoute avait été installée et tous les appels étaient enregistrés, ceux ne dépassant pas quinze secondes directement transmis à Sterile Five, ce qui réduisait leur nombre à un minimum.

Des agents fédéraux se rendirent aux aéroports internationaux. Ils étaient équipés d'appareils à rayons X ultra-modernes leur permettant de sonder les valises et autres bagages à main. Ils cherchaient une valise métallique de six centimètres d'épaisseur à fermeture à combinaison. Il y avait deux hypothèses : le dossier crucial serait transporté dans sa valise d'origine ou il en serait séparé. Tout ce qui évoquait la forme d'un dossier ou d'une valise devait être examiné. A onze heures trente, plus de deux mille sept cents attaché-cases avaient été ouverts et fouillés aux aéroports de Kennedy, d'Atlanta et de Miami International.

« Merci beaucoup », dit Havelock au téléphone, s'efforçant de mettre un peu d'énergie dans sa voix. Il ressentait les effets d'une nuit sans sommeil. Il raccrocha et regarda Jenna qui servait du café. « Ils ne comprennent pas et je ne peux rien leur dire. Pierce n'appellerait Orphelin-96 qu'à condition de pouvoir énoncer son message en quelques mots, très rapidement. Il sait que la ligne est sur table d'écoute maintenant.

— Tu as fait tout ce que tu pouvais, dit Jenna, en posant la tasse de café sur le bureau. Tous les aéroports sont surveillés...

— Pas pour lui, interrompit Michael. Il ne prendrait pas un tel risque. En outre, il n'a pas envie de partir. Il désire la même chose que moi. Trouver Parsifal... C'est pour ce *dossier* ! Un petit avion traversant la frontière mexicaine, un bateau de pêche en rencontrant un autre entre ici et Cuba, ou au large de Galveston dans la direction de Matamoros... et ce dossier sera en route pour Moscou, dans les mains des spécialistes de la *Voennaya*. Et je ne peux rien faire pour éviter ça.

— Une patrouille surveille la frontière mexicaine. Les effectifs ont été doublés. Tous les ports sont contrôlés, ici et dans le golfe. Tous les bateaux sont inspectés lorsqu'ils font route vers les points en question. Tu as insisté toi-même sur ces mesures de sécurité et le Président a donné des ordres en conséquence.

— La frontière est vaste et l'océan immense.

— Repose-toi un peu, Mikhaïl. Tu n'y arriveras pas si tu es épuisé... souviens-toi, c'est une de tes règles de vie.

— Une de mes règles... ? » Havelock se prit la tête entre les mains et se massa les tempes. « Oui, c'est une des règles, une partie des règles.

— Allonge-toi sur le canapé et ferme les yeux. Je prendrai tous les appels téléphoniques et je te tiendrai au courant. Moi, j'ai dormi un peu. Toi, non.

— Quand as-tu dormi ? demanda Michael, en levant les yeux, d'un air dubitatif.

— J'ai dormi avant le lever du soleil. Tu étais en conversation avec les gardes-côtes.

— Après tout, ce n'est pas à moi de jouer en ce moment », dit Havelock, d'un air las. Il se leva. « Je vais peut-être m'allonger... quelques minutes. Cela fait partie des règles. » Il contourna le bureau et s'arrêta pour regarder les documents, les blocs-notes et les dossiers éparpillés sur le superbe bureau. Ce que je déteste cette pièce, dit-il, en s'approchant du canapé. Merci pour le café, mais je n'en prendrai pas. »

Le téléphone sonna. Michael se raidit, se demandant si la sonnerie s'arrêterait avant le deuxième coup ou serait ininterrompue, auquel cas il s'agirait d'une urgence. Elle s'arrêta et retentit à nouveau.

Havelock s'allongea sur le canapé. Jenna répondit, d'une voix calme. « Ici Sterile Five... qui est à l'appareil ? » Elle écouta, puis elle posa une main sur le micro et tourna le regard vers Michael. « C'est le State Department de New York. Bureau de la sécurité. Le type du consulat soviétique vient d'y arriver. »

Havelock se redressa avec peine, cherchant un instant à retrouver son équilibre. « Il faut que je lui parle, dit-il en allant au bureau. Je pensais qu'il arriverait bien plus tôt. » Michael prit le téléphone des mains de Jenna, se présenta et fit sa demande. « Passez-moi ce type, s'il vous plaît. » Le Russe vint au téléphone. « Où donc étiez-vous passé ? demanda Havelock.

— Apparemment, on considère dans ce pays qu'il est de mauvais goût d'être absent en dehors des heures de service, commença le Russe, d'une voix lasse. Je suis arrivé ici, à la Federal Plaza, à quatre heures du matin, après avoir échappé à une tentative d'agression dans le métro. Un des gardiens de nuit m'a dit qu'il ne pouvait rien faire pour moi avant l'ouverture des bureaux. J'ai expliqué la précarité de ma situation et le sympathique crétin m'a proposé de m'offrir une tasse de café... dans une cafétéria publique. Finalement, je suis entré tout seul dans l'immeuble — votre système de sécurité est complètement défectueux — et j'ai attendu dans un couloir sombre jusqu'à neuf heures. Votre milice est arrivée. Je me suis présenté. Les imbéciles voulaient appeler la police ! Ils voulaient me faire arrêter pour effraction et éventuelle détérioration de la propriété gouvernementale.

— Bon, vous êtes là maintenant...

— Je n'ai pas fini ! s'écria le Russe. Après cette merveilleuse entrée en matière, on m'a demandé de remplir une foule de formulaires, où je n'ai d'ailleurs écrit que de vieilles comptines russes. Je n'ai pas cessé un instant de leur répéter votre numéro et de leur demander de me mettre en contact avec vous. Qu'est-ce que vous avez donc, les Américains ? Vous économisez les communications téléphoniques ?

— Maintenant, nous sommes en communication...

— Attendez ! Je suis resté toute cette dernière heure seul dans une pièce mal éclairée. J'avais envie de baisser mon froc pour péter dans les micros. Et on m'a donné d'autres formulaires à remplir, me demandant même quels étaient mes loisirs et mes sports favoris ! Vous avez peut-être l'intention de m'envoyer en vacances ? »

Michael sourit, silencieusement ravi de ce moment de plaisir. « Seulement où vous serez en sécurité, dit-il. N'oubliez pas que nous sommes des fous et non des chacals. Vous avez fait le bon choix. »

Le Russe soupira bruyamment. « Pourquoi est-ce que je me donne tout ce mal ? Les *fruktovyje golovy* ne sont pas mieux dans le Dzerzhinsky... pourquoi ne pas l'admettre ? Ils sont pires. Votre Albert Einstein serait en Sibérie, à tirer des mules dans un goulag. A quoi rime tout ça ?

— A pas grand-chose, dit gentiment Havelock. Sauf à survivre. Tous.

— Principe auquel j'adhère.

— Comme Rostov.

— Je me souviens de son message pour vous : "Ce n'est plus mon ennemi, mais il en a d'autres qui peuvent être les miens aussi." Quel message inquiétant, Havelock.

— La *Voennaya*.

— Des fous ! répondit-il, d'une voix gutturale. Dans leurs têtes, ils vont de pair avec le IIIe Reich.

— Comment sont-ils placés ici ?

— Qui sait ? Ils ont leurs propres commissions, leurs propres méthodes de recrutement. Ils ont mainmise sur trop de gens qu'on ne peut pas voir.

— Les *paminyatchiki* ? On ne peut pas les voir, eux.

— Croyez-moi lorsque je vous dis qu'on me faisait confiance tout en se méfiant de moi. Mais, on peut toujours spéculer... sur des rumeurs. Il y a toujours des rumeurs, n'est-ce pas ? On pourrait croire que c'est cela qui m'a poussé à agir comme je l'ai fait. » Le Soviétique s'interrompit un instant. « Je serai traité comme quelqu'un de valable, n'est-ce pas ?

— Gardé et logé comme un trésor. Quelle est la spéculation ?

— Ces derniers mois, certains hommes ont quitté

nos rangs — mises en retraite prématurées, maladies soudaines... disparitions. Jamais aussi violentes que celle de Rostov, mais peut-être n'avait-on pas le temps d'agir intelligemment. Néanmoins, il semble y avoir une curieuse similitude ente toutes ces disparitions. Ces gens-là faisaient généralement partie de la catégorie des réalistes tranquilles, des hommes qui trouvaient des solutions et évitaient à temps les problèmes. Pyotr Rostov en était le type même. En fait, il était un peu leur porte-parole. Ne vous y trompez pas, vous étiez son ennemi. Il méprisait votre système — la grosse part du gâteau pour une minorité et les miettes pour la majorité — mais il savait bien qu'il existe un point que des ennemis ne peuvent plus dépasser. Ou alors c'est la fin. Il savait que le temps jouait en notre faveur et non les bombes.

— Cela veut dire que les gens qui ont remplacé des types comme Rostov pensent différemment ?

— C'est le bruit qui court.

— La *Voennaya* ?

— Peut-être. Et s'ils conquièrent les pouvoirs centraux du K.G.B., la direction du Kremlin n'est plus très loin ? Cela semble impossible. Mais si c'était possible... » Le Russe ne termina pas sa phrase.

« Ce serait la fin ? proposa Havelock.

— C'est un jugement. Voyez-vous, ils pensent que vous ne ferez rien. Ils croient pouvoir vous écraser... d'abord ici, puis ailleurs.

— Ce n'est pas nouveau.

— Avec des armes nucléaires tactiques ?

— C'est nouveau.

— C'est de la folie, dit l'homme du K.G.B. Il faudra bien que vous réagissiez. Le monde entier vous le demandera.

— Comment pouvons-nous stopper la V.K.R. ?

— En leur donnant peu ou pas de munitions.

— Qu'entendez-vous par "munitions" ?

— Des actions de provocation ou d'agression de votre part qu'ils pourraient utiliser pour menacer les vieillards fatigués du Praesidium. La même chose qu'ici ; vous possédez également vos chacals. Des généraux ventripotents et des colonels agressifs qui s'enferment avec des sénateurs séniles et des parlementaires fatigués pour évoquer ce que serait le désastre si vous ne tiriez pas les premiers. Ce ne sont pas toujours les plus sages qu'on écoute. A vrai dire, vous avez un avantage sur nous là-dessus : une meilleure efficacité de vos contrôles.

— Je l'espère, dit Michael, en songeant un instant à des hommes comme le capitaine de corvette Thomas Decker. Mais vous dites que la *Voennaya* s'est infiltrée dans vos rangs, dans le K.G.B.

— Je ne suis certain de rien.

— Si c'est vrai, cela signifie que plusieurs d'entre eux pourraient se trouver à l'ambassade, ici, et au consulat, à New York.

— Je ne suis même pas sûr de mon supérieur.

— Et un *paminyatchik* de l'extérieur les connaîtrait, pourrait les joindre et leur apporter quelque chose.

— Vous pensez que je sais quelque chose, mais je ne sais rien. Leur apporter quoi ? »

Havelock fit une pause, essayant de calmer le battement à ses tempes. « Supposez que je vous apprenne que des munitions du genre de celles dont vous parliez tout à l'heure ont été volées la nuit dernière par une taupe ayant accès à des renseignements de la plus haute importance. Il a disparu.

— Il voulait quitter son retranchement ?

— On l'a découvert. Vous m'avez aidé sans le savoir en m'annonçant la mort de Rostov et en me parlant de la V.K.R. C'est un *Voennaya*. Il est l'ennemi.

— Alors cherchez le départ soudain d'un petit attaché, d'un gardien de la sécurité ou d'un agent des transmissions. S'il existe une recrue V.K.R., il se trouvera parmi ces gens-là. Interceptez-le par tous les moyens, arrêtez l'avion si vous le pouvez. Utilisez n'importe quel motif : le vol, l'espionnage. Ne les laissez pas obtenir ces munitions.

— Et s'il est trop tard ?

— Comment vous répondre sans connaître la nature de ce qui doit être communiqué ?

— Le pire.
— Pouvez-vous démentir ?
— C'est impossible à démentir. Une partie est fausse — la plus atroce — mais on la croira vraie... les généraux ventripotents et les colonels agressifs. »
Le Russe se tut, puis il répondit calmement. « Il faut que vous parliez à des gens plus haut placés que moi, plus sages. Comme vous le dites ici, nous avons une règle empirique pour de tels problèmes. Allez voir des hommes importants du Parti, des hommes entre soixante et soixante-dix ans, ceux qui ont connu l'opération Barbarossa et Stalingrad. Leurs souvenirs sont précis ; il se peut qu'ils vous aident. Moi, j'ai bien peur de ne pas le pouvoir.
— Vous devez nous aider. Nous savons ce qu'il faut rechercher à l'ambassade et au consulat. Vous allez venir ici pour un briefing, comprenez-vous ?
— Je comprends. Aurai-je le droit de voir des films américains... à la télévision, au moins ? Après l'interrogatoire, bien sûr.
— Je suis sûr qu'on peut s'arranger.
— J'aime tellement les westerns... Havelock, interceptez ce qui doit arriver à Moscou. Vous ne connaissez pas la *Voennaya*.
— Je crains que si », dit Michael. Il contourna le bureau et s'assit sur le siège. « Et j'ai peur », ajouta-t-il, en raccrochant.
Il n'y eut pas une minute de repos pendant les trois heures qui suivirent, du café, des aspirines et des compresses d'eau froide l'aidant à rester éveillé et à calmer sa migraine. On contacta toutes les agences de renseignements qui savaient quelque chose sur l'ambassade soviétique et le consulat de New York, ou qui y avaient accès. Ordre était donné de divulguer tout renseignement utile à Sterile Five. On étudia tous les horaires des vols de l'Aéroflot, des L.O.T. Airlines, des Czechoslovak Airlines — C.S.A. — et tous les passagers aériens pour l'Est. On doubla la surveillance des deux immeubles soviétiques à Washington et à New York. Pour protéger les équipes de surveillance, des effectifs furent prévus

avec ordre de ne pas hésiter à se montrer. Tout fut prévu pour empêcher un éventuel contact, pour ne pas permettre la livraison du dossier à Moscou. Et la meilleure façon d'y parvenir était de persuader un agent du V.K.R. qu'il risquait d'exposer le fugitif en prenant un rendez-vous, ou de faire comprendre à Pierce qu'il risquait de se faire prendre en venant à un rendez-vous.

Des dizaines d'hélicoptères et de petits avions survolaient sans cesse la frontière mexicaine, établissant un constant contact radio avec les vols réguliers. Dès que quelque chose paraissait louche, on intimait l'ordre d'atterrir pour fouiller l'engin. Près des côtes de Floride, de Georgie et des Carolines, des avions militaires faisaient du rase-mottes pour repérer les bateaux s'écartant trop vers le sud-est. Là aussi, le contact radio était établi et dès que quelque chose paraissait bizarre, on prenait les mesures en conséquence. Au large de Corpus Christi, d'autres avions et les patrouilles de garde-côtes cherchaient et interceptaient les bâtiments de plaisance ou de pêche faisant route vers le Mexique. Heureusement, le mauvais temps dans le golfe réduisait leur nombre. Aucun navire n'entra en contact avec un autre bâtiment. Aucun bateau ne dépassa Port Isabel ou l'île Brazos.

A quatre heures moins le quart, épuisé, Havelock retourna sur le canapé. « Nous le tenons, dit-il. A moins d'avoir oublié quelque chose, nous le tenons. Mais, nous savons peut-être où... » Il se laissa choir sur les coussins. « Il faut que je retourne aux noms. Il est là. Parsifal est là et je dois le trouver ! Berquist dit que nous n'avons que jusqu'à ce soir. Il ne peut pas prendre le risque. Le monde ne peut pas prendre le risque.

— Mais Pierce n'est jamais entré dans la chambre forte, protesta Jenna. Il n'a jamais vu ces fameux accords.

— Le rapport psychiatrique sur Matthias les mentionne... dans toute leur folie. C'est peut-être même pire. Un fou dirigeant la politique étrangère du pays le plus puissant, le plus craint de la Terre. Nous sommes des lépreux... Berquist a dit que nous serons des lépreux. Si nous existons encore. »

Le téléphone sonna. Michael respira et plongea la tête dans les coussins. A nouveau, il s'enfonçait dans les ténèbres, plus que jamais oppressé.

« Oui, merci beaucoup, dit Jenna au téléphone, de l'autre côté de la pièce.

— Qu'est-ce que c'est ? demanda Havelock en ouvrant les yeux et en regardant le sol.

— La C.I.A. a déniché cinq autres photos. Il n'en reste donc plus qu'un et selon eux, cet homme est certainement décédé. Bien sûr, d'autres peuvent être également morts.

— Des photos ? De quoi, de qui ?

— Les hommes âgés de ma liste.

— Oh ? » Michael se retourna et regarda le plafond avant de fermer rapidement les yeux. « Les hommes âgés, murmura-t-il. Pourquoi ?

— Dors, Mikhaïl. Il faut que tu dormes. Dans cet état, tu n'es bon à rien... ni pour toi-même ni pour les autres. » Jenna s'approcha du canapé et s'agenouilla près de lui. Elle posa délicatement les lèvres sur sa joue. « Dors, mon chéri. »

Jenna s'assit derrière le bureau. Chaque fois que le téléphone sonna, elle décrocha rapidement pour éviter le bruit de la sonnerie. Les appels venaient de partout : les hommes qui suivaient aveuglément les ordres venaient au rapport.

Ils tenaient bon.

Un couple de cavaliers élégants : pantalon de cheval, bottes, jaquette rouge à blason. Ils traversèrent la campagne au galop. Les chevaux écumaient, foulant la terre ou l'herbe haute. Au loin, sur la droite, se trouvait une barrière délimitant l'autre propriété. Au-delà s'étendait un autre champ coupé par une forêt d'érables et de chênes géants. L'homme montra la barrière, en riant et en agitant la tête. La femme feignit d'abord la surprise et fit quelques manières ;

puis, elle cravacha sa monture et galopa vers la droite, dépassant son compagnon, montant très haut sur sa selle lorsqu'elle s'approcha de la barrière. Elle la franchit. L'homme la suivit, à quelques mètres derrière elle, sur sa gauche. Ils arrivèrent à l'orée de la forêt et ralentirent leurs montures. En s'arrêtant, la femme fit une grimace.

« Aïe ! hurla-t-elle. J'ai une crampe au mollet. C'est atroce !

— Descends et marche. Ça passera. »

Elle descendit de cheval. L'homme s'approcha pour prendre les rênes de sa monture. La femme marcha en rond, le dos courbé. Elle jurait à voix basse.

« Mais où sommes-nous donc ? demanda-t-elle impatiemment.

— Je crois que nous sommes sur les terres de Heffernan. Comment va la jambe ?

— C'est un supplice, un véritable supplice. Bon sang !

— Tu ne peux pas remonter à cheval.

— Je peux à peine marcher... tu es fou.

— Du calme, voyons. Viens, nous trouverons bien un téléphone. » L'homme et la femme s'approchèrent des premiers arbres, l'homme tenant les deux chevaux. « Voilà, dit-il, en montrant une branche basse sur un gros arbre. Je vais les attacher ici. Je reviendrai les chercher. Ils ne partiront pas.

— Tu vas pouvoir m'aider comme ça. C'est vraiment très douloureux. »

Une fois les chevaux attachés, le couple s'éloigna. Au travers des arbres, ils purent voir les abords d'un chemin semi-circulaire menant à l'immense demeure. Ils virent également le visage d'un homme qui parut sortir de nulle part. Il portait un manteau en gabardine. Il avait les mains dans ses poches. Ils se rejoignirent et l'homme au manteau parla. « Puis-je vous aider ? Vous êtes sur une propriété privée.

— Je crois que nous avons tous des propriétés privées, mon vieux, répliqua l'homme qui portait la femme. Ma femme vient de se faire une élongation en sautant à cheval. Elle ne peut plus monter.

— Comment ?

— Cheval... sport. J'ai attaché nos deux chevaux à un arbre, là-bas. Nous nous entraînions un peu avant la réunion de samedi, mais j'ai bien peur que nous ayons rencontré un sacré obstacle, comme on dit. Conduisez-nous à un téléphone, s'il vous plaît.

— Voyons, je... je...

— Ceci est bien la demeure d'Heffernan, n'est-ce pas ? demanda le mari.

— Oui, mais ni M. ni Mme Heffernan ne sont là. Nous avons ordre de ne laisser entrer personne.

— Oh, merde ! éclata la femme. Ce que vous êtes pénible ! J'ai mal à la jambe, pauvre idiot ! Il faut qu'on me ramène au club.

— Un des domestiques se fera un plaisir de vous raccompagner, Madame.

— Mon chauffeur peut très bien venir me chercher ! Vraiment, qui sont ces Heffernan ? Sont-ils membres, chéri ?

— Je ne pense pas. Écoute, ce garçon a reçu ordre et même si c'est ennuyeux, ce n'est pas de sa faute. Vas-y. Je vais récupérer les chevaux.

— Qu'ils n'essaient pas de devenir membres », dit la femme alors que les deux hommes l'aidaient à atteindre une automobile.

L'homme revint sur ses pas et se dirigea vers la forêt pour récupérer les chevaux. Il les détacha et les mena à travers le champ jusqu'à la barrière qu'il déplaça. Il fit passer les chevaux et replaça la barrière. Il remonta sur son cheval et, tenant celui de sa femme par la bride, trotta vers le sud en parcourant à nouveau le tracé de la chasse du samedi suivant, d'après ce qu'il avait compris de sa seule et unique lecture du programme qu'on lui avait offert en tant qu'invité du club.

Il fouilla sous sa selle et sortit un puissant émetteur-radio. Il appuya sur un bouton et approcha l'appareil de sa bouche.

« Il y a deux voitures, dit-il dans le poste. Une Lincoln noire, immatriculation sept-quatre-zéro,

M.R.L. ; et une Buick vert foncé, immatriculation un-trois-sept, G.M.J. L'endroit est rempli de gardiens. Il n'y a pas de voie d'issue sur l'arrière. Les fenêtres sont solides. Il faudrait un canon pour les démolir. Et nous avons été repérés par rayons infrarouges.

— Bien compris, fut la réponse, amplifiée par le petit haut-parleur. Ce sont principalement les voitures qui nous intéressent. D'ailleurs, je peux voir la Buick maintenant. »

Un homme était perché en haut d'un sapin, attaché à l'arbre par une large courroie en cuir accrochée à son harnais de sécurité. Il rangea son émetteur-radio et pointa ses jumelles vers l'automobile qui sortait de la propriété.

La vue était nette, sous tous les angles. Aucune voiture ne pouvait entrer ou sortir de Sterile Five sans être vue. Même de nuit. Grâce au système à infrarouge.

L'homme siffla. Tout en bas, la porte d'un camion s'ouvrit. Sur le panneau était inscrit : SOCIÉTÉ FORESTIÈRE D'ENTRETIEN. Un deuxième homme sortit et leva les yeux vers le sommet de l'arbre.

« Tu peux y aller, dit l'homme se trouvant à la cime de l'arbre. Viens me relever dans deux heures. »

Le chauffeur du camion fit un kilomètre cinq vers le nord et tourna à la première intersection pour parcourir encore six cents mètres. Sur la droite se trouvait une station-service. Les portes de l'atelier de réparation étaient ouvertes. A l'intérieur, sur un pont hydraulique, se trouvait une automobile, phares tournés vers l'extérieur. Le chauffeur du camion fit un appel de phares. Aussitôt, à l'intérieur du garage, l'automobile lui répondit. Le signal était compris. L'auto était prête. Le propriétaire de la station-service pensait qu'il coopérait — en toute discrétion — avec le bureau des narcotiques de la police fédérale. C'était bien le minimum qu'un citoyen pouvait faire.

Le chauffeur du camion tourna à droite, puis tout de suite à gauche, faisant un demi-tour complet entre les routes convergentes. Il fit route vers le sud. Trois minutes plus tard, il passa près du sapin au sommet duquel était caché son compagnon. En d'autres circonstances, il aurait klaxonné, mais là, il ne pouvait guère se le permettre. Il accéléra et, cinquante secondes plus tard, il arriva à une autre intersection, la première au sud de Sterile Five.

De l'autre côté de l'intersection, sur la gauche, se trouvait une petite auberge, un véritable bijou construit pour rappeler les souvenirs d'une ancienne plantation. Derrière l'auberge, il y avait un parking où stationnaient environ une douzaine de voitures luxueuses, bien propres. Pleine de boue, une seule faisait exception, la quatrième avant la fin. Elle était garée de façon à dominer l'intersection et à pouvoir quitter rapidement les lieux.

A nouveau, le chauffeur fit un appel de phares. La voiture sale — qui possédait un moteur bien plus puissant que toutes les autres automobiles du parking — répondit par un autre appel de phares. Un deuxième signal compris. Tout ce qui sortait de Sterile Five pouvait être pris en chasse, d'un côté comme de l'autre.

Arthur Pierce se regarda dans le miroir du motel de seconde catégorie des environs de Falls Church, en Virginie. Il était satisfait. La frange grise sur son crâne rasé allait bien avec les lorgnons, le pull marron effiloché enfilé sur une chemise sale au col usé. L'image même d'un raté qui, grâce à quelques petits talents et plus aucune illusion, réussissait à rester juste à la limite de la pauvreté. On ne prenait aucun risque parce que c'était inutile. Pourquoi s'inquiéter ? Personne n'arrêtait un tel homme dans la rue parce qu'il marchait bien trop lentement et n'avait absolument aucune importance.

Pierce traversa la pièce pour aller consulter la carte routière qu'il avait dépliée sur le bureau bon marché placé près du mur. A droite, maintenant la carte en place, se trouvait une valise métallique avec l'emblème de la Marine des États-Unis gravé dessus, ainsi que l'insigne médical. La valise possédait une fermeture à combinaison. A l'intérieur se trouvait le document le plus meurtrier qui fût jamais. Le rapport psychiatrique d'un homme politique révéré par le monde entier. Ce rapport faisait état de folie — sa démence qui avait commencé alors que l'homme était en fonction, porte-parole international d'une des plus puissantes nations de la Terre. Une nation qui acceptait une chose aussi intolérable ne pouvait plus rester à la tête de la cause qu'elle épousait. Un fou avait non seulement trahi son gouvernement, mais le monde entier, en mentant, en trompant, en s'alliant avec l'ennemi, en complotant contre de supposés alliés. Peu importait sa folie, tout cela était bien arrivé. Le dossier en était la preuve.

Le contenu de cette valise métallique offrait une arme incroyable, mais pour que son effet fût dévastateur, il fallait la remettre en bonnes mains à Moscou. Pas aux vieux spécialistes de la politique de compromission, mais aux idéologues possédant la force et la volonté d'agir rapidement pour écraser un géant corrompu et incompétent. Il était insupportable de penser que le dossier Matthias pouvait tomber dans des mains douces et ridées. Des hommes faibles, effrayés même par les gens qu'ils contrôlaient, l'auraient troqué, négocié, et finalement perdu. Non, pensa Arthur Pierce, cette valise métallique appartenait à la V.K.R. Et seulement à la *Voennaya*.

Il ne pouvait prendre de risques et plusieurs appels téléphoniques l'avaient convaincu qu'il y avait un risque à acheminer la valise par les quelques personnes en qui il pouvait se fier. Comme prévu, le personnel de l'ambassade et du consulat était très surveillé. Tous les vols internationaux étaient contrôlés et les bagages étaient passés aux rayons X. Beaucoup trop de risques.

Il l'acheminerait donc lui-même, avec l'arme absolue, la dernière arme, les documents réclamant les attaques nucléaires successives de la Russie soviétique et de la République Populaire de Chine — accords signés par le grand secrétaire d'État américain. Ce n'étaient que des visions nucléaires conçues par un génie fou travaillant en collaboration avec l'un des plus grands esprits de l'Union soviétique. Des visions si réalistes que les vieillards fatigués du Kremlin se précipiteraient vers leurs datchas et leur vodka, en laissant la décision aux hommes forts, aux hommes de la *Voennaya*.

Où se trouvait donc le brillant homme qui avait permis tout cela ? L'homme qui n'était retourné dans sa terre natale que pour apprendre la vérité — qu'il s'était trompé. Complètement trompé ! Où était donc Parsifal ? Où se trouvait Alexi Kalyazin ?

Ces pensées dans la tête, Pierce consulta à nouveau la carte. Cet idiot — pas si idiot en fait — de Havelock avait cité le Shenandoah. Il avait dit que l'homme qu'ils appelaient Parsifal se trouvait quelque part du côté de Shenandoah, et donc à une distance raisonnable de la demeure de Matthias. La distance raisonnable était cependant le paramètre variable. La vallée de Shenandoah faisait près de deux cents kilomètres de long, sur trente de large, de l'Allegheny aux Blue Ridge Mountains. Quelle distance pouvait être raisonnable ? Il n'y avait raisonnablement pas de réponse. Il fallait donc trouver la solution à l'opposé. Dans l'esprit persévérant de Michael Havelock — Mikhaïl Havlicek, fils de Vaclav, dont le grand-père était un Russe de Rovno — un homme dont les talents étaient la persévérance et l'imagination, pas l'intelligence, Havelock réduirait le cercle, il utiliserait cent ordinateurs pour retrouver un simple appel téléphonique passé à une certaine heure vers un certain lieu à un homme qu'il traitait d'informateur zélé. Havelock ferait le travail et un *paminyatchik* recueillerait les bénéfices. On laisserait travailler le capitaine de corvette Decker ; il représentait une clef pouvant peut-être bien ouvrir une porte.

Pierce se pencha sur la carte, l'index passant d'une ligne à l'autre. Le cercle, le demi-cercle de Sterile Five à Shenandoah était couvert, hommes et véhicules en place. De Harpers Ferry à Valley Pike, autoroutes 11 et 66, routes 7, 50, 15, 17, 29 et 33, toutes étaient surveillées. On attendait le passage d'un véhicule à l'heure dite en direction d'un certain endroit. Il fallait déterminer cet endroit et transmettre les coordonnées. On n'attendait rien de plus de ces équipes motorisées. C'étaient des mercenaires et non des participants ; ils avaient un salaire et non un but, ou une destinée.

Arthur Pierce, né Nicholaï Petrovitch Malyekov dans le village de Ramenskoye en U.R.S.S., pensa soudain à cette formidable destinée, et à toutes ces années qui l'avaient conduit au rôle capital qu'il y avait joué. Il n'avait jamais hésité, jamais oublié qui il était et pourquoi on lui avait donné cette merveilleuse chance de servir une cause absolue, une cause si importante et si indispensable dans un monde où la minorité tyrannisait la majorité, où des millions de gens vivaient au bord du désespoir ou dans une pauvreté sans espoir pour que des manipulateurs capitalistes puissent s'amuser sur leurs bilans financiers pendant que leurs armées allaient tuer des enfants presque nus dans des pays lointains. C'était la réalité et non de la propagande provocatrice. Il avait vu cela de ses propres yeux : des villages incendiés du Sud-Est asiatique aux dîners d'affaires somptueux au cours desquels on parlait des fortunes à faire, on grimaçait, on faisait des ronds de jambes, premières étapes vers les couloirs du pouvoir gouvernemental où des hypocrites et des incompétents encourageaient l'hypocrisie et l'incompétence. Dieu ! qu'il haïssait tout ça ! Il détestait la corruption, l'avidité et les mensonges qui trompaient les masses dont ils étaient les responsables. Ils abusaient du pouvoir qu'on leur conférait et se remplissaient les poches, ou remplissaient celles de leurs proches... Il y avait mieux à espérer. Il y avait l'engagement. Il y avait la *Voennaya*.

Il avait treize ans lorsque les gens merveilleux qu'il appelait papa et maman lui avaient tout expliqué. En le serrant contre eux et en le regardant bien dans les yeux pour lui exprimer leur amour. Il leur appartenait, avaient-ils dit, mais en même temps il ne leur appartenait pas. Il était né à des milliers de kilomètres de là et ses parents l'aimaient tellement qu'ils l'avaient offert à l'État, à la cause qui construirait un meilleur monde pour les générations à venir. Et alors que son « père » et sa « mère » lui parlaient, beaucoup de choses dans la mémoire du jeune Arthur Pierce commencèrent à se mettre en place. Toutes les discussions — non seulement celles qu'il avait eues avec son « père » et sa « mère », mais également avec les dizaines de visiteurs qui venaient si souvent à la ferme — des discussions évoquant la souffrance, l'oppression, une forme despotique de gouvernement qui serait remplacée par un gouvernement dévoué au peuple... à tout le peuple.

Il devait participer à ce changement. Dans sa jeunesse, d'autres visiteurs étaient venus lui apporter des jeux, des jouets, des casse-tête à résoudre, des exercices à lire, des tests à réaliser pour évaluer son intelligence. Un jour, alors qu'il avait treize ans, il apprit qu'il était extraordinaire. Il apprit également son véritable nom. Il était prêt à joindre la cause.

Son « père » et sa « mère » l'avaient prévenu que ce ne serait pas facile, mais il devait penser à eux en période de difficultés, ils étaient toujours là. Et quand bien même il leur arriverait quelque chose, d'autres viendraient les remplacer pour l'aider, l'encourager, le guider, sachant très bien que d'autres encore s'occuperaient de lui. Il devait être le meilleur. Il devait être *américain* : gentil, généreux et, surtout, loyal en apparence. Il devait utiliser ses dons pour grimper aussi haut que possible. Mais il ne devait jamais oublier qui il était et quelle était la cause qui lui avait donné naissance et la possibilité de participer à rendre ce monde meilleur.

Après ce jour merveilleux, les choses ne furent pas aussi difficiles que sa « mère » et son « père » l'avaient prévu. Pendant toutes ses études à l'école et à l'université, son secret le stimula, parce que c'était son secret et qu'il était fantastique. Ce furent de merveilleuses années, chaque prix, chaque récompense prouvant sa supériorité. Il apprécia d'être aimé, comme s'il vivait une éternelle course de popularité, la couronne lui revenant toujours. Pourtant, ces années furent également un couronnement de soi, lui rappelant son engagement. Il avait beaucoup de camarades, mais aucun ami. On l'appréciait mais on reconnaissait son indifférence, mettant cela sur le compte du fait qu'il devait trouver du travail pour se payer ses études. Les femmes ne lui servaient qu'aux plaisirs sexuels et il ne s'y attachait jamais, les rencontrant généralement loin de son propre domicile.

Une fois diplômé de l'université de Michigan, il fut contacté par Moscou. On lui dit que sa nouvelle vie allait commencer. Son premier contact l'amusa : un chef du personnel d'une grande entreprise qui, soi-disant, avait lu les dossiers de l'étudiant diplômé et désirait rencontrer un certain Arthur Pierce. Mais, il n'y avait rien d'amusant dans ce qu'il lui dit, c'était très sérieux... et très exaltant.

Il devait faire son service militaire. Là, il avait certaines chances de progresser et d'entrer en contact avec des autorités civiles et militaires. Après sa libération, il ne retourna pas dans le Midwest mais à Washington où sa réputation était déjà grande. Des sociétés lui téléphonèrent pour l'employer, mais le gouvernement s'en mêla. Il devait accepter.

Mais d'abord l'armée — et il lui donna tout ce qu'il possédait, il continua à être le meilleur. Son « père » et sa « mère » avaient organisé une fête d'adieu à la ferme, invitant tous ses amis, y compris ses camarades boy-scouts de la section 37. Et ce fut une fête d'adieu dans tous les sens du terme. Son « père » et sa « mère » lui annoncèrent en fin de soirée qu'ils ne le reverraient plus jamais. Ils se faisaient vieux et ils avaient fait leur devoir : lui. Et il ferait leur fierté. En outre, on avait besoin de leurs services ailleurs. Il avait compris. La cause avant tout.

Pour la première fois depuis l'âge de treize ans, cette nuit-là, il avait pleuré. Mais c'était permis... et d'ailleurs, c'étaient des larmes de joie.

Toutes ces années, pensa Arthur Pierce en regardant dans le miroir du motel de seconde catégorie la frange de cheveux gris et le col usé autour de son cou. Cela en avait valu la peine. Il trouverait la preuve dans les prochaines heures.

L'attente avait commencé. La récompense serait une place dans l'Histoire.

Michael ouvrit les yeux. Un océan de cuir marron foncé se trouvait devant lui. De l'humidité partout. La chaleur oppressante. Il se tourna et leva la tête, se rendant soudain compte qu'il ne faisait pas jour mais que la clarté de l'endroit venait simplement d'une lampe allumée. Il était tout en sueur. Il faisait nuit et il n'était pas prêt pour la nuit. Que s'était-il passé ?

« *Dobry den*, l'accueillit Jenna.

— Quelle heure est-il ? demanda-t-il en s'asseyant sur le canapé.

— Sept heures dix, précisa Jenna, assise derrière le bureau. Tu as dormi un peu plus de trois heures. Comment te sens-tu ?

— Je ne sais pas. Dans le vague, je crois. Que se passe-t-il ?

— Pas grand-chose. Comme tu l'as dit, nous tenons. Savais-tu que les voyants lumineux du téléphone s'allument avant la sonnerie ? Rien qu'un dixième de seconde avant.

— Ça ne me rend pas plus heureux. Qui a appelé ?

— Des hommes venant au rapport pour dire qu'ils n'avaient rien à signaler. Plusieurs ont demandé combien de temps encore ils devaient rester en reconnaissance, pour utiliser leur propre terme. J'ai répondu : jusqu'à ce qu'on vous donne l'ordre contraire.

— Tu as bien fait.
— Les photos sont arrivées.
— Quoi... ? Oh, ta liste.
— Elles sont sur la table basse. Va y jeter un coup d'œil. »

Havelock se pencha sur les visages qui le regardaient. Il se frotta les yeux et essuya la sueur de son front, clignant nerveusement les paupières en essayant de se concentrer. Il commença par la photo de gauche. Cela ne lui rappela rien. Puis, il passa à la suivante, et la suivante, et la... suivante.

« Lui, dit-il sans savoir pourquoi il disait ça.
— Qui ?
— Le quatrième. Qui est-ce ? »

Jenna jeta un coup d'œil sur une liste se trouvant en face d'elle. « C'est une très vieille photo prise en 1948. La seule qu'ils aient pu trouver. C'est une photo qui a plus de trente ans.
— Qui est-ce ? Qui était-il ?
— Un homme du nom de Kalyazin. Alexi Kalyazin. Tu le reconnais ? » Jenna quitta le bureau.
— Oui... non. Je ne sais pas.
— C'est une vieille photo, Mikhaïl. Regarde-la. Examine-la de près. Les yeux, le menton, la forme de la bouche. Où ? Qui ?
— Je ne sais pas. C'est là... et ça n'est pas là. Que faisait-il ?
— Il était psychothérapeute dans une clinique, dit Jenna, en lisant. Il a écrit d'importantes études sur les réactions d'un homme sous la tension du combat ou vivant des périodes prolongées dans des conditions particulièrement éprouvantes. Le K.G.B. a utilisé sa science. Il est devenu ce que vous appelez ici un stratège, mais avec une légère différence. Il examinait des renseignements envoyés au K.G.B. par des gens en service pour déterminer des déviations pouvant révéler soit des agents doubles, soit des hommes incapables de poursuivre leurs fonctions.
— Un expert. Avec un penchant pour laisser de côté l'évident.
— Je ne te comprends pas.

— Les tueurs. Ils ne parviennent jamais à découvrir les tueurs.

— Je ne vois toujours pas de quoi tu veux parler.

— Je ne le connais pas. Ce visage ressemble à beaucoup d'autres, dans tant de dossiers. Bon Dieu, les *visages* !

— Mais il y a quelque chose !

— Peut-être, je n'en suis pas sûr.

— Regarde encore. Concentre-toi.

— Du café. Y a-t-il du café ?

— J'ai oublié, dit Jenna. La première règle pour se réveiller est le café. Noir et bien fort. Tu es bien un Tchèque, Mikhaïl. » Elle alla à la table se trouvant derrière le canapé. La cafetière électrique était branchée.

« La première règle, répéta Havelock, soudain troublé. La première règle ?

— Quoi ?

— Où sont tes notes sur la communication téléphonique de Decker ?

— Tu les as prises.

— Où sont-elles ?

— Là. Sur la table.

— Où ?

— Sous les dernières photos. A droite. »

Prenez un verre. Vous connaissez les règles.

Michael écarta la photo de l'inconnu et prit les deux pages du bloc-notes. Il les observa.

« Oh, mon Dieu ! Les règles, les satanées règles ! »

Havelock se leva et marcha en titubant jusqu'au bureau. Il ne tenait pas en équilibre sur ses jambes.

« Qu'y a-t-il ? demanda Jenna, inquiète, la tasse de café à la main.

— Decker ! hurla Michael. Où sont les notes sur Decker !

— Juste là. A gauche. Le bloc. »

Havelock feuilleta rapidement les pages, les mains tremblant à nouveau, les yeux tantôt clairs, tantôt troubles. Il cherchait les mots. Il les trouva.

« Un accent curieux, murmura-t-il. Un accent curieux, mais quel accent ? »

Il décrocha le téléphone, à peine capable de contrôler ses doigts, et composa un numéro. « Appelez-moi le capitaine de corvette, vous avez son numéro sur votre calepin.

— Mikhaïl, reprends-toi.

— Tais-toi ! » Le long bourdonnement signifiait que le téléphone sonnait. L'attente était intolérable.

« Allô ? dit une séduisante voix de femme.

— Le commandant Decker, s'il vous plaît.

— Je suis... vraiment désolée, il n'est pas là.

— Pour moi, il est là ! C'est M. Cross à l'appareil. Dites-lui de venir au téléphone. » Vingt secondes s'écoulèrent. Michael pensa que sa tête allait éclater.

« Qu'y a-t-il, monsieur Cross ? demanda Decker.

— Vous avez parlé d'un accent curieux. Qu'entendiez-vous par là ?

— Je vous demande pardon ?

— La communication téléphonique ! L'appel que vous avez reçu de Matthias, du type qui vous a dit téléphoner de la part de Matthias ! Vous avez dit qu'il avait un accent curieux, est-ce que c'était un accent étranger, russe ?

— Non, pas du tout. C'était un accent très anglais. Presque britannique, mais pas britannique.

— Bonne nuit, commandant », dit Michael en raccrochant.

Versez-vous un verre... vous connaissez les règles ici... Venez maintenant, nous sortons tous les deux. Ça rafraîchira vos idées et les miennes par la même occasion. Cela fait également partie des règles, vous vous souvenez ?

Havelock reprit le téléphone, tirant la liste de numéros se trouvant devant lui. Il composa un numéro. L'attente fut presque un plaisir, mais elle fut trop courte. Il lui fallait du temps pour s'adapter. Poole's Island !

« M. Cross à l'appareil. Passez-moi la sécurité, s'il vous plaît. »

Il entendit deux petits bourdonnements et un officier de service lui répondit. « Centre de contrôle.

— Cross à l'appareil. Bureau exécutif, priorité zéro. Donnez confirmation.

— Commencez à compter, dit la voix.
— Un, deux, trois, quatre, cinq, six...
— D'accord. Le contrôle est bon. Qu'y a-t-il, monsieur Cross ?
— Quel est l'officier qui est parti d'urgence il y a environ six semaines ? »
Le silence fut interminable et lorsque la réponse vint, ce fut une réponse directe faite par un homme intelligent. « Votre renseignement est erroné, monsieur Cross. On n'a jamais demandé à un officier de partir d'urgence. Personne n'a quitté l'île.
— Merci, sécurité. »
Alexandre le Grand... *Raymond Alexander !*
Le repaire du renard !

38

« C'est lui, dit Michael en se penchant sur le bureau, la main tenant encore le téléphone. C'est Parsifal. Raymond Alexander.
— Alexander ? » Jenna recula de plusieurs pas et regarda Havelock, secouant doucement la tête.
« Ce doit être lui ! C'est dans les mots... les règles. Une des règles. Une partie des règles. Toujours des règles. Sa vie est une série de règles immuables. Le curieux accent n'était pas étranger... pas russe. C'était l'accent de Harvard dans les années 30, avec l'emphase prétentieuse d'Alexander. Il a utilisé cet accent des milliers de fois, aux conférences, aux débats. Des affirmations rapides, des reparties inattendues. C'est Alexander !
— Comme tu viens de le décrire, dit Jenna, calmement mais avec fermeté, il y a une énorme contradiction que tu ne pourras certainement pas expliquer. Vas-tu l'accuser de connaître l'identité d'une taupe soviétique et de ne rien avoir fait contre ? Surtout une taupe aussi dangereuse qu'un sous-secrétaire d'État ?

— Non, je ne peux pas l'expliquer, mais il le peut. Il m'a envoyé à Poole's Island, en me racontant une connerie à propos d'un officier parti d'urgence pour rejoindre sa femme. Il n'y a jamais rien eu de tel.

— Il protégeait peut-être un autre informateur.

— Alors pourquoi un tel mensonge prémédité ? Pourquoi ne pas avoir simplement refusé ? Non, il voulait que je le croie, que je donne ma parole de le protéger... sachant bien que je le protégerais !

— Dans quel but ? dit Jenna en s'approchant du bureau. Pourquoi te l'a-t-il dit en premier ? Pour te faire tuer ?

— C'est à lui de répondre. » Havelock décrocha le téléphone et appuya sur le bouton des communications internes. « Je veux une voiture et une escorte pour m'accompagner. C'est à environ une heure de voiture d'ici. Tout de suite. » Il raccrocha et, pendant un instant, regarda le combiné, puis il secoua la tête. « Non, dit-il.

— Le Président ? demanda Jenna.

— Je ne vais pas l'appeler. Pas encore. Il est dans un tel état, qu'il enverrait tout un bataillon de marines. Ce n'est pas ainsi qu'on apprendra la vérité. Coincé comme ça, Alexander se ferait plutôt sauter la cervelle.

— Si tu as raison, qu'y a-t-il d'autre à apprendre ?

— Le pourquoi ! » dit furieusement Michael. Il ouvrit le tiroir du haut et prit le Llama automatique. « Et maintenant, ajouta-t-il en vérifiant le chargeur et en le remettant en place. La grande contradiction dont tu as parlé. Sa république bien-aimée.

— Je viens avec toi.

— Non.

— Si ! Cette fois, tu n'as pas le droit de refuser. Ma vie est dans cette pièce... ma mort également. J'ai le droit d'être là.

— Tu en as peut-être le droit, mais tu ne viendras pas. Ce fils de pute t'a sur sa liste. Il a prévu de te faire disparaître.

— Je veux savoir pourquoi.

— Je te le dirai. » Michael s'apprêta à partir.

« Suppose que tu ne le puisses pas ! cria Jenna, en le bloquant. Oui, Mikhaïl, regarde-moi ! Suppose que tu ne reviennes pas... c'est possible, tu sais. Tu veux me rendre folle ?

— Nous sommes déjà allés là-bas. Il n'y a pas d'inquiétude à se faire. Pas de chien, pas de gardien. En outre, il ne s'attend pas à me voir. Je reviendrai... avec lui. Ne sois pas bête.

— Je t'ai perdu une fois... je t'aimais et je t'ai perdu ! Penses-tu que je puisse prendre le risque de te perdre à nouveau et ne jamais savoir pourquoi ? Qu'est-ce que tu veux de plus de moi ?

— Je veux que tu vives.

— Je ne peux pas vivre, je ne vivrai pas sans toi ! J'ai essayé... Ça ne me plaît vraiment pas. Ce qui se trouve là-bas nous concerne tous les deux, pas toi seulement. Ce n'est pas chic, Mikhaïl, et tu le sais.

— Je n'ai pas envie d'être chic ! » Il la prit contre lui, dans ses bras, sentant l'arme dans sa main. Il aurait aimé être ailleurs avec elle, là où il n'y avait pas d'armes... jamais. « Simplement, je t'aime. Je sais ce que je t'ai fait endurer, le mal que je t'ai fait. Je veux que tu restes ici, là où je sais que tu es en sécurité. Je ne peux pas risquer ta vie, tu ne comprends pas ?

— Parce que tu m'aimes ?

— Beaucoup... tellement.

— Alors, respecte-moi ! » s'écria Jenna, inclinant brusquement la tête en arrière pour remettre en place sa superbe chevelure blonde. Je t'en prie, Mikhaïl, respecte-moi ! »

Havelock la regarda. La colère et la supplication étaient dans le fond de ses yeux. *Tant de choses à rattraper*. « Allez, dit-il, prenons nos manteaux. Allons-y. »

Jenna fit demi-tour et alla jusqu'à la table basse où elle prit les photos, y compris celle qui était par terre. « Bon, dit-elle.

— Pourquoi ? demanda Michael, en montrant les clichés.

— Pourquoi pas ? » répondit-elle.

L'homme caché dans l'obscurité du sapin enfonça mieux ses crampons dans le tronc et ajusta son harnais pour détendre les courroies. Soudain, loin dessous, il vit les phares d'une auto sortant de Sterile Five. Il saisit ses jumelles à infrarouge, les porta aux yeux, régla la mollette de mise au point et sortit son émetteur-radio. Il l'approcha de sa bouche et appuya sur le bouton.

« Activité, dit-il. Restez en alerte. A vous.

— Bien compris au nord, fut la première réponse.

— Compris au sud », fut la seconde.

Il accrocha l'émetteur autour de son cou, le laissant en marche, et observa la voiture. C'était une Buick. Il affina la mise au point et les silhouettes se trouvant derrière le pare-brise se firent plus précises.

« C'est notre couple, dit-il. Ils tournent au nord. A toi, nord.

— Prêt.

— Position sud, abandonnez votre poste et rendez-vous à la position suivante.

— Je pars immédiatement. Le nord nous tient au courant. Avertissez-nous lorsque vous souhaiterez être relevé.

— D'accord.

— Attendez ! Il y a une seconde voiture... C'est une Lincoln. Deux fédéraux sur le siège avant. Je ne vois pas à l'arrière... Maintenant, c'est mieux. Personne d'autre.

— C'est une escorte, dit un des hommes postés dans l'automobile, à deux kilomètres au nord. Nous attendons qu'ils passent.

— Ne les suivez pas de près, ordonna l'homme de l'arbre. Ce sont des gens bizarres.

— Ne vous inquiétez pas. »

La Buick arriva à l'intersection et tourna à gauche. Derrière suivait la Lincoln Continental, comme un animal fabuleux protégeant son petit. Les deux véhicules faisaient route vers l'ouest.

Dans l'atelier de réparation obscur de la station-service, un sifflement accompagna la descente du pont hydraulique. Le chauffeur de la voiture mit le moteur en route. Il prit son émetteur-radio et parla.

« Sud, ils viennent d'emprunter la route B. Dirigez-vous à l'ouest sur la route parallèle et rejoignez-nous dans dix kilomètres.

— Nous faisons route à l'ouest, sur la parallèle, fut la réponse.

— Dépêchez-vous, dit le nord. Ils accélèrent. »

La barrière blanche qui marquait l'entrée de la propriété d'Alexander brilla sous la lumière des phares. Quelques secondes plus tard, les phares éclairèrent les premiers arbres du parc d'entrée, le bois et la maison en pierre au-delà. Havelock vit ensuite ce qu'il avait espéré. Il n'y avait aucune voiture sur la rotonde et très peu de fenêtres étaient éclairées. Il ralentit et prit le micro de son émetteur de bord.

« Escorte, nous y sommes, dit-il en pressant le bouton de transmission. Restez là sur la route. Il n'y a pas de visiteurs et je veux que l'homme que nous allons voir nous croie seuls.

— Supposez que vous ayez besoin de nous ? demanda l'escorte.

— Non.

— Ce n'est pas raisonnable, désolé, Monsieur.

— D'accord. Je vous préviendrai. N'ayez pas peur. Je tirerai deux coups.

— Ça va, à condition que nous soyons à l'intérieur de la propriété, près de la maison.

— Je veux que vous restiez sur la route.

— Désolé, une fois encore. Nous laisserons l'Abraham ici, mais nous viendrons là-bas, juste devant la maison. A pied. »

Michael haussa les épaules et rangea le micro. Il était inutile de discuter. Il éteignit les phares et s'engagea sur le chemin, arrêtant le moteur et laissant la Buick glisser lentement jusqu'à l'entrée. Il arrêta la voiture et regarda Jenna. « Prête ?

— Plus que je ne l'ai jamais été dans la vie. Ou dans la mort. » Elle glissa les photos sous son manteau. « Prête », dit-elle.

Ils sortirent de la voiture et refermèrent les portes silencieusement. Ils grimpèrent les marches du perron, jusqu'à la grande porte en chêne sculptée. Havelock sonna. A nouveau, l'attente fut insupportable. La porte s'ouvrit sur une domestique en uniforme, l'air étonné.

« Bonsoir, vous êtes Enid, n'est-ce pas ?

— Oui, Monsieur. Bonsoir, Monsieur. Je ne savais pas que M. Alexander attendait des invités.

— Nous sommes de vieux amis », dit Michael, en tenant Jenna par le bras. Ils entrèrent tous deux dans la demeure. « On n'a pas besoin d'invitation. Cela fait partie des règles.

— Je n'ai jamais entendu celle-là.

— Elle est toute nouvelle. Est-ce que M. Alexander se trouve là où il est toujours à pareille heure ? Dans sa bibliothèque ?

— Oui, Monsieur. Je vais le prévenir de votre arrivée. Quel nom dois-je annoncer, s'il vous plaît ? »

Il y eut un écho précédant la voix qui emplit le vaste hall. « Ce ne sera pas nécessaire, Enid. » C'était la voix de Raymond Alexander, retransmise sur un haut-parleur invisible, cette voix aiguë et pinçante. « Et j'attendais M. Havelock. »

Michael inspecta tous les murs en s'accrochant au bras de Jenna. « Est-ce une autre règle, Raymond ? S'assurer que l'hôte est bien celui qu'il prétend être ?

— C'est tout nouveau », répondit la voix.

Havelock et Jenna traversèrent le superbe living-room décoré de meubles anciens allant de la cheminée à la porte sculptée main de la bibliothèque. Il fit passer Jenna sur sa gauche, près de la charpente. Elle comprit. Il passa une main sous sa veste pour saisir le Llama automatique et le garder au côté avant de tourner la grosse poignée en cuivre de la porte. Il ouvrit la porte et se plaqua immédiatement le dos au mur, l'arme prête.

« Est-ce vraiment nécessaire, Michael ? »

Havelock avança doucement, s'habituant vite à la lumière indirecte et presque tamisée de la bibliothèque. Il n'y avait que deux lampes. Un abat-jour sur le grand bureau à l'autre bout de la pièce, une lampe à pied près du fauteuil en cuir d'où dépassait la tête mal coiffée de Raymond Alexander. Le vieux soldat ne bougeait pas. Il tenait à la main un verre de cognac. Il portait une veste d'intérieur rouge écarlate.

« Entrez », dit-il, en se tournant vers un petit boîtier posé sur la table de chevet. Il appuya sur un bouton. Au-dessus de la porte, sur le mur, un poste de télévision de contrôle s'éteignit. « Miss Karras est une jolie femme. Très jolie... Entrez, ma chère. »

Jenna apparut près de Michael. « Vous êtes un monstre, dit-elle simplement.

— Bien pire.

— Vous vouliez nous tuer tous les deux, poursuivit-elle. Pourquoi ?

— Pas lui. Jamais. Pas — *Mikhaïl.* » Alexander leva son verre et but. « Votre vie, ou votre mort n'avait pas d'importance entre nos mains.

— Je pourrais vous tuer pour ça, dit Havelock.

— Je le répète. Pas entre nos mains. Honnêtement, nous pensions qu'elle abandonnerait, retournerait à Prague pour être blanchie par la suite. Vous ne comprenez pas, Mikhaïl, elle n'avait pas d'importance. Seulement vous ; vous étiez le seul qui importait. Vous deviez partir, et nous savions qu'ils ne vous laisseraient pas, vous aviez trop de valeur. Vous deviez le faire vous-même, insister vous-même. Votre répulsion devait être si profonde, si douloureuse qu'il n'y avait pour vous pas d'autre solution. Ça a marché. Vous êtes parti. C'était nécessaire.

— Parce que je vous connaissais, dit Havelock. Je connaissais l'homme qui a conduit un homme malade sur le chemin de la folie, en faisant quelque chose de grotesque, Belial le doigt sur le bouton nucléaire. Je connaissais l'homme qui a fait cela à Anton Matthias. Je connaissais Parsifal.

— Alors c'est le nom qu'on m'a donné ? Parsifal ? Quelle ironie exquise ! Pas de blessure qui guérisse avec ce type, il ne fait que les ouvrir davantage. Partout.

— C'est pour ça que vous avez fait tout cela, n'est-ce pas ? *Je savais* qui vous étiez. »

Alexander hocha la tête, secouant ses cheveux en broussaille et ses yeux verts sous l'arcade sombre se fermant un instant. « Je n'étais pas important non plus. Anton insistait ; vous étiez devenu une obsession pour lui. Vous étiez tout ce qui restait de son intégrité défaillante et de sa conscience en ruine.

— Mais vous saviez comment faire. Vous connaissiez un agent double soviétique si haut placé dans le gouvernement qu'il pourrait devenir secrétaire d'État. Il l'aurait été s'il n'avait pas été sur cette plage de la Costa Brava. Vous saviez où il était, vous connaissiez son nom, vous l'avez *atteint* !

— Nous n'avons pas participé à la Costa Brava ! Je n'en ai entendu parler qu'en enquêtant sur vous. Nous ne comprenions pas, nous étions abasourdis.

— Pas Matthias. Il ne pouvait plus l'être.

— C'est alors que nous sûmes que tout était hors de contrôle.

— Pas nous ! *Vous* ! »

Le vieux journaliste cessa à nouveau de bouger, ses mains serrant le verre. Il regarda Michael droit dans les yeux et dit : « Oui. Moi, je savais.

— Alors vous m'avez envoyé à Poole's Island, pensant que j'y serais tué ; une fois mort, j'aurais été coupable faute de pouvoir parler.

— Non ! » Alexander secoua violemment la tête. « Je n'ai pas pensé un seul instant que vous iriez là-bas, que l'on vous y autoriserait.

— Cette histoire particulièrement convaincante de la femme du soldat que vous avez rencontrée et ce qu'elle vous a raconté. C'était un mensonge. Il n'y a jamais eu de sorties d'urgence. Personne n'a quitté l'île. Mais je vous ai cru, je vous ai donné ma parole que je protégerais ma source. Que je *vous* protégerais ! Je n'en ai jamais parlé, pas même à Bradford.

— Oui, oui, je voulais vous convaincre, mais pas ainsi. Je voulais que vous remontiez la filière en utilisant les canaux réguliers, que vous les confrontiez, que vous leur fassiez dire la vérité... Et une fois que vous auriez appris la vérité, vous auriez pu voir, comprendre. Vous auriez pu tout arrêter... Sans moi.

— Comment ? Pour l'amour du ciel, *comment* ?

— Je crois savoir, Mikhaïl, dit Jenna en touchant le bras de Havelock alors qu'elle fixait Alexander. Il voulait vraiment dire "nous". Pas "je". Cet homme n'est pas Parsifal. Son serviteur peut-être, mais pas Parsifal.

— Est-ce vrai ?

— Versez-vous à boire ainsi qu'à Miss Karras, Michael. Vous connaissez les règles. J'ai une histoire à vous raconter.

— On ne boit pas. Les règles ne s'appliquent plus.

— Au moins asseyez-vous et écartez ce revolver. Vous n'avez rien à craindre ici. Pas de moi. Plus maintenant. »

Havelock regarda Jenna ; il fit un signe de tête et ils se dirigèrent vers des chaises éloignées d'Alexander. Ils s'assirent ; Jenna ôta les photographies de son manteau et les posa près d'elle. Michael mit l'arme dans sa poche. « Continuez.

— Il y a quelques années de cela, commença le journaliste en regardant son verre, Anton et moi avons commis un crime. Dans notre esprit, c'était beaucoup plus grave que tout châtiment correspondant le montrerait, et ce châtiment aurait été sévère à l'extrême. On s'est fait avoir ; en fait, nous avons été trahis. Mais le fait que ça nous arrive à nous — les deux intellectuels pragmatiques que nous croyions être — nous fut intolérable. Mais c'est arrivé. » Alexander finit son verre et le posa sur la table près de sa chaise. Il plia ses mains délicates et potelées et poursuivit. « Était-ce à cause de mon amitié avec Matthias ou parce que j'avais une position en vue dans la ville, un homme m'appela de Toronto, disant qu'il avait obtenu un faux passeport et qu'il prenait l'avion pour Washington. C'était un citoyen soviétique, un homme cultivé d'une soixantaine d'années qui occupait un poste assez important au gouvernement russe. Il voulait passer à l'Ouest, pouvais-je le mettre en contact avec Anthony

Matthias ? » Le journaliste fit une pause et se pencha en avant, s'accrochant littéralement aux bras du fauteuil. « Vous voyez, à cette époque tout le monde savait qu'Anton serait appelé à de grandes choses ; son influence croissait avec chaque article qu'il écrivait, chaque voyage à Washington. J'organisai une entrevue qui eut lieu dans cette pièce. » Alexander se cala dans son fauteuil et regarda le plancher. « Cet homme était d'une remarquable perspicacité et connaissait parfaitement les affaires internes soviétiques. Un mois plus tard, il travaillait pour le Département d'État. Trois ans plus tard, Matthias était assistant particulier du Président et deux ans après secrétaire d'État. L'homme de Russie, via Toronto, était toujours au Département, ses talents y étant alors si appréciés qu'il passait des renseignements ultra-confidentiels en tant que directeur des briefings et des rapports du bloc Est.

— Quand l'avez-vous découvert ? » demanda Havelock.

Le journaliste leva les yeux et dit tranquillement : « Il y a quatre ans. Dans cette pièce, une fois encore. Le transfuge demanda à nous voir tous les deux ; il dit que ce qu'il avait à nous dire était urgent et que tous nos rendez-vous pour cette soirée devaient être annulés car il n'était pas question de remettre. Il s'assit là où se tient Miss Karras et nous dit la vérité. C'était un agent soviétique et il n'avait cessé de fournir des informations à Moscou depuis six ans. Mais il s'était produit quelque chose et il ne pouvait plus tenir son rôle. Il se sentait vieux et fatigué, les pressions étaient trop fortes. Il voulait disparaître.

— Et comme c'était vous et Anton — les intellectuels pragmatiques — qui avez été responsables de ces six années d'infiltration, il vous avait conduits exactement où il voulait, dit Michael sèchement. Quand les grands hommes perdent leur vernis !...

— Nous étions coincés, c'est certain, mais il y avait une certaine justification. Anthony Matthias était à son zénith, reforgeant les politiques globales, cherchant des solutions stables et la détente, rendant le monde un peu plus sûr qu'il n'était avant lui. Une telle révélation eût été politiquement désastreuse ; elle l'aurait détruit — lui et le bien qu'il faisait. C'est moi qui ai avancé cet argument avec force.

— Je suis sûr que vous n'avez pas eu de mal à le convaincre, dit Havelock.

— Ce fut plus long que vous ne pensez, répliqua Alexander, avec une certaine exaspération dans la voix. Vous semblez avoir oublié ce qu'il était.

— Peut-être ne l'ai-je jamais vraiment su.

— Mais ce n'est pas tout, interrompit Jenna, qu'y a-t-il d'autre ? »

Le journaliste tourna les yeux vers elle avant de parler. « On avait donné à cet homme un ordre qu'il ne pouvait — on ne voulait — exécuter. On lui avait dit de se tenir prêt à recevoir une série de rapports du bloc Est plutôt brûlants et de les présenter de façon que cela force Anton à demander un blocus naval de Cuba en même temps qu'une alerte rouge présidentielle.

— Nucléaire ?

— Oui, Miss Karras. On rejouait la crise des missiles de 1962, mais avec une provocation plus forte. Ces rapports saisissants seraient appuyés par des "preuves" photographiques montrant les forêts et les régions côtières de Cuba truffées d'armes nucléaires offensives, premier pont d'une attaque imminente.

— Dans quel *but* ? demanda Jenna.

— Un piège géopolitique, dit Michael. S'il met le pied dedans, il est fini.

— Exactement, approuva Alexander. Anton conduit toute la puissance militaire des États-Unis au bord de la guerre et soudain on ouvre les grilles de Cuba et les équipes d'inspection du monde entier sont invitées à vérifier. Il n'y a rien et Anthony Matthias est humilié ; il a l'air d'un alarmiste hystérique — la seule chose qu'il ne fut jamais — toutes ses brillantes négociations bonnes à jeter. L'onguent avec, pourrais-je ajouter.

— Mais cet agent soviétique, dit Jenna abasourdie, cet homme qui pendant six ans a nourri Moscou de secrets était un professionnel, pour le moins ; il a refusé. Alors pourquoi ce refus ?

— J'ai trouvé cela très émouvant sur le moment. Il a dit qu'Anton Matthias était trop précieux pour être sacrifié à une cabale de têtes brûlées de Moscou.

— La *Voennaya*, dit Havelock.

— Ces rapports terribles arrivèrent, personne ne s'en occupa. Et il n'y eut pas de crise.

— Matthias les aurait-il crus authentiques s'il n'avait pas su ? demanda Michael.

— Quelqu'un l'y aurait contraint. Des hommes et des femmes de la section, parfaitement consciencieux, auraient été inquiets et seraient probablement venus trouver quelqu'un comme moi — si on ne leur avait dit à l'avance à quoi s'attendre, ce qu'était cette stratégie malvenue. Anton convoqua l'ambassadeur d'Union soviétique pour une longue et confidentielle conversation. Des hommes furent remplacés à Moscou.

— Ils sont revenus », dit Havelock.

Le journaliste cligna de l'œil ; il ne comprenait pas et n'essayait pas de faire semblant. « L'homme qui nous avait trompés, mais qui au dernier moment ne voulut pas trahir la voix intérieure qu'il entendait, a disparu. Anton a rendu cela possible. On lui a donné une nouvelle identité, une nouvelle vie, hors de portée de ceux qui l'auraient tué.

— Lui aussi est de retour, dit Michael.

— Il n'est jamais vraiment parti. Mais oui, il est revenu. Il y a un peu plus d'un an, sans prévenir, il est venu me voir et m'a dit que nous devions parler. Mais pas dans cette pièce ; il ne voulait pas parler ici, ce que j'ai apprécié. Je me rappelais trop bien la nuit où il nous avait dit ce que nous avions fait. C'était en fin d'après-midi, nous marchions au bord du ravin — deux vieillards avançant à pas lents et prudents, l'un profondément effrayé, l'autre curieusement exalté... comme possédé, mais calmement. » Alexander s'arrêta. « J'aimerais encore un peu de cognac, ce n'est pas facile pour moi.

— Ça n'est pas mon problème, dit Michael.
— Où est-ce ? demanda Jenna se levant et se dirigeant vers la table pour y prendre le verre.
— Le bar en cuivre, dit le vieil homme en levant les yeux sur elle. Contre le mur, ma chère.
— Continuez, dit Havelock, impatient. Elle peut vous entendre ; nous vous écoutons.
— Mais je parle sérieusement. Il me *faut* un cognac... Vous n'avez pas l'air bien, Michael. Vous semblez fatigué ; vous n'êtes pas rasé et vos yeux sont cernés. Vous devriez prendre mieux soin de vous.
— J'y penserai. »
Jenna revint. « Voilà », dit-elle en tendant son verre à Alexander avant de retourner s'asseoir.
C'était la première fois que Havelock remarquait que les mains de Raymond tremblaient. C'est pour cela qu'il tenait son verre à deux mains. « "Comme possédé, mais calmement." C'est là que vous en étiez.
— Oui, je me souviens. » Alexander prit quelques gorgées puis regarda Jenna. « Merci, dit-il.
— Je vous en prie, continuez, fit-elle avec un signe de tête.
— Oui, bien sûr... Nous longions le ravin, deux vieillards en cette fin d'après-midi, quand soudain il s'arrêta et me dit : "Vous devez faire ce que je demande, car nous avons une occasion que le monde ne se verra pas offrir deux fois." Je répondis que je n'avais pas l'habitude d'accéder à de telles requêtes sans savoir ce qu'on me demandait. Il dit que ce n'était pas une requête mais une exigence, que si je refusais il révélerait le rôle que Matthias et moi avions joué dans ses activités d'espionnage. Il nous exposerait tous les deux, nous détruirait tous les deux. C'est ce que je craignais le plus — pour nous deux, Anton plus que moi-même, bien sûr. Mais pour moi aussi, je dois le dire.
— Que voulait-il de vous ? demanda Havelock.
— Je devais être Boswell et mon journal intime devrait noter la détérioration et l'écroulement d'un

homme qui possédait de tels pouvoirs qu'il pourrait plonger le monde dans la folie qui l'attendait au bout du chemin. Mon Samuel Johnson était évidemment Anthony Matthias et le message adressé à l'humanité serait une incitation à la modération : "Cela ne devra plus jamais se reproduire ; nul homme ne devra être élevé à de telles hauteurs."

— "Nous en avons fait un dieu", dit Michael se rappelant les paroles de Berquist, "alors que nous ne possédions pas le ciel."

— Bien dit. » Le journaliste hocha la tête. « J'aurais bien aimé le trouver. Mais alors, pour citer Wilde, je le ferai probablement, si j'en ai l'occasion.

— Cet homme, ce Russe, dit Jenna, vous a dit cet après-midi-là ce qui arrivait à Matthias ?

— Oui. Il l'avait vu, avait passé du temps avec lui, connaissait les signes. Tirades soudaines, suivies de crises de larmes, justification permanente, fausse humilité ne servant qu'à souligner l'œuvre accomplie... soupçons croissants à l'égard de son entourage ; pourtant, en public il y avait toujours cette façade de santé mentale. Il y avait les pertes de mémoire — surtout à propos de ses échecs et, s'ils faisaient surface, le besoin de blâmer les autres à sa place... J'en vins à tout voir, à tout écrire. J'allais le voir pratiquement chaque semaine.

— Le dimanche ? coupa Havelock.

— Le dimanche, oui.

— Decker ?

— Oh oui, le commandant Decker. A cette époque, vous voyez, l'homme que vous appelez Parsifal avait convaincu Anton que toutes ses politiques, toutes ses visions trouveraient leur ultime justification avec une force totale. Le Plan Magistral ; ainsi l'appelaient-ils — et ils trouvèrent l'homme qui pouvait leur fournir ce dont ils avaient besoin.

— Pour la dernière partie d'échecs, dit Michael.

— Oui. Decker prenait la petite route de derrière et retrouvait Matthias dans la remise qu'il utilisait quand il voulait être seul.

— La remise à bois, dit Havelock.

— Ça n'a jamais raté, approuva Alexander murmurant à peine. Jamais. Même après, quand Matthias et... Parsifal jouaient à leur horrible jeu, c'était encore plus terrifiant parce que Matthias était l'un des joueurs. C'était aussi terrifiant pour une autre raison car Anton devenait le seigneur de la guerre, le brillant négociateur, ne voyant pas l'homme que vous appelez Parsifal mais voyant les autres, s'adressant aux autres. Les généraux et savants russes qui n'étaient pas là, les chefs de l'armée chinoise ainsi que les commissaires. Dans ces moments, il les *voyait*, ils étaient *là*. C'était un schéma courant : séances d'autopersuasion, une thérapie du type le plus destructeur. Il en sortait chaque fois dans un état ayant légèrement empiré, ses yeux, à l'abri de montures en écaille, de plus en plus vagues. Il avait l'air de revenir d'un trip, son esprit s'embrumant davantage. C'était progressif ; mais il pouvait encore fonctionner dans les deux mondes... J'ai tout vu, tout écrit.

— A quel moment suis-je apparu ? demanda Havelock. Pourquoi moi ?

— Vous étiez toujours là ; il y avait des photos de vous sur son bureau... dans la remise à bois. Un album de vous deux quand vous avez voyagé dans l'ouest du Canada.

— J'avais oublié, dit Michael. Il y a si longtemps. J'étais étudiant, Anton était le professeur qui me conseillait.

— Bien plus que cela. Vous étiez le fils qu'il n'a jamais eu, lui parlant dans sa langue natale, lui rappelant un autre lieu, un autre temps. » Alexander planta ses yeux dans ceux de Havelock. « Par-dessus tout, vous étiez le fils qui refusait de croire que ses visions, ses solutions pour le monde étaient les bonnes. Il ne pouvait vous convaincre. Votre voix ne cessait de lui dire qu'il avait tort et il ne pouvait le supporter. Il ne supportait pas de s'entendre dire qu'il avait tort, surtout par vous.

— Il avait tort. Il savait que je lui aurais dit.

— Ses yeux erraient sur vos photos et soudain il

vous voyait et vous parlait, torturé par vos arguments, votre colère. En fait, il avait peur de vous... et le travail cessait.

— Alors il a fallu me mettre hors d'atteinte.

— Là où vous ne pouviez plus le juger, je pense. Vous étiez une part de sa réalité quotidienne, le Département d'État. Il fallait vous séparer de cette réalité. Ça commençait à le consumer ; il ne pouvait tolérer votre interférence. Vous deviez partir ; il ne pouvait en être autrement.

— Et Parsifal savait comment s'y prendre, dit Michael amèrement. Il connaissait la taupe au Département d'État. Il le contacta et lui dit ce qu'il devait faire.

— Je n'ai pris aucune part à tout ça. Je savais que c'était en cours mais je ne savais pas comment... Vous aviez parlé de Miss Karras à Anton. De votre attachement à son égard et comment, après des années de troubles profonds qui remontaient à votre enfance, vous étiez enfin prêt à vous en sortir. Avec elle. En sortir était très important pour vous. Votre décision était prise.

— Vous pensiez que je partirais sans elle ? Pourquoi ?

— Parce que Parsifal avait de l'expérience dans ce domaine », dit Jenna. Elle choisit une des photographies et la tendit à Michael. « Un psychologue attaché au K.G.B. Un homme du nom de Alexi Kalyazin — le visage qui te disait quelque chose.

— Je ne le *connais pas*, cria Havelock en se levant d'un bond et en se tournant vers Raymond Alexander. Qui est-ce ?

— Ne me demandez pas le nom, murmura le journaliste et hochant la tête avant de s'affaler dans son fauteuil. Ne me demandez pas. Je ne peux pas être impliqué.

— Mais vous l'êtes, bordel ! hurla Michael en jetant les photos sur Alexander. Vous êtes le *Boswell !...* Attendez un instant ! » Michael regarda Jenna et dit « C'était un transfuge. Oublie le reste, c'était un transfuge. Il a dû être fiché.

— Toutes les références à la défection de Alexi Kalyazin ont été supprimées, dit Alexander calmement. Tous les documents supprimés ; un homme avec un autre nom a simplement disparu.

— Naturellement. Comme ça le grand homme ne tomberait jamais de son piédestal ! » Havelock s'approcha de la chaise d'Alexander. L'attrapant par les revers de son veston, il le secoua. « Qui est-ce ? Dites-moi !

— Regardez la photo. » Alexander tremblait de tout son corps. « Regardez-la. Otez presque tous les cheveux et les sourcils. Mettez des lignes autour de son visage, ses yeux,... une petite barbe parsemée de gris. »

Michael s'empara de la photo et la regarda intensément. « Zelienski — Leon Zelienski !

— Je croyais que vous verriez, que vous comprendriez. Sans moi. La dernière partie d'échecs... Le meilleur joueur d'échecs qu'Anton ait jamais connu.

— Il n'est pas russe, il est polonais ! Professeur d'histoire à la retraite, de Berkeley... venu il y a des années de l'université de Varsovie !

— Une nouvelle identité, une nouvelle vie, des papiers dans des lieux et places obscurs. Vivant sur une petite route de l'arrière-pays à moins de trois kilomètres de Matthias. Anton savait toujours où il était. »

Havelock porta ses mains à ses tempes, essayant de contenir l'horrible douleur qui le tenaillait. « Vous... vous et Zelienski. Deux vieux fous ! Vous savez ce que vous avez fait ?

— C'est trop tard. Tout est hors de contrôle.

— Vous n'avez jamais rien contrôlé ! A l'instant où Zelienski contactait la taupe vous aviez perdu ! Nous perdions tous ! Vous ne pouviez donc pas voir ce qui se passait ? Comment pouviez-vous croire que ça allait s'arrêter là ? Ne pouviez-vous l'arrêter ? Vous saviez que Matthias était à Poole's Island... *comment* le saviez-vous ?

— Une source. L'un des docteurs — il a peur.

— Alors vous saviez qu'on avait diagnostiqué la

folie ! Comment avez-vous pu laisser tout ça continuer ?

— Je viens de vous le dire. Je ne pouvais pas l'arrêter. Il ne voulait pas m'écouter — il ne *veut pas* m'écouter. *Je ne peux pas l'arrêter !* Il est aussi fou qu'Anton maintenant. Il fait le complexe de Jésus-Christ — sa lumière est la seule lumière, la seule voie.

— Et vous avez vendu votre saint nom pour qu'il puisse s'en servir ! Mais bon Dieu, où sont vos tripes ?

— Comprenez-moi, Michael. Il m'a mis en cage. Zelienski m'a dit que si j'allais trouver quiconque, si quiconque venait pour lui, un coup de téléphone qu'il passait chaque jour de différentes cabines téléphoniques ne serait pas fait et les prétendus accords nucléaires — *signés* par Anthony Matthias — partiraient immédiatement pour Moscou ou Pékin. »

Havelock vit les yeux inquiets du vieux journaliste et observa les mains qui s'accrochaient au fauteuil.

« Non, Raymond, ce n'est qu'une partie de la vérité. Vous ne pouviez supporter d'être jugé, d'avoir tort. Vous êtes comme Anton — effrayé par la vérité de vos propres erreurs. L'aveugle mais omniscient Tirésias, voyant ce que les autres ne peuvent voir ; il faut que le mythe survive, quel qu'en soit le prix.

— Regardez-moi, cria soudain Alexander. Cela fait presque un an que je vis tout cela ! Qu'auriez-vous fait ?

— Dieu me protège, je n'en sais rien. J'espère seulement que j'aurais fait mieux que vous... mais je ne sais pas. Versez-vous un bon cognac, Raymond. Maintenant le mythe ; continuez à vous répéter que vous êtes infaillible. Cela peut vous aider. De toute façon, cela n'a sans doute plus d'importance. Sortez en montrant un visage souriant et satisfait. » Michael se tourna vers Jenna. « Partons d'ici, dit-il. Nous avons une longue route. »

« Sud à Nord, à vous.
— Nord à Sud. Que se passe-t-il ?
— Trouvez un téléphone et appelez Victor. Ça bouge. Nos gens sont sortis très vite et ont parlé avec l'escorte ; ils étaient sur place. Deux voitures sont sorties en trombe il y a quelques instants ; elles se dirigeaient vers l'ouest, pied au plancher.
— Ne les perdez pas.
— Aucun risque. L'escorte a laissé la Lincoln sur la route et nous avons placé un bip sous la malle. Un tremblement de terre ne l'enlèverait pas. Nous les suivons sur vingt-cinq kilomètres. On les tient. »

39

Le ciel nocturne était étrange — dans le fond, le clair de lune, au-devant, un manteau de nuages sombres. Les deux voitures filaient dans la campagne ; les deux hommes chargés de la protection ne comprenaient rien, Michael et Jenna ne comprenaient que trop et avaient peur.
« Il n'y a plus de règles maintenant, dit Michael. Le livre n'a pas été écrit.
— Il est capable de changer, c'est tout ce qu'on sait vraiment. On l'a envoyé dans un but bien précis et il est passé de l'autre côté.
— Ou a-t-il trébuché ? Alexander dit que Zelienski — Kalyazin — leur a affirmé qu'il se sentait vieux et fatigué, que les pressions étaient trop fortes. Peut-être a-t-il tout abandonné pour se retirer dans un sanctuaire.
— Jusqu'à ce qu'il ait accepté un autre genre de mission et d'autres pressions, dit Jenna. Des pressions grisantes pour un homme de son âge, j'imagine. Il a plus de soixante-dix ans, n'est-ce pas ?
— C'est à peu près ça, oui.
— Mets-toi à sa place. La fin pourrait bien être proche. Et soudain tu crois trouver une solution

extraordinaire dont, penses-tu, le monde a désespérément besoin, une leçon qu'il faut transmettre. Que fais-tu ? »

Havelock regarda Jenna. « C'est ce qui me fait peur. Pourquoi abandonnerait-il ? Comment puis-je le faire bouger ?

— J'aimerais pouvoir répondre. » Jenna leva les yeux sur le pare-brise et vit la myriade de gouttes qui s'écrasaient sur la vitre. « Nous roulons vers la pluie, dit-elle.

— A moins qu'il n'y ait une autre solution, dit Michael calmement en mettant les essuie-glaces. L'échange d'une leçon contre une autre.

— Comment ?

— Je ne suis pas certain. Je ne sais pas. Il n'y a pas de règles. » Havelock prit le micro et le porta à ses lèvres. « Escorte, êtes-vous avec moi ?

— A environ quatre cents mètres derrière, Sterile Five.

— Ralentissez pour faire deux kilomètres. Nous approchons de la zone et pour beaucoup de gens votre voiture est de toute évidence un véhicule du gouvernement. Je ne veux aucun lien entre nous. Si l'homme qui établit le contact se doute de votre présence, j'aime mieux ne pas penser aux conséquences.

— Nous n'aimons guère être si loin, répondit l'escorte.

— Navré de vous offenser, mais c'est un ordre. Restez hors de vue. Vous connaissez la destination ; il vous suffit de prendre la route principale comme je vous l'ai indiqué. La Dent de quelque chose. Montez environ huit cents mètres. Nous y serons.

— Pourriez-vous répéter l'ordre, monsieur ? »

Michael le fit. « Est-ce clair ?

— Oui, Sterile Five. C'est aussi sur la bande. »

L'homme blond assis dans la berline marron devant le Blue Ridge Diner s'adossa au siège, micro en main, les yeux sur la route. Il pressa le bouton.

« C'est la route de Front Royal, dit-il, alors que le coupé Buick filait sous la pluie. Pile à l'heure et pressés.

— A combien derrière est la Lincoln ? demanda une voix dans le haut-parleur.

— Aucune signe, pour l'instant.

— Vous êtes sûr ?

— Pas de phares, et il faudrait être cinglé pour rouler sans phares par un temps pareil.

— Ce n'est pas normal. Je reviens.

— C'est votre équipement. »

L'homme blond baissa le micro et prit ses cigarettes sur le siège arrière. Il en sortit une du paquet qu'il alluma avec un zippo. Trente secondes s'écoulèrent et la Lincoln Continental n'apparaissait toujours pas ; on ne voyait que la pluie. Quarante-cinq secondes. Rien. Une minute et une voix s'échappa du haut-parleur. « Front Royal, où êtes-vous ?

— Ici et j'attends. Vous m'avez dit que vous reveniez, vous vous rappelez ?

— L'escorte. Est-elle passée ?

— Non. Sans ça je vous aurais appelé, mec... Une minute. Ne bougez pas. Ça pourrait être elle. » Un rayon de lumière déboucha du tournant et quelques secondes plus tard la voiture arriva balayant de l'eau. « Elle vient de passer, mon vieux. Je pars. » L'homme blond s'installa et lança la berline sur la route.

« Je reviens, dit la voix.

— Vous vous répétez, mec », dit l'homme blond en appuyant sur l'accélérateur. Prenant de la vitesse, il vit les feux arrière de la Lincoln scintiller au loin sous la pluie. Il respira plus calmement.

« Front Royal, fit soudain la voix.

— Je suis là, mon gros lapin.

— Branchez-vous sur 17-20 mégahertz pour instructions séparées.

— Ça marche. » L'homme blond manipula les boutons au-dessus du cadran radio. « Front Royal en position, dit-il.

— Ici l'homme que vous ne connaissez pas, Front Royal.

— Ravi de ne pas vous connaître, mon vieux.
— Combien vous paie-t-on pour cette nuit ? demanda la nouvelle voix.
— Comme vous êtes l'homme que je ne connais pas, je pense que vous devriez savoir.
— Que valez-vous ?
— Que vaut votre argent ?
— Vous avez été payé.
— Pas pour ce que vous voulez maintenant.
— Vous êtes perspicace.
— Vous manquez de finesse.
— Le grand type, devant, il sait où va le petit type, vous êtes d'accord ?
— Parfaitement. Il y a beaucoup d'espace entre eux, surtout en une pareille nuit.
— Pensez-vous pouvoir vous placer entre eux ?
— Ça peut se faire. Et après ?
— Un bonus.
— Pour quoi ?
— Le petit type va s'arrêter quelque part. Quand il l'aura fait, je ne veux plus voir le grand type autour.
— Vous parlez d'un sacré gros bonus, monsieur Personne. La voiture est une Abraham.
— Six chiffres, dit la voix. Un chauffeur intrépide et très précis.
— Ça roule, mon gros lapin. »

Arthur Pierce fit un signe de tête à travers la vitre en dépassant la vieille voiture à six kilomètres sur la route Front Royal. Il prit le micro et parla sur la fréquence 17-20.

« Bon, Sud, voici les instructions. Vous restez avec moi. Renvoyez tout le monde. Remerciez-les pour leur aide et dites que nous gardons le contact.
— Et pour Nord ? Ils voyagent.
— Je veux qu'ils reviennent avec le contingent naval. C'est le leur maintenant ; ils peuvent alterner. Tôt ou tard — ce soir, demain, le jour suivant — ils le laisseront sortir. Quand ils le feront, terminez-le. Nous ne voulons pas entendre sa voix. »

Havelock stoppa la voiture et baissa la vitre ; il chercha dans la pluie le panneau cloué à l'arbre, certain qu'il y en avait un. On lisait :

LA DENT DE SÉNÈQUE
CUL-DE-SAC

Il avait ramené deux fois Leon Zelienski chez lui en voiture, un après-midi où sa voiture avait refusé de démarrer et plusieurs jours après parce que Matthias avait peur que Leon ne s'embourbe. Zelienski ne s'était pas embourbé, mais Michael si ; ça s'était terminé par une marche longue et humide jusqu'à la maison d'Anton. Il se souvenait des routes.

Il avait raccompagné Leon Zelienski ; il venait chercher Alexi Kalyazin. Parsifal.

« Nous y sommes, dit Havelock en prenant la route parsemée de pierres, seuls restes d'un goudronnage usé depuis longtemps. Si nous restons au centre, ça devrait aller.

— Reste au milieu », dit Jenna.

Ils avançaient péniblement sur la route étroite, entourés d'ombres et de pluie, les pneus dérapant, des pierres venant se cogner aux pare-chocs. Cette course n'arrangeait pas leurs nerfs et ne les préparait guère à des négociations inquiétantes. Michael s'était montré brutal avec Raymond Alexander, sachant qu'il avait raison, mais seulement en partie. Il commençait à comprendre l'autre aspect de l'immense crainte du journaliste, crainte qui le conduisait au bord de l'hystérie. La menace de Zelienski était claire et terrifiante : si Alexander trahissait le Russe ou interférait de quelque manière, le coup de téléphone journalier n'aurait pas lieu. Ce silence serait le signal que les accords nucléaires devraient être envoyés à Moscou et Pékin.

Et on ne pouvait utiliser les drogues pour forcer Zelienski à révéler ce numéro de téléphone ; c'était courir un trop grand risque avec un homme de son âge. Un centimètre cube de trop et son cœur éclaterait ; le numéro se perdrait alors dans l'explosion interne. Il n'y avait que les mots. Quels mots trouver pour un homme qui voudrait sauver le monde avec un plan pour son anéantissement ? La raison n'entrait pas dans un tel esprit qui n'était habité que par sa vision distordue.

La petite maison leur apparut en haut sur leur droite ; elle était à peine plus grande qu'une cabane, carrée et faite de grosses pierres. Un chemin en pente conduisait à l'emplacement réservé aux voitures ; là un véhicule indescriptible était à l'abri de la pluie. Une lumière unique filtrait à travers une baie vitrée qui paraissait étrange dans une si petite demeure.

Havelock coupa les phares et se tourna vers Jenna. « Tout a commencé ici, dit-il. Dans l'esprit de l'homme qui est là-haut. Tout. De la Costa Brava à Poole's Island, du col des Moulinets à Sterile Five ; tout a commencé ici.

— Peut-on achever ici, Mikhaïl ?

— Essayons. Allons-y. »

Ils sortirent de la voiture et marchèrent sous la pluie dans le chemin boueux, des filets d'eau ruisselant sous leurs pas. Ils atteignirent l'abri pour les voitures ; il y avait une porte sous le toit à laquelle on accédait par une marche en ciment. Havelock se dirigea vers cette porte, jeta un bref regard à Jenna et frappa.

Quelques instants plus tard, la porte s'ouvrit et un homme avec seulement quelques mèches de cheveux, avec une petite barbe poivre et sel, apparut. Il regarda intensément Havelock, les yeux écarquillés et la bouche entrouverte ; ses lèvres tremblaient.

« *Mikhaïl*, murmura-t-il.

— Salut, Leon. Je viens vous apporter le bon souvenir d'Anton. »

L'homme blond avait vu le panneau. La seule chose qui signifiât quelque chose pour lui était *Cul-de-sac*. C'est tout ce qu'il voulait savoir. Phares toujours éteints, il manœuvra la berline marron une centaine de mètres de la route mouillée et s'arrêta loin sur la droite, le moteur tournant encore. Il remit les phares et prit sous son manteau son automatique muni d'un silencieux. Il comprenait les instructions de M. Personne ; elles étaient en chaîne. La Lincoln serait bientôt là.

Elle arrivait ! Deux cent cinquante mètres en contrebas. L'homme blond desserra le frein et commença à aller de droite et de gauche comme un homme ivre au volant. La limousine ralentit prudemment, roulant le plus possible à droite. L'homme blond accéléra et les zigzags se firent plus violents ; la Lincoln klaxonna furieusement dans la pluie. Quand il fut à une vingtaine de mètres, l'homme blond appuya brusquement sur l'accélérateur et vira à droite avant de prendre un tournant sec sur la gauche.

Le contact se fit, la grille de la berline heurtant de front la portière arrière gauche de la Lincoln. La berline dérapa et s'écrasa contre l'autre voiture, coinçant la porte du conducteur.

« Bordel de merde de fils de pute ! cria l'homme blond à travers la vitre, dodelinant de la tête. Seigneur Dieu, je saigne ! Mon ventre *saigne* ! »

Les deux hommes se ruèrent hors de la limousine par l'autre portière. Alors qu'ils arrivaient dans le champ des phares, le blond se pencha par la vitre et tira deux fois. Sans manquer.

« Dois-je vous appeler Leon ou Alexi ?

— Je ne peux pas vous croire, s'écria le vieil homme assis en face du feu de cheminée, les yeux clignants et fixant Havelock. Sa déchéance était irréversible. Il n'y avait *aucun espoir*.

— Il y a peu d'esprits, peu de volontés qui valent ceux d'Anton. Personne ne saurait dire s'il retrouvera toutes ses facultés, mais il a déjà parcouru un long chemin. Les médicaments et l'électrothérapie y ont contribué ; il est conscient, maintenant. Et atterré de ce qu'il a fait. » Havelock s'assit sur un fauteuil au dossier droit, en face de Zelienski-Kalyazin. Jenna était debout devant la petite porte qui menait à la cuisine.

« Ça n'est jamais arrivé !

— Il n'y a jamais eu d'homme de la trempe de Matthias. Il m'a demandé ; on m'a conduit à Poole's Island et il m'a tout raconté. A moi seul.

— Poole's Island ?

— C'est là qu'on le soigne. Alors, Leon ou Alexi, mon vieil ami ? »

Kalyazin hocha la tête. « Pas Leon, ça n'a jamais été Leon. Toujours Alexi.

— Vous avez eu de bonnes années en tant que Leon Zelienski.

— Un asile obligatoire, Mikhaïl. Je suis un Russe, rien d'autre. Un asile. »

Havelock et Jenna échangèrent un regard ; elle lui disait qu'elle approuvait — avec une admiration sans bornes — la méthode qu'il avait choisie.

« Vous êtes venu à nous... Alexi.

— Je ne suis pas venu à vous. J'ai fui les autres. Des hommes qui voulaient corrompre l'âme de ma terre natale, qui allaient au-delà des limites de nos convictions, qui tuaient sans nécessité, gratuitement, cherchant le pouvoir pour le pouvoir. Je crois en notre système, Mikhaïl, pas en le vôtre. Mais ces hommes n'y croyaient pas ; ils auraient changé les mots en armes et alors personne n'aurait eu raison. Nous aurions tous disparu.

— Des chacals, dit Havelock, reprenant les mots qu'il avait entendus quelques heures auparavant, des fanatiques qui, dans leur tête, marchaient avec le IIIe Reich. Qui ne croyaient pas que le temps était de votre côté. Seulement les bombes.

— Cela suffira.

— La *Voennaya*. »

Kalyazin réagit brusquement. « Je n'ai jamais dit ça à Matthias !

— Je ne lui ai jamais dit non plus. J'ai été seize ans sur le terrain. Croyez-vous que je ne connaisse pas la V.K.R. ?

— Ils ne parlent pas pour la Russie, pour *notre* Russie !... Anton et moi discutions des heures et des heures, jusqu'au petit matin. Il ne pouvait pas comprendre ; il venait d'un milieu brillant et respectable avec argent et table bien garnie. Ici, personne ne comprendra jamais, à part les Noirs, peut-être. Nous n'avions rien et on nous disait de ne rien attendre de ce monde. Les livres, l'école, la lecture même — tout cela n'était pas pour nous, pour les millions d'entre nous. On était sur la terre comme du bétail utilisé par nos "supérieurs" — c'était un décret de Dieu... Mon père fut pendu par un des princes Vorochine pour avoir volé du gibier. Du *gibier*... Tout cela fut changé — par des millions d'entre nous, conduits par des prophètes qui n'ont rien à faire d'un Dieu qui par décret fournit du bétail humain. » Un sourire étrange apparut sur le visage de Kalyazin. « On nous appelle des communistes athées. Et alors, qu'espéraient-ils ? Nous savions comment c'était sous la Sainte Église ! Un Dieu qui nous menace du feu éternel si l'on se révolte contre la vie d'enfer n'est pas un Dieu pour les neuf dixièmes de l'humanité. Il peut et doit être remplacé, renvoyé pour incompétence et partialité patentée.

— L'argument est difficilement applicable à la seule Russie pré-révolutionnaire, dit Michael.

— C'est exact, n'empêche que c'est symptomatique... et nous y étions ! C'est pourquoi vous perdrez un jour. Pas dans cette décennie ou dans la suivante — peut-être pas avant de nombreuses années, mais vous perdrez. Il y a trop de tables vides, de ventres gonflés et cela vous soucie trop peu.

— Si cela est vrai, alors nous méritons de perdre, mais je ne pense pas que ce le soit. » Havelock se pencha en avant, les coudes sur les genoux, et regarda le Russe dans les yeux. « Essayez-vous de me dire qu'on vous a donné cette planque mais que vous n'avez rien donné en échange ?

— Pas les secrets de mon pays ; Anton ne me l'a pas demandé deux fois. Je crois qu'il montrait beaucoup d'intérêt pour mon travail — le travail que vous faisiez avant de démissionner — mais cela n'aide en rien. Nos décisions comptaient fort peu ; nos actes étaient peu importants pour le sommet. Je vous ai toutefois fait un cadeau qui nous a servi à tous deux, et même au monde entier. Je vous ai donné Anthony Matthias. Je l'ai sauvé du piège cubain ; cela l'aurait éliminé de la scène. Je l'ai fait parce que je croyais en lui et pas en les fous qui avaient provisoirement trop d'emprise sur mon gouvernement.

— Oui, il me l'a dit. Cela l'aurait détruit et son influence aurait été anéantie... C'est sur cette base — votre foi en lui — qu'il m'a demandé de venir vous voir. Il faut tout arrêter, Leon — pardonnez-moi — Alexi. Il sait pourquoi vous avez fait ce que vous avez fait, mais il faut tout arrêter, *tout*. »

Kalyazin regarda Jenna. « Où est la haine dans vos yeux, jeune dame ? Elle doit sûrement être là.

— Je ne vous mentirai pas ; elle est proche de mes pensées. J'essaie de comprendre.

— Cela devait être fait ; il n'y avait pas d'autre moyen. Anton devait se débarrasser du spectre de Mikhaïl. Il devait le savoir loin du gouvernement, avec d'autres intérêts, d'autres buts. Il avait peur que son... son fils... apprenne ce qu'il faisait et vienne l'arrêter. » Kalyazin se tourna vers Havelock. « Il n'arrivait pas à vous oublier.

— Il a approuvé ce que vous avez fait ? demanda Michael.

— Il se voilait les yeux, je crois. Une part de lui-même se révoltait contre lui, l'autre pleurait pour survivre. Il déclinait rapidement, alors il fallait sauver sa santé mentale à n'importe quel prix. Miss Karras en fut le prix.

— Il ne vous a jamais demandé comment vous vous y étiez pris ? Comment vous avez trouvé les hommes de Moscou capables de vous fournir ce dont vous aviez besoin ?

— Jamais. Cela aussi faisait partie du prix. Souvenez-vous que le monde dans lequel vous et moi vivions n'avait aucune importance à ses yeux. Puis, bien sûr, vint le chaos...

— Hors de tout contrôle ? suggéra Jenna.

— Oui, jeune dame. Ce que nous apprenions était si incroyable, si horrible. Une femme tuée sur une plage...

— A quoi vous attendiez-vous donc ? » demanda Havelock, ayant du mal à se contrôler. *Ces sacrés vieux fous*.

« Pas à ça. Nous n'étions pas des tueurs. Anton avait donné des ordres pour qu'on l'envoie à Prague, qu'on la surveille, qu'on observe ses contacts puis qu'on établisse son innocence.

— Les ordres ont été interceptés, modifiés.

— A ce moment-là nous ne pouvions rien faire. Vous aviez disparu et il est devenu complètement fou.

— Disparu ? J'avais disparu, *moi* ?

— C'est ce qu'on lui a dit. Et quand on le lui a dit, il s'est évanoui et son esprit l'a quitté. Il croyait qu'il vous avait tué. Ce fut la petite pression finale qu'il ne put supporter.

— Comment savez-vous tout cela ? » le pressa Michael.

Kalyazin hésita. « Il y a quelqu'un d'autre qui avait des informations par un docteur. Il a tout su.

— Raymond Alexander, dit Havelock.

— Anton vous a dit, alors ?

— Boswell.

— Oui, notre Boswell.

— Vous m'en avez parlé quand je vous ai appelé d'Europe.

— J'étais paniqué. Je pensais que vous pouviez parler à quelqu'un qui l'avait vu chez Anton ; il y était si souvent. Je voulais vous donner une raison parfaitement plausible pour ses visites afin de vous éloigner de lui.

— Pourquoi ?

— Parce qu'Alexandre le Grand était devenu Alexandre le malade. Vous aviez été absent, vous ne saviez pas. Il écrit rarement maintenant. Il boit à longueur de journée et presque toute la nuit ; il ne supporte pas cette tension. Heureusement, le public met ça sur le compte de la mort de sa femme.

— Matthias m'a dit que vous aviez une femme, dit Michael remarquant quelque chose dans l'intonation de Kalyazin. En Californie. Elle est morte et il vous a persuadé de venir dans le Shenandoah.

— J'avais une femme, Mikhaïl, à Moscou. Les soldats de Staline l'ont tuée. Un homme que j'ai aidé à détruire, un homme qui venait de la *Voennaya*.

— Je suis désolé. »

Dans la maison, un bruit bref, plus fort que celui de la pluie au-dehors. Jenna regarda Havelock.

« Ce n'est rien, dit Kalyazin. Je place un morceau de bois pour caler cette vieille porte les soirs de grand vent. Vous voir me l'a fait oublier. » Le vieil homme se cala dans sa chaise. « Vous devez être très clair avec moi, Mikhaïl, et me donner le temps de réfléchir. C'est pourquoi je n'ai pas répondu à votre question tout à l'heure.

— Au sujet d'Anton ?

— Oui. Sait-il vraiment pourquoi j'ai fait ce que j'ai fait ? Pourquoi je lui ai fait passer ces nuits si terribles ? Autosuggestion et suggestions extérieures le faisant enfler jusqu'à ce qu'il se conduise en génie qu'il était, discutant avec des hommes qui n'étaient pas là. Comprend-il vraiment ?

— Oui, il comprend », dit Havelock sentant un énorme poids sur sa nuque. Il approchait, mais une seule mauvaise réponse renverrait Parsifal au silence sans faille qu'il s'était imposé. Alexander avait raison, finalement ; Kalyazin faisait le complexe de Jésus-Christ. Derrière le discours mesuré du vieux Russe, on sentait une détermination sans bornes. Il savait qu'il avait raison. « On ne devrait jamais donner autant de pouvoir à un seul homme non plus qu'on ne devrait lui imposer les tensions qui s'y adjoignent. Plus jamais. Il vous supplie, au nom de toutes ces conversations que vous avez eues tous deux avant sa maladie, de me donner ces incroyables accords que vous avez créés ensemble ainsi que toute copie qui pourrait en exister. Laissez-moi les brûler.

— Il comprend, alors, mais est-ce suffisant ? Les autres comprennent-ils ? Ont-ils compris ?

— Qui ?

— Les hommes qui donnent un tel pouvoir, qui permettent la canonisation de soi-disant saints pour s'apercevoir ensuite que leurs héros ne sont que ces mortels, brisés par un ego démesuré et par tout ce qu'on exige d'eux.

— Ils sont terrifiés. Que voulez-vous de plus ?

— Je veux qu'ils sachent ce qu'ils ont fait, comment on peut mettre le feu au monde rien qu'avec un esprit brillant pris dans les filets de pressions insupportables. La folie est contagieuse ; elle ne s'arrête pas avec un saint brisé.

— Ils ont compris. Et surtout, l'homme que la plupart des gens considèrent comme l'homme le plus puissant de la terre comprend, lui. Il m'a dit qu'on en avait fait un empereur, un dieu, alors qu'on n'en avait pas le droit. On l'a hissé trop haut. On l'a aveuglé.

— Et Icare tomba dans la mer, dit Kalyazin. Berquist est honnête, dur mais honnête. Il a un boulot impossible mais il le fait de son mieux.

— Je ne vois personne d'autre à une telle place, maintenant.

— Je suis assez d'accord.

— Vous êtes en train de le tuer, dit Havelock. Laissez-le vivre. Libérez-le. On a compris la leçon et on ne l'oubliera pas. Laissez-le retourner à son boulot impossible et faire de son mieux. »

Kalyazin contemplait les braises rougeoyantes. « Vingt-sept pages, chaque document, chaque accord. Je les ai tapées moi-même, utilisant la forme employée par Bismarck dans les traités du Schleswig-Holstein. Cela plaisait tant à Anton... L'argent ne m'a jamais intéressé, ils le savent, n'est-ce pas ?

— Ils le savent. Il le sait.

— Seulement la leçon.

— Oui. »

Le vieil homme se tourna à nouveau vers Michael. « Il n'y a aucune copie à part celle que j'ai envoyée au Président Berquist dans une enveloppe du Département d'État, depuis le bureau de Matthias, avec la mention *Ultra-confidentiel*. C'était donc lui seul. »

Havelock se sentit inquiet, se rappelant que Raymond Alexander lui avait dit que Kalyazin l'avait ligoté avec ce coup de fil qui devait être donné chaque jour pour qu'on n'envoie pas les documents à Moscou et à Pékin. On arrivait à quatre, pas deux. « Aucune autre copie, Alexi ?

— Aucune.

— J'aurais pensé, fit soudain remarquer Jenna, avançant d'un pas hésitant vers le vieux Russe, que Raymond Alexander, votre Boswell, aurait insisté pour en avoir une. C'est l'élément essentiel de ses mémoires.

— C'est l'élément essentiel de sa peur, jeune dame. Je le contrôle en lui disant que, s'il divulgue quoi que ce soit, des copies seront adressées à vos ennemis. Cela n'a jamais été mon intention — bien au contraire. Cela conduirait précisément au cataclysme qui, je prie pour ça, sera évité.

— Prier, Alexi, qui ?

— Aucun dieu que vous connaissiez, Mikhaïl. Seulement une conscience collective. Pas la Sainte Église avec un Dieu tout-puissant complètement orienté.

— Puis-je avoir les documents ? »

Kalyazin acquiesça. « Oui, dit-il péniblement. Mais pas dans ce sens. Nous les brûlerons ensemble.

— Pourquoi ?

— Vous connaissez la raison ; nous faisons le même métier. Les hommes qui permettent aux Matthias de ce monde de s'élever si haut que le soleil les aveugles, ces hommes ne sauront jamais. Un vieil homme a-t-il menti ? Je les ai trompés auparavant. Suis-je encore en train de les tromper ? Existe-t-il vraiment d'autres copies ?

— En existe-t-il ?

— Non, mais ils ne le sauront jamais. » Kalyazin s'extirpa de son fauteuil, respirant fortement. « Venez avec moi, Mikhaïl. Ils sont enterrés dans le bois le long du chemin qui conduit à la Dent. J'y passe chaque après-midi, à soixante-treize pas jusqu'au buisson d'aubépines, le seul qu'il y ait près de l'endroit où fut enterré Sénèque. Je me demande souvent comment il est arrivé là... Venez, finissons-en. Nous creuserons sous la pluie et nous serons trempés et nous rendrons les armes d'Armageddon. Peut-être Miss Karras pourrait-elle nous faire du thé. Et puis de la vodka ? Nous brûlerons les preuves et aviverons le feu. »

La porte de la cuisine s'ouvrit brusquement en une explosion et un homme grand avec une frange de cheveux gris autour de son crâne chauve se tenait dans l'encadrement, revolver au poing.

« Ils vous ont menti, Alexi. Ils vous ont toujours menti et vous ne vous en êtes jamais aperçu. Pas un geste, Havelock ! » Arthur Pierce attrapa Jenna par le coude et l'attira à lui, refermant son bras gauche sur son cou ; il pressa l'automatique contre sa tempe. « Je vais compter jusqu'à cinq, dit-il à Michael. Vous devrez alors avoir lâché vos armes avec deux doigts et les avoir jetées à terre ; c'est ça ou vous verrez le crâne de cette femme éclater. *Un, deux, trois...* »

Havelock ouvrit son manteau largement et tira délicatement le Llama de son holster. Il le fit tomber.

« Éloignez-le du pied », hurla le voyageur.

Michael s'exécuta. « Je ne sais pas comment vous êtes arrivé, dit-il, mais vous ne pourrez pas repartir.

— Vraiment ? » Pierce relâcha Jenna, la poussant vers le vieux Russe complètement abasourdi. « Alors je devrais peut-être vous dire que votre Abraham s'est fait avoir par un Ismaël ingrat. C'est vous qui ne pouvez pas sortir.

— D'autres savent où nous sommes.

— J'en doute. Il y aurait eu une véritable armée cachée le long de la route, dans ce cas. Oh ! non, vous êtes venu en solo.

— *Vous ?* s'écria Kalyazin tremblant. C'est vous !

— Heureux que vous soyez avec nous, Alexi. Vous êtes plus lent avec l'âge. Vous n'entendez pas les mensonges quand on vous en fait.

— Quels mensonges ? Comment m'avez-vous trouvé ?

— En suivant un homme obstiné. Parlons de ces mensonges.

— Quels mensonges ?

— La guérison progressive de Matthias. C'est le plus gros de tous. Il y a une mallette métallique dans ma voiture qui fera une lecture passionnante pour le monde entier. On y voit Anthony Matthias tel qu'il est. Une coquille vide, un vieux fou hurlant, complètement paranoïaque, qui n'a plus aucun sens de la réalité. Il construit des illusions à partir d'images, des fantasmes à partir d'abstractions — on peut le programmer comme un robot détraqué, lui faire revivre ses crimes et ses abus. Il est complètement fou et c'est de pire en pire.

— Ce n'est pas possible. » Kalyazin regarda Michael. « Les choses qu'il m'a dites... seul Anton les sait, pourrait se les rappeler.

— Encore un mensonge. Votre ami si convaincant oublie de vous dire qu'il arrive de Fox Hollow, résidence d'un célèbre commentateur. Un certain Raymond Alexander — Comment Miss Karras vient-elle de l'appeler ? Votre Boswell, je crois. J'irai le voir. On l'ajoutera à notre collection.

— *Mikhaïl ?* Pourquoi ? Pourquoi avez-vous fait ça ? Pourquoi m'avez-vous menti ?

— Il le fallait. J'avais peur que vous ne m'écoutiez pas. Et parce que le Anton que nous avons connu l'aurait voulu.

— Encore un mensonge, dit Pierce, se baissant avec précaution pour ramasser le Llama et le mettre dans sa ceinture. Tout ce qu'ils veulent ce sont ces papiers pour que tout reprenne comme avant. Pour que les comités nucléaires continuent à inventer de nouveaux moyens de faire tout sauter dans le monde des sans-dieu. C'est comme ça qu'ils nous appellent, Alexi. Les sans-dieu. Peut-être le commandant Decker sera-t-il le prochain secrétaire d'État. Il est d'un genre très en vogue ; les zélotes pleins d'ambition sont au menu d'aujourd'hui.

— Cela ne pourrait pas se produire et vous le savez, la taupe. »

Pierce regarda Havelock intensément. « Oui, une taupe. Comment avez-vous fait ? Comment m'avez-vous trouvé ?

— Vous ne le saurez jamais. Non plus à quel point nous avons pénétré l'opération *paminyatchik*. C'est bien ça. Pénétré. »

La taupe regardait Michael. « Je ne vous crois pas.

— Aucune importance.

— Ça ne changera rien. Nous aurons les documents. Tous les choix seront pour nous, rien ne vous restera. Rien. A part des villes en flammes si vous prenez le mauvais tournant ou si vous vous trompez. Le monde ne vous tolérera plus. » Pierce fit un geste de son arme. « Allons-y, tout le monde. Vous allez creuser pour moi, Havelock. Soixante-treize pas jusqu'au buisson d'aubépines.

— Il y a une douzaine de chemins jusqu'à la Dent, dit Michael. Vous ne savez pas lequel est le bon.

— Alexi me montrera. Quand il le faut, c'est nous qu'il choisit, pas vous. Jamais vous. Ça n'est pas une affaire ordinaire conduite par des menteurs. Il me dira.

— Ne le faites pas, Kalyazin.

— Vous m'avez menti, Mikhaïl. Si l'on doit en arriver aux armes ultimes — fût-ce sur le papier — elles ne peuvent vous appartenir.

— Je vous ai dit que j'avais menti, mais il y avait une raison. *Lui*. Vous êtes venu à nous non parce que vous croyiez en nous mais parce que vous ne pouviez croire en eux. Ils sont revenus. C'est lui l'homme de la Costa Brava — il a tué sur la Costa Brava.

— J'ai agi là où vous faisiez semblant ! Vous n'aviez de cran que pour la frime. Il fallait le faire *vraiment* !

— Non. Même quand il y a le choix, vous tuez. Vous avez tué l'homme qui a monté l'opération, une opération où aucune mort n'était nécessaire.

— J'ai fait exactement ce que vous auriez fait mais avec beaucoup plus de finesse et d'invention. Sa mort devait paraître crédible, acceptée pour ce qu'elle paraissait. MacKenzie était le seul à pouvoir retracer les événements de cette nuit-là, le seul à connaître son équipe.

— Tuée elle aussi.

— Inévitable.

— Et Bradford ? Inévitable aussi ?

— Évidemment. Il m'avait trouvé.

— Vous voyez comment ça se passe, Kalyazin ? hurla Havelock, ses yeux dans ceux de Pierce. Tuer, tuer, *tuer !* Vous vous rappelez Rostov, Alexi ?

— Oui, très bien.

— C'était mon ennemi, mais c'était un homme honnête. Ils l'ont tué aussi. Il y a quelques heures seulement. Ils sont revenus et ils progressent.

— Qui ? demanda le Russe, remué par les souvenirs.

— La *Voennaya*. Les fous de la V.K.R. !

— Pas des fous, dit Pierce calmement et fermement. Des hommes dévoués qui comprennent la nature de votre haine, de votre mensonge. Des hommes qui ne mettront pas en péril les principes de l'Union soviétique pour vous regarder répandre vos pieux mensonges, tournant le monde contre nous... Notre heure est venue, Alexi. Vous serez avec nous. »

Kalyazin cligna des yeux, regardant fixement Arthur Pierce. Lentement, il murmura : « Non... non, je ne serai jamais avec vous.

— Quoi ?

— Vous ne parlez pas pour la Russie, dit le vieil homme d'une voix plus assurée. Vous tuez trop facilement — vous avez tué quelqu'un qui m'était très cher. Vos paroles sont mesurées et il y a du vrai dans ce que vous dites, mais pas dans ce que vous faites ni dans la façon dont vous le faites ! Vous êtes des *animaux* ! » Soudain, Kalyazin se jeta sur Pierce, attrapant son arme. « Mikhaïl, courez ! » Il y eut un bruit étouffé. Il ne lâcha pas prise. « Courez... » Le murmure fut son dernier ordre.

Havelock poussa violemment Jenna dans la cuisine. Il s'apprêtait à se jeter sur Pierce quand il s'arrêta car ce qu'il vit lui fit prendre une décision immédiate. Kalyazin mourait, libérant le revolver plein de sang qui serait bientôt braqué sur sa tête.

Il se rua dans la cuisine et claqua la porte, se cognant dans Jenna. Elle avait un couteau de cuisine dans chaque main ; Michael prit celui à lame courte et sortit.

« Les bois ! cria-t-il. Kalyazin ne peut pas le retenir. Vite ! Va à droite, je vais à gauche. On se retrouve dans une centaine de mètres !

— Où est le chemin ? C'est lequel ?

— Je n'en sais rien.

— Il va le chercher.

— Je sais. »

Cinq coups de feu claquèrent mais pas d'une seule arme ; deux armes. Ils se séparèrent, Michael zigzaguant dans le noir. Trois hommes. Pierce criait des ordres aux deux autres qui couraient sur le chemin boueux. Leurs armes étaient prêtes.

Il atteignit la limite des herbes hautes et plongea à couvert dans le bois ; il ôta son manteau et se dirigea à droite vers d'épaisses broussailles. Il rampait, les yeux fixant le rayon de lumière. Il recula. Le bord de l'herbe était sa ligne de bataille ; la pluie tombait assez fort pour étouffer le bruit de ses mouvements. L'homme arriverait vite puis s'arrêterait à cause des herbes et par prudence.

Le faisceau s'approchait ; Michael attendait. L'homme ralentit, balayant la surface de sa torche. Puis il pénétra rapidement dans le bois, utilisant son bras pour se frayer un chemin.

Maintenant. Michael roula dans l'herbe. Il était juste derrière la taupe. Il bondit et plongea le couteau dans le dos du tueur, sa main gauche l'agrippant par le cou. Ils tombèrent dans la boue et Michael remua la lame jusqu'à ce que le corps sous lui devînt immobile. Il reprit son couteau. Ce n'était pas Arthur Pierce. Il prit la lampe de poche.

Jenna courait dans la nuit, coupant entre les

arbres. Était-ce cela ? se demanda-t-elle. Était-ce le chemin qui menait à la Dent de Sénèque : « Soixante-treize pas jusqu'au buisson d'aubépines ? » Si c'était ça, à elle de jouer. Personne ne devait passer au travers et le meilleur moyen d'empêcher cela était aussi répugnant qu'effrayant.

Elle avait déjà tué, chaque fois terrifiée à cette idée, écœurée du résultat, mais elle n'avait pas le temps d'y penser. Elle regarda derrière elle, la lumière se dirigeait vers la gauche, vers le chemin ! Elle cria suffisamment fort pour qu'on l'entende malgré la pluie. La lumière s'arrêta. L'homme se rua dans le chemin.

Jenna s'accroupit, tenant le couteau bien serré. Le faisceau de lumière s'approchait, la silhouette courait vite, dérapant dans la boue, le tueur courait vers une femme sans arme.

Dix mètres, cinq... maintenant !

Jenna plongea, les yeux et le couteau fixés sur le corps. Le contact fut horrible : le sang s'échappa tandis que la lame s'enfonçait.

L'homme cria, son hurlement terrible emplit la forêt.

Allongée près de l'homme mort, Jenna essayait de retrouver son souffle, frottant avec de la boue sa main couverte de sang. Elle s'empara de la lampe et l'éteignit. Puis elle roula au bord du chemin et vomit.

Havelock entendit le cri et ferma les yeux — puis il les rouvrit, soulagé de comprendre que c'était le cri d'un homme. Jenna avait réussi ; elle avait tué l'homme qui avait eu ordre de la tuer. Et cet homme n'était pas Pierce. Il le savait. Il avait vu leur position dans l'abri. Pierce était parti sur la gauche, près de la porte : le meilleur angle quand la chasse était ouverte.

Arthur Pierce était quelque part entre le milieu du terrain et la route, au-delà de la maison de Kalyazin, une acre de forêt détrempée par la pluie.

Où était le dernier rayon de lumière ? Pas là, bien sûr. La lumière était une cible et Pierce n'était pas fou. C'étaient deux animaux, maintenant, deux prédateurs qui se cherchaient dans l'ombre des bois. Mais l'un d'eux avait l'avantage et Michael le savait d'instinct ; les forêts avaient été bénéfiques pour Mikhaïl Havlicek ; elles avaient été une amie, un sanctuaire. Il ne craignait pas leur profondeur, elles l'avaient trop souvent sauvé des chasseurs en uniforme qui voulaient tuer un enfant à cause de son père.

Il rampa sous les branchages, l'œil et l'oreille en alerte ; il essayait de démêler chaque bruit, le plus infime. Il observa la zone où il était, remarquant qu'il n'y avait aucun chemin, aucune claire-voie menant à la Dent de Sénèque. Dans la maison, il avait dit qu'il y avait une vingtaine de chemins, mais c'était pour troubler Pierce qui n'avait jamais franchi la porte de Zelienski-Kalyazin.

Il referma le cercle d'observation qu'il avait commencé de tracer ; les troncs d'arbres faisaient des forteresses espacées — il les utilisait comme des meurtrières pour voir au travers.

Un mouvement ! Un bruit d'aspiration, pas de pression. Un pied ou un genou se relevant de la boue.

La lumière était une cible... la lumière *était* une cible.

Il rampa hors du cercle, dix, vingt, trente mètres au-delà du périmètre, sachant ce qu'il cherchait — une branche. Il la trouva.

Un jeune arbre — fort et souple, pas plus de trois mètres de haut, avec de bonnes racines agrippant la terre.

Havelock prit la lampe à sa ceinture. Il la posa par terre et ôta sa chemise, l'étalant devant lui, la lampe au centre du tissu.

Trente secondes plus tard, la lampe était solidement attachée et entourée de la chemise, serrée par les manches ; il restait suffisamment de tissu pour le dernier nœud. Il s'agenouilla près du jeune arbre et fixa la lampe au tronc. Il lâcha l'arbre pour tester le résultat.

Il alluma la torche, poussa sur l'arbre une dernière fois et courut dans les bois sur sa droite. Il se cacha derrière un gros tronc et attendit. Il leva son arme, l'appuyant contre l'arbre.

Ses oreilles perçurent à nouveau le même son. Des pas dans la nuit. Puis la silhouette émergea, grotesque entre les branches.

Pierce s'accroupit, essayant d'éviter la lumière, et tira ; l'explosion résonna dans la forêt.

« Vous avez perdu », dit Michael en pressant la détente, contemplant le tueur de la Costa Brava tomber en arrière dans un cri. Il tira à nouveau et l'homme de la *Voennaya* s'écroula. Mort. « Vous ne connaissiez pas la forêt, dit Michael. Je l'ai apprise avec des gens comme vous. »

« Jenna ! *Jenna !* hurla-t-il, courant dans l'herbe. C'est fini ! Le champ, le champ !

— Mikhaïl ? *Mikhaïl !* »

Il la vit avancer doucement, sans assurance à travers la pluie. A sa vue, elle accéléra son pas puis se mit à courir. Lui aussi courant dans l'herbe humide — la distance qui les séparait semblait interminable.

Ils se serraient l'un contre l'autre ; le monde n'existait plus. La pluie froide sur sa peau nue était de l'eau fraîche que réchauffait leur étreinte.

« Y avait-il d'autres chemins ? demanda-t-elle le souffle court.

— Aucun.

— J'ai trouvé. Viens, Mikhaïl ! *Vite !* »

Ils étaient dans la maison de Kalyazin ; le corps du vieil homme était recouvert d'un drap qui cachait son visage torturé. Havelock se dirigea vers le téléphone. « C'est l'heure, dit-il en composant le numéro.

— Que s'est-il passé ? demanda le Président des États-Unis, la voix tendue. J'ai essayé de vous joindre toute la nuit !

— C'est fini, dit Michael. Parsifal est mort. Nous avons les documents. Je vous ferai un rapport vous disant tout ce qu'à mon avis vous devez savoir. »

Le silence fut pesant à l'autre bout de la ligne. Puis Berquist murmura simplement : « Je savais que vous ne mentiriez pas.

— Je pourrais, mais pas à ce sujet.

— Et à votre avis, que dois-je savoir ? dit Berquist avec un peu plus d'assurance.

— Je n'oublierai rien. Rien de ce qui est essentiel pour vous, pour ce boulot impossible que vous faites.

— Où êtes-vous ? Je vous envoie une armée — juste pour rapporter les documents.

— Non, monsieur le Président. Nous avons une dernière visite à faire, à un homme qu'on appelle Boswell. Mais avant de partir, je vais brûler les documents. Il n'y en a qu'un jeu et je le brûle. Ainsi que le rapport psychiatrique.

— Quoi ?

— Ce sera dans le rapport... J'ai des raisons précises pour agir de la sorte. Je ne sais pas ce qu'il y a là-bas — je crois savoir mais je n'en suis pas sûr. Tout a commencé ici et tout s'achèvera ici.

— Je vois. » Berquist s'arrêta. « Je ne puis vous faire changer d'avis ni vous en empêcher.

— Exact.

— Bien, je n'essaierai pas. J'aime à croire que je sais juger les hommes. Il le faut pour faire ce que je fais — en tout cas il le faudrait... Que peuvent faire un pays, un Président plein de gratitude pour vous remercier ?

— Me laisser tranquille, monsieur. Laissez-nous tranquilles.

— Havelock ?

— Oui ?

— Comment serai-je certain ? Vous aurez vraiment tout brûlé ?

— Parsifal ne voulait pas que vous soyez sûr. Vous voyez, il ne voulait pas que ça recommence. Plus de Matthias. Fini les superstars. Il voulait vous laisser dans le doute.

— Il va falloir que j'y pense sérieusement, n'est-ce pas ?

— Ce serait une bonne idée.

— Matthias est mort ce soir. C'est pourquoi j'essayais de vous joindre.

— Il y a longtemps qu'il est mort, monsieur le Président. »

ÉPILOGUE

L'automne. Le New Hampshire se soumettait frileusement aux vents du nord pour se réchauffer ensuite aux vibrantes couleurs de l'automne ; le soleil donnait vie aux champs et refusait d'accepter la lente approche de l'hiver.

Havelock raccrocha le téléphone dans la véranda qui lui servait de bureau, sur l'insistance de Jenna. Elle l'avait vu, avait observé son regard alors qu'il franchissait la porte du salon et se tenait là, immobile, se détachant contre la vitre et le paysage. Un bureau, des étagères contre un mur de briques et un mélange bizarre de meubles confortables avaient transformé la simple véranda en une pièce aérée protégée de murs transparents qui s'ouvraient sur les champs et les bois qui signifiaient tant pour lui. Elle avait compris et il l'aimait pour cela. Ce qu'il voyait de cet endroit inhabituel était différent de ce que les autres pouvaient voir, pas seulement les herbes longues et les grands arbres au loin mais le paysage mouvant d'un sanctuaire.

Les souvenirs de tension, de survie étaient présents, eux aussi remontant jusqu'à ce qu'il dût bouger pour les surmonter, les effacer. Cela prendrait du temps ; on ne retrouvait pas la normalité en quelques semaines, ni en quelques mois.

Au fond de lui il avait la fièvre parce que vous l'aviez empoisonné, espèces de salauds. Vous l'intoxiquiez de... frénésie. Il lui fallait sa dose ! Dr Matthew Randolph, mort, parlant d'un autre mort... et de tant d'autres.

Ils en avaient parlé, Jenna et lui, et avaient défini la fièvre qui l'étreignait parfois ; elle était alors son seul remède. Ils faisaient de longues promenades ; il avait soudain une envie irrépressible de courir jusqu'à se sentir trempé de sueur, son cœur cognant dans sa poitrine. Mais la fièvre cesserait, les explosions dans sa tête s'évanouiraient — les fusils se tairaient.

Il dormait mieux maintenant et ses crises le conduisaient à la chercher elle et non pas son revolver. Il n'y avait pas d'armes dans la maison. Jamais plus il n'y en aurait dans les maisons qu'ils habiteraient.

« *Mikhaïl ?* » La voix était gaie ; la porte s'ouvrit puis se referma.

« Je suis là ! » Il tourna sur son fauteuil, dernière acquisition de Jenna pour son bureau.

Jenna entra dans la pièce baignée de lumière, le soleil jouant dans ses cheveux qui s'échappaient du bonnet de laine ; elle avait boutonné bien haut son manteau de tweed pour se protéger du froid. Elle posa son sac de toile et embrassa doucement ses lèvres. « J'ai les livres que tu voulais. On a téléphoné ? demanda-t-elle en ôtant son manteau. Ils m'ont mise dans un comité pour les échanges d'étudiants et je crois bien que je dois aller à la réunion ce soir.

— Bien sûr. C'est à huit heures. Place du Doyen-Crane.

— Bien.

— Ça te plaira, non ?

— Je peux être utile ; je suis utile en fait. Pas tant à cause des langues qu'à cause de la paperasse gouvernementale. Toutes ces années à falsifier des documents me servent enfin à quelque chose. Il me semble parfois difficile d'être honnête. Il me semble faire quelque chose de mal. »

Ils rirent tous deux. Havelock prit sa main. « Quelqu'un d'autre a appelé.

— Qui ?

— Berquist. »

Jenna se raidit. « Il n'a pas essayé de te joindre depuis que tu as envoyé ce fameux rapport.

— Il a fait comme j'avais demandé. Je lui avais dit de nous laisser tranquilles.

— Alors pourquoi t'appelle-t-il maintenant ? Que veut-il ?

— Il ne veut rien. Il pensait qu'il devait me mettre au courant.

— De quoi ?

— Loring va bien, mais il ne retournera jamais sur le terrain.

— J'en suis heureuse. Pour ces deux nouvelles.

— J'espère qu'il ira bien.

— Oui. Ils en feront un stratège.

— C'est ce que j'ai suggéré.

— J'en étais sûre. »

Michael lui lâcha la main. « Decker ne s'en est pas tiré.

— Comment ?

— C'est arrivé il y a quelques mois, mais on a étouffé l'affaire. C'est ce qu'il y avait de plus généreux à faire. Il est sorti de chez lui le lendemain de la Dent de Sénèque et fut pris entre deux feux. Les gardes avancèrent sur la voiture du tueur — celle envoyée par Pierce — Decker en fit autant. Il continua à marcher vers le feu, en chantant l'hymne de bataille de la république. Il voulait mourir.

— La mort d'un zélote.

— Futilité. Il avait appris ; à sa façon tordue, il avait beaucoup de choses à offrir.

— C'est de l'Histoire, Mikhaïl.

— L'Histoire », approuva Havelock.

Jenna prit les livres dans son sac. « J'ai pris un café avec Harry Lewis. Je crois qu'il essaie d'avoir le courage de tout te dire.

— Birchtree ? sourit Michael. Il pourra raconter ça à ses petits-enfants. Le professeur Harry Lewis, homme avec couverture y compris un nom de code.

— Je ne pense pas qu'il en soit si fier.

— Pourquoi pas ? Il n'a rien fait de mal et il a plutôt mieux fait que beaucoup. De plus, c'est grâce à lui que j'ai ce job que j'aime énormément. On devrait les avoir à dîner un soir, lui et sa femme, et si le téléphone sonne — crois-moi, il sonnera — je dirai que c'est pour Birchtree.

— Tu exagères », dit Jenna en riant.

Havelock cessa de sourire. « J'ai des fourmis dans les jambes, dit-il.

— C'est ce coup de téléphone.

— Ça devient terrible... je ne tiens plus en place. » Il la regarda.

« Allons faire un tour. »

Ils grimpèrent sur la colline à plusieurs kilomètres à l'ouest de leur maison, là où les herbes hautes pliaient sous la brise ; la terre était dure, brûlée par le soleil, le ciel d'un bleu intense, moucheté de petits nuages blancs balayés par le vent. En bas, au nord, un petit ruisseau serpentait, l'eau roulant doucement sur les courbes, caressant les branches basses et coulant au sud vers l'autre versant de la colline.

« On avait fait un pique-nique à Prague, dit Michael en regardant en bas. Tu te souviens ? C'était la Moldau qui coulait en contrebas.

— Faisons-en un ici, répondit Jenna, du bon vin frais et ces sandwiches dégoûtants que tu aimes tellement !

— Fromage et jambon, avec du céleri, des oignons et de la moutarde.

— Oui, dit-elle en souriant. Je me souviens, malheureusement.

— Si j'étais célèbre, on leur donnerait mon nom. Ça serait sur tous les menus.

— Garde plutôt la ligne, mon chéri. »

Son sourire disparut. « Tu es plus forte que moi, Jenna.

— Si tu tiens à le croire, c'est parfait, mais ce n'est pas vrai.

— Ça revient sans arrêt... Je ne tiens pas en place.

— C'est la dépression, Mikhaïl. Ça ira de mieux en mieux, nous le savons tous les deux.

— Pourtant ça revient toujours et je me tourne vers toi. Tu n'as pas besoin de te tourner vers moi, toi.

— Je le fais, pourtant.

— Pas de cette façon.

— Je ne suis jamais passée par où tu es passé pendant aussi longtemps. Et il y a autre chose. C'était toujours ta responsabilité, pas la mienne. Chaque décision que tu prenais te coûtait une part de toi-même. Moi, je pouvais m'abriter derrière toi. Je n'aurais pu faire ce que tu as fait. C'est tout simple, je n'en aurais pas eu la force.

— Ce n'est pas vrai.

— Mettons la résistance, et *ça* c'est vrai. Toutes ces semaines j'ai couru ; il me fallait m'arrêter de temps à autre, rester où j'étais, ne penser à rien. Je ne pouvais continuer, pas à ces moments-là. Et je ne me posais pas de questions. Je savais seulement que je ne pouvais plus. Toi, tu continuais. Tu as toujours pu continuer, enfant et adulte, et c'est le prix à payer maintenant. Mais cela passera ; ça commence à passer.

— Enfant, dit Michael en regardant la rivière. Je le vois, je le sens mais je ne le connais pas vraiment. Mais je m'en souviens. Quand j'avais peur ou affreusement faim ou que j'étais fatigué ou que j'avais peur de m'endormir, je grimpais à un arbre à la pointe du jour et je surveillais les patrouilles. S'il n'y en avait pas, je redescendais et courais à travers champs, vite, vite, encore plus vite. Au bout d'un moment, je me sentais mieux, plus confiant en un sens. Puis je trouvais un fossé, une grange déserte soufflée par les bombes et je dormais. Tout cet oxygène dans mes poumons, c'était un gamin de six ans se prenant un whisky. Ça marchait et c'était tout ce qui comptait. La fièvre n'a jamais cessé. »

Jenna posa la main sur son bras, étudiant son visage, et commença à sourire. « Cours *maintenant*, Mikhaïl. Dévale la colline et attends-moi, mais cours pour toi. Allez, paresseux ! *Cours !* »

Il courut, ses jambes fendant l'air, ses pieds martelant la terre, le vent griffant son visage et rafraîchissant son corps. Il arriva en bas de la colline ; essoufflé, il respirait profondément, un rire serein montant de sa gorge. La fièvre tombait ; bientôt elle aurait disparu. Une fois encore.

Il leva les yeux vers Jenna, nimbée de ciel et de soleil. Il lui cria : « Allez, paresseuse ! On fait la course jusqu'à la maison. Notre maison.

— Je te coifferai au poteau ! cria-t-elle en descendant la colline rapidement mais sans courir. Tu sais que je peux !

— Ça ne te donnerait rien ! » Michael sortit un objet métallique de sa poche. « J'ai la clef de la maison. Notre maison !

— C'est malin ! cria Jenna, se mettant à courir. Tu n'as pas fermé à clef. Tu ne fermes jamais à clef ! »

Elle s'approcha de lui et ils se tinrent serrés l'un contre l'autre.

« Ce n'est pas la peine, dit-il. Plus maintenant. »